MIRA®

Der Preis dieses Bandes versteht sich einschließlich
der gesetzlichen Mehrwertsteuer.

Umwelthinweis:
Dieses Buch wurde auf chlor- und säurefreiem Papier gedruckt.

Am Anfang war der Tod

Die Mordkommission von Miami steht vor einem schier unlösbaren Rätsel. Noch immer ist der brutale Killer nicht gefasst, der für eine Serie grausamer Morde an Frauen verantwortlich ist. Der seltsame Verkehrsunfall eines scheinbar Drogensüchtigen wirft plötzlich ein neues Licht auf die schrecklichen Taten. Denn die hochbegabte Polizeischülerin Ashley Montague und Detective Jake Dilessio vermuten, dass der Mörder auch hier seine Finger im Spiel hat. Da wird erneut eine entsetzlich verstümmelte Frauenleiche gefunden. Und ein schrecklicher Verdacht keimt in Ashley auf.

Heather Graham

Am Anfang war der Tod

Roman

Aus dem Amerikanischen von
Rainer Nolden

MIRA®

MIRA® TASCHENBUCH
Band 25083
3. Auflage: Dezember 2004

MIRA® TASCHENBÜCHER
erscheinen in der Cora Verlag GmbH & Co. KG,
Axel-Springer-Platz 1, 20350 Hamburg
Deutsche Erstveröffentlichung

Titel der nordamerikanischen Originalausgabe:
Picture Me Dead

erschienen bei: Mira Books, Toronto
Published by arrangement with
Harlequin Enterprises II B.V., Amsterdam

Konzeption/Reihengestaltung: fredeboldpartner.network, Köln
Umschlaggestaltung: pecher und soiron, Köln
Titelabbildung: by GettyImages, München
Autorenfoto: © by Harlequin Enterprise S.A., Schweiz
Satz: Berger Grafikpartner, Köln
Druck und Bindearbeiten: Ebner & Spiegel, Ulm
Printed in Germany
ISBN 3-89941-108-0

www.mira-taschenbuch.de

PROLOG

Mit weit aufgerissenen Augen starrte sie in das Zimmer, das vom Mondlicht nur schwach erleuchtet wurde. Unvermittelt war ihr bewusst geworden, wo sie sich befand – und dass ein Mann neben ihr lag. Ihr Gehirn arbeitete auf Hochtouren, während sie versuchte, sich an die Ereignisse der vergangenen Stunden zu erinnern. Vergeblich. Ihr Gedächtnis war wie ein weißes Blatt Papier. Dabei hatte sie geglaubt, so vorsichtig zu sein und sich so geschickt zu verhalten. Stattdessen war sie geradewegs in eine Falle gelaufen.

Angespannt lauschte sie. Seine regelmäßigen und tiefen Atemzügen sagten ihr, dass er eingeschlafen war.

Jetzt war sicher nicht der richtige Augenblick, um darüber nachzugrübeln, was sie getan hatte und in welch unangenehme Lage ihre Nachforschungen sie gebracht hatten. Ihr blieb keine Zeit, sich Gedanken über die Folgen ihrer Handlungen zu machen. In diesen Sekunden sollte sie besser nur an eines denken.

An Flucht.

Vorsichtig rollte sie sich auf die Seite. Geräuschlos schlüpfte sie aus dem Bett und zog sich so leise wie möglich an.

„Wo willst du denn hin?"

Sie fuhr herum, eine Silhouette im Mondlicht. Auf einen Ellbogen gestützt, beobachtete er sie aufmerksam.

Mit einem aufgesetzten Lächeln ging sie zurück zum Bett, beugte sich über ihn und küsste ihn auf die Stirn. „Was für eine Nacht", bemerkte sie leichthin. „Wow! Ich habe auf einmal eine unbändige Lust auf Eis bekommen. Und auf Kaffee. Mir ist ganz schwindlig im Kopf", setzte sie hinzu. Hoffentlich kamen ihm ihre nächtlichen Gelüste nicht verdächtig vor. Jetzt, wo sie es gerade bis hierhin geschafft hatte: ins innerste Heiligtum.

„In der Tiefkühltruhe ist ganz bestimmt Eis. Und Kaffee haben wir auch immer vorrätig."

„Ich möchte nicht irgendein Eis. Ich will etwas von der neuen Sorte, die es bei Denny gibt", entgegnete sie. „Gott sei Dank hat er rund um die Uhr geöffnet. Außerdem ... nun ja, weißt du, es ist schon ein etwas merkwürdiges Gefühl für mich, hier zu sein. Bei dir."

Sie richtete sich auf, schlüpfte in ihre Schuhe und griff nach ihrer Schultertasche, die sich seltsam leicht anfühlte.

„Es tut mir Leid", sagte er sehr ruhig. „Aber du gehst nirgendwo hin."

Im Dunkeln stand er auf. Sie wusste, auch ohne ihn deutlich sehen zu können, dass er einen außergewöhnlich muskulösen Körper hatte. Es wäre ein Fehler, seine Kräfte zu unterschätzen. Sich in Form zu halten, gehörte zu den bevorzugten Leidenschaften in seinem Leben. Ein paar andere kamen noch dazu.

„Ich möchte doch nur ein Eis", beharrte sie.

Langsam ging er zu ihr hinüber. Sein Gesichtsausdruck war nicht grimmig, sondern eher mitleidig. „Du lügst. Ich glaube, du hast bekommen, was du wolltest, wonach du gesucht hast. Tut mir Leid, aber du gehst jetzt nicht weg."

Sie griff in ihre Ledertasche und tastete nach ihrer Waffe.

„Die Pistole ist nicht mehr drin", sagte er leise.

Er kam noch einen Schritt näher. Die Waffe war tatsächlich verschwunden. Gleichzeitig mit dieser Erkenntnis kam die Panik, und ihre Gedanken überschlugen sich. Sie musste weglaufen. So schnell wie möglich von hier verschwinden.

„Was hast du mit mir vor?"

„Ich möchte dir wirklich nicht wehtun."

Dieser Mistkerl. Bestimmt wollte er ihr nicht wehtun. Er wollte sie nur umbringen.

Wieder trat er einen Schritt auf sie zu. Blitzschnell beschloss sie, ihre Tasche als Waffe zu benutzen. Gekonnt ließ sie sie um ihr Handgelenk wirbeln und traf ihn mitten ins Gesicht. Dann machte sie einen Satz auf ihn zu und rammte ihm ihr Knie mit aller Kraft zwischen die Beine. Sie hörte ihn nach Luft schnappen; dann brach er zusammen.

Sie stürmte aus dem Schlafzimmer.

Voller Panik lief sie durchs Haus, auf der Suche nach dem Ausgang. Plötzlich blieb sie wie angewurzelt stehen. Jemand versperrte ihr den Weg. Jemand, den sie sehr gut kannte. Vor Verblüffung blieb ihr den Mund offen stehen. Mit dieser Person hatte sie am allerwenigsten gerechnet. Und nun fiel es ihr wie Schuppen von den Augen. Natürlich – deshalb war sie enttarnt worden; deshalb wussten sie, wer sie wirklich war.

„Du Miststück“, zischte sie.

„Aber jetzt wenigstens ein reiches Miststück.“

Sie hatte den Geschmack von Galle im Mund, und die Wut raubte ihr fast den Verstand. Jetzt wusste sie, in welch große Gefahr sie sich gebracht hatte. Vor Abscheu und Zorn brachte sie kein Wort hervor.

Es würde nichts an den Tatsachen ändern, die sie herausgefunden hatte.

Ihr Instinkt und ihr gesunder Menschenverstand gewannen die Oberhand. Jetzt konnte sie nur noch eines tun – sich so schnell wie möglich in Sicherheit bringen.

Wie von Furien gehetzt, rannte sie los.

Sie durchquerte die Eingangshalle, erreichte die Haustür, drehte mit zitternden Fingern den Schlüssel herum und war im Freien. Keine Alarmsirene schrillte.

Natürlich nicht. Alarm würde nur ... die Polizei aufmerksam machen.

Sie musste sich zusammenreißen, um nicht hysterisch zu werden.

Sekunden später lief sie die Einfahrt hinunter. Vom Haus hörte sie Schritte, die immer näher kamen.

Ihr war klar, dass sie es nicht bis zur Garage schaffen würde, um ihren Wagen zu holen. Bis dahin hätten sie sie schon längst erwischt. Sie musste laufen und konnte nur hoffen, so schnell wie möglich auf die Straße zu gelangen.

Vielleicht begegnete sie einem Frühaufsteher, der bereits mit seinem Wagen unterwegs war.

Sie hastete über die lang gestreckte Einfahrt, erstaunt darüber, dass sie so schnell laufen konnte, wenn es nötig war. Nein, nicht wenn es nötig war. Sondern weil sie verzweifelt war. Während sie versuchte, nicht an Tempo zu verlieren, kramte sie in ihrer Tasche nach dem Handy. Na bitte! Da war es ja.

Sie wählte die Nummer der Polizei. Nichts geschah. Das Handy hatten sie ihr gelassen. Doch den Akku hatten sie herausgenommen.

Unermüdlich sprintete sie weiter, ohne einen Gedanken daran zu verschwenden, mit ihren Kräften Haus zu halten. Adrenalin und Instinkt trieben sie vorwärts – und der Wille, zu überleben.

Plötzlich vernahm sie ein rasselndes Geräusch. Es klang schrecklich in ihren Ohren.

Dann merkte sie, dass es ihr eigener Atem war, der nur noch stoßweise ging. Na wenn schon! Es war ihr gelungen, aus dem Haus zu fliehen, womit die anderen vermutlich nie gerechnet hatten. Ein kleiner Sieg. Jetzt konnte sie nur noch hoffen, so weit wie möglich zu kommen und Hilfe zu finden, ehe sie sie erneut erwischten.

Sie schluckte hart und ignorierte das Brennen in ihren Lungen und die glühenden Schmerzen in ihren Muskeln. Darauf konnte sie jetzt keine Rücksicht nehmen, denn sie hatte noch einen weiten Weg vor sich. Sie biss die Zähne zusammen und kämpfte mit letzter Kraft gegen die Welle von Hysterie an, die über ihr zusammenzuschlagen drohte.

Endlich hatte sie die Straße erreicht. Wie dunkel die Nacht auf dem Land sein konnte! Sie war in der Großstadt aufgewachsen, und dort war es immer hell gewesen. Hier draußen dagegen ...

Sie war noch nicht weit gekommen, als die Schmerzen in den Muskeln sie erneut zu lähmen drohten. Ihre Lungen standen in Flammen.

Unvermittelt tauchten Lichter in der Dunkelheit vor ihr auf und blendeten sie. Ein Wagen! Genau in dem Moment, als sie Hilfe so bitter nötig hatte, kam ein Wagen die Straße entlang. Stolpernd blieb sie stehen und konnte nicht fassen, dass ein Wunder geschehen war. Sie lief zur Fahrertür. „Gott sei Dank! Rutschen Sie rüber. Machen Sie schnell."

Sie spürte den Pistolenlauf, der von hinten in ihre Rippen gepresst wurde.

Und sie hörte sein Flüstern. Er war nicht einmal außer Atem.

„Das Spiel ist aus."

Sie erstarrte und blickte den Fahrer an. Sah das lächelnde Gesicht, das sie sofort erkannte. Das Herz sank ihr in die Magengrube.

Sie betete und flehte um Vergebung für ihre Sünden. Stolz und Überheblichkeit waren ihre schlimmsten.

Oh Gott, ja. Viel zu viel Stolz. Und Dickköpfigkeit. Sie hatte die Wahrheit allein herausfinden wollen – und sie hatte auch die Ehre für sich allein gewollt.

Die Ehre! Was für eine lächerliche Vorstellung – unter diesen Umständen.

Erstaunlich, dass jemand mit einer solchen Überheblichkeit so verängstigt sein konnte.

Nur keine Panik! Gib nicht auf! redete sie sich ein. Tu jetzt bloß das Richtige. Erinnere dich an die Tricks, benutze deinen gesunden Menschenverstand. Verhalte dich psychologisch geschickt. Tu all das, was du gelernt hast ...

Um das hier zu überleben.

Und bete. Ihr taten all die Menschen Leid, denen sie Unrecht zugefügt und die sie verletzt hatte.

„Gehen wir", sagte er eisig.

„Erschieß mich doch hier."

„Nun, das könnte ich wirklich. Aber erst mal tust du, was ich dir sage. Solange du lebst und atmest, kannst du hoffen, nicht wahr? Selbst wenn es nur eine verschwindend geringe Hoffnung ist, dass du den Spieß vielleicht noch herumdrehen könntest. Also los, steig ein! Setz dich neben den Fahrer, sofort. Und keine schnelle Bewegung. Ich bleibe dicht hinter dir."

Sie tat, was er von ihr verlangte. Er hatte Recht. Sie würde wirklich bis zur letzten Sekunde kämpfen, bis zu ihrem letzten Atemzug. Er schob sie auf den Beifahrersitz, während er auf der Rückbank Platz nahm. Die ganze Zeit hielt er die Pistole auf sie gerichtet. Fieberhaft überlegte sie. Was hatte er vor? Wie wollte er es anstellen, jeden Hinweis darauf, dass sie hier gewesen war, zu beseitigen?

Als sie auf das Haus zufuhren, öffnete sich das Garagentor. Der Wagen bremste, und er zog sie heraus. Er bedeutete ihr, vor ihm herzulaufen. „Ich denke, es ist Zeit für einen weiteren Ausflug."

Sie warf ihm einen Blick zu.

Er lächelte sie grimmig an.

„Leider wird es dein letzter sein."

Die Tür ihres eigenes Wagens stand offen. Die Mündung der Pistole bohrte sich hart in ihren Rücken, und sie stieg ein. Es blieb ihr nichts anderes übrig. Denn er hatte Recht: Sie würde nicht aufgeben, solange sie atmete. Solange sie hoffen konnte.

Jemand, den sie nicht kannte, ein schweigender Komplize, erwartete sie. Als man sie auf den Fahrersitz zwang, nahm der Mann hinter ihr Platz.

Er selbst setzte sich neben sie und befahl ihr loszufahren.

Hoffnung ...

Mit einer Drehung des Zündschlüssels war sie ihrem Tod ein kleines Stück näher gekommen.

Sie musste sich an die Hoffnung klammern.

Um sich von ihrer Angst abzulenken, redete sie. Und auch, damit die anderen nichts von ihrer Angst spürten. Sie sollten keineswegs merken, wie ihr zumute war.

„Ihr seid wirklich die miesesten Schweine, die ich kenne. Das alles hatte doch nichts mit Religion zu tun. Ihr habt so viele Menschen getäuscht, indem ihr ihnen das Seelenheil versprochen habt."

„Ach, zu dumm. Jetzt hast du uns erwischt. Kluges Mädchen. Viel zu klug. Aber doch nicht klug genug, um den Wald vor lauter Bäumen zu sehen."

Sie warf einen Blick in den Rückspiegel und versuchte, das Gesicht der Person zu erkennen, die hinter ihr saß. War das möglicherweise ihr Verräter? Sie war ja so dumm gewesen! Sie hätte die Wahrheit erkennen müssen ... aber selbst die anderen hatten nicht das Geringste geahnt. Schließlich gab es ja keinen Grund, etwas so Abscheuliches von einem Menschen zu erwarten, der nach außen hin so anständig wirkte.

Ein Schauder fuhr ihr über den Rücken. Hätte sie doch bloß etwas gemerkt ...

Sie klang ungeduldig und herrisch, als sie das Wort ergriff. „Ihr könntet beide noch aus der Sache herauskommen, ohne dass ihr die Todesstrafe befürchten müsstet. Lasst mich zum Polizeirevier fahren. Erzählt die Wahrheit. Ich bin sicher, dass man über das Strafmaß verhandeln kann."

„Wir können dich unmöglich laufen lassen", sagte der Mann neben ihr, und seine Stimme klang gefährlich leise. „Es tut mir Leid."

In diesem Moment wurde ihr klar, dass er ihr tatsächlich keinen Schmerz zufügen wollte. Dass es ihm wirklich Leid tat, was er mit ihr tun würde. Und gleichzeitig erkannte sie, dass er nicht derjenige war, der hier das Sagen hatte.

„Wenn mir etwas passiert, ist die Sache noch längst nicht vorbei. Dilessio wird hinter euch her sein, bis zu seinem letzten Atemzug."

Ein wütender Laut hinter ihr ließ sie zusammenzucken. Vielleicht sollte sie besser den Mund halten. „Dilessio wird nicht das Geringste beweisen können."

„Dazu werden sie dich erst finden müssen", schaltete sich der Mann auf dem Beifahrersitz mit unverändert leiser Stimme wieder ein.

Er hatte selber Angst, das spürte sie ganz deutlich. Und ihr wurde bewusst, dass sie noch nicht einmal einen Bruchteil von dem herausgefunden hatte, was hier wirklich vor sich ging.

Jetzt war es sowieso zu spät dafür.

Kluges Mädchen. Wirklich!

Während sie den Anweisungen folgte, die sie zu ihrem Ziel bringen sollten, begann sie, stumm zu beten. Sie bat Gott, sie gnädig aufzunehmen und ihr die vielen Sünden zu vergeben, die sie begangen hatte.

Einen Ausweg gibt es vielleicht noch, überlegte sie. Gas geben, gegen einen Baum fahren und alle mit in den Tod reißen.

Gerade als sie es tun wollte, wurden ihr die Hände vom Lenkrad gerissen. Der plötzliche Druck auf ihre Finger war so schmerzhaft, dass sie ihre Absicht vergaß. Der Wagen rollte aus.

„In Ordnung. Hier können wir stehen bleiben“, sagte der Mann auf dem Rücksitz.

Ihre Hände taten immer noch höllisch weh. Sie versuchte, den Schmerz zu ignorieren, und überlegte, wie sie die beiden Männer überwältigen könnte, denen sie auf Gedeih und Verderb ausgeliefert war.

Es gab keine Möglichkeit.

Oh Gott ...

Der Schlag kam unvermittelt. Ihr Kopf wurde von hinten mit brutaler Gewalt gegen die Windschutzscheibe geschleudert. Als alle Lichter ausgingen, als sogar der Schmerz zu einem gnädigen Nichts wurde, klang seine Stimme aus weiter Ferne an ihr Ohr. Sie war so vage wie das Vergessen, das sich in ihr ausbreitete und sie in Empfang nahm.

„Ich wollte dir wirklich niemals wehtun. Es tut mir so Leid. Es tut mir wirklich Leid.“

Bitte, Gott, vergib mir.

Ihre Gedanken konzentrierten sich auf das Gebet.

Die Worte zerfielen in Einzelteile wie die Splitter eines zerbrechenden Glases.

Und dann gab es nur noch die Dunkelheit.

1. KAPITEL

Fünf Jahre später

Erst später gestand Ashley sich ein, dass der Vorfall wenigstens zum Teil ihre Schuld gewesen war. Irgendwie hatte er ihr auch einen leichten Schreck versetzt. Und Erschrecken hatte zumindest entfernt etwas mit Angst zu tun. Nur ungern gab sie zu, dass Kleinigkeiten ihr Angst bereiten konnten. Es passte einfach nicht zu der Lebensweise, die sie für sich gewählt hatte.

Also ...

Ja, es hätte durchaus ihre Schuld sein können. Aber es war noch nicht einmal sechs Uhr morgens. Einige von Nicks Stammgästen kamen in der Tat manchmal sehr früh. In der Morgendämmerung klopften sie an die Tür, weil sie wussten, dass er bereits aufgestanden war. Allerdings hatte sie nicht im Entferntesten damit gerechnet, einem von ihnen bereits vor Sonnenaufgang über den Weg zu laufen.

Es war noch dunkel. Für einige Leute also mitten in der Nacht.

Außerdem hatte sie gerade das Handy am Ohr. Beim Signalton hatte sie mit einem Anruf von Karen oder Jan gerechnet, die sich erkundigen wollten, ob sie schon wach und unterwegs war. Und obwohl sie mit ihrem Kaffee, ihrer Handtasche, ihren Schlüsseln und ihrer Reisetasche bepackt war, hatte sie den Anruf beantwortet. Am anderen Ende war allerdings weder Karen noch Jan, sondern ihr Freund Len Green, der schon seit einiger Zeit bei der Polizei arbeitete und ihr Vorwärtskommen wohlwollend beobachtete – ganz so, als wäre er ihr Vater. Er hatte angerufen, weil er wusste, dass sie in wenigen Minuten losfahren würde. Er wolle ihr noch einen fantastischen Urlaub wünschen, hatte er ihr auf seine ironische Art zu verstehen gegeben. Und außerdem sicher gehen, dass sie früh genug aus den Federn gekommen war, um Jan und Karen rechtzeitig abzuholen, für die Ashley den Chauffeur spielen wollte. Lachend bedankte sie sich bei Len und gab ihm mit leicht pikiertem Unterton zu verstehen, dass sie immer rechtzeitig wach wurde. Beiläufig erzählte er ihr, dass er möglicherweise nach der Arbeit mit ein paar Freunden, die bei der Feuerwehr arbeiteten, ebenfalls nach Orlando fahren würde, und dass sie sich vielleicht treffen könnten. Als sie die Haustür öffnete, hielt sie das Handy noch in der Hand und drückte auf die Taste, um das Gespräch zu beenden.

Niemand hatte an die Tür geklopft. Sie hatte kein Geräusch gehört. Voll und ganz damit beschäftigt, dass ihr die Gepäckstücke nicht aus der Hand fielen, hatte sie die Tür geöffnet und war hinausgestürmt.

Mit ziemlich viel Schwung.

Und geradewegs in ihn hineingelaufen.

Er stand im Schatten des Hauses und war im fahlen Licht des Morgens kaum zu erkennen. Fast hätte sie laut aufgeschrien, als ihre Reisetasche auf seine Füße fiel. Eine der Keksdosen, die sie auf dem Unterarm balancierte, landete auf dem Boden. Der Kaffeebecher, der sich in ihrer Hand den Platz mit dem Schlüssel teilen musste, rutschte ihr aus den Fingern, und die heiße Flüssigkeit ergoss sich über sie beide.

„Verdammt!“

„Verdammt!“

Er trug ein kurzärmeliges Jeanshemd, dessen oberste Knöpfe offen standen, so dass der Kaffee seine Brust verbrühte. Unwillkürlich stieß er einen Fluch aus – zur selben Zeit wie sie. Sie hatte das Gefühl, den Boden unter den Füßen zu verlieren, und trat schnell einen Schritt zurück. Aber da er offenbar nicht die Absicht hatte, sie zu bedrohen, beschloss sie, ihren Schrei zurückzuhalten.

Er sah aus wie einer der braun gebrannten Schönlinge, die den ganzen Tag am Strand herumlungerten.

„Was, zum Teufel ...?" stotterte sie.

„Ja – was zum Teufel?" wiederholte er und strich über das Hemd, auf dem der Kaffee einen braunen Fleck hinterlassen hatte. „Ich wollte zu Nick."

„So früh am Morgen?"

„Entschuldigen Sie bitte, aber er hat mich ausdrücklich gebeten, ‚so früh am Morgen' zu kommen."

Der Mann war ziemlich sauer. Einer von Nicks Freunden vermutlich. Sie trat noch einen Schritt zurück und musterte ihn stirnrunzelnd von oben bis unten. Sie hatte ihn schon einmal gesehen. Aber er war nicht oft hier gewesen. Er gehörte nicht zu den Typen, die die Bar bevölkerten und jeden Sonntag die Footballübertragungen im Fernsehen verfolgten. Er war ruhiger. Eigentlich hatte er immer sehr nachdenklich gewirkt – jedenfalls die wenigen Male, die sie ihn überhaupt bemerkt hatte. Entsprechend gekleidet, hätte er Heathcliff aus Emily Brontës „Sturmhöhe" sein können, der gedankenverloren übers Moor lief. Bisher hatte er immer gesessen, wenn sie ihn wahrgenommen hatte. Jetzt bemerkte sie, dass er ziemlich groß war – fast einsneunzig. Er hatte dunkles Haar, dunkle Augen, markante Gesichtszüge und war irgendwo zwischen Ende zwanzig und Mitte dreißig. Er machte den Eindruck, als würde er viel Zeit im Freien verbringen. Allerdings sahen viele Leute rund um den Yachthafen so aus: tief gebräunt und durchtrainiert. Was nicht zu übersehen war bei seinen abgeschnittenen Jeans und dem offen stehenden Hemd. Wahrscheinlich hatte er es nur hastig übergestreift, um den Gesetzen von Florida Genüge zu tun. Die verlangten nämlich von den Besuchern einer Bar oder eines Restaurants, Hemd und Schuhe zu tragen. Dabei stand er gar nicht vor dem Eingang des Lokals, sondern war zur Hintertür gekommen, die zu den Privaträumen führte.

„Sie hätten anklopfen sollen“, sagte sie und ärgerte sich darüber, dass sie so klang, als ob sie sich verteidigte. Schließlich wohnte sie doch hier.

„Na ja, das wollte ich ja gerade tun. Aber dann rann mir schon der Kaffee übers Hemd.“

Damit wollte er natürlich andeuten, dass sie sich entschuldigen sollte. Was natürlich überhaupt nicht in Frage kam. Sie hatte sich wirklich erschreckt, und das machte sie wütend. Das war ihr Haus, und es gab für sie überhaupt keinen Grund, damit zu rechnen, dass ein Mann vor ihrer Tür stand. Ganz zu schweigen von der Tatsache, dass die Hälfte des Kaffees auf ihr gelandet war. Sie dachte also nicht im Traum an eine Entschuldigung.

„Verdammt“, sagte sie, als sie feststellte, dass die Hälfte der Kekse auf die Erde gefallen und bereits von den Möwen entdeckt worden war. Wieder funkelte sie ihn an. „Meine Plätzchen kann ich vergessen. Das ist Ihre Schuld.“

„Bin ich etwa für Ihre Plätzchen verantwortlich?“ erwiderte er. Sein Tonfall gefiel ihr ganz und gar nicht. Und auch nicht sein herablassender Gesichtsausdruck, der zu sagen schien: Was habe ich mit deinen blöden Plätzchen zu tun? Er sah sie so ungläubig an, als wären ihre Kekse die unwichtigste Sache der Welt.

Was ganz und gar nicht der Fall war. Sie waren ein Geschenk. Sharon hatte die Dose auf die Theke gestellt und ihr ein wunderschönes Wochenende gewünscht.

„Eine Schande. Die Plätzchen sind selbst gebacken und schmecken fantastisch. Sie waren ein Geschenk.“ Sie verstummte, denn sie hatte das Gefühl, dass sie sich wegen ihrer Plätzchen lächerlich machte. „Und jetzt kann ich auch noch meine Schlüssel suchen. Außerdem muss ich mich umziehen. Dabei bin ich ohnehin schon so spät dran. Wir öffnen erst um elf – wenn Sie sich das bitte für die Zukunft merken wollen. Nick ist allerdings schon auf. Ich sage ihm, dass Sie hier sind.“

„Bei Ihrer Schadensbestandsaufnahme haben Sie noch was vergessen.“

„Was denn?“

„Ihr Kaffee hat mir meine Haut verbrüht. Ich könnte Sie verklagen.“

„Ich würde sagen, Ihr Versuch, in mein Haus einzudringen, hat dazu geführt, dass ich mir meine Bluse ruiniert habe.“

„Und natürlich auch Ihre Plätzchen.“

„Und meine Plätzchen. Also bitte, verklagen Sie mich. Tun Sie sich keinen Zwang an.“

Sie drehte sich zum und schlug ihm die Tür vor der Nase zu. „Nick!“ rief sie ihrem Onkel zu. „Hier ist Besuch für dich.“ Und leise setzte sie hinzu: „Und es ist ein ziemlich arroganter Idiot.“

Sie wartete nicht auf Nicks Antwort. Schnell eilte sie durch das Haus, dessen Räume an die Bar anschlossen, in ihr Schlafzimmer, zog sich rasch um und lief wieder hinaus. Offenbar hatte Nick sie gehört und den Mann in die Küche geführt. Nick schien ihn gut zu kennen, denn die beiden unterhielten sich angeregt, während sie Kaffee tranken. Als sie an ihnen vorbeikam, unterbrachen sie ihr Gespräch. Der dunkelhaarige Mann musterte sie kühl von oben bis unten. Er schien sie einzuschätzen, dessen war sie sich sicher, aber sie hätte nicht sagen können, zu welchem Urteil er gelangte. Abgesehen davon interessierte es sie auch nicht im Geringsten. Nick hatte weder von ihr noch von seinen Angestellten jemals verlangt, dass sie freundlich zu den Leuten sein sollten, nur weil sie Gäste waren.

„Ashley ...“, begann Nick.

„Wo ist Sharon? Ist sie schon aufgestanden? Ich muss mich

noch bei ihr für die Plätzchen bedanken", sagte sie, während sie den frühen Besucher verstohlen musterte. Jetzt konnte sie ihn besser in Augenschein nehmen. Ein zäher Bursche mit einem kräftigen Körper. Er hatte ein angenehmes Gesicht, trat lässig auf, schien sehr von sich überzeugt und wirkte ausgesprochen selbstsicher. Vermutlich hielt er sich für ein Geschenk Gottes an die Frauen dieser Welt.

Sie würdigte ihn keines weiteren Blickes. Stattdessen wandte sie sich ihrem Onkel zu.

„Sharon ist gestern Abend nicht geblieben, weil sie heute sehr früh bei irgendeiner Wahlkampfveranstaltung helfen muss", erklärte Nick. „Ashley, hast du noch eine Minute Zeit ...?"

„Leider nein. Wenn ich nicht sofort losfahre, komme ich in den dicksten Stau. Machs gut."

Das war vermutlich nicht besonders nett, aber ihr stand der Sinn nicht nach höflicher Vorstellung und belanglosem Small Talk.

„Fahr vorsichtig", ermahnte Nick sie.

„Aber natürlich. Du kennst mich doch", sagte sie und küsste ihn auf die Wange. „Machs gut. Ich hab dich lieb."

Als sie draußen war, sammelte sie ihre Sachen auf – bis auf die Kekse, die ein luxuriöses Frühstück für ein halbes Dutzend Möwen geworden waren.

Sie hörte, wie Nick sich bei dem Mann entschuldigte. „Ich weiß nicht, was heute Morgen in sie gefahren ist. Normalerweise ist Ash das netteste Mädchen, das man sich vorstellen kann."

Tut mir Leid, Nick, dachte sie. Hoffentlich war der Typ nicht einer von seinen wirklich guten Freunden.

Sie war fünfzehn Minuten über die vereinbarte Zeit, als sie bei Karen vorfuhr, und fünfundzwanzig Minuten zu spät, als Jan in ihren Wagen stieg. Doch als sie dann alle zusammenwaren, schien die Verzögerung keine Rolle mehr zu spielen, und ihr Ärger verrauchte schnell. Sie hatten noch gut zwanzig Minuten Zeit, bis der Berufsverkehr einsetzen würde. Karen und Jan waren in bester Laune bei der Aussicht, ein paar Tage gemeinsam Ferien zu machen. Ein paar Plätzchen hatten den Zusammenprall gut überstanden, und Jan ließ sie sich jetzt schmecken.

„He, gib mir mal die Kekse rüber“, sagte Karen zu Jan.

„Ach, die schmecken dir bestimmt nicht“, antwortete Jan mit einem verschmitzten Grinsen. Dann aber reichte sie ihr doch die Dose mit den Schokoladenkeksen nach vorne. Karen bot sie zuerst Ashley an, die am Steuer saß.

Ashley schüttelte den Kopf. „Nein, danke.“ Sie konzentrierte sich auf die Straße. Bis jetzt hatten sie freie Fahrt auf dem Highway 95. Es sah so aus, als könnte sie die verlorene Zeit wieder aufholen.

„Auf diese Weise bleibt Ashley schlank“, bemerkte Jan. „Sie hat diesen ‚Nein-danke‘-Mechanismus eingebaut.“

„Das liegt nur daran, weil sie Polizistin werden will“, meinte Karen.

Ashley lachte. „Das liegt nur daran, weil sie sich damit vollgestopft hat, bevor sie aus dem Haus gegangen ist“, erklärte sie den beiden. Und das stimmte auch. Die Vögel hatten nur noch den Rest aus der Dose bekommen, aus der sie sich zuvor reichlich bedient hatte.

„Glaubst du, dass es Diätplätzchen sind?“ fragte Karen hoffnungsvoll.

„Vergiss es. Was so gut schmeckt, macht bestimmt nicht schlank“, meinte Jan seufzend. „Wir werden die Kalorien einfach wieder abarbeiten. Sobald wir im Hotel sind, stürzen wir uns in den Pool, schwimmen ein paar Runden und joggen hinterher durch den Park.“

„Und werden anschließend noch hungriger sein“, sagte Karen missbilligend. „Meine Güte, Ashley, musstest du diese Kekse unbedingt mitbringen?“

„Wenn ich die nicht mitgebracht hätte, dann wären wir in ein Drive-in gefahren und hätten uns etwas wirklich Fetthaltiges bestellt“, versicherte Ashley ihr. „Eigentlich wollte ich noch mehr mitbringen, damit sie für die ganze Fahrt gereicht hätten.“

„Und warum hast du's nicht getan?“

„Ich habe sie fallen gelassen. Das heißt, ich bin gegen einen Typen gerannt, der Nick besuchen wollte, und sie sind mir aus der Hand geflogen. Es war seine Schuld, nicht meine.“

„Wir müssen sowieso irgendwo halten, um Kaffee zu kaufen. Der passt gut zu den Plätzchen“, sagte Karen. „Deshalb werde ich jetzt nichts mehr essen. Keinen Bissen mehr. Bis wir Kaffee haben.“

„Milch wäre auch nicht schlecht“, ergänzte Jan.

„Milch ist gut für Cremewaffeln“, meinte Karen. „Kaffee passt zu Schokoladenkeksen.“

„Ich hatte auch Kaffee dazu, aber dann ...“, murmelte Ashley.

„Hast du den auch fallen gelassen?“

„Ja, ich habe ihn fallen gelassen.“ Sie grinste Jan im Rückspiegel an. „Das heißt, ich habe ihn über den Typen gegossen. Und über mich. Ich musste mich umziehen. Deshalb war ich ja auch so spät dran.“

„Ein guter Freund von Nick?“ wollte Jan wissen. „War er sauer?“

„Oder ein netter Kerl, so einer von der alten Schule?“ hakte Karen nach.

„Ich glaube nicht, dass er ein guter Freund ist, aber ich habe ihn schon mal in der Bar gesehen. Bestimmt war er sauer. Aber es war schließlich seine Schuld.“

„Dass du ihn mit Kaffee begossen hast?“

„Na ja, er stand einfach mitten im Weg. Wer rechnet um sechs Uhr morgens schon mit Besuch?“

„Solltest du aber", meinte Karen. „All die alten Knacker auf den Hausbooten im Hafen wissen doch, dass Nick ein Frühaufsteher ist, und sie lassen sich lieber von ihm den Kaffee servieren, als ihn selbst zu machen."

„Du hast also den Tag damit begonnen, einen alten Knaben zu verbrühen?" fragte Jan. „Das sieht dir aber gar nicht ähnlich. Eure Stammgäste sind doch der festen Überzeugung, dass du das netteste Mädel weit und breit bist und Nick sich glücklich schätzen kann, dich zu haben."

„Hoffentlich hast du damit nicht einem Grufti den Herzschrittmacher außer Betrieb gesetzt", flachste Karen.

„Ich glaube kaum, dass dieser Typ einen Herzschrittmacher hat."

„Er war kein alter Knacker?" sagte Jan, plötzlich sehr aufmerksam.

„Er war ein junger Schnösel", antwortete Ashley.

„He, warum hast du mir verschwiegen, dass er gut aussieht?" wollte Karen wissen.

Ashley zögerte. Sie runzelte die Stirn. Normalerweise schenkte sie den Leuten, die zu Nick kamen, nicht viel Aufmerksamkeit. Sie half ihm nicht mehr so viel in der Bar, wie sie es noch vor wenigen Jahren getan hatte. Trotzdem entging ihr nichts. Sie prägte sich die Gesichter ein, denn sie zeichnete sie gern. Und eigentlich konnte sie sich immer sehr gut an das Aussehen der Gäste erinnern. Plötzlich erschien es ihr seltsam, dass sie den Mann schon früher gesehen hatte, ohne ihn sonderlich zur Kenntnis zu nehmen.

„Ich habe gar nicht gesagt, dass er gut aussieht", versicherte sie Karen.

„Schade. Ich habe gehofft, dass Nick einen neuen Stammgast hat – einen, der richtig sexy ist." Jan klang enttäuscht.

Eine Weile lang schwieg Ashley.

„He, sie hat nicht gesagt, dass er nicht sexy ist", bemerkte Karen.

„Ich glaube nicht, dass er der Typ ist, den ich näher kennen lernen möchte", sagte Ashley.

„Weil er unhöflich war?" fragte Jan. „Ich hatte aber auch nicht den Eindruck, dass du besonders zuvorkommend gewesen bist."

Ashley schüttelte den Kopf. „Ich war nicht unhöflich. Na gut, ich war vielleicht etwas ungehalten. Vielleicht hätte ich mich sogar entschuldigen sollen. Aber ich hatte es eilig, und er hatte mich erschreckt ... um genau zu sein, hat er mir sogar ziemliche Angst eingejagt. Er wirkte irgendwie düster ..."

„Düster? Dunkel? Hispanisch? Ein Latino? Ein Afroamerikaner?" fragte Karen verwirrt.

„Nein, nein, ich meine, er sah aus, als hätte er düstere Absichten."

„Absichten, ach so", sagte Karen verständnisvoll.

„Aber er ist auch dunkel, ich meine, er hat dunkle Haare und dunkle Augen. Er ist braun gebrannt. Er mag offenbar Boote, das Wasser, die Sonne."

„Hm. Das klingt sexy. Der dunkle Typ."

„Hat er eine gute Figur?"

„Ja, ich glaube schon."

„Vielleicht sollte ich doch öfter zu Nick kommen", meinte Karen.

„Als ob du es nötig hättest, nach Männern Ausschau zu halten", sagte Jan.

„Na und wie. Wen lerne ich denn schon in der Grundschule kennen? Wo soll ich suchen?"

„Suchen ist kein Problem. Da gibt es Tausende von Gelegenheiten. Das Schwierige ist, einen guten zu finden", meinte Jan.

„Dann vergiss die Idee mit Nick. Raten nicht alle Psychologen davon ab, einen Mann in einem Lokal zu suchen? Eher triffst du sie beim Bowling", sagte Ashley.

„Ich hasse Bowling", erwiderte Karen.

„Tja, dann ist die Bowlingbahn für dich auch nicht der richtige Ort, um einen Typen kennen zu lernen", sagte Jan. „Und schon sind wir wieder da, wo wir angefangen haben: Wie man am besten keinen Mann trifft. Wir drei sind wirklich in der Lage, die größten Probleme der Menschheit zu lösen."

„Ich löse täglich die Probleme von Sechs- bis Zehnjährigen", erinnerte Karen sie. „Ich bin verantwortlich für den Geist und die Moral der Generation, die demnächst die Geschicke unseres Landes bestimmen wird. Da sind die besten Köpfe gerade gut genug. Und Ashley lernt, wie man Kriminelle dingfest macht. Ich schlage vor, dass wir an diesem Wochenende die zweitwichtigsten Dinge zurückstellen und uns um die wichtigsten kümmern: dass wir hübsch braun werden und unsere Hintern knackig bleiben."

„Wir sollten unsere Ziele nicht zu hoch stecken", warnte Jan. „Wenn wir ein paar Männer kennen lernen, die frisch geduscht sind, sich halbwegs intelligent ausdrücken können und sich nicht dagegen sträuben, zeitweise auf der Tanzfläche zu stehen, wäre das schon ein beachtlicher Triumph. Kriege ich noch einen Keks?"

„Hört sich ganz vernünftig an", meinte Karen. „Aber ... knackige Hintern? Ich weiß nicht. Ich glaube, ich möchte auch noch einen Keks, meinetwegen auch ohne Kaffee. Denn bis zur nächsten Raststätte sinds bestimmt noch zwanzig Minuten."

Ashley warf ihrer Freundin aus den Augenwinkeln einen Blick zu. Karen biss ein winziges Stück von ihrem Keks ab und kaute es genussvoll. Auf diese Weise kann sie ihre Figur halten, dachte Ashley neidisch. Karen aß alles, ließ sich aber mit jedem Bissen sehr viel Zeit. An dem Keks konnte sie eine Stunde herumkauen. Sie war zierlich, hatte Konfektionsgröße 36, himmelblaue Augen, und ihr langes hellblondes Haar, das Erbe ihrer skandinavischen Vorfahren, fiel ihr in üppigen Wellen über die Schultern. Nordisch war auch ihr Familienname: Ericson. Jan dagegen hatte dunkle Haare, dunkle Augen, war einssechzig groß und genauso temperamentvoll wie ihr lateinisch klingender Nachname: Hevia. Ashley sprach von ihnen oft als „die weiße und die rote Rose", Namen, die sie seit ihrer Kindheit mit sich trugen. Sie selbst war ein Rotschopf mit grünen Augen. Die Farben verdankte sie ihrer Familie mütterlicherseits, den McMartins, denn ihr eigener Nachname war Montague. Die Verwandtschaft ihres Vaters stammte überwiegend aus Frankreich, wobei auch ein wenig Blut der Cherokee- und Seminolen-Indianer durch ihre Adern floss. Das heißt, sie hatte nur vereinzelte Sommersprossen auf der Nase und wurde schnell braun, ohne sich einen Sonnenbrand einzufangen. Von ihrer Körpergröße her – knapp einssiebzig – passte sie zwischen Jan und Karen. Die beiden hatten sie oft damit geneckt, die Dornen an den Rosen zu sein. Seit der Grundschule kannten die drei sich und hatten seitdem alles miteinander geteilt: das erste Verliebtsein, den ersten Liebeskummer, die kleinen Siege und Niederlagen heranwachsender Mädchen. Auf dieses Wochenende hatten sie sich schon lange gefreut, denn ihre Lebenswege hatten dazu geführt, dass sie sich ein wenig aus den Augen verloren hatten. Karen unterrichtete an einer Grundschule und studierte nebenher, um später an einer High School arbeiten zu können. Jan war Sängerin, und obwohl sie daran zweifelte, jemals ein Weltstar zu werden, machte ihr der Beruf Spaß. Sie sang und komponierte gern, und ganz allmählich stellten sich auch erste Erfolge ein. Sie und ihr Begleiter wurden immerhin schon als Vorprogramm bei Shows im ganzen Land gebucht. Ashley besuchte seit drei Monaten die Polizeiakademie, und sie nahm begierig alles in sich auf, was sie dort lernen konnte: Gesetze, Recht, Ermittlungstechniken, Selbstverteidigung ...

„Glaubst du, dass Sharon und dein Onkel Nick heiraten werden?“ fragte Jan.

Sharon Dupre, die diese köstlichen Plätzchen gebacken hatte, war seit etwa einem Jahr mit Nick eng befreundet.

„Vielleicht. Keine Ahnung“, antwortete Ashley, während sie einen schnellen Blick auf die Uhr warf, ehe sie sich wieder auf die Straße konzentrierte. „Nick ist ein eingefleischter Junggeselle. Er liebt seine Angelei und seine Bar. Wenn Sharon seine Hobbys toleriert, lässt er sich vielleicht breitschlagen.“

„Na ja, er muss schließlich auch ihre Arbeit tolerieren. Als Maklerin ist sie ja viel unterwegs“, bemerkte Karen.

„Stimmt“, pflichtete Ashley ihr bei. „Aber er scheint nichts dagegen zu haben. Nick gehört nämlich zu den Typen, die leben und leben lassen.“ Sie musste es wissen; schließlich war sie bei ihrem Onkel aufgewachsen. Oft stimmte sie es traurig, dass sie sich kaum an ihre Eltern erinnern konnte. Sie waren bei einem Autounfall ums Leben gekommen, als sie drei Jahre alt war. Sie vergötterte Nick; er hatte ihr Vater und Mutter mit Hingabe und Liebe ersetzt, und nichts wünschte sie ihm mehr, als dass er sich sein stilles Glück, das sein Leben wie ein roter Faden durchzog, erhalten möge. Und ob er glücklicher wäre als Sharons Ehemann oder als Junggeselle, das musste er selbst entscheiden.

„Hey, das ist ja eine coole Hose“, sagte Jan und beugte sich nach vorn, um Karen das Foto in ihrer Modezeitschrift zu zeigen. „Glaubst du, dass sie jemandem mit dicken Oberschenkeln steht?“

„Die sieht ja wirklich super aus“, stimmte Karen zu.

Mit gespielter Entrüstung schlug Jan ihrer Freundin mit der Illustrierten auf den Arm. „Hey, ich wollte von dir hören, dass ich keine fetten Schenkel habe.“

„Entschuldige. Du hast keine fetten Schenkel. Und ich glaube, mir würden sie auch gut stehen – einer kleinen Person mit einem runden Hintern."

„Die Hose gefällt mir echt gut", sagte Jan.

„Hey, ich wollte von dir hören, dass ich keinen runden Hintern habe."

„Ich bin neidisch, weil ich nur Schenkel und keinen Hintern habe", seufzte Jan. Dann änderte sie abrupt das Thema. „Ashley, du hättest zur Polizei von Coral Gable oder South Miami gehen sollen anstatt zur Metropolitan. Was hast du dir nur dabei gedacht? Bei Coral Gable sind die gut aussehenden Typen. Und dazu sind sie noch nett."

„Ja, die Kerle bei der Metropolitan können ziemlich mies sein", pflichtete Karen ihr bei.

Ashley musterte Karen mit hoch gezogenen Augenbrauen. „Für dich sind das doch bloß miese Kerle, weil sie dich geblitzt und dir 'ne Menge Geld abgeknöpft haben", meinte sie. „Ich wollte aber zu den Jungs bei der Metropolitan."

Miami-Dade County, auch bekannt als das Gebiet von Greater Miami, bestand aus mehr als zwei Dutzend kleinerer Städte, Dörfer und Gemeinden. Einige hatten ihre eigene Polizeitruppe, deren Abteilungen sich um alles kümmerten – von Verkehrsdelikten bis zum Mord. Andere wiederum verließen sich auf die Metropolitan Police, deren Morddezernat und gerichtsmedizinische Abteilungen für den gesamten Regierungsbezirk zuständig waren. Ashley hatte immer in einem der Departments arbeiten wollen, die im ganzen Gebiet zum Einsatz kamen, in dem sie aufgewachsen war. „Es gibt in allen Abteilungen gute Cops – und manchmal sogar intelligente."

„Und du hattest ja wirklich einen Affenzahn drauf, als du deinen Strafzettel bekommen hast", gab Jan zu bedenken. „Schau mal, Ashley ist schon richtig scharf drauf. Wenn sie demnächst ihre

Prüfung in der Tasche hat und Leute erwischen muss, die zu schnell fahren, solltest du besser aufpassen und nicht mit 90 Meilen über den Highway brettern."

„So schnell bin ich noch nie gefahren", protestierte Karen. „Und guck mal, wie Ashley auf die Tube drückt."

„Sie fährt nur zwei Meilen schneller als erlaubt", sagte Jan. „Du willst doch nicht den ganzen Weg bis Orlando im Schneckentempo zurücklegen."

Noch ehe Jan ihren Satz beendet hatte, trat Ashley auf die Bremse.

„Da hast du's", meinte Jan.

„Nein, nein, da vorne ist was passiert", sagte Ashley.

Die Bremslichter der Wagen vor ihr leuchteten auf; die Fahrzeuge wurden langsamer; Reifen quietschten. Hinter ihr wären fast zwei Autos aufeinander geprallt.

Sie kamen an der Mautstation an. An dieser Stelle hatte der Highway fünf Fahrspuren in jede Richtung, und nur wenige hundert Meter weiter vorne lag der Abzweig zum East-West-Expressway. Der frühe Berufsverkehr, der gerade noch zügig vorangekommen war, staute sich innerhalb kürzester Zeit zu einer kilometerlangen Schlange.

„Was zum Teufel ist da los?" murmelte Ashley. Während sie dicht an den vorderen Wagen heranfuhr, bemerkte sie, dass zwei Fahrzeuge offenbar zusammengestoßen waren. Sie war zwar nicht im Dienst und noch in der Ausbildung, aber wenn sie Zeugin eines Unfalls wurde und keine anderen Polizisten anwesend waren, war sie verpflichtet, den Unfallort nicht zu verlassen, bis ein diensthabender Kollege eintraf. Gerade als ihr der Gedanke durch den Kopf schoss, warf Karen, die vor Jahren mit dem Gedanken gespielt hatte, Jura statt Pädagogik zu studieren, ihr einen Blick zu.

„Nein, wir brauchen hier nicht zu halten. Da vorne ist schon ein Streifenwagen. Es sieht aus, als wäre er gerade angekommen."

Der Unfall musste erst vor kurzem passiert sein. Die Fahrbahnen waren noch nicht gesperrt, was darauf hindeutete, dass die Polizisten wirklich gerade erst eingetroffen waren. Die Fahrer der Wagen waren bereits ausgestiegen. Einer saß auf dem Mittelstreifen, das Gesicht in den Händen vergraben. Der andere, der offenbar den Unfall verursacht hatte, stand neben seinem Wagen und starrte auf die Straße.

Das Unglück hatte sich in der äußersten linken Spur zugetragen. Ashley steuerte ihren Wagen über den benachbarten Fahrstreifen. Während sie weiterrollte, schaute sie nach links und stellte erleichtert fest, dass keiner der beiden Fahrer verletzt zu sein schien.

Aber offensichtlich gab es doch einen Verletzten.

Als sie langsam weiterfuhr, stockte ihr plötzlich der Atem.

Ein Mann, der seltsamerweise nur mit einer kurzen weißen Unterhose bekleidet war, lag mit gespreizten Beinen bäuchlings auf dem Highway. Den Kopf hatte er zur Seite gedreht. Es sah so aus, als ob er tot sei.

Sie hatte alles getan, um Polizistin zu werden. Hatte sich allen Prüfungen unterzogen und all die Videos angesehen, die sämtliche schrecklichen Situationen zeigten, mit denen ein Polizist im Laufe seines Berufes konfrontiert werden konnte. Dennoch war der Anblick des Mannes, der breitbeinig und nur mit einem Slip bekleidet auf dem Highway lag, ein entsetzlicher Schock für sie.

„Oh, mein Gott", flüsterte Karen neben ihr.

„Was ist denn?" wollte Jan wissen.

Ashley umklammerte das Steuer, während sie sich die Szene einprägte. Zunächst das Naheliegendste. Die Position der beiden Unfallfahrzeuge. Die Polizisten im Streifenwagen, der gerade vorgefahren war. Der ausgebreitete Körper, nackt bis auf die weiße Unterhose. Der Kopf, der zur Seite gedreht war. Das Blut, das auf den Asphalt und über den Körper gespritzt war.

Die Wagen, die den Mittelstreifen weiträumig zu umfahren versuchten. Auf der anderen Seite des Highways die Gaffer in ihren Autos, die langsamer fuhren, bremsten und mit quietschenden Reifen stehen blieben. Und am Rand der Autostraße, weit weg vom eigentlichen Geschehen, stand jemand und starrte auf den Verkehr, als ob er darauf wartete, dass eine unsichtbare Ampel auf Grün sprang.

Sie fuhr an dem Körper vorbei. Der Anblick brannte sich in ihr Gedächtnis ein. So scharf umrissen und konturenklar wie eine Fotografie. Der Rest der Szenerie verschwamm vor ihren Augen. Die Wagen auf den gegenüberliegenden Fahrspuren wurden zu einem Meer von Farben. Die Person da hinten, die die Szenerie betrachtete ...

Eine Person ohne Gesicht. Gekleidet in etwas ... Schwarzes? Ein Mann? Eine Frau? Sie konnte es nicht erkennen. Hatte die Person mit dem Unfall zu tun? War sie befreundet mit dem Mann, der dem Zusammenstoß zum Opfer gefallen war?

„Was ist das? Was zum Teufel ist los?" fragte Jan auf dem Rücksitz.

„Da liegt ein Toter. Ein Toter auf dem Highway", antwortete Karen. Die Stimme versagte ihr.

„Ein Toter?" Jans Kopf fuhr herum.

Jetzt waren sie an der Stelle vorbeigefahren.

„Vielleicht sollte ich wenden", meinte Ashley.

„Den Teufel wirst du tun. Da ist doch schon ein Polizist, der bestimmt alles im Griff hat, und er wäre sicher stinksauer, wenn sich jemand einmischt", sagte Karen. Sie hatte Recht. Ein Beamter nahm bereits das Unglück zu Protokoll. Inzwischen drohte der

Verkehr vollständig zum Erliegen zu kommen. Ehe sie die nächste Ausfahrt erreicht hätten, um zum Unfallort zurückzufahren, wäre längst ein Krankenwagen eingetroffen, dazu noch mehr Polizisten, für die solche tödlichen Verkehrsunfälle reine Routinesache waren.

„Kümmere dich nicht drum, vergiss es einfach", sagte Karen streng. „Bitte, Ashley. Wann machen wir schon mal zusammen Ferien? Schließlich passieren solche verdammten Unfälle tagtäglich. Auch tödliche. Das ist traurig, aber wahr. Du bist nicht im Dienst. Du bist noch nicht einmal eine ausgebildete Polizistin. Und wenn du dir alles zu Herzen nimmst, was um dich herum passiert, dann wirst du eine verdammt schlechte Polizistin werden. Du musst cool bleiben. Es ist bestimmt nicht gut für dich, wenn du bei jedem kleinen Vorfall so sensibel reagierst."

Was Karen sagte, klang sehr vernünftig.

„Ich habe die Leiche gar nicht gesehen", sagte Jan.

„Da hast du aber Glück gehabt." Karen musste schlucken.

Ashley spürte, dass Karen, ungeachtet ihrer Worte, der Anblick ebenfalls ziemlich zugesetzt hatte.

„Solche Unfälle passieren jeden Tag", wiederholte Karen. „Menschen sterben, und sie werden auch morgen und übermorgen sterben", sagte sie kühl zu Ashley.

Ashley warf ihr einen raschen Blick zu. „Es ist nicht alltäglich, wenn jemand nur mit einer Unterhose bekleidet auf dem Highway ums Leben kommt", entgegnete sie.

„Hat er in einem der verunglückten Wagen gesessen?" fragte Jan.

„Möglicherweise", antwortet Karen.

„Vielleicht war er auf dem Beifahrersitz und ist durch den Aufprall herausgeschleudert worden", überlegte Jan.

„Er fuhr durch die Gegend und hatte nur einen Slip an?" fragte Ashley ungläubig.

„Hey, wir befinden uns in South Florida. Du solltest mal öfter in die Clubs am South Beach gehen“, sagte Jan. „Er hätte genauso gut splitternackt unterwegs sein können.“

„Ich glaube nicht, dass er in einem der Autos gesessen hat“, sagte Ashley. Sie rief sich die Szenerie ins Gedächtnis, erinnerte sich daran, wo die Unfallwagen gestanden und der Körper gelegen hatte.

„Also ist er in der Unterhose über den Highway gelaufen?“ meinte Jan.

„Vielleicht bringen sie ja was in den Nachrichten“, sagte Karen. Sie schaltete das Autoradio ein, das auf den Rockkanal eingestellt war, und suchte den Sender, der rund um die Uhr Nachrichten brachte. Der Sprecher verlas eine Zusammenfassung der Ereignisse in Washington, und danach kamen Verkehrsdurchsagen.

„Auf der Interstate 95 hat sich in nördlicher Richtung ein Unfall ereignet“, meldete sich eine angenehme weibliche Stimme. „Ein Fußgänger ist von einem Wagen erfasst worden. Die beiden linken Fahrspuren sind gesperrt; bitte fahren Sie langsam an die Unfallstelle heran. Fahrer unterwegs von Norden aus Dade und Broward Richtung Miami-Innenstadt müssen mit stockendem Verkehr rechnen. Keine Behinderungen gibt es bislang an den Mautstellen, aber am Abzweig Palmetto und Miller Drive behindert ein liegengebliebenes Fahrzeug auf der Standspur den Verkehr.“

Damit endete die Durchsage, und es folgte der Seewetterbericht.

Inzwischen hatten sie die Mautstation erreicht. Ashley warf ein paar Münzen in den Trichter und fädelte sich in eine Spur ein. Sie merkte, dass Karen sie beobachtete.

„Wie werden die ganze Sache vergessen und uns ein paar schöne Tage machen“, sagte Karen entschlossen.

Ashley nickte. Ein paar Sekunden schwieg sie, dann meinte sie: „Es ist schon ziemlich merkwürdig. Warum ist ein Mann in Unterwäsche über den Highway gelaufen?"

„Vielleicht war er high", meldete Jan sich vom Rücksitz.

„Das wird es gewesen sein", stimmte Karen zu. „Warum sollte man sonst versuchen, zehn Fahrspuren zu überqueren mit so gut wie nichts am Leib?"

„Ashley, wenn du am Montag wieder zur Polizeiakademie gehst, findest du bestimmt jemanden, der dir etwas darüber erzählen kann", sagte Jan.

„Da hast du Recht."

„Bis dahin kannst du sowieso nichts tun", ergänzte Karen.

„Doch", widersprach Ashley.

„Was denn?"

„Am nächsten Rasthof halten, einen doppelten Cappuccino trinken, ein Sandwich mit schrecklich fetter Mayonnaise essen und den Schock verarbeiten", sagte Ashley.

„Ich bin dabei", sagte Jan. „Aber mir reichen ein einfacher Kaffee und die Plätzchen."

Knapp dreißig Minuten später hatten sie einen Rastplatz erreicht. Der Schreck saß ihnen zwar immer noch in den Gliedern, aber sie bemühten sich, zu der lockeren Stimmung zurückzufinden, in der sie ihre Reise begonnen hatten. Während Ashley und Jan sich in die Schlange vor der Kaffee- und Sandwichtheke einreihten, sammelte Karen Prospekte über die zahlreichen Sehenswürdigkeiten von Orlando. Als sie an einem Tisch saßen, deutete Jan auf einen Folder, der für „Arabische Nächte wie im Mittelalter" warb. „So etwas habe ich noch nie mitgemacht. Ich liebe das Mittelalter, und Pferde gibt es da auch."

„Und Männer", ergänzte Karen. „Aber ich dachte, wir wollten in die Disco? Nach Pleasure Island oder so was in der Art?"

„Einen Abend gehen wir tanzen, und einen Abend gucken wir uns fantastische Männer auf Pferden an", schlug Jan vor.

Ashley hörte ihnen kaum zu. Sie hatte einen Bleistift aus ihrer Tasche genommen und zeichnete etwas auf ihre Serviette.

Eine Hand legte sich über ihre und unterbrach sie bei ihrer Tätigkeit. Sie schaute auf. Karen sah sie an. „Das macht mir Angst. Es ist so realitätsnah."

Jan griff nach der Serviette und zuckte zusammen. „Was tust du da, Ashley? Lass es doch endlich sein." Wieder betrachtete sie die Zeichnung. „Ich bin richtig froh, dass ich mir in dem Moment gerade Hosen angesehen habe, die auch Leuten mit dicken Oberschenkeln gut stehen", versuchte sie, einen Scherz zu machen, und lächelte. „Dieses Bild jagt mir ja richtig Angst ein."

„Du hättest auf der Kunstschule bleiben sollen", meinte Karen. „Denn du hast wirklich Talent. Du kritzelst was auf eine Serviette, und es sieht wirklich lebensecht aus. Bitte, Ashley ..."

Ashley knüllte die Serviette zusammen. „Tut mir Leid", murmelte sie schuldbewusst. Ihre Freundinnen hatten Recht. Sie konnte das Ereignis nicht ungeschehen machen.

Und sie würde im Verlauf ihrer Karriere noch viel schlimmere Dinge zu Gesicht bekommen.

„Du bist immer noch nicht ganz weg von der Kunst, stimmts?" fragte Jan. „Ich meine, du bist wirklich gut. Echt. Ich kennen keinen, der so fantastisch Menschen zeichnen kann wie du."

„Davon werde ich auch nie ganz wegkommen", sagte Ashley. „Ich zeichne wahnsinnig gern. Es ist nur so, dass ..."

„Es ist nur so, dass sie auch gerne Geld verdient", beantwortete Karen Jans Frage mit einem Seufzer.

„Du würdest auch als Malerin Geld verdienen. Davon bin ich überzeugt", meinte Jan.

„Die Kunstschule ist einfach zu teuer", sagte Ashley.

„Du hast das Stipendium doch nur deshalb nicht angenommen, weil du Angst hattest, dass Nick dich vielleicht trotzdem unterstützen müsste und er es sich nicht leisten könnte“, folgerte Karen scharfsinnig.

„Nick hätte mich niemals davon abgehalten“, verteidigte sich Ashley. Und das stimmte auch. Sie wusste, dass Nick enttäuscht gewesen war, als sie das Stipendium ausgeschlagen hatte, das ihr von einer Kunstschule in Manhattan angeboten worden war. Aber das Geld hätte nicht gereicht, um ihren Unterhalt in New York zu finanzieren – selbst wenn sie einen Platz im Studentenwohnheim bekommen und zusätzlich einen Halbtagsjob angenommen hätte. Nick hätte gewiss alles getan, um ihr zu helfen, doch seine Bar und das Restaurant waren damals noch nicht so gut gelaufen, und es wäre nur eine Frage der Zeit gewesen, bis er kein Geld mehr gehabt hätte.

„Ich liebe die Kunst, aber ich wollte auch immer Polizistin werden. Ihr wisst doch, mein Daddy war auch ein Cop.“

„Wissen wäre zu viel gesagt“, meinte Karen. „Es ist schließlich schon verdammt lange her.“

„Ich weiß jedenfalls noch, wie sehr ich meine Familie geliebt und meinen Dad bewundert habe“, sagte Ashley sehnsüchtig. „Und die Arbeit bei der Polizei ist wirklich faszinierend.“

„Faszinierend, wirklich. Du sitzt im Streifenwagen und machst Jagd auf Verkehrssünder wie Karen“, spottete Jan.

„Sehr witzig, Jan“, sagte Karen.

„Entschuldigung.“

„Ich schwöre, dass ich genau das mache, was ich immer tun wollte“, sagte Ashley.

„Und was willst du heute Abend tun – Tanzen gehen oder Pferde angucken?“ fragte Karen.

„Werfen wir doch eine Münze“, schlug Ashley vor. „Warum

machen wir nicht einfach beides?" Sie zerknüllte das Papier, in das ihr Sandwich eingepackt gewesen war, und legte es neben die Serviette, auf die sie gezeichnet hatte. „Wollen wir weiterfahren?"

„Soll ich jetzt mal fahren?" fragte Karen.

„Um Himmels willen, bloß nicht", protestierte Jan. „Sie wird dir sofort einen Strafzettel geben oder die ganze Zeit deine Fahrweise kritisieren. Darfst du eigentlich jemanden verwarnen, der dein eigenes Auto fährt?"

„Noch ein Wort, und ich erwürge dich", sagte Karen grimmig. „Und das wird dir ganz bestimmt keinen Spaß machen."

„Hey, hast du das gehört? Sie bedroht mich", klagte Jan.

„Ach, hört auf, ihr zwei", meinte Ashley lachend.

„Im Ernst – soll eine von uns fahren?" wiederholte Karen.

Ashley schüttelte den Kopf. „Nicht nötig, ich bin noch gut drauf."

Jedenfalls was ihre Fahrtüchtigkeit anging.

Ansonsten hatte sie das Gefühl, gar nicht gut drauf zu sein. Sie war davon überzeugt, dass sich das Bild des reglosen Körpers auf der Autobahn für alle Zeiten in ihr Gedächtnis eingebrannt hatte.

2. KAPITEL

Nick stand hinter der Bar und spülte Gläser, als Sharon Dupre zurückkam. Sie hatte ein schlechtes Gewissen, weil sie so spät dran war, denn sie hatte versprochen, ihm beim Mittagsgeschäft zu helfen.

Ihre Befürchtungen waren umsonst: Natürlich machte er ihr keine Vorwürfe. Stattdessen begrüßte er sie mit seinem üblichen Grinsen. Nick war überhaupt nicht nachtragend, und Eifersucht war ihm vollkommen fremd. Wenn sie das Gefühl hatte, eine Zeit lang ohne ihn sein zu müssen, stand es ihr jederzeit frei zu gehen. Und wenn sie sich in seiner Gegenwart wohl fühlte – umso besser. Jedenfalls war sie ihm stets willkommen.

„Na, wie war dein Tag?" erkundigte er sich.

„Nicht schlecht."

„Hast du was verkauft?"

„Ich hatte zwei Besichtigungstermine bei ziemlich teuren Häusern, aber es hat keiner angebissen – noch nicht."

„Das braucht eben seine Zeit."

„Hat Ashley sich gemeldet? Sind die Mädels schon im Hotel eingetroffen?"

Nick schüttelte den Kopf. „Sie wollte mich nur anrufen, wenn es Probleme gibt. Ich denke, ich höre morgen von ihr. Sie hat sich übrigens sehr über die Kekse gefreut. Sie wird es dir selbst sagen, wenn sie zurückkommt."

„Schön."

Sharon stellte ihre Handtasche hinter der Bar ab und gab Nick einen Kuss. Warum empfand sie bloß diese innere Unruhe? Das sah ihr gar nicht ähnlich. Sie ärgerte sich über selbst. Normalerweise war sie die Ruhe selbst und hatte immer alles unter Kontrolle.

Als sie sich von ihm abwenden wollte, hielt er sie fest und

küsste sie noch einmal, diesmal sehr viel intensiver. Sie löste sich von ihm. Ihre Wangen waren gerötet. „Sandy Reilly ist gerade reingekommen und starrt uns an."

„Sandy ist doch schon uralt. Wahrscheinlich wecken wir Erinnerungen in dem alten Knaben – an aufregende Momente voller wildem Sex", erwiderte Nick.

„He, ihr zwei, regt euch ab", rief Sandy. „Und hört auf damit. Sorgt lieber dafür, dass es hier was zu trinken gibt. Der alte Knabe kann noch ausgezeichnet hören, und er will jetzt sofort ein Bier."

Sharon und Nick trennten sich lachend. Nick rief ihm zu: „Das Bier geht auf mich."

„Schön, dass man manchmal noch was Erfreuliches hört", sagte Sandy und schüttelte den weißhaarigen Kopf. „Bring mir bitte ein kaltes."

„Du klingst ziemlich frustriert, Sandy."

„Das bin ich auch. Jedenfalls weiß ich jetzt, warum ich mich lieber mit Booten beschäftige. Ich war gerade bei der Bank, um einige Rechnungen zu bezahlen, und habe ewig im Stau gestanden. Dieser verdammte Verkehr."

„Noch schlimmer als sonst?" fragte Nick.

„Das kann man wohl sagen. Heute scheinen sich alle Verrückten dieser Welt da draußen getroffen zu haben. Ich setze mich bestimmt nicht mehr hinters Steuer. Was ist denn nun mit meinem Bier, Nick?"

Unter der Wasseroberfläche konnte Jake Dilessio das schabende Geräusch hören, als etwas sein Boot streifte. Es war ein merkwürdiger Laut, der mehr wie ein Reiben als ein Kratzen klang. Er schaffte es gerade noch, die letzte hartnäckige Muschel vom Schiffsrumpf zu entfernen, ehe ihm der Sauerstoff ausging. Er tauchte auf, griff nach der untersten Sprosse am Heck der *Gwen-*

dolyn, schob sich die Tauchermaske aus dem Gesicht und holte tief Luft. Dann kletterte er hinauf und sprang auf sein Hausboot.

Er spürte die Bewegung, noch bevor er seinen Angreifer zu Gesicht bekam. Nach jahrelangem Training funktionierte sein Instinkt bestens. Das Adrenalin strömte durch seine Adern.

Als eine Faust auf ihn zuschoss, duckte er sich, richtete sich blitzschnell wieder auf und schlug mit der Linken zu. Er hatte Glück und traf seinen unbekannten Gegner mitten aufs Kinn.

Zu seiner Überraschung blieb der Mann, der ein maßgeschneidertes weißes Hemd, Krawatte, marineblaue Hosen und Lederslipper trug, am Boden liegen. Er atmete schwer und schien fast zu schluchzen, als er sich aufrichtete und sein Kinn rieb.

„Verdammt", fluchte Jake leise. „Brian?"

„Du hast mit ihr geschlafen", sagte der Mann.

Jake beugte sich nach unten und half seinem Angreifer auf die Füße. Die beiden waren fast gleich groß; Brian war schlank, kräftig und ziemlich attraktiv – ein blonder Surfertyp mit blauen Augen, um den die Frauen sich rissen. Im Moment jedoch waren seine blauen Augen rot gerändert vom Weinen, und die Schwellung an seinem Kinn beeinträchtigte die klassische Form seiner Gesichtszüge.

„Brian, was zum Teufel tust du hier?" fragte er ruhig. Der Adrenalinstoß war verebbt, und sein Herz schlug wieder ruhiger. „Komm rein, ich gebe dir etwas Eis für dein Kinn."

Brian Lassiter riss sich von ihm los, dann folgte er Jake doch in das Wohnzimmer seines Hausboots. Der Platz im Inneren der *Gwendolyn* war optimal genutzt. Von einem als Ess- und Wohnzimmer genutzten Bereich, an den sich eine Küche anschloss, führte eine Treppe zu einem Raum im Achterdeck. Die Hauptkabine lag im vorderen Teil des Bootes.

Jake führte Brian hinein, setzte ihn auf einen Barhocker und holte Eis aus dem Kühlschrank. Die Würfel wickelte er in ein Handtuch, das er seinem ungebetenen Besucher reichte. „Halte das an dein Kinn. Ich mache uns einen Kaffee."

„Ich brauche keinen Kaffee."

„Das glaubst du!"

„Als ob du noch nie ein paar über den Durst getrunken hättest."

„Und ob ich das getan habe – viel zu oft, wenn du's genau wissen willst. Dabei habe ich mich manchmal ganz schön dämlich benommen. Aber wie konntest du bloß so auf mich losgehen? Das hätte schlimm für dich enden können."

„Ich wollte es dir wenigstens ein Mal zeigen", sagte Brian. Seine Stimme war nur noch ein Flüstern, unterbrochen von leisen Schluchzern. „Nur ein Mal. Du hast mit ihr geschlafen."

Mit einer heftigen Bewegung schaltete Jake die Kaffeemaschine ein. Dann drehte er sich um. „Brian, ich habe nicht mit ihr geschlafen. Und sie hat dir auch nie so etwas erzählt."

„Du lügst. Warum solltest du mir jetzt auch die Wahrheit sagen – wo sie tot ist."

„Das stimmt", erwiderte Jake mit gefährlich ruhiger Stimme. „Nancy ist tot."

„Und wenn du mit ihr geschlafen hast, dann würdest du es niemals zugeben, denn jetzt kann ich es sowieso nicht mehr herausfinden."

Jake musste sich beherrschen. „Ich glaube, wir können uns noch beide sehr gut an die gerichtliche Untersuchung erinnern. Es war eine widerliche, schmutzige Angelegenheit. Aber eines haben sie herausgefunden, Brian. In jener Nacht war sie nicht bei mir." Der Gerichtsmediziner hatte festgestellt, dass sie in jener Nacht, wie er es ausgedrückt hatte, einvernehmlichen Sex mit jemandem gehabt hatte. Jake hatte sich freiwillig einem Test unterzogen, um zu beweisen, dass er es nicht gewesen war.

„Mit mir war sie auch nicht zusammen, verdammt“, erwiderte Brian bitter. „Aber selbst wenn sie in dieser Nacht nicht bei dir war, so hat sie dich doch geliebt.“

„Wir waren befreundet, Brian.“

„Befreundet. Ja.“ Er schwieg ein paar Sekunden. „Du glaubst immer noch, dass das alles meine Schuld war.“

„Das habe ich nie gesagt.“

„Das hast du nie gesagt? Erzähl mir nichts. Jedesmal, wenn du mich während der Untersuchung angesehen hast, waren deine Blicke eine einzige Anklage.“

Brian hatte wirklich viel getrunken. Jake schüttelte den Kopf. Aber er konnte ihn gut verstehen. Manchmal hatte er ebenfalls das Gefühl, als müsste er sich besinnungslos betrinken.

„Brian, du irrst dich. Du irrst dich wirklich.“

„Ein Unfall. Sie haben gesagt, es sei ein Unfall gewesen. Du ... du hast das doch nie geglaubt.“

„Brian, ich denke, du hast dich damals wie ein kompletter Idiot verhalten. Und das tust du auch gerade wieder. Aber für den Tod deiner Frau warst du nicht verantwortlich, klar?“

„Ich habe sie nicht dazu gebracht, Marihuana zu rauchen. Ich habe ihr niemals Drogen gegeben, und wir haben uns auch niemals betrunken.“

„Brian, im Moment benimmst du dich wie ein selbstmitleidiger Säufer. Du kannst nicht mehr klar denken. Keiner hat jemals behauptet, dass du irgendjemanden zu irgendetwas gezwungen hast. Es stimmt, du hast dich aufgeführt wie ein Idiot, und sie war oft stinksauer auf dich. Aber sie hat dich geliebt, kapierst du das? Scheiße, Brian, das ist doch schon eine Ewigkeit her. Warum zum Teufel musst du das alles wieder aufwühlen?“

„Das weißt du nicht? Verdammt, wie konntest du das bloß vergessen?“

Jake starrte Brian an. Natürlich wusste er es. In all den Jahren hatte er es nicht vergessen. „Heute ist ihr Geburtstag", sagte er leise.

„Ja. Sie wäre dreißig geworden, Jake. Dreißig. Scheiße. Sie war fünfundzwanzig."

Jake lehnte sich gegen die Küchentheke. Er hatte das Gefühl, dass jemand mit glühenden Eisenstangen in seinen Eingeweiden herumstocherte. „Fünfundzwanzig Jahre. Und es gibt verdammt noch mal nichts, was du oder ich machen könnten. Sie ist fast fünf Jahre tot, Brian. Und nach allem, was ich gehört habe, lebst du seit zwei Jahren mit einer Stewardess zusammen."

„Ja, ich bin mit einer Stewardess zusammen", bestätigte Brian. Er schüttelte den Kopf. „Sie ist ein nettes Mädchen. Ich sollte sie heiraten. Aber jedes Mal, wenn ich jemandem zu nahe komme ..." Seine Stimme erstarb, und sein schmerzerfüllter Gesichtsausdruck hatte nichts mit seiner geschwollenen Backe zu tun. „Zum Teufel, manchmal frage ich mich, ob Nancy mein ganzes Leben lang bei mir sein wird, ob es irgendwann einmal vorbei sein wird, dass ich nachts aufwache und das Gefühl habe, sie sieht mich an ... Ach, Scheiße!"

Der Kaffee war fertig. Jake füllte eine Tasse für Brian. Ohne sich dessen bewusst zu sein, hatte Brian Salz in zwei Wunden gestreut.

Denn Jake kam es manchmal ebenfalls so vor, als würde Nancy ihn heimsuchen – nach all den Jahren.

Er stellte die Tasse vor Brian hin. „Brian, nichts in der Welt wird Nancy zu dir zurückbringen. Mach dir das endlich klar. Bist du dir eigentlich bewusst, wie lange das alles her ist? Und es gibt niemanden, der glaubt, dass du sie umgebracht hast."

„Nein. Nicht, dass ich sie umgebracht habe. Aber dass ich sie dazu gebracht habe, sich selbst umzubringen."

„Sie hat sich nicht selbst umgebracht. Ich weiß es, und du weißt es auch."

Brian ließ den Kopf hängen und holte tief Luft. „Weißt du, Jake, es gibt da draußen ein paar Leute, die halten dich für einen verdammten Scheißkerl und nicht für den strahlenden, unbesiegbaren Helden, als der du immer in den Zeitungen auftauchst."

„Ich kann nichts dafür, was die Leute über mich denken", entgegnete Jake gleichmütig. „Und ich kann auch nichts daran ändern."

„Ja, das stimmt. Du kannst sie nicht dafür ins Kittchen bringen, nur weil sie dich für ein Arschloch halten, hab ich Recht?"

„Brian, jetzt trink deinen Kaffee und sag mir bitte nicht, dass du mit deinem Wagen hierher gekommen bist."

„Wieso? Willst du mich deswegen festnehmen?" fragte Brian angriffslustig und funkelte ihn wütend an.

„Nein. Ich hoffe nur, dass es keine Verletzten auf deiner Strecke gegeben hat."

Brian senkte den Blick. „Nein, ich bin nicht gefahren. Ich war in einer Bar in der Stadt, und von da hat mich ein Freund zu Nick gefahren. Da habe ich auf der Terrasse gesessen und noch ein paar Bier getrunken. Ich habe mich nicht ans Steuer gesetzt."

„Gut. Trink deinen Kaffee aus, dann bringe ich dich nach Hause."

Brian sah ihn kopfschüttelnd an. „Ich weiß, dass Nancy andauernd zu dir gekommen ist. Deshalb frage ich mich manchmal, warum du mich nicht in Stücke zerreißt? Sie hat dir doch bestimmt eine Menge erzählt."

„Ich würde ein Verbrechen begehen, wenn ich dich umbrächte. Außerdem bin ich Polizist. Das würde die ganze Sache noch verschlimmern."

Brian versuchte zu lächeln, doch es wirkte wie eine Grimasse.

„Ja, aber du könntest mich zusammenschlagen. Selbstverteidigung. Ich habe dir doch genug Gründe geliefert. Warum tust du's nicht einfach? Würdest du dich dabei schuldig fühlen?"

„Nein", antwortete Jake kühl.

„Aber …?"

„Sie hat dich geliebt. Und ich habe sie geliebt." Brian sah erschrocken auf, und Jake beeilte sich hinzuzufügen: „Ich habe nicht gesagt, dass ich mit ihr geschlafen habe, sondern nur, dass ich sie geliebt habe. Und sie hat dich immer für einen anständigen Kerl gehalten. Ich sehe das zwar nicht so, aber es muss ja etwas dran sein. Also, trink jetzt deinen Kaffee aus, und dann fahre ich dich nach Hause."

Brian starrte ihn ein paar Sekunden an, ließ die Schultern hängen und nickte ergeben. Er trank seinen Kaffee aus und bat um eine weitere Tasse. Anschließend ging er ins Bad und machte sich ein wenig frisch.

Bevor er ihn nach Hause bringen konnte, musste Jake allerdings zu Nicks Bar fahren, weil Brian seine Jacke dort vergessen hatte.

Nick stand hinter dem Tresen; Sharon half ihm beim Aufräumen. Sharon, die Frau, mit der er seit einem Jahr zusammenwar und in die er sich, wie er Jake gestanden hatte, verliebt hatte. In seinem Alter. Verliebt! Sie hatte nichts dagegen, dass er die meiste Zeit des Tages arbeitete. Im Gegenteil, es war ihr sogar recht, denn so konnte sie sich ohne schlechtes Gewissen um ihr Maklerbüro kümmern. Manchmal hatte sie nämlich selbst einen Sechzehnstundentag, aber es gab auch Zeiten, wo die Geschäfte nicht so gut liefen. Außerdem war sie sehr an Politik interessiert und hatte sich fest vorgenommen, mehr darüber zu lernen und zu lesen. Sie überlegte sogar ernsthaft, in die Kommunalpolitik einzusteigen.

Zuerst hatte Jake gedacht, dass die beiden nicht gerade füreinander bestimmt zu sein schienen. Doch wie zum Teufel konnte er das beurteilen?

Nick zog die Stirn kraus, als Jake mit Brian hereinkam. „Alles in Ordnung?"

„Alles bestens."

„Könnte kaum besser sein", ergänzte Brian.

„Wollen Sie etwa noch etwas trinken?" fragte Sharon ihn argwöhnisch.

„Ich fahre Brian nach Hause. Er hat seine Jacke hier vergessen. Wir sind nur vorbeigekommen, um sie zu holen."

„Aha", sagte Nick, während er von einem zum anderen schaute.

„Wenn Sie möchten, kann ich ihn auch fahren", bot Sharon an.

„Nein danke, das mach ich schon."

Brian legte einen Arm um Jakes Schulter. „Ja, wir kommen schon zurecht. Jake und ich, wir sind fast wie Brüder." Er grinste. „Ich würde ihn auch nach Hause fahren, wenn er ein paar zu viel getrunken hätte. Sie wissen schon – eine Hand wäscht die andere."

„Lass uns fahren, Brian."

Brian war vor kurzem umgezogen, aber glücklicherweise erinnerte er sich an den Weg zu seiner neuen Adresse. Jake fand Norma, die Stewardess, sehr sympathisch, als sie die Tür öffnete, nachdem Brian eine Zeit lang vergeblich versucht hatte, den Schlüssel ins Schloss zu stecken. Brian stellte Jake vor, ohne eine abfällige Bemerkung zu machen. Norma war ganz das Gegenteil von Nancy. Sie war klein, blond und sprach mit einer sanften Stimme. Jake erinnerte sich daran, dass er ihr auf einem Flug in den Norden der Staaten begegnet war, und lachend erwiderte sie, dass sie sich auch noch an ihn erinnern konnte.

„Warum auch nicht, zum Teufel", murmelte Brian verärgert. Norma runzelte verwirrt die Stirn, als sie seine Worte hörte, und Jake hätte ihm am liebsten noch einmal einen Faustschlag verpasst.

Stattdessen sagte er: „Wenn Sie möchten, bringe ich ihn ins Bett und ziehe ihm die Schuhe aus."

„Erste Tür oben rechts", sagte Norma. „Ich glaube, ich bringe ihm ein paar Aspirin und ein Glas Wasser. Morgen früh wird er mir dafür dankbar sein. Ist er gestürzt?"

Jake tat, als habe er ihre Frage nicht gehört. Brian lehnte sich schwer auf ihn. Er stolperte über die erste Stufe. Jake packte ihn am Arm, bugsierte seinen Fuß auf die Treppe und führte ihn routiniert in den ersten Stock. Brian grinste unsicher, als sie oben angekommen waren.

„Bin ich gestürzt?" sagte er und lachte. Aber sein Lachen klang unecht – bitter, voller Selbstmitleid und anklagend. „Ja, zum Teufel, ich bin gestürzt. Mitten in deine Faust hinein, stimmts?"

„Halt endlich dein verdammtes Maul, Brian", murmelte Jake.

Jake ließ Brian auf das extrabreite Doppelbett fallen und zog ihm die Schuhe aus, wie er Norma versprochen hatte. Er wollte gerade das Schlafzimmer verlassen, als Brian sagte: „Du kennst Norma also."

„Ich habe sie auf einem Flug gesehen, Brian."

„Ich wette, dass sie auch gerne mit dir schlafen möchte."

„Wie lange willst du hier noch das Superarschloch spielen?" fragte Jake. „Du bist doch ein Glückspilz. Du hattest eine fantastische Frau, und dieses Mädchen ... es sieht ganz so aus, als würde sie dich lieben. Vermassel nicht wieder alles. Du hast eine zweite Chance bekommen. Sei kein Idiot."

Als er hinausgehen wollte, rief Brian ihm nach: „Und wie wars für dich, Jake?"

Er drehte sich wieder um. Brian grinste schief. „Du weißt schon – die Assistentin des Bezirksstaatsanwalts. Die sah doch klasse aus. Wie lange hat es gedauert – drei Monate, oder? Dann war da doch noch diese Kellnerin – die mit dem scharfen Körper.

Zehn Mal habt ihr euch getroffen, dann war Schluss. Du trauerst Nancy auch immer noch nach, stimmts?"

„Brian, schlaf dich aus. Fünf Jahre sind eine lange Zeit."

Als er die Treppe hinunterging, kam Norma ihm entgegen. „Vielen Dank, dass Sie ihn nach Hause gebracht haben."

„Keine Ursache."

„Letztes Jahr war es genauso. Der Geburtstag seiner Frau ... mehr ist aus ihm nicht herauszubekommen. Kurz nachdem wir uns kennen lernten, habe ich natürlich erfahren, dass sie bei einem tragischen Unfall ums Leben gekommen ist. Er muss sie wirklich geliebt haben. Also nochmals vielen Dank. Ein Mann, der so etwas durchgemacht hat, braucht hin und wieder Hilfe. Kann ich Ihnen einen Kaffee oder irgendetwas anderes anbieten, bevor Sie zurückfahren?"

„Nicht nötig."

„Ja, also dann noch mal vielen Dank. Das war wirklich sehr nett von Ihnen."

„Nicht der Rede wert."

„Wissen Sie, ich erinnere mich wirklich daran, dass ich Sie auf einem Flug gesehen habe. Sie sind Polizist, stimmts?"

„Das ist richtig."

„Dann haben Sie also seine Frau gekannt."

„Wir waren Kollegen."

Schweigend ging Jake die Treppe hinunter und verließ das Haus. Als er auf sein Hausboot zurückkehrte, stellte er fest, dass Nick und Sharon ihm einen Nudelauflauf mit Shrimps auf den Herd gestellt hatten.

Das war gut, denn er war ausgehungert. Das lange Wochenende hatte ihm zwar einen freien Tag beschert, aber das Schiff an einen neuen Anlegeplatz zu bringen, war harte Arbeit gewesen. Gierig verschlang er das Essen.

Anschließend fiel er erschöpft ins Bett, obwohl er wusste, dass er nicht sofort würde einschlafen können. Nancys Geburtstag. Heute wäre sie dreißig geworden. Verflucht.

Normalerweise schlief er gerne auf dem Hausboot. Das leichte Schaukeln auf den Wellen und die frische Brise vom Ozean wirkten immer entspannend auf ihn.

Heute Nacht allerdings nicht.

Eine Weile warf er sich unruhig hin und her und überlegte, dass es vielleicht besser gewesen wäre, die Nacht nicht alleine zu verbringen. Und er dachte an Brians Worte.

An die Assistentin des Bezirksstaatsanwalts.

An die Kellnerin.

Ja, es hatte einige Frauen in seinem Leben gegeben. Aber sie hatten ihn nie vergessen lassen können, dass er ... ja, zum Teufel, er hatte Nancy geliebt. Damals ebenso wie heute.

Und jetzt war sie ein Geist in seinem Leben. Ein Phantom. Eine Erinnerung, ein Duft. Er hätte schwören können, dass er manchmal noch ihr Lachen hörte.

Alle Frauen, die er kennen lernte, verglich er mit ihr. Er hatte noch keine gefunden, die es mit ihr hätte aufnehmen können.

Gegen zwei Uhr schlief er endlich ein. Wenig später erwachte er schweißgebadet aus dem immer gleichen Albtraum. Er war im Wasser gewesen, im kristallklaren Wasser des Ozeans. Es war ein herrlicher Tag; das Licht glitzerte auf den Wellen. Dann bewölkte sich der Himmel, und das Wasser wurde grau. Plötzlich befand er sich in den schlammig-trüben Fluten eines Kanals; er versuchte, nicht unterzutauchen, denn er wusste, was er sehen würde. Und dann hörte er ihre Stimme ...

Er sprang aus dem Bett, ging in die Küche und holte sich ein Bier aus dem Kühlschrank. Schnell trat er aufs Deck hinaus. Er musste jetzt die frische nächtliche Ozeanbrise spüren. Gierig trank er das Bier, und ihm wurde bewusst, dass er ebenso wenig darüber hinweg war wie Brian.

Sie war für immer verloren. Sie war eine so wunderschöne Frau gewesen, fast eine tragische Gestalt, und sie hatte ihm so viel von sich erzählt, so viel Persönliches preisgegeben.

Auf der anderen Seite war sie auch zäh. In jeder Situation bewahrte sie einen kühlen Kopf, und sie war mindestens so gut gewesen wie jeder andere Cop im Revier.

Sie war seine Partnerin. Vor ihm konnte sie nichts geheim halten. Wenn sie etwas wusste oder einen Verdacht hatte ...

Aber sie hatte keinen Verdacht. Wenigstens hatte sie das behauptet. Doch vielleicht wäre sie in der Lage gewesen, etwas herauszufinden.

Was zum Teufel hatte sie getan? Er hatte es nie erfahren. Dabei hätte er es wissen müssen. Immerhin war er ihr Partner gewesen. Sie war in ihrem Auto ums Leben gekommen, und in ihrem Blut hatte man Reste von Alkohol und Betäubungsmitteln gefunden. Tod durch Unfall, so hatte die richterliche Entscheidung gelautet. Sie hatte die Kontrolle über das Fahrzeug verloren. Es gab keine Hinweise auf Einwirkung dritter. Dennoch war während der Untersuchung der ganze Schmutz aufgewirbelt worden. Die Probleme in ihrer Ehe. Die enge Freundschaft – oder war es mehr als eine Freundschaft? – mit Jake.

Sie lebte nicht mehr.

Sie war Opfer eines schrecklichen Verkehrsunfalls geworden. Er hatte es nicht glauben können. Damals nicht und auch heute nicht.

Und er hatte nie wieder jemanden wie sie kennen gelernt.

Plötzlich schoss ihm ein Gedanke durch den Kopf.

Es war wie ein Blitz, ein merkwürdiges Gefühl, das ebenso schnell verschwand, wie es gekommen war. Unvermittelt wurde ihm klar, was es war. Dieses seltsame Déjà vu hatte er zuvor schon gehabt. Es war eine Art von ...

Erinnerung.

Vielleicht hing es damit zusammen, dass heute Nancys Geburtstag war. In seinem Unterbewusstsein hatte er es den ganzen Tag gespürt. Und dann war ihm auch noch eine Frau begegnet, die ihn an Nancy erinnerte. Früher am Tag. Eigentlich seltsam, denn Nancy war groß gewesen, einsfünfundsiebzig etwa, dunkelhaarig, gertenschlank. Diese Frau hatte ihr überhaupt nicht ähnlich gesehen.

Es geht auch gar nicht darum, dass sie ihr ähnlich sieht, überlegte er. Da war etwas gewesen in der Art, wie sie sich bewegte, wie sie sich gab, ihre Selbstsicherheit. Sie strahlte die gleiche Entschlossenheit aus wie Nancy, wirkte unerschrocken, nahm kein Blatt vor den Mund. Sie gab nicht klein bei, beharrte auf ihrem Standpunkt ... und strahlte dabei eine seltsame Anziehungskraft aus.

Nicks Nichte. Die Rothaarige, die ihm am Morgen den Kaffee übers Hemd gegossen hatte. Sie war zwar nicht gerade klein, aber höchstens einsfünfundsechzig groß. Er hatte sie zuvor schon hin und wieder gesehen. Vor einigen Jahren war sie öfter in der Bar gewesen, aber damals hatte sie anders ausgesehen, mehr wie ein Teenager. Schlaksig, mit zerzausten Haaren, großen grünen Augen und immer in Bewegung. Später war er dann nicht mehr so häufig in Nicks Restaurant gewesen – eigentlich nur ein einziges Mal in den vergangenen fünf Jahren, als er einen anderen Anlegeplatz im Hafen beantragt hatte, an dem sein Boot seit gestern festgemacht war.

Sie hatte sich verändert. Ihre Bewegungen waren nicht mehr unbeholfen. Die Rundungen ihres Körpers saßen genau an den richtigen Stellen, und das leuchtende Rot ihres ungebändigten Haars wirkte geradezu wie eine Aufforderung an die Männer, mit ihr zu flirten. Ja, sie war attraktiv. Aber den größten Eindruck hatte ihre Stimme auf ihn gemacht. Ihr empörter Tonfall. Kühl und abweisend. Und wenn sie wütend war, konnte sie jemanden mit ihren zornblitzenden Blicken zum Schweigen bringen.

Nick hatte ihm erzählt, dass sie die Polizeiakademie besuchte.

Das Mädchen würde also bald zur Truppe gehören. Tolle Aussichten!

Vor allem, weil etwas an ihr ihn so sehr an Nancy erinnerte.

Verdammt! Plötzlich hatte er das Gefühl, dass eiskalte Hände seinen Körper berührten.

Er hoffte inständig, dass sie nicht so war wie Nancy. Eine Frau mit unerschütterlichen moralischen Grundsätzen, die zu allem entschlossen war – und nicht umsichtig genug, Angst zu haben.

Er kannte sie doch überhaupt nicht. Was sie tat und wie sie lebte, ging ihn absolut nichts an. Vielleicht war sie ja auch gar nicht wie Nancy. Vielleicht hatte er sich die Ähnlichkeiten nur eingebildet, weil Nancy heute Geburtstag hatte.

Unvermittelt empfand er ein tiefes Mitgefühl für Brian.

Er trank den letzten Schluck Bier. Und verspürte sofort Lust auf ein zweites.

Nein, kein Bier. Lieber einen Scotch.

Schließlich würde er ja heute Nacht nicht mehr ausgehen.

Er ging zurück in die Küche und goss sich einen Whisky ein. Nach kurzem Zögern machte er daraus einen Doppelten.

Auf irgendeine Weise musste er ja heute Nacht Schlaf finden.

Ohne weitere Zwischenfälle waren Ashley, Karen und Jan im Hotel eingetroffen, hatten eingecheckt und anschließend einige Stunden am Pool verbracht, wo sie mehrere Piña Coladas schlürften. Sie beschlossen, sich die Show anzusehen und erst am nächsten Abend in die Disco zu gehen.

Die Pferde waren prächtig, und die Vorstellung war sehr unterhaltsam. Als Ashley ins Hotel zurückkam, wartete eine Nachricht auf sie. Len und seine Kumpel von der Feuerwehr hatten sich tatsächlich entschlossen, ebenfalls zu kommen. Sie wollten den Abend in einer Tanzbar verbringen.

„Feuerwehrleute?“ fragte Karen.

„Das sind nicht alles gut aussehende Muskelpakete“, warnte Jan sie.

„Wir sollten mal unser Glück versuchen“, meinte Karen.

Und genau das taten sie.

Len war mit zwei Freunden gekommen, als habe er bewusst darauf geachtet, dass sich keiner von ihnen wie ein fünftes Rad am Wagen fühlen musste. Len war einunddreißig Jahre, groß und kräftig gebaut. Er hatte Ashley erzählt, dass er regelmäßig ins Fitnessstudio gegangen war, schon bevor er sich bei der Polizei beworben hatte, und auch danach hatte er noch intensiv weitertrainiert. Er hatte sandfarbene Haare, grüne Augen, ein paar Sommersprossen im Gesicht und war ein durch und durch netter Kerl. Er wäre gern mehr als nur Ashleys Freund gewesen, aber so sympathisch sie ihn auch fand – sexuell fühlte sie sich überhaupt nicht von ihm angezogen. Das hätte sie ihm natürlich nicht sagen können, ohne dass sein Selbstbewusstsein darunter gelitten hätte. Darum hatte sie ihm erklärt, nur deshalb nicht mehr als eine platonische Beziehung zu wollen, weil ihr im Moment nichts wichtiger war als die Polizeiakademie und hin und wieder ein paar Kurse auf der Kunstschule.

Er hatte sich allmählich damit abgefunden, dass es zwischen ihnen nicht mehr als Freundschaft gab. Manchmal erzählte er ihr von seinen Dates, die häufig in einer Katastrophe endeten, von seiner verzweifelten Suche nach der richtigen Frau, und das war oft so komisch, dass sie einfach lachen musste. Er nahm es ihr nicht übel.

Die beiden Männer, die er im Schlepptau hatte – Kyle Avery

und Mario Menendez –, entsprachen voll und ganz der Vorstellung, die man sich gemeinhin von jungen Feuerwehrleuten machte.

„Ashley, du hast wirklich eine Nase für Männer“, meinte Karen. „Bei dem bräuchte ich nicht lange zu überlegen.“

„Bei welchem?“

Karen schwieg eine Minute. „Eigentlich bei allen dreien. Aber besonders bei deinem Freund Len. Ich verstehe nicht, dass du nichts mit ihm hast.“

„Weil da nichts ist.“

„Was ist nicht da? So, wie der aussieht, lässt er bestimmt keine Wünsche offen.“

„Dann probiers doch mal aus“, schlug Ashley vor.

Karen schüttelte den Kopf. „Daraus würde nichts. Der steht ja auf dich.“

„Er ist nur ein Freund, Karen. Wenn du ihn glücklich machst, würdest du auch mich glücklich machen.“

„Hört auf, Mädels, wir sind in ’ner Disko“, unterbrach Jan. „Lasst uns erst mal tanzen, und dann werden wir weitersehen, einverstanden?“

Nachdem sie ein paar Stunden lang mit wechselnden Partnern getanzt hatten, sagte Karen, dass sie müde sei. Sie ging mit Ashley und Jan zur Toilette, während die Männer weitere Drinks bestellten.

„Wie du siehst, Ashley, macht es mir großen Spaß, mit deinem Freund zu flirten. Du scheinst an keinem von den dreien interessiert zu sein“, stellte Karen fest.

Ashley seufzte. „Ich habe eine Menge mit der Akademie zu tun, und nebenbei helfe ich bei Nick aus, so oft ich kann. An einer Affäre bin ich im Moment wirklich nicht interessiert. Außerdem ist es spät. Vielleicht gehe ich schon mal ins Hotel.“

„So spät ist es doch noch gar nicht. Und du brauchst auch mit keinem etwas anzufangen. Amüsier dich doch einfach nur, Ashley. Ich bin Lehrerin. Ich verbringe mein Leben mit kleinen Kindern. Ich bringe ihnen den ganzen Tag Schreiben und Rechnen bei, wasche ihnen die Hände und putze ihre Nasen. Ich hatte schon fast ein Jahr lang keinen richtigen Freund – und diesem Mistkerl, na, ihr wisst schon, trauere ich ganz bestimmt nicht hinterher. Aber ich hätte gerne hin und wieder etwas Gesellschaft. Natürlich auch Sex, klar. Hast du nicht manchmal auch einfach Lust auf Sex?"

„Karen, Sex ist etwas Tolles. Aber vielleicht solltest du den Mann vorher ein bisschen näher kennen lernen."

„Ich weiß nicht", meinte Jan, während sie sich die Hände abtrocknete. „Manchmal sind die Typen besser, bevor man sie genauer kennen lernt."

„Er lebt in Miami. Und ich finde es wirklich besser, so eine Sache langsam angehen zu lassen."

„Mutter Oberin hat gesprochen", sagte Karen spöttisch. „Aber die Sache muss ja noch nicht zu Ende sein. Ich habe ihm meine Telefonnummer gegeben. Und wenn er mich zu Hause anrufen sollte ... fantastisch. Doch vielleicht verzehrt er sich ja auch wieder nach dir."

„Karen, wir sind nur Freunde. Das ist alles."

„Hoffentlich stimmt das. Und hoffentlich meldet er sich bei mir. Er hat einen ordentlichen Job. Er ist verdammt nett. Er trinkt, aber nicht zu viel, und er kann toll tanzen. Deshalb will ich noch nicht ins Hotel zurück. Sei jetzt bloß keine Spielverderberin. Und sei nett zu ihm."

„Das bin ich immer. Schließlich ist er mein Freund."

Karen seufzte ungehalten. „Ich meine, sei zu allen nett. Bitte ... Jan wird es bestimmt nicht zugeben, aber sie flirtet schon den ganzen Abend mit Kyle. Also kümmere du dich doch ein bisschen um Mario, damit die drei noch bleiben. Bei uns bleiben."

„Ich habe dir ja gesagt, dass ich nett sein werde."

„Ashley, du musst verrückt sein. Hast du dir den Hintern von deinem Freund schon mal genauer angesehen?"

„Nein, Karen, ich habe mir seinen Hintern noch nicht genauer angesehen, aber wenn du es sagst, glaube ich dir, dass er toll ist."

Karen schüttelte den Kopf. „Sie ist wirklich verrückt", sagte sie zu Jan.

„Ach, ich kann sie gut verstehen", meinte Jan. „Entweder funkts, oder es funkt nicht. Ich weiß auch nicht, wie das passiert; vielleicht ist es Chemie, aber wenn da nichts ist, dann ist da eben nichts. Jetzt mach dir keinen Kopf wegen Ashley und ob sie vielleicht irgendwelche Absichten hat. Sie hat keine. Basta. Dieses Gespräch ist die reinste Zeitverschwendung. Und dann noch auf dem Klo!"

„Du hast Recht, lasst uns zurückgehen", stimmte Karen zu. „Und bitte, Ashley, fang ein Gespräch mit Mario an. Redet über euren Beruf, wenn dir nichts anderes einfällt."

„Ich gehe auf die Polizeiakademie und nicht zur Feuerwehr."

„Das ist doch fast das Gleiche", behauptete Karen.

Ashley stellte fest, dass man sich tatsächlich sehr angeregt mit Mario unterhalten konnte, obwohl er ein wenig schüchtern und zurückhaltend war. Er war verheiratet und mit seinen Junggesellen-Freunden nur mitgekommen, weil seine Frau für zwei Wochen zu ihren Verwandten nach Connecticut gefahren war. Es schien ihn zu freuen, dass sich jemand für seinen Status als frisch Verheirateter interessierte, denn seine Freunde hatten schon befürchtet, dass er ihnen den Spaß verderben könnte.

Ashley erzählte ihm von dem Unfall, dessen Augenzeugin sie geworden waren, und er berichtete ihr von Notfällen auf dem Highway 95, zu denen er gerufen worden war – einige wirklich tragische, andere eher bizarr. Als die anderen nach dem Tanzen an ihren Tisch zurückkamen, wiederholte sie ihre Geschichte, denn sie dachte sich, dass es Len ebenfalls interessieren könnte, weil sich der Vorfall in ihrer unmittelbaren Nachbarschaft abgespielt hatte.

„An so was wirst du dich gewöhnen müssen, Ashley“, meinte Len. „Die Unfälle auf den Highways nehmen zu.“

„Hey“, mischte Karen sich ein, „wir hatten uns doch vorgenommen, nicht mehr über die Sache zu reden.“ Sie schaute Ashley an, die sich gar nicht der Tatsache bewusst zu sein schien, dass sie mit einem Kugelschreiber die Szene auf einer Cocktailserviette skizzierte.

„Ashley ist nämlich Künstlerin“, verkündete Karen. Sie warf ihr einen strengen Blick zu und drehte die Serviette um. „Zeichne mal ein Gesicht. Mach ein Porträt von Kyle.“

Gehorsam begann Ashley, das Gesicht des Feuerwehrmannes zu zeichnen. Die anderen stellten sich hinter sie und schauten ihr über die Schulter.

„Wow“, meinte Kyle respektvoll. „Das ist ja klasse. Signiere es bitte. Ich möchte es behalten.“

„Machst du auch eins von mir?“ bat Mario.

Als sie damit fertig war, reichte Len ihr einen Stapel Servietten. „Was ist mit Karen und Jan?“ fragte er.

„Die habe ich schon so oft gezeichnet.“

„Aber vielleicht möchten Kyle und ich ein Porträt von den beiden haben“, sagte Len. Karen versetzte ihr einen heimlichen Rippenstoß.

„Klar“, antwortete Ashley.

Sie vollendete ihre Porträts und verteilte sie. Kyle schüttelte den Kopf. „Len sagt, du willst Polizistin werden. Ich meine, das ist schon okay, aber diese Zeichnungen sind wirklich fantastisch.“

„Und sie hat ein fotografisches Gedächtnis“, ergänzte Jan. „Zeichne doch mal etwas, das du heute erlebt hast. Und zeigs ihnen.“

Karen legte ihre Hand auf Ashleys. „Aber nicht den Highway“, bat sie.

Ashley zuckte mit den Schultern. „Na gut.“

„Während du zeichnest, kümmere ich mich um die Rechnung“, schlug Len vor.

„Aber Len, das ist doch nicht nötig.“

„Du hast mir so oft was ausgegeben, Ash. Wenn ich bei Nick war.“

„Du meinst, mein Onkel hat dir was ausgegeben“, protestierte sie.

„Keine Widerworte zu einem Staatsbeamten“, neckte er sie und ging zur Bar. Ashley sah ihm kopfschüttelnd nach; dann begann sie mit ihrer Zeichnung. Nach kurzem Zögern skizzierte sie ein weiteres Gesicht. Sie war über sich selbst erschrocken, als sie sah, was sie tat. Markante, ausgeprägte Gesichtszüge, dunkle Haare und dunkle Augen, ein eckiges Kinn, hohe Backenknochen, der Mund fest und energisch, aber nicht unsympathisch.

„Wow, cool. Wer ist das?“ erkundigte Karen sich, während sie die Serviette in die Hand nahm.

„Der Typ, dem ich heute Morgen meinen Kaffee übers Hemd gegossen habe.“

„Sieht verdammt gut aus“, murmelte Karen anerkennend.

„Was habe ich gesagt – ein fotografisches Gedächtnis“, stellte Jan zufrieden fest.

„Nicht wirklich. Aber ich habe schon immer gerne Porträts gezeichnet“, erklärte Ashley den beiden Feuerwehrmännern. Kyle stieß einen leisen Pfiff aus. Sie betrachtete ihr eigenes Werk. Sieht verdammt gut aus. Ja, das stimmte. Ein Bündel von Aggressivität und Testosteron, sicher, aber irgendetwas hatte er an sich ... Er strahlte eine verlockende Macht oder pure Sinnlichkeit aus – vielleicht sogar beides. Sie mochte es zwar gar nicht, wenn es von einem Mann hieß, er habe etwas „Animalisches“ an sich, doch in diesem Fall traf es den Nagel auf den Kopf.

Er hatte das gewisse Etwas.

Eben genau das, was sie an Len nicht entdecken konnte.

Hast du nicht manchmal auch einfach Lust auf Sex?

Wieder schaute sie auf ihre Zeichnung. Einer wie er hatte wahrscheinlich andauernd Sex. Eigentlich gehörte er nicht zu der Sorte Mann, die sie näher kennen lernen wollte. Was nicht hieß, dass sie niemanden näher kennen lernen wollte.

Wahrscheinlich würde sie ihm sowieso nie wieder über den Weg laufen – absichtlich oder zufällig. Obwohl er offensichtlich mit Nick bekannt war und sie ihn schon des Öfteren in der Gegend gesehen hatte. Es kamen viele Gäste in die Bar; einige häufig, andere seltener.

„Du bist wirklich gut. Ein solches Talent solltest du nicht verschwenden“, riss Kyle sie aus ihren Gedanken.

Sie war froh, dass er sie aus ihren Gedanken gerissen hatte, und stieß einen tiefen Seufzer aus. „Danke“, sagte sie und zerknüllte die Serviette.

„Jetzt hast du es zerstört“, protestierte Mario.

„Sie konnte ihn sowieso nicht leiden.“ Jan grinste.

Nachdem Len gezahlt hatte, verließen sie die Diskothek, wobei sie sich angeregt unterhielten und oft in Gelächter ausbrachen. Len bedauerte, dass sie am nächsten Tag schon wieder zurückfahren mussten, aber Mario und Kyle mussten zurück zur Arbeit.

Draußen trennten sie sich, um zu ihren Hotels zurückzufahren. Zuvor tauschten Kyle und Jan ihre Telefonnummern aus. Auf dem Rückweg hakte sich Karen bei Ashley unter und stieß einen leisen Pfiff aus. „War das nicht ein toller Abend?“

„Ja, ich fands auch schön. Hoffentlich triffst du dich weiter mit Len.“

„Einen Mann wie Len sollte man sich nicht durch die Finger gehen lassen“, pflichtete Jan ihr bei. „Und dein Kerl, Ashley, sah ja richtig echt aus ... fast ein bisschen Furcht einflößend. Aber ... nicht unattraktiv.“

Stirnrunzelnd sah Ashley sie an. „In der Tat attraktiv. Und verheiratet“, sagte sie.

Lachend legte Karen einen Arm um ihre Schulter. „Ich glaube nicht, dass Jan den Feuerwehrmann meint. Sondern deinen Typen, den du gezeichnet hast.“

„Das ist nicht mein Typ“, protestierte Ashley energisch.

„Ach, wirklich? Du hast dir wohl dein eigenes Bild nicht genau angesehen. Da war nämlich so ein gewisser Ausdruck in seiner Miene“, meinte Karen.

„Ich kenne ihn doch überhaupt nicht. Und ich werde ihn auch hoffentlich nie kennen lernen.“

„Nichts ist attraktiver als ein Mann, den ein Geheimnis umgibt“, behauptete Jan.

„Das sehe ich ganz anders.“

Sobald sie in ihrem Apartmenthotel angekommen waren, gingen sie zu Bett. Aber Ashley konnte nicht schlafen. Als Karen und Jan schon tief und fest schlummerten, war sie immer noch hellwach. Leise stand sie auf, schloss die Schlafzimmertür hinter sich und ging in die Küche, um sich einen Tee zu machen. Dann griff sie zu ihrem Zeichenblock, der auf dem Couchtisch lag.

Die drei Männer standen vor ihrem Hotelzimmer und warteten darauf, dass Kyle mit der Plastikkarte zurechtkam, die ihnen statt eines Schlüssels den Zutritt zu ihrem Hotelzimmer verschaffte.

Unvermittelt sagte Len: „Ich habe auf einmal einen wahnsinnigen Heißhunger auf einen Hamburger.“

„Sollen wir mit dir kommen?“ fragte Mario. „Ich könnte auch einen vertragen.“

„Du hast doch heute Abend wirklich schon genug gegessen“, meinte Len abwehrend. „Und den Weg zu Denny’s finde ich auch allein.“

„Bist du sicher?“ fragte Mario gähnend. „Na ja, ich bin wirklich erledigt.“

„Hau dich aufs Ohr. Ich bleibe nicht lange weg, und ich bin auch ganz leise, wenn ich zurückkomme.“

„Der Letzte, der ins Zimmer kommt, kriegt das Notbett“, erinnerte Kyle ihn.

„Na ja, einer von uns muss es ja kriegen, oder?“

Er grinste ihnen zu und ging zurück zu seinem Wagen.

Natürlich fuhr er nicht zu Denny’s, sondern parkte kurze Zeit später vor dem Hotel, in dem die Mädchen übernachteten.

Karen hatte ihm die Nummer ihres Zimmers gegeben. Es lag zu ebener Erde an der Rückfront des Hotels, und durch die großen Glasschiebetüren gelangte man direkt in einen kleinen Park.

Jetzt betrat er diesen Park und hielt Ausschau nach ihrem Apartment.

Eine Lampe brannte, und er sah, wie jemand im Raum auf und ab lief. Er wusste, dass es Ashley war.

Hell schimmerte das Licht durch die dünnen Vorhänge. Er nahm jede ihrer Bewegungen wahr. Unruhig lief sie durchs Zimmer. Schließlich blieb sie am Fenster stehen und zog die Vorhänge zurück.

Er drückte sich in den Schatten einer großen Gardenie.

Sie hielt eine Tasse in der Hand, während sie in die Dunkelheit hinaussah. Sie trug ein langes, enges T-Shirt, das ihre Körperformen betonte. Im elektrischen Licht leuchtete ihr Haar flammend rot. Die langen Locken bedeckten wie ein Schutzschild ihren Busen. Der dünne Stoff ließ der Fantasie nur wenig Raum. Ihr war nicht im Geringsten bewusst, wie verlockend sie aussah.

Seine Hände verkrampften sich, und er fühlte die Anspannung in seinem ganzen Körper. Du hast keine Ahnung, wie gut ich dich kenne, Ashley, dachte er. Ich wusste, dass du diejenige bist, die noch wach ist; ich wusste, dass ich dich sehen würde, wenn ich hierher komme. Und eines Tages, Ashley, wirst du erfahren, wie ich mich die ganze Zeit über gefühlt habe.

Eines Tages.

Die Glastüren standen weit offen ...

Und dieser Tag ...

... könnte doch auch heute sein.

Nein. Nicht heute. Heute Nacht wollte er sie nur betrachten.

Aber bald. Bald würde sie es wissen. Er würde schon dafür sorgen, dass sie es erfuhr.

Die Nacht war herrlich, die Luft angenehm mild. Aber nicht einmal die Sterne am Himmel oder das weiche Mondlicht, das in den hübschen kleinen Garten fiel, konnte sie von ihren Überlegungen ablenken.

Sie trat in das Zimmer zurück und ging hinüber zum Schreibtisch. Dort lag ihr Zeichenblock schon bereit.

Sie begann zu zeichnen. Zunächst den Körper ... den Körper auf dem Highway.

Ein junger Mann, dessen Muskeln sich unter der Haut abzeichneten. Blutflecke hier und da. Das helle Haar fiel ihm weich ins Gesicht.

Neben ihm ... der Polizist, der als Erster am Unfallort eingetroffen war. Der Streifenwagen. Die beiden Fahrer und ihre Autos. Die Fahrzeuge, die sich auf dem Highway stauten, wendeten ... und fast über den Mittelstreifen fuhren.

Der Mittelstreifen. Der Verkehr auf der Gegenfahrbahn ...

Die Person, die am Rand des Highways gestanden hatte.

Sie zeichnete und schraffierte, so dass die Zeichnung, obwohl nur schwarzweiß und mit zahlreichen Grautönen versehen, auf unheimliche Weise echt wirkte. Bis auf diese Person hatte sie alles detailliert getroffen. Diese mysteriöse Figur neben der äußersten rechten Spur. So sehr sie sich auch bemühte, sie konnte sich an keine Einzelheiten erinnern ...

Ansonsten war alles so, wie es sich in ihr Gedächtnis eingebrannt hatte – als ob eine Kamera in ihrem Gehirn eingebaut wäre.

Alles war haargenau wiedergegeben ... bis auf die geheimnisvolle Figur, die alles zu beobachten schien und nach etwas Ausschau hielt.

Wonach?

Wollte er sich vergewissern, dass der Mann, diese bemitleidenswerte, fast nackte und blutüberströmte Figur, wirklich tot war?

Plötzlich fröstelte sie.

Die nächtliche Brise ...

Nein, es war mehr als das. Etwas, das ihr ein unangenehmes Gefühl verursachte.

Schnell warf sie einen Blick hinter sich. Obwohl sie sich albern vorkam, trat sie zu den Glastüren, schob sie zu und drehte den Schlüssel um. Sie betrachtete die dünnen Vorhänge. Die Sonne würde ungehindert hindurchdringen und das Zimmer am nächsten Morgen in gleißende Helligkeit tauchen.

Am nächsten Morgen. Es war bereits Morgen, und bald würde die Sonne aufgehen.

Sie zog die dünnen Vorhänge zur Seite und bemerkte die lichtundurchlässigen Jalousien. Nachdem sie sie hinuntergelassen hatte, kontrollierte sie noch einmal das Türschloss und legte sich auf die Couch.

Sie schloss die Augen, aber das Bild des Körpers auf dem Highway wurde sie nicht los.

Fluchend schüttelte sie ihr Kissen auf. Schafe zählen war ihr immer ziemlich töricht vorgekommen ...

Aber sie musste jetzt unbedingt schlafen.

Deshalb zählte sie Pferde.

Ein seltsamer Traum. Sonnenlicht fiel durch dichten Nebel. Im Traum kam sie auf ihn zu. Manchmal befanden sie sich an einem Strand, und in der nächsten Sekunde waren sie in der Kabine der *Gwendolyn*. Langsam trat sie näher zu ihm hin. Das Haar fiel ihr über den Rücken, über nacktes Fleisch, das halb in der Sonne, halb im Schatten war.

Nancy.

Er träumte oft, dass sie hier war, mit ihm zusammen, und dass sie ihm etwas zu sagen versuchte. Aber so war es noch nie gewesen. Früher hatten sie nur miteinander geredet. Hatten über den Fall gesprochen. Die Enttäuschungen, die Spuren, die ins Nichts führten. Doch sie hatte etwas gewusst. Weil sie eine unglückliche Ehe führte, konzentrierte sie sich ganz und gar auf ihren Beruf – ungeduldig und rücksichtslos gegen sich selbst.

Sie waren ein gutes Team.

Aber eben nicht gut genug. Da war noch mehr gewesen, etwas, das sie gespürt hatte. Sie hatte etwas tun wollen. Sie standen mit dem Rücken zur Wand, die sie hatte niederreißen wollen, damit sie weiterkamen.

Dann erschien ihm im Traum ihr Gesicht, wie es aussah auf dem Seziertisch, nachdem man sie gefunden hatte. Dieser Anblick versetzte ihm jedesmal einen solchen Schock, dass er aus dem Schlaf aufschreckte.

Seltsamerweise nicht heute Nacht. In dieser Nacht träumte er nicht von diesem Bild.

Er sah sie nur verschwommen. Ihr Haar war nicht dunkel; im Licht erschien es rot.

Das war nicht Nancy. Es war eine Person, die ihr ähnlich sah. Die sich so bewegte wie sie.

Es war Nicks Nichte. Leichtfüßig schritt sie vorwärts, langsam und selbstbewusst. Jetzt stand sie vor ihm. Der Traum ging weiter. Die Erinnerung wurde ein blasses Bild, die Gegenwart drängte sich in den Vordergrund. Diese Frau war ganz anders, sehr lebhaft, sehr real, temperamentvoll. Sie ... streckte die Hand nach ihm aus. Sie berührte ihn ... Sie...

Er wurde wach. Kalter Schweiß stand ihm auf der Stirn. Der Wecker klingelte.

Scheiße.

Nein, das war gar nicht der Wecker. Es war das Telefon. Zum Teufel, wie spät war es? Mitten in der Nacht. Obwohl seine Glieder bleischwer waren und er sich miserabel fühlte, war er für das Klingeln dankbar. Es hatte ihn aus den Tiefen eines Traumes gezogen, wie er ihn so bizarr noch nie gehabt hatte. Mit Nicks Nichte im Mittelpunkt. Er musste aufpassen, dass er ihr nicht über den Weg lief. Höllisch aufpassen.

Das durfte wohl nicht allzu schwierig sein in Anbetracht der Umstände, unter denen sie ihre flüchtige Bekanntschaft gerade aufgefrischt hatten.

Das Telefon ...

Das Läuten schrillte schmerzhaft in seinen Ohren.

Er griff nach dem Hörer. Während er lauschte, umklammerten seine Finger ihn so fest, dass seine Knöchel weiß hervortraten.

3. KAPITEL

„Vom Gesicht ist nicht viel übrig geblieben“, sagte Martin Moore, während er dem uniformierten Beamten zunickte, der ihn und Jake hinter das gelbe Band treten ließ, mit dem der Tatort – ein abgelegener Weg, auf dem die Leiche gefunden worden war – abgesperrt war.

„Vermutlich ist sie durch den Regen der vergangenen Tage hier heruntergeschwemmt worden. Ich denke, man hat sie nur ein paar Zentimeter tief weiter oben auf dem Weg verbuddelt.“

Es war früher Samstagmorgen. Der Tag würde bald anbrechen.

Er wünschte, er wäre in der vergangenen Nacht beim Bier geblieben und hätte keinen Scotch getrunken.

Jetzt hätte er einen gebrauchen können. Martys Anruf war mehr als Besorgnis erregend gewesen.

Das lange Wochenende konnte er nun vergessen. Da die Untersuchung niemals offiziell abgeschlossen worden war, hatte man ihn zu Hilfe gerufen. Vor fünf Jahren, als die ersten Morde passiert waren, war Marty zwar noch für das Sitten- und Rauschgiftdezernat zuständig, aber mittlerweile arbeitete er schon so lange mit Jake zusammen, dass er sich mit den Verbrechen, die als „Bordon-Morde“ in die Kriminalgeschichte eingegangen waren, genauso gut auskannte wie seine Kollegen. Und da er in der Gegend wohnte, war er als Erster am Tatort eingetroffen.

Scheinwerfer tauchten die noch dunkle Szenerie in ein gespenstisches Licht. Den größten Teil der Gegend, die als Bauland erschlossen worden war, hatte man den Everglades abgetrotzt. Der Untergrund war weich und die Vegetation üppig. Nur vereinzelt sah man in der Ferne einige Lichter der umliegenden Ortschaften. Kurz vor Tagesanbruch nahm das Licht in den Sümpfen eine merkwürdig braune Färbung an, als wollten die

Everglades klar machen, dass dieses Gebiet eigentlich Niemandsland war.

Ein paar Meter vor der Leiche blieb Jake stehen, um sich einen ersten Eindruck von der Toten und dem Fundort zu verschaffen. Eine Joggerin hatte sie entdeckt. Ziemlich leichtsinnig, dachte er, um diese Uhrzeit zu laufen, wenn die Nacht noch über den Sümpfen hing und in den düsteren Schatten und dem dichten Unterholz so manches Unheil lauern konnte.

Die Läuferin war noch da – eine Frau in mittleren Jahren mit einem hübschen, wenn auch etwas knochigen Gesicht. Sie trug ein Stirnband, Jogging-Shorts, T-Shirt und Laufschuhe von der Sorte, in denen alle Jogger ihrem morgendlichen Ritual auf den stillen Wegen rund um das landwirtschaftlich genutzte Land nachgingen. Der Leichenfund hatte ihr ziemlich zugesetzt. Jake hörte ihr leises Schluchzen, während sie mit den Polizisten sprach, die sie mit einer Decke und heißem Kaffee versorgt hatten.

„Ich bin hier nichts ahnend vorbeigelaufen, und auf einmal ... mein Gott, da lag sie da. Ich habe sie gesehen, aber es war so dunkel, dass ich erst gar nicht gesehen habe, was es war. Da bin ich sofort zurückgelaufen, und meine Finger zitterten so sehr, dass ich mein Handy zuerst gar nicht benutzen konnte. Gut, dass es die Dinger gibt. Ich werde bestimmt nur noch joggen, wenn es taghell ist. Notfalls laufe ich nur noch durch mein Wohnzimmer, aber so was mache ich nicht noch mal. Es hat mir einen Höllenschrecken eingejagt. Andererseits ... man hat sie einfach auf die Straße geworfen, nicht wahr? Oder ist sie vielleicht auch hier getötet worden?"

Jake hörte, wie einer der Polizisten der Frau mitteilte, dass sie noch gar keine Einzelheiten wussten. Aber sie sollte sich keine Sorgen machen – man würde sie nach Hause begleiten.

Junge Frau, Sie sollten vor Sonnenaufgang besser nicht mutterseelenallein in dieser Gegend herumlaufen, dachte Jake. Die meisten Leute, die aus der Stadt kamen, nahmen wohl an, sie seien hier mitten auf dem Land, fern von den Gefahren der Großstadt. Hier im tiefen Süden von Miami-Dade, wo das Neue das Althergebrachte immer mehr verdrängte. Hier draußen, in den Everglades, wo zahlreiche Wasseradern die Flüsse miteinander verbanden, an deren Ufern dichtes Sumpfgras wucherte, gab es auch gutes Land. Einige Leute besaßen riesige Grundstücke mit prachtvollen Häusern, andere pflanzten auf ihren weitläufigen Ländereien Erdbeeren, Tomaten und anderes Obst und Gemüse an.

Fruchtbares Land mit Riedgras, dunkler, schwerer Erde und Bäume mit ausladenden Kronen, deren Äste ineinander verschlungen waren.

Der größte Teil des Landes – wie auch das, auf dem sie sich befanden – gehörte der Gemeinde. Weite Strecken waren von Wald bedeckt, und wo keine Bäume wuchsen, wucherte dichtes Gebüsch.

Ein günstiger Ort, um menschliche Überreste zu entsorgen, wo die Natur einen Körper bis zur Unkenntlichkeit entstellen und alle Hinweise auf ein Verbrechen schwer auffindbar machen, ja sogar vernichten konnte. Jahrelang hatten Verbrecher immer wieder ihre Opfer hierher geschafft und das schwer zugängliche Gebiet für ihre Zwecke genutzt. Weiß der Himmel, wie viele von ihnen dabei erfolgreich gewesen waren.

Die bedauernswerte Joggerin hatte das Pech gehabt, zufällig auf die Reste des Opfers eines grausamen Mordes gestoßen zu sein. Sie würde ihm bestimmt nicht viel erzählen können. Trotzdem nahm er sich vor, später mit ihr zu reden.

Zuerst einmal musste er sich um das Opfer kümmern.

„Wo ist der Gerichtsmediziner?“ fragte er.

„Da drüben, er spricht gerade mit Pentillo. Er war der erste Polizist am Tatort. Der Gerichtsmediziner ist Tristan Gannet.

Mandy macht gerade die letzten Aufnahmen, um die er sie gebeten hat."

„Gut, dass Gannet und Nightingale dabei sind."

Mandy Nightingale, eine ihrer besten Fotografinnen, war eifrig bei der Arbeit, als sie vorsichtig auf die Leiche zugingen.

„Hallo, Mandy. Schön, dass Sie hier sind."

Sie hatten schon oft zusammengearbeitet. Mandy war dürr wie eine Bohnenstange, hatte stahlgraues, kurz geschnittenes Haar und klassische Gesichtszüge, die keinerlei Rückschlüsse auf ihr Alter zuließen. Sie arbeitete schnell und effizient und achtete stets darauf, nicht nur die Leiche aus allen möglichen Blickwinkeln zu fotografieren, sondern auch die unmittelbare Umgebung in Bildern festzuhalten.

„Hallo, Jake. Ich bin gleich verschwunden."

„Lassen Sie sich ruhig Zeit, Mandy", antwortete er. „Hier brauchen wir uns nicht mehr zu beeilen."

„Ich glaube, ich habe alles Wichtige festgehalten und auch Dr. Gannets Sonderwünsche berücksichtigt", sagte sie, während sie sich niederhockte, um ein letztes Foto zu schießen. „Ich warte drüben bei Pentillo, bis der Gerichtsmediziner die Leiche abtransportieren lässt und ich die restlichen Bilder machen kann."

„Danke, Mandy."

Sie nickte. „Ich glaube, Dr. Gannet hat mitbekommen, dass Sie den Fall bearbeiten. Ich schicke ihn gleich zu Ihnen rüber."

Der Körper der Toten war noch nicht berührt worden, und Jake hockte sich neben sie, um sie aus nächster Nähe zu betrachten und sich möglichst viele Einzelheiten einzuprägen.

Er brauchte keinen Gerichtsmediziner, um zu sehen, dass die Frau schon seit einiger Zeit tot war. Sie war den Elementen der Natur und den Tieren, die hier lebten, schon länger ausgesetzt gewesen. An einigen Stellen war ihr Körper bis zu den Knochen abgenagt, an anderen hing ihr das Fleisch in Fetzen vom Leib. Sie schien nackt gewesen zu sein. Mit seinem Kugelschreiber schob er vorsichtig ein paar Blätter zur Seite, um mehr sehen zu können. Unglücklicherweise waren ihre Hände bereits total verwest, ebenso wie große Teile ihres Gesichts.

Wieder ein Mord in seinem Bezirk. Wo Millionen von Menschen zusammenlebten, war so etwas einfach unvermeidbar.

Jetzt war ihm auch klar, warum Martin so nervös gewesen war, als er ihn angerufen und gebeten hatte, so schnell wie möglich zu kommen.

Obwohl von dem Gesicht nicht mehr viel übrig geblieben war, hatte man es im Gegensatz zu den Händen nicht allein dem Verwesungsprozess überlassen.

Es bestand kein Zweifel daran, dass die Ohren abgeschnitten worden waren.

Ihm lief es kalt den Rücken hinunter. Gleichzeitig spürte er eine Bitterkeit, die er fast schmecken konnte.

Déjà vu.

Peter Bordon, auch Papa Pierre genannt, saß schon seit einiger Zeit hinter Gittern. Genauer gesagt, fünf Jahre. Aber selbst diese flüchtige Überprüfung der Leiche reichte aus, um Erinnerungen an die makabren Umstände wachzurufen, unter denen zahlreiche Mordopfer entdeckt worden waren, als Bordon noch der Anführer einer bizarren Sekte war, die sich People for Principle nannte.

„Doch, er ist noch im Gefängnis“, sagte Martin, der die Gedanken seines Partners erraten konnte.

„Bist du sicher?“

„Ja. Als ich die Leiche sah, habe ich das sofort nachgeprüft, nachdem ich dich angerufen hatte“, erwiderte Martin. „Er sitzt hinter Gittern. Da können wir sicher sein. Egal, ob das in diesem Fall eine Rolle spielt oder nicht.“

„Mist“, murmelte Jake. Irgendwie tat ihm die Tote Leid. Peter Bordon hatte damals wie ein neuer Prophet eine Gruppe von Anhängern um sich versammelt. Er hatte über Gemeinschaftssinn gepredigt, über Arbeit, die allen Menschen zugute kam, und seine Anhänger ermahnt, auf die Annehmlichkeiten eines sündigen Lebens in Luxus zu verzichten. Für die meisten seiner Schützlinge bedeutete das, alles, was sie sich erarbeitet hatten, auf Bordons Bankkonto zu überweisen.

Drei seiner angeblichen Jünger waren tot aufgefunden worden. Man hatte sie auf Feldern und in Kanälen entdeckt.

Mit abgeschnittenen Ohren.

Eine Tatwaffe war nie aufgetaucht. Es hatte keine heißen Spuren gegeben. Bordon war der einzige Verdächtige gewesen, aber man hatte nicht den geringsten Beweis für seine Schuld gefunden. Die Polizei hatte Durchsuchungsbefehle für seine Grundstücke und Häuser beantragt; bis auf einige illegale finanziellen Transaktionen war jedoch nichts ans Licht gekommen. Die hatten jedenfalls ausgereicht, um ihn für einige Zeit ins Gefängnis zu bringen.

Eines Nachts war dann ein Mann ohne festen Wohnsitz in eines der kleineren Polizeireviere gestürmt und hatte behauptet, die Morde begangen zu haben.

Auf Grund seines Geständnisses wurde er des mehrfachen Mordes angeklagt, doch während der Untersuchungshaft erhängte er sich in der Zelle mit seinem Gürtel.

Damit war der Fall eigentlich erledigt.

Jake und die meisten seiner Kollegen hatten von Anfang an nicht daran geglaubt, dass ein Verrückter für eine Reihe von Morden verantwortlich war, die so sorgfältig ausgeführt worden waren. Offiziell war die Akte nie geschlossen worden, aber mit dem Tod des Geständigen konnten sie Bordon nur wegen der illegalen Geldgeschäfte vor Gericht stellen. Und weil keine weiteren Leichen gefunden wurden, hatte man die Untersuchungen schließlich eingestellt.

Allerdings hatte Jake sich mit dem Ergebnis nie zufrieden gegeben. Für ihn war der Fall noch längst nicht abgeschlossen.

Bordon war in die Morde verwickelt. Davon war Jake überzeugt. Nur – es gab keine Beweise. Dass Bordon die Taten nicht selbst ausgeführt hatte, stand für Jake ebenfalls fest. Aber er hatte sie angeordnet.

Jetzt saß er zwar im Gefängnis, doch das bedeutete nicht, dass er von dort aus nicht die Fäden in der Hand hielt.

Bordon verfügte über eine Macht, die stärker war als jede Waffe. Er konnte Männer und Frauen manipulieren, er war in der Lage, in ihre Gedanken einzudringen.

Er musste seine Hände nicht mit dem Blut anderer Menschen besudeln.

Einen Mord zu planen war allerdings genauso strafbar, wie einen Mord auszuführen. Allerdings musste die Absicht nachgewiesen werden.

Vor fünf Jahren hatte die Polizei, verzweifelt auf der Suche nach Beweisen, bis in die geheimsten Winkel von Bordons Leben geleuchtet. Sie hatten keine Bestätigung dafür finden können, dass er die Morde angeordnet hatte. Es war fast wie einige Jahrzehnte zuvor bei dem berüchtigten Al Capone: Auch den hatte man lediglich wegen Steuerhinterziehung und Betrügereien verhaften können.

Genauso war es ihnen mit Bordon ergangen. Das Ergebnis war zwar unbefriedigend, aber wenigstens hatte man ihn weggesperrt.

Die Morde hatten aufgehört. Danach lag für die meisten die Sache klar auf der Hand: Der Mann, der behauptete, der Täter zu sein, hatte in seiner Zelle Selbstmord begangen.

Doch jetzt sah es ganz danach aus, als ginge das Morden weiter.

Möglicherweise hatte sich der Täter nur eine Weile ruhig verhalten. Denn die Umstände, unter denen diese Frau gestorben war, erinnerten auf fatale Weise an die früheren Opfer.

„Jesus, Jake, mach doch nicht so ein Gesicht", sagte Martin mit gepresster Stimme. „Vielleicht solltest du dich besser doch nicht um diesen Fall kümmern."

Jake durchbohrte ihn mit einem Blick aus seinen dunklen Augen.

„Ist ja schon gut. Tut mir Leid."

„Gentlemen, lassen Sie mich bitte mal vorbei? Ich teile Ihnen auch gleich meine ersten Erkenntnisse mit."

Jake drehte sich um. Hinter ihnen stand Dr. Tristan Gannet. Gut, dass er sich um den Fall kümmerte. Seit fast zwanzig Jahren arbeitete er in der gerichtsmedizinischen Abteilung, und er hatte auch die früheren Mordfälle untersucht.

„Schön, Sie zu sehen, Gannet", sagte Jake. Er warf noch einen flüchtigen Blick auf den Tatort, ehe er sich neben den Arzt hockte, der bereits mit der Untersuchung begonnen hatte. Keine Spur von irgendwelchen Textilien. Keine Fußabdrücke. Wenn sie Recht hatten und die Leiche tatsächlich vom Regen hierher gespült worden war, würde es ohnehin keine geben. Keine auf den ersten Blick zu erkennende Todesursache; dafür war die Verwesung schon zu weit fortgeschritten. Bei dem Opfer handelte es sich aller Wahrscheinlichkeit nach um eine junge Frau mit langen dunklen Haaren, von denen einige Strähnen noch zu erkennen waren. Der Officer, der als Erster am Tatort erschienen war, hatte gute Arbeit geleistet, als er das Gebiet absperrte und so dafür sorgte, dass kein Unbefugter hier herumtrampelte und möglicherweise Spuren vernichtete. In diesem Fall hätten mehr Polizisten nur die Arbeit der Ermittler behindert. Wenn ein Körper erst einmal in diesem Stadium der Verwesung war, konnte man sowieso kaum noch brauchbare Hinweise finden. Natürlich bestand immer die Hoffnung, dass die Spezialisten etwas entdeckten, das mit dem bloßen Auge nicht zu erkennen war.

Jake hatte das untrügliche Gefühl, dass dieser Fall für die Ermittler eine harte Nuss werden würde. Vorsichtige Mörder wussten, dass ihnen selbst die winzigsten Spuren zum Verhängnis werden konnten, und gingen deshalb sehr umsichtig zu Werke.

Man sollte die Hoffnung allerdings nie aufgeben. Vielleicht fanden die Kollegen doch ein Haar, ein winziges Stück Stoff, Spuren anderer Art. Möglicherweise entdeckte Dr. Gannet einen mikroskopisch kleinen Hinweis an den traurigen Überresten des Körpers.

Fingernägel gab es keine; auch das Fleisch darunter hatte sich zersetzt. Keine Hoffnung also auf Fingerabdrücke, die auf die Identität der Toten hätten schließen lassen.

„Das Gesicht kann auch keiner mehr erkennen", murmelte er.

„Uns bleiben immer noch die Zähne; das ist oft der beste Weg, um jemanden zu identifizieren", sagte Gannet. „Und da haben wir Glück. Ich möchte wetten, dass die Haut von den Fingerkuppen entfernt wurde, ehe die Tiere und die Witterungsverhältnisse das Werk des Mörders oder der Mörder vollenden konnten." Er schaute Jake an und spürte, dass sie beide den gleichen Gedanken hatten.

Bei den vorhergehenden Morden waren ebenfalls die Ohren abgeschnitten und die Haut von den Fingerkuppen entfernt worden. Nur – warum sollte sich jemand die Mühe machen, die Fingerabdrücke zu beseitigen und den Schädel mit dem Gebiss unangetastet zu lassen, so dass man über Zahnarztbefunde die Identität der Toten feststellen konnte?

Mussten sie mit dem Fall wieder ganz von vorne beginnen?

Oder war es das Werk eines Nachahmungstäters?

„Könnte in der Tat ein Trittbrettfahrer sein“, sagte Gannet, als wollte er Jakes Gedanken zum Ausdruck bringen.

„Ja“, stimmte Jake zu.

Traurig starrte Gannet auf die menschlichen Überreste. Normalerweise hatte er seine Gefühle unter Kontrolle, aber so ein Anblick setzte ihm immer noch zu. Das war ein weiterer Charakterzug, den Jake an Gannet schätzte. Er leistete hervorragende Arbeit. Und obwohl er sich nicht jeden Fall so zu Herzen nahm, dass er deswegen nicht schlafen konnte, hatte er doch in all den Jahren das Mitleid mit den Toten nicht verloren, gleichgültig, ob sie einem Unfall oder einem Verbrechen zum Opfer gefallen waren. „Wir werden schon herausbekommen, wer das ist“, versicherte er Jake.

„Ich brauche die Ergebnisse so schnell wie möglich.“

Gannet nickte. „Selbstverständlich“, meinte er mit einem leicht ironischen Unterton in der Stimme. Solche Todesfälle passierten im Bezirk in mehr oder weniger regelmäßigen Abständen, und die Ermittler wollten die Untersuchungsergebnisse mit ebensolcher Regelmäßigkeit am liebsten immer sofort auf dem Tisch haben. Er schaute Jake an. „Keine Sorge, ich kümmere mich umgehend darum“, sagte er, ohne den Blick von ihm zu wenden.

Vielleicht kenne ich Gannet zu gut, überlegte Jake.

Während der letzten Mordserie hatte er wie ein Besessener gearbeitet. Auch nach dem Selbstmord des „geständigen“ Täters hatte er in seinen Bemühungen nicht nachgelassen.

Er war es den Opfern schuldig gewesen.

Und weil er den Verdacht nicht loswurde, dass Bordon auch bei einem anderen Todesfall die Finger im Spiel hatte.

Ein weiterer Todesfall ... allerdings unter ganz anderen Umständen. Ein Tod, der ihn ganz persönlich getroffen hatte. Nancys Tod.

Mit dieser Meinung stand er in seiner Abteilung allerdings

ziemlich allein da. Seine Kollegen unterstellten ihm, er wollte Bordon diese Geschichte anhängen, weil er einen Schuldigen finden musste und nicht akzeptieren konnte, dass seine Partnerin bei einem Unfall umgekommen war.

Oder dass sie gar freiwillig aus dem Leben geschieden war, wie einige Detectives angedeutet hatten.

Selbstmord. Niemals. Eine völlig abwegige Theorie. Wer sie gekannt hatte, würde eine solche Möglichkeit von vornherein ausschließen.

„Kommen Sie klar damit?“ fragte Gannet leise.

„Darauf können Sie Gift nehmen. Ich bin Profi, Gannet. Und wenn wir Vergleiche zu den früheren Fällen ziehen müssen, gibt es hier niemanden, der sich mit den Fakten und den Vermutungen besser auskennt als ich.“

„Da haben Sie wohl Recht“, pflichtete Gannet ihm bei. Er streifte die Handschuhe über und betrachtete die Überreste der Toten. Inzwischen waren zwei Helfer aus dem Leichenschauhaus eingetroffen, um den Körper abzutransportieren, wenn Gannet und die Beamten von der Mordkommission ihre Arbeit beendet hatten. Schließlich nickte Gannet und erinnerte seine Kollegen noch daran, Proben aus dem Erdreich einzusammeln.

„Haben Sie schon eine Vorstellung von der Todesursache?“ wollte Jake wissen.

„Auf keinen Fall ein natürlicher Tod“, antwortete Gannet.

„Wow. Das habe sogar ich erkannt, obwohl ich kein Arzt bin.“

Gannet zog eine Grimasse. „Die Tatwaffe war ein Messer. Ein großes Messer. Vielleicht eine Machete.“

Jake sah ihn überrascht an. „Es ist doch gar nicht mehr genug Fleisch vorhanden ...“

„Ein paar Kurse in Gerichtsmedizin, und Sie würden das auch sehen.“

„Ich habe ein paar Kurse in Gerichtsmedizin gemacht", erwiderte Jake trocken.

„Vielleicht. Aber der Zustand der Leiche macht es schwer, den Wald vor lauter Bäumen zu erkennen. Das können Sie meinetwegen sogar wörtlich nehmen. Wenn man das Laub und den Dreck ein wenig zur Seite schiebt, kann man die Knochen ganz gut erkennen. Ja, ja, ich weiß, sie sind schmutzig. Aber sehen Sie das hier? Wenn Sie genau hinschauen, erkennen Sie den Kratzer. Genaueres kann ich Ihnen natürlich erst nach einer vollständigen Autopsie sagen, ich wette jedoch, dass es eine große Klinge gewesen ist. Und die braucht man auch, um die Ohren abzuschneiden und ihr Gesicht so zu entstellen. Natürlich haben sich auch Tiere über sie hergemacht ... aber das hier sind keine Bissspuren. Sie stammen eindeutig von einer Klinge. Und wie Sie selbst gesehen haben, wurde das Fleisch von den Fingerkuppen entfernt. Sie machen den Job schon eine ganze Weile und wissen daher viel mehr, als Sie normalerweise zugeben, weil Sie für alles eine offizielle Bestätigung haben wollen. Das ist ja auch in Ordnung. Ja, Tiere haben sich an ihr zu schaffen gemacht. Das Fleisch von den Fingern wurde jedoch abgeschnitten und nicht abgebissen, und es ist auch nicht bloß verwest."

„Scheiße. Das ist ja mehr als ein Déjà-vu-Erlebnis. Das ist ja fast genauso wie ..."

„Auf den ersten Blick stimme ich Ihnen zu, aber ziehen Sie keine voreiligen Schlüsse. Ich will sie erst mal auf dem Tisch haben. Und vergessen Sie nicht, worüber wir bereits gesprochen haben, Jake. Es gibt Nachahmungstäter. Hier draußen laufen jede Menge verrückter Typen herum, die Morde bis ins Kleinste studieren und sie nahezu perfekt kopieren. Wie oft sind einem Serientäter schon Mordopfer zugeordnet worden, die in Wirklichkeit ein anderer umgebracht hat."

Fragend zog Jake die Augenbrauen hoch.

Gannet grinste. „Sehen Sie – auf diese Weise können wir noch eine Menge voneinander lernen – Sie von Leichenbeschau, ich von Polizeiarbeit." Er verstummte und betrachtete wieder das Opfer. Als er weitersprach, klang seine Stimme ernst. „Wie ich schon sagte, ich werde mich umgehend darum kümmern. Besuchen Sie mich später im Leichenschauhaus. Ich habe übrigens gehört, dass Sie Ihr Hausboot verlegt haben."

„Ja, ich bin umgezogen. Gestern."

Gannet beobachtete ihn scharf. „Das freut mich zu hören. Ein Tapetenwechsel ist immer gut."

„Die Tapeten habe ich nicht gewechselt", antwortete Jake trocken. „Und es ist immer noch dasselbe Boot."

„Immerhin ... eine neue Perspektive. Wenn Sie aufwachen, haben Sie eine andere Aussicht."

„Ja." Mehr sagte er nicht dazu. Er hatte das Gefühl, dass Gannet ebenso wie manch anderer in seinem Kollegenkreis davon überzeugt war, dass er mit Nancy mehr als nur den Streifenwagen geteilt hatte. Eine Veränderung konnte also nur von Vorteil sein – selbst wenn seit Nancys Tod schon fünf Jahre vergangen waren.

Er wusste, dass er etwas zu seiner Verteidigung hätte vorbringen können – obwohl er überhaupt nicht angegriffen worden war.

Aber er sah überhaupt keine Veranlassung, sich vor irgendjemandem zu rechtfertigen. Die polizeiliche Untersuchung hatte jeglichen Verdacht ausgeräumt – jedenfalls, was die fragliche Nacht anbetraf. Die allgemeine und auch durchaus logische Meinung war gewesen, dass Nancy, verzweifelt über das Auseinanderbrechen ihrer Ehe und den zunehmenden Druck in ihrem Job, eine Nacht lang über die Stränge schlagen wollte, um ihre Probleme zu vergessen. Sie hatte sich mit jemandem getroffen, ein paar Drinks gehabt, ein paar Pillen eingeworfen ... und war tödlich verunglückt. Aber eines hatten Jake und Brian gemeinsam – sie hatten beide Nancy sehr gut gekannt. Nach Nancys Tod war es Jake ziemlich dreckig ergangen. Selbst die Tatsache, dass Bordons Sekte zerschlagen worden war, änderte nichts daran. Mit geradezu manischer Besessenheit versuchte er, diese beiden Ereignisse miteinander in Verbindung zu bringen. Oft war er nahe daran, die Grenze zwischen polizeilicher Befragung und körperlicher Bedrohung zu überschreiten, weshalb man ihn auch zur Rede gestellt hatte. Die Sitzungen mit dem Polizeipsychiater hatten ihm überhaupt nicht gepasst, obwohl es durchaus üblich war, dass Beamte nach dem Tod eines Kollegen psychologisch betreut wurden. Nach einer Weile hatte er erkannt, dass er ein wenig kürzer treten musste. Nach außen hin war er wieder der besonnene und erfahrene Polizist, der sich so eng wie möglich an seine Vorschriften hielt.

Seine Ansicht über die Umstände der Tat hatte er jedoch nie geändert. Und nach wie vor war er fest entschlossen, der Sache eines Tages auf den Grund zu gehen.

„Ich würde auch gerne auf dem Wasser wohnen“, sagte Gannet.

„Kommen Sie mich doch sonntags mal besuchen. Ich habe auch ein kleines Motorboot. Angeln ist gut für die Seele.“

„Hört sich nicht schlecht an.“ Gannet verzog das Gesicht. „Vielleicht gibt mir meine Frau einen freien Tag.“

„Bringen Sie sie doch einfach mit.“

„Sie steht nicht auf Bier.“

„Dann werde ich eine Flasche Wein für sie besorgen.“

„Ich werde Sie beim Wort nehmen, das verspreche ich Ihnen“, antwortete Gannet.

„Dr. Gannet, Detective Dilessio?“

Jake drehte sich um. Mandy Nightingale war zurückgekommen. „Sind Sie soweit fertig, damit die Leiche abtransportiert werden und ich meine restlichen Aufnahmen machen kann?“

„Keine Einwände, Mandy“, sagte Gannet.

„Jake?“ fragte sie.

Er nickte. „Ich schließe mich ihm an.“

„Gut.“ Leise fügte sie hinzu: „Vielleicht sollten Sie wissen, Jake, dass Ihre Kollegen da vorne eine Meute von Reportern im Zaum zu halten versuchen.“

„Soll ich mich um sie kümmern?“ bot Martin an.

Jake schüttelte den Kopf. „Ist schon okay. Einige von unseren Leuten sollen von Haus zu Haus gehen, um die Anwohner zu befragen. Ich weiß, dass sie alle weit entfernt wohnen, aber vielleicht hat ja doch einer was gesehen. Ich kümmere mich um die Zeitungsfritzen.“

„Bist du sicher? Ich habe deinen Blick gesehen. Jetzt werden die alten Sachen wieder aufgewühlt, und du hast das alles ja ziemlich persönlich genommen ...“

„Martin, ich komme damit klar. Wir reden über eine Sache, die vor fünf Jahren passiert ist. Ich bin Polizist, das ist mein Job. Pass du lieber auf, dass hier alles seine Ordnung hat, Marty. Wir können es uns nicht leisten, auch nur den kleinsten Hinweis zu übersehen.“

Martin nickte. Jake ließ ihn stehen und überquerte die Straße, wo die uniformierten Beamten die Reporter zurückhielten.

„Ein Mord, stimmt das? Das Opfer ist eine junge Frau?“ rief Jayne Gray zu ihm hinüber. Sie arbeitete für eine örtliche Radiostation.

„Ich fürchte, Jayne, im Moment können wir noch nicht viel sagen. Wir haben die Leiche einer Frau gefunden, die offenbar schon seit einigen Wochen, vielleicht auch Monaten, tot ist. Sämtliche Vermutungen müssen noch verifiziert werden, aber sobald der Bericht des Gerichtsmediziners vorliegt, werden wir informiert werden. Und Sie können sicher sein, dass wir die Informationen, soweit wie möglich, an Sie weitergeben. Hier und jetzt gibt es wirklich nicht mehr zu sagen."

„Aber Detective Dilessio, Sie werden uns doch sicher noch etwas mehr erzählen können", warf Bryan Jay ein, ein hartnäckiger, untersetzter Mann von der Lokalzeitung. „Es handelt sich um Mord, oder? Sie haben das Opfer eines Verbrechens im Schlamm gefunden, abseits von der Straße."

Einen Moment lang war er versucht, Jay eine schnippische Antwort zu geben. Aber nein. Sie hat beschlossen, sich hierhin zu legen und zu sterben.

„Mr. Jay, lassen Sie dem Gerichtsmediziner Zeit, seine Arbeit zu tun", erwiderte Jake mit fester Stimme.

„Gerne", konterte Jay trocken. „Dann erzählen Sie uns inzwischen was."

„Ich habe bereits gesagt, dass es sich um die Leiche einer Frau handelt, Mr. Jay."

„Ist das ein Einzelfall, oder glauben Sie, dass ein Serienkiller dahintersteckt? Sind die Umstände nicht so ähnlich wie bei dem ersten Mord vor fünf Jahren? Weist die Leiche Verstümmlungen auf?"

Jake beschloss, nicht auf Jays Mutmaßungen einzugehen. Sollte er doch denken, was er wollte.

„Leider ist das hier ein großer Bezirk. Da passieren jedes Jahr eine Menge Morde."

„Trotzdem scheinen mir da einige Parallelen zu bestehen. Der Kerl, der damals behauptete, der Mörder zu sein, ist doch inzwischen tot, oder?"

„Ein Mann, der behauptet hatte, die Morde begangen zu haben, hat Selbstmord begangen, das ist richtig."

„Aber der Fall ist nie offiziell abgeschlossen worden, nicht wahr?"

„Auch das ist richtig, Mr. Jay."

„Die Polizei hat doch seinerzeit irgendeine Sekte hier in der Gegend ausgehoben. Zu den Verdächtigen gehörte, wenn ich mich nicht irre, Papa Pierre alias Peter Bordon. Doch der sitzt schon seit Jahren im Gefängnis, oder?"

Jake spürte, wie sein Blutdruck stieg. Er biss die Zähne zusammen und widerstand dem Wunsch, vorzutreten und Bryan Jay einen Faustschlag in sein selbstgefälliges, fleischiges Gesicht zu versetzen.

„Reden Sie schon, Jake!" rief eine andere Frau.

Er kannte sie ebenfalls. Sie war Polizeireporterin bei einer Zeitung in Broward und musste sich ziemlich beeilt haben, um rechtzeitig hier zu sein.

„Peter Bordon sitzt in einem Bundesgefängnis. Wie jeder weiß, der sich mit diesen Dingen auskennt, ist er niemals wegen Mordes vor Gericht gestellt oder verurteilt worden", gab er zur Antwort.

„Das stimmt. Ebenso wenig wie der durchgeknallte Kerl, der sich im Gefängnis umgebracht hat. Harry Tennant. Er war bloß ein obdachloser Drogensüchtiger. Er behauptete, der Mörder zu sein, aber das tun ja viele Verrückte, wenn es um sensationelle Mordfälle geht."

„Wegen Mr. Tennants Tod konnten wir seine Geschichte nicht mehr nachprüfen, Mr. Jay."

„Es spricht aber doch viel dafür, dass er kein Mörder gewesen ist, oder? Ihr habt die Spur einfach nicht weiterverfolgt, und jetzt sieht es so aus, als fängt der Killer wieder an."

„Tut mir Leid, Mr. Jay, wir beschäftigen uns mit Tatsachen, nicht mit Vermutungen. Mehr kann ich Ihnen im Moment wirklich nicht sagen", erwiderte Jake mit Bestimmtheit. Er bemühte sich um einen ruhigen Ton. „Wir leben in einem großartigen Land, und ich respektiere die Presse über alle Maßen. Aber ich werde den

Teufel tun und Ihnen ein Bündel von Theorien servieren, nur weil ich noch nicht über gesicherte Tatsachen verfüge. Beim Journalismus gehts doch auch um Fakten, oder? Sobald wir Ihnen Genaueres sagen können, werden wir das tun. Vielen Dank, das wäre alles fürs Erste. Wir lassen Sie Ihre Arbeit tun und wären Ihnen sehr verbunden, wenn Sie uns unsere Arbeit tun ließen.“

Er drehte sich um und ließ die Reporter stehen. Ganz oben auf seiner Dringlichkeitsliste stand ein ausführliches Gespräch mit der Joggerin, die die Leiche gefunden hatte. Er wollte mit ihr reden, ehe die Reporter sie in die Mangel nahmen. Dann würde er den Fall ganz normal weiteruntersuchen und sich bemühen, die Bilder aus der Vergangenheit zu verdrängen und die Verbitterung hinunterzuschlucken.

Die Gerichtsmediziner würden sämtliche Hinweise, die die Ermittler ihnen lieferten, aufs Genaueste analysieren. Gannet würde sich um die Autopsie kümmern. Die besten Leute würden für die Untersuchung abgestellt werden, und wenn nötig, würde die Mannschaft verstärkt werden. Er konnte sich auf seine Mitarbeiter verlassen. Sie waren zwar keine Zauberer, vollbrachten aber manchmal wahre Kunststücke, um ihr Ziel zu erreichen.

Und jetzt zurück zu den Tatsachen.

Eine Frau war auf brutale Weise ermordet worden.

Sie war bereits seit mehreren Wochen, möglicherweise mehreren Monaten tot.

Man hatte ihr die Ohren abgeschnitten – wie bei einem Ritualmord.

Ihm war klar, dass er sehr vorsichtig sein musste. Er konnte nicht ohne weiteres davon ausgehen, dass ihr Tod die Fortsetzung einer Mordserie aus der Vergangenheit war. Alle Möglichkeiten mussten berücksichtigt werden.

„Ein Nachahmungstäter!“ rief Bryan Jay ihm nach, als er fortging. „Es könnte sich doch auch um einen Trittbrettfahrer handeln, oder?“

Er verkniff sich eine Antwort.

Ein Trittbrettfahrer.

Vielleicht. Vielleicht aber auch nicht.

Als er zum Tatort zurückkam, unterhielten sich Marty, Doc Gannet und Mandy Nightingale angeregt.

Marty sah in seine Richtung, und er wusste sofort Bescheid: Sie sprachen über ihn und machten sich Sorgen.

Dazu bestand überhaupt keine Veranlassung.

Es ging ihm bestens.

Er war fest entschlossen, dieses Mal so lange am Ball zu bleiben, bis er den wirklichen Mörder gefunden hatte.

4. KAPITEL

Am Montagmorgen hatte Ashley nichts Eiligeres zu tun, als durch die Zeitungen zu blättern, die Nick ordentlich gebündelt für die Altpapiersammlung neben die Hintertür gelegt hatte. Sie zuckte zusammen, als sie ihren Onkel hinter sich hörte. „Ashley, was tust du da?"

Sie sprang auf. Es tat ihr Leid, dass sie ihn mit ihrem Übereifer geweckt hatte. Der Stapel war nicht länger ordentlich, nachdem sie ihn durchwühlt hatte. Sie hatte gehofft, in der Samstagszeitung etwas über den Unfall auf dem Highway im Lokalteil zu finden, aber nichts entdeckt.

Schuldbewusst sah sie ihn an. „Tut mir Leid, dass ich dich wach gemacht habe. Auf dem Weg nach Orlando haben wir einen Unfall gesehen, und ich hatte gehofft, etwas darüber in der Zeitung zu finden. Hast du vielleicht irgendetwas darüber gehört?"

Nick kratzte sich den Bart, der über Nacht einen grauen Schatten auf seinen Wangen hinterlassen hatte. Er wirkte nicht jünger, als er war; dafür hatten Wind und Wetter und die Sonne gesorgt, denen er sich fast jeden Tag ausgesetzt hatte. Aber er hatte einen kräftigen Körper, und er war auf eine attraktive Weise gealtert, die von einem Leben zeugte, das er in vollen Zügen genossen hatte. Die grauen Strähnen fielen in seinem sandfarbenen Haar kaum auf, und in seinen hellblauen Augen spiegelte sich die Weisheit, die er über die Jahre angesammelt hatte.

Im Moment war von dieser Weisheit allerdings nicht viel zu sehen. Er schüttelte den Kopf und gähnte ausgiebig. Über der Schlafanzughose trug er einen Morgenmantel, den er mit dem Gürtel zuband, als er zur Kaffeemaschine in der Küche ging, nach der Kanne griff und erstaunt feststellte, dass sie leer war. Missbilligend sah er Ashley an. Normalerweise machte sie Kaffee.

„Entschuldige, aber ich glaube, der Unfall beschäftigt mich immer noch“, sagte sie. Während sie im Schrank nach Filtertüten suchte, füllte er die Kanne mit Wasser.

„Ist schon in Ordnung. Ich kann nämlich auch Kaffee kochen“, meinte er ein wenig pikiert. Was sie nie bezweifelt hatte. Schließlich war er ein selbstständiger Mann, er hatte sie großgezogen und war gewiss in der Lage, sich um sich selbst zu kümmern. Für Menschen, die dazu nicht fähig waren, hatte er überhaupt kein Verständnis.

„Du hast wirklich nichts über den Unfall gehört?“ hakte sie nach.

„Wir leben in Miami. Hier gibts viele Unfälle. Das wäre wirklich ein roter Tag im Kalender, wenn es mal keine Karambolagen auf den Highways gäbe“, entgegnete er.

„Weißt du, wo der Lokalteil von Samstag ist? Es muss doch zumindest eine Meldung drinstehen. Ich meine, schließlich ist ein Mann getötet worden. Jedenfalls bin ich mir ziemlich sicher, dass er tot war.“

„Moment, ich hole dir die Ausgabe. Sie liegt im Schlafzimmer.“

„Ich kann auch gehen.“

„Ich glaube, Sharon duscht gerade“, murmelte er.

„Oh. Na ja, dann warte ich eben, bis du deinen Kaffee getrunken hast. Die Sache ist mir das ganze Wochenende über nachgegangen.“

„Hast du dich denn nicht amüsiert?“

„Natürlich.“

„Während du die ganze Zeit über einen toten Mann auf dem Highway nachgedacht hast?“ fragte er. „Möchtest du einen Toast?“

„Nein danke, ich habe keinen Hunger.“

„Du hast einen anstrengenden Tag in der Polizeiakademie vor dir. Du solltest etwas essen.“

„Ich habe gestern Abend etwas Ekelhaftes in einer Raststätte gegessen", erzählte sie. „Das reicht mir bis zum Mittagessen."

„Etwas Ekelhaftes?"

„Ich glaube, es sollte ein Hamburger sein."

„Aha, dann seid ihr Mädels ja wirklich erst ziemlich spät nach Hause gekommen. Sonntags haben wir bis Mitternacht geöffnet, und als ich gegen eins im Bett war, warst du immer noch nicht da."

„Es war drei Uhr", gestand Ashley.

„Na prima", sagte er ironisch. „Wahrscheinlich habt ihr die ganze Zeit nicht geschlafen. Dabei hast du doch heute ein volles Programm."

„Ich habe jeden Tag ein volles Programm", entgegnete Ashley. „Aber ich bin jung. Im Moment macht mir Schlafmangel noch nicht viel aus."

Nick zog die Augenbrauen hoch, weil er sich fragte, ob sie mit dieser Antwort etwa auf sein Alter anspielen wollte. Dann beschloss er, nicht länger zu warten, bis der Kaffee durchgelaufen war. Er zog die Kanne aus der Maschine und stellte einen Becher unter den tropfenden Filter. Dabei war er so flink, dass nur wenige Tropfen auf der heißen Warmhalteplatte verdunsteten.

„Ich gieße dir auch eine Tasse ein. Denn obwohl du jung bist und ich alt bin, wie du mir gerade so schonend beigebracht hast, brauchst du vielleicht auch einen Kaffee. Jedenfalls siehst du so aus. Hast du am Wochenende überhaupt ein Auge zugetan?"

Sie lachte. „Ich käme niemals auf die Idee zu sagen, dass du alt bist. Du stehst in der Blüte deines Lebens! Aber keine Sorge, wir haben tatsächlich ein bisschen geschlafen. Am Freitagabend waren wir erst in einer Show, danach sind wir in eine Disco gegangen, erst gegen Morgen ins Bett gekommen und haben bis drei Uhr nachmittags geschlafen. Am nächsten Abend sind wir allerdings nicht so lange aus gewesen. Dafür haben wir auch nur bis zwölf Uhr mittags geschlafen. Karen ist fast ausgerastet. Sie befürchtete, dass sie uns eine weitere Nacht berechnen würden, weil wir das Zimmer um elf hätten verlassen müssen. Ich bin also fit wie ein Turnschuh – auch wenn ich deinen Worten entnehmen konnte, dass ich entsetzlich aussehe.“

Er schlürfte seinen Kaffee, stützte sich auf seinen Ellbogen und grinste. „Die meisten Polizisten, die ich kenne und die was taugen in ihrem Job, sehen entsetzlich aus. Muss an der Gegend liegen.“

„Dann glaubst du also, dass ich meinen Job gut machen werde?“

„Das will ich doch hoffen! Ich hole dir jetzt die Zeitung. Pflichtbewusste Cops in spe kommen auch nicht zu spät in die Schule. Spring unter die Dusche und zieh dich an. Ich schau mal, ob ich den Lokalteil von Samstag finde.“

Sie trank den Rest ihres Kaffees und lief in ihr Zimmer, um zu duschen.

Nicks Bar und Restaurant existierte schon seit ewigen Zeiten. Durch einen Zufall hatte ihr Onkel das Haus von einem anderen Nicholas gekauft. Er war Seemann gewesen, der die Bar in den 1920er Jahren erworben hatte, als die Umgebung von Miami noch ländlich war. Die Zeiten hatten sich geändert, und die Grundstückspreise waren enorm in die Höhe geschossen. In Nicks Bar hatte sich nicht viel verändert. Das Haus war aus Kiefernholz erbaut, das aus Dade County stammte; eine Holzart, die mittlerweile sehr selten und daher sehr teuer war. Ein kurzer Weg führte vom Hafen, wo zahlreiche Motor- und Hausboote lagen, über die Pier zur Bar – ein lang gestreckter Raum, von wo aus man einen herrlichen Blick über den Hafen hatte. Die kleine Küche, die Nick privat nutzte, und das großzügige Wohnzimmer waren sowohl vom Restaurant als auch vom Büro aus zugänglich, das sich hinter dem Restaurant befand. Nicks Schlafzimmer lag über dem Wohnzimmer, während Ashley ihren eigenen Bereich im Parterre hatte. Dorthin gelangte sie durchs Wohnzimmer oder durch einen Privateingang rechts neben dem Restaurant. Sie fühlte sich hier ausgesprochen wohl. Die Atmosphäre war rustikal und gemütlich. Und da Nick sehr penibel und ordentlich war und auf Sauberkeit achtete, war das Haus in einem tadellosen Zustand. Zudem hatte er es sehr geschmackvoll gestaltet – jedenfalls wenn man ein Liebhaber von maritimer Einrichtung war. Über dem Eingang des Wohnzimmers waren Kieferknochen und Zähne eines weißen Hais befestigt, und in einem Glaskasten daneben hing eine Schiffsglocke aus dem neunzehnten Jahrhundert. Die Wand war von oben bis unten mit Fotos bedeckt, und jedes einzelne bedeutete ihr etwas. Auf vielen waren ihre Eltern abgebildet, einige zeigten Nick und ihre Mutter als Kinder, auf anderen war sie selbst mit ihrer Familie zu sehen. Zu ihren Lieblingsstücken gehörte ein Foto, auf dem ihr Vater eine Uniform trug, und ein zweites, auf dem sie selbst mit ihren Eltern zu sehen war. Jemand hatte es an dem Tag aufgenommen, als sie bei einem Wettangeln für Kinder ihren ersten Rotbarsch gefangen hatte.

Natürlich hatte so ein altes Haus auch seine Nachteile. Zum Beispiel gab es nicht immer heißes Wasser zum Duschen. Als sie unter den lauwarmen Strahl trat, erinnerte sie sich, dass Nick gesagt hatte, Sharon dusche ebenfalls. Na wenn schon, dann würde sie sich eben beeilen und umso schneller wieder trocken sein. Wenigstens an der Klimaanlage war nichts auszusetzen. Nick hielt sie in Schuss, denn schließlich erwarteten seine Gäste ein angenehm temperiertes Restaurant, wenn sie zum Lunch kamen, nachdem sie bis zum Mittag in der heißen Sonne gewesen waren.

Fünfzehn Minuten später war sie fertig angezogen und lief zurück in die Küche. Zu ihrer Überraschung hatte Nick auch schon geduscht – vermutlich eiskalt. Er trug Shorts und ein Polohemd und war über eine Zeitung gebeugt, die auf der Küchentheke lag. Mit grimmiger Miene blätterte er durch die Seiten. Sharon stand neben ihm und hielt ebenfalls Ausschau nach einer Meldung über den Unfall. Nicks Freundin, mit der er nun schon fast ein Jahr zusammenlebte, war eine ausgesprochen attraktive Frau. Sie war zierlich und schlank und, selbst wenn sie hochhackige Schuhe trug, nicht größer als einssechzig. Sie ging regelmäßig ins Fitnessstudio, war durchtrainiert und bewegte sich anmutig. Sie war wohl etliche Jahre jünger als Nick – man hätte sie tatsächlich für dreißig halten können –, und manchmal schien sie fast zu elegant zu sein für diese rustikale Hafenbar, in der sie so viele Abende verbrachte. Wenn sie ein Geschäft witterte, entwickelte sie eine erstaunliche Hartnäckigkeit, und sie war auch mit Feuer und Flamme bei ihrer neuesten Leidenschaft – Politik. Zu Ashley hatte sie ein ausgesprochen gutes Verhältnis; es war geradezu rührend, wie sie sich um sie kümmerte. Sie hatte große blaue Augen, die sehr gut zu ihrem platinblonden Haar passten, das ihr bis knapp über die Schultern reichte. Sie war eine ausnehmend attraktive Frau, energisch, aber nicht aggressiv, intelligent und humorvoll. Mit ihr konnte man Pferde stehlen, und insofern war sie genau die richtige Partnerin für Nick.

„Habt ihr was über den Unfall gefunden?“ fragte Ashley.

Nick sah verdutzt auf. Er nickte ernst.

„Guten Morgen, mein Liebes. Es tut uns so Leid“, sagte Sharon und blickte sie mit ihren blauen Augen mitleidig an.

„Was tut euch Leid?“ wollte sie wissen.

„Wir haben erst gar nicht gewusst, welches der richtige Artikel ist. Am Samstagabend hat es nämlich einen Sturm gegeben, der zwei tödliche Unfälle verursacht hat – und dann der Fußgänger, der auf dem Highway überfahren wurde. Die Meldung stand tatsächlich im Lokalteil. Und Ashley“, fuhr Nick vorsichtig fort, „du kennst den Mann, an dem du vorbeigefahren bist. Du bist mit ihm zur High School gegangen. Er ist nicht tot, sondern liegt im Koma. Er hat ziemlich schwere innere Verletzungen, und die Ärzte können seiner Familie nicht viel Hoffnung machen."

„Wie bitte? Wer ist es denn?" fragte sie. Besorgt schaute sie von einem zum anderen und ging zur Küchentheke, um selbst einen Blick auf die Zeitung zu werfen.

„Stuart Fresia", sagte Nick.

„Stuart?"

„Ich habe gehört, dass er ein guter Freund von dir war", murmelte Sharon.

Entsetzt griff Ashley zur Zeitung. Sie konnte kaum glauben, was sie da las.

Stuart.

Er war wirklich nicht nur ein Klassenkamerad gewesen, sondern ein richtiger Freund. Seit Jahren hatte sie ihn nicht mehr gesehen. Er gehörte zu jenen pfiffigen Kindern, aus denen eines Tages pfiffige Erwachsene wurden. Es war ihm gelungen, fleißig, strebsam und dennoch beliebt zu sein. Er hatte stets davon gesprochen, Jura zu studieren. Er war gerne ausgegangen und hatte auch gerne mal ein Bier getrunken, Zigaretten geraucht oder hin und wieder eine Zigarre. Drogen hatte er jedoch nie angerührt. Manchmal hatte sie ihn regelrecht beneidet. Während sie bei vielen ihrer Freundinnen die Scheidungen derer Eltern und neue Partnerschaften miterlebt und -erlitten hatte, führten Stuarts Eltern eine Bilderbuchehe. Das hatte sie jedes Mal feststellen können, wenn sie bei ihm zu Hause war. Sie liebten sich und ihren Sohn mehr als alles auf der Welt.

Obwohl auch er während der Pubertät einigen Unsinn gemacht hatte, war er seinen Eltern stets ein guter Sohn gewesen. Schon früh hatte er gelernt, dass er als Einzelkind eine gewisse Verantwortung ihnen gegenüber hatte.

Und jetzt hatte sie Stuart auf dem Highway wiedergesehen, schwer verletzt und nur mit einer Unterhose bekleidet. Das alles ergab doch keinen Sinn – ebenso wenig wie der Zeitungsartikel.

Sie musste ihn mehrere Male lesen. Nach Aussagen von Augenzeugen und des Fahrers, der ihn angefahren und daraufhin einen Schock erlitten hatte, war Stuart unvermittelt über den Highway gelaufen, ohne auf den Verkehr zu achten. Niemand hatte ihn kommen sehen. Er war offenbar nicht aus einem Wagen gestiegen, und er hatte auch keine Papiere bei sich gehabt. Er hatte mehrere innere Verletzungen und eine schwere Gehirnerschütterung erlitten. Nach einer mehrstündigen Operation war er nicht aus der Narkose erwacht und wurde seitdem mit Hilfe von Maschinen am Leben gehalten. Die Ärzte hatten alles Menschenmögliche getan, obwohl sie nicht glaubten, dass er durchkommen würde. Der Arzt, der die Operation geleitet hatte, meinte jedoch, dass ein junger Mann in der Blüte seiner Jahre mit dem unbändigen Willen zum Überleben dennoch eine Chance haben könnte.

Das Motiv für sein lebensgefährliches Verhalten schien Heroin zu sein, das man in großen Mengen in seinem Blut und Urin gefunden hatte.

„Nein“, murmelte Ashley verstört.

„Es tut mir Leid“, sagte Nick mitfühlend. Er stand hinter ihr und hatte die Hände auf ihre Schultern gelegt.

„Nein, ich meine, das ist unmöglich. Stuart und Heroin? Er war kein Junkie.“

„Ashley, du hast ihn eine ganze Weile nicht gesehen, nicht wahr?“

Sie legte die Zeitung hin und sah Nick an. „Ja, es ist eine Weile her, aber trotzdem kann ich es nicht glauben.“

„Die Menschen verändern sich, Ashley“, gab Sharon zu bedenken.

Stirnrunzelnd schüttelte Ashley den Kopf. „Stuart wollte immer Blut spenden, wenn irgendwo eine Katastrophe passiert war und die Kirchen und Schulen zum Spenden aufriefen. Aber er ist nie zum Zuge gekommen, weil er immer ohnmächtig geworden war, wenn jemand mit einer Spritze auf ihn zukam. Deshalb stimmt das alles hinten und vorne nicht."

Nick nahm sie in den Arm und drückte sie an sich. „Ashley, es ist nun mal passiert. Du hast den leblosen Körper gesehen, und du hast den Artikel gelesen. Durchaus möglich, dass Stuart ein prächtiger Junge war. Vielleicht ist er immer noch ein guter Mann, der sich nur mit den falschen Leuten eingelassen hat. Immerhin ist er ja noch am Leben. Es besteht also noch Hoffnung."

„Ja, du hast Recht. Das heißt – wenn seit Samstag nichts mit ihm passiert ist. Vielleicht ist er ja inzwischen ..." Erschrocken hielt sie inne und sah Nick mit großen Augen an. „Lass mich doch mal die Todesanzeigen sehen. Ist das da drüben die Zeitung von Montag?"

„Ich habe schon nachgesehen. Sein Name ist nicht dabei", versicherte Sharon.

„Gott sei Dank", sagte Ashley erleichtert.

„Du musst jetzt zur Arbeit", erinnerte Nick sie. „Ich rufe im Krankenhaus an, erkundige mich nach seinem Zustand und hinterlasse dir eine Nachricht auf deiner Mailbox. Die kannst du dann in der Pause abrufen. Einverstanden?"

Sie nickte. „Das ist lieb von dir, Nick. Vielen Dank euch beiden."

Sie ging zur Küchentür, öffnete sie – und stand einem Mann gegenüber.

Das schien allmählich Routine zu werden.

Mit dem Unterschied, dass sie Sandy Reilly gut kannte. Er gehörte schon seit mindestens sieben Jahren zu Nicks Stammgästen.

Mit seinem wettergegerbten und faltigen Gesicht sah er wie über neunzig aus. Vermutlich war er eher an die siebzig, aber niemand hatte ihn jemals danach gefragt, und er hatte auch nie von sich aus über sein Alter gesprochen. Er wohnte auf einem der Hausboote im Hafen, wo er allerdings nicht halb so viel Zeit verbrachte wie in Nicks Bar.

„Tag, Sandy."

„He Mädel, du siehst richtig schick in der Uniform aus."

„Vielen Dank."

„Cops, Cops, Cops, wohin man auch guckt – sie sind überall."

„Wirklich?"

Sandy lachte.

„Weißt du eigentlich, wie viele Polizisten sich hier herumtreiben?"

„Einige sinds bestimmt, aber genau weiß ich es nicht. Schließlich fragen wir unsere Gäste nicht nach ihrem Beruf."

„Curtis Markham, der grauhaarige Typ, der immer Budweiser trinkt und mit seinem zwölfjährigen Jungen in der hintersten Ecke sitzt. Spielt viel Pool-Billard. Er ist Polizist in South Miami. Und Tommy Thistle – du kennst doch Tommy. Der ist von der Polizei in Miami Beach."

„Ja, ich kenne Tommy. Und Curtis auch. Schließlich habe ich sie als Referenzen genannt."

„Und dann ist da noch Jake."

„Jake?"

„Sag bloß nicht, dass du den nicht kennst."

„Sollte ich?"

„Aber klar. Na ja, er ist kein Stammgast ... ist es auch nie gewesen. Kommt manchmal sonntags vorbei. Großer Kerl. Dunkelhaarig. Ausgezeichnete Kondition. Er arbeitet beim Morddezernat von Miami-Dade. Soll ein hohes Tier sein. Wenn du ihn nicht kennst, solltest du ihn vielleicht mal kennen lernen. Wenn ich's mir so recht überlege, wirst du ihn bestimmt bald treffen. Jetzt, wo sein Boot praktisch gegenüber der Bar liegt, wird er sicher öfter vorbeikommen."

Sandy schwatzte weiter, aber Ashley hörte nicht mehr zu, nachdem der Name Jake gefallen war. Groß. Dunkelhaarig. Morddezernat von Miami-Dade.

Plötzlich ging ihr ein Licht auf. Er musste der Typ sein, dem sie am Samstagmorgen den heißen Kaffee übers Hemd gegossen hatte.

Er gehörte also zur Polizei von Miami-Dade. Na prima!

„Ist das nicht toll? Ich bin mit 'ner Menge von Leuten bekannt. Sag mir Bescheid, falls du mal irgendjemandem vorgestellt werden möchtest."

„Danke", sagte Ashley knapp. „Ich kenne den Mann, von dem du sprichst. Das heißt, ich habe ihn mal hier gesehen. Jake – so heißt er?"

„Jake Dilessio. Detective Dilessio. Und wie gesagt, eines Tages werde ich euch zwei miteinander bekannt machen. Na ja, Nick könnte das eigentlich auch tun."

„Schon gut, ich lege keinen Wert auf eine offizielle Vorstellung." Diese Angelegenheit sollte sie besser auf sich beruhen lassen. Sie hatte keine Lust, sich bei ihm zu entschuldigen.

Vielleicht würde sie das nächste Mal, wenn sie den Kerl sah, ein bisschen höflicher sein, aber sie würde bestimmt nicht vor Ehrfurcht erstarren, nur weil sie jetzt wusste, wer er war.

„Alles klar, Ashley?"

„Natürlich."

„Du guckst so komisch. Habe ich was Falsches gesagt?"

Sie hatte keine Lust, mit Sandy darüber zu reden. Warum auch? Er wusste wahrscheinlich ohnehin über alles, was sich bei

Nick abspielte, bestens Bescheid. „Wirklich, Sandy, mir gehts gut. Eigentlich ist es doch gar nicht schlecht, dass es in der Gegend so viele Cops gibt. Ist schon komisch, dass ich den meisten Teil meines Lebens hier verbracht habe und du trotzdem mehr über unsere Kundschaft weißt als ich."

„Na ja, du bist nicht häufig hier, und als Kind hast du auch nicht so viel mitgekriegt. Nick hat immer darauf geachtet, dass du dich nicht so oft in der Bar herumtreibst. Und ich habe nun mal nichts anderes mehr zu tun, als die Leute zu beobachten."

„Glaubst du, dass es daran liegt? Ich habe mal Kunst studiert. Eigentlich müsste ich die Leute viel intensiver beobachten. Trotzdem ist es schön zu wissen, dass es hier einen gibt, der so viele Leute kennt, die ich vielleicht mal um Hilfe bitten kann. Und wie fühlst du dich – mit so vielen Cops um dich herum?"

„Na, ziemlich sicher. Und ich hoffe, dass du bald auch einer von ihnen bist. Ich weiß, dass du das Zeug dazu hast, zu den vierzehn Prozent zu gehören."

„Vierzehn Prozent?" fragte sie verständnislos. In Gedanken war sie immer noch bei dem Moment, wo sie diesem Detective den Kaffee übers Hemd gegossen hatte. Und jetzt tat sie auch noch alles, um seine Kollegin zu werden.

„Das sagt die Statistik: Vierzehn Prozent eines Jahrgangs werden genommen. Na ja, vielleicht ein paar mehr. Ungefähr ein Drittel von jeder Jahrgangsstufe schafft es bis zur Truppe, und von denen hält es wieder ungefähr ein Drittel länger als ein Jahr aus."

„Ich kenne diese Statistiken. Im Einführungslehrgang erzählen sie uns auch, wie viele Polizisten jedes Jahr getötet werden. Das soll wohl die Furchtsamen von vornherein abschrecken. Woher kennst du dich so gut mit der Statistik aus?"

„Na ja, ich bin vielleicht schon uralt, aber der liebe Gott hat mir bis heute meine Adleraugen gelassen und ein ausgezeichnetes

Gehör, so dass ich noch alles mitkriege, was um mich herum vorgeht. Und wenn ich in diesem Leben etwas gelernt habe, dann ist es Zuhören. Ich höre den Cops zu, die zu Nick kommen."

„Ich bin hier groß geworden, und trotzdem weißt du besser über die Stammgäste Bescheid. Schon erstaunlich."

„Weil dir der Kopf nach anderen Dingen steht, wenn du hier bist. Schließlich kannst du einem Menschen nicht ansehen, dass er Polizist ist, wenn er dir nicht seine Hundemarke vor die Nase hält. Das sind Leute wie du und ich. Haben auch mal gern ihren Spaß. Und sie binden auch nicht jedem auf die Nase, was sie beruflich machen. Vor allem nicht in einer Bar wie der von Nick. Die Leute wollen sich am Strand vergnügen, auf ihren Booten oder angeln gehen."

„Dir erzählen sie offenbar, was sie machen", antwortete sie lächelnd.

„Klar. Weil ich mit ihnen rede. Ich bin ein komischer Kauz. Neugier ist alles, was mir geblieben ist, und ich finde es nun mal interessant, was die Leute so zu erzählen haben."

„He, Sandy", schaltete Nick sich in das Gespräch ein. „Du kannst Ashley ein anderes Mal etwas von den Kunden erzählen. Sie wird niemals ein Cop werden, wenn sie immer zu spät zur Akademie kommt. Und, nebenbei bemerkt, wir haben noch nicht geöffnet."

„Teufel noch mal, das weiß ich doch. Das erzählst du mir jeden Morgen. Aber ich sehe, du hast schon Kaffee gemacht, und wenn du mir eine Tasse anbietest, dann richte ich dir deinen Laden tipptopp her, noch ehe diese mickrigen Angeber, die du Angestellte nennst, aus den Federn gekrochen sind."

Ashley musste lächeln. Es stimmte. Der alte Sandy tauchte wirklich mehrmals in der Woche ziemlich früh bei ihnen auf.

Allerdings niemals vor halb sieben. Und er war nicht wirklich lästig. Er hatte es gern, wenn man ihm einen Kaffee anbot und ihn auf der Terrasse sitzen ließ, wo er die Boote auf dem Wasser betrachten konnte.

Was auch gerne ein paar andere taten, die Hausboote im Hafen hatten – Detectives vom Morddezernat eingeschlossen.

„Ashley, gehts dir gut? Du siehst so blass aus", sagte Nick besorgt.

„Alles in Ordnung, Nick", antwortete sie und sah ihren Onkel strafend an. „Warum hast du mir nicht erzählt, dass unser Besucher neulich früh morgens ein Polizist war. Und dazu noch einer von der Mordkommission von Miami-Dade?"

„Aber Honey, du hattest es doch furchtbar eilig. Du hast mir überhaupt keine Gelegenheit dazu gelassen."

„Stimmt, ich erinnere mich."

„Er ist ein guter Mann."

„Das glaub ich unbesehen."

„Und du bist wirklich sicher, dass alles in Ordnung ist?" wiederholte er stirnrunzelnd seine Frage.

„Ja, doch, ganz gewiss. Ich schwörs. Und jetzt muss ich los. Machts gut, ihr Lieben." Sie lächelte Sandy zum Abschied zu und eilte zu ihrem Wagen.

Als sie in Richtung Highway fuhr, versuchte sie, nicht länger über den peinlichen Zwischenfall nachzudenken. Mit etwas Glück würde sie dem Detective von Miami Dade ohnehin nie wieder begegnen. Obwohl die Büros der Mordkommission im Hauptquartier lagen, wo auch die Polizeiakademie ihren Sitz hatte.

Dann wanderten ihre Gedanken zurück zu Stuart. Ihr Mitleid mit ihm war ebenso groß wie ihre Zweifel an der ganzen Angelegenheit.

Er war kein Drogenabhängiger. Ganz bestimmt nicht. Und er war auch sicher keiner geworden. Dazu war er einfach nicht der

Typ. Er war viel zu vernünftig. Ihm lag viel an seiner Familie; er wollte, dass sie stolz auf ihn war. Er war kein perfektes Kind gewesen; er hatte durchaus seine Macken gehabt. Manchmal konnte er richtig hinterhältig sein. Als sie einmal in einen anderen Jungen verliebt war, hatte er sie über das heimliche Objekt ihrer Zuneigung ausgefragt, das Gespräch ohne ihr Wissen aufgezeichnet und das Tonband über die Lautsprecheranlage der Schule abgespielt. Damals hätte sie ihn am liebsten umgebracht, aber er hatte sich bei ihr wortreich entschuldigt – und ihr Schwarm hatte sie tatsächlich um ein Date gebeten.

Dumm gelaufen. Mit diesem Blödmann war sie dann zwei Jahre zusammengewesen.

Die Beziehung hatte von Anfang an nicht funktioniert, aber das war schließlich nicht Stuarts Schuld. Der Junge war genau ihr Typ gewesen, und Stuart hatte dafür gesorgt, dass sie zusammenkamen.

Sie lächelte, als sie sich daran erinnerte, wie glücklich er ausgesehen hatte, weil ihm dieser Streich gelungen war. Das war damals gewesen, in einer anderen Welt, zu einer anderen Zeit, bevor ihnen allen klar wurde, was es eigentlich bedeutete, erwachsen zu werden. Da waren sie noch Freunde gewesen, sehr gute Freunde.

Nach dem Examen hatte er eine ganze Reihe von Stipendien angeboten bekommen. Er war einer der einfallsreichsten Schüler gewesen, die sie kannte. Er hatte sie dazu überredet, bei einem Film für eine Abschlussarbeit mitzumachen. Der Streifen gewann den ersten Preis und wurde zur großen Freude der Verantwortlichen mehrere Male in der Aula vorgeführt. Er hieß „Disziplin – damals und heute“, und obwohl er ein durchaus ernsthaftes Anliegen hatte, war er auch irrsinnig komisch gewesen.

Trotz seines Interesses an Film, Literatur und Kunst hatte er sich dann doch für ein Wirtschaftsstudium entschieden. Er hatte eine staatliche Wirtschaftsschule in Florida besucht, zum einen, weil die Gebühren nicht so hoch waren, zum anderen, weil er dann so oft wie möglich seine Eltern besuchen konnte. Sie wurde ein wenig melancholisch, als sie sich daran erinnerte, dass sie zu seiner Examensfeier eingeladen war, aber nicht kommen konnte, weil sie einen Ferienjob als Aushilfe auf einem Segelboot angenommen hatte, das einen Törn zu den Inseln machte. Er wollte Webseiten erstellen und verkaufen, aber irgendwann auch wieder zurück auf die Universität, um Kurse in kreativem Schreiben und Filmemachen zu belegen.

Komisch, dass ihr nicht mehr einfiel, wozu er sich letztlich entschlossen hatte. So etwas vergaß man doch nicht. Aber sie hatte noch den Klang seiner Stimme im Ohr: tief, entschlossen und sehr klar. Sie hatten vereinbart, sich am Ende des Sommers zu treffen. Das hatten sie dann auch getan und sogar überlegt, zusammenzubleiben. Doch er war dann nach New York gegangen, um sich nach Weiterbildungsmöglichkeiten zu erkundigen.

Und sie hatte mit der Polizeiakademie angefangen. Ihr Versprechen, oft zu telefonieren und sich hier und da zu sehen, war mit der Zeit in Vergessenheit geraten.

Stuart ...

Während sie fuhr, starrte sie auf die Straße, die vor ihr lag.

Den Verkehr um sich herum nahm sie kaum wahr. Stattdessen tauchte vor ihrem inneren Auge ein regloser Körper auf, der auf dem Highway lag. Plötzlich konnte sie sein Gesicht klar und deutlich sehen.

Wieso hatte sie nicht sofort erkannt, dass es Stuart war?

5. KAPITEL

Es war ein ziemlich arbeitsreiches Wochenende gewesen.

Jake hatte die Hälfte der Zeit damit verbracht herauszufinden, was aus den Anhängern von Peter Bordon nach dem Auseinanderbrechen seiner Sekte geworden war. Die andere Hälfte hatte er darauf verwendet, sich nach dem Wechsel seines Liegeplatzes auf seinem Hausboot häuslich einzurichten. Eine große Hilfe bei den Nachforschungen waren seine eigenen Akten, die er vor fünf Jahren angelegt hatte; was danach geschehen war, recherchierten ein paar kompetente Kollegen für ihn. Einer der fähigsten, mit denen er jemals zusammengearbeitet hatte, war Hank Anderson, der sich bestens mit Computern auskannte; er hatte ihm eine Menge Informationen aus den Datenbanken zusammengestellt. Vieles davon war Jake allerdings schon bekannt. In gewisser Weise war der Fall für ihn zu einer fixen Idee geworden. Er hatte jedoch nicht viel darüber geredet, weil er vermeiden wollte, dass seine Kollegen ihn für besessen hielten oder gar den Eindruck gewinnen könnten, er würde die Grenzen seiner dienstlichen Befugnisse überschreiten.

Captain Blake, der Chef des Morddezernats, hatte ihn am Sonntagnachmittag in sein Büro gerufen und ihm ins Gewissen geredet. Gute Detectives kannten keine geregelten Dienstzeiten, hatte er gesagt, und ihre Arbeitskraft sei mehr wert als das, was sie verdienten. Aber sie mussten auch lernen, ihre Gesundheit nicht aufs Spiel zu setzen. Irgendwann war es Zeit, die Akten zu schließen und an das Privatleben zu denken.

Jake stimmte ihm voll und ganz zu.

Ihr jüngstes Mordopfer war schon eine ganze Weile tot gewesen. Hektische Geschäftigkeit half der Toten jetzt auch nicht mehr weiter. Es war besser, ruhig zu bleiben und besonnen vorzugehen. Auf diese Weise würden sie den Mörder am ehesten dingfest machen und der Ermordeten einen letzten Dienst erweisen können.

Das heiße nichts anderes, betonte Blake, als dass er einen klaren Kopf bei seiner Arbeit bewahren solle. Was nur ginge, wenn er sich zwischendurch erholte und auf andere Gedanken käme. Ein übermüdeter, gestresster und besessener Cop würde niemandem etwas nützen.

Das war wohl richtig. Aber Jake wollte am liebsten alle Fäden selbst in der Hand behalten.

Am wichtigsten war die Autopsie. Gannet hatte sich, wie versprochen, als Allerersten darum gekümmert, und Jake war zugegen gewesen.

Dann hatte Jake sich mit Hank zusammengesetzt, und gemeinsam hatten sie stundenlang alte Fälle studiert und alles gesammelt, was auch nur entfernt mit dem neuen Mord in Verbindung stehen konnte. Samstagabend hatten er und Marty einige von Bordons ehemaligen Anhängern angerufen. Das hatte sie viel Zeit gekostet, und am Ende mussten sie feststellen, dass es sie keinen Schritt weitergebracht hatte. Die Frau, mit der sie zuerst gesprochen hatten, war mittlerweile verheiratet und Mutter eines dreijährigen Kindes. Es war ihr ausgesprochen peinlich, an ihre Vergangenheit erinnert zu werden, denn ihr Mann wusste nichts von der Gemeinschaft, der sie angehört hatte. Sie behauptete, niemals zu den einflussreichen Mitgliedern der Sekte gehört zu haben, und schwor, keines der Mordopfer persönlich gekannt zu haben. Beide hatten das Gefühl, dass sie die Wahrheit sagte.

Auch der zweite Anruf brachte keine brauchbareren Resultate. Der junge Mann war nur bei einigen wenigen Zusammenkünften dabeigewesen. Seitdem gehörte er zu den Wiedergeborenen Christen und arbeitete die meisten Tage in der Woche in einem Obdachlosenheim in der Gegend. Ein Telefonat reichte aus, um die Richtigkeit seiner Aussagen zu bestätigen.

Der Sonntagnachmittag war für Jake immer eine Zeit des Müßiggangs gewesen. Mit zahlreichen Freunden und Bekannten war er durch die Kneipen gezogen, hatte manchmal auch bei Nick Station gemacht, ein paar Bier getrunken, von Erlebnissen beim Angeln erzählt und Fußballspiele am Fernseher verfolgt. Nicht so an diesem Sonntag. Er war damit beschäftigt gewesen, Wasser- und Elektroleitungen anzuschließen. Nicht einmal am Abend war er in Nicks Bar aufgetaucht. Stattdessen hatte er seinen Vater besucht. Seit dem Tod seiner Frau saß er die meiste Zeit im Dunkeln und erzählte allen Leuten, es gehe ihm gut.

Eigentlich hatte Jake sich also genauso verhalten, wie sein Boss es ihm geraten hatte. Das Problem war nur, dass keine dienstliche Anweisung, kein gesunder Menschenverstand und keine Logik ihn vom Denken, Kombinieren und Ausarbeiten von Strategien abhalten konnte.

Also doch eine Art Besessenheit.

Kaum saß er am Montagmorgen hinter seinem Schreibtisch, als ihn ein Anruf von Neil Austen aus der Gerichtsmedizin erreichte.

„Ich wollte Ihnen nur sagen, dass wir alles Mögliche unternehmen, um die Identität unserer Toten herauszufinden. Unsere größte Hoffnung sind immer noch die Zähne, aber bisher haben wir nichts erreichen können. Ich glaube nicht, dass sie aus der Gegend stammte. Und wenn, dann hat sie keiner als vermisst gemeldet. Oder sie ist nie bei einem Zahnarzt gewesen. Vielleicht hatte sie es auch gar nicht nötig. Denn ihre Zähne waren in tadellosem Zustand, als sie starb. Sie hatte auch keine Probleme mit den Weisheitszähnen gehabt. Keine Füllungen. Wir haben eine Anfrage rundgeschickt; vielleicht meldet sich ja jemand darauf. Wie viele Leute gibt es schon, die mit Mitte zwanzig noch makellose Zähne haben?“

„Vielen Dank für Ihre Bemühungen, Neil“, sagte Jake.

„Ich wünschte, ich könnte Ihnen mehr erzählen. Leider benötigt das alles seine Zeit.“ Das brauchte er Jake nicht zu sagen. Manchmal konnte es Wochen oder sogar Monate dauern, bis die Identität eines Mordopfers geklärt war.

Mitunter kam es auch vor, dass die Herkunft eines Toten niemals herausgefunden werden konnte. Was dank der fortschrittlichen Gerichtsmedizin und moderner Computer allerdings immer seltener geschah: In der Regel wurden die meisten Fälle schnell abgeschlossen.

„Können Sie mir noch etwas mehr erzählen – außer dass sie Mitte zwanzig war und perfekte Zähne hatte ...?“

„Sie muss etwa einsfünfundsechzig groß gewesen sein. Stabiler Körperbau. Keine Schwangerschaften. Nach Gannets Ansicht scheint es sich um einen Ritualmord gehandelt zu haben.“

„Genau wie bei ...?“

„Ja, genau so.“ Neil stieß einen bedauernden Seufzer aus. „Vermutlich war sie recht hübsch. Die Jungs hier haben ihr einen Spitznamen gegeben. Aschenbrödel. Sie war zwar nicht mit Asche bedeckt, aber die Umgebung, in der sie gefunden wurde ... Das ist schon merkwürdig. Da beschäftigt man sich tagein, tagaus mit solchen Fällen, und dann gibt es immer noch ein paar, die einem besonders nahe gehen, weil sie so brutal sind. Ich schicke Ihnen den kompletten Bericht. Ach ja, Gannet sagt, sie muss etwa zwischen zwei und vier Monaten tot sein.“

„Vielen Dank, Neil.“

„Keine Ursache. Sobald wir etwas Neues erfahren, werde ich Sie informieren.“

„Prima.“

Jake legte den Hörer auf und suchte die Akte des letzten Opfers hervor, das vor fünf Jahren getötet worden war. Das Foto einer jungen Frau mit einem scheuen Lächeln war rechts auf der Seite mit einer Büroklammer befestigt.

Dana Renaldo.

Auch sie war Mitte zwanzig gewesen. Siebenundzwanzig, um genau zu sein, eins fünfundsechzig groß, etwa dreiundfünfzig Kilo schwer, eine lebenslustige, attraktive Frau. Ihre Eltern waren tot. Eine Cousine hatte sie als vermisst gemeldet – knapp ein Jahr, bevor ihre Leiche gefunden wurde. Sie stammte aus Clearwater. Die Polizei hatte seinerzeit eine Fahndung eingeleitet, den Fall aber zu den Akten gelegt, nachdem sie herausgefunden hatte, dass sie ihr gesamtes Hab und Gut mitgenommen und ihr Bankkonto aufgelöst hatte. Drei Monate vor ihrem Verschwinden war sie geschieden worden, was ihr ziemlich zugesetzt hatte. Da sie kinderlos war, nahmen die Behörden an, dass sie irgendwo einen Neuanfang machen wollte. Bis ihre Leiche in Miami-Dade gefunden wurde. Erwachsene handelten nicht gesetzwidrig, wenn sie sich dazu entschieden, unterzutauchen. Vor ihrem Verschwinden hatte Dana in einem Makler- und Versicherungsbüro und als Beraterin in einem Rechtsanwaltsbüro in Tampa gearbeitet. Das Kündigungsschreiben hatte sie selbst verfasst – ihr Vorgesetzter hatte bestätigt, dass es ihre Handschrift war.

Zwischen diesem Fall und ihrer Miss Unbekannt – oder Aschenbrödel, wie die Gerichtsmediziner sie nannten – schien es in der Tat einige Ähnlichkeiten zu geben.

Er nahm die nächste Akte zur Hand.

Bei Eleanore „Ellie“ Thorn lagen die Dinge dagegen ganz anders als bei Dana Renaldo oder ihrem jüngsten Opfer. Aus Omaha stammend, war sie nach einem Urlaub in Fort Lauderdale nicht nach Hause zurückgekehrt. Sie hatte keinen Job angenommen, hatte ihr Bankkonto über eine örtliche Filiale aufgelöst und war hin und wieder in der Stadt gesehen worden. Sie hatte an Bordons

Gebetsrunden teilgenommen und sich häufig im Haus der Sekte aufgehalten. Sie war knapp einsfünfundsiebzig groß, blond und durchtrainiert. Wie die anderen war auch sie erst gefunden worden, nachdem die Zeit und die Elemente der Natur ihren sterblichen Überresten ziemlich zugesetzt hatten.

Die erste der drei Ermordeten hatte an der Universität von Tulane ihren Abschluss in Architektur gemacht. Freunde beschrieben sie als intelligent und zielstrebig. Als Waise war sie in Heimen aufgewachsen. Mit Hilfe von Stipendien und ihrem unermüdlichen Ehrgeiz hatte sie die Schule geschafft. Sechsundzwanzig war sie bei ihrem Tod, einsfünfundfünfzig groß, von zierlicher Gestalt, und sie wog nicht einmal fünfzig Kilo. Sie hatte in Miami Beach gelebt und war begeistert gewesen von der Architektur der Gegend. Sie war tief religiös, und auf der Suche nach seelischem Trost war sie vermutlich eine leichte Beute für Peter Bordon alias Papa Pierre gewesen.

Als er die Unterlagen beiseiteschob, kam Marty ins Zimmer und warf einen Schnellhefter auf seinen Schreibtisch. „Peter Bordon sitzt immer noch in seiner Zelle. Daran besteht kein Zweifel."

„Ich habe nie das Gegenteil behauptet."

„Hör dir das mal an. Er gilt als vorbildlicher Gefangener, und er wird bald entlassen. Sein Verhalten gibt nicht den geringsten Anlass zum Tadel. Außerdem sitzt er ja nicht wegen eines Gewaltverbrechens ein. Jeder, der mit ihm zusammengearbeitet hat, hält ihn für höflich und zuvorkommend. Lies mal den Bericht. Nein, lass es lieber sein, sonst kommt dir womöglich die Galle hoch. Na ja, du wirst ihn trotzdem lesen müssen. Da gibt es nämlich einige Bemerkungen vom Gefängnispsychologen, die dir gefallen dürften. ‚Mr. Bordon bedauert zutiefst seine Auffassung, derzufolge er der Gesellschaft mit seinem Verhalten Schaden zugefügt hat. Er macht den Eindruck eines Mannes, der entschlossen ist, für seine

Schulden geradezustehen. Ganz gewiss ist er keine Gefahr für die menschliche Gemeinschaft. Er ist tief religiös, hat vielen Menschen in Notsituationen beigestanden und wird von seinen Mitgefangenen geschätzt.'"

Jake starrte Marty wortlos an. Er spürte, wie sich seine Nackenmuskeln versteiften, als würde er erwürgt werden. Seufzend nahm er den Schnellhefter zur Hand.

„Er begeht die Morde sicher nicht selbst, Jake."

„Das wissen wir bereits."

„Er war im Gefängnis, als unsere neueste Miss Unbekannt getötet wurde. Nach dem, was Gannet uns erzählt hat, ist sie vor zwei bis vier Monaten gestorben."

„Ich habe mit den Gerichtsmedizinern gesprochen. Ich war bei der Autopsie dabei. Miss Unbekannt ...", murmelte Jake irritiert. Er warf Marty einen bedrückten Blick zu. „Sie nennen sie Aschenbrödel. Diese Jungs haben schon eine Menge Scheußlichkeiten gesehen, aber sie scheint ihnen allen unter die Haut gegangen zu sein."

„Wie ich schon sagte – Bordon saß die ganze Zeit hinter Gittern."

Jake holte tief Luft. „Und wie ich schon sagte, Marty, glaube ich dir, dass Bordon noch im Gefängnis sitzt. Der Punkt ist nur – das hat überhaupt nichts zu bedeuten. Wo er sich vor fünf Jahren aufgehalten hat, spielt überhaupt keine Rolle. Vor fünf Jahren ebensowenig wie heute. Wir haben eine weitere Tote. Und auf irgendeine Weise hat dieser Dreckskerl seine Hände mit im Spiel."

„Das wissen wir nicht mit Bestimmtheit, Jake."

„Instinkt."

„Mit Instinkt können wir dem Staatsanwalt nicht kommen."

„Verdammt noch mal, Marty, das weiß ich auch."

Marty setzte sich hinter seinen Schreibtisch, der Jakes gegenüberstand. „Noch eine tote Frau mit abgeschnittenen Ohren. Aschenbrödel. Oh Mann, diese Fälle gehen einem vielleicht an die Nieren. Schon komisch, findest du nicht? Wir wissen noch nicht einmal, wer sie ist, und schon kriegt sie einen Spitznamen verpasst. Das macht die Sache irgendwie persönlicher, und das ist dann umso schlimmer."

Das stimmte. Je mehr man über das Leben eines Mordopfers erfuhr, umso schrecklicher empfand man die Untersuchung. Während der Autopsie hatte Jake Gannet mit wachsendem Respekt beobachtet. Die Leiche war bereits ziemlich verwest, aber es gab immer noch ein paar Kleinigkeiten, die aus der Toten ein Individuum machten. Die winzige Tätowierung, die noch an ihrem Fußknöchel zu erkennen war. Das Muttermal auf den Überresten ihrer Schulter. Sogar die Farbe des Haares, von dem eine Locke über den Rand des Autopsietisches hing ... es sah so aus, als gehörte sie einem Mädchen, das gerade auf seinem Kissen eingeschlafen war. Schlagartig wurde Jake sich wieder der Umgebung bewusst. Die niedrige Temperatur im Seziersaal. Der Geruch, der immer in der Leichenhalle zu hängen schien – in Wirklichkeit oder nur in der Einbildung. Der Körper in seiner ungeschützten Nacktheit ... auf so traurige Weise zerfallen. Erst verstümmelt und anschließend von Tieren angenagt. Den Zeitpunkt des Todes hatte Gannet anhand der Schlupfzeit der Fliegen und der Entwicklung der Larven im Körper ermittelt. Als Jake vor fünf Jahren das letzte Opfer auf dem Autopsietisch gesehen hatte, war es ihm vorgekommen, als habe man die Ermordete ihrer Menschlichkeit beraubt. Sie hatte ausgesehen wie ein Geschöpf, das für einen Horrorfilm geschaffen worden war. Aber Gannet war ein ausgezeichneter Leichenbeschauer. Er hatte sein Möglichstes getan. Hingebungsvoll kümmerte er sich um das, was von ihr übrig geblieben war, damit jene gefasst werden konnten, die ihr junges Leben so grausam zerstört hatten.

Miss Unbekannt/Aschenbrödel. Mitte zwanzig. Das ganze Leben hatte sie noch vor sich gehabt.

Was hatte zu ihrem grausamen Tod in South Florida geführt?

Alles war denkbar. Vielleicht hatte ihr Freund ihr die tödlichen Schläge aus Leidenschaft versetzt und dann erkannt, was er getan hatte. Vielleicht wusste er, dass die Polizei bei weitem nicht so dämlich war, wie sie in Romanen oft dargestellt wurde, und ihm auf die Spur kommen würde. Vielleicht hatte der Kerl sogar über die Morde im Zusammenhang mit Peter Bordons Sekte gelesen.

Vielleicht.

Vielleicht machte jemand dort weiter, wo Bordon aufgehört hatte.

Vielleicht aber auch ...

Seine Gedanken kehrten zum Ausgangspunkt zurück. Konnte Bordon nicht doch persönlich an der Tat beteiligt sein?

Was sprach dagegen, dass er vom Gefängnis aus die Fäden zog?

„Wer war sie? Woher ist sie gekommen? Warum musste sie sterben?“ überlegte Marty laut. „Eine junge Frau versucht, das Beste aus ihrem Leben zu machen, und schlägt irgendwo die falsche Richtung ein.“

Martys Worte versetzten Jake einen Stich. Aber so war das Geschäft; das hier war sein Job, er war schließlich kein Anfänger, sondern ein erfahrener Polizist aus dem Morddezernat, der schon eine Menge gesehen hatte. Wenn auch vielleicht noch nicht alles. Auf der Welt, ach was, allein im Bundesstaat gab es genug Mordfälle, um die Polizei rund um die Uhr auf Trab zu halten.

Und die Aufklärung von Morden war genau das, was er immer angestrebt hatte. Seit seinem ersten Tag bei der Polizei war das Morddezernat sein Ziel gewesen.

Polizist hatte er schon immer werden wollen, auch wenn es nicht, wie so oft üblich, Familientradition war. Sein Vater und sein Großvater waren Anwälte gewesen.

Zur Polizei hatte es ihn gezogen, weil einer seiner besten Freunde auch Polizist war. Der Typ, der im Dienst war, als Jake, gerade achtzehn Jahre alt, mit seinem Examensgeschenk, einem brandneuen Firebird, gegen einen Baum in der Gegend von Coconut Grove gefahren war.

Er hatte betrunken am Steuer gesessen.

Immer wieder hatte sein Vater ihm die Strafzettel bezahlt. Natürlich hatte er keine Ahnung davon, dass Jake betrunken Auto gefahren war. Denn gewöhnlich hielt er sich zurück, wenn er mit seinen Freunden unterwegs war. In jener Nacht allerdings ...

Er hatte beschlossen zu fahren. Um anzugeben. Seine Eltern hatten vor, ein Haus am Ende der Straße zu kaufen. Er wollte es seiner Freundin zeigen. Schon oft war er mit seinem Firebird durch die Gegend gebraust, ohne dass etwas geschehen war.

Und er fuhr wie der Teufel.

Alle hielten ihn für draufgängerisch. Er spielte Football, Soccer und Baseball und war immer der Beste in der Mannschaft. Mit seinen Abschlussnoten stand ihm jedes College offen.

Normalerweise wusste er, wann er etwas riskieren konnte und wann er sich besser zurückhielt. In dieser Nacht war es anders gewesen. Da hatte er sich genauso verhalten, wie ihn der Polizist eingeschätzt hatte, als er am Unfallort erschienen war: ein großspuriger Junge aus reichem Haus, der glaubte, sich von aller Verantwortung freikaufen zu können.

Carlos Mendez war damals schon fast fünfundzwanzig Jahre bei der Polizei gewesen, als er Jake in seinem verbeulten Firebird kennen lernte. Er hätte ihn wegen Trunkenheit am Steuer festnehmen können. Aber er hatte es nicht getan. Stattdessen redete er ihm ins Gewissen, und als Jake ihm sagte, er wolle seinen Vater, der Anwalt war, anrufen, antwortete Carlos nur, dass er das jedes Mal zu hören bekam – das Recht auf ein Telefonat, mit dem Anwalt sprechen, immer die gleiche Leier. Dann hatte er ihm noch gesagt, was er von ihm hielt und wo er eines Tages landen würde. Und sein ganzer Reichtum könne ihm eine Nacht im Gefängnis nicht ersparen.

Er war nicht streng gewesen und hatte auch seine Stimme nicht erhoben. Doch etwas in der Art, wie er sprach, ruhig und entschlossen, hatte Jake eine Höllenangst eingejagt. Ihm war klar geworden, dass er nicht nur sein eigenes Leben, sondern auch das seiner Freundin aufs Spiel gesetzt hatte.

„Du steckst bis zum Hals in Schwierigkeiten, mein Junge. Du solltest Gott auf den Knien danken, denn du könntest jetzt schon in der Leichenhalle liegen. Oder du hättest deine hübsche Freundin umbringen können. Diesmal hat nur die Palme dran glauben müssen. Also sei dankbar und zufrieden mit dem, was du hast, und versuche, etwas daraus zu machen", hatte Carlos ihm gesagt.

Jake hatte zugehört. Irgendwann während seiner Rede hatte Carlos Mendez dann gemerkt, dass seine Worte auf fruchtbaren Boden fielen und etwas in diesem rotznäsigen reichen Jungen bewirkten. Er hatte ihn nicht wegen Trunkenheit am Steuer belangt, sondern nur wegen des weniger schweren Vergehens, die Kontrolle über sein Fahrzeug verloren zu haben. Für seine Nachsichtigkeit verlangte er Jake einige Versprechen ab: Er sollte einen Tag im Polizeirevier verbringen und fünfzig Stunden gemeinnützige Arbeit leisten. Natürlich konnte Carlos nicht sicher sein, dass Jake sich daran hielt. Später hatte er Jake gestanden, dass er sich auf seinen Instinkt verlassen hätte – das wichtigste Werkzeug für einen Polizist; wichtiger als modernste Ermittlungstechniken.

Jake hatte all seine Versprechen gehalten, denn er war dankbar, dass er nicht ins Gefängnis musste. Er war sogar wieder nüchtern gewesen und hatte sich notdürftig gesäubert, ehe er nach Hause gegangen war. Seine Mutter hatte geweint, und sein Vater hatte ihn angebrüllt.

Die fünfzig Stunden hatte Jake bei der Organisation „Menschliches Wohnen“ und in einer Suppenküche für Obdachlose im Zentrum von Miami abgeleistet. Dabei hatte er die schlimmsten Seiten der Stadt kennen gelernt: Männer und Frauen, die so tief im Drogensumpf steckten, dass das Leben für sie jegliche Bedeutung verloren hatte und deren Kinder den Preis für die Sucht der Eltern zahlen mussten: Babys ohne Zukunft, die mit AIDS auf die Welt gekommen waren. Er lernte auch die wenigen anderen kennen, deren Leben eine radikale Wendung zum Besseren genommen hatte. Der Drogendieb, der dank eines anständigen Polizisten auf den rechten Weg zurückgekommen war und ein Heim für missbrauchte Kinder eingerichtet hatte. Die Prostituierte, die ihr Leben geändert hatte, weil sie an einen Priester geraten war, dem nichts Menschliches fremd war. Und dann war da noch der betrügerische Buchhalter, der, nachdem er aus dem Gefängnis entlassen worden war, anderen bei der Steuererklärung half und Gelder zur Unterstützung älterer Menschen sammelte.

Im Polizeirevier hatte Carlos ihm Videoaufnahmen gezeigt, die schlimmer waren als alles, was sich ein Filmemacher ausdenken konnte. Bilder von Verkehrsunfällen, bei denen in der Regel Alkohol im Spiel war.

Dabei hatte er auch andere Menschen getroffen, die Carlos für lange Jahre ins Gefängnis hätte bringen können – was er jedoch nicht getan hatte.

Er hatte einen hohen Einsatz auf sie verwettet.

Und er hatte gewonnen.

Jake hätte es bei diesen Erfahrungen bewenden lassen können. Mit seinem Schulabschluss hätte er jede Universität in den Vereinigten Staaten besuchen können. Von Harvard, der Alma Mater seines Vaters, hatte er bereits eine Zusage in der Tasche.

Er war nicht gegangen.

Wieder hatte seine Mutter geweint und sein Vater ihn angeschrien. Aber da seine Eltern ihn ebenso sehr liebten wie er sie, hatten sie schließlich seine Entscheidung akzeptiert. Er blieb zu Hause, studierte Kriminologie am College seiner Heimatstadt und bewarb sich bei der Polizei.

In all den Jahren hatte er seinen Entschluss nicht ein einziges Mal bereut. Sogar sein Vater war am Ende stolz auf ihn gewesen. Keiner hatte ihn glücklicher zu seiner Beförderung zum Detective beglückwünscht. Seit er Carlos kannte, war Jake klar, dass er im Morddezernat arbeiten wollte. Dabei war Carlos nicht einmal in derselben Abteilung tätig. Aber ein Erlebnis mit ihm hatte Jake, der zu dieser Zeit noch auf dem College war, nachhaltig geprägt. Eines Tages war er mit Carlos unterwegs gewesen. Plötzlich war er an den Straßenrand gefahren, weil er einen leblosen Körper auf der angrenzenden Wiese entdeckt hatte.

„Warum verständigen Sie nicht Ihre Kollegen?“ hatte Jake ihn gefragt. „Sie sind doch nicht im Dienst.“

„Ich sage ihnen Bescheid, sobald ich mich umgesehen habe und weiß, was los ist. Ein Polizist ist nämlich immer im Dienst, Jake. Das solltest du eigentlich wissen.“

Carlos war schon ein bemerkenswerter Mann. Jake wäre die auf dem Bauch liegende Gestalt niemals aufgefallen. Das hohe Gras, achtlos hinterlassener Müll, Limonadendosen und Bierflaschen verdeckten sie fast vollkommen.

Für solche Dinge hatte Carlos ein Auge. Er versicherte Jake, dass es ihm, wenn er erst einmal ein wenig Erfahrung gesammelt hätte, genauso ergehen würde.

Sobald Carlos sich vergewissert hatte, dass der Mann tot war und er ihm nicht mehr helfen konnte, verständigte er seine Kollegen.

Der Kerl hatte ausgesehen wie ein Wanderarbeiter oder Alkoholiker. Damals war es Jake nicht in den Sinn gekommen, dass der Mann möglicherweise einem Verbrechen zum Opfer gefallen sein könnte. Natürlich war er dem Toten nicht zu nahe gekommen, denn Carlos hatte darauf geachtet, dass am Schauplatz eines Verbrechens nur ja keine Spuren zerstört wurden.

Später, als die Detectives von der Mordkommission und die Spurenermittler eingetroffen waren, hatten Jake und Carlos ihnen bei der Arbeit zugesehen. Carlos versäumte nicht, ihn darauf hinzuweisen, dass er mit seiner Vermutung dank seines Instinkts von Anfang an richtig gelegen hatte: Der Mann war das Opfer eines Verbrechens geworden. Man hatte ihn getötet, und da er nicht mehr reden konnte, war er, wie jeder gewaltsam ums Leben Gekommene, eine stumme Forderung nach Gerechtigkeit. Die waren ihnen die Mitmenschen schuldig – in erster Linie Polizisten und Gerichtsmediziner. Nur auf sie konnten die Toten sich verlassen. Selbst wenn es sich bei dem Opfer nur um einen verwahrlosten Alkoholiker handelte, so gebührte ihm doch die gleiche Aufmerksamkeit wie jedem anderen menschlichen Wesen auch.

Sie hatten herausgefunden, dass er Wanderarbeiter und tatsächlich ermordet worden war. Der Detective, der sich um den Fall kümmerte, hatte das innerhalb weniger Wochen ermittelt. Dies war in erster Linie Carlos' Verdienst, der den Tatort so pflichtbewusst gesichert hatte. Weil er sofort das gelbe Band um den Schauplatz des Verbrechens gespannt hatte, waren die Fußabdrücke nicht zerstört worden, die zur Festnahme eines Verbrechers mittleren Alters führten, der den alten Mann wegen fünfzig Dollar umgebracht hatte.

Seit diesem Tag hatte es für Jake festgestanden, dass er im Morddezernat arbeiten wollte. Den Getöteten Gerechtigkeit widerfahren zu lassen, erschien ihm eine ausgesprochen sinnvolle Aufgabe zu sein.

Diese Entscheidung und der Weg dorthin hatte ihn seinem Vater sehr nahe gebracht, der stets den advocatus diaboli gespielt hatte, indem er ihn immer wieder darauf hinwies, dass ein guter Anwalt jeden Beweis in der Luft zerreißen konnte, wenn er nicht niet- und nagelfest war.

Es waren noch andere Gründe gewesen, die ihn veranlasst hatten, beim Morddezernat zu arbeiten. Ihm ging es nicht nur darum, ein Anwalt der Toten zu sein. Mit jedem Jahr, das er an Erfahrung gewann, wurde ihm klarer, dass seine wichtigste Aufgabe darin bestand, einen Mörder zu fassen, ehe er weitere Verbrechen begehen konnte. Er und seine Kollegen hatten oft mit Fällen zu tun, bei denen es um Beziehungstaten ging – die Täter waren Ehemänner, Ex-Ehemänner, Ehefrauen, Liebhaber, die Morde aus Leidenschaft begingen. Pistolen und Messer waren die bevorzugten Waffen bei solchen Taten. Am schlimmsten jedoch waren die Morde an Kindern, die von ihren Eltern oder Menschen, denen sie anvertraut wurden, umgebracht worden waren. Diese Fälle setzten allen besonders zu. Er hatte noch nie einen Polizisten kennen gelernt, für den der gewaltsame Tod eines Kindes eine Routineangelegenheit gewesen wäre, nach deren Erledigung man sofort wieder zur Tagesordnung übergehen konnte.

Dann gab es noch jene Verbrechen, die nicht aus Leidenschaft, Wut oder Eifersucht verübt wurden, sondern von Psychopathen, die sich an ihren Taten berauschten. In diese Kategorie fielen auch jene Mörder, die töteten, weil sie glaubten, Macht über ihre Opfer ausüben zu können. Nach außen hin erschienen sie vollkommen normal; Mord war für sie ein kalkuliertes Risiko. Andere wiederum töteten aus Vergnügen, aus Lust an einer Art perversem Wettstreit – und um sich zu bereichern.

Auch mit dieser Art von Verbrechen hatte er sich häufig beschäftigt. Immer war er dabei äußerst professionell zu Werke gegangen, hatte sich weder von Wut, Schmerz, Mitleid oder Ekel beeinflussen lassen, sondern stets gemäß seinen Dienstvorschriften gehandelt.

Dieser neue Fall hatte jedoch einen so bitteren Beigeschmack, dass er ihn förmlich auf der Zunge spüren konnte.

Es war so verdammt schmerzhaft und grausam.

Er holte tief Luft und riss sich zusammen.

Auf keinen Fall durfte er jetzt die Kontrolle über seine Gefühle verlieren, und er durfte sie sich auch nicht anmerken lassen. Sogar Marty gegenüber musste er vorsichtig sein. Sonst würde ihm die Untersuchung womöglich entzogen.

„Hast du die Unterlagen im Fall Trena fertig?“ fragte Marty.

„Die liegen ganz oben im Ausgangskorb.“

„Ich schicke sie mit meinem Bericht zum Bezirksstaatsanwalt. Offenbar hat der Verteidiger Trena geraten, sich schuldig zu bekennen, nachdem er die Beweise gegen ihn gesehen hat.“

Jake warf Marty einen Blick zu, ehe er sich bei dem Officer bedankte, der die Unterlagen über den Mord an der jungen Frau brachte, die sie Aschenbrödel nannten. Polizeialltag: Andauernd musste man sich um mehrere Fälle gleichzeitig kümmern.

„Das Schuldbekenntnis war ein geschickter Schachzug von Trena“, meinte er, während er die Schnur vom Umschlag entfernte. „Seine Pistole, seine Fingerabdrücke, die Kugeln im Kopf seiner Frau – er war so blöd, die Munition mit seiner Kreditkarte zu bezahlen. Ein Deal zwischen Staatsanwaltschaft und Verteidigung ist allemal besser als die Todesstrafe.“

Marty grinste. „Erinnerst du dich noch den Typen, der seinem Kumpel fünf Kugeln in den Bauch schoss? Sein Verteidiger hat der Jury weismachen können, dass er versehentlich geschossen hat – fünf Mal!“

„Kaum zu glauben, nicht? Ich bin trotzdem froh, dass Trena

diesen Weg gewählt hat. Hoffentlich verschwindet er für einige Zeit hinter Gittern."

Marty begann, Papiere und Unterlagen zusammenzulegen, während Jake den Umschlag öffnete. Er überflog den Inhalt. Ohne aufzuschauen, sagte er zu Marty: „Wir sollten uns auch um Bordons andere Anhänger kümmern. Was ist aus ihnen geworden, wovon leben sie? Wir können natürlich auch von Tür zu Tür gehen und die Anwohner rund um den Tatort befragen, aber ich glaube, das bringt nicht sehr viel. Im Moment haben wir kaum einen Ansatzpunkt. Erst wenn wir wissen, wer die Tote war, kommen wir weiter." Nach einer kurzen Pause fuhr er nachdenklich fort: „Ich glaube, ich werde mal im Staatsgefängnis vorbeischauen."

„Soll ich mit dir kommen oder lieber hier bleiben?"

„Einer von uns sollte hier sein."

„Wäre es nicht besser, wenn du bleibst und Bordons ehemalige Anhänger interviewst? Seit wann überlässt du die wichtigen Dinge anderen Leuten? Wie wäre es, wenn ich zu ihm hinfahre?"

Jake schüttelte den Kopf. „Nein danke. Ich will selbst mit Bordon sprechen."

Marty scharrte unbehaglich mit den Füßen. „Du hast doch schon früher mit Bordon geredet."

Das stimmte, und wäre Marty damals nicht dabei gewesen, hätte er womöglich seinen Job aufs Spiel gesetzt. Er wäre dem Mann beinahe an die Kehle gesprungen. Marty und ein anderer Polizist hatten ihn im letzten Moment zurückhalten können. Marty wusste, wie tief Jakes Hass auf Bordon war, selbst wenn er nicht glaubte, dass Nancys Tod etwas mit diesem Mann zu tun hatte. Er empfand genauso. Er war damals mit einem Kollegen unterwegs gewesen und einer der ersten an der Stelle, wo Nancys Wagen gefunden worden war.

„Ich komm schon klar damit."

„Wenn dieser Cop kein Gewichtheber gewesen wäre, hätte ich nicht verhindern können, dass du den Mann erwürgst."

„Marty, ich habe mich geirrt. Ich habe überreagiert, aber ich schwöre dir, dass ich mich diesmal beherrschen werde. Ich kann Bordon nicht umbringen."

„Was soll das heißen, du kannst ihn nicht umbringen? Ich wette, dass du es doch kannst. Er ist zwar weder klein noch dürr, aber du schaffst ihn allemal. Und dazu das Adrenalin in deinen Adern – das war schon ein ziemlicher Schock damals. Ich bin mir ganz und gar nicht sicher, ob du dich diesmal beherrschen kannst."

„Ich kanns, und ich werde es."

„Aber ..."

„Ich habe wirklich nicht vor, ihn umzubringen, Marty. Denn ich brauche ihn lebendig."

„Wozu?"

„Wir müssen herausfinden, was damals wirklich passiert ist und ob es sich jetzt wiederholt. Wir haben etwas übersehen. Ich meine, es war doch ganz offensichtlich, dass Bordon sämtliche Fäden in der Hand gehalten hat und dass mehrere Leute an den Verbrechen beteiligt waren. Zum Teufel, vielleicht hat Harry Tennant ja wirklich bei einem der Morde seine Hand im Spiel gehabt, aber ich glaube keine Sekunde lang, dass er der alleinige Täter war. Marty, wenn es uns nicht gelingt, die Wahrheit herauszufinden, werden wir niemals von diesem Fall loskommen."

Nach einer kurzen Pause nickte Marty. „Ich verstehe. Und du bist dir wirklich sicher, dass du alleine hinfahren willst? Captain Blake wird wieder eine Sondereinheit einsetzen, genau wie damals. Schließlich haben wir den Fall nie offiziell abgeschlossen. Es gibt doch genügend andere, die sich um die Untersuchungen und Befragungen kümmern können. Ich könnte mit dir kommen, wenn du willst."

„Ich möchte, dass einer von uns hier unten bleibt. Der alles im Blick hat und vielleicht etwas sieht, was den anderen entgeht. Wir müssen sämtliche Informationen, die wir in den Akten haben, noch einmal kontrollieren, und möglichst alles über Bordons ehemalige Anhänger herausfinden. Wir brauchen die Namen von jedem, der mit ihm zu tun hatte, und wir müssen herausfinden, was sie gemacht haben, seitdem Bordon im Gefängnis sitzt."

Jakes Telefon klingelte. Er griff zum Hörer.

Am anderen Ende war Captain Blake, der Chef des Morddezernats.

„Ich habe gehört, dass Sie an diesem Wochenende gearbeitet haben."

„Sonntag habe ich freigemacht."

„Und den ganzen Tag Akten studiert?"

„Ich habe meinen Dad besucht."

„Na gut. Ich habe den Bericht des Gerichtsmediziners über das Mädchen gelesen, das diese Joggerin vergangenen Freitag gefunden hat. Er weist viele Ähnlichkeiten mit den Morden vor fünf Jahren auf. Wir werden wieder eine Sondereinheit einrichten. Wenn Sie mir glaubhaft versichern können, dass Sie einen kühlen Kopf bewahren und Ihre Mutmaßungen für sich behalten, dann werden Sie sie wieder leiten, Detective."

„Ich werde einen kühlen Kopf bewahren." Er zögerte. „Danke."

„Keiner kennt sich in den Fällen so gut aus wie Sie. Deshalb wäre es Unsinn, einen anderen damit zu betrauen. Natürlich könnte es sich dabei um einen ..."

„Nachahmungstäter handeln?" ergänzte Jake. „Ja, Sir, das ist uns allen klar."

„Und vergessen Sie nicht, dass Sie kein Einzelkämpfer sind, Jake. Sie gehören zu einem Team."

„Jawohl, Sir."

„Also gut. Wir treffen uns um zehn Uhr dreißig in meinem Büro."

„In Ordnung, Sir."

„Franklin vom FBI wird dazukommen. Haben Sie damit ein Problem?"

„Nein, Sir." Das stimmte zwar nicht, aber er würde den Teufel tun und Blake das auf die Nase binden. Und Franklin würde er es natürlich auch nicht sagen.

„Belk, Rosario, MacDonald und Rizzo gehören zur Gruppe. Sie können jederzeit Verstärkung bekommen, wenn Sie sie brauchen."

„Hört sich nach einem guten Team und verlässlicher Unterstützung an."

„Zehn Uhr dreißig", wiederholte Captain Blake.

„Jawohl, Sir. Wir werden pünktlich sein."

Er legte auf und starrte nachdenklich aufs Telefon.

„Nun?" fragte Marty.

Jake zuckte mit den Schultern. Marty war ein Fan von Sir Arthur Conan Doyle. „Wie deine viktorianische Superspürnase zu sagen pflegte, Marty: ‚Das Spiel kann beginnen'." Dann fügte er hinzu: „Zehn Uhr dreißig in Captain Blakes Büro. Franklin ist übrigens mit von der Partie."

„Franklin?" sagte Marty angewidert.

„Hast du ein Problem damit?" fragte Jake.

„Ein Problem? Ich? Um Himmels willen, nein." Marty nahm wieder hinter seinem Schreibtisch Platz.

„Also kein Problem", wiederholte Jake.

„Scheiße!" stöhnte Marty.

„Das kannst du laut sagen."

„Scheiße", wiederholte Marty. Er schüttelte den Kopf. „Franklin." Ausdruckslos sah er Jake an. „Wir haben ein Problem."

„Das schaffen wir schon."

„Na klar", sagte Marty. Er hämmerte auf seine Tastatur, um sämtliche Informationen aus dem Computer herauszuholen. „Ausgerechnet Franklin", jammerte er.

„Du wiederholst dich, Marty", sagte Jake.

„Das schaffen wir schon", äffte Marty ihn nach.

„Wir schaffen es, weil uns nichts und niemand diesen Fall aus den Händen nehmen kann, ist das klar?"

„Richtig. Nichts und niemand", bestätigte Marty.

Nachdem sie den frühen Morgen mit der Durchsicht von Berichten und Akten verbracht hatten, stand Jake auf. Zeit für die Besprechung, erinnerte er Marty.

Er erhob sich, griff nach seiner Jacke und folgte Jake in das Büro des Captains. Auf dem Weg dorthin wiederholte er kopfschüttelnd: „Scheiße! Franklin."

Jake starrte ihn wütend an.

„Ich sags nicht mehr, versprochen", versicherte Marty hastig.

„Bist du sicher? Wenn nicht, dann lass es lieber jetzt raus."

„Scheiße! Franklin", sagte er mit Nachdruck. Dann grinste er. „Okay. Jetzt ist es raus." Er zuckte mit den Schultern. „Keine Frage, der Kerl ist tüchtig. Aber er ist auch ein ziemliches Arschloch. Selbst wenn er über den Korridor läuft, sieht er aus, als hätte er einen Besenstiel verschluckt. Doch er kennt sich mit Computern aus."

„Stimmt. Zehn Uhr achtundzwanzig. Gehen wir rein."

„Scheiße. Franklin."

6. KAPITEL

„Grundlagen", verkündete Sergeant Brennan seinen Schülern mit fester Stimme. „Grundlagen. Warum legen wir so viel Wert auf die Grundlagen?" Es war eine rhetorische Frage. „Ganz einfach: Wenn Sie die Grundlagen außer Acht lassen, dann ist die gesamte Arbeit von Polizisten und Ermittlern für den Papierkorb. Wir sind Beamte, die das Gesetz unterstützen. Wir sind nicht das Gesetz. Und nichts funktioniert ohne das Gesetz. Sie alle haben Ihre Prüfungen bestanden; deshalb sitzen Sie jetzt in dieser Klasse. In den letzten Monaten haben wir Ihnen ganz schön die Hölle heiß gemacht, und in ein paar weiteren Monaten haben Sie's geschafft. Dann haben Sie Ihr Examen in der Tasche, und nichts steht mehr Ihrer Laufbahn als Polizist im Weg. Sie alle hatten unterschiedliche Träume und unterschiedliche Ziele, als Sie hierher gekommen sind. Die können Sie alle vergessen, wenn Sie nicht die Grundlagen beachten. Zuerst einmal: Warum zum Teufel sind wir hier? Jacoby, diese Frage hätte ich gerne von Ihnen beantwortet."

Brennan zeigte auf Arne Jacoby, der neben Ashley saß. Jacoby sah aus, als könnte er entweder der beste Cop der Welt werden – oder der gemeinste Mistkerl. Er war einsneunzig groß und hundertvierzig Kilo schwer. Das reinste Muskelpaket. Er war ein sympathischer Bursche, nicht dunkelhäutig, sondern schwarz, hatte einen kahl geschorenen Kopf und ein markantes Gesicht. Seine überraschend grünen Augen bildeten einen starken Kontrast zu seiner Hautfarbe.

Jacoby grinste Brennan an. Er war nur einer von vielen Lehrern, die in dieser Klasse unterrichteten, aber er war sozusagen der Klassenlehrer dieses Lehrgangs – ein sympathischer Mann, den seine Schüler mochten, obwohl er ziemlich streng sein konnte und ihnen nicht viel durchgehen ließ. Er sprach oft vom moralischen

Verhalten, das von einem Polizisten verlangt wurde, und er war hundertprozentig überzeugt von dem, was er sagte. Obwohl er dazu neigte, mitunter etwas zu ausführlich über Dogmen, Berufsethos und Gesinnung zu dozieren, hatte Jacoby ihm aufmerksam zugehört.

Er erhob sich.

Seine Klassenkameraden schauten zu ihm hin.

„Schützen und Dienen", antwortete Jacoby.

„Genau. Vielen Dank, Jacoby. Das ist unsere wichtigste Aufgabe. Wir sind nicht dazu da, die Gesetzestreuen zu schikanieren oder nach Verbrechen zu suchen, wo keine sind. Schützen und Dienen. Wir sind uns jedoch alle im Klaren darüber, dass es da draußen kriminelle Individuen gibt, denen der Wert des menschlichen Lebens vollkommen egal ist. Sie haben die Videobänder gesehen. Sie kennen die Statistiken. Sie wissen, dass Polizisten, die jemanden wegen eines Verkehrsdelikts zur Rede stellen wollten, von dem Betreffenden ins Gesicht geschossen wurden, weil sie zufällig einen Mann erwischt hatten, der ein anderes Verbrechen begangen hatte oder der einfach ein durchgeknallter Irrer war. Nehmen wir mal an, vor Ihnen fährt ein Wagen, in dem eine Person sitzt, die mit Haftbefehl gesucht wird. Was ist das Erste, worauf Sie achten müssen?"

„Dass man nicht ins Gesicht geschossen wird?" fragte Jacoby.

Brennan grinste. Er nahm ihm den Witz nicht übel.

„Und dann?"

„Muss man der betreffenden Person ihre Rechte vorlesen."

„Hallelujah!" sagte Brennan. „In den vergangenen Wochen haben Sie zahlreiche Spezialisten kennen gelernt, die Ihnen eine Menge über die verschiedenen Aspekte kriminalistischer Untersuchungen erzählt haben. Sie werden noch weitere erleben. Anthropologen, Insektenforscher, Fingerabdruckspezialisten, Botaniker,

Chemiker, Ballistik-Experten, Mathematiker, Profiler, Serologen, Psychologen und Sprachwissenschaftler. Für das Gericht ist die Arbeit dieser Leute heutzutage ungeheuer wichtig. Aber was immer sie zur Aufklärung eines Falles beisteuern – es ist nichts wert, wenn die grundsätzliche Arbeit der Polizei schlampig verrichtet wird. Und damit wären wir wieder bei den Grundlagen. Wer kann mir etwas über die Miranda-Verordnung erzählen? Montague, wie wärs mit Ihnen?"

Ashley stand auf, während Arne Jacoby sich hinsetzte, und fasste zusammen, was es damit auf sich hatte: Polizisten mussten einen Festgenommenen darauf hinweisen, dass alles, was er sagte, gegen ihn verwendet werden konnte und er das Recht auf einen Anwalt hatte. Sätze, die man oft genug in Kriminalfilmen hören konnte.

„Sehr gut, Montague. Und welche Folgen kann es haben, wenn ein Beamter das vergisst?"

„Falls ein Polizist das nicht tut und während des Verhörs herausfindet, wo, sagen wir mal, die Mordwaffe versteckt ist, kann sich der Richter bei der Verhandlung weigern, diese Waffe als Beweismittel anzuerkennen, weil sie entdeckt wurde, ohne dass der Verdächtige zuvor auf seine Rechte hingewiesen worden ist."

Brennan nickte zustimmend. „Ich weiß, dass Sie alle diese Bestimmungen kennen. Schließlich sind Sie schon eine ganze Weile hier. Sie haben den Lügendetektor-Test gemacht, Sie haben büffeln müssen, um die Aufnahmeprüfung zu schaffen. Heute Morgen geht es mir nicht darum, Ihnen etwas Neues beizubringen. Sondern darum, Ihnen nochmals einzuschärfen, dass Sie die Grundlagen Ihrer Tätigkeit niemals außer Acht lassen dürfen. Vielleicht haben Sie ja gar nicht vor, zur Sitte zu gehen, und denken nicht im Traum daran, im Morddezernat zu arbeiten. Trotzdem müssen Sie sich immer im Klaren darüber sein, dass Sie manchmal der erste

Polizist am Tatort sind. Wie Sie sich dort in den ersten Sekunden verhalten, kann entscheidend dafür sein, ob ein Verbrechen aufgeklärt werden kann oder der Fall für immer ungelöst bleibt. Was immer Sie in Zukunft noch lernen und welche Erfahrungen Sie machen werden, denken Sie stets daran: Auch noch so sorgfältig gesammelte und stichhaltige Informationen können vor Gericht in sich zusammenfallen, wenn Sie die grundsätzlichen Verhaltensregeln vernachlässigt oder nicht beachtet haben. Gut, Ladies und Gentlemen, das wärs fürs Erste. Mittagspause! Heute Nachmittag hören Sie die Vorträge eines Serologen und eines Spezialisten für Blutspuren am Tatort. Jetzt wünsche ich Ihnen guten Appetit bei Ihren Hot Dogs oder arroz con pollo, und vergessen Sie darüber nicht, was ich Ihnen gesagt habe."

Die Polizeianwärter und -anwärterinnen verließen das Klassenzimmer. „Hey, Montague, nimmst du Hot Dog oder arroz con pollo?" rief Jacoby zu ihr hinüber. „Unsinn, das gibts ja gar nicht in der Imbissbude. Also, Hot Dog oder ein Sandwich mit undefinierbarer Fleischeinlage?"

„Ich würde Hot Dog nehmen", antwortete Ashley. „Aber erst muss ich noch ein paar Anrufe machen."

„Soll ich dir einen bestellen? Wir setzen uns draußen hin und halten dir einen Platz am Tisch frei. Auch eine Cola?"

„Gerne. Das nächste Mal gebe ich dir was aus."

„Du kannst mich ja mal sonntags auf ein Bier zu deinem Onkel einladen."

„Abgemacht."

Jacoby verschwand, um ihr Mittagessen zu besorgen, während Ashley ihr Handy hervorkramte und die Nachrichten durchsah.

Nick hatte Wort gehalten und im Krankenhaus angerufen. Stuart lag noch immer auf der Intensivstation. Nur Familienangehörige durften ihn besuchen.

Sein Zustand war weiterhin kritisch. Am Ende seiner Mitteilung entschuldigte Nick sich dafür, dass er nicht mehr herausgefunden hatte.

Wenigstens war Stuart noch am Leben, und man konnte hoffen.

Trotzdem fühlte sie sich nicht besser. Es war so ungerecht. Natürlich, die Menschen änderten sich; es war eine grausame Welt, und Drogen nahmen überhand. Aber Stuart? Sie schickte ein Stoßgebet zum Himmel, dass er durchkommen und aus dem Koma erwachen möge, damit er erzählen konnte, was passiert war. Hoffentlich schaffte er es.

Und wenn nicht?

„Nun?“ fragte Jake.

Marty hatte gerade den Hörer aufgelegt. Nach der Besprechung hatten sie erst einmal stundenlang herumtelefoniert.

Marty wiegte den Kopf hin und her. „Es bringt nichts, John Mast hinterherzujagen.“ Mast war Bordons ehemaliger Bürovorsteher.

„Wirklich nicht? Vor sechs Monaten ist er aus dem Gefängnis in den offenen Strafvollzug entlassen worden. Er hatte einen Job in Delray.“

Marty sah ihn überrascht an. „Woher weißt du das? Entschuldigung, blöde Frage. Schließlich hast du dich ja regelrecht in die Sache verbissen.“

„Ja, ich habe gewusst, wo er war. Wenigstens wollte ich darüber informiert sein, wo die Leute abgeblieben waren. Deshalb solltest du dich ja um ihn kümmern.“

„Na ja, auf jeden Fall wird er uns nichts mehr erzählen können.“

„Warum nicht?“

„Zwei Monate, nachdem er entlassen wurde, ist er bei einem Flugzeugabsturz nördlich von Haiti ums Leben gekommen."

Mist. Jake ärgerte sich über sich selbst. So sehr er sich auch bemüht hatte, Mast nicht aus den Augen zu verlieren – von diesem Unglück hatte er nichts mitbekommen.

„Wir müssen unbedingt herausbekommen, wer das jüngste Opfer war."

„Sie fangen jetzt damit an, das Gesicht zu rekonstruieren. So können wir ihr Bild ja nicht an die Öffentlichkeit geben. Ein talentierter Zeichner kann uns da vielleicht weiterhelfen."

„Ich werde mal mit den Reportern sprechen", sagte Jake, während er zum Telefonhörer griff. „Ich werde sie um Hilfe bitten. Wir werden das Foto ihres rekonstruierten Gesichts in die Zeitung setzen, so groß wie möglich, und wir werden uns auch an die Fernsehstationen wenden. Irgendjemand muss sie doch hier in der Gegend gesehen haben."

Noch während er wählte, läutete es auf einer anderen Leitung. Marty nahm das Gespräch in Empfang, dann legte er rasch die Hand auf die Muschel und sagte: „Ich kümmere mich schon um die Zeitungen. Ich glaube, das hier ist was für dich."

Jake runzelte die Stirn und übernahm die Verbindung. „Dilessio."

„Jake?"

Er stöhnte innerlich. „Brian?"

„Ich habe die Geschichte in der Zeitung gelesen. Es gibt ein neues Mordopfer."

„Ich weiß es, Brian."

„Vielleicht hatte Nancy etwas in Erfahrung gebracht, was sie besser nicht gewusst hätte."

„Auch mit der Frage habe ich mich sehr intensiv beschäftigt."

„Ja, aber jetzt gibt es wieder eine Tote."

„Ich habe es mitbekommen, Brian."

„Ja, ja. Ich meine nur, dass wir vielleicht noch mal drüber reden sollten. Und ... es tut mir Leid wegen neulich."

„Schon gut."

„Wenn ich dir irgendwie helfen kann ..."

„Dann rufe ich dich an. Ganz bestimmt", versicherte Jake ihm.

„Ich weiß, wie man Nachforschungen anstellt."

„Ich versichere dir, Brian, wenn ich mit meinem Latein am Ende bin, melde ich mich sofort bei dir."

„Danke."

„Keine Ursache."

Brian legte auf.

Fragend zog Marty die Augenbrauen hoch. „Seid ihr zwei jetzt die besten Freunde?" wollte er wissen.

„Nein. Neulich ist er total betrunken auf meinem Boot erschienen und wollte mich zusammenschlagen."

„Ach so. Er glaubt also immer noch ..."

„Nun ja, an eine Sache glauben wir beide. Nancy hätte niemals Selbstmord begangen. Und sie war auch nicht der Typ, der leichtfertig einen Unfall verursachte."

„Mhm", machte Marty nachdenklich, während er durch die alten Akten blätterte. „Mann, diese Zeichnung ist ja schrecklich. Wir brauchen einen besseren Mann als Dankins."

Jake warf einen Blick auf die Skizze, die zur Identifizierung des ersten Opfers geführt hatte. Für den Forensiker musste es eine ziemliche Herausforderung gewesen sein, da so wenig vom Gesicht übrig geblieben war, aber er schien ohnehin nicht sonderlich um eine naturgetreue Ähnlichkeit bemüht gewesen zu sein.

„Dankins ist vor zwei Monaten entlassen worden", informierte er Marty.

„Davon wusste ich ja gar nichts."

„Na ja, viel anfangen kann man mit dem Bild wirklich nicht. Könnte so gut wie jede sein."

„Zum Beispiel meine Tante Betty, wenn sie an Halloween zu viel getrunken hat."

Jake erhob sich und griff nach seiner Jacke. „Bist du soweit? Wir fangen heute mit Mary Simmons an."

„Die Übermutter der alten Sekte?"

„Ja. Ich habe sie ausfindig gemacht. Inzwischen ist sie bei Hare Krishna gelandet. Heute Nachmittag will sie mit uns reden."

„Hast du sie jetzt erst gefunden, oder wusstest du die ganze Zeit, wo sie war?" erkundigte Marty sich beiläufig.

„Macht das einen Unterschied?" wollte Jake wissen.

„Nein. Ich bin gern mit Leuten zusammen, die in orangefarbenen Gewändern herumlaufen und kahl geschoren sind. Und außerdem liebe ich die Musik. Hört sich an, als würden wir heute Nachmittag viel Spaß haben. Ich kann es kaum abwarten. Komm, machen wir uns auf die Socken", sagte Marty.

Nachdem sie die Nachrichten auf ihrem Handy gelesen hatte, schloss Ashley sich ihren Klassenkameraden an. Arne hatte ihr einen Hot Dog und ein paar Tütchen mit Gewürzen besorgt. Sie setzte sich an den Tisch, an dem neben Arne bereits Gwyn Mendoza, Dale Halloran und Izzy Rodriquez Platz genommen hatten.

Sie war überrascht, als Len Green plötzlich auftauchte. Schon von weitem winkte er ihnen zu, während er sein Haar zurückstrich. Er trug es ziemlich kurz; trotzdem fielen ihm immer wieder einige widerspenstige Strähnen in die Stirn. Sein Gesicht war hager und schmal, aber hübsch anzusehen. Er wäre ein dankbares Objekt für einen Zeichner.

„Hallo, Len", begrüßte Izzy ihn.

Während er sich zu ihnen setzte, überlegte Ashley, dass er und

Karen wirklich ein schönes Paar abgäben. Len ging ebenso sehr in seiner Arbeit auf wie Karen. Nachdem für Karen festgestanden hatte, dass sie mit kleinen Kindern arbeiten wollte, konnte sie nichts mehr davon abhalten, Lehrerin zu werden. Len hatte ihr erzählt, dass er nach seinem Wirtschaftsdiplom mehrere Jahre geschäftlich unterwegs gewesen war. Aber die Tätigkeit hatte ihm keinen Spaß mehr gemacht, obwohl er vier Jahre dafür studiert hatte. Jetzt fuhr er mit einem älteren Kollegen Streife, und er liebte seinen Job.

„Nicht hinsehen, da kommt ein richtiger Cop", bemerkte Gwyn. Dann wandte sie sich an Len. „Was tust du denn hier? Solltest du nicht in South Dade auf Verbrecherjagd sein?"

Er zog eine Grimasse. „Papierkram. Wenn die Leute wüssten, mit wie vielen Formularen wir uns herumschlagen müssen! Wenn so ein Typ bei der Verhaftung auch nur einmal an der falschen Stelle niest, dürfen wir gleich zwanzig Seiten ausfüllen. Nein, nein, kein Grund, die Polizeiakademie abzubrechen. Ich habe ein bisschen übertrieben."

Ashley stimmte in das Gelächter der anderen ein. Len hatte nie zu Nicks Stammgästen gehört; trotzdem hatte sie ihn dort kennen gelernt. Er war weder ein Skipper noch ein Angler. Zusammen mit einem Freund war er einmal aufs Meer hinausgefahren, und als sie nach einem heißen Tag auf dem Boot am Abend bei Nick einkehrten, hatte er mitbekommen, wie sie sich über die Voraussetzungen für eine Aufnahme in die Polizeiakademie informierte. Sie waren ins Gespräch gekommen, und als er ein paar Wochen später noch einmal bei Nick auftauchte, hatte er sie um ein Date gebeten.

Zu diesem Zeitpunkt hatte sie schon die Zulassung zur Prüfung in der Tasche, und sie hatte ihm gesagt, dass sie sich erst nach ihrer Ausbildung wieder auf eine Beziehung einlassen wollte. Len hatte sie gefragt, ob sie nicht wenigstens hin und wieder gemeinsam essen oder ins Kino gehen könnten. So war es dann auch gekommen, und sie wusste ihre Freundschaft zu schätzen. Es wäre wirklich schön, dachte Ashley jetzt, wenn es zwischen ihm und Karen funken würde.

„Na, Kleine, wie läufts denn?“ fragte er sie.

Arne Jacoby zog verächtlich die Nase hoch. „Wie's läuft? Sie ist Klassenbeste. Ist noch nie eine Antwort schuldig geblieben. Und wenn sie eine gibt, dann ist es gleich ein ganzer Vortrag.“

„Ich habe nicht die Akademie gemeint“, sagte Len. „Hat sie euch von dem Mann erzählt, der letzte Woche auf dem Highway lag? In der Zeitung stand was über ihn. Ich habe sie für dich aufbewahrt, Ashley, falls du die Ausgabe nicht gesehen hast.“

„Ich habe den Artikel gefunden, Len. Es ist schlimmer, als ich gedacht habe.“

„Wovon redet ihr?“ wollte Arne wissen. „Klär uns mal auf – von Anfang an, bitte schön. Es hat also einen Unfall gegeben?“

„Ja, und die Umstände waren ziemlich seltsam. Leider auch traurig“, fügte sie hinzu, während sie Len anschaute. „Ich bin mit einigen Freunden übers Wochenende nach Orlando gefahren“, erklärte sie den anderen. „Auf dem Highway 95 sind wir an einem Unfall vorbeigekommen. Ein Fußgänger war angefahren worden. Offenbar war er über die Autobahn gelaufen. Er trug nur eine Unterhose. Später stellte sich dann heraus, dass es jemand war, den ich kenne. Oder vor einigen Jahren gekannt habe, um genauer zu sein.“

„Du kanntest den Typen?“ fragte Len.

„Ich glaube, ich habe im Verkehrsbericht von dem Unfall gehört“, sagte Gwyn stirnrunzelnd. „Und am nächsten Tag hats dann in der Zeitung gestanden.“

„Eine merkwürdige Geschichte. Da läuft ein Typ im Slip über den Highway. Na ja, schließlich sind wir in Miami ... Vielleicht gehörte er zu einer studentischen Verbindung, und das Ganze war eine Wette oder so was?“ fragte Len.

„Nein, so einer ist Stuart nicht. Er geht auch gar nicht mehr aufs College; er arbeitet. Sein Examen hat er mit Auszeichnung bestanden. Er war eher ein Einzelgänger als ein Gruppenmensch.“

„Wie ist das denn passiert?“ wollte Gwyn wissen.

„Es heißt, er war voll gepumpt mit Drogen“, erklärte Len beiläufig. „Mehr weiß ich allerdings nicht über den Unfall. Die Jungs von North Miami kümmern sich vermutlich darum – oder die vom County. Wir könnten es herausbekommen, wenn ihr wollt. Wir checken die tödlichen Unfälle ... Moment mal, er ist gar nicht tot, oder? Er liegt im Koma. Nach allem, was ich darüber gelesen habe, muss er aber wirklich total voll mit Junk gewesen sein.“

„War er schon ein Junkie, als du ihn kanntest?“ erkundigte Izzy sich mitfühlend.

„Nein“, antwortete Ashley empört. „Genau das ist das Problem. Ich halte ihn auch jetzt nicht für einen Junkie.“

„Wann hast du ihn denn das letzte Mal gesehen?“ wollte Arne wissen.

„Das ist schon ein paar Jahre her“, gab sie zu. Plötzlich sahen alle sie an. Mitleidig, wie ihr schien. Als ob sie sich nicht trauten, das Naheliegendste auszusprechen. Sie hatte den Mann seit langem aus den Augen verloren. Menschen waren wankelmütig. Wer sagte denn, dass er in all den Jahren nicht rauschgiftsüchtig geworden war? „Ich möchte trotzdem mehr über den Unfall herausfinden“, sagte sie.

„Frag Brennan – vielleicht weiß er Genaueres oder kann dir zumindest ein paar Tipps geben“, schlug Len vor.

„Das ist eine gute Idee“, sagte Gwyn und warf Ashley ein aufmunterndes Lächeln zu. Ashley mochte sie. Gwyn, eine Schwarze aus Kuba – oder besser: eine Frau mit goldbrauner Hautfarbe –

war hartnäckig, aber auch sehr einfühlsam. Aufgewachsen als Katholikin, hatte sie überlegt, zum Judentum zu konvertieren, wie sie Ashley erzählt hatte, damit sie so vielen Minderheiten wie möglich angehörte. Fest entschlossen, mehr als nur die Frauenquote in einem öffentlichen Amt zu sein, arbeitete sie hart, denn sie wollte unbedingt die Beste sein. „Wenn du Hilfe oder jemanden brauchst, mit dem du reden kannst, sag mir Bescheid. Ich helfe dir gern."

„Danke."

„Wir alle werden dir helfen, Ashley", fügte Arne hinzu.

„Klar, machen wir", pflichtete Izzy ihm bei.

„Vielen Dank", wiederholte sie.

„Ich will mich auch mal ein bisschen umhören", erbot Len sich, während er aufstand. „Ich muss zurück ins Revier. Und ihr müsst zurück in die Klasse. Ich kenne Brennan. Er legt größten Wert auf Pünktlichkeit."

Er gab Ashley einen Kuss auf die Wange und winkte den anderen zum Abschied zu, während er zum Parkplatz ging.

„Also kommt, gehen wir rein", sagte Arne.

„Wir haben noch ein paar Minuten Zeit", entgegnete Gwyn.

„Ich muss noch mal kurz telefonieren. Entschuldigt mich bitte", sagte Ashley, sammelte ihre Essensreste ein, warf sie in einen Abfallkorb und schlenderte zum Hauptgebäude zurück, während sie Karens Handynummer wählte. Sie war erleichtert, als sie sich sofort meldete. Karen hatte Ashleys Nummer auf dem Display erkannt und ließ sie gar nicht zu Wort kommen. „Du hast bestimmt die Zeitungen gelesen. Ich kann kaum glauben, dass es Stuart war. Da fährst du auf dem Highway an einem leblosen Körper vorbei, was sowieso schon ziemlich schlimm ist, und hinterher stellt sich heraus, dass es jemand ist, den man kennt. Stuart Fresia."

„Deshalb rufe ich auch an."

„Gut, dass du anrufst. Ich wollte dich nicht im Unterricht stören. Ich kann es immer noch nicht glauben. Ich meine, er war einer der nettesten Jungs, den wir kannten. Was ist da bloß passiert?“

„Ich wünschte, ich wüsste es. Ich habe vor, mich ein bisschen umzuhören.“

„Tu das. Du bist schließlich Polizistin. Oder jedenfalls bald. Da müsstest du doch was herausfinden.“

„Ich werde mein Bestes tun.“

„Ich hoffe nur ...“

„Was?“

„Dass er noch am Leben ist.“

„Das ist er – jedenfalls war er es heute Morgen. Nick hat im Krankenhaus angerufen. Er ist immer noch auf der Intensivstation, und sie lassen nur seine Familie zu ihm.“

„Na ja, was bringt es schon, ihn zu besuchen? Er liegt doch im Koma.“

„Ich muss zurück in meine Klasse. Ich wollte nur kurz mit dir sprechen.“

„Lieb von dir. Und ruf mich an, wenn es was Neues gibt.“

„Versprochen.“

Ashley unterbrach die Verbindung. Die anderen waren schon vorgegangen. Sie warf einen Blick auf die Uhr und stellte fest, dass sie sich wieder einmal in der Zeit verschätzt hatte. Sie musste sich beeilen, wenn sie pünktlich sein wollte.

Captain Murray, der Personalchef, stand bereits in der Klasse, als sie den Raum betrat. Mit hochrotem Kopf eilte sie an ihren Platz. Sie spürte, dass er sie beobachtete, obwohl er in ein Gespräch mit Brennan vertieft war. Hoffentlich sah sie nicht allzu schuldbewusst aus. Immerhin war sie pünktlich gewesen.

Keiner von beiden machte eine Bemerkung. Stattdessen erzählte Brennan seinen Schülern, dass Shelly Garcia aus der gerichtsmedizinischen Abteilung ihnen etwas über Blutspuren und deren Sicherung am Tatort erzählen würde, und danach wollte Captain Murray über die Berufswege sprechen, die ihnen nach der Abschlussprüfung offen standen.

Brennan setzte sich hin, nachdem er die Kollegin von der Gerichtsmedizin vorgestellt hatte. Ihr Vortrag war äußerst interessant, und Ashley lauschte gebannt. Dann erhob sich Murray und sprach über die beruflichen Aussichten in den unterschiedlichen Abteilungen. Genau wie alle anderen machte sie sich eifrig Notizen. Aber sie ertappte sich dabei, dass ihre Gedanken immer wieder abschweiften.

Ohne sich dessen bewusst zu sein, begann sie, den Unfallort noch einmal auf ihren Block zu zeichnen.

Um nicht aufzufallen, schaute sie immer wieder interessiert auf, während sie verschiedene Grautöne in ihre Zeichnung schraffierte.

Da war sie wieder. Die dunkle Gestalt, die neben der Fahrbahn stand und das Geschehen aufmerksam verfolgte ...

Die zusah, was auf der anderen Seite des Highways vor sich ging.

Mary Simmons wartete auf sie im Garten hinter dem Haus. Mit einem freundlichen Lächeln stand sie auf, um ihre Besucher zu begrüßen. Sie war fünfunddreißig, wirkte aber zehn Jahre jünger und machte einen sehr gelassenen Eindruck. Der Garten war hübsch anzuschauen. Zwischen den Büschen standen kleine Bänke. Es sieht alles so friedlich aus, dachte Jake.

„Danke, dass Sie sich die Zeit für uns nehmen, Mary."

„Aber gern." Sie warf Jake einen Blick zu. „Solange Sie nicht die Absicht haben, die Krishnas zu stören ...?"

„Dieses Haus gibt es schon, seitdem ich denken kann, Mary. Wir wissen, dass hier keine krummen Dinge passieren."

Sie sah ihn aufmerksam an und hob ein wenig ratlos die Schultern. „Ich wüsste nicht, was ich Ihnen Neues sagen könnte. Eigentlich habe ich Ihnen doch alles schon so oft erzählt.“ Sie sah zu Marty hinüber. Der warf seinem Kollegen einen wissenden Blick zu. Also hatte Jake sich die ganzen Jahre über immer wieder mit Mary getroffen.

„Erzählen Sie uns alles, an das Sie sich erinnern können. Vielleicht haben wir ja etwas übersehen.“

Sie nickte zögernd. „Nun ... Papa Pierre – ich meine, Peter Bordon – schien mir immer der Einzige zu sein, der ständig aktiv war. Er hielt uns Predigten, ihm gehörte dieses Anwesen, er hat uns hierher gebracht und uns immer wieder eingeschärft, uns von all unserem Besitz zu trennen – zum Wohl der Gemeinschaft. Aber was keiner von Ihnen gesehen hat – oder sehen wollte –, war, dass er sehr freundlich und liebevoll war, und wir alle haben an ihn geglaubt. Wir führten ein einfachen Leben. Wir haben den Garten bepflanzt, Gemüse und Obst selbst gezogen, und ...“ Sie unterbrach sich lächelnd. „Glücklicherweise bin ich Vegetarierin, denn es gab auch Fische aus dem Kanal da hinten, und von denen war bestimmt die Hälfte verseucht oder ungenießbar. Wie gesagt, es war ein unkompliziertes Leben. Er pflegte auch zu Männern enge Freundschaften, doch im Grunde bevorzugte er Frauen. Wenn es mal Unstimmigkeiten zwischen uns gab – über die wir natürlich nie offen sprachen, wegen unserer Philosophie, alles miteinander zu teilen –, dann ging es immer darum, mit wem Peter die Nacht verbringen wollte. Ich habe das Haus oft gehütet. Ich war eine der Ersten, die sich ihm angeschlossen haben. Dennoch wusste nicht einmal ich genau, was dort eigentlich vor sich ging. Wenn wir nicht zu den Auserwählten für die Nacht gehörten, haben wir in den Hütten geschlafen, die auf dem Grundstück stehen.“

Sie warf Jake einen raschen Blick zu. „Wir haben die Fahrzeuge gesehen, die nachts ankamen. Manchmal habe ich gehört, wie er sich mit Leuten im Haus unterhalten hat. Aber ich wusste nie, wer dort war. Ich habe auch nie etwas Böses vermutet. Als wir erfuhren, dass unsere Freundinnen ermordet worden waren, waren wir entsetzt. Wir haben geglaubt, dass die Mädchen von Leuten getötet worden waren, die Peter oder unsere Art zu leben und unsere Überzeugungen hassten. Peter hat uns sogar einmal eingeschärft, vorsichtig zu sein, weil die Polizei ihn und uns nicht leiden konnte, weil sie keine Ahnung von der Stärke unseres Glaubens hatte und nicht verstand, warum wir alle stets füreinander da waren." Sie zuckte mit den Schultern. „Inzwischen ist es ja wohl klar, dass Peter hinter unserem Geld her war – und natürlich mit uns schlafen wollte. Natürlich war die Polizei für ihn auch ein Gegner, weil er uns Gehirnwäschen unterzogen hatte. Trotzdem glaube ich immer noch nicht, dass Peter jemanden umgebracht hat. Oder veranlasst hat, jemanden zu töten. Er war gierig, er hat uns ausgenutzt, aber ich kann mir nicht vorstellen, dass er ein Mörder war."

„Mary", sagte Jake geduldig, „drei Frauen sind getötet worden. Alle drei hatten mit der Sekte zu tun. Und Peter war der Anführer."

„Ich weiß. Aber nur Peter kann die Antworten auf diese Fragen geben – wenn es überhaupt Antworten gibt. Ich habe Ihnen doch gesagt, dass Leute gekommen und gegangen sind, die wir nie zuvor gesehen hatten und auch hinterher nicht mehr gesehen haben. Vielleicht sind sie ja wegen des Geldes gekommen, das Peter von uns erhalten hat. Ich weiß es nicht."

„Was ist mit Harry Tennant?" hakte Jake nach.

„Er hatte kein Geld, also gehörte er auch nicht zu den Leuten, denen Peter viel Aufmerksamkeit geschenkt hätte. Er war nur für ein paar Nächte im Haus. Wenigstens soweit mir bekannt ist. Wenn ich jetzt darüber nachdenke, dann erscheint es mir durchaus möglich, dass er diese schrecklichen Morde begangen haben könnte, Detective Dilessio. Er war ein merkwürdiger Typ. Ich meine, er hat sich sehr seltsam benommen. Er wollte genau so sein wie Peter ... ich meine, nicht in einem religiösen Sinn, sondern ... Er wollte die Macht haben, die Peter über Menschen hatte." Ratlos hob sie die Schultern. „Er wollte immer Frauen. Sex. Alle von uns hat er gefragt. Peter hat keinen von uns davon abgehalten, eine Beziehung anzufangen. Es war nicht so, dass er uns für seinen persönlichen Harem hielt oder so. Und niemand von uns war sich wirklich im Klaren darüber, warum wir mit ihm ins Bett gegangen sind. Jeder in der Gruppe hatte irgendwann ein Einzelgespräch mit ihm. Da redete man dann über die Vorteile eines einfachen Lebens – und auf einmal hat man sich dann in den höchsten Tönen über das Natürliche und das Herrliche in der menschlichen Existenz ausgelassen. Nach Gottes Ebenbild geschaffen, ja – aber wir waren immer noch Sterbliche, Menschen mit sexuellen Bedürfnissen, und natürliche Triebe waren nichts, wovor man sich ekeln musste; sie wurden zelebriert. Wenn ich heute so darüber nachdenke, kann ich mir durchaus vorstellen, dass Harry rasend eifersüchtig auf Peter war und möglicherweise einen pathologischen Hass auf die Frauen entwickelt hat, weil sie Peter begehrten und nicht ihn."

„Mary, ich weiß, dass wir das alles schon sehr oft durchgegangen sind, aber tun Sie's bitte noch einmal, denn inzwischen ist noch eine junge Frau umgekommen. Als die Mädchen, die getötet wurden, verschwanden, waren Sie da nicht beunruhigt?"

Sie schüttelte den Kopf. „Es gab nichts, was uns an den Ort gebunden hätte. Wir konnten gehen und kommen, wie es uns gefiel." Sie zögerte. „Nun ja, als das dritte Mädchen gefunden wurde, packte mich schon die Angst. Die Polizei kam, und Peter hat uns aufgefordert, mit den Beamten zu reden ... Und dann hat Harry Tennant sich umgebracht ... Wissen Sie, wenn man wirklich an das geglaubt hat, was Peter verkündete, dann ist der Tod nicht das Ende, sondern der Anfang."

„Die Mädchen wurden gefoltert, ehe sie getötet wurden."

„Man hat ihnen die Ohren abgeschnitten", ergänzte Marty.

„Vermutlich, weil sie nicht hörten. Und wenn es nicht Peter war, dem sie nicht zuhörten, wer war es dann, Mary?"

Stirnrunzelnd schüttelte sie den Kopf. „Ich könnte mir vorstellen, dass Harry Tennant noch verrückter und auf seine kranke Art trotzdem cleverer war, als Sie es wahrhaben wollen, Detective."

„Wie kommen Sie darauf?"

Sie lächelte den beiden traurig zu. „Ich glaube, er hörte Stimmen. Er sprach von Lazarus."

„Lazarus?" fragte Marty.

„Lazarus. Der von den Toten auferstanden ist", erklärte Jake. Er schenkte Mary ein aufmunterndes Lächeln. „Mary, davon haben Sie mir noch nie etwas erzählt."

„Ich habe nicht mehr daran gedacht. Ich glaube, Harry war wirklich verrückt. Und inzwischen ist so viel Zeit vergangen ... Ich habe keine Ahnung, wie es inzwischen ist, Detective Dilessio. Aber ich habe die Wahrheit gesagt, als ich der Polizei vor Jahren erzählte, dass ich Peter nicht für einen Mörder halte. Ich denke, Harry war es. Er hat sich einfach verrückt verhalten. Einmal bin ich nachts aufgewacht, und da stand er am Kanal und schaute aufs Wasser. Er sagte, Lazarus sei auferstanden und habe ihm befohlen, zum Wasser zu gehen. Es ist mir kalt den Rücken hinuntergelaufen, das kann ich Ihnen versichern. Ich habe ihn stehen lassen und bin in meine Hütte zurückgelaufen. Möchten Sie einen Kräutertee?"

Dankend lehnten sie ab. Jake stand auf und griff in seine Tasche.

„Ich habe Ihre Karte schon, Detective, und ich verspreche Ihnen, Sie anzurufen, wenn mir noch etwas einfällt, das Ihnen helfen könnte." Sie erhob sich ebenfalls und gab ihm einen flüchtigen Kuss auf die Wange. „Ich schwöre es. Ich weiß, dass Sie Ihr Bestes tun."

„Danke."

„Sie haben mir noch nicht die Frage gestellt, die Sie mir sonst immer stellen", sagte sie.

Fragend zog er die Augenbrauen hoch.

Sie sah ihn mitfühlend an. „Ich schwöre, dass ich Ihre Partnerin niemals gesehen habe, Detective Dilessio. Wenn sie jemals hier war, dann habe ich nichts davon mitbekommen. Das müssen Sie mir einfach glauben. Ich würde Sie nicht anlügen. Das widerstrebt meinen Überzeugungen."

„Ich weiß, Mary", sagte Jake. „Vielen Dank. Und vergessen Sie nicht ..."

„Ich rufe Sie an. Keine Frage. Ich unterhalte mich nämlich gerne mit Ihnen, Detective."

Nachdem sie gegangen waren, sagte Marty, er habe den Tee abgelehnt, weil er lieber einen Kaffee getrunken hätte. Deshalb gingen sie in den Coffeeshop am Ende der Straße, wo Marty einen einfachen und Jake einen doppelten Espresso bestellten.

„Wir kommen nicht voran", sagte Marty. „Bordon hatte seine Leute voll unter Kontrolle. Ich glaube, er hat die Mädchen hypnotisiert. Sie wohnten in dem Haus, das den People for Principle gehörte, aber sie haben nie etwas Böses gesehen, gehört oder gesagt."

„Wir bewegen uns im Kreis", gab Jake mit grimmiger Miene zu. „Aber irgendwo muss es einen Weg aus diesem Kreis geben. Und wir werden ihn finden."

Ashley war so sehr mit ihren Zeichnungen beschäftigt, dass sie gar nicht merkte, wie die Klasse zu applaudieren begann. Erstaunt darüber, dass es bereits Zeit für die Nachmittagspause war, legte sie schnell den Bleistift zur Seite und fiel in den Beifall ein. Während sie mit den anderen hinausging, erinnerte sie sich daran, dass sie Sergeant Brennan fragen wollte, ob er ihr etwas Genaueres über Stuarts Unfall sagen könnte. Auf dem Weg zur Tür knüllte sie die Blätter mit ihren Zeichnungen zusammen und warf sie in den Papierkorb. Murray und Brennan unterbrachen ihr Gespräch, als sie sich ihnen näherte, und schauten sie fragend an.

„Guten Tag ... Montague, nicht wahr?“ fragte Captain Murray.

„Jawohl, Sir.“

„Mehr als die Hälfte haben Sie ja schon geschafft. Gefällt es Ihnen denn immer noch bei uns?“

„Oh, ja, sehr sogar“, antwortete sie.

„Das freut mich zu hören. Sergeant Brennan hat mir gerade erzählt, dass dies eine seiner besten Klassen ist, die er jemals unterrichtet hat.“

„Vielen Dank – im Namen von uns allen.“

„Haben Sie noch Fragen zum Stoff von heute?“ wollte Brennan wissen.

„Nein. Eigentlich würde ich gerne etwas über eine Angelegenheit erfahren, die vor ein paar Tagen passiert ist. Auf dem Highway 95 hat es einen Unfall gegeben. Kurz danach bin ich an der Unglücksstelle vorbeigekommen. Ich war mit einigen Freundinnen Richtung Norden unterwegs. Zu Hause habe ich dann herausgefunden, dass der Mann, der überfahren wurde, ein alter Freund von mir ist, und in der Zeitung stand, dass er offenbar voll gepumpt war mit Heroin. Ich habe das Gefühl, dass irgendetwas an der Sache nicht stimmt. Können Sie mir vielleicht sagen, welcher Officer den Fall behandelt? Vielleicht kann er oder sie mir etwas Genaueres darüber erzählen?“

Gott sei Dank sagte keiner der beiden Männer, dass ihr Freund doch unter Drogen gestanden hatte, sondern sahen sie nur aufmerksam an. Schließlich antwortete Murray.

„Ich habe von dem Unfall gehört. Die Kollegen von Miami-Dade und vom FBI kümmern sich darum. Ich werde mich erkundigen, welcher Detective mit der Untersuchung betraut ist. Er dürfte kaum etwas dagegen haben, Ihnen die Fakten mitzuteilen. Ich rufe ein paar Leute an und setze mich mit Sergeant Brennan in Verbindung. Er wird Ihnen dann Bescheid geben."

„Vielen Dank, Sir."

„Keine Ursache."

Sie lächelte ihm zu, drehte sich um und verließ die Klasse. Beim Hinausgehen hatte sie das Gefühl, dass die beiden hinter ihr hersahen. Hatten sie etwa mitbekommen, dass sie während des Unterrichts gezeichnet hatte? Das wäre nun wirklich sehr unangenehm.

Prima. Dann wäre sie ja wieder mal ins Fettnäpfchen getreten. Aber dann hätten sie sich ihr gegenüber wohl kaum so hilfsbereit verhalten.

Als sie aus dem Gebäude trat, wimmelte es auf der Straße von Menschen. Sie war mitten in den Schichtwechsel hineingeraten. Die Tagschicht hatte immer dann Feierabend, wenn ihr Unterricht endete.

Viele Gesichter waren ihr bereits vertraut. Sie grüßte hierhin und dorthin, auch wenn sie die Leute gar nicht genauer kannte. Im Präsidium herrschte eine kameradschaftliche Atmosphäre. Jetzt kam ihr gerade eine Frau aus der Dokumentarabteilung entgegen. Ashley lächelte ihr zu, während sie mit der Fernbedienung ihren Wagen öffnete. Die Frau erwiderte ihren Gruß.

In diesem Moment erblickte Ashley ihn erneut. Natürlich wusste sie sofort, wer es war. Detective Jake Dilessio. Er kam mit einem anderen Mann aus dem Haus, und sie unterhielten sich angeregt, während sie über den Parkplatz gingen. Sie eilte zu ihrem

Wagen. Doch ehe sie einsteigen konnte, drehte sich der Detective um. Im Anzug sah er ganz anders aus. Größer. Älter. Und sehr offiziell. Sie hatte den Eindruck, als ob er ihr Schwierigkeiten bereiten könnte. Rasch schob sie den Gedanken beiseite und beruhigte sich damit, dass jeder ein Recht auf seine Privatsphäre hatte – sogar Cops. Sie hatte ihm den Kaffee zwar vor ihrer Haustür übers Hemd gegossen, aber sie wollte trotzdem nicht klein beigeben und ihn verschämt um Entschuldigung bitten.

Wenn sie Glück hatte, bemerkte er sie nicht. Wahrscheinlich war sie für ihn ohnehin nur ein Gesicht in der Menge. Die meisten Detectives schenkten den Schülern keine Beachtung. Erst nach dem Examen wurden sie für voll genommen.

Die Gläser seiner Sonnenbrille waren fast schwarz, und eine dunkle Haarsträhne fiel ihm in die Stirn. Er schaute in ihre Richtung, erkannte sie aber nicht. Wahrscheinlich hatte er sie nicht einmal bemerkt.

Er wandte den Kopf nicht ab, als sie auf den Fahrersitz rutschte. Er hatte sie doch wahrgenommen – natürlich ohne ihr zuzuwinken oder zu lächeln.

Er starrte einfach nur.

Sie machte sich ganz klein hinter dem Steuer, setzte ihre Brille auf, schnallte sich an, startete den Motor und rollte vom Parkplatz.

Während sie sich auf den Verkehr konzentrierte, erinnerte Ashley sich an Sandys Worte, dass er sein Hausboot in Nicks Hafen verlegt hatte.

Natürlich war es nicht „Nicks Hafen"; er gehörte der Kommune. Alle nannten ihn nur so, weil Nick seine Bar seit ewigen Zeiten dort hatte.

Beim Blick in den Rückspiegel sah sie, dass der Wagen des Detectives ihr folgte. Er musste ihr schon eine ganze Weile hinterhergefahren sein. Doch auf dem Highway bog er plötzlich ab.

Ashley betrat das Haus durch die Küchentür. In der Bar herrschte Hochbetrieb; Stimmengewirr und Gelächter übertönten sogar die Musikbox. In ihrem Zimmer zog sie die Uniform aus und stieg unter die Dusche. Während das warme Wasser über ihren Körper strömte, wünschte sie, nicht mehr unablässig an Stuart Fresia denken zu müssen. Empfand sie etwa Schuldgefühle, weil sie sich nicht genügend um ihren alten Freund gekümmert hatte? Oder konnte sie sich den Vorfall nicht aus dem Kopf schlagen, weil die Angelegenheit so verwirrend und widersprüchlich war?

Nach der Dusche fühlte sie sich nur halb erfrischt. Offenbar machte sich das anstrengende Wochenende nun doch bei ihr bemerkbar. Als sie in die Bar ging, entdeckte sie Nick hinter der Theke. Er half Betsy, die während der Woche abends arbeitete. Der Laden brummte – ungewöhnlich für einen Montagabend.

„Hallo, Kleines", rief Nick ihr zu. „Bist du müde, oder kannst du mir ein wenig helfen? Kara hat sich krank gemeldet, so dass David alle Tische bedienen muss. Da steht ein Essen für Nummer vierundzwanzig. Kannst du das übernehmen?"

„Klar."

Sie ging zur Theke, die die Küche vom Restaurant trennte. Darauf stand ein Teller mit gegrilltem Rotbarsch, gebackenen Kartoffeln und Brokkoli. Sie stellte ihn auf ein Tablett, fügte ein paar Zitronenscheiben und ein Töpfchen mit Sauce Tatar hinzu und trat hinaus auf die Terrasse, wo die Tische mit den Nummern achtzehn bis sechsundzwanzig standen.

Nummer vierundzwanzig war ein Tisch für zwei Personen am kürzeren Ende der L-förmigen Terrasse. Ein Platz, der von Liebespaaren bevorzugt wurde. Heute Abend saß also nur ein einzelner Gast hier. Sie bog um die Ecke. Der dunkelhaarige Mann hatte den Kopf gesenkt und war in seine Lektüre vertieft.

Routiniert stellte sie den Teller vor ihn hin. „Guten Abend.

Hier kommt Ihr gegrillter Rotbarsch. Wünschen Sie sonst noch etwas?“

Er schaute auf, und sie erstarrte, als sie den Besucher erkannte. Detective Dilessio. Nach dem Dienst hatte er sich umgezogen – er trug Badeshorts und ein T-Shirt. Das Hemd war trocken, nur sein Haar war nass. Offenbar war er im Wasser gewesen, oder vielleicht hatte er nur geduscht und sich schnell etwas übergezogen. Ein Schnellhefter, randvoll mit Unterlagen, hatte seine ganze Aufmerksamkeit beansprucht.

Jetzt erkannte er sie auch, und er ließ seinen Blick von ihren roten Haaren bis hinunter zu ihren Sandaletten wandern.

„Sonst noch etwas?“ murmelte er zerstreut. „Hm. Soll ich es riskieren, einen Kaffee zu bestellen? Zum Trinken allerdings, nicht zum Nassmachen.“

Ashley errötete. „Ich werde mein Bestes tun und die Tasse ganz vorsichtig vor Sie hinstellen“, versicherte sie ihm. Noch immer musterte er sie aufmerksam. Er schien weder verärgert noch amüsiert zu sein. Sie zögerte. „Sie sind Jake Dilessio, stimmts? Detective Dilessio von Miami-Dade?“

„Ja. Wollen Sie sich etwa entschuldigen – jetzt, wo Sie wissen, wer ich bin?“

Sie wurde ärgerlich. Aber sie beherrschte sich, denn sie wollte sich nicht provozieren lassen. „Weil ich weiß, wer Sie sind? Ich bitte Sie, Detective, mir wird jeden Tag eingebleut, dass ich dienen und schützen muss und die Leute nicht einschüchtern darf, nur damit sie mir besonders respektvoll gegenübertreten. Eigentlich wollte ich mich Ihnen nur vorstellen. Aber wenn Sie sich dafür entschuldigen wollen, dass Sie mich vor meiner eigenen Haustür angerempelt haben, so höre ich gerne, was Sie mir zu sagen haben.“

„Aha, Sie sind also auf der Polizeiakademie“, sagte er.

„Ja. Haben Sie etwas dagegen?"

„Nicht im Geringsten. Und Sie müssen auch nicht befürchten, dass ich Sie hinauswerfen lasse, nur weil Sie mich mit heißem Kaffee übergossen haben. Wenn Sie nämlich gut sind, habe ich überhaupt keinen Einfluss auf Ihre Zukunft. Allerdings stimme ich Ihnen zu, dass unser Motto lautet: schützen und dienen. Nicht Einschüchtern. Ich hoffe, dass Sie sich ... den gesetzestreuen Bürgern unseres Landes gegenüber ein wenig zuvorkommender verhalten."

„Das werde ich versuchen. Aber wie Sie wissen, hat man mich noch nicht auf die Öffentlichkeit losgelassen."

„Na ja, dann besteht ja noch Anlass zur Hoffnung."

„Vermutlich sollte ich Ihnen sogar dankbar dafür sein, dass Sie mich nicht zur Rechenschaft ziehen, weil ich einen Polizeibeamten attackiert habe."

„Sie sind Nicks Nichte, stimmts?"

„Ich will nicht, dass mir jemand einen Gefallen tut, nur weil ich Nicks Nichte bin."

„Auf diese Idee käme sicherlich niemand."

„Aha. Was wohl bedeutet, dass ich im Recht war."

„Ich kann mich nicht erinnern, das gesagt zu haben."

„Aber ich war es", beharrte sie. Plötzlich fragte sie sich, was zum Teufel sie sich eigentlich dabei dachte, mit ihm hier auf der Terrasse einen Streit anzufangen. Offenbar musste sie immer das letzte Wort behalten. Warum gelang es ihr nicht, den Mann einfach in Ruhe zu lassen? Er sah wirklich interessant aus. Nicht schön im klassischen Sinne, aber er hatte was. Muskulöser Körper. Sonnengebräunt, topfit. Er war von angenehmer Erscheinung, und sie konnte sich sehr gut vorstellen, dass er mit einem intensiven Blick aus seinen dunklen Augen Verdächtige zu einem Geständnis bringen konnte, weil sie glaubten, dass er ohnehin durch sie hindurchsah.

Genauso, wie er jetzt durch sie hindurchsah.

Auf einmal fühlte sie sich unbehaglich.

Langsam breitete sich ein Lächeln auf seinem Gesicht aus. Sein Ausdruck änderte sich vollkommen. Er war nicht nur interessant, er war sogar ausgesprochen attraktiv.

„Sonst noch was?“ fragte er.

„Wir ... wir könnten die Sache vor Gericht bringen“, meinte sie.

„Könnten wir. Sie könnten mir aber auch noch einen Kaffee bringen.“

„Na gut.“

Dieses verdammte Lächeln.

Esel! dachte sie.

Schade, dass sie nur eine Tasse vor ihn hinstellen konnte. Am liebsten hätte sie ihm eine ganze Kanne über den Kopf geschüttet.

7. KAPITEL

Jake studierte die Liste, auf der die Namen derjenigen verzeichnet waren, die mit Peter Bordon in Verbindung gestanden hatten. Dabei kannte er die Liste bereits in- und auswendig. Immer wieder hatte er sich damit beschäftigt. Und wenn schon. Irgendetwas hatte er übersehen, dessen war er sich sicher. Wenn er erst einmal darauf kommen würde ...

Plötzlich verschwammen die Buchstaben vor seinen Augen.

Hinter den Namen standen ausnahmslos desillusionierte Menschen. Die meisten von ihnen waren jung und auf der Suche nach dem Sinn des Lebens. Bei Bordon glaubten sie, ihn gefunden zu haben. Inzwischen wohnte keiner mehr von ihnen in der Gegend. Viele waren in einen anderen Teil der Staaten gezogen.

Einer der jungen Männer besuchte ein Priesterseminar in Tennessee.

Jake fuhr sich über die Stirn und dachte an all die Besuche, die er Bordon in den vergangenen Jahren abgestattet hatte. Immer hatte ihm eine junge Frau die Tür geöffnet. Cary Smith. Sie hatten sie bereits überprüft. Sie war nach Seattle gegangen und hatte einen Mann geheiratet, der in einer Fischzucht arbeitete. Inzwischen hatte sie zwei Kinder. Damals war sie davon überzeugt gewesen, einem Propheten zu dienen, der die Welt verbessern wollte, indem er Nahrung an die Bedürftigen verteilte.

Dann war da noch John Mast gewesen, Bordons rechte Hand. Auch er war wegen Betrugs verurteilt worden. Auf der Liste der Verdächtigen hätte er ganz oben gestanden.

Aber er war tot.

Jake klappte den Aktenordner zusammen.

Mach dich nicht verrückt, ermahnte er sich. Er war schließlich kein Einzelkämpfer. Ethan Franklin, der FBI-Agent, war ebenfalls zu ihrer Unterstützung gekommen, und obwohl er großspurig, arrogant und eine absolute Nervensäge war, hatte er doch eine Menge Ahnung von seinem Job.

Franklin beschäftigte sich mit diversen Mordfällen in den Staaten und untersuchte sie auf Parallelen und Gemeinsamkeiten. Morgen würden sie wieder mit ihm zusammentreffen; dann wollten sie sämtliche Unterlagen noch einmal durchgehen, Vergleiche anstellen, nach Ähnlichkeiten suchen zwischen der Vergangenheit und der Gegenwart. Im Grunde das Gleiche, womit sie auch heute schon den Tag verbracht hatten.

Wie sah die Gegenwart aus? Sie hatten eine Leiche, die Anzeichen eines gewaltsamen Todes aufwies – die gleichen, die sie bei den Morden vor fünf Jahren gefunden hatten. Diesmal handelte es sich um die Leiche einer unbekannten Frau im Zustand fortgeschrittener Verwesung, die heftiger Regen aus ihrem flachen Grab herausgespült hatte.

Und wie war es in der Vergangenheit gewesen?

Nancy.

Er erinnerte sich daran, wie sie auf dem Deck der *Gwendolyn* gestanden hatte. „Ich glaube nicht, dass dieses arme Schwein jemanden ermordet hat. Und wir werden noch mehr Leichen finden, Jake. Wir werden so lange neue Tote finden, bis diese verdammte Sekte verboten wird. Ich glaube, Peter Bordon lebt im Wahn, Gott zu sein. Er denkt, er hat das Recht, Menschen zu töten. Er hält sich für Gottes rechte Hand, für die Verkörperung seines Willens oder so was Ähnliches."

„Wir sind ihm jetzt schon so lange auf den Fersen. Wir werden ihn zu fassen kriegen", versicherte Jake ihr.

„Dein Optimismus in Ehren – aber wir kriegen ihn erst, wenn jemand den Bezirksstaatsanwalt dazu bringen kann, einen Haftbefehl auszustellen, damit wir beweisen können, dass er die treibende

Kraft hinter den Morden ist." Dann hatte sie auf ihre Uhr gesehen. „Ich muss jetzt los."

Irgendetwas an ihrem Verhalten hatte ihn an diesem Abend gestört.

„Wo gehst du denn hin?"

„Nach Hause. Hast du vielleicht vergessen, dass ich einen Mann habe?"

Aber sie war nicht nach Hause gegangen. Und am nächsten Morgen war Brian Lassiter zum ersten Mal auf der *Gwendolyn* aufgetaucht, um ihn zur Rede zu stellen.

Jake reagierte mit Panik, als er erfuhr, dass sie nicht nach Hause gefahren war. Er stand unter einer großen Anspannung. Er empfand Furcht und Schuldgefühle. Dann diese lange, frustrierende Suche nach ihr. Und jeden Tag wurde die Angst um sie größer.

Erst ein paar Wochen später war sie gefunden worden, obwohl ein riesiges Aufgebot im ganzen Bundesstaat nach ihr gefahndet hatte. Der Kanal, in dem sie entdeckte wurde, war tief. Die schwachen Reifenabdrücke, die von den kompetentesten Spurenermittlern des Bezirks analysiert wurden, hatten darauf hingedeutet, dass sie die Gewalt über ihren Wagen verloren hatte.

In den Wochen zwischen ihrem Verschwinden und ihrer Entdeckung war Peter Bordon wegen Betrugs und Steuerhinterziehung festgenommen und hinter Gitter gebracht worden. Er war allerdings noch auf freiem Fuß gewesen, als sie zum letzten Mal gesehen worden war – als sie umgekommen war.

Jeder Muskel seines Körpers verspannte sich.

Mach dich nicht verrückt! ermahnte er sich erneut.

Unvermittelt stieß er einen Fluch aus und schaute auf das leere Glas auf dem Tisch, in dem Eistee gewesen war. Wo war der Kaffee, den er bestellt hatte? Was zum Teufel war nur aus dem Service in Nicks Restaurant geworden?

Bei Nick herrschte Hochbetrieb. Ashley wurde mehrfach aufgehalten, als sie die Kaffeekanne holen wollte, um Detective Dilessios Wunsch zu erfüllen, dem er so freundlich Ausdruck verliehen hatte. Endlich hatte sie den Kaffeeautomaten erreicht, der am anderen Ende der Bar stand. In dem Moment lief sie Curtis Markham über den Weg. Er war Officer bei der Polizei von South Miami.

„Hallo, Kleines. Wie läufts in der Akademie?" fragte er.

Curtis war um die dreißig und ein recht netter Kerl. Er war verheiratet und hatte einen Sohn, Chris. Seine Frau arbeitete bei einer Fluggesellschaft. Oft kamen sie zusammen vorbei, und wenn sie sonntags arbeiten musste, fuhr er manchmal mit Chris auf seinem kleinen Segelboot hinaus. Hinterher saßen sie oft noch bei Nick und schauten sich das Ende eines Baseballspiels im Fernsehen an, oder er brachte seinem Sohn ein paar neue Tricks beim Billard bei. Sein sandfarbenes Haar wurde schon langsam grau, aber da er hinter seinem Jungen nicht zurückstehen wollte, trainierte er viel und bemühte sich um eine sportliche Figur. Curtis trank nur sonntags Alkohol. Deshalb stand heute Abend eine Diätcola vor ihm auf dem Tresen und ein Teller mit frittierten Fischstäbchen.

„Der Unterricht ist prima", antwortete sie. „Es macht mir viel Spaß."

„Na, Gott sei Dank. Ich habe schon befürchtet, dass du deinen Entschluss bereut hast."

„Warum sollte ich?"

Er zuckte mit den Schultern. „Die Ausbildung ist nicht gerade einfach. Und wenn du erst mal fertig bist, hast du tagaus tagein mit dem Bodensatz der menschlichen Gesellschaft zu tun. Jeden Tag setzt du dein Leben aufs Spiel, und die Bezahlung ist miserabel. Du wärst nicht die Erste, die den Job als ziemlich undankbar empfindet."

Sie lächelte. „Denkst du auch so?"

„Nur manchmal“, entgegnete er grinsend. „Wenn ich so sehe, was da draußen abgeht, dann halte ich mich eigentlich für einen Glückspilz. Ich komme nach Hause und danke dem Herrn für meinen braven Jungen und meine wundervolle Ehefrau.“

Sie lachte. „Du bist der einzige Polizist, den ich kenne, der immer gut drauf ist.“

Er zog die Augenbrauen hoch. „Gibt es hier etwa schlecht gelaunte Bullen?“ fragte er scherzhaft und schaute sich um.

„Draußen sitzt einer“, flüsterte sie ihm verschwörerisch zu. „Ein Detective von Miami-Dade. Jake Dilessio. Ziemlich aufbrausend. Vielleicht liegts aber auch an mir. Ich glaube, er kann mich nicht besonders leiden.“

„Jake sitzt draußen?“ fragte Curtis.

Sie nickte. „Und ich bringe ihm jetzt besser ganz schnell seinen Kaffee.“

„Wenn er mies drauf ist, hat er wahrscheinlich einen Grund dafür.“

„Ach wirklich?“

„Vor fünf Jahren gab es hier einige Morde, die mit einer Sekte zu tun hatten. Erinnerst du dich noch?“

„Schwach. Einer hat gestanden und sich dann in der Untersuchungshaft erhängt. Es gab Gerüchte, dass er's gar nicht gewesen ist, aber soweit ich weiß, sind danach keine Leichen mehr gefunden worden.“

„Jetzt haben sie wieder eine.“

Ashley runzelte die Stirn. „Diesem Sektenführer, den sie verdächtigten, haben sie doch nichts nachweisen können, oder? Trotzdem ist er wegen irgendwas ins Gefängnis gekommen, nicht wahr?“

„Ja, und da sitzt er immer noch. Jedenfalls steht Jake jetzt ganz schön unter Druck. Vielleicht ist er deshalb so schlecht drauf.“

„Wir stehen doch alle unter Druck. Deshalb müssen wir andere doch nicht mies behandeln“, meinte sie.

Plötzlich schüttelte Curtis unmerklich den Kopf und sah sie warnend an. Verwirrt drehte sie sich um. Hinter ihr stand Jake Dilessio.

„Ich wollte mir den Kaffee selber holen“, blaffte er.

„Entschuldigung.“

„Normalerweise lässt der Service bei Nick nichts zu wünschen übrig.“

„Wie gehts dir, Jake?“ versuchte Curtis ihn abzulenken.

„Tag, Curtis. Gut, danke.“

„Ich habe gehört, dass du jetzt hier im Hafen festgemacht hast.“

„Am Wochenende habe ich das Boot hierher gebracht. Ich glaube, ich geh aufs Schiff und trinke meinen Kaffee da“, sagte er mürrisch.

Ashley griff nach der Kaffeekanne, nahm eine Tasse vom Regal und füllte sie rasch.

„Tut mir Leid. Meine Schuld, dass du auf deinen Kaffee warten musstest. Ich habe Ashley über die Akademie ausgefragt.“

„Ich glaube, Miss Montague schafft das mit links“, meinte Jake sarkastisch. „So schnell, wie sie reagiert.“

„Ich kann Ihnen eine Kanne an den Tisch bringen. Dann können Sie sich selber nachfüllen, so oft sie wollen. Sie brauchen auch nicht auf die Rechnung zu warten, wenn Sie fertig sind. Nick hat Ihnen das Essen spendiert – als Willkommensgruß, weil Sie jetzt hier im Hafen liegen“, sagte sie betont liebenswürdig.

„Nick hat mir bereits ein Essen spendiert, und im Übrigen zahle ich immer für das, was ich bestelle“, entgegnete Dilessio barsch. „Außerdem mag ich keinen abgestandenen Kaffee aus der Kanne.“ Er drehte ihr den Rücken zu. „Wie gehts denn Sandra und Chris, Curtis?“

„Prima. Im Moment sind sie gerade bei ihrer Mutter in Delray. In den nächsten Tagen werde ich also bei Nick essen müssen."

„Nicht die schlechteste Alternative. Obwohl Sandras Lasagne unübertrefflich ist", sagte Jake. Er nahm seinen Kaffee und ging wieder hinaus. Ashley bemerkte, dass er den Schnellhefter unter den Arm geklemmt hatte. Offenbar wollte er ihn nicht unbeaufsichtigt auf dem Tisch liegen lassen.

Curtis bemerkte Ashleys Blick. „He, der Knabe ist schon in Ordnung. Ihr beide habt euch nur im falschen Moment kennen gelernt."

„Und es nicht das Schlechteste, einen großen, gefährlichen Detective als Nachbarn zu haben", sagte eine weibliche Stimme, die sehr amüsiert klang.

Ashley drehte sich um. Sharon Dupre, elegant und souverän wie immer, stand hinter ihr. Sie trug einen maßgeschneiderten marineblauen Hosenanzug, eine hellblaue Bluse und elegante Pumps. Ihre Augen blitzten amüsiert, während sie Ashley ansah.

„Ja, wirklich toll", pflichtete Ashley ihr bei. „Willst du ihm Kaffee nachgießen und die Rechnung bringen?"

„Klar. Und du solltest jetzt selbst mal etwas essen. Ich habe nämlich ziemlich schreckliche Sachen von der Imbissbude gehört, wo ihr euch tagsüber verköstigt."

„Warst du denn nicht den ganzen Tag unterwegs?"

„Ich habe nur ein Haus gezeigt."

„Nick hat heute viel zu tun, und Kara hat sich krank gemeldet. Könntest du einspringen? Ich würde nämlich gerne ins Krankenhaus fahren. Sie werden mich zwar nicht zu Stuart Fresia lassen, aber vielleicht treffe ich ja jemanden von seiner Familie."

„Fresia ...? Woher kenne ich den Namen?" überlegte Curtis.

Ashley erzählte ihm von den merkwürdigen Umständen des Autounfalls und dass sie sich überhaupt nicht vorstellen könne, ihr ehemaliger Freund sei rauschgiftsüchtig geworden.

„Die Menschen ändern sich. Und Drogen sind sehr verführerisch", wandte Curtis ein. Sie nickte. Das hatte sie sich in letzter Zeit häufiger anhören müssen.

„Richtig. Aber Stuart bestimmt nicht. Deshalb möchte ich jetzt selbst mal sehen, wie es ihm geht."

Sharon schaute sie besorgt an. „Ashley, du gehst noch zur Akademie. Meinst du, es ist gut, wenn du dich da einmischst?"

Nick war vom anderen Ende der Bar zu ihnen hinübergekommen. „Sie besucht nur einen Freund, Sharon. Das bedeutet doch nicht, dass sie sich einmischt. Ich halte das für eine gute Idee. Aber erst solltest du etwas essen und dich ein bisschen ausruhen, bevor du ins Krankenhaus fährst. Der Rotbarsch ist noch so frisch, dass er dir fast vom Teller springt", sagte er.

„Setz dich zu mir, Ash, und erzähl mir was vom richtigen Leben", forderte Curtis sie auf und klopfte auf den Barhocker neben ihm.

Sie kletterte auf das Polster, während Nick ein Mineralwasser vor sie hinstellte und Sharon in der Küche bei Herve, dem Koch, einen Rotbarsch bestellte.

„Verrate mir mehr über deinen Freund", forderte Curtis sie auf.

Ashley hob die Schultern, während sie mit dem Strohhalm in ihrem Glas spielte. „Er ist intelligent, solide und steht mit beiden Füßen auf dem Boden."

„Seid ihr auf der High School zusammen gegangen?"

Sie schüttelte den Kopf. „Wir waren gute Freunde. Jahrelang. Wenn er nur eine heiße Affäre gewesen wäre, dann würde ich ihn nicht so gut kennen. Wirklich, Curtis – Stuart ist nicht der Typ, der anfällig ist für Drogen. Er hat noch nicht einmal viel Alkohol getrunken."

Nick hörte ihr zu, während er ein Glas putzte und ins Regal

stellte. „Vielleicht wird ja alles wieder gut, Ashley. Vielleicht kommt er wieder zu sich, und dann kann er der Polizei erzählen, was passiert ist."

„Hoffentlich. Und ich hoffe auch, dass ich mich etwas besser fühle, wenn ich erst einmal mit seiner Familie gesprochen habe. Sie sind bestimmt im Krankenhaus. Er ist ein Einzelkind, und seine Eltern liebten ihn abgöttisch. Lieben ihn abgöttisch. Irgendwie macht das alles keinen Sinn. Egal, wie sehr die Menschen sich verändern."

„Honey, es gibt so viele Dinge auf der Welt, die keinen Sinn machen", sagte Nick. „Aber ich denke, du hast Recht. Wenn du erst mal im Krankenhaus warst, gehts dir bestimmt besser. Vielleicht ist es ein Trost für seine Familie, wenn sie dich sehen."

„Vielleicht." Sharon stellte einen Teller mit Rotbarsch auf die Theke. „Lass es dir schmecken, Ash." Dann blinzelte sie ihr verschwörerisch zu. „Ich bringe dem Menschenfresser da draußen noch etwas Kaffee."

Nick sah ihr stirnrunzelnd nach. „Welchem Menschenfresser?"

„Dilessio", klärte Curtis ihn auf.

„Jake ist doch kein Menschenfresser. Er ist ein netter Kerl."

„Und jetzt wohnt er hier um die Ecke", sagte Ashley und zog eine Grimasse.

„Er stand seit einem Jahr auf der Liste für einen Liegeplatz", erklärte Nick. „Die Leute lieben diesen Hafen. Anlegestellen sind schwer zu bekommen. Und es ist gut, wenn viele Polizisten in der Nachbarschaft sind. So haben wir weniger Probleme."

„Natürlich. Und bald hast du sogar selbst einen Cop im Haus."

„Jedenfalls ist es nicht schlecht, wenn man einen wie ihn aus dem Revier kennt", beharrte Nick.

„Gott sei Dank ist es ein großes Revier", murmelte Ashley und ließ sich den Rotbarsch schmecken. „Nick, wenn du mich wirklich entbehren kannst, verschwinde ich gleich. Ich will auch nicht zu lange im Krankenhaus bleiben; schließlich muss ich morgen um sieben wieder aufstehen. Curtis, pass auf dich auf. Bis bald.“ Ashley rutschte vom Barhocker.

Curtis legte die Hand auf ihren Arm. „Ashley, wenn du wirklich der Meinung bist, dass es bei dem Unfall deines Freundes nicht mit rechten Dingen zugegangen ist, solltest du mit Jake sprechen.“

„Er ist im Morddezernat. Und mein Freund ist nicht tot. Noch nicht“, fügte sie leise hinzu.

„Aber er kennt sich aus“, beharrte Curtis. „Und er ist ein angesehener Mann im Revier. Du gehst noch auf die Akademie. Wenn du jemanden anrufst, können sie dich abwimmeln. Wenn Dilessio jemanden anruft, erfährt er sofort, was er wissen will.“

Ashley zögerte kurz. Dilessio war ein arroganter Kerl, und offensichtlich konnte er sie nicht leiden. Aber schließlich ging es nicht um sie. Sondern um Stuart.

„Vielleicht hast du Recht“, sagte sie schließlich. „Na gut, dann drück mir die Daumen, wenn ich den Menschenfresser frage.“

Curtis nickte ihr aufmunternd zu.

Sie ergriff die Kaffeekanne und ging hinaus. Jake Dilessio war noch immer in seine Akten vertieft. Er schaute nicht auf, als sie Kaffee in seine Tasse goss, sondern murmelte nur: „Danke.“

Sie blieb ein paar Sekunden lang neben ihm stehen. Dann setzte sie sich ihm gegenüber, so dass er gezwungen war, den Kopf zu heben.

„Ich habe gehört, dass Sie im Morddezernat arbeiten.“

„Ja.“ Er konzentrierte sich wieder auf seine Lektüre.

Sie räusperte sich. Nach ein paar Sekunden sah er sie wieder an. Sie versuchte es noch einmal.

„Es hat einen Unfall gegeben am Freitagmorgen. Kurz nachdem es passiert ist, bin ich an der Unfallstelle vorbeigekommen. Ein Fußgänger ist auf dem Highway 95 angefahren worden; ich habe ihn auf der Fahrbahn liegen sehen. Merkwürdigerweise trug er nur eine Unterhose. Heute Morgen habe ich in der Zeitung gelesen, was passiert ist. Das Opfer ist ein alter Freund von mir. In dem Artikel stand, dass er auf Heroin war. Ich kenne Stuart zu gut, um zu glauben, dass er Drogen nahm. Er ist schon in Ohnmacht gefallen, wenn er nur eine Spritze gesehen hat."

Endlich hatte sie sein Interesse geweckt. Er musterte sie halb nachdenklich und halb neugierig.

„Ich arbeite im Morddezernat. Ihr Freund ist das Opfer eines Verkehrsunfalls geworden. So wie es aussieht, hat er ihn sogar verursacht. Ich habe etwas darüber gehört. Die Jungs, die sich mit dem Fall beschäftigen, sind gut, das weiß ich. Und nur weil Ihr Freund mal Angst vor Spritzen hatte, heißt das noch lange nicht, dass er später nicht doch rauschgiftsüchtig geworden ist."

„Ich bin mir sicher, dass irgendetwas an der Sache faul ist", beharrte sie.

„Sie glauben, dass Sie sich sicher sind – weil sie mit diesem Mann befreundet waren." Er sagte es nicht grob, sondern ganz sachlich.

Sie schüttelte den Kopf. „Wo ist er hergekommen? Er kann doch nicht aus heiterem Himmel auf den Highway gefallen sein – und dann noch in der Unterhose!"

„Ich bin schon lange im Morddezernat und noch länger bei der Polizei. In einem meiner ersten Fälle hatte ich es mit einem Paar zu tun, das mit Kokain und Heroin voll gedröhnt war. Sie glaubten, sie hätten ihr Kind zu Bett gebracht. Stattdessen haben sie das Baby in die Mikrowelle gelegt und gebraten. Das Bild von dem Baby in der Mikrowelle – oder besser, was von ihm übrig geblieben ist – werde ich mein Leben lang nicht vergessen, egal, was ich noch alles zu sehen bekomme. Selbst wenn das die ersten Erfahrungen Ihres Freundes mit Drogen waren, kann das schon zur Abhängigkeit und zu den merkwürdigsten Verhaltensweisen führen."

Egal, wen sie ansprach – die Reaktionen waren immer die gleichen. Am meisten ärgerte sie sich darüber, dass sich jeder so schnell seine Meinung bildete.

„Warum glauben nur alle, dass es so gewesen sein muss? Ich kenne Stuart. Ich weiß, dass er nichts mit Drogen zu tun hat. Irgendwas ist faul an der Sache, auch wenn es auf den ersten Blick ganz eindeutig zu sein scheint. Ich habe gehört, dass Sie als Detective ein hohes Ansehen genießen. Deshalb habe ich gehofft, dass Sie an der Wahrheit interessiert sind."

Seine Finger umklammerten die Papiere, die er in der Hand hielt, ein wenig fester. Es war seine einzige Reaktion. „Sie sind auf der Polizeiakademie. Sie wissen, wie groß das Land ist und was sich jeden Tag abspielt. Ich bin im Morddezernat. Und ich habe meinen Teller noch nicht leer gegessen. Es tut mir Leid, aber selbst wenn ich Ihnen helfen wollte, wüsste ich nicht, was ich für Sie tun könnte. Die Kollegen kümmern sich bereits um den Fall. Wenn Sie mich jetzt bitte entschuldigen wollen – ich habe auch viel um die Ohren. Ich muss mich nämlich um einen wirklichen Mord kümmern – und zwar einen ziemlich brutalen."

Jetzt hatte sie schon wieder eine Abfuhr bekommen. „Natürlich. Ich habe auch gehört, wie wichtig Sie sind. Vielen Dank, dass Sie mir ein wenig von Ihrer kostbaren Zeit geopfert haben."

So viel zur Unterstützung durch den großen und angesehenen Jake Dilessio, dachte sie abfällig.

Ein paar Minuten später machte sie sich auf den Weg ins Krankenhaus.

Stuart lag im Kreiskrankenhaus, wo es in der Notaufnahme

ziemlich hektisch zugehen konnte und man manchmal stundenlang warten musste, ehe man behandelt wurde. Dafür war die medizinische Versorgung erstklassig.

Der Pförtner beschrieb ihr den Weg zum Warteraum der Notaufnahme.

Hier saßen bereits einige Leute. Ein Mann, etwa in ihrem Alter, las eine Zeitung; ein hispano-amerikanisches Paar hielt sich bei den Händen und flüsterte miteinander; eine hübsche Schwarze um die Dreißig mit einem Baby im Arm ging auf und ab. Eine andere junge Frau hielt den Blick starr auf den Fernsehapparat gerichtet, und ein Mann, ebenfalls in den Dreißigern, schrieb auf seinem Laptop. Stuarts Eltern, ein sympathisches Paar Mitte fünfzig, saßen nebeneinander und blickten ins Leere. Sie sahen aus wie Kinder, die sich verlaufen hatten. Lucy Fresia war immer eine der attraktivsten Mütter in ihrem Freundes- und Bekanntenkreis gewesen, aber jetzt sah sie verhärmt aus und wirkte um Jahre gealtert. Nathan Fresia schien noch größer zu sein als die einsneunzig, die er tatsächlich maß. Das lag daran, dass er ziemlich schlank war. Seine Miene war ebenso bekümmert wie die seiner Frau. Ashley hatte den Eindruck, als habe sie die beiden mehr als dreißig Jahre nicht gesehen; dabei waren erst zwei oder drei seit ihrem letzten Zusammentreffen vergangen.

„Mr. und Mrs. Fresia?“ fragte sie leise. Lucys Kopf fuhr hoch, als ob sie befürchtete, von einem Arzt angesprochen zu werden, der schlechte Nachrichten für sie hatte. Ausdruckslos sah sie Ashley ein paar Sekunden lang an. Dann erkannte sie die Besucherin und sprang auf.

„Ashley Montague“, sagte sie mit einem flüchtigen Lächeln. Unvermittelt brach sie in Tränen aus und breitete die Arme aus. „Ach, Ashley!“

Ashley trat zu ihr und umarmte die zierliche Frau, die von

Schluchzern geschüttelt wurde. Dann löste sie sich von ihr und wischte sich über die Augen. „Nathan, schau nur, wer hier ist. Ashley."

„Schön, dich zu sehen, mein Mädchen." Nathan umarmte sie ebenfalls. Obwohl er nicht weinte wie seine Frau, waren seine Wagen feucht.

„Stuart ist ... da drin, nicht wahr?"

„Ja", erwiderte Lucy und warf ihrem Mann einen raschen Blick zu. „Die Ärzte können es kaum glauben. Sie sagen, dass er einen ungeheuren Lebenswillen haben muss. Im Moment sind die Krankenschwestern bei ihm; deshalb warten wir hier draußen. Wir lassen ihn nämlich nicht eine Minute allein. Sie haben uns gesagt, dass wir mit ihm reden sollen, und das tun wir selbstverständlich. Ich habe ihm sogar seine alte Ausgabe von Grüne Eier und Schinken mitgebracht und lese ihm daraus vor. Als er klein war, hat er das Buch geliebt. Er hat immer gesagt, dass er es eines Tages auch seinen eigenen Kindern vorlesen würde." Wieder füllten sich ihre Augen mit Tränen.

„Das wird er sicherlich auch können", sagte Ashley mitfühlend.

„Ashley, du weißt, dass Stuart im Koma liegt, nicht wahr?" fragte Nathan besorgt. „Nur seine Mutter und ich dürfen zu ihm."

„Wir könnten doch sagen, dass Ashley zur Familie gehört", meinte Lucy.

„Machen Sie sich nur keine Umstände. Wenn es ihm etwas besser geht, werde ich ihn bestimmt besuchen können", sagte Ashley.

„Du bist extra wegen ihm hergekommen", wandte Lucy ein.

„So weit ist es gar nicht, und eigentlich wollte ich auch Sie beide treffen. Mein Onkel hat heute für mich im Krankenhaus angerufen, und daher wusste ich schon, dass ich nicht zu ihm darf."

Lucy wischte sich über die Wangen und lächelte sie an. „Du bist wegen uns gekommen? Das ist wirklich lieb von dir."

Ashley erwiderte ihr Lächeln. „Haben Sie vergessen, wie oft Sie mich zum Dinner eingeladen haben und wie oft sie mir etwas zu essen gemacht haben, wenn ich bei Ihnen war?“

„Trotzdem finde ich es ganz reizend. Es ist schon schrecklich genug, wie er da liegt mit seinen Verletzungen, ohne sich zu bewegen“, klagte Lucy. „Aber noch schlimmer ist es, was sie über ihn sagen. Es ist geradezu entsetzlich. Das kann unmöglich wahr sein. Wenn du wüsstest, wie die Leute uns ansehen. Als ob wir als Eltern versagt hätten und vollkommen ahnungslos wären. Sie scheinen uns für dumm zu halten. Dabei stimmt das überhaupt nicht. Es ...“

„Lucy, bitte“, ermahnte Nathan sie leise.

Lucy errötete, als sie merkte, wie laut sie geworden war. Dann wandte sie sich wieder zu Ashley. Ihre Stimme war nur noch ein Flüstern. „Sie sagen, er habe Drogen genommen. Sie haben Heroin in seinem Blut gefunden. Und jetzt liegt er da ... wie tot. Wenn er ... wenn er wieder zu sich kommt, können sie ihn sogar wegen des Unfalls verklagen. Ashley, wir sind keine ahnungslosen Eltern. Wir wissen Bescheid über Drogen. Mein Gott, schließlich sind wir groß geworden in einer Zeit, in der man ebenso leicht an Rauschgift wie an Cola kommen konnte. Stuart war bestimmt kein Engel und kein unschuldiges Kind, aber er ist unser Kind, und wir kennen ihn. Doch egal, was ich den Polizisten erzähle oder auch hier den Leuten im Krankenhaus – sie sehen mich nur verständnislos an. Ihre Blicke werden mitleidig, sie drucksen herum, und ich weiß, was sie denken. ‚Die arme Frau. Sie glaubt, ihr Kind zu kennen, aber sie hat keine Ahnung.‘ Natürlich habe ich nicht alles von Stuart gewusst, und er hat mir auch nicht alles erzählt, aber wir haben immer miteinander gesprochen. Und er hat keine Drogen genommen.“

„Ich glaube Ihnen“, sagte Ashley.

Lucy ergriff ihre Hände und drückte sie so fest, dass Ashley vor Schmerz zusammenzuckte.

„Wirklich?“

„Ganz bestimmt. Stuart war einer meiner besten Freunde. Jahrelang.“

Unvermittelt sagte Nathan: „Ich habe gehört, Ashley, dass du jetzt bei der Polizei bist?“

„Ich gehe auf die Polizeiakademie“, korrigierte sie ihn. „Ich bin noch nicht vereidigt.“

„Aber trotzdem ...“

Beide sahen sie hoffnungsvoll an.

„Bitte ... erwarten Sie nicht zu viel von mir“, sagte sie. „Ich habe heute meinen Lehrer gefragt, ob ich mit dem Detective, der in dem Fall ermittelt, sprechen kann. Ich meine, ich weiß nicht, ob es etwas nützt, aber zumindest könnte ich ihm sagen, dass ich Stuart sehr gut gekannt habe und dass er niemals freiwillig Drogen genommen hätte.“

Eine Krankenschwester erschien in der Tür. „Mrs. Fresia, wenn Sie möchten, können Sie jetzt wieder zu Ihrem Sohn.“

„Vielen Dank.“ Lucy warf Ashley ein reumütiges Lächeln zu. „Entschuldige mich bitte. Ich denke, es ist wirklich wichtig, dass immer einer von uns bei ihm ist. Es wäre schön, wenn du noch mal kommen könntest. Ich kann dir gar nicht sagen, wie viel es uns bedeutet.“

„Natürlich komme ich noch mal.“

„Wir werden sagen, du bist seine Cousine“, schlug Nathan vor. „Vielleicht erkennt er deine Stimme. Seine Mutter und ich ... wir werden nicht aufgeben.“

„Die Polizisten sind auch immer gekommen, um mit uns zu reden und sich nach Stuart zu erkundigen“, fügte Lucy hinzu. „Es ist nicht so, dass einer von den Officers rücksichtslos gewesen wäre. Sie können sich einfach nur nicht vorstellen, dass Stuart keine Drogen genommen hat. Entschuldige bitte, aber ich muss jetzt wirklich wieder zu meinem Sohn zurück.“

„Natürlich." Ashley umarmte sie und küsste sie auf die Wange. Lucy folgte der Krankenschwester. Zögernd nahm Ashley neben Nathan Platz. „Nathan, was war los mit Stuart? Es tut mir so Leid, dass ich so lange nichts von mir habe hören lassen."

Ein paar Sekunden lang schaute er auf seine gefalteten Hände. Dann sah er sich im Wartezimmer um.

„Hast du schon gegessen?" fragte er.

„Ja, danke, ich habe im Restaurant gegessen, bevor ich hergefahren bin."

„Dann lass uns einen Kaffee trinken."

Ashley merkte, dass er nicht im Wartezimmer reden wollte. Sie gingen hinunter in die Krankenhaus-Cafeteria.

„Sei froh, dass du nicht hungrig bist", sagte er trübselig.

„Das Essen hier ist nicht besonders gut, nicht wahr?"

„Na ja, wenigstens die ärztliche Pflege ist gut. Die beste, die man in der Gegend kriegen kann." Er verzog das Gesicht zu einer komischen Grimasse. „Ist ja auch gar nicht so schlecht, wenn man ein bisschen abnimmt."

„Wenn ich morgen komme, bringe ich Ihnen etwas aus Nicks Küche mit", versprach sie.

„Das brauchst du nicht, Ashley. Lucy und ich kommen ganz gut zurecht."

„Ich würde es aber gerne tun."

„Wie möchtest du deinen Kaffee?"

„Normalerweise schwarz. Wenn er aber so bitter ist wie der, den wir mittags in unserer Imbissbude kriegen, dann hätte ich gern ein wenig Milch dazu."

Nathan besorgte zwei Becher mit Kaffee, und als sie am Tisch saßen, fuhr er sich mit den Fingern durchs Haar. „Ich habe nicht die geringste Ahnung, was Stuart in letzter Zeit so gemacht hat", sagte er.

Sie runzelte die Stirn. „Stuart war immer sehr darauf bedacht, Ihnen und seiner Mutter Freude zu machen. Er hat es nicht als Zwang empfunden, verstehen Sie mich nicht falsch. Er hat es getan, weil er Sie beide so sehr liebt."

„Na ja ... er hat geschrieben. Das hatte er immer schon tun wollen. Freiberuflich. Es ist ihm nicht gelungen, bei einer großen Zeitung einen Job zu bekommen, aber das hat ihn nicht gestört. Er hat immer gesagt, er würde gute Geschichten anbieten, und dann würden sie sich schon bei ihm melden. Damit hat er sein Geld verdient. Es war nicht viel, doch ihm reichte es. Die Storys hat er verschiedenen Zeitungen angeboten. Eines dieser Blätter hieß ‚Die Wahrheit'." Abwehrend hob er die Hand, ehe Ashley etwas sagen konnte. „Ja, ich weiß, es ist bloß Boulevardpresse. Eine von diesen Zeitungen, die Geschichten veröffentlichen wie ‚Ich bin von einem außerirdischen Krieger mit zwei Köpfen missbraucht worden'. Aber sie zahlen gut, lassen ihren Reportern alle Freiheiten – na ja, jedenfalls nach außen –, und manchmal drucken sie einen Artikel, der wirklich Aufsehen erregt. Bis vor einigen Monaten hat er noch bei uns gewohnt. Dann wollte er ausziehen. Er sagte uns, dass er viel schreiben würde und wir ihn nicht oft zu Gesicht bekämen. Und das stimmte. Seitdem haben wir ihn tatsächlich nicht mehr oft gesehen."

Mit einem Stirnrunzeln rutschte Ashley auf ihrem Stuhl zurück. „Haben Sie das der Polizei erzählt?"

„Natürlich."

„Und die glauben immer noch, dass er in schlechte Gesellschaft geraten ist?"

„Ich weiß nicht, was sie glauben. Sie haben gesagt, dass sie alles genau untersuchen würden. Also ..." Gedankenverloren fuhr er mit dem Zeigefinger über den Rand seines Bechers. Dann schaute er ihr in die Augen. „Wenn du irgendetwas herausfinden könntest, würden wir das sehr zu schätzen wissen."

„Ich bin ja noch gar nicht bei der Polizei", wiederholte sie.

„Du hast doch bestimmt Freunde, die etwas zu sagen haben?" fragte er hoffnungsvoll.

„Ja. Und ich verspreche Ihnen, dass ich alles tun werde, was ich kann."

„Gehen wir", sagte Nathan. Plötzlich klang er sehr aufgebracht.

„Was ist denn los?" fragte Ashley, während sie sich umschaute. Dann sah sie den Grund für Nathans Verärgerung. Es war der Mann, der im Wartezimmer Zeitung gelesen hatte. Dunkle Haare, helle Augen, etwa in ihrem Alter. Eigentlich machte er einen ganz anständigen Eindruck. Aber das bedeutete gar nichts. Die Menschen, die am harmlosesten wirkten, waren oft die gefährlichsten.

„Dieser Typ da ist auch einer von diesen Sensationsreportern. Er behauptet, Stuart zu kennen. Doch er ist uns überhaupt keine Hilfe. Als die Polizei das erste Mal mit ihm gesprochen hat, hat er ihnen eine wilde Geschichte erzählt. Sie haben ihm Fragen gestellt, aber seine Antworten haben nur bewirkt, dass sie Stuarts Mutter immer weniger ernst genommen haben. Überhaupt diese Journalisten – sie waren furchtbar aufdringlich und wollten nachweisen, dass wir als Eltern versagt hätten und dass er wegen seiner verkorksten Erziehung rauschgiftsüchtig geworden ist. Gott sei Dank sind sie inzwischen verschwunden. Das verdanke ich Sergeant Carnegie. Er ermittelt auch in diesem Fall, und er hat uns die Reporter vom Leib gehalten. Der Kerl da drüben versucht ebenfalls, Auskünfte von uns zu bekommen. Aber ich will nicht, dass Stuarts Unfall von der Sensationspresse ausgeschlachtet wird."

Ashley folgte Nathan in die Eingangshalle, wo sie sich von ihm verabschiedete und versprach, am nächsten Abend wiederzukommen.

„Das ist lieb von dir, Ashley. Willst du nicht doch noch kurz mit in sein Zimmer kommen? Bestimmt hat keiner etwas dagegen."

Gemeinsam gingen sie nach oben. Als sie vor Stuarts Zimmer standen, sahen sie durch das Fenster Lucy neben ihm sitzen. Sie hielt seine Hand.

Beim Anblick ihres Freundes traten Ashley Tränen in die Augen. Er war an mehrere Monitore angeschlossen. Schläuche steckten in seiner Nase und in seinem Mund, und er hing am Tropf. Sein Kopf war verbunden, und sein geschwollenes Gesicht rotblau verfärbt.

Aber die Hand, die seine Mutter hielt, sah vollkommen normal aus. Stuart hatte sehr schöne Hände, stark und maskulin, mit schlanken Fingern und gepflegten Nägeln.

Lucy schaute auf und kam zur Tür. „Ich hole dir einen Kittel, Ashley, dann kannst du ein paar Minuten zu ihm." Ihre Stimme war ein kaum vernehmbares Flüstern. „Ich habe gesagt, du bist meine Nichte ... unsere nächste Verwandte. Geh hinein und sprich zu ihm."

Es schien Lucy sehr wichtig zu sein. Deshalb nickte Ashley zustimmend, obwohl sie bezweifelte, dass Stuart etwas von ihrer Anwesenheit mitbekommen würde.

Sie setzte sich neben ihn und ergriff seine Hand. Sie fühlte sich eiskalt an – wie die eines Toten. Hastig verscheuchte sie diesen Gedanken. Obwohl es ihr merkwürdig vorkam, mit ihm zu reden, tat sie es, weil Lucy sie darum gebeten hatte. „Was machst du bloß für Sachen, du demnächst weltberühmter Pulitzer-Preisträger? Du hast doch alles, was man sich wünschen kann – inklusive die besten Eltern der Welt. Natürlich ist Nick auch ein prima Kerl, aber ... wir haben uns ja schon mal darüber unterhalten. Ich stelle mir vor, dass meine Eltern genau wie deine gewesen wären. Ich verspreche dir, Stuart, ich werde herausbekommen, was mit dir passiert ist. Aber du musst mir helfen. Ich weiß, dass du kein Junkie bist, und ich werde es beweisen, das schwöre ich dir."

Sie glaubte, einen leichten Händedruck zu spüren. Ganz schwach. Sie starrte auf die Monitore. Die zuckenden Linien sagten ihr gar nichts, doch sie war sicher, dass sie sich nicht verändert hatten.

Auch bei ihm war keine Veränderung festzustellen. Immer noch waren es die Maschinen, die dafür sorgten, dass sich sein Brustkorb hob und senkte.

Und dennoch ...

Hatte sie nicht etwas ... gespürt? Vielleicht hatten sie ja Recht, und er konnte sie wirklich hören.

Sie beschloss, Lucy und Nathan nichts davon zu sagen. Schließlich wollte sie keine falschen Hoffnungen wecken.

Sie erhob sich, küsste ihn leicht auf die Stirn und flüsterte ihm zu, dass sie eine lausige Freundin gewesen sei, ihn aber immer sehr gern gehabt hätte.

Sie schaute zur Tür. Weder Lucy noch Nathan waren zu sehen. Dafür kam die Krankenschwester ins Zimmer und sagte ihr, dass die Fresias hinuntergegangen seien, um mit einem der Polizisten zu reden.

Als Ashley sie in der Eingangshalle entdeckte, blieb sie wie angewurzelt stehen.

Der Polizist, mit dem sie sich unterhielten, war niemand anders als Jake Dilessio.

Dilessios bedächtiges Nicken schien Zustimmung auszudrücken. Lucy drehte sich zu ihr um. Hoffnung lag in ihrem Blick.

„Oh, Ashley“, sagte sie, „ich bin dir ja so dankbar, dass du deine Beziehungen für uns hast spielen lassen.“

Sie wurde knallrot. Sie hatte überhaupt keine Beziehungen, und sie war noch überraschter als die beiden, dass sich ausgerechnet dieser Detective für den Fall zu interessieren schien.

„Ich kann Ihnen nichts versprechen“, sagte Dilessio. „Ich werde mit dem zuständigen Kollegen reden und versuchen herauszufinden, was Ihr Sohn da draußen gemacht hat. Sobald ich etwas erfahre, setze ich mich mit Ihnen in Verbindung. Sie müssen sich darauf gefasst machen, dass Ihnen die Antwort vielleicht nicht gefällt.“

Lucy lächelte. Auf einmal wirkte sie sehr stark. „Detective Dilessio, im Moment scheinen mich alle zu bemitleiden, weil ich offenbar nicht verstehen kann oder will, dass mein Sohn innerhalb weniger Monate drogenabhängig geworden und in schlechte Gesellschaft geraten ist. Ich streite ja gar nicht ab, dass so etwas passieren kann, aber mein Mann und ich hatten immer ein ausgezeichnetes Verhältnis zu unserem Sohn. Ich glaube an ihn, bis mir jemand das Gegenteil beweist. Und genauso glaube ich daran, dass er aus dem Koma erwachen wird. Dann werden wir ja die Wahrheit erfahren.“

„Ich hoffe mit Ihnen“, sagte Dilessio. „Und ich hoffe, dass Sie Recht haben. Ich bewundere Ihre Zuversicht.“ Ashley erschrak, als er sich an sie wandte. „Wollten Sie nach Hause fahren, Miss Montague?“

„Ähm ... ja.“ Sie lächelte Lucy und Nathan entschuldigend zu. „Morgen beginnt der Unterricht früh, und ich muss jetzt wirklich gehen“, erklärte sie.

„Prima. Dann kann ich ja mit Ihnen fahren“, meinte Dilessio. Sie schaute ihn überrascht an, als er fortfuhr: „Marty hat mich hier abgesetzt. Mein Kollege.“

„Ach so. Natürlich kann ich Sie mitnehmen.“

Nathan küsste sie auf die Wange. „Nochmals vielen Dank, meine Liebe, dass du gekommen bist.“

„Wir sehen uns bald wieder.“

„Aber du bist doch so beschäftigt, und hier kannst du wirklich nichts tun“, wandte Lucy ein.

„Ich kann euch Gesellschaft leisten“, antwortete Ashley. Sie umarmte Lucy schnell. „Sind Sie soweit, Detective Dilessio?“

„Gute Nacht“, verabschiedete er sich von den Fresias.

Ashley musste schnell gehen, um mit Dilessio Schritt zu halten. Sie drehte sich noch einmal um und bemerkte, dass Nathan und Lucy hinter ihnen her schauten. Er hatte schützend den Arm um ihre Schultern gelegt. Trotz des großen Kummers, den die beiden zur Zeit hatten, spürte Ashley plötzlich ein wenig Neid. Sie waren schon so viele Jahre verheiratet, und ihre Liebe und Zuneigung würde ihnen auch durch diese schreckliche Zeit helfen.

Im Weitergehen winkte sie ihnen noch einmal zu und wäre dabei fast mit Dilessio zusammengeprallt. Sie riss sich zusammen und achtete auf einen gebührenden Abstand.

„Ein nettes Paar“, meinte er.

„Sehr nett. Ich habe gerade gedacht ...“ Sie unterbrach sich und wurde wieder rot, was sie ziemlich ärgerte.

„Was haben Sie gedacht?“

Sie straffte die Schultern. Es wäre peinlicher, wenn sie die Antwort schuldig bliebe. „Ich weiß nicht. Die Ehe bedeutet den meisten Menschen heutzutage ja nicht mehr viel. Aber bei all ihren Sorgen haben die beiden wenigstens einander und können sich gegenseitig trösten.“

Er ging weiter, ohne auf ihre Bemerkung zu reagieren. Ein paar Sekunden lang glaubte sie, zu viel von sich preisgegeben zu haben – gegenüber einem Mann, den sie kaum kannte.

„Meine Eltern hatten auch ein sehr gutes Verhältnis."

„Hatten?"

„Meine Mutter ist vor ein paar Jahren gestorben. Seitdem weiß Dad nichts mehr mit sich anzufangen. Ich kenne eine ganze Reihe funktionierender Ehen. Natürlich gibts auch jede Menge kaputter Beziehungen." Er zuckte mit den Schultern. „Die Fresias scheinen sich jedenfalls sehr gut zu verstehen, und auf ihren Sohn lassen sie nichts kommen."

„Das stimmt. Und wenn Sie Stuart näher kennen würden ..."

„Ich habe die beiden gewarnt. Er kann nämlich durchaus in schlechte Gesellschaft geraten sein."

„Ich versichere Ihnen, dass es nicht so ist."

„Ach ja?" Er blieb stehen und sah sie an. „Was ist denn Ihre Meinung?"

Sie streckte das Kinn vor. Er sollte bloß nicht denken, dass er sie herablassend behandeln konnte.

„Fangen wir doch mit dem an, was wir wissen, Detective. Er ist plötzlich aufgetaucht und über einen Highway mit mindestens vier Fahrspuren in jeder Richtung gelaufen. Und von irgendwoher muss er ja gekommen sein."

„Richtig. Aus einem Haus, einer Wohnung in der Nähe der Autobahn. Oder aus einem Wagen."

„Genau. Aber wenn er in der Gegend gewohnt hätte, dann hätte ihn vermutlich jemand in seiner Unterwäsche herumlaufen sehen. Ich bin sicher, dass der zuständige Officer sich danach erkundigt hat. Irgendjemand hätte ihm bestimmt etwas erzählen können. Wir sind zwar in Miami, aber trotzdem laufen hier nicht täglich Männer in Unterhosen über den Highway. Ich vermute, dass er in einem Wagen war. Jemand hat ihn aussteigen lassen oder sogar hinausgeworfen."

„Genau das glaube ich auch, Miss Montague. Vielleicht hat es einen Streit gegeben, und voll gedröhnt wie er war, ist er einfach ausgestiegen und weitergelaufen. Vielleicht war er mit seinem Dealer zusammen, und der hätte den Teufel getan, seinem Kunden zu folgen und zu sehen, was passiert."

„Möglicherweise hat ihn auch jemand auf die Autobahn gestoßen in der Annahme, dass er ums Leben kommt."

„Ein Mörder, der annimmt, dass sein Opfer getötet wird?"

Sie blieb unnachgiebig. „Ich bin sicher, dass das schon passiert ist."

Er drehte sich um und ging weiter. Sie folgte ihm. „Offenbar sind Sie doch der Meinung, dass etwas nicht stimmt. Sonst wären Sie ja wohl kaum hierher gekommen."

Wieder blieb er stehen. „Es ist schon eine merkwürdige Geschichte. Aber ich habe nicht gelogen, als ich Ihnen sagte, dass ich momentan eine Menge zu tun habe. Ich werde mit Carnegie reden – er leitet die Ermittlungen bei diesem Fall – und sehen, was ich herausfinden kann. Und Sie vergessen bitte nicht, dass Sie noch nicht einmal Streifenpolizistin sind. Sie gehen auf die Akademie. Glauben Sie ja nicht, dass Sie schon irgendwelche Befugnisse hätten. Sie könnten in gefährliche Situationen geraten, denen Sie überhaupt nicht gewachsen sind."

Triumphierend sagte sie: „Also glauben Sie auch ..."

Er reagierte unwirsch. „Ich glaube, falls er mit harten Drogen zu tun hatte, dann könnten Sie auch ziemliche Probleme bekommen. Vergessen Sie nicht, wo wir sind. Bei einigen der übelsten Verbrechen hier in der Gegend ist Rauschgift mit im Spiel. Wenn Sie also Ihrem Freund helfen wollen, besuchen Sie ihn so oft Sie können, passen Sie im Unterricht auf und überlassen Sie die Arbeit den erfahrenen Polizisten."

„Jawohl, Sir. Detective Dilessio." Hoch erhobenen Hauptes schritt Ashley vor ihm her zur Tür, die zur Tiefgarage des Krankenhauses führte. „Doch angesichts der Tatsache, dass die erfahrenen Polizisten bis über beide Ohren in Arbeit stecken und nicht so fest an Stuart glauben wie ich, habe ich doch keinen schlechten Riecher bewiesen, oder?"

„Carnegie ist ein guter Mann", sagte er ausdruckslos. „Sie sehen die Sache nur aus Ihrer Perspektive. Sie können es den Leuten nicht verdenken, wenn sie glauben, Ihr Freund sei süchtig. In seinem Blut befand sich immerhin eine Menge Heroin, als er eingeliefert wurde. Nehmen Sie's den anderen also nicht übel, wenn die sich ihre eigene Meinung bilden. Vielleicht stimmt es ja, was Sie sagen. Wenn das so ist, dann werden wir das beweisen. Wir sind keine Zauberer, aber wir können auch die härtesten Nüsse knacken – meistens jedenfalls. Also haben Sie ein wenig Vertrauen, ja?"

„Natürlich", antwortete sie steif.

Er hielt ihr die Tür zur Garage auf. Sie ging voraus zu ihrem Wagen, betätigte die Fernbedienung, stieg ein und war sich seiner Gegenwart nur zu bewusst, als er neben ihr Platz nahm. Ärgerlich über sich selbst, als sie sich dabei ertappte, besonders vorsichtig zu fahren, nur weil er neben ihr saß, musste sie scharf bremsen, um nicht an dem Schalter vorbeizufahren, wo sie bezahlen musste. Mist. Jetzt glaubte er vermutlich auch noch, dass sie nicht einmal richtig Auto fahren konnte.

Als sie auf die Straße eingebogen waren, hatte er immer noch kein Wort gesagt. Um das ungemütliche Schweigen zu unterbrechen, fragte sie ihn: „Wie gefällt Ihnen denn Ihr neuer Liegeplatz?"

„Gut. Er ist sehr günstig. Ich bin kein großer Koch, deshalb bin ich froh, dass es nicht weit ist bis zum nächsten Restaurant."

„Sie gehen wohl schon ziemlich lange zu Nick?"

„Sieben oder acht Jahre."

„Erstaunlich, dass ich Sie nicht kenne. Gut, ich habe Sie ein paar Mal gesehen. Aber dass Sie Stammgast sind ..."

Er zuckte mit den Schultern. „Stammgast wäre zu viel gesagt. Sonntags komme ich hin und wieder. Aber nicht wirklich oft."

„Ich kenne die meisten Polizisten, die zu uns kommen. Sie haben mir geholfen, als ich mich bei der Polizeiakademie beworben habe. Ich bin überrascht, dass Nick mir nicht geraten hat, mit Ihnen zu sprechen."

„Vermutlich war ich zu der Zeit nicht da, und wenn, dann hätte ich Ihnen wahrscheinlich nicht zugeraten."

„Wirklich?"

Er gab keine Antwort. Dabei hatte er gerade angefangen, menschlich zu wirken.

„Glauben Sie, dass Frauen nicht zur Polizei gehen sollten?"

„Das habe ich nicht gesagt."

„Was sagen Sie denn dann?" hakte sie nach.

Er drehte sich zu ihr und betrachtete sie im Schein der Straßenlampen, die ihr Gesicht in regelmäßigen Abständen in helles Licht tauchten. „Vielleicht sind Sie nicht der Typ dafür", meinte er. „Sie sind ziemlich hartnäckig ..."

„Ist das nicht ein Vorteil?" konterte sie.

„Hartnäckigkeit ist nur gut im Zusammenhang mit Geduld. Da draußen geht es um Teamarbeit. Sie machen mir nicht den Eindruck, als würden Sie gerne Ihren Kollegen etwas überlassen."

„Was soll das heißen?"

„Das soll heißen, dass Sie Ihre Nase besser nicht in diesen Fall stecken. Gehen Sie nicht allein in gefährliche Gegenden, um auf eigene Faust Nachforschungen anzustellen. Dafür sind Sie noch nicht ausgebildet. Vertrauen Sie einfach darauf, dass die zuständigen Leute ihren Job erledigen."

Sie wandte den Blick nicht von der Straße. „Sie sind wohl auch so einer, nicht wahr? Deshalb lesen Sie selbst beim Essen noch Untersuchungsakten."

„Ich mache diesen Job schon ziemlich lange. Seit zehn Jahren", erwiderte er. „Sie haben gerade die Ausfahrt verpasst."

„Möglicherweise nehme ich ja einen anderen Weg", meinte sie schnippisch. Natürlich hatte er Recht. Sie war tatsächlich an der Ausfahrt vorbeigefahren.

Vielleicht sollte sie es besser zugeben und wenden. Was sie schließlich auch tat. Zu seiner Ehre musste gesagt werden, dass er kein Wort darüber verlor.

Schließlich erreichten sie Nicks Restaurant. Ashley parkte den Wagen auf ihrem Stellplatz, und sie stiegen aus. „Vielen Dank, dass Sie sich die Zeit genommen haben, zum Krankenhaus zu kommen." Sie klang nicht mehr so steif wie zuvor.

Er nickte. „Ich werde Sergeant Carnegie sagen, dass Ihr Freund nicht zu den Jungs gehört, die sich selbst in solche Schwierigkeiten bringen. Vielleicht hat er ja schon selbst etwas herausbekommen."

„Danke. Ach, Detective ..."

„Ja?"

„Stuart ist kein Junge. Er ist fünfundzwanzig und war immer sehr verantwortungsvoll."

„Klar doch. Gute Nacht."

Er winkte ihr zu und schlenderte zu seinem Anlegeplatz hinüber. Ashley sah ihm nach.

Plötzlich war sie müde und erschöpft und noch besorgter um Stuart als zuvor. Sie betrat die Wohnung durch die Küche und hoffte, niemandem zu begegnen. Im Moment wollte sie mit keinem reden – nicht einmal mit Nick.

Die Wohnung war leer. Auf dem Weg zu ihrem Zimmer hörte sie Stimmen und Musik aus der Bar. Offenbar hatte Nick immer noch viel zu tun. Er würde gewiss Verständnis dafür aufbringen, dass sie sofort ins Bett gehen wollte. Genau wie Sharon, falls sie noch da war. Bestimmt war sie noch da. In letzter Zeit verbrachte sie die meisten Nächte bei Nick.

In ihrem Zimmer schaltete Ashley den Fernseher ein, bürstete ihr Haar, wusch sich das Gesicht und zog sich aus, während sie die Nachrichten verfolgte. Gerade wechselte der Moderator von den landesweiten zu den lokalen Meldungen. Am Abend hatte es auf dem Highway 595 in der Nähe von Broward eine Massenkarambolage gegeben. Ein Popstar war wegen Drogenbesitzes am Strand festgenommen worden. Zwei Filmproduzenten waren in einem Nachtclub in eine Schlägerei geraten.

Die Identität des Mordopfers, das am Freitag im Südwesten des Landes entdeckt worden war, stand immer noch nicht fest, obwohl die Polizei intensiv an dem Fall arbeitete. Der Gerichtsmediziner und das Morddezernat des Polizeipräsidiums von Miami hatten mitgeteilt, dass die Frau auf eine Art und Weise getötet worden war, die an eine Mordserie von vor fünf Jahren erinnerte.

Ashley stellte die Zahnbürste in den Becher und verließ das Badezimmer. Sie setzte sich ans Fußende des Bettes und schaute den Rest der Nachrichten. Der Moderator riet Frauen zu äußerster Vorsicht, ungeachtet der Tatsache, dass die früheren Morde mit einer Sekte in Verbindung standen, die längst nicht mehr existierte. Anschließend sprach er von Spekulationen innerhalb der Bevölkerung, denen zufolge Polizei und Justiz den wahren Täter seinerzeit deshalb nicht gefasst hätten, weil sie einem Wanderarbeiter glaubten, der die Morde gestanden und sich anschließend das Leben genommen hatte.

Jetzt wurde ein Foto von Peter Bordon eingeblendet, und der Sprecher erläuterte, dass die Opfer der früheren Morde ausnahmslos mit seiner Sekte in Verbindung gestanden hatten. Bordon, der noch immer im Staatsgefängnis saß, habe abgestritten, etwas mit den Verbrechen zu tun zu haben. Stattdessen sei er wegen Betrug und Steuerhinterziehung verurteilt worden.

Dann übergab der Sprecher an eine fröhliche junge Frau, die die Wettervorhersage verkündete und wunderschöne Tage sowie milde Nächte prophezeite.

Ashley schaltete den Fernseher aus und trat ins Freie. Sie betrachtete die Boote an ihren Liegeplätzen, und während sie ihren Blick an den sanft schaukelnden Schiffen vorbeigleiten ließ, entdeckte sie die *Gwendolyn*.

Das Boot von Detective Dilessio.

Vielleicht war er deshalb so gereizt, weil er die Ermittlungen in dem neuen Mordfall leitete. Denn ein paar menschliche Züge hatte sie ja doch an ihm entdeckt. Er hatte wohl einfach zu viel zu tun.

Die kecke Wetterfee hatte tatsächlich Recht gehabt. Die Nacht war herrlich, und eine Brise vom Wasser sorgte genau für die richtige Temperatur – nicht zu frisch und nicht zu schwül. Ashley blieb noch ein paar Minuten stehen. Plötzlich bemerkte sie eine Figur am Bug des Schiffes und trat rasch in den Schatten des Hauses.

Dilessio.

Sie hoffte, dass er sie nicht gesehen hatte. Was mochte er da unten wohl tun? Vielleicht hatte er auch den Wetterbericht gesehen und wollte nachschauen, ob die muntere Frau die Wahrheit gesagt hatte. Er trug nur noch eine kurze Jeanshose. Sein Brustkorb glänzte im Mondlicht.

Wenn jetzt Karen und Jan bei ihr wären, hätten sie schon längst eine Bestandsaufnahme von ihm gemacht und fachmännische Urteile über seine Beine, den Hintern, sein Gesicht und vielleicht sogar über seine Füße abgegeben. Natürlich konnte sie ihn aus dieser Entfernung und bei diesem Licht nur verschwommen sehen, aber immerhin ...

Ja, der Mann sah wirklich gut aus. Markante Gesichtszüge, eine tiefe Stimme, schöne Augen und ... ein knackiger Po. Was in aller Welt dachte sie sich nur dabei?

„Hey Ash, zu viel Arbeit und zu wenig Spaß“, murmelte sie vor sich hin. Sie zwang sich, in ihr Zimmer zurückzugehen und die Tür zu schließen.

Aus irgendeinem Grund konnte sie sich auf nichts anderes konzentrieren. Und sie musste andauernd an ihre Unterhaltung mit Karen denken.

Hast du nicht manchmal auch einfach Lust auf Sex?

Nun ja, er war ihr nicht gerade erst vor ein paar Minuten über den Weg gelaufen, aber so richtig kannte sie ihn natürlich nicht.

Trotzdem fand sie ihn attraktiv. Viel zu attraktiv dafür, dass er ein ziemlich arroganter Hund sein konnte. Bestimmt sogar. Ganz zu schweigen davon, dass er Detective war und sie die Polizeiakademie besuchte. Das hier waren wirklich die dümmsten Gedanken, die ihr jemals durch den Kopf gegangen waren.

Dabei hatte es gar nicht viel mit dem Kopf zu tun. Sie hatte neben ihm im Wagen gesessen, und ihre Hände waren feucht geworden. Nicht, weil er Detective war. Sondern weil er ihr so nahe gewesen war.

Und jetzt hatte sie ihn auf seinem Boot beobachtet.

Zugegeben, er war attraktiv. War ihr Leben in letzter Zeit nicht etwas eintönig verlaufen? Kellnern, Unterricht, Kellnern, Unterricht ... Er war wirklich gut gebaut. Und erst diese Stimme ...

Sie seufzte. Es war schon spät. Der Wecker würde noch vor sechs Uhr schrillen, und jede Unterrichtsstunde war wichtig. Sie würde schon allen zeigen, was sie zu leisten imstande war – und sich selbst musste sie es auch beweisen.

Wenig später lag Ashley auf ihrem Bett und war sich der Tatsache bewusst, dass es da einen Mann gab, der sie wütend machte und den sie trotzdem begehrenswert fand. Und er war nur ein paar Meter weit weg.

Twilight Zone, eine Talkshow, ein Spätfilm. Sie musste irgendetwas anschauen, um sich abzulenken und einschlafen zu können.

Sie zappte durch die Programme. Kochen ... nein. Krokodile im Sumpf ... nicht heute Nacht. Sie schaltete weiter von Sender zu Sender.

Plötzlich hielt sie inne und starrte mit weit aufgerissenen Augen auf den Bildschirm.

Seit wann gab es denn so eindeutige Sexfilme im Fernsehen? Obwohl sie allein war, errötete sie.

So etwas würde sie erst recht nicht ablenken. Schnell schaltete sie weiter.

Irgendwo stieß sie auf eine Wiederholung von ‚I Love Lucy'. Das war unverfänglicher. Ashley klopfte ihr Kissen auf, fest entschlossen, sich zu entspannen und einzuschlafen.

Und das gelang ihr schließlich auch.

Es gehörte nicht zu Jakes Angewohnheiten, jedes Mal die Kajütentür der *Gwendolyn* abzuschließen, wenn er fortging. Aber er hätte schwören können, es an diesem Abend getan zu haben. Doch als er den Schlüssel ins Schloss steckte, war die Tür aufgesprungen, noch ehe er ihn umdrehen konnte.

Eine Minute lang blieb er bewegungslos stehen und lauschte in die Dunkelheit. Alles, was er hörte, war das Plätschern des Wassers gegen den Schiffsrumpf und das ferne Stimmengewirr aus der Bar. Geräuschlos zog er seine Waffe und presste sich gegen die Kabinenwand. Dann riss er die Tür auf.

Nichts geschah.

Vorsichtig betrat er die Kajüte. Das Wohnzimmer, der Essbereich, die kleine Küche ... niemand war zu sehen. Er ging nach achtern und nach unten, schaute in die kleine Toilette, durchsuchte die Schränke und sämtliche Stauräume. Zur Sicherheit machte er einen zweiten Rundgang durch das Boot. Ergebnislos.

Dennoch hatte er das untrügliche Gefühl, dass jemand an Bord gewesen war.

Nachdenklich blieb er vor dem kleinen Schreibtisch stehen, der mustergültig aufgeräumt war. Nur sein Laptop und ein kleiner Drucker hatten darauf Platz. In den Schubladen bewahrte er Unterlagen von den Fällen auf, die er gerade bearbeitete. Er öffnete die Schubfächer und stellte fest, dass alles an Ort und Stelle war. Der Computer war ausgeschaltet – so wie er ihn verlassen hatte.

Alles schien in Ordnung zu sein ...

Aber eben nicht wie sonst.

Er vergewisserte sich, dass die Kabinentür abgeschlossen war. Dann schob er noch den Riegel vor. Er zog sich aus bis auf die Jeans mit den abgeschnittenen Beinen und setzte sich vor den Computer, wo er noch einmal die alten Dateien aufrief, die er wieder und wieder studiert hatte. Er zögerte. Plötzlich hatte er den Eindruck, dass sich jemand auch an seinem Computer zu schaffen gemacht hatte. Doch auch hier war alles unverändert.

Er ging hinaus auf Deck und ließ seinen Blick über die Pier und die Reihe der Boote wandern. Nichts Ungewöhnliches war zu sehen. In Nicks Bar brannten noch die Lichter.

Obwohl er barfuß war und nur kurze Hosen trug, sprang er an Land und ging die wenigen Meter hinüber zur Bar. Die Tür stand offen, obwohl das Schild bereits „Geschlossen“ verkündete. Nick stand hinter dem Tresen und polierte die alte Holztheke. An den Tischen saßen nur noch ein paar Gäste, die ihren Kaffee tranken. Wenn seine Besucher genug gehabt hatten, schenkte er ihnen keinen Alkohol mehr aus. Das hatte er sich zur Regel gemacht. Er lehnte es ab, die Verantwortung für betrunkene Autofahrer zu übernehmen. Die letzten Takte eines alten John-Denver-Songs klangen aus der Musikbox, während Jake auf Nick zusteuerte.

„Hi, Jake. Was kann ich für Sie tun?“ fragte Nick, überrascht, ihn zu sehen. Er legte die Stirn in Falten und meinte scherzhaft: „Kein Hemd und keine Schuhe. Sie ignorieren die Gesetze von Florida.“

„Ich weiß, tut mir Leid“, entgegnete Jake. „Nick, ich wollte Sie etwas fragen. Der Zweitschlüssel, den ich Ihnen gegeben habe – haben Sie ihn aus irgendeinem Grund heute Abend benutzt?“

Nick schüttelte den Kopf. „Nein. Hier war ziemlich viel los. Ich bin keine Minute vor die Tür gekommen.“

„Ich frage Sie nur ungern – aber Sie bewahren ihn doch bestimmt an einem sicheren Platz auf?“

„Selbstverständlich!“

„Hier in der Bar könnte niemand in seinen Besitz gelangen?“

Nick warf einen Blick durchs Lokal. „He, Leute!“ rief er den späten Gästen zu. „Danke für euren Besuch, aber jetzt wirds Zeit zu gehen.“

Jake wartete, während Nick die Gäste hinauskomplimentierte. Nachdem er die Tür verschlossen hatte, forderte er Jake auf: „Kommen Sie mit. Ich werde Ihnen zeigen, dass der Schlüssel genau da ist, wo ich ihn hingelegt habe.“

Nick führte ihn durch das Büro ins Wohnzimmer. Von draußen fiel ein schwacher Lichtschein in den Raum und zeichnete weiche Schatten an die Wand.

„Etwas auf dem Boot nicht in Ordnung?“ fragte Nick.

„Doch, doch, eigentlich schon.“

„Warten Sie, ich hole ihn“, sagte Nick. Er war nicht der Typ, der neugierig nachhakte, selbst wenn die Fragen angebracht waren.

„Ich hatte nur das Gefühl, dass jemand auf der *Gwendolyn* war“, erklärte Jake. „Ich könnte schwören, dass ich abgeschlossen habe, als ich gegangen bin, aber als ich zurückkam, war die Tür offen. Es ist nichts verschwunden – vielleicht meine ich auch nur, dass jemand da war. Vielleicht bilde ich mir ja auch nur ein, abgeschlossen zu haben.“ Sein Tonfall verriet, dass er selbst nicht daran glaubte. „Ich habe noch Licht in der Bar gesehen und mir gedacht, dass ich Sie nach dem Schlüssel fragen könnte.“

„Kein Problem. Wenn Ihnen lieber ist, dass ich ihn nicht behalte ...“

„Keineswegs. Ich bin sogar froh, dass Sie ihn haben – wenn Handwerker kommen oder ein Paket. Ich möchte nur sicher gehen, dass er noch da ist.“

„Ganz bestimmt. In den Privaträumen haben meine Gäste nichts zu suchen. Aber Sie haben Recht, es kann nichts schaden, mal nachzuschauen. Bedienen Sie sich, falls Sie einen Drink oder einen Kaffee möchten. Sie wissen ja, wo die Küche ist.“

„Danke.“

Nick verschwand in einem Flur auf der rechten Seite.

Ashley träumte. Es war kein angenehmer Traum. Stuart kam darin vor; er sprach zu ihr und lief in seinem weißen Slip herum, als wäre es ganz normal. Fast so, als wäre es eine Art Berufskleidung.

Stuarts Bild verschwamm ...

Jetzt bewegte sich Dilessio durch ihren Traum. Er trug noch nicht einmal eine Unterhose. Sie versuchte, sich auf seine Augen zu konzentrieren, anstatt den Blick nach unten wandern zu lassen, und tat so, als sei nichts Besonderes dabei, dass er nackt war. Sie war auf seinem Hausboot und erzählte ihm, was heutzutage so alles im Kabelfernsehen gesendet wurde.

Plötzlich wurde sie wach. Sie war schweißgebadet, und gleichzeitig zitterte sie vor Kälte. Die Traumbilder verschwanden, und sie setzte sich im Bett auf. Was hatte sie wohl aufgeweckt?

Es war schon spät. Aus der Bar drang kein Geräusch. Über den Bildschirm flimmerte eine weitere Episode von ‚I Love Lucy'.

Sie stieg aus dem Bett, dehnte die Glieder und fragte sich, warum sie wach geworden war. Sie trat an eines der Fenster, die die Tür nach draußen flankierten, und schaute hinaus. Die Pier war menschenleer, und die Boote schaukelten sacht auf dem Wasser.

Noch immer hatte sie ein unbehagliches Gefühl, als sie barfuß zu der Tür ging, die zu den anderen Zimmern des Hauses führte. Sie öffnete sie und lauschte. Nichts war zu hören.

Die Bar war geschlossen. Nick lag vermutlich schon im Bett.

Plötzlich vernahm sie doch etwas. Ein leises Geräusch. Etwas bewegte sich im Haus ... irgendwo.

Sie ging ins Wohnzimmer. Nick ließ nachts immer eine Lampe brennen, und das Licht der schwachen Birne zeichnete unheimliche Schatten auf die Wände.

Der ausgestopfte Fisch schien sie anzustarren. Sein Blick wirkte bösartig – so als sei er zornig darüber, nicht mehr in seinem Element zu sein.

Noch nie zuvor war ihr der Fisch so bedrohlich vorgekommen.

Da war es wieder. Das Geräusch.

Es kam aus der Restaurantküche. Rasch lief sie durchs Haus und verbarg sich hinter dem Tresen. Wieder lauschte sie angestrengt. Vielleicht war es Nick. Oder Sharon. Aber warum sollten sie heimlich durch ihr eigenes Haus laufen?

Vorsichtig schlich sie ans Ende der Bar, von wo aus sie den ganzen Raum überblicken konnte.

Zu spät bemerkte sie, dass jemand, der genauso leise war wie sie, hinter sie getreten war. Fast hätte sie laut aufgeschrien, als kräftige Arme ihre Taille umschlangen.

„Wer zum Teufel sind Sie, und was tun Sie hier?"

Sie versuchte, sich umzudrehen, verlor das Gleichgewicht und fiel hin. Die Gestalt stürzte sich auf sie und begrub sie unter sich. Das weite T-Shirt, in dem sie geschlafen hatte, rutschte hoch und entblößte ihren Bauch.

Ehe sie sich zur Wehr setzen konnte, wurde es plötzlich taghell in der Küche.

„Was geht hier eigentlich vor ...?"

Es war Nicks Stimme. Und sie blickte in die angespannte Miene ihres neuen Nachbarn und Hauptdarstellers ihres Traums von vorhin: Detective Jake Dilessio.

Zu ihrer Genugtuung wirkte er ebenso peinlich berührt, wie sie sich fühlte. Einen Moment lang blieben sie bewegungslos auf dem Boden liegen – fast wie in einer Umarmung.

Dann rappelte er sich hastig auf und bot ihr seine Hand an.

Er war zwar nicht nackt, aber viel hätte nicht daran gefehlt. Er trug nur kurze Hosen. Und der Körperkontakt, den sie ein paar Sekunden lang gehabt hatten, wirkte bei ihr immer noch nach. Nicht nur ihr Gesicht brannte. Sie hatte das Gefühl, dass ihr ganzer Körper in Flammen stand. Auch er war rot geworden. Das konnte sie trotz seiner tiefen Bräune erkennen.

„Ich dachte, jemand schleicht durchs Haus", erklärte er.

„Ich auch", murmelte sie, ohne den Blick von ihm zu wenden.

„Und keiner von euch hat daran gedacht, einfach mal zu rufen, was?" schaltete Nick sich ein.

„Na ja, wenn wirklich jemand durchs Haus schleicht ...", begann Ashley.

„Was Sie ja auch getan haben", sagte Jake grinsend.

„Ich wohne hier", erinnerte sie ihn. „Und was tun Sie hier?"

„Er hat mich besucht", antwortete Nick für ihn.

„Er war in der Küche. Wo warst du?" fragte Ashley.

„Er hat gesagt, ich soll mir etwas zu trinken machen", klärte Jake sie auf. „Ich wollte mir gerade ein Glas Eistee holen."

„Polizisten", seufzte Nick. „Aus allem machen sie einen Fall." Er schüttelte den Kopf, als hätte er es mit Wesen von einem anderen Stern zu tun. „Setzen wir den Wasserkessel auf. Heißer Tee ist jetzt vielleicht passender. Und koffeinfreier Kaffee für mich. Ich möchte heute Nacht schließlich noch ein bisschen schlafen."

Er ging zum Herd. Ashley und Jake standen immer noch einander gegenüber. Jetzt trat sie einen Schritt zurück. Plötzlich wünschte sie sich, in etwas ... Eleganterem zu schlafen. Auf dem T-Shirt prangte das Logo einer Rockband, bei deren Auftritt sie zuletzt gewesen war. Es reichte ihr gerade bis zu den Schenkeln.

„Ich hole nur schnell meinen Morgenrock", murmelte sie.

„Hören Sie, Nick, ich gehe besser zurück auf mein Schiff", sagte Jake. „Haben Sie nachgesehen, ob alles an seinem Platz ist?"

„Ja." Er griff in die Tasche seiner Jeans und holte einen Schlüssel hervor. „Er war genau dort, wo er sein sollte."

Stirnrunzelnd sah Ashley zu Jake. Offenbar fühlte er sich nicht veranlasst, ihr eine Erklärung abzugeben.

„Gibt es noch mehr davon?" fragte Nick.

„Nein", antwortete Jake. Dann zögerte er. „Doch ... eigentlich schon. Ich habe ewig nicht daran gedacht. Total vergessen. Ja, Sie haben Recht. Es gibt noch ein Exemplar."

Seine Miene war grimmig. Im Moment machte er den Eindruck, als sei mit ihm nicht gut Kirschen essen.

„Holst du bitte ein paar Becher, Ash?" bat Nick.

Sie ging um die Küchentheke herum und öffnete den Schrank. In diesem Augenblick kam Sharon gähnend in die Küche. Sie trug einen dunkelblauen Seidenmorgenrock und das passende Nachthemd dazu. Ihr Haar war zerzaust, und sie hatte kein Make-up aufgelegt. Trotzdem wirkte sie wie ein Model aus einem Hochglanzmagazin. Ashleys Haar war kaum weniger zerzaust, sah aber bei weitem nicht so elegant aus. In ihrem T-Shirt kam sie sich jetzt wirklich billig vor.

„Feiern wir eine Party?“ fragte Sharon.

„Mit Tee“, klärte Nick sie auf und küsste sie auf die Stirn. Sie lächelte ein wenig verwirrt. „Entschuldige, dass wir dich geweckt haben. Diese Polizisten machen wirklich aus allem ein Drama.“

„Polizisten? Gibts ein Problem?“ wollte sie wissen.

„Ein Verständigungsproblem“, erklärte Nick. „Und jetzt sind wir alle hellwach. Tut mir Leid.“

„Das ist nicht so schlimm, ich habe sowieso erst um elf einen Termin. Aber du musst doch um sieben in der Akademie sein“, wandte sie sich besorgt an Ashley.

„Sie schafft das schon. In ihrem Alter braucht man fast keinen Schlaf“, sagte Nick fröhlich. „Bist du dir im Klaren darüber, Sharon, dass einige der besten Detectives von Miami-Dade bei uns in der Küche stehen?“

Der Wasserkessel begann zu pfeifen.

„Ich hole Milch und Zucker“, sagte Sharon. „Es gibt auch heiße Schokolade. Oder möchten Sie lieber einen Kräutertee, Jake?“

„Vielen Dank, ich muss wieder zurück.“

„Aber jetzt sind wir doch gerade so gemütlich beisammen, und das Wasser kocht auch schon“, wandte Sharon ein.

„Also dann einen Tee, bitte. Einen ganz normalen Tee.“

„Okay. Ashley, holst du bitte Milch und Zucker? Sie braucht schließlich davon am meisten“, sagte sie mit einem Lächeln zu Jake.

„Polizisten“, murmelte Nick, während er nach seinem Becher griff. „Wir können von Glück sagen, dass sie sich nicht gegenseitig erschossen haben.“

„Da wir gerade vom Geschäftlichen sprechen“, fiel ihm Sharon ins Wort. „Es war wirklich nett von Ihnen, ins Krankenhaus zu fahren, Jake. War das Ihr Kollege, der Sie abgeholt hat – Marty?“

„Er kommt manchmal hierher und unterhält sich mit Sandy. Sandy ist gern auf dem Laufenden über das, was sich hier in der Stadt so tut."

„Sandy ist ein kluger Kopf."

„Glauben Sie, dass Sie etwas für Ashleys Freund tun können?" fragte Sharon besorgt.

„Ich kann mich erkundigen, wie es mit der Untersuchung vorangeht", erklärte Jake ihr. „Aber es ist nicht mein Fall. Nicht mal mein Revier."

„Trotzdem nett von Ihnen, dass Sie geholfen haben", meinte Sharon. Sie reckte die Glieder und gähnte. Dann warf sie Nick einen liebevollen Blick zu. „War ganz schön was los heute Abend, nicht wahr? Übrigens, Ashley, ein paar Freunde von dir waren hier und wollten dich besuchen."

Ashley fiel ein, dass sie Karen und Jan versprochen hatte, sie wegen Stuart anzurufen. Hatten sie extra deswegen bei Nick vorbeigeschaut?

„Sie waren von der Polizeiakademie", ergänzte Sharon.

„Der Junge ist schon ein richtiger Polizist", korrigierte Nick sie. „Wie heißt er doch gleich ... Len Green, glaube ich. Officer Green. Dieser gut aussehende, riesige schwarze Kerl war bei ihm. Arne."

„Was wollten sie denn?" fragte Ashley.

„Hamburger", antwortete Nick.

„Ich meine ..."

„Sie haben nach dir gefragt", sagte Sharon lächelnd. „Und da sie hungrig waren, haben sie zwei Fliegen mit einer Klappe geschlagen. Oder jedenfalls fast. Ich habe ihnen gesagt, dass du ins Krankenhaus gefahren bist."

„Ich kann sie ja morgen fragen, was sie wollten. Wenigstens Arne. Len treffe ich nicht jeden Tag. Er arbeitet im Süden. Wenn es was Wichtiges war, kann Arne es mir auch sagen."

„Nette Jungs“, meinte Sharon. „Sie haben sich eine Weile mit Sandy unterhalten. Er schien sie auch zu mögen.“

„Aha“, sagte Ashley. Es war ihr unangenehm, dass Jake Zeuge dieser Unterhaltung wurde, obwohl sie sich ja nun wirklich nicht um weltbewegende Dinge drehte.

Er stellte den leeren Becher ab. „Vielen Dank für den Tee, und nochmals Entschuldigung für die Störung. Gute Nacht zusammen.“ Auf dem Weg zur Tür drehte er sich noch einmal um. Für den Bruchteil einer Sekunde glaubte Ashley, er wolle sich bei ihr dafür entschuldigen, dass er sie angegriffen hatte. Das tat er natürlich nicht. Stattdessen sagte er: „Ich werde sehen, was ich über Ihren Freund herausfinden kann.“

„Danke.“

Er verschwand, und Nick schloss hinter ihm die Tür ab.

„Ich sollte jetzt besser auch ins Bett gehen“, meinte Ashley.

„Sicher. Gute Nacht, Liebes“, sagte Sharon.

Ashley warf Nick einen Kuss zu und ging in ihr Zimmer. Eigentlich hätte sie todmüde sein müssen, aber sie war total aufgedreht. Warum hatte Nick sich mitten in der Nacht mit Jake unterhalten? Sie hatten es ihr nicht erzählt.

Ihr Fernseher lief immer noch, und über den Bildschirm flimmerte eine weitere Folge von ‚I Love Lucy‘.

Sie ließ sich ins Bett fallen, dann stand sie wieder auf, trat ans Fenster, zog die Jalousien hoch und sah in die Nacht hinaus.

Detective Dilessio stand auf dem Deck seines Hausboots. Er hatte die Hände in die Hüften gestützt und schaute zur Bar hinüber.

Warum?

Einige Sekunden lang betrachtete sie die Gestalt, die vom Mondlicht beschienen wurde. Zähneknirschend rief sie sich zur Ordnung. Er war nun wirklich der Letzte, zu dem sie sich hingezogen fühlen sollte.

Es half nichts. Noch immer glaubte sie, seinen Körper auf ihrem zu spüren. Hatte die Berührung auf dem Küchenboden sie wirklich so sehr beeindruckt? Lächerlich!

Von all ihren Freunden war sie eigentlich immer die Vernünftigste gewesen. Wenn etwas nicht gut für dich ist, lass die Finger davon. Fang nicht an zu rauchen, denn es schadet deiner Gesundheit. Lass dich nicht mit einem Jungen ein, mit dem du ganz sicher Probleme bekommen wirst. Fang nicht an ...

Sie fing überhaupt nichts an. Stattdessen ging sie zurück ins Bett und starrte auf den Fernseher. Endlich schlief sie wieder ein.

Aber es war ein unruhiger Schlaf, keiner, aus dem man erholt erwachte, angefüllt mit verstörenden Träumen ...

Wieder stand sie auf seinem Hausboot. Sie diskutierten über weiße Slips, obwohl er auch diesmal keinen trug. Krampfhaft versuchte sie, ihm in die Augen zu schauen, nur nicht nach unten zu blicken ...

Sie hätte gerne etwas sehr Wichtiges mit ihm besprochen, doch sie erinnerte sich beim besten Willen nicht mehr, was es war, weil sie seinem Blick nicht standhalten konnte.

Der Wecker schrillte. Unvermittelt wurde sie aus ihrem Traum gerissen. Sein Bild stand ihr immer noch klar und deutlich vor Augen.

Ashley setzte sich auf und fühlte sich miserabel. Als hätte sie die ganze Nacht kein Auge zugemacht. Mist!

Das würde ein verdammt mieser Tag werden.

9. KAPITEL

Obwohl der Raum nicht klein war, herrschte eine stickige Atmosphäre. Die Wände waren in zwei scheußlichen Grüntönen gestrichen. Bis auf einen braunen Tisch in der Mitte und zwei Stühle war das Zimmer leer.

Auf dem einen saß Peter Bordon und starrte über den Tisch hinweg zu Jake. Vor der Tür stand ein Wärter. Jake glaubte nicht, dass er Unterstützung brauchte, denn Bordon war nicht gerade von beeindruckender Körpergröße – etwa einsfünfundsiebzig –, und er wog nicht mehr als achtzig Kilo. Er wirkte kompakt, aber nicht sehr muskulös.

Trotzdem strahlten seine Augen nach all den Jahren hinter Gittern immer noch diese seltsame Macht aus. Es war sehr beunruhigend und geradezu unheimlich. Bei Jakes Anblick hatte er verstohlen gelächelt, und der Wärter hatte dem Detective versichert, dass er in Rufweite bleiben würde.

„Der weiß vermutlich nicht, dass Sie mich mal grün und blau geprügelt haben", meinte Bordon.

„Ich habe Sie nicht grün und blau geprügelt", antwortete Jake.

Bordon legte den Kopf zur Seite und zuckte mit den Schultern. „Richtig. Sie wollten mich erwürgen."

„Dafür sehen Sie noch ziemlich lebendig und recht gut aus."

„Mir geht es auch gut, danke der Nachfrage."

Sein hellbraunes Haar war nur leicht angegraut. Braun waren auch seine merkwürdig durchdringenden Augen, und manchmal schien es, als könne Bordon sie je nach Bedarf heller oder dunkler erscheinen lassen. Er konnte einen Menschen mit seinem Blick fast hypnotisieren. Seine Stimme war weich, aber volltönend. Selbst wenn er leise sprach, war er auch über eine große Entfernung hinweg deutlich zu verstehen.

„Vielleicht sollte ich Sie nicht Jake nennen? Das ist ein wenig zu persönlich, nicht wahr? Ich rede Sie besser mit Detective Dilessio an. Andererseits kenne ich Sie so gut. Ich weiß, dass Sie mir einen langsamen und qualvollen Tod wünschen; dass ich täglich an meiner eigenen Kotze ersticke. Sie tragen so viel Wut und Hass in Ihrem Herzen. Aber ich vergebe Ihnen."

„Ich pfeife auf Ihre Vergebung", antwortete Jake zähneknirschend. Schon wieder versuchte Bordon, ihn auf seine altbekannte Weise einzulullen. Jake schwor, sich nicht noch einmal von ihm ködern zu lassen.

Er griff in seine Tasche, holte ein Foto von dem toten Mädchen hervor und schob es über den Tisch zu Bordon. „Wie ist sie gestorben, Bordon? Und warum?"

Bordon warf einen gleichgültigen Blick auf das Bild. Dann schaute er Jake wieder in die Augen. Langsam machte er das Kreuzzeichen. „Offenbar ist sie ermordet worden, Detective, denn sonst wären Sie ja nicht hier. Warum sie sterben musste, weiß ich nicht. Ich werde für ihre Seele beten."

„Man hat ihr die Kehle aufgeschlitzt und die Ohren abgeschnitten. Ihre Fingerkuppen wurden ebenfalls abgetrennt. Ihr Tod war sehr qualvoll. Genauso wie bei den Frauen, die vor fünf Jahren gestorben sind."

„Ich habe niemals jemanden umgebracht."

„Sie haben die Morde befohlen."

„Nein, Detective, da irren Sie sich. Ich würde niemals einem Menschen befehlen, einen Mitmenschen umzubringen."

Jake schüttelte den Kopf. „Wir können es zwar nicht beweisen, aber wir wissen alle, dass Sie mit dem oder den Tätern gemeinsame Sache gemacht haben."

„Vielleicht war ich wütend auf die Frauen, die gestorben sind ... oder vielleicht habe ich sie nicht besonders gemocht. Obwohl ich auf Grund meines tiefen Glaubens niemals meinen Gefühlen freien Lauf lassen würde, hat irgendjemand bemerkt, wie enttäuscht ich von diesen Frauen war ... und sie mussten deshalb sterben."

Jake beugte sich nach vorne. „Papa Pierre. So hat man Sie doch genannt? Die Dummen und die Verlorenen haben sich um Sie geschart und an Ihren Lippen gehangen. Sie haben Ihnen jedes Wort abgekauft – Ihre Predigten über das Glück der Unsterblichkeit, die denen winkte, die zu Lebzeiten an Sie glaubten. Wenn sie alles, was sie hatten, der Kirche geben – das heißt, Ihrer Kirche, und sich ganz Ihnen anvertrauten."

Bordon lächelte müde. Plötzlich wirkte er niedergeschlagen, und der hypnotische Blick war aus seinen Augen verschwunden. „Ich habe ein paar Menschen um ihren Besitz gebracht. Ich habe mich des Betrugs und der Steuerhinterziehung schuldig gemacht. Dafür sitze ich jetzt meine Strafe ab. Es stimmt, dass ich mit ein paar Frauen Sex hatte. Nun gut, vielen Frauen. Sehr vielen wunderschönen Frauen. Sind Sie eifersüchtig, Jake? Das brauchen Sie nicht. Sie stinken förmlich nach Testosteron. Die Frauen müssen doch die Hand nach Ihnen ausstrecken, wenn Sie an ihnen vorbeigehen. Missgönnen Sie mir doch nicht mein kleines fleischliches Vergnügen. Wir wissen schließlich beide, dass es nicht gegen das Gesetz ist, wenn zwei Erwachsene Sex miteinander haben."

Jake lehnte sich zurück. Bordon hatte sich kein bisschen verändert. Jedes seiner Worte, jede seiner Lügen kamen heiter und gelassen von seinen Lippen. Er hielt Bordons Blick stand und sagte lange nichts. Schließlich fragte er: „Was ist mit Nancy passiert?" Seine Stimme war ebenso leise und schneidend wie die von Bordon.

Bordon schaute ihn kopfschüttelnd an. „Jake, Jake, Jake. Sie klingen wie eine gesprungene Schallplatte. Sie war Ihre Kollegin, aber sie hat Sie nicht begleitet, als Sie mich in die Zange nehmen wollten. Ich wusste trotzdem über sie Bescheid. Sie war Computerspezialistin, nicht wahr? Beim Verhör stellte sich dann heraus, dass sie den Vorschlag gemacht hatte, bei mir nach anderen Verbrechen als Mord zu suchen. Ich habe keine Ahnung, was mit ihr geschehen ist. Ich weiß nur, dass man sie in einem Kanal gefunden hat – in ihrem eigenen Wagen. Mehr kann ich Ihnen dazu nicht sagen. Seien Sie doch vernünftig, Jake. Ich bin ein kluger Mann. Ich kann zwischen den Zeilen lesen. Ich weiß, was mit Ihrer Partnerin los war. Schließlich habe ich es mir zu meiner Aufgabe gemacht, menschliche Schwächen bloßzulegen. Jetzt kommen Sie zu mir, der entschlossene, ambitionierte Cop, weil Sie befürchten, dass dieses neue Opfer nur das erste von vielen ist ... Im Prinzip ist Ihnen dieses Mädchen doch scheißegal, oder? Nach all diesen Jahren würden Sie mich am liebsten immer noch eigenhändig erwürgen, denn dann könnten Sie sich dem Wahn hingeben, dass Ihre Geliebte sich nicht selbst umgebracht hat, weil sie sich ziemlich mies fühlte – hin- und hergerissen zwischen ihrem Mann und Ihnen."

Diesmal bewahrte Jake die Ruhe. „Nancy hat sich nicht selbst umgebracht, Bordon. Sie war meine Kollegin, nicht meine Geliebte, aber darum geht es gar nicht. Sie war eine starke Frau und hätte sich niemals das Leben genommen – weder wegen mir noch wegen ihres Mannes noch wegen sonst jemandem. Sie wurde getötet. Egal, was Sie mir erzählen – ich glaube, dass Sie den Mord in Auftrag gegeben haben, weil sie etwas wusste. Was wusste sie, Bordon? Was immer es war – es ist der Schlüssel zu dem, was zur Zeit passiert. Das wissen wir beide ganz genau."

„Was zur Zeit passiert? Gibt es denn noch eine Tote?"

„Irgendetwas ist im Busch. Mehr als wir im Moment ahnen. Ich glaube, dass Sie etwas wissen – etwas, das weitere Morde verhindern könnte."

„Sie haben noch ein totes Mädchen gefunden. Wie kommen Sie

darauf, dass es sich um eine Verschwörung handeln könnte? Da unten sterben doch immer wieder Leute."

„Normalerweise werden den Opfern nicht die Fingerspitzen und die Ohren abgeschnitten – und die Kehle aufgeschlitzt. Und dann ist da noch etwas. Ich glaube, Sie machen gemeinsame Sache mit jemandem da draußen. Mit jemandem, der vergangene Nacht auf meinem Boot war."

„Bei Ihnen wurde eingebrochen? Was fehlt denn?"

„Nichts."

„Diese Verschwörungstheorie ist ein Hirngespinst von Ihnen, Jake. Wahrscheinlich war überhaupt niemand bei Ihnen."

„Nein. Da war jemand auf meinem Boot und hat etwas gesucht."

„Dann lassen Sie uns mal überlegen, Detective. Ich wars nicht, das können die Wärter bezeugen. Also wer sonst? Ich möchte wetten, dass Ihre verstorbene Kollegin einen Schlüssel zu Ihrem Hausboot hatte."

Jake stockte der Atem, und Bordon grinste zufrieden.

„Sehen Sie, ich wusste es. Vielleicht sollten Sie sich mal ihren Ehemann vorknöpfen."

„Ich habe mit Nancys Mann gesprochen. Er weiß nichts von einem Schlüssel."

„Sie haben diesem Mann Hörner aufgesetzt. Wundert es Sie da, wenn er für den Rest seines Lebens sauer auf Sie ist?"

„Ich glaube eher, dass er sauer auf Sie ist. Und er hat keinen Eid geschworen, die Gesetze zu beachten. Er könnte sich ein Gewehr beschaffen und Sie abknallen, dann auf zeitweilige Unzurechnungsfähigkeit plädieren, weil die Trauer um seine Frau ihn in den Wahnsinn getrieben hat."

„Sie sollten mehr über den jungen Mann herausfinden, Jake. Vielleicht ist er verrückter als ich."

„Es wäre mir eine Hilfe, wenn Sie mir etwas über das jüngste Opfer erzählen – und über Nancy. Sie werden mir niemals weismachen können, dass sie nicht wegen der Ereignisse vor fünf Jahren verschwunden ist."

Bordon sah Jake an, ohne mit der Wimper zu zucken. Traurig schüttelte er den Kopf. „Sie ist verschwunden, während Sie hinter mir und meiner Gruppe her waren. Sie wollen da zwei Dinge zusammenbringen, die nichts miteinander zu tun haben. Ich wette, Ihre Vorgesetzten sehen das ganz genauso. Der arme Jake. Er sucht verzweifelt nach einem Motiv. Er will nicht glauben, dass es die Schuld eines anderen und nicht seine eigene ist. Sie wissen doch, dass solche Unfälle passieren. Miserable Straßen, schlechtes Wetter. Manchmal fahren die Leute eben zu schnell – sogar Polizisten. Sie können abgelenkt werden, mit den Gedanken nicht bei der Sache sein. Es gibt Dutzende von Möglichkeiten. Glauben Sie mir, Jake, es tut mir aufrichtig Leid."

„Ich verstehe. Sie würden mir also helfen, wenn Sie könnten."

Bordon trommelte mit den Fingern auf die Tischplatte. Seine Miene blieb unverändert. „Gehen Sie manchmal zu Zaubervorstellungen, Jake?"

„Was?"

„Sie wissen doch, Magie. Diese Shows mit viel Nebel, Spiegeln und flinken Händen. Die Leute kriegen nicht mit, was wirklich passiert, weil sie abgelenkt werden. Sie sehen nur den Zauberer und seine spärlich bekleidete Assistentin."

„Wovon zum Teufel reden Sie?"

„Seitdem ich hier bin, habe ich viel gelesen. Ich habe mich mit den anderen Gefangenen unterhalten." In seinem Gesicht zuckte es ein wenig, und plötzlich nahm seine Miene einen reuevollen Ausdruck an. „Ich habe Gott gefunden und die einfachen Schönheiten des Lebens."

„Sie haben Gott gefunden? Sie, der Prediger, dem die Leute bedenkenlos bis in den Tod folgen sollten? Und jetzt haben Sie Gott gefunden?"

Bordon machte eine abwehrende Handbewegung. „Ich habe die Menschen um viel Geld gebracht. Ich bin ein charismatischer Mann. Ein Zauberer, wenn Sie so wollen, einer aus dem Showbusiness. Aber inzwischen ... nun, ich will leben, Jake. Ich komme bald hier raus. Das steht so gut wie fest. Ich war ein mustergültiger Gefangener – aber ich bin sicher, das wissen Sie bereits."

„Ich würde alles tun, um Sie sofort wieder hinter Gitter zu bringen."

„Gott sei Dank sind Sie nur Detective und weder Richter noch ein Geschworener. Komischerweise mag ich Sie, Jake. Sie sind ein guter Mann, wissen Sie. Vielleicht sogar zu gut. Ich selbst habe keine Angst vor Ihnen, aber ... Sie können einem verdammt Angst machen. Nehmen Sie sich in Acht, Jake."

„Wollen Sie mir drohen, Bordon?"

„Ich? Ganz und gar nicht. Wir beide wissen, dass ich nie jemanden umgebracht habe. In diesem Satz steckt mehr Wahrheit, als Sie jemals akzeptieren werden. Ich habe nur gesagt, dass Sie ein guter Detective sind, mehr nicht. Aber niemand kann immer gewinnen, Jake. Das sollten Sie vielleicht auch akzeptieren."

Jake schüttelte den Kopf. „Nicht immer. Doch diesmal habe ich nicht vor zu verlieren."

„Bei mir sind Sie jedenfalls auf der falschen Fährte. Ich bin jetzt lange Zeit eingesperrt gewesen." Er zuckte mit den Schultern. „Wer weiß schon, ob dieser durchgeknallte Harry Tennant die Frauen vor fünf Jahren umgebracht hat oder nicht. Ich habe ihn ein paar Mal gesehen, und jedesmal hatte ich den Eindruck, es mit einem ziemlich verkorksten Menschen zu tun zu haben. Eine traurige Gestalt. Er suchte geradezu verzweifelt nach dem Sinn des Lebens, und er war sauer auf all die Mädchen, die mit seiner Lebensweise nichts anfangen konnten. Vielleicht war er auch nur impotent und hasste alle, die ein normales Leben führten. Möglicherweise war er ein Verrückter."

„Ich glaube nicht, dass er Grips genug hatte, um diese Morde auszuführen", meinte Jake. „Der Killer war intelligent. Er hat die Fingerabdrücke zerstört, um die Identifikation der Opfer zu erschweren. Er hat sie tief im Müll der Stadt versteckt und die Natur sein Werk vollenden lassen in der Hoffnung, dass alle Spuren beseitigt würden. Dazu braucht ein Mann Köpfchen und Verstand. Was meiner Meinung nach auf Sie hindeutet."

„Wenn Sie auf ein verspätetes Geständnis hoffen, wenn Sie von mir hören wollen, dass ich eine Gruppe hatte, die in meiner Abwesenheit weitergemacht hat, dass ich auch aus der Ferne Kontrolle habe über die Herzen und Köpfe von Frauen und Männern – dann sind Sie völlig auf dem Holzweg. Ich habe Ihnen gesagt, dass ich meine Sünden bereut und zu Gott gefunden habe."

„Wenn Sie wirklich zu Gott gefunden hätten, würden Sie jetzt alles gestehen und dafür sorgen, dass nicht noch mehr Menschen brutal ermordet werden."

Bordon sah ihn durchdringend an. „Nebel und Spiegel, Jake. Die Welt ist voller Nebel und Spiegel."

Zu Jakes Überraschung wirkte Bordon bei dieser Feststellung aufgebracht. „Ich möchte nicht länger mit Ihnen reden. Ich werde nichts mehr sagen. Ich muss überhaupt nicht mit Ihnen sprechen."

„Sie irren sich. Sie sitzen im Gefängnis, und ich habe die Erlaubnis vom Direktor, hier zu sein."

„Ich bin nicht angeklagt, weitere Dinge getan zu haben. Ich sitze meine Zeit ab. Ich möchte nur noch leben, Jake. Und ich möchte einen Anwalt, bevor ich ein weiteres Wort sage."

„Sie sind schuldig, nicht wahr?"

Bordons Blick wurde wieder kühl und distanziert. „Ich sitze einfach nur meine Zeit ab, Jake, mehr nicht. Ich habe Ihnen alles gesagt, was ich weiß. Sie sind der Detective. Glauben Sie es, oder lassen Sie's."

Damit war das Gespräch für Bordon beendet. Jake war enttäuscht. Er war sich nicht sicher, was er zu hören gehofft hatte. Er hätte damit rechnen müssen, dass der Prediger überhaupt nichts sagte. Trotzdem war er überzeugt davon gewesen, etwas in Bordons Mienenspiel erkannt zu haben, etwas Verräterisches, aus dem er hätte schließen können, dass der Mann von seiner Zelle aus die Fäden in der Hand hielt.

Im Grunde war er jetzt genauso klug wie zuvor.

Er zog seine Karte aus der Tasche. „Wenn Sie sich doch noch dazu durchringen könnten, mit mir zu reden ..."

„Ja ja, ich kenne die Methode", erwiderte Bordon. Eine Weile starrte er auf die Visitenkarte in Jakes Hand, dann nahm er sie, ohne sein Gegenüber aus den Augen zu lassen. Jake wartete.

„Na gut. Vielleicht rufe ich Sie ja wirklich mal an, Detective. Wie ich schon sagte – irgendwie mag ich Sie. Passen Sie auf, wenn Sie nach Hause fahren. Es ist ein langer Weg. Mehr als zweihundert Meilen. Wie lange haben Sie bis hierhin gebraucht? Vier, fünf Stunden? Oder gelten für Polizisten von Miami-Dade die Geschwindigkeitsbegrenzungen nicht?"

„Es hat ein bisschen gedauert, bis ich hier war", erwiderte Jake gleichmütig.

Nach einer Minute zuckte sein Gegenüber mit den Schultern. „Jedenfalls habe ich Ihre Karte. Wenn mir noch etwas einfällt, das Ihnen helfen könnte, melde ich mich bei Ihnen."

Mit diesen Worten war die merkwürdige Unterhaltung nun wirklich beendet. Jake stand auf und klopfte gegen die Glasscheibe, um den Wärter auf sich aufmerksam zu machen.

Während er das Gefängnis verließ, dachte er über das Gespräch nach. Satz für Satz, Wort für Wort. Nebel und Spiegel. Zauberer. Die Aufmerksamkeit der Zuschauer ablenken ...

Wovon zum Teufel hatte Bordon geredet?

Andere Bemerkungen fielen ihm ein.

... ich möchte nur noch leben, Jake.

Als er den Stacheldrahtzaun hinter sich ließ und zu seinem Wagen ging, blieb er unvermittelt stehen. Ich möchte nur noch leben, Jake.

Hatte Bordon etwa selbst vor jemandem Angst?

Das Handy in seiner Tasche klingelte. Jake zog es heraus und meldete sich. „Dilessio."

„Detective, hier spricht Carnegie, Paddy Carnegie. Tut mir Leid, dass ich mich erst jetzt melde. Sie haben einige Fragen zu der Sache mit Fresia?"

Die Sache mit Fresia. Warum zum Teufel hatte er sich da bloß eingemischt?

Keine wirklichen Fragen. Nur wegen Ashley Montague.

Weil ...

Weil sie glaubte, dass sie Recht hatte, was ihren Freund anging. Genauso wie er glaubte, Recht zu haben, was Nancy anging ...

Weil sie etwas hatte, das ihn an Nancy erinnerte. Und weil ...

Verdammt noch mal, gib es doch zu. Weil er nachts von ihr träumte.

„Danke, dass Sie mich zurückrufen, Carnegie. Ich halte mich im Moment gerade im Landesinneren auf, bin aber schon praktisch wieder auf dem Weg nach Süden. Können wir uns irgendwo treffen?"

Den ganzen Morgen über zeichnete Ashley während des Unterrichts. Stuart in seinem Krankenhausbett; seine Eltern, die neben ihm standen und sich aneinander festhielten. Jake Dilessio auf dem Deck seines Hausboots. Dann fertigte sie eine Skizze von Arne an, der neben ihr saß. Ehe der Unterricht begann, hatte er ihr erzählt, dass sie am vergangenen Abend bei ihrem Onkel gewesen waren.

„Ich habs gehört. Du und Len, nicht wahr?"

„Ja. Wir haben uns am Schießstand getroffen und uns überlegt, dass wir vorbeikommen, eine Kleinigkeiten essen und dich etwas aufmuntern, weil dir die Sache mit deinem Freund so zu schaffen macht. Wir haben natürlich nicht damit gerechnet, dass du ins Krankenhaus gefahren bist; schließlich liegt er ja im Koma. Es hat sich trotzdem gelohnt, dass wir gekommen sind. Das Essen bei Nick ist wirklich gut."

Bei diesen Worten wurde Ashley selber hungrig. Aber Sergeant Brennan hatte bereits mit seinem Vortrag begonnen, und es blieb ihr nichts anderes übrig, als bis zur Mittagspause zu warten.

Als sie nach dem Unterricht den Bleistift zur Seite legte und aufschaute, bemerkte sie, dass Sergeant Brennan sie durchdringend ansah. Mist.

Er hatte sie beim Zeichnen beobachtet und glaubte vermutlich, sie hätte nicht aufgepasst. Plötzlich lief es ihr eiskalt den Rücken hinunter. Erst vergangene Woche hatten zwei ihrer Klassenkameraden gehen müssen, weil sie einen Fehler zu viel im Test hatten.

Ihre Arbeiten waren gut gewesen. Der Gedanke beruhigte sie ein wenig.

Beim Mittagessen erzählte sie ihren Freunden, wie es Stuart ging, und dass man ihr geraten hatte, Dilessio um Hilfe zu bitten. „Erst sagte er, er könne nichts tun. Doch dann tauchte er im Krankenhaus auf, und jetzt will er mit dem Polizisten reden, der den Fall bearbeitet."

„Und ... hat er schon?" fragte Gwyn.

„Nein. Aber hinter der Sache steckt mehr, davon bin ich überzeugt. Ich bete darum, dass Stuart bald wieder aufwacht und ein paar Hinweise geben kann."

„Vielleicht kann Brennan dir etwas sagen", meinte Gwyn.

„Wie kommst du darauf?" fragte Ashley überrascht.

„Weil er dich den ganzen Morgen angestarrt hat."

„Meinst du?" Verflixt. Dann hatte er ja tatsächlich mitbekommen, dass sie die ganze Zeit gezeichnet hatte.

„Ich weiß es."

Mit einem mulmigen Gefühl ging sie zurück in den Unterricht.

Nach der Pause kam dummerweise auch noch Captain Murray in die Klasse. Er sagte jedoch nichts, sondern beschränkte sich darauf, die Schüler und Schülerinnen zu beobachten.

Ashley hatte den Eindruck, dass er es besonders auf sie abgesehen hatte.

Irgendwann beugte sie sich zu Arne hinüber und wisperte ihm ins Ohr: „Bilde ich mir das nur ein, oder starrt er mich wirklich die ganze Zeit an wie ein Habicht seine Beute?"

Arne zog eine Augenbraue hoch. „Vielleicht will er dich anmachen."

„Rede keinen Unsinn."

„Du siehst doch süß aus, Montague."

„Nach dem Unterricht kannst du was erleben, Arne."

Er grinste. Gwyn, die hinter ihnen saß, lehnte sich nach vorne. „Ich weiß nicht, Ash. Hast du vielleicht eine Schublade voller unbezahlter Strafzettel? Erst hat Brennan dich die ganze Zeit angestarrt, und jetzt tun sie's beide."

Sie legte Papier und Bleistift beiseite und nahm sich vor, während des restlichen Unterrichts aufmerksam zu sein.

Endlich neigte sich der Nachmittag dem Ende zu. Sie überlegte, Brennan zu fragen, ob er etwas über den Unfall herausgefunden hatte, doch eigentlich wollte sie so schnell wie möglich verschwinden.

Die Entscheidung wurde ihr abgenommen. Als sie sich erhob, richtete Murray das Wort an sie.

„Montague?“

„Ja, Sir?“

„Ich muss mit Ihnen sprechen. Und zwar sofort.“

Carnegie erwies sich als ausgesprochen hilfsbereit. Er war sofort einverstanden, sich um vier Uhr mit Jake in einem Coffeeshop zu treffen und ihm von seinen Nachforschungen zu berichten.

Jake legte die Rückfahrt ohne Unterbrechung zurück und schaffte es gerade noch, pünktlich zu sein.

Carnegie war in den Fünfzigern und schien kurz vor der Pensionierung zu stehen. Obwohl sie seit langem Kollegen waren, hatten sie sich nie zuvor gesehen. Doch vom ersten Moment an verlief das Treffen harmonisch. Sie verband eine Art Bruderschaft, weil beide mit den Jahren ein wenig müde geworden waren und dennoch unentwegt weiterkämpften.

„Wissen Sie, die Eltern haben mir von Anfang an im Nacken gesessen und darauf gedrängt, dass ich unbedingt etwas herausfinden muss. Sie beharrten darauf, dass ihr Sohn keine Drogen nimmt“, erzählte er Jake als Erstes.

„Ich habe sie kennen gelernt“, entgegnete Jake.

„Keine Eltern hören es gern, dass ihr Kind auf die schiefe Bahn geraten ist. Ich habe Fälle bearbeitet, wo es Augenzeugen gab, die ausgesagt haben, dass so ein junger Kerl rücksichtslos gefahren ist, und trotzdem wollten es die Eltern nicht glauben. ‚Mein Sohn doch nicht – seine Führerscheinprüfung war erstklassig. Doch nicht meine Tochter – die würde niemals schneller fahren als erlaubt.‘“

„Ich kann das verstehen“, erwiderte Jake. „Aber ich kenne eine alte Freundin des Jungen, und die sagt ebenfalls, dass er nicht der Typ war, der Drogen nimmt.“

Carnegie hatte hellblaue Augen, schlohweißes Haar und ein wettergegerbtes, faltenreiches Gesicht. Er war groß und sehr kräftig. Trotzdem machte er nicht den Eindruck eines knallharten Polizisten. Wenn ihm etwas naheging, zeigte sich das sofort in seiner Miene.

„Ich hätte ihnen weiß Gott lieber etwas Positives gesagt. Ich würde es gern genauso sehen wie die beiden. Aber ich habe nicht den kleinsten Hinweis, der mir weiterhelfen könnte. Der Junge lief mitten über den Highway mit nichts an als seiner verdammten Unterhose. Weiß der Teufel, was er sah, als er über die Autobahn gelaufen ist. Er kann von Glück sagen, dass er überlebt hat, denn er hatte verdammt viel Rauschgift im Blut. Der Mann, der ihn angefahren hat, war mit seinen Nerven am Ende. Er hat geschworen, dass er ihn erst gesehen hat, als er ihm vor die Kühlerhaube lief. Zwei weitere Wagen sind in ihn hineingefahren, weil sie nicht rechtzeitig bremsen konnten, aber auch deren Fahrer haben nichts gesehen. Der Fahrer des ersten Wagens ist absolut unverdächtig. Er hat einen Möbelladen in North Dade, drei Kinder, ist Fußballtrainer und geht jeden Sonntag in die Kirche. Ehemaliger Marinesoldat, hat im Mittleren Osten gekämpft. Er hat noch nie in seinem Leben einen Strafzettel bekommen. Den Jungen hat er erst bemerkt, als er auf seine Fahrspur lief. Natürlich hat er gebremst, aber es war zu spät. Er hat gar nicht gesehen, ob der Junge von den Feldern her gekommen, aus einem Auto gesprungen oder vom Himmel gefallen ist. Die Polizisten sind durch sämtliche umliegenden Häuser und Geschäfte gegangen und haben die Anwohner befragt. Wir haben Plakate ausgehängt und um Anrufe gebeten, egal, für wie unbedeutend die Leute ihre Beobachtungen halten mögen.

Die Eltern haben wir natürlich auch befragt, aber sie wussten überhaupt nicht, was ihr Sohn vorhatte. Vor ein paar Monaten war er plötzlich von der Bildfläche verschwunden, weil er Reporter werden wollte. Er hatte sich vorgenommen, inkognito zu arbeiten oder irgend so etwas. Ein paar Artikel hat er an ein Blatt verkauft, das sich *Tiefgang* nennt. Ich war in der Redaktion. Der Chefredakteur mochte Fresia und war entsetzt, als er hörte, was passiert war. Er glaubt, dass der Junge hinter einer heißen Geschichte her war, aber er hatte ihm nicht sagen wollen, worum es ging, bis er mehr Informationen gesammelt hätte. Vielleicht ist er bei seinen Recherchen auf irgendetwas Brisantes gestoßen. Sie können mir glauben, dass wir in dieser Sache alle Hebel in Bewegung gesetzt haben. Trotzdem stecken wir in einer Sackgasse und wissen nicht mehr weiter."

„Ich verstehe. Aber von irgendwoher muss der Junge doch gekommen sein."

„Ja. Wir wissen nur nicht, aus welcher Richtung. Wir haben die Gästebücher der umliegenden Hotels und Motels geprüft und nichts gefunden. Es hat sich auch kein Besitzer einer Privatpension gemeldet – falls er da gewohnt hat. Und niemand hat ihn aus einem Wagen steigen sehen. Aber wir hoffen immer noch auf Hinweise. So schnell geben wir nämlich nicht auf."

„Außerdem besteht ja noch Hoffnung, dass der Junge aus dem Koma erwacht", gab Jake zu bedenken.

„Na ja, man klammert sich eben an jeden Strohhalm", meinte Carnegie. Dann wechselte er das Thema. „Und wie läufts bei Ihnen? Ich habe von der Leiche gehört, die kürzlich gefunden wurde. Und dass das Sonderkommando von damals nie wirklich aufgelöst wurde und auch das Geständnis von diesem durchgeknallten Knaben nicht dazu geführt hat, dass die Akte endgültig geschlossen wurde. Wie lange ist das jetzt her – vier oder fünf Jahre?"

„Fünf. Fast fünf."

Carnegie musterte ihn mit einem forschenden Blick.

„Glauben Sie, dass es einen Zusammenhang gibt?"

„Ich halte das für durchaus möglich. Kann natürlich auch sein, dass jemand das Mädchen loswerden wollte, über die Kultmorde Bescheid wusste und die Leiche auf die gleiche Weise zugerichtet hat, damit es aussieht wie die Tat eines Trittbrettfahrers. Bis jetzt wissen wir noch nicht sehr viel. Eigentlich gar nichts. Noch nicht einmal, wer die Tote ist."

Carnegie nickte und dachte über seine Antwort nach. Schließlich sagte er: „Wie war das eigentlich mit dem Tod Ihrer Kollegin? Hat sich da mal etwas Neues ergeben?"

Plötzlich fühlte Jake sich wie gelähmt. Er schüttelte den Kopf. Offenbar war sein Kollege über alle Gerüchte bestens informiert. Aber wer war das nicht? Es hatte schließlich eine öffentliche gerichtliche Untersuchung gegeben.

„Nein", sagte er knapp.

„Es ... es hat mir so Leid getan. Es tut uns immer Leid, wenn wir erfahren, dass ein Kollege oder eine Kollegin zum Opfer wird. Sie schien sehr nett gewesen zu sein. Es gibt eben immer wieder Fälle, die nicht gelöst werden können, egal, wie sehr man sich auch bemüht."

„Ja", stimmte Jake ihm mit gepresster Stimme zu. „Aber der nicht. An dem bleibe ich dran bis ans Ende meiner Tage." Er erhob sich, bedankte sich bei Carnegie und schüttelte ihm die Hand. „Rufen Sie mich an, wenn Sie etwas Neues erfahren?"

„Klar. Und wenn Sie etwas herausfinden sollten, was mir weiterhilft, tun Sie's bitte auch. Ich bin schließlich nicht neu in dem Verein und erst recht kein Platzhirsch, der keinen in sein Revier lässt. Sondern dankbar für jede Hilfe, die ich kriegen kann."

Das wars dann also. Ashley hatte das untrügliche Gefühl, dass man sie hinauswerfen würde. Sie hatte wohl doch etwas falsch gemacht. Sergeant Brennan und Captain Murray musterten sie mit einem seltsamen Gesichtsausdruck.

„Nehmen Sie doch bitte Platz, Miss Montague“, forderte Murray sie auf.

Sie setzte sich hin, total verkrampft.

„Ich habe Ihre Personalakte studiert“, begann Murray. Offenbar war er hier der Wortführer. Schließlich war er ja auch der Personalchef.

„Ja?“ sagte sie abwartend.

„Sie waren mehrere Jahre auf einer Kunsthochschule.“

„Ja.“

„Warum haben Sie keinen Abschluss gemacht?“

Sie runzelte die Stirn. „Ich habe mich für die Polizeiakademie entschieden.“

„Warum?“

Die Falten auf ihrer Stirn wurden tiefer. „Recht und Gesetz interessieren mich. Mein Vater war auch Polizist.“

„Aber Sie interessieren sich auch weiterhin für Kunst.“

Das war eine Feststellung. Sie fühlte sich unbehaglich. Den beiden war tatsächlich nicht entgangen, dass sie während des Unterrichts gezeichnet hatte. Sie hatten gemerkt, dass sie nur mit ihren Skizzen beschäftigt war und gar nicht zugehört hatte.

Sie zuckte mit den Schultern und bemühte sich, gelassen zu bleiben. Trotzdem war sie auf der Hut. „Ich liebe die Kunst“, sagte sie vorsichtig. „Sie wird mich immer interessieren. Aber ich denke nicht, dass es zum Nachteil für die Polizeilaufbahn ist. Die meisten Polizisten haben Hobbys, genau wie alle anderen auch, egal, welchen Beruf sie ausüben. Ich habe Freunde hier, die gerne Boot fahren, und andere lieben Karaoke. Die können das wirklich gut. Sie hätten durchaus Sänger werden können, aber ihre wahre Leidenschaft sind nun mal Recht und Gesetz.“

Verwirrt stellte sie fest, dass beide lächelten.

Sie straffte die Schultern. „Wenn ich aus irgendeinem Grund fliegen sollte, dann sagen Sie's mir bitte."

„Davon kann keine Rede sein", versicherte Brennan ihr. „Sie sind sogar eine ausgezeichnete Schülerin."

„Sie könnten die Klasse abbrechen und irgendwann einmal dort wieder einsteigen, wo Sie aufgehört haben", sagte Murray.

„Tut mir Leid. Jetzt verstehe ich überhaupt nichts mehr."

„Ich möchte Ihnen einen Vorschlag machen. Wir brauchen jemanden in der Gerichtsmedizin. Es wäre eine zivildienstliche Position, und Sie wären direkt Commander Allen unterstellt, der ebenfalls als Zivilangestellter in der Abteilung arbeitet."

„Viele wären auf diese Stelle scharf", fügte Brennan ruhig hinzu.

„Aber ich ... ich habe doch gerade mal Grundkenntnisse in Gerichtsmedizin", wandte sie ein. „Was ... was müsste ich denn dort tun?"

„In der Hauptsache müssten Sie Zeichnungen nach den Berichten von Augenzeugen anfertigen. Und fotografieren. Anhand von Knochenfunden Rekonstruktionen erstellen."

„Ich habe ein wenig fotografiert, aber ..."

„Es ist viel leichter, jemandem das Fotografieren beizubringen, als jemanden zu finden, der so ein außerordentliches Talent dazu hat, Gesichter zu zeichnen."

Sie starrte ihn mit großen Augen an und versuchte zu verstehen, was er sagte.

Murray lächelte. „Verzeihen Sie, aber neulich habe ich Zeichnungen von Ihnen im Papierkorb entdeckt." Er zog ein glatt gestrichenes Blatt mit einem Porträt von Jake Dilessio aus der Tasche. Ashley spürte, dass sie errötete. „Jake ist unwahrscheinlich gut getroffen. Die Skizze zeigt mehr von dem Mann als manche Fotografie."

„Er ist ein dankbares Objekt“, hörte sie sich sagen.

„Ja. Ich bin davon überzeugt, dass Sie mit Herz und Seele Polizistin wären, Ashley. Und, wie ich schon sagte, Sie können jederzeit in die Akademie zurück und Ihre Ausbildung beenden. Sie werden zwar nicht mit Ihrer Klasse die Abschlussprüfung machen, aber ich versichere Ihnen, dass die Zeit nicht verschwendet ist. Diese Arbeit ist ausgesprochen interessant – und sie fordert Ihnen einiges ab. Doch sie ist nicht schwieriger, als draußen auf der Straße im Einsatz zu sein. Außerdem wird sie gut bezahlt.“ Er nannte eine Summe, die weit über dem Jahresgehalt einer Streifenpolizistin lag und immer noch höher war als das, was sie in dieser Position in einigen Jahren verdienen würde.

Beide sahen sie aufmerksam an.

„Ich ... ähm ... das kommt jetzt sehr überraschend für mich“, stammelte sie.

„Sie müssen sich nicht sofort entschließen. Aber Sie werden gebraucht. Wenn Sie wollen, können Sie sich morgen mit Commander Allen unterhalten und anschließend eine Entscheidung treffen.“

Sie nickte langsam. „Das würde ich gerne tun“, sagte sie.

„Prima.“ Er teilte ihr mit, wo sie sich um Punkt acht Uhr einzufinden hätte. „Commander Allen oder einer seiner Mitarbeiter kann Ihnen viel mehr über die Tätigkeit erzählen als ich. Ich habe ihm Ihre Zeichnungen gezeigt, und er war beeindruckt. Er sagte mir, dass er gerne mit Ihnen arbeiten würde. Es ist eine sehr wichtige Arbeit, darüber sollten Sie sich im Klaren sein. Ich würde nicht mit Ihnen darüber reden, wenn ich nicht der Auffassung wäre, dass Sie genau die Richtige dafür sind.“

„Vielen Dank.“

„Oder nicht ein großes Talent dafür hätten“, ergänzte Brennan. „Es fällt mir nicht leicht, Sie gehen zu lassen. Ich habe Sie gerne in meiner Klasse gehabt.“

Jetzt bedankte sie sich auch bei Brennan. Obwohl beide sie unverwandt ansahen und in ihrer Miene nach einer Reaktion auf ihren Vorschlag suchten, wusste sie, dass das Gespräch beendet war.

„Also acht Uhr", sagte sie.

Brennan grinste. „Egal, wie Ihre Entscheidung ausfällt – auf jeden Fall können Sie eine Stunde länger schlafen."

„Das wäre schon der erste Vorteil", meinte sie. Sie dankte den beiden noch einmal und verabschiedete sich. Die Männer sahen ihr nach.

Arne und Gwyn warteten auf dem Parkplatz auf sie. „Was ist denn passiert? Sie haben dich doch nicht etwa gefeuert – oder?" fragte Gwyn.

Sie schüttelte den Kopf. „Nein. Sie haben mich nur gebeten, die Polizeiakademie zu verlassen."

„Was?" fragte Arne empört.

Sie erklärte, was geschehen war. Die beiden sahen sie verdutzt an.

„Wow!" sagte Gwyn schließlich. Dann lachte sie. „Himmel, wenn ich während des Unterrichts gezeichnet hätte, wäre ich in hohem Bogen hinausgeflogen."

„Ich auch", meinte Arne. „Cool. Das ist ja wirklich ein dolles Ding."

„Aber ich wäre keine Polizistin."

„Sie haben doch gesagt, dass du jederzeit wieder zur Akademie zurück kannst, oder? Sei nicht dumm, Mädchen. Das ist doch dein Traumjob, Ashley – Kunst plus Recht und Gesetz. Wir niederen Arbeiter werden deine Karriere mit Neid verfolgen", neckte Gwyn sie.

„Ich denke ..."

„Gwyn hat Recht. Du solltest dir diese Chance nicht entgehen lassen."

„Ich kann eine Nacht darüber schlafen."

„Was gibts denn da noch lange zu überlegen?" fragte Gwyn. Sie umarmte Ashley. „Glückwunsch. Mehr fällt mir dazu im Moment nicht ein."

„Ich muss los", sagte Arne. „Meine Mutter hat heute Geburtstag. „Vergiss uns nicht, wenn du mit den hohen Tieren zusammenarbeitest, versprochen?"

„Natürlich wird sie uns nicht vergessen", meinte Gwyn. „Wenn ihr erst einmal klar wird, was ihr da angeboten wurde, und sie den Job annimmt, werden wir erst mal groß feiern."

„Falls ich den Job annehme", bremste Ashley Gwyns Begeisterung. Aber sie hatte bereits erkannt, welche Chance sich da für sie auftat. Es wäre töricht, dieses Angebot abzulehnen. „Ich muss auch los. Ich will nach Hause, mich umziehen und ins Krankenhaus fahren."

„Ist dein Freund immer noch nicht über den Berg?"

Sie schüttelte den Kopf. Dann verabschiedeten sie sich und gingen zu ihren Wagen.

Ashley war froh, dass in Nicks Bar nicht allzu viel Betrieb war. Ein paar Tische waren besetzt, sowohl drinnen als auch auf der Terrasse, aber es war genug Personal da, das sich um die Gäste kümmerte. An einem Tisch saßen Nick, Sharon und Sandy. Sofort ging Ashley zu ihrem Onkel, um ihm mitzuteilen, was passiert war.

Die Reaktion war bei allen dreien gleich.

„Wow", sagte Nick.

„Unglaublich", meinte Sharon.

„Das sind ja tolle Neuigkeiten", sagte Sandy lächelnd.

„Meinst du, ich soll Ja sagen?" fragte sie und schaute Nick unsicher an.

„Was hast du denn zu verlieren, Honey?" meinte Nick. „Der

Personalchef hat dir doch zugesichert, dass du jederzeit die Akademie beenden kannst."

„Das könnte ich auch jetzt tun."

„Aber dann wäre die Stelle vermutlich weg", gab Nick zu bedenken. „Überleg doch mal, Ashley: Hier kannst du mit deinem Talent dazu beitragen, den Menschen zu helfen."

„Wahrscheinlich hast du Recht", meinte sie und erwiderte Sandys Lächeln. Sie sprang auf. „Nick, was ist das Tagesmenü? Ich würde gerne zwei Portionen für Stuarts Eltern mit ins Krankenhaus nehmen."

„Haisteak à la française."

„Fantastisch. Kannst du mir zwei Portionen mitgeben? Ich ziehe mich nur rasch um."

„Klar", sagte Nick.

„Wir machen dir drei Teller fertig", schaltete Sharon sich ein. „Du hast doch bestimmt den ganzen Tag noch nichts gegessen – bis auf das Zeug von der Imbissbude."

„Ich will doch nicht mit den Fresias essen, sondern bei Stuart sitzen, damit sie eine kleine Pause haben", meinte sie.

„Dann isst du etwas, bevor du fährst", beharrte Sharon.

„Na gut", gab sie lachend nach. Sie küsste ihren Onkel auf die Wange, dann Sharon, und weil sie schon dabei war, gab sie auch Sandy einen Kuss.

„Polizisten kenne ich ja schon eine Menge", sagte Sandy. „Aber eine Künstlerin aus der Gerichtsmedizin habe ich noch nicht getroffen."

Sie lächelte. Im Hinausgehen fragte sie: „Habt ihr Detective Dilessio heute Abend gesehen?"

„Nein", antwortete Nick. „Nur heute Morgen. Er musste geschäftlich in den Norden fahren."

„Oh", sagte sie und versuchte, nicht enttäuscht zu klingen.

„Warum?“ wollte Sharon wissen. „Ich kann schnell zu seinem Boot laufen und nachsehen, ob er zurück ist.“

„Er wollte ein paar Erkundigungen für mich einholen“, erklärte Ashley. „Aber geh bitte nicht hin. Ich möchte nicht, dass er glaubt, ich setze ihn unter Druck. Ich werde bei ihm vorbeischauen, wenn ich vom Krankenhaus zurück bin.“

„Wenn er kommt, sage ich ihm, dass du ihn sprechen möchtest“, versprach Sharon.

„Danke.“

Als sie an diesem Abend im Krankenhaus eintraf, saß Lucy Fresia im Wartezimmer. Sie war überrascht und erfreut, Ashley zu sehen, und umarmte sie zur Begrüßung. „Aber Liebes, du hättest wirklich nicht kommen müssen. Nathan und ich ... wir sitzen hier einfach nur so.“

„Jetzt nicht mehr“, sagte Ashley. „Ich bleibe bei Stuart, während Sie und Nathan Nicks Spezialität des Tages genießen.“

„Wie lieb von dir, Ashley.“ Sie sah aus, als würden ihr die Tränen kommen. „Vielen, vielen Dank.“

„Gern geschehen. Während Sie essen, unterhalte ich mich mit Stuart.“

Plötzlich fühlte Ashley sich schuldig. Sie fragte sich, ob das alles möglicherweise nicht passiert wäre, wenn sie mit Stuart in Verbindung geblieben wäre. Vor allem hätte sie dann gewusst, womit er sich in den vergangenen Wochen beschäftigt hatte.

Sie ging mit Lucy zu Stuarts Zimmer und löste Nathan ab, der am Bett seines Sohnes saß. Wieder nahm sie Stuarts Hand und sprach mit ihm. Sie erzählte ihm von der Stelle, die man ihr angeboten hatte, und sprach von ihren Befürchtungen, dieser Aufgabe nicht gewachsen zu sein. Diesmal spürte sie bei ihm keine Reaktion. Na wenn schon. Sie sprach trotzdem weiter. Es tat gut, sich alles von der Seele reden zu können – umso mehr, da sie wusste, dass sie es auch dann hätte tun können, wenn er sie hätte hören können.

Sie wusste nicht, wie lange sie so gesessen hatte, als Lucy hereinkam, um sie abzulösen. Vor der Tür dankte Nathan ihr für das Essen, dass sie gekommen war und Dilessio um Unterstützung gebeten hatte.

„Hat er Sie angerufen?“ fragte sie.

„Noch nicht. Ich erwarte auch keine Wunder.“

Sie nickte. „So etwas braucht seine Zeit.“

„Geh nach Hause, Mädchen. Du hast schließlich einen anstrengenden Tag hinter dir.“

Sie wollte gerade sagen, dass der Tag weniger anstrengend als vielmehr außergewöhnlich gewesen war. Doch sie wollte möglichst rasch nach Hause für den Fall, dass Dilessio etwas herausgefunden hatte und zurück auf seinem Boot war. Sie würde den Fresias erst am nächsten Tag von der Stelle erzählen, die man ihr angeboten hatte.

Ashley verabschiedete sich von den beiden. Als sie durch das Wartezimmer ging, kam es ihr vor, als säßen noch immer dieselben Leute hier wie am Abend zuvor – einschließlich des Reporters, auf den Nathan sie aufmerksam gemacht hatte. Er hoffte offenbar nach wie vor auf seine Sensationsgeschichte.

Es war noch nicht spät, als sie das Krankenhaus verließ, aber heute schien es besonders dunkel zu sein. Sie machte sich allerdings weiter keine Gedanken darüber. Stattdessen fiel ihr ein, dass sie Karen und Jan noch immer nicht angerufen hatte, um ihnen zu sagen, wie es Stuart ging. Sie nahm sich vor, mit beiden so bald wie möglich zu sprechen.

Zuerst wollte sie jedoch mit Dilessio reden. Hoffentlich noch heute Abend.

Merkwürdigerweise war die Tiefgarage menschenleer, als sie

zu ihrem Wagen ging. Ihre Schritte hallten von den Betonwänden wider. Oder waren es gar nicht ihre eigenen? Sie spürte, wie es ihr kalt den Rücken hinunterlief.

Sie blieb stehen, und in dem Moment hörten auch die Schritte auf. Sie schaute sich um. Die Garage war erleuchtet, aber die Wagen und die Stützpfeiler warfen seltsame Schatten auf den Boden und an die Wände. Ihr Wagen stand ganz am Ende der Garage. Sie hatte sich nichts dabei gedacht, dort zu parken. Bei ihrer Ankunft war hier unten noch viel Betrieb gewesen.

Langsam drehte sie sich um. Sie konnte nichts Verdächtiges entdecken.

Zögernd ging sie weiter. Zuerst hörte sie nichts. Doch dann war es wieder da, das unheimliche Echo ihrer Schritte – ganz nah.

Wieder blieb sie stehen und fuhr herum. Niemand zu sehen. Sie hatte eine Gänsehaut auf den Armen. Ihr Instinkt befahl ihr, auf der Hut zu sein.

Sollte sie die Alarmanlage einschalten? Sie dachte daran, während sie über die Dächer der anderen Wagen schaute und in den Schatten der Parknischen etwas zu erkennen versuchte.

Erschrocken fuhr sie zusammen, als das elektronische Signal des Aufzugs ertönte. Die Türen des Lifts öffneten sich, und ein Paar verließ die Kabine. Das panische Gefühl ebbte ab, als sie die beiden miteinander sprechen hörte, während sie zu ihrem Fahrzeug gingen. Auch Ashley setzte ihren Weg fort und schalt sich eine Närrin.

Das Paar hatte einen Stellplatz in der Nähe des Aufzugs ergattert. Der Motor ihres Wagens heulte auf, und kurz darauf waren sie verschwunden. Sie dagegen hatte noch eine beträchtliche Strecke bis zu ihrem Auto zurückzulegen. Sie ging schnell, den Schlüssel mit der Fernbedienung fest in der Hand.

Es war keine Einbildung gewesen. Da waren die Schritte wieder.

Sie drehte sich um und rief: „Ich bin Polizistin. Ich habe eine Pistole, und ich kann sie benutzen." Das war natürlich gelogen.

Nichts tat sich.

Ihre Worte verhallten in einer menschenleeren Garage. Vielleicht hatte sie sich doch getäuscht.

Jetzt waren es nur noch wenige Meter bis zu ihrem Wagen.

Nein – das Geräusch existierte tatsächlich. Diesmal täuschte sie sich ganz bestimmt nicht. Die Schritte waren weiter weg, aber sie kamen schnell näher. Plötzlich sah sie eine Gestalt auf sich zulaufen. Sie trug einen Operationskittel, Gummihandschuhe und eine Operationsmaske, so dass sie das Gesicht nicht erkennen konnte.

Sie drehte sich um und begann zu laufen. Dabei drückte sie auf den Alarmknopf ihrer Fernbedienung, aber es tat sich nichts. Zu viele Autos standen im Weg. Sie lief so schnell wie möglich, die Gestalt dicht auf den Fersen. Niemand sonst war in der Garage. Die Schritte ihres Verfolgers klangen hohl auf dem Boden, als ob er über eine Gruft lief, und sie hallten von den Wänden wider.

Die Schritte wurden immer lauter.

Und kamen immer näher.

10. KAPITEL

Als sie ihren Wagen fast erreicht hatte, drückte Ashley auf den Alarmknopf und den Türöffner der Fernbedienung. Dieses Mal blinkten die Scheinwerfer, und die Sirene begann so laut zu kreischen, dass sie die Schritte ihres Verfolgers nicht mehr hörte. Daher hätte sie nicht sagen können, wie weit er noch von ihr entfernt war.

Am Wagen angekommen, riss sie die Tür auf, schlüpfte auf den Fahrersitz, schloss die Zentralverriegelung und startete den Motor. Sie setzte rückwärts heraus und schlug das Steuer herum. Vielleicht hatte ihr Verfolger eine Waffe oder ein Brecheisen, mit dem er die Scheiben einschlagen konnte. Sie trat das Gaspedal durch.

Gehetzt ließ sie ihren Blick durch die Garage wandern. Niemand war zu sehen. Die Gestalt im OP-Kittel und der Maske vorm Gesicht war wie vom Erdboden verschluckt.

Oder hielt sie sich nur im Schatten verborgen?

Am ganzen Körper zitternd fuhr sie bis zur Schranke und berichtete dem Parkhauswächter, was geschehen war.

„Sind Sie sicher, dass Sie verfolgt wurden?"

„Natürlich", sagte sie aufgebracht.

„Soll ich die Polizei rufen?"

„Ja, das sollen Sie. Vielleicht wartet er auf den nächsten, den er überfallen kann."

Wütend fuhr sie ihren Wagen an die Seite, stieg aus und wartete.

Kurz darauf erschienen zwei uniformierte Beamte. Einer von ihnen, Officer Mica, notierte ihre Aussage. Als sie ihm die Gestalt beschrieb, stutzte er.

„Er trug einen Operationskittel und Gummihandschuhe?" fragte er.

„Ja. Und einen Mundschutz."

Er ließ seinen Notizblock sinken.

„Was ist denn los?" wollte sie wissen.

Er zuckte mit den Schultern. „Wissen Sie, Tiefgaragen können nachts ganz schön Furcht einflößend sein, Miss Montague. Die eigenen Schritte klingen unheimlich, und die Beleuchtung ist auch nicht besonders gut. Sind Sie sicher, dass diese Person hinter Ihnen her war?"

„Natürlich."

Er schrieb immer noch nicht weiter.

Stattdessen seufzte er. „Vielleicht war es auch bloß ein überarbeiteter Chirurg, der zu seinem Wagen gegangen ist. Oder eine Krankenschwester. Bei dem Licht spielt einem die Fantasie schnell einen Streich."

„Officer, ich habe Ihnen doch gesagt, dass ich selbst auf die Polizeiakademie gehe. Mich kann so schnell nichts erschrecken, und ich sehe auch nicht in jeder dunklen Ecke Gespenster. Ich bin wirklich verfolgt worden. Anderen könnte es schließlich genauso ergehen. Sie sehen eine Person mit OP-Kittel und Mundschutz in der Tiefgarage eines Krankenhauses und denken nicht im Traum daran, dass sie überfallen oder vielleicht sogar vergewaltigt werden könnten."

Allmählich verlor sie die Geduld, aber damit würde sie erst recht nichts erreichen.

„Gut", sagte Officer Mica schließlich. „Wir schauen uns nach jemandem in OP-Kittel und mit Gummihandschuhen um. Damit werden wir zwar den reibungslosen Schichtwechsel ein wenig durcheinander bringen, aber wir tuns. Ich verspreche es Ihnen."

Er notierte noch etwas auf seinen Block und reichte ihr den Bericht zum Unterschreiben. Ihre Aussage hatte er zwar notiert, aber sie ahnte, dass er immer noch glaubte, ein übermüdeter Arzt, der seinen Wagen in der Nähe von ihrem geparkt hatte, sei einfach nur hinter ihr her gegangen.

„Danke", sagte sie frustriert. Sie meinte es genauso aufrichtig wie er sein Versprechen.

Officer Mica wiederholte resigniert, dass sie nach dem Mann suchen würden. Er gab ihr seine Karte und sagte, dass sie ihn jederzeit anrufen könne, um zu erfahren, ob sie den Verfolger dingfest gemacht hatten.

„Wenn diese Person wirklich etwas im Schilde geführt hat, dürfte sie inzwischen längst über alle Berge sein", meinte Micas Kollege freundlich. „In dieser Ausstaffierung ist es natürlich kein Problem für ihn, im Krankenhaus unterzutauchen. Wir rufen Sie an, wenn wir etwas herausfinden sollten, und sagen dem Wachpersonal im Krankenhaus, dass es die Augen offen halten soll."

Ashley schaute auf sein Namensschild. Officer Creighton. Sie fand ihn viel sympathischer als Officer Mica.

„Vielen Dank", sagte sie. „Würden Sie mir auch Ihre Karte geben?"

Er reichte ihr eine. Mica sagte nichts.

Sie war ganz und gar nicht beruhigt, als sie nach Hause fuhr. Jetzt, nachdem die unmittelbare Gefahr vorüber war, spürte sie mehr Wut als Angst. Sie war noch einmal davongekommen. Der oder die Nächste hatte möglicherweise nicht so viel Glück. Über Micas Reaktion hatte sie sich mächtig geärgert. Sie versuchte sich damit zu beruhigen, dass ihre Geschichte ja wirklich etwas seltsam geklungen hatte. Selbst wenn sie ihr geglaubt hätten, wäre es ziemlich absurd gewesen, in einem Krankenhaus nach einem Verfolger zu suchen, der Operationskittel, Handschuhe und Mundschutz trug. Das wusste sie natürlich auch.

Als sie vor Nicks Restaurant parken wollte, stand jemand auf ihrem Platz, obwohl das Schild „Reserviert" unübersehbar war.

Leise fluchend suchte sie weiter, bis sie weiter unten, wo die Straße nicht mehr gut beleuchtet war, eine Parklücke fand.

Wenn sie die Polizeiakademie verlassen sollte, würde sie ihre Pistole zurückgeben müssen. Vorläufig jedoch hatte sie noch das verdammte Ding und wusste damit umzugehen. Warum also trug sie sie jetzt nicht bei sich?

Weil sie bisher noch nie in eine Situation geraten war, in der sie eine Schusswaffe gebraucht hätte.

Und dennoch ...

Als sie aus dem Wagen stieg, sah sie sich automatisch um. Misstrauisch musterte sie jeden Schatten.

Über den Kiesweg eilte sie zur Bar. Eigentlich wollte sie den Seiteneingang benutzen, aber dann überlegte sie es sich anders und lief ums Haus herum zur Hintertür, die zur Pier führte.

Einige Gäste saßen noch auf der Terrasse und genossen den Blick auf den Hafen und die Boote. Ashley verlangsamte ihre Schritte. Ihr Ärger war immer noch nicht verflogen. Schließlich blieb sie stehen und ließ ihren Blick über den Hafen wandern.

Da hinten lag Dilessios Boot. In der Kabine brannte noch Licht.

Rasch lief sie zur Pier. Als sie nur noch wenige Meter von seinem Boot entfernt war, blieb sie zögernd stehen. Würde sie ihm nicht auf den Wecker fallen, wenn sie ihn jetzt schon wieder behelligte? Er hatte ihr doch versprochen, alles zu tun, was in seiner Macht stand.

Was solls! Stuart lag im Krankenhaus, immer noch im Koma, und seine Eltern wussten vor lauter Kummer nicht mehr ein noch aus.

Langsam ging sie weiter, blieb allerdings erschrocken stehen, als sie sah, dass er auf Deck war. Er saß auf einem Rattanstuhl, hatte die nackten Füße auf die Reling gelegt und eine Flasche Bier in der Hand. Sein Blick war starr auf den Horizont gerichtet, wo der dunkle Himmel und das nachtschwarze Meer ineinander übergingen. Sie wusste nicht, ob er sie bemerkt hatte, denn er rührte sich nicht. Vielleicht hatte er ein Bier zu viel getrunken und war eingeschlafen? Sie überlegte, ob sie umkehren sollte. In dem Moment sprach er sie an.

„Guten Abend, Miss Montague. Kommen Sie an Bord."

„Ich weiß nicht, ob ich Sie stören soll, wo Sie doch rund um die Uhr so sehr mit Ihren Fällen beschäftigt sind."

„Ehrlich gesagt, beschäftige ich mich im Moment tatsächlich mit einem Fall."

„So habe ich mir die Arbeit im Morddezernat auch immer vorgestellt: Die beste Methode, ein Problem in den Griff zu kriegen, ist Bier trinken und aufs Wasser starren."

„Kommen Sie hoch", wiederholte er.

Sie folgte seiner Aufforderung.

„Nehmen Sie sich ein Bier, eine Cola oder was immer Sie wollen", sagte er.

„Einer so netten Einladung kann ich kaum widerstehen."

„Ziehen Sie den Kopf ein, wenn Sie runtergehen. Die Kabinentür ist ziemlich niedrig."

Eigentlich wollte sie gar nichts trinken, aber der Versuchung, bis ins Innerste seines Heiligtums vorzudringen, konnte sie nicht widerstehen. Sie ging in die Kajüte. Die Küche, der Ess- und Wohnbereich gingen ineinander über und waren erstaunlich groß. Der Platz war optimal ausgenutzt, alles wirkte sauber, ordentlich und recht gemütlich. Sie ging in den Küchenbereich und öffnete den kleinen Kühlschrank. Soda, Saft, Bier und Mineralwasser.

„Na, machen Sie schon, Montague. Nehmen Sie sich ein Bier", rief er ihr nach.

Sie nahm eine Flasche ‚Miller Lite' und ging wieder hinaus aufs Deck.

Er hatte sich nicht gerührt. Er saß noch immer so da, wie sie ihn angetroffen hatte.

„Eine herrliche Nacht, nicht wahr?" meinte er.

„Das Wetter ist wirklich schön."

„Und es ist das Letzte, worüber Sie sich jetzt unterhalten wollen, stimmts?"

„Haben Sie mit dem Polizisten gesprochen, der in Stuarts Fall ermittelt?"

„Ja."

Sie lehnte an der Reling und sah ihn unverwandt an. Schließlich hob sie fragend die Hand.

„Und?"

„Paddy Carnegie ist ein guter Mann. Schon lange bei der Truppe. Er weiß, was er tut."

Sie seufzte ungeduldig. „Und was hat er gesagt?"

„Er hat gesagt, dass er alles tut, was er kann. Er mag die Fresias, und er wünschte, dass sie Recht hätten. Aber er hat keine Augenzeugen. Niemand hat mitbekommen, wie Ihr Freund auf den Highway gelangt ist. Jedenfalls hat sich keiner gemeldet. Der Fahrer, der ihn erwischte, hat ihn erst in dem Moment bemerkt, als er vor seinem Wagen auftauchte."

Ihr Ärger musste sich in ihrer Miene gezeigt haben, denn plötzlich wurde er ungeduldig.

„Was haben Sie denn erwartet? Eine fix und fertige Lösung? So funktioniert das nicht. Glauben Sie mir – mit manchen Fällen beschäftigt man sich jahrelang, und trotzdem kommt man keinen Schritt weiter. Hier gibt es wenigstens noch die Chance, dass man irgendwann ein paar Antworten kriegt. Vielleicht überlebt Ihr Freund."

„Nicht vielleicht. Er wird überleben“, beharrte sie. Sie ärgerte sich über die Dramatik ihrer Worte. Sie wollte doch nur zuversichtlich klingen.

Zu ihrer Überraschung schnaubte er verächtlich. „Ach wirklich? Sie sind mal mit diesem Kerl im Bett gewesen, er wird überleben, und die Wahrheit kommt ans Tageslicht. Er wird von aller Schuld reingewaschen, und alles wird gut. Wirklich toll, wenn es so wäre.“

Sie musterte ihn kühl und trat einen Schritt von der Reling weg. Auf keinen Fall wollte sie ihm die Genugtuung verschaffen, ihn in seiner Ansicht zu bestärken, indem sie ihm widersprach. „Sind Sie betrunken?“

„Nein, Montague, ich sage Ihnen nur, wie es ist. Manchmal kann man eben nichts an den Tatsachen ändern.“

„Sie sind wirklich ein Mistkerl“, sagte sie abfällig und wollte gehen.

„Montague!“ rief er ihr nach.

Sie wusste selbst nicht, warum sie stehen blieb. Schließlich schuldete sie ihm nichts.

„Sie haben eine ziemlich spitze Zunge. Wie wärs mal mit ‚Danke, Detective, dass Sie sich die Zeit genommen haben‘?“

„Wow. Danke, Detective. Sie waren wirklich klasse.“

„Kein Mensch weiß, was Stuart in den vergangenen Monaten getrieben hat. Seine Eltern wussten nicht, womit er sich beschäftigte. Sie haben Carnegie von einer Zeitung namens *Tiefgang* erzählt, für die er eine Story recherchierte. Er wollte allerdings keinem sagen, worum es ging. Nicht einmal der Chefredakteur hatte die leiseste Ahnung, womit er sich beschäftigte.“

Ashley starrte ihn an. „Das ist doch die Antwort.“

„Die Antwort? Wissen Sie denn, hinter was er her war?“

„Nein. Aber es ist doch offensichtlich. Er hat irgendetwas recherchiert, die Leute haben es herausgefunden und versucht, ihn umzubringen. Wir müssen herausfinden, was für eine Geschichte das war."

Unvermittelt erhob sich Dilessio aus seinem Stuhl. Seine Bewegungen waren so geschmeidig, dass sie ihre Vermutung, er sei betrunken, sofort widerlegten.

„Wir müssen das herausfinden? Sie sind ja noch nicht einmal Polizistin. Und ich arbeite im Morddezernat. Carnegie hat alle Informationen, und er ist ein guter Mann. Das habe ich Ihnen doch schon gesagt. Und wenn Sie etwas herausfinden sollten, dann werden Sie Carnegie sofort davon in Kenntnis setzen." Er holte tief Luft und wirkte ausgesprochen gereizt. „Oder mich. Sie werden es einem von uns erzählen und nichts auf eigene Faust unternehmen, ist das klar? Und hören Sie auf, sich etwas vorzumachen. Er könnte genauso gut in eine Clique von reichen verzogenen Jugendlichen geraten sein und Gefallen an Drogen gefunden haben. Ob Ihnen das nun passt oder nicht – es liegt durchaus im Bereich des Möglichen. Das können Sie glauben, oder Sie können es lassen."

Erschrocken stellte sie fest, dass er sie fast an die Reling drängte, so nahe stand er vor ihr. Dabei wirkte er nicht bedrohlich, sondern nur entschlossen. Er schrie sie nicht an, er hatte nicht einmal seine Stimme erhoben. Er sprach leise, aber mit einer solchen Bestimmtheit, dass es sie einschüchterte.

Ungeachtet der Tatsache, dass sie nur wenige Zentimeter voneinander trennten, reckte sie trotzig das Kinn vor.

„Ich kann Ihnen versichern, dass Stuart irgendetwas entdeckt hat. Heute Abend, nachdem ich ihn im Krankenhaus besucht hatte, bin ich in der Tiefgarage verfolgt worden."

„Was?" Verblüfft trat er ein paar Schritte zurück.

„Erst jetzt ist mir klar geworden, dass es eine Verbindung geben muss. Ich hatte in der Krankenhausgarage geparkt. Und als ich zu meinem Wagen ging, ist mir jemand gefolgt. Ich habe es gerade noch bis in mein Auto geschafft, dann war er plötzlich verschwunden. Erst hatte ich gedacht, es sei ein Zufall. Dass er vielleicht einer Frau aufgelauert hätte, und ich war die erste, die vorbeikam. Inzwischen glaube ich, dass er es doch speziell auf mich abgesehen hatte. Vielleicht wollte er mich überfallen, weil ich Stuart kenne und eine Zeit lang allein mit ihm im Zimmer war. Möglicherweise haben diejenigen, die ihm das angetan haben, gemerkt, dass ihr Plan nicht geglückt ist, dass er auf der Intensivstation liegt und jeden Tag aufwachen kann."

„Jemand hat Sie verfolgt? Wer? Wie hat er ausgesehen? Ein Penner? War er weiß oder schwarz? Hispanisch? Alt? Jung?"

Sie schüttelte den Kopf. Fast bedauerte sie, es ihm erzählt zu haben. „Die Person trug einen Operationskittel, Gummihandschuhe und einen Mundschutz. Ich könnte nicht mal sagen, ob es ein Mann oder eine Frau war. Obwohl ich glaube, dass es ein Mann gewesen ist."

„Im Krankenhaus ist jemand in OP-Kittel und Gummihandschuhen hinter Ihnen hergelaufen?"

Sie holte tief Luft. „Ja", antwortete sie gereizt.

Lange sagte er nichts. In diesen Sekunden wurde ihr bewusst, wie nahe sie sich gegenüber standen. Er roch nach Seife, nach Meer und einem Hauch von Bier. Seine Haut war gebräunt, auf seiner Brust kräuselten sich schwarze Haare, und unter der Haut zeichneten sich seine Muskeln deutlich ab. Der Ausdruck seines Gesichts, das sich so gut zeichnen ließ, war unergründlich. Deshalb hätte sie im Moment nicht gewusst, wo sie den Bleistift ansetzen sollte. Sie merkte, dass sie die Luft angehalten hatte, und zwang sich, weiterzuatmen. Seine Nähe irritierte sie, zumal er so groß war, und er verströmte eine Aura, die sie zusehends nervöser machte. Schließlich schüttelte er den Kopf. Noch immer stand er dicht vor ihr.

„Hören Sie, Sie sollten sich nicht irgendwelche Hirngespinste einbilden, nur weil Ihr Freund verletzt ist und Sie ein wenig von der Rolle sind."

„Das war kein Hirngespinst. Es ist tatsächlich passiert. Ich habe es zu Protokoll gegeben."

„Dann sollten Sie besser nicht mehr allein ins Krankenhaus fahren."

„Ich bin bald Polizistin." Vielleicht auch nicht – oder nicht so bald. Das Jobangebot war wirklich zu verlockend, um es abzulehnen. Doch davon wollte sie Dilessio jetzt nichts erzählen.

„Trotzdem hatten Sie heute Abend Angst."

„Ich habe nicht damit gerechnet, dass es im Krankenhaus für mich gefährlich werden könnte. Schließlich war ich nicht bewaffnet."

„Offenbar war die Gefahr nicht groß genug", sagte er plötzlich verärgert.

„Warum wird aus einer Unterhaltung mit Ihnen immer ein Streit?"

„Das ist kein Streit. Ich versuche Ihnen nur gerade beizubringen, sich nicht wie eine Närrin zu benehmen."

„Was ist Ihr Problem mit mir?"

„Ich habe kein Problem mit Ihnen – abgesehen davon, dass Sie eine arrogante Anfängerin sind und sich einbilden, die Einzige zu sein, die sich um den Fall kümmert oder etwas erreichen könnte."

Sie erstarrte zur Eissäule. Ohne den Blick von ihm zu wenden, sagte sie: „Na dann vielen Dank. Vielen Dank für Ihre Hilfe, Detective. Wenn Sie mich jetzt entschuldigen wollen – ich denke, ich gehe jetzt besser."

„Ich begleite Sie zurück."

„Bemühen Sie sich nicht. Es sind nur zwei Minuten bis zu mir nach Hause."

„Ich komme mit Ihnen."

„Warum?"

„Sie glauben, dass Ihnen heute Abend jemand aufgelauert hat. Polizisten passen gegenseitig auf sich auf."

„Na prima. Und hinterher bringe ich Sie wieder zum Boot zurück, ja? Da wären wir ja die ganze Nacht unterwegs."

„Sie sollten besser auf mich hören. Bis jetzt haben Sie sich noch nicht eine einzige Warnung zu Herzen genommen."

„Was erwarten Sie denn von einer arroganten Anfängerin, die sich für großartig hält?"

Er trat einen Schritt zurück. Sie glaubte hören zu können, wie er mit den Zähnen knirschte. Seine Muskeln schienen sich zu verkrampfen. „Na gut, Montague. Tut mir Leid, dass ich so begriffsstutzig bin. Sie sind ein niedliches Mädchen und wissen genau, wie der Hase läuft. Ich dagegen bin alt, ausgepowert, abgestumpft und habe schon zu viele Sachen daneben gehen sehen, okay? Seien Sie geduldig mit mir."

Er nahm ihren Arm und zog sie einfach mit sich. Sein Griff war fest, ohne dass er ihr wehtat. Fast wäre sie gestolpert, als sie hinter ihm herging. Wieder hatten seine Worte sie wie Messerstiche getroffen.

Niedliches Mädchen?

„Da hinten ist die Tür, die direkt zu meiner Wohnung führt."

„Großartig."

Er grätschte über den niedrigen Holzzaun, der die Straße von den Piers trennte, und sie folgte ihm. Er begleitete sie bis zu ihrer Tür.

„Danke für die Begleitung. Wir niedlichen Mädchen sind immer froh, wenn wir sicher zu Hause angekommen sind."

„Sagte ich ja."

„Noch was?"

„Öffnen Sie die Tür, und gehen Sie hinein."

Sie griff in ihre Handtasche ... und fand den Schlüssel nicht, der dieser unmöglichen Situation ein Ende bereitet hätte. Hektisch suchte sie in der voll gestopften Tasche, während er stumm neben ihr stand. Ungeduldig kniete sie sich hin und leerte den Inhalt auf den Gehweg. Wunderbarerweise tauchten die Schlüssel sofort auf.

Er bückte sich und half ihr, Geldbörse, Kugelschreiber, Lippenstifte, Puderdose und anderen Krimskrams aufzusammeln.

„Ich habe ihn", sagte sie.

Noch immer sagte er nichts. Sie schloss auf und trat über die Türschwelle. „So, jetzt bin ich drin."

„Gute Nacht."

Er drehte sich um und ging zurück. Während sie ihm nachsah, biss sie sich auf die Lippe. So, das wars wohl. Aus und vorbei. Viel Mut hatte er ihr gerade nicht gemacht. Hatte sie mit etwas anderem gerechnet? Dass er sie auf seinem Boot willkommen heißen, den Fall ernsthaft mit ihr durchdiskutieren und ihr sagen würde, dass sie die Antworten schon finden würden, wenn sie zusammenarbeiteten?

Selbstverständlich nicht.

Allerdings hatte sie auch nicht erwartet, dass er sie zurückbegleiten würde, als wäre sie noch ein Kind, und so lange warten würde, bis sie sicher im Haus war.

Oder hatte sie etwa gehofft, dass er ihr bis ins Zimmer folgte, sich ein wenig umsehen und näher zu ihr treten würde, um verführerisch auf sie einzureden?

Dass er vielleicht sogar bei ihr bleiben würde?

Niedliches Mädchen. Warum um alles in der Welt fand sie diesen Mistkerl so attraktiv?

Sie hatte sich nie für niedlich gehalten. Sie war nicht klein, sie hatte auch kein rundes Gesicht oder Grübchen. Sie war zwar keine atemberaubende Schönheit, aber sie wusste, dass sie attraktiv war, eine gute Figur hatte und intelligent und schlagfertig war. Jedenfalls in gewissem Maß.

Er war so ein Idiot.

Doch als sie so nahe vor ihm gestanden hatte ...

Hast du nicht manchmal auch einfach Lust auf Sex?

Jawohl, Karen. Im Moment sogar sehr, fürchte ich. Und am liebsten ausgerechnet mit diesem verdammten Idioten!

Vorhin, als er vor ihr gestanden und sie beschimpft hatte, war sie zwar empört gewesen, und dennoch hatte sie die ganze Zeit daran gedacht, wie anziehend sie seine dunklen Augen und sein attraktives Gesicht fand. Und seinen Körper. Seinen nackten Körper. Einer wie er konnte nirgendwo anders als auf einem Hausboot leben, wo es die natürlichste Sache der Welt war, in kurzen Hosen herumzusitzen.

Als er sich umdrehte, stand sie immer noch an der Tür und schaute hinter ihm her.

„Gehen Sie hinein, und schließen Sie ab!" rief er ungeduldig.

Sie warf die Tür zu und drehte den Schlüssel um.

Jake wunderte sich, warum er so angespannt und ärgerlich war, während er zur *Gwendolyn* zurückging. Seine Nackenmuskeln hatten sich verkrampft. Die lange Hin- und Rückfahrt am selben Tag war sehr anstrengend gewesen. Außerdem war er ziemlich frustriert – nicht nur wegen Bordon, sondern auch wegen Fresia.

Und auch wegen Nicks Nichte. Sie sollte sich wirklich etwas zurückhalten. Er hätte sie am liebsten gepackt und durchgeschüttelt, nur um ihr klar zu machen, dass er sie vor Gefahr bewahren wollte.

Doch nicht nur das. Er wollte noch viel mehr von ihr. Warum hatte er so lange gebraucht, um zu erkennen, dass Ashley Montagues Augen nicht einfach nur grün waren? Sie wechselten zwischen limonen- und smaragdgrün, je nachdem was sie sagte oder ob sie wütend war. Sie war zwar zierlich, schlank und geschmeidig, hatte aber trotzdem eine tolle Figur. Ein schwacher Duft eines leichten Parfüms umgab sie. Ihr Haar war mehr als karotten- oder feuerrot; der Farbton war intensiver und genauso verführerisch wie ihr Duft – ein verheißungsvolles Flüstern, ein uneingelöstes Versprechen.

Er öffnete den Kühlschrank, um sich noch ein Bier zu nehmen.

Missmutig schlug er die Tür zu.

Er schaute sich im Wohnraum seines Hausbootes um. Er war überzeugt davon, dass jemand in der vergangenen Nacht auf der *Gwendolyn* gewesen war. Auch wenn nichts verschwunden war, spürte er instinktiv, dass sich eine fremde Person an Bord aufgehalten hatte.

Und jetzt hatte Ashley ihm gesagt, dass sie in der Tiefgarage fast überfallen worden wäre.

Die beiden Vorfälle hatten wohl kaum etwas miteinander zu tun.

Oder?

Jake stellte die Kaffeemaschine an und setzte sich an seinen Computer. Er rief die Dateien mit den Berichten auf, die er seit Jahren gespeichert hatte.

Ob das der Grund gewesen war?

War jemand auf sein Boot gekommen, um in seinen Computerdateien herumzuschnüffeln – jemand, der wusste, dass er viele Unterlagen bei sich zu Hause und nicht im Büro gespeichert hatte? Möglich.

Morgen würde er einen Handwerker kommen lassen, der die Schlösser auswechseln sollte. Das hätte er schon heute erledigen sollen.

Er verschränkte die Hände hinter dem Kopf und dachte an seine Unterhaltung mit Bordon.

Nebel und Spiegel.

Mary Simmons war überzeugt davon, dass Harry Tennant verrückt gewesen war. Er hatte Stimmen gehört. Lazarus. Lazarus ... der von den Toten auferweckt wurde.

Stuart Fresia hatte an einer Geschichte gesessen.

Ashley Montague hatte die grünsten Augen, die er jemals gesehen hatte. Tolle Brüste. Und einen wirklich hübschen, knackigen Hintern.

Er stieß einen Fluch aus, konzentrierte sich auf den Bildschirm und begann zu arbeiten. Mit straffem Rücken und einer fast schmerzhaften Anspannung. Er rieb sich den Nacken und schrieb Eindrücke, Notizen und Beobachtungen auf, die er gemacht hatte und die er für wichtig oder bemerkenswert hielt.

Lazarus. Der Kerl war verrückt gewesen, er hatte Stimmen gehört.

Nebel und Spiegel.

Stuart Fresia hatte für eine Geschichte recherchiert.

Ashley Montague hatte tolle ...

Die letzte Bemerkung löschte er und sagte sich, dass er ein Idiot sei. Er hatte noch mehr Schimpfworte für sich auf Lager. Er schaltete den Computer aus und ging wieder hinaus aufs Deck.

Sie war verdammt nah. Er brauchte nur über die Wiese zu gehen.

Gut. Gar nicht gut. Sie sollte keine Polizistin werden. Für diesen Job fehlte ihr die Geduld. Außerdem hatte sie keine ...

Stimmte doch gar nicht. Wahrscheinlich würde sie sogar eine sehr gute Polizistin werden. Genau wie Nancy. Aber Nancy hatte einen Fehler gemacht, und deshalb war sie jetzt tot. Andere Polizisten hatten ebenfalls Fehler gemacht. Auch sie lebten nicht mehr.

Nebel und Spiegel ...

Lazarus.

Und wenn der Typ nun doch nicht verrückt gewesen war? Vielleicht hatte er ja gar keine Stimmen gehört. Eines der Sektenmitglieder hieß möglicherweise Lazarus.

Er wünschte, Bordon säße ihm noch einmal gegenüber. Wenn es doch nur legal wäre, ihn zu zwingen, alles zu sagen, was er wusste.

Es war zum Verzweifeln. Er war sicher, dass die Antwort in greifbarer Nähe lag. Er konnte sie nur nicht sehen. Nebel und Spiegel. Bordon hatte geschworen, dass er nichts mit Nancy zu tun gehabt hatte. Jake hatte sie nie mitgenommen, als er die Mitglieder der People of Principles verhört hatte. Zweimal war er zu ihnen hinausgefahren, und jedes Mal allein. Beim ersten Mal hatte sie mit dem Touristen gesprochen, der die zweite Leiche gefunden hatte. Beim zweiten Mal war sie damit beschäftigt gewesen, die Unterlagen von Bordons geschäftlichen Transaktionen zu studieren.

Und dann war sie verschwunden.

Seltsam. Bordon hatte sie nie kennen gelernt, aber er schien alles über sie zu wissen. Auch über ihre Probleme mit Brian.

Nebel und Spiegel. Lazarus.

Schlaf mal drüber, sagte er sich erschöpft. Vielleicht würde er morgen klarer sehen.

Er schloss die Kajütentür der *Gwendolyn* ab und ging zu Bett. Doch er konnte lange nicht einschlafen.

In dieser Nacht träumte er erneut.

Er befand sich in einem Wald voller Spiegel. Ein alter Mann in einem langen weißen Gewand lief zwischen den Bäumen hindurch. Lazarus, von den Toten auferweckt.

Die Spiegel lösten sich in winzige Kristalle auf und verwehten wie Staub im Wind. Der Wald verschwand, und nun sah er das Ufer neben dem Hafen. Eine Frau kam auf ihn zu. Schlank, geschmeidig, sinnlich. Sie bewegte sich aufreizend langsam. Ihre weiße Haut schimmerte im Mondlicht. Die Haare schienen in Flammen zu stehen.

Sie war nackt.

Langsam schritt sie über die Pier.

Eine Sekunde später stand sie auf dem Boot. Dicht vor ihm. Und im nächsten Moment ...

Schweißgebadet fuhr er aus dem Schlaf hoch. Er fluchte.

Der Traum war so real gewesen. Inzwischen war er hellwach. Verdammt, er sollte nicht sofort von der Arbeit nach Hause gehen. Er war ja geradezu besessen von dem Fall. Er musste mal wieder unter Leute. Heute Abend wollte er in einen Club gehen, der am Strand lag.

Reglos lauschte er in die Dunkelheit. Hatte der Traum ihn aufgeweckt? Oder ein Geräusch? Leise schlüpfte er aus dem Bett und lief mit gespitzten Ohren durch das ganze Boot. All seine Sinne waren hellwach. Da war etwas – ein Laut, der nicht vom Boot kam. Sondern irgendwo aus der Nähe.

Nun ja, er lebte schließlich nicht allein hier draußen. Ein Nachbar war nach Hause gekommen und auf sein eigenes Boot gegangen. Oder jemand hatte Nicks Bar verlassen. Oder Nick hatte seinen Abfall nach draußen gebracht.

Aus dem Nachttisch neben seinem Bett holte er die Pistole aus der Schublade. Dann lief er durchs Wohnzimmer und öffnete die Tür, die aufs Deck führte.

Er trat ins Freie. Die Nacht war still. Bis auf das Plätschern des Wassers gegen die Boote oder die leisen Schläge, wenn die Flut die Schiffe gegen die Stützpfeiler der Anlegestellen trieb, war kein Laut zu hören.

Er sprang auf die Pier und schaute sich um. Kein Mensch war zu sehen.

Dann blickte er hinüber zur Wiese.

Ashley Montague stand in der Tür. Sie trug ein langes, weites T-Shirt.

Noch nie in seinem Leben hatte er so etwas Erotisches gesehen.

Ohne sich zu rühren, schaute er sie unverwandt an. Er war sich im Klaren darüber, dass sie ebenfalls zu ihm hinüberblickte.

Er stieg über den niedrigen Holzzaun und ging zu ihr hinüber. Sie bemerkte die Pistole in seiner Hand. Dann schaute sie ihm ins Gesicht.

„Wollen Sie mich jetzt verhaften?“ fragte sie, während sie stocksteif stehen blieb.

„Nein. Was machen Sie denn hier draußen?“

„Ich habe ein Geräusch gehört. Und was machen Sie?“

„Ich habe auch etwas gehört.“

„Vielleicht haben wir uns gegenseitig gehört?“ fragte sie.

„Möglich.“

Eine leichte Brise war aufgekommen, sanft und kühl. Sie schauten sich immer noch in die Augen. Er konnte ihr Atmen hören, sah, wie ihre Brüste sich unter dem weichen Baumwollstoff hoben und senkten.

„Sie haben eine Pistole.“

„Sie ist gesichert.“

„Gut.“ Sie befeuchtete ihre Lippen, ohne den Blick ihrer grünen Augen von ihm abzuwenden. „Und jetzt?“

Er zuckte mit den Schultern. Plötzlich spürte er sein Blut, heiß wie Lava, durch seine Adern schießen. Der Ätna hat einen schlechten Tag erwischt, dachte er zynisch. Sie berührten einander nicht, und dennoch hatte er das Gefühl, dass zwischen ihnen tausende von knisternden Funken sprühten, die von ihr ausgingen und seine Haut zum Prickeln brachten.

„Mist“, murmelte er kopfschüttelnd. Was zum Teufel tat er da?

Dann fragte sie: „Zu dir oder zu mir?“

Es war nur ein Flüstern. Und es klang keineswegs so forsch, wie sie gehofft hatte. Dessen war er sich ziemlich sicher. Dann schüttelte sie den Kopf, und einen Moment lang hatte er den Eindruck, dass sie einen Rückzieher machen würde.

Er hatte sich getäuscht.

„Zu dir“, sagte sie und zog eine Grimasse. „Das hier ist schließlich immer noch das Haus meines Onkels.“

Statt ihr zu antworten, griff er nach ihrem Arm und zog sie mit sich über die Wiese.

11. KAPITEL

Rot.

Er sah nur noch Rot. Sein Kopfkissen war ein Meer von Rot. Die feuerrote Mähne bedeckte den weißen Stoff – zerzaust und verführerisch und verheißungsvoll wie die Erbsünde.

Jake stand kurz davor, den Verstand zu verlieren. Es war ihm gleichgültig. Sie würden beide den Verstand verlieren.

Vielleicht würde die eine Verrücktheit die andere ausgleichen.

In diesem Moment war sie einfach nur die herrlichste Frau, die er jemals gesehen hatte. Die begehrenswerteste. Sie fachte ihn an, wie ihn noch keine Frau, die er kannte, jemals angefacht hatte. Ihre Augen waren ein grünes Feuer, und ihre Lippen ... nie zuvor hatte er einen sinnlicheren Mund gesehen. Bei jeder Bewegung, die sie machte, schien die Luft um sie herum zu knistern, als wäre sie angefüllt mit sprühender Elektrizität. Er fragte sich, wie es sein konnte, dass ein schlichtes Baumwoll-T-Shirt so ungemein erotisierend wirkte.

Bei Gott, sie war einfach perfekt.

Was zum Teufel tue ich eigentlich hier? fragte Ashley sich. Doch rasch schob sie die Frage beiseite. Hatte sie nicht schon lange davon geträumt – von ihm geträumt? Ja, er war vollkommen mit seinem markanten Gesicht, seiner klassisch-männlichen Erscheinung. Sympathisch trotz seines ruppigen Macho-Gehabes. Breite Schultern, ein flacher Bauch, schmale Hüften, ausgeprägte Muskeln, weiche Haut, die im Mondlicht golden schimmerte. Begierig sog sie seinen Geruch in sich auf. Wasser, Salz, Seife ... ein Hauch von After Shave, aufreizend, verführerisch ...

Jake redete sich ein, dass sie all dem einen Riegel hätte vorschieben, einen Rückzieher machen, mit einigen wenigen Worten den Zauber brechen können. Er hätte ein besserer, stärkerer Mann sein müssen, um Nein zu sagen.

Aber sie hatte kein Wort gesagt.

Eigentlich hatten sie beide nicht mehr gesprochen. Nicht, als sie zur *Gwendolyn* hinübergingen, nicht, als sie stehen blieben, während er die Tür hinter ihnen beiden verschloss, nicht einmal, als er auf die Stufen deutete, die in die Schlafkajüte führten. Stumm hatte er zugeschaut, als sie sich ihr T-Shirt über den Kopf gezogen hatte – stumm auch deswegen, weil sein Atem so heftig ging, dass er gar nicht hätte reden können. Darunter trug sie einen schwarzen Seidentanga, knapp, frech und sexy, der überhaupt nicht zu dem züchtigen Baumwollhemd passte.

Bei dem Anblick stockte ihm einmal mehr der Atem, und das Herz schlug ihm bis zum Hals.

Mit der Geschicklichkeit eines Zauberers hatte er die Bettdecke zur Seite geschlagen, und sie hatte sich erwartungsvoll auf das frische Laken gelegt. Er war geblendet vom Anblick des leuchtenden Rots ihrer Haare auf dem weißen Baumwollstoff. Von der gleichen intensiven Farbe musste das Blut sein, das wie wild durch seine Adern schoss.

Endlich sprach er. „Jesus", flüsterte er. Ein einziges Wort nur. Es klang nicht ketzerisch, sondern ehrfurchtsvoll.

So eilig hatte er es auf einmal, neben ihr zu liegen, dass er vergaß, seine Hose auszuziehen. Sein Blick wanderte vom Rot ihrer Haare zum Schwarz des winzigen Stoffdreiecks. Junge, du kommst ja ziemlich schnell zur Sache, sagte er zu sich selbst halb spöttisch, aber zum Teufel, schließlich befanden sie sich nicht mitten in einer zeitlupenhaften Verführungsszene. Er schob sich über sie, ihre Blicke trafen sich ...

Farben, noch mehr Farben. Ein Grün, Katzenaugen-Grün, sinnlich und verlockend. Sie hatte die Lider halb geschlossen, und ihre Wimpern bebten.

Und erst ihre Lippen. Sie waren feucht, halb geöffnet, und er spürte ihre erregten Atemzüge, die über sein Gesicht fächelten. Mit der Zungenspitze fuhr sie sich über die Lippen, verheißungsvoll, erwartungsvoll. Doch er beachtete ihren Mund nicht, jedenfalls vorerst nicht – wie verführerisch er auch immer wirkte. Zuerst hatte er etwas anderes vor.

Er bettete den Kopf an ihren Hals und atmete den süßen Duft ihrer Haut ein. Mit der Zungenspitze wanderte er abwärts durch das Tal zwischen ihren Brüsten, verharrte kurz an ihrem Bauchnabel und tastete sich weiter bis zum Rand des knappen Seidenstoffes vor. Schon jetzt liebte er die Seife, die sie benutzte, die Bodylotion, das Parfüm, was immer es auch sein mochte. Vielleicht war es auch nur ihr eigener Duft. Es war köstlich, sie zu berühren. Wie Seide, nur viel heißer und viel lebendiger. Als er mit seiner Zungenspitze tiefer drang, berührte er den Gummizug ihres Höschens. Er spürte, wie sie tief Luft holte. Sanft fuhr er mit den Lippen über den seidigen Stoff. Er steckte seine Finger unter das Gummiband und tastete sich tiefer unter den Stoff. Dann zog er ihn langsam herunter.

Rot.

Das Blut hämmerte in seinem Kopf, als er die leuchtende Farbe sah. Ihre Finger schlangen sich in sein Haar. Sie sagte etwas, aber ihre Worte machten keinen Sinn. Vielleicht waren es auch gar keine Worte, nur Laute, Flüstern, Stöhnen. Sie bewegte sich unter ihm, schmiegte sich an ihn, geschmeidig, lustvoll. Ungeduldig streifte er ihr den Slip über die Beine. Dort, wo die Seide gewesen war, küsste er sie nun, schmeckte sie, leckte sie, blies seinen heißen Atem über ihre Haut ... Den Schmerz, den ihr fester Griff in sein Haar ihm verursachte, spürte er nicht. Sie hatte ihn ganz und gar verzaubert. Sein Herz raste, sein Puls hämmerte, er genoss sie mit all seinen Sinnen: ihren Geschmack, ihren Geruch, ihre Hitze. Er spürte, wie sie sich bewegte, hörte die Laute, die sie von sich gab, merkte, dass sie den Gipfel fast erreicht hatte. Sie dehnte sich wie eine Katze; dann kam sie, und das köstliche Gefühl trug sie wie auf einer Wolke davon. Ihre Finger lösten sich aus seinem Haar. Er schob sich höher, bis er ihr Gesicht sehen konnte. Sie hatte die Augen wieder halb geschlossen, ihre Wimpern bebten, und ihre Wangen waren gerötet.

Und erst ihr Mund. Als er sie küsste, reagierte sie sofort. Sie schlang die Arme um ihn, knetete seine Schultern, ihre Zunge wühlte sich in seinen Mund, kämpfte mit seiner, nass, heiß, verführerisch. Doch noch während sie seine leidenschaftlichen Küsse erwiderte, schob sie ihn von sich, entschlossen, ihn mit ihren Lippen zu erforschen. Er war wie vom Donner gerührt, als er das heiße Feuer in seinen Lenden spürte. Verblüfft darüber, was sie mit ihren Lippen auf seiner Haut anstellen konnte, mit ihrer Zungenspitze, die die geheimsten Winkel seines Körpers erforschte.

Ihre Finger tasteten sich zum Gürtel seiner Jeans vor, strichen über den Hosenschlitz, kühn, langsam ... qualvoll langsam. Ihre Hand glitt in den Hosenbund, und sie umfasste ihn. Er betete darum, nicht zu schnell zu kommen, doch das Blut, das durch seine Adern jagte, erhitzte ihn so sehr, dass er wenig Hoffnung hatte, sich noch lange zurückhalten zu können. Er löste sich von ihr, streifte seine Hose ab und nahm sie in die Arme, verschloss ihren Mund mit seinen Lippen, und ehe er vor unerfülltem Begehren schier wahnsinnig wurde, glitt er in sie hinein. Sie war weich und leidenschaftlich, und ihre feurige Hingabe fachte seine Lust noch weiter an. Wann hatte er sich zuletzt mit einer solchen Begierde hingegeben? Er konnte sich nicht erinnern. Er genoss jede Sekunde auf diesem köstlich-qualvollen Weg zum Höhepunkt.

Jetzt bog sie sich ihm entgegen, wand sich unter ihm, rieb ihren Unterleib an seinem Schoß und stieß einen lustvollen Schrei aus. Er folgte dem pochenden Rhythmus seines Körpers, wurde schneller und schneller und erlebte schließlich einen überwältigenden Höhepunkt, der ihn bis ins Innerste erschütterte. Erschöpft, schweißnass und schwer ließ er sich auf sie fallen.

Diese Bewegung brachte ihn in die Wirklichkeit zurück; er rollte von ihr herunter und schmiegte sich ganz eng an ihren Körper. Während er sie festhielt, zitterte sie immer noch. Allmählich ging ihr Atem wieder regelmäßiger.

Einen Moment später fragte er leise: „Möchtest du reden?"

„Nein."

Ein kurze Antwort, klar und deutlich.

Sie machte keine Anstalten, sich aus seiner Umarmung zu lösen. Und er zog sich nicht aus ihr zurück.

Die Lichter waren gedämpft, und das Boot wiegte sich sanft auf den Wellen. Sie kostete das Gefühl aus, in seinen Armen zu liegen. Ihre rote Haarpracht breitete sich auf seinem Körper aus. Er streichelte ihre seidenweiche Haut, ertastete mit den Fingerspitzen die lebendige Wärme. Spielerisch glitt er mit der Handfläche über ihren Arm und ihren Rücken.

Was für ein Rücken!

Zärtlich fuhr er über die Rundungen ihres Pos.

Unvermittelt riss er sie wieder an sich, während sein Puls einen neuen Geschwindigkeitsrekord aufstellte. Nass und heiß bog sie sich ihm entgegen, und ihre Körper bewegten sich gleichmäßig wie zu den Klängen einer sinnlichen Melodie. Seine Finger umklammerten ihre Hüften, streichelten und liebkosten ihre Brüste; sein Körper drängte sich an ihren Unterleib, rieb sich an ihm, bis sie beide gleichzeitig in einer Woge der Lust versanken. Er blieb in ihr; allein der Gedanke, sich aus ihr zurückzuziehen, war ihm unerträglich. Allmählich ließ die Hitze nach und wich einem seligen Gefühl der Ruhe und Zufriedenheit.

Lange lagen sie bewegungslos, bis er schließlich ihr Haar, das ihn an der Nase kitzelte, über ihre Schultern schob. Noch immer schien sie keine Lust zum Reden zu haben, und deshalb sagte er ebenfalls nichts. Erst in diesem Moment merkte er, dass er schon lange nicht mehr eine so tiefe Befriedigung empfunden hatte. Noch nie zuvor hatte er es so sehr genossen, eine Frau in den Armen zu halten, nachdem er mit ihr geschlafen hatte und nicht nur, während er Sex mit ihr hatte.

Lucy Fresia saß im Krankenhaus am Bett ihres Sohnes. Sein Zustand hatte sich nicht gebessert, aber sie war fest entschlossen, weiter an seiner Seite zu wachen. In diesem bewegungslosen Körper lebte Stuarts Seele weiter, und sie wusste, dass er einen unbändigen Lebenswillen hatte. Immer wieder versicherte sie ihm, dass sie ihn liebte.

Sie nahm seine Hand und lehnte sich zurück. Es war schon spät. Sie schloss die Augen. Obwohl ihr das Herz so schwer war, dass sie es kaum ertragen konnte, fiel sie nach wenigen Sekunden in einen unruhigen Schlaf.

In ihren Dämmerzustand drang ein klickendes Geräusch. Es war kaum vernehmbar, aber trotzdem war sie sofort wieder hellwach. Nathan war gekommen, um sie abzulösen und sie für den Rest der Nacht nach Hause zu schicken. Oder es war die freundliche Krankenschwester, die sich vergewissern wollte, dass ihrem Patienten auch nichts fehlte.

Sie blickte zur Tür. Durch das Fenster nahm sie verschwommen eine Gestalt im grünen Krankenhauskittel wahr. Sie straffte die Schultern und bereitete sich darauf vor, den Ankömmling mit einem Lächeln zu begrüßen.

Die Person hatte sie ebenfalls bemerkt, davon war Lucy überzeugt, obwohl sie vor lauter Müdigkeit kaum noch klar sehen konnte.

Die Tür wurde nicht geöffnet. Stattdessen verschwand die Gestalt nach wenigen Sekunden. Verwirrt stand Lucy auf und ging zur Tür, öffnete sie und schaute hinaus. Der Korridor war menschenleer. Mit einem Achselzucken nahm sie ihre Nachtwache wieder auf und rückte den Stuhl näher ans Bett. Leise sprach sie mit ihrem Sohn. „Du wirst es schaffen, Stu, ganz bestimmt. Du musst es einfach schaffen, hörst du?“ Obwohl sie viele Tage und Nächte so verbracht hatte, kamen ihr wieder die Tränen. „Bitte, Stu. Dein Dad und ich ... wir lieben dich doch so sehr. Du bist alles, was wir haben, Stu ... bitte, Stu.“

Die einzige Antwort, die sie erhielt, war das Geräusch des Beatmungsgerätes. Sie drückte seine Hand. „Wir werden nicht aufgeben. Wir bleiben bei dir, egal, was passiert.“

Das Geräusch des Weckers war ausgesprochen unangenehm.

Jake fuhr hoch und massierte sich die Schläfen.

„Mist.“

„Mist“, kam ein Echo von seiner Seite.

Ashley hatte sich ebenfalls halb aufgesetzt und das Laken um ihren Oberkörper geschlungen. Ihre wilde Mähne rahmte ihr Gesicht wie ein loderndes Feuer ein.

Im Licht des Morgens war sie noch begehrenswerter. Umwerfend, sinnlich ... und irgendwie sehr verletzlich.

Aber der Tag tauchte auch die Wirklichkeit in ein helles Licht.

Sie schauten einander an.

Was habe ich mir bloß dabei gedacht? überlegte Jake. Sie war Nicks Nichte. Arrogant, viel zu selbstsicher und auf dem besten Weg, in Schwierigkeiten zu geraten. Er brauchte sie so nötig wie ein Messer zwischen den Rippen. Nun gut, sie hatten Sex miteinander gehabt, aber es war nur Sex. Sie hatten ihrer Lust nachgegeben, spontan und einvernehmlich. Der Sex war gut gewesen, verdammt gut sogar, aber es war eben nicht mehr als nur Sex.

Falsch. Nicht mit dieser Frau. Sie hatte ihm den Kopf verdreht, lange bevor er sie zum ersten Mal berührt hatte. Er fragte sich, wie es gekommen sein mochte, dass er sie in den vergangenen Jahren immer wieder von ferne gesehen hatte, dass sie ihm sogar hier und da ein Bier serviert hatte, ohne dass auch nur das Geringste passiert war. Als Teenager war sie für ihn immer nur Nicks Nichte gewesen. Jetzt allerdings war sie ganz bestimmt kein Teenager mehr. Sie war wie ein loderndes Feuer, und er hätte sich vor den Flammen in Acht nehmen sollen.

Was für ein Idiot er doch war! Trotz allem war sie immer noch Nicks Nichte, und dazu ging sie auf die Polizeiakademie. Beziehungen waren den Detectives nicht untersagt, solange sie zwischen Dienst und Privatleben unterscheiden konnten. Trotzdem – sie besuchte diese verdammte Akademie. Und sie hatten auch keine Beziehung. Sie hatten nur Sex gehabt.

Das sah nach Problemen aus.

Der Blick, mit dem sie ihn jetzt anschaute, verriet schieres Entsetzen.

Was habe ich mir bloß dabei gedacht? fragte Ashley sich. Offenbar hatte sie ihren Verstand ausgeschaltet. Sein Haar war zerzaust, seine Haut sonnengebräunt, und dieser Hintern ... verflixt, er war genauso perfekt, wie sie ihn sich vorgestellt hatte, aber ...

Aber er war Detective Dilessio.

So etwas sah ihr überhaupt nicht ähnlich. Karen, ja, die wurde hin und wieder schwach, und sie hatte natürlich auch hin und wieder mit dem Gedanken gespielt ... Aber sie hüpfte doch nicht mit einem vollkommen Fremden ins Bett!

„Mist“, sagte er noch einmal und sah sie an, als sei er neben einer Kobra aufgewacht.

„Mist“, wiederholte sie, sprang aus dem Bett und begann, ihren Slip und ihr T-Shirt zu suchen.

„Halb sieben. Du musst dich beeilen, wenn du um sieben im Unterricht sein willst."

„Ich muss nicht um sieben da sein. Ich habe bis acht Uhr Zeit." Der Tanga war verschwunden. Sie würde mit nacktem Po unterm T-Shirt über die Wiese nach Hause gehen müssen.

„Warum?"

„Ich habe einen Termin. Aber du solltest dich besser beeilen. Ach was. Du bist ja Detective Dilessio. Du kommst, wann du willst, und du machst, was du willst. Ich muss wirklich los."

Ashley streifte das T-Shirt über und hastete zur Kajütentür. Mit ihrem Abgang war sie zufrieden.

Leider kam sie mit dem Schloss nicht zurecht. Er schlüpfte in seine Jeans, folgte ihr und drehte den Schlüssel um.

„Ashley?"

Sie sah ihn nicht an.

„Was denn? Ich habs eilig."

Sie spürte seine Nähe und hob den Kopf, um ihm in die Augen zu sehen.

„Sei vorsichtig, ja? Denk nicht, dass du alle Probleme dieser Welt lösen kannst – oder das Geheimnis um deinen Freund."

„Ich bin vorsichtig."

Er nickte. Unter seinem prüfenden Blick wurde ihr warm, und sie errötete. Jetzt würde er ihr bestimmt sagen, dass ihr kleines Abenteuer der vergangenen Nacht überhaupt nichts zu bedeuten hatte.

Das tat er jedoch nicht. Stattdessen lächelte er. Und seine Stimme klang zärtlich. „Vielen Dank, dass du gekommen bist. Das war seit langem die schönste Nacht, die ich je hatte."

Ihre Augen wurden groß. „Oh ... nun ... vielen Dank."

„Toller Sex", meinte er. Die Tür ging auf.

Ehe ihr bewusst wurde, was sie sagte, hatte sie die Worte schon ausgesprochen. „Für mich auch der beste, den ich jemals hatte", sagte sie.

Dafür hätte sie sich in den Hintern treten können. Aber da die Tür bereits offenstand, floh sie Hals über Kopf ins Freie.

Ashleys Vormittag war voll gestopft mit neuen Eindrücken. Sie lernte Mandy Nightingale kennen, eine sehr freundliche und ausgesprochen kompetente Frau, die sich intensiv um sie kümmerte. Mandy, die sofort beim Vornamen angesprochen werden wollte, erklärte ihr die verschiedenen Aspekte der gerichtsmedizinischen Arbeit und machte sie mit den Kollegen in den anderen Abteilungen bekannt. Sie sprach auch über die entsetzlichen Dinge, mit denen sie hier oft konfrontiert wurden. Dabei sah sie Ashley an, als erwarte sie von ihr eine Bestätigung, dass sie sich dem gewachsen fühlte. Ashley erklärte ihr, dass sie sich schon ein wenig mit Fotografie beschäftigt habe, jedoch keine Expertin sei. Mandy tat ihr Geständnis mit einer Handbewegung ab und versprach ihr, alles zu erklären, was sie für ihre Arbeit wissen musste.

„Fotografieren kann man lernen", meinte sie. „Aber ich habe Ihre Zeichnungen gesehen. Leute mit solchem Talent gibts nicht oft." Sie erläuterte Ashley, dass sie als Zivilangestellte im Polizeirevier von Miami-Dade arbeiten würde und natürlich jederzeit zur Akademie zurückgehen könne, um ihren Abschluss zu machen. „Sie sollten jedoch wissen – und das sage ich nicht, um Sie unter Druck zu setzen –, dass solche Positionen wie diese nicht jeden Tag angeboten werden."

Ashley nickte. Im Grunde hatte sie sich schon entschieden. „Was mir noch ein bisschen Sorgen bereitet, ist die Sache mit dem Rekonstruieren von Gesichtern und so. Ich habe das nämlich noch nie gemacht."

„Auch das können Sie lernen.“

Mandy kümmerte sich den ganzen Vormittag um Ashley und beantwortete all ihre Fragen. Als Captain Murray gegen Mittag eintraf, sagte Ashley ihm, dass sie den Job gerne hätte.

Schon am nächsten Morgen sollte sie ihre Arbeit bei Mandy beginnen, teilte Murray ihr erfreut mit.

Marty hatte angerufen und sich tausend Mal entschuldigt, weil er nicht pünktlich zum Dienst erschienen war. Er hoffte, später kommen zu können. Entweder hatte er sich eine Lebensmittelvergiftung zugezogen oder einen Virus eingefangen; jedenfalls war er nicht in der Lage, länger als fünfzehn Minuten ohne Toilette auszukommen.

Obwohl die anderen Polizisten durchaus kompetent waren und Jake mit ihnen sehr gut zusammenarbeitete, vermisste er seinen Partner bei der morgendlichen Dienstbesprechung in Captain Blakes Büro, an der Belk, Rosario, Rizzo und MacDonald teilnahmen.

Und Franklin. Der FBI-Mann ließ es sich nicht nehmen, ihnen wieder einmal ausführlich von seinen Erfahrungen mit seiner Organisation zu berichten, die er für ungleich wichtiger hielt. Dennoch konnte er ihnen an diesem Tag auch nicht viel mehr erzählen, als dass sie praktisch keine brauchbaren Hinweise hätten, obwohl er selbstverständlich im Computer des FBI recherchiert und mit Polizisten im ganzen Land gesprochen hätte, die jedoch auch noch keine Spur gefunden hatten. „Ehe das Mädchen nicht identifiziert ist“, meinte er schließlich, „kommen wir keinen Schritt weiter.“

Jake verkniff sich eine Bemerkung. Er warf einen Blick zu Rosario und hätte fast gegrinst, weil er davon überzeugt war, dass sie alle das Gleiche dachten.

Du Arschloch!

„Beim FBI gibts für diesen Fall bislang auch keine Lösung“,

fuhr Franklin fort. „Da kann uns nur Ihre gründliche Ermittlungsarbeit weiterhelfen."

Jake wurde wütend. Soviel er wusste, lag dieser Fall immer noch im Zuständigkeitsbereich der Polizei von Miami-Dade. Die herablassende Art dieses Mannes ging ihm mächtig gegen den Strich.

Er erhob sich, hielt sich aber zurück.

„Ja, Jake?" fragte Captain Blake, der an seinem Schreibtisch lehnte und ihm einen warnenden Blick zuwarf.

„Special Agent Franklin hat vollkommen Recht", hörte Jake sich sagen. Er zwang sich, höflich zu klingen. „Gentlemen, gehen wir also zurück an die Arbeit."

Blake wusste, wie Jake zu Franklin stand, und musste innerlich grinsen. Er war also nicht nur ein guter Detective, sondern dazu noch ein exzellenter Schauspieler.

Sobald die Besprechung beendet war, verließ Jake Blakes Büro. Zuerst rief er in der Gerichtsmedizin an, anschließend bei Dr. Gannet. Ein Blick auf die Uhr verriet ihm, dass ihm noch genug Zeit blieb für einen Abstecher in den Süden des Landes, obwohl er für den Weg zur Leichenhalle, die später auf seinem Terminkalender stand, um einiges länger brauchen würde.

Mit einer entschlossenen Bewegung griff er nach seiner Jacke und Aktentasche und verließ sein Büro.

„Mr. Bordon?"

„Ja?"

Peter Bordon saß auf dem Sportplatz und nahm ein Sonnenbad. Der Wärter behandelte ihn sehr respektvoll. Die meisten Wachmänner verhielten sich ihm gegenüber ausgesprochen höflich. Warum auch nicht? Er war schließlich eine Respektsperson, und er verhielt sich vorbildlich.

„Da ist jemand am Telefon für Sie. Sie dürfen das Gespräch annehmen."

„Wer ist es?"

„Ihr Cousin Richard. Es gibt einen Krankheitsfall in Ihrer Familie. Tut mir Leid, Ihnen das sagen zu müssen."

„Ah ja."

„Sie werden bald entlassen?" fragte der junge Wärter.

„Wenn die Kommission sich für einen Hafturlaub ausspricht."

„Dann drücke ich Ihnen die Daumen."

„Vielen Dank, äh ... Thomas, nicht wahr?"

„Richtig, Mr. Bordon."

„Vielen Dank, Thomas."

Der Wärter führte ihn zum Telefon. Peter nahm den Hörer. „Peter Bordon."

„Der Bulle war also bei dir."

Seine Finger krampften sich um den Hörer, während er darauf achtete, sich nichts anmerken zu lassen. „Ja."

„Und?"

„Er hat nichts."

„Hoffentlich bleibt es dabei."

„Ganz sicher."

„Wir werden dafür sorgen."

Die Verbindung wurde unterbrochen. Der Wachmann wartete geduldig. „Es ist Gott sei Dank nicht so schlimm", erzählte er ihm. „Mein Neffe ist krank, aber er ist schon wieder auf dem Weg der Besserung."

„Gott sei Dank."

„Er ist ein zäher Bursche."

Draußen auf dem Sportplatz setzte Peter sich wieder in die Sonne. Jetzt schien sie nicht mehr so stark. Er dachte über seine Haft nach. Die Polizisten durften Verdächtige beim Verhör anlügen. Und Dilessio hatte gelogen. Denn er hatte etwas gewusst. Verdammt noch mal, er hatte tatsächlich etwas gewusst.

Doch er, Peter, hatte sich nichts anmerken lassen. Er hatte den Test mit dem Lügendetektor bravourös bestanden. Trotzdem war er wegen Betrug und Steuerhinterziehung im Gefängnis gelandet.

Er lächelte und hob den Kopf. Es machte ihm nichts aus. Von Anfang an hatte er sich vorgenommen, seine Zeit abzusitzen und keine sinnlosen Fluchtversuche zu unternehmen. Jetzt war er froh darüber.

Immerhin hatte er seinen Gott gefunden.

Er wünschte nur, dass er auch ein wenig mehr Mut gefunden hätte. Da draußen war Dilessio immer noch hinter ihm her. Und er verhielt sich wie ein hungriger Terrier auf der Suche nach einem Knochen. Die anderen hatten ihn noch nicht. Und er selber würde unermüdlich weitersuchen.

Bis zu seinem Tod.

Vor dem Polizeirevier rief Ashley Karen an und erzählte ihr von Stuart und ihrer beruflichen Entscheidung. Karen hatte vor, an diesem Abend selbst ins Krankenhaus zu fahren – zusammen mit Jan. Wenn sie auch sonst nichts tun konnten, so würden sie doch wenigstens die Fresias ein bisschen trösten. Ashley stimmte ihr zu. Dann sprachen sie über Ashleys neuen Job, und Karen versicherte ihr, wie sehr sie sich mit ihr freute.

„Das ist doch perfekt. Du bleibst bei der Polizei ..."

„Aber nur als Zivilangestellte. Bis ich die Akademie zu Ende bringe."

„Trotzdem bist du weiter bei der Polizei. Jetzt kannst du dein künstlerisches Talent einsetzen und wirst sogar noch dafür bezahlt. Und zwar sehr gut."

„Ja, das ist wirklich nicht schlecht. Trotzdem will ich irgendwann meinen Abschluss machen." Sie zögerte. „In der Mordkommission oder anderen Spezialabteilungen kann man nämlich noch mehr tun."

„Lass dir ruhig ein paar Jahre Zeit. Wenn du dich dann eines Tages doch noch für die Mordkommission entscheiden solltest, kannst du immerhin schon eine Menge Erfahrungen vorweisen."

Dem konnte Ashley nur beipflichten. Ehe sie das Gespräch beendeten, versprach sie Karen, dass sie gegen sechs Uhr bei ihr sein würde.

Kaum hatte sie die Verbindung unterbrochen, legten sich ihr plötzlich zwei Arme um die Taille, und sie wurde hochgehoben. Erschrocken schrie sie auf. Arne und Gwyn waren leise von hinten herangeschlichen. Arne wirbelte sie mühelos durch die Luft, als sei sie nicht schwerer als ein Kind. Als sie wieder auf den Füßen stand, umschloss Gwyn ihr Gesicht mit den Händen und küsste sie auf beide Wangen.

„Hallo, Karrieremädchen", begrüßte Arne sie.

„Wir haben gehört, dass du dich jetzt offiziell für die gerichtsmedizinische Abteilung entschieden hast", sagte Gwyn.

Ashley nickte. „Diesem Angebot konnte ich einfach nicht widerstehen."

„Natürlich nicht. Weißt du, wie viele Leute so eine Chance kriegen?" fragte Arne mit gespielter Strenge. „Wir wollen mit dir feiern."

„Das ist lieb von euch."

„Wie wärs mit heute Abend?" schlug Gwyn vor.

„Heute Abend geht nicht. Ich habe gerade zwei Freundinnen versprochen, mit ihnen ins Krankenhaus zu fahren."

„Gibts was Neues von deinem Freund?" fragte Arne.

Ashley verneinte. „Aber ich fühle mich besser, wenn ich mit seinen Eltern sprechen kann."

Plötzlich schlangen sich erneut Arme von hinten um ihre Taille. Diesmal wurde sie jedoch nicht hochgehoben. Sie drehte sich um und war überrascht, Len Green zu sehen.

„Hey, Junge“, neckte sie ihn. „Hast du deinen Streifenwagen zu Schrott gefahren?“

„Ganz und gar nicht. Aber im Moment habe ich nur mit diesem verdammten Papierkram zu tun, was sich manchmal leider nicht vermeiden lässt. Gerade habe ich von deiner Beförderung erfahren.“

„Nun ja, es ist nicht wirklich eine Beförderung ...“, begann Ashley.

„Was denn sonst?“ Er wedelte mit der Hand durch die Luft. „Unglaublich. Obwohl du diesen wahnsinnigen Karrieresprung gemacht hast, redest du immer noch mit den untersten Dienstgraden?“

Sie lachte. „Das ist kein wahnsinniger Karrieresprung“, protestierte sie. „Ich habe nur die Richtung gewechselt.“

„Egal, wie du's betrachtest, auf jeden Fall ist es toll“, meinte er aufrichtig.

„Es bedeutet noch mehr Lernen als bisher“, ergänzte sie eilig.

„Wir trommeln die Clique zusammen und werden mit ihr feiern“, erzählte Arne. „Kommst du auch?“

„Klar, wenn ich Zeit habe. Wann steigt die Party denn?“ fragte Len.

„Darüber reden wir gerade“, antwortete Gwyn.

„Wie wärs mit Freitag, Ash?“ schlug Arne vor.

„Freitag ist gut. Es sei denn ... na ja, du weißt schon, es sei denn, es passiert etwas mit Stuart.“

„Hör mal“, sagte Gwyn. „Du kannst doch nicht im Krankenhaus wohnen. Seine Eltern sind rund um die Uhr bei ihm, hast du gesagt. Gut, es sind seine Eltern. Aber du musst dich wirklich nicht so da reinhängen.“

„Ich weiß. Doch ich habe das Gefühl, etwas Sinnvolles zu tun. Freitagabend wäre schon toll“, wechselte sie das Thema. „Ich bringe noch zwei Freundinnen mit. Erinnerst du dich an Karen und Jan?“

„Er kennt die beiden?“ fragte Arne.

„Wir haben uns vor kurzem in Orlando getroffen“, erklärte Ashley. Aufmerksam betrachtete sie Len, um seine Reaktion mitzubekommen. Sie wünschte sich so sehr, dass es zwischen ihm und Karen funkte. „Er hat sie dort kennen gelernt.“

Arne schnaufte verächtlich.

„Sehen sie gut aus?“

„Alle meine Freundinnen sehen gut aus.“

„Dann bin ich gespannt darauf, sie am Freitag kennen zu lernen. Je mehr wir sind, umso lustiger wirds.“

„Prima“, sagte sie, ohne Len aus den Augen zu lassen.

Seine Miene verriet nichts, als er sagte: „Prima. Ich freue mich drauf – und natürlich auch darauf, die beiden wiederzusehen. Wo gehts denn hin?“

„Ins Bennigan. Da sitzt man gemütlich, und es ist nicht zu teuer. Denn wir kriegen ja schließlich keine Gehaltserhöhung“, meinte Gwyn.

„Ich lade euch ein“, sagte Ashley.

„Untersteh dich. Ein bisschen was verdienen wir ja auch noch“, frotzelte Gwyn. „Wir werden die Puppen tanzen lassen. Könnte ja sein, dass du mal eine von den Berühmtheiten wirst, die durch sämtliche Talk Shows gereicht werden.“

Ashley lachte. „Mal sehen.“

„Wir müssen zurück in den Unterricht“, unterbrach Arne. „Unsereins muss schließlich pünktlich sein und würde gefeuert, wenn sie uns beim Zeichnen erwischten.“

„Jetzt mach mal einen Punkt“, sagte Ashley. Sie kannte ihre

Mitstudenten noch nicht lange, aber sie wusste jetzt schon, dass sie sie vermissen würde.

„Ich muss auch zurück", sagte Len. „Ich wollte dir nur kurz gratulieren."

„Und du ziehst nun mit deinem Zeichenblock los?" fragte Gwyn.

„Nein, heute Nachmittag habe ich frei", erklärte Ashley.

„Wirklich ein toller Job!" spottete Gwyn.

„Ich glaube, deinen freien Nachmittag kannst du vergessen", sagte Len, während er an Ashley vorbei zum Eingang des Gebäudes schaute.

Sie drehte sich um. Captain Murray kam auf sie zu. Er grüßte die anderen freundlich, die ihm versicherten, seine Wahl habe auf keine bessere als Ashley fallen können.

„Ich weiß", erwiderte Murray. Dann wandte er sich an Ashley. „Tut mir Leid, aber heute Nachmittag haben Sie doch nicht frei."

„Das macht nichts; ich habe sowieso noch nichts vor. Und wenn, hätte ich es bestimmt verschieben können."

„Prima. Kommen Sie, ich erkläre Ihnen unterwegs, worum es geht."

Sie winkte den anderen zum Abschied zu und folgte Murray, der mit schnellen Schritten vorausging.

„Wo fahren wir denn hin?" wollte sie wissen.

„Zur Leichenhalle", lautete die knappe Antwort.

Der Raum war steriler als jedes Krankenhaus, in dem Jake jemals gewesen war – obwohl die Insassen tot waren. Die Fliesen glänzten, Chrom blinkte, und das Personal trug weiße Kittel.

Beim Blick durch das Fenster in den Seziersaal bemerkte Jake, dass das junge Mädchen bereits auf dem Tisch lag. Zuerst erblickte er Gannet. Zu seiner Verwunderung stand Captain Murray, der Personalchef, neben dem Arzt. Er öffnete die Tür und trat ein. Sein nächster Blick fiel auf Nightingale. Jake unterdrückte einen Seufzer. Sie war zwar eine der fähigsten Fotografinnen, wenn es um Aufnahmen von Tatorten ging, aber ihre zeichnerischen Talente ließen sehr zu wünschen übrig.

Und dann blieb ihm fast der Mund offen stehen.

Neben Nightingale stand Ashley Montague.

Ihre Blicke trafen sich. Sie wirkte nicht erstaunt. Hatte sie gewusst, dass er kommen würde?

Sein fragender Blick wanderte von Gannet zu Murray.

„Gut, dass Sie da sind, Jake", begrüßte Murray ihn. „Ich nehme an, Sie kennen Ashley Montague bereits. Sie sind doch Nachbarn."

„Ja." Was zum Teufel hatte sie hier verloren? Dieser Fall war viel zu wichtig, um Polizeischüler von der Akademie – in welcher Form auch immer – bei der Aufklärung hinzuzuziehen.

„Miss Montague gehört ab sofort zur zivilen Abteilung des gerichtsmedizinischen Teams. Es ist zwar noch nicht offiziell – es fehlen noch ein paar Unterschriften und Stempel von der Personalabteilung –, aber nachdem Gannet uns über den Stand der Dinge informiert hat, haben wir sie gebeten, mit uns zu kommen."

Er sah Ashley durchdringend an. Sie erwiderte seinen Blick, ohne mit der Wimper zu zucken.

„Warum?"

„Weil sie die beste Zeichnerin ist, die ich seit Jahren getroffen habe", antwortete Murray.

Jetzt erst bemerkte er, dass Ashley Block und Bleistift in der Hand hielt. Sein Blick wanderte zu Miss Unbekannt, dem armen Aschenbrödel auf dem Seziertisch.

„Ich werde den Schädel säubern, und Mason von der Gerichtsmedizin nimmt die Rekonstruktion des Gesichts vor. Da Ihnen so viel daran liegt, mit einem brauchbaren Bild an die Öffentlichkeit zu gehen, schien uns Miss Montague fürs Erste die beste Unterstützung zu sein", erklärte Gannet ihm.

Jake wusste nicht, was er sagen sollte. Deshalb verschränkte er die Hände auf dem Rücken und nickte nur. Ihm war klar, dass der Blick, mit dem er Ashley musterte, ziemlich feindselig wirkte.

Er konnte nichts dafür. Er liebte nun mal keine Überraschungen.

„Wenn Sie der Meinung sind, dass wir es mit ihr versuchen sollen, dann sollten wir mal sehen, was sie kann", hörte er sich sagen. Insgeheim freute er sich darüber, dass Ashley ein wenig grün im Gesicht war. Er wusste, was sie während ihrer Ausbildung alles gesehen und durchgemacht hatte. Bestimmt hatte sie auch schon an einer Autopsie teilgenommen.

Doch es gab nur wenige Leichen, denen mit solcher Brutalität zugesetzt worden war.

Auch Nightingale hielt einen Notizblock in der Hand. Sie schien die spannungsgeladene Atmosphäre im Raum nicht zu spüren, als sie um den Tisch herum zu Jake ging. „Hier ist ihr erster Versuch, Detective."

Er nahm die Zeichnung entgegen und biss sich unwillkürlich auf die Lippen.

Sie war gut. Unglaublich gut. Er schaute von dem Porträt in seiner Hand auf das verweste Gesicht der Frau, die vor ihm lag.

Irgendwie war es Ashley gelungen, dem Mädchen seine Menschlichkeit zurückzugeben. Sie war von den verbliebenen Hautstücken ausgegangen; das linke Auge wies im Gegensatz zum rechten starke Verletzungen auf. Der Mund, jetzt von aschgrauer Farbe, war nur an einer Seite zerstört. Ashley hatte es auf ihrer Skizze ausgeglichen. Bei einigen Punkten hatte sie sich gewiss auf ihren Instinkt und ihre Einbildungskraft verlassen müssen. Das Ergebnis war verblüffend. Wenn er die Zeichnung mit dem zerstörten Gesicht verglich, musste er zugeben, dass das Mädchen zu Lebzeiten genauso ausgesehen haben konnte.

Er gab Nightingale das Blatt zurück.

„Nicht schlecht. Ich nehme an, Sie arbeiten weiter daran?“ fragte er Ashley.

„Ja, darum hat man mich gebeten“, antwortete sie.

Er nickte. „Gut. Ich bin in einer Stunde zurück.“

„Jake, ich kann die Zeichnungen ins Polizeirevier bringen lassen“, bot Gannet an.

Jake schüttelte den Kopf. „Vielen Dank, das ist schon okay. Ich möchte sie noch mal mit der Toten vergleichen und sicher gehen, dass ich das Porträt mit der größtmöglichen Ähnlichkeit habe. Ich komme später zurück.“

Erst als er die Tür öffnen wollte, stellte er fest, dass er die Hand zur Faust geballt hatte.

Da er sich im Leichenschauhaus auskannte, wusste er, wo er einen Kaffee bekommen konnte.

Er setzte sich hin und holte seine Notizen aus der Aktentasche. Wenn er sie noch einige Male durchlas, würde er den roten Faden finden. Davon war er überzeugt. Nebel und Spiegel.

Mist. Er war viel zu wütend, um sich konzentrieren zu können.

Warum?

Sie hatte es gewusst. Sie hatte gewusst, dass sie keine Polizistin werden würde – jedenfalls vorerst nicht. Sie musste gewusst haben, dass sie in die Gerichtsmedizin ging, und sie hatte ihm nichts davon gesagt.

Viel hatten sie ja ohnehin nicht miteinander geredet.

Verdammt!

Als er in den Seziersaal zurückging, war er gespannt auf ihre Zeichnungen.

Sie hatte ziemlich viele angefertigt. Und alle waren gut. Alle zeigten eine lebendige, atmende junge Frau, die sehr attraktiv gewesen war. Bestimmt war sie von jemandem geliebt worden. Dieser jemand hatte es sicher nicht verdient, mit dem Wissen weiterleben zu müssen, dass sie auf so grausame Art ums Leben gekommen war.

„Möchten Sie noch ein paar Änderungen? Haben Sie weitere Vorschläge, Detective?“ fragte Nightingale.

Er hätte gerne einen Fehler entdeckt, um Kritik üben zu können.

Doch nein, eigentlich nicht. Er wollte diesen Fall endlich lösen. Es passte ihm nur nicht, dass Ashley Montague so ... so verdammt gut war.

Andererseits brauchten sie gute Leute. Er war wohl nur deshalb so missmutig, weil er keine Überraschungen mochte.

„Jake?“ fragte Mandy Nightingale noch einmal.

„Nein, nein. Sie sind gut“, sagte er rasch und steckte die Skizzen zu den Unterlagen in seiner Aktentasche.

Für die Zeichnerin hatte er kein Wort des Dankes übrig. Er wusste, dass er sich unmöglich verhielt. Stattdessen nickte er Gannet und den anderen – auch Ashley – kurz zu und verabschiedete sich. Auf dem Weg zur Tür wandte er sich noch einmal um.

„Danke Ihnen allen. Eine der Zeichnungen werde ich an die Zeitungen geben.“

Zu mehr konnte er sich nicht durchringen. Dann drehte er sich um und ging hinaus. Er merkte, dass er wieder eine Hand geballt hatte. Das machte ihn noch wütender.

12. KAPITEL

Ashley hätte stolz auf ihre Arbeit sein sollen. Gannet, Nightingale und Murray hatten nicht mit Lob gespart. Es sei beachtlich, wie sie aufgrund dieses entsetzlich zerstörten Gesichts eine so plastische, lebensnahe Zeichnung rekonstruiert habe.

Das zerstörte Gesicht.

Um Himmels willen!

Ja, sie hatte schon viel gesehen, meistens auf Videos, und sie war auch schon bei einer Autopsie dabei gewesen. Gott sei Dank war sie niemals ohnmächtig geworden und hatte sich nie übergeben müssen. Stets hatte sie sich zusammengerissen, denn sie wusste, dass sie nur auf diese Weise den Opfern von Gewalttaten, den Überlebenden wie den Toten, einen Dienst erweisen konnte.

Doch so etwas Entsetzliches wie die Leiche dieser unbekannten Frau hatte sie noch nie gesehen. Für Sekundenbruchteile war ihr schwarz vor Augen geworden, sie hatte den bitteren Geschmack von Galle in ihrer Kehle gespürt und das Gefühl gehabt, nicht weiteratmen zu können. Irgendwie war es ihr dann doch gelungen, die Galle hinunterzuschlucken, und sie hatte die Fingernägel in ihre Handflächen gebohrt, bis der Schmerz so groß wurde, dass die schwarzen Punkte aufhörten, vor ihren Augen zu tanzen. Sie hatte sich gezwungen, wie eine Künstlerin zu denken, sich die Gesichtszüge vorzustellen, damit sie ein möglichst lebensechtes Porträt der toten Frau anfertigen konnte. Trotzdem hatte sie zwischendurch immer wieder den Drang verspürt, Block und Bleistift hinzuwerfen und schreiend aus dem Raum zu laufen.

Sie war nicht fortgerannt. Sie hatte die Zeichnungen zu Ende gebracht, und sie waren gut geworden. Sie war gut gewesen, und sie hätte mit dem Ergebnis ihrer Arbeit zufrieden sein sollen. Aber auf dem Weg nach Hause, wo sie unbedingt duschen und sich umziehen musste, bevor sie Jan und Karen abholte, wurde sie immer wütender auf sich, weil sie das Gefühl hatte, versagt zu haben. Zum Teufel mit ihm!

Es tat weh, so etwas nach der vergangenen Nacht zu empfinden. Doch halt. Das war nicht mehr als eine unüberlegte Verrücktheit gewesen – so als habe man nach Luft schnappen müssen, nachdem man zu lange unter Wasser gewesen war. Er hegte bestimmt keine Gefühle für sie. Im Gegenteil – sie hatte fast den Eindruck, dass er sie immer noch nicht leiden konnte.

Ashley stellte ihren Wagen auf ihrem Stellplatz ab, der Gott sei Dank frei war. Dabei war sie so tief in Gedanken versunken, dass sie ihre Umgebung gar nicht wahrnahm.

„Hallo, Ashley! Herzlichen Glückwunsch!"

Erschrocken sah sie auf. Den Mann, der an einem der Tische auf der Terrasse saß, hatte sie schon öfter gesehen. Er war etwa Mitte dreißig, hatte einen stämmigen Körper, dunkles Haar und ein sympathisches, etwas eckiges Gesicht. Sie hatte das Gefühl, dass er ihre Gedanken lesen konnte, als sie versuchte, sich daran zu erinnern, woher sie ihn kannte. Endlich fiel es ihr wieder ein. Sie hatte ihn zusammen mit Dilessio gesehen. Er war Jakes Kollege.

„Danke", sagte sie.

Sie ging zu seinem Tisch. „Darf ich mich offiziell vorstellen – ich bin Martin Moore", sagte er grinsend.

Sie lächelte zurück. „Schön, Sie offiziell kennen zu lernen. Ich glaube, ich kann mich an Sie erinnern – Black Jack mit Sodawasser samstags abends, stimmts?"

Amüsiert lehnte er sich zurück. „Tolles Gedächtnis. Denn so oft bin ich gar nicht im Lokal. Das wird sich vermutlich jetzt ändern, wo Jake hier einen Liegeplatz hat."

„Prima." Ein wenig krampfhaft versuchte sie weiterzulächeln.

„Hat sich mein Partner heute schon hier blicken lassen?"

Sie schüttelte den Kopf. „Nein ... es ist ...“

„Ich habe gehört, dass Sie unsere Miss Unbekannt heute Nachmittag gezeichnet haben. Soll sehr gut geworden sein. Alle sind optimistisch, dass irgendjemand sie erkennen wird, wenn das Bild morgen in der Zeitung steht.“

„Neuigkeiten machen schnell die Runde“, meinte sie.

„So schnell nun auch wieder nicht.“ Fragend hob sie die Augenbrauen. „Ich wollte mich hier mit Jake treffen“, erklärte er. „Er hat mir alles erzählt. Eigentlich hätte ich dabei sein sollen, aber ich habe mir gestern den Magen verdorben.“

„Das tut mir Leid. Hoffentlich haben Sie heute Ihr Essen vertragen.“

„Vorzüglich. Da drinnen ist eine sehr fürsorgliche – und äußerst attraktive – Frau am Werk. Sie hat mir Brot, Brühe und gegrillte Hühnerbrust empfohlen. Seitdem geht es mir schon viel besser.“

„Sie heißt Sharon Dupre und ist Nicks Freundin“, erklärte Ashley. „Und sie kann fantastische Kekse backen.“

„Das ist ein tolles Restaurant. Kein Wunder, dass hier dauernd so viel Betrieb ist. Es ist gemütlich, nahe am Wasser, und Ihr Onkel sorgt für eine angenehme Atmosphäre.“

„Mir hat es auch immer gut gefallen.“

„Das hört man gerne. Heutzutage gibt es ja nicht mehr viele junge Leute, die sich zu Hause noch wohl fühlen. Sie können es kaum erwarten auszuziehen. Wollen auf eigenen Füßen stehen und so ... Sie wissen schon.“

Ashley zuckte mit den Schultern. „Meine Eltern sind gestorben, als ich noch sehr klein war. Ich habe einen eigenen Bereich im Haus, seitdem ich zehn bin. Nick und ich kommen prima miteinander aus. Ich war niemals ein bockiger Teenager, und er hat mir immer viel Freiraum gelassen. Ich bin wirklich gern hier.“

„Und das Meer mögen Sie auch?"

„Und wie."

„Den guten alten Jake könnte man auch nie vom Wasser wegkriegen", meine Marty. Dann lachte er. „Manchmal kann er schon ziemlich ruppig sein."

„Möglich. Na ja, ich habs auch schon zu spüren gekriegt."

Marty wurde ernst und musterte sie aufmerksam. „Hat er Nick vielleicht erzählt, dass Sie besser nicht zur Polizei gehen sollten?"

„Warum? Ich wäre schließlich nicht die einzige Frau in der Truppe."

Marty zog bekümmert die Augenbrauen hoch. Plötzlich schien er seine Worte sehr genau abzuwägen. „Wussten Sie, dass Jake mit einer Kollegin zusammengearbeitet hat, bevor ich sein Partner wurde?"

„Das ist mir neu."

„Sie war eine ausgezeichnete Polizistin."

„Und ...?"

„Sie ist gestorben."

„Oh Gott. Wie denn?"

„Ihr Wagen ist in einem Kanal gelandet. Das ist jetzt schon fast fünf Jahre her. Es passierte nach einer Serie von drei wirklich entsetzlichen Morden."

Ashley nickte. „Murray hat mir von den Fällen erzählt, bevor wir ins Leichenschauhaus gefahren sind."

„Jake hat nie daran geglaubt, dass Nancy Lassiter durch einen Unfall ums Leben gekommen ist", erklärte Marty. „Er ist überzeugt davon, dass sie etwas über die Morde wusste und deshalb umgebracht wurde. Sie ist an einer stumpfen Kopfverletzung gestorben, die sie sich beim Aufprall gegen die Windschutzscheibe hätte zuziehen können. Sie hatte sich nicht angeschnallt."

„Das ist ja entsetzlich ..."

Marty zögerte. Dann fuhr er vorsichtig fort: „Vielleicht sollte ich Ihnen das nicht erzählen, wo wir uns doch gerade erst kennen gelernt haben. Offenbar gibts ein paar Unstimmigkeiten zwischen Ihnen und Jake. Aber Sie wohnen nun mal in der Nachbarschaft, und Sie werden vermutlich auch oft zusammenarbeiten. Deshalb ist es vielleicht besser, wenn Sie über ein paar Dinge informiert sind. Nancy Lassiter war verheiratet. Ihr Mann kommt manchmal auch noch hierher. Die Ehe war nicht besonders gut, und Brian, also Nancys Mann, war davon überzeugt, dass sie ein Verhältnis mit Jake hatte. Tatsache ist, dass sie befreundet waren. Jake spricht nie über die alten Zeiten, aber ich weiß, dass viele Kollegen aus der Abteilung damals der Meinung waren, dass sie etwas zu sehr befreundet waren. Wie dem auch sei – Jake wird niemals akzeptieren, dass Nancy Selbstmord begangen hat. Er macht sich immer noch Vorwürfe, dass er ihr nicht genügend zugeredet hat, ihm alles zu sagen, was sie wusste. Er ist davon überzeugt, dass sie ihr Wissen mit dem Leben bezahlen musste. Was ich damit sagen will, ist: Vielleicht befürchtet er, dass Sie auch in Schwierigkeiten geraten können, weil Ihnen so viel daran liegt, allen zu zeigen, was in Ihnen steckt."

Sie schüttelte den Kopf. „Dann kann er jetzt beruhigt sein. Ich habe ja quasi einen Rückzieher gemacht. Ich werde keine Polizistin, jedenfalls vorläufig nicht. Erst mal will ich eine Weile in der Gerichtsmedizin arbeiten, und dann mache ich meinen Abschluss."

„Hat er damit gerechnet, Sie heute zu sehen?"

„Keine Ahnung. Doch als er dann plötzlich im Leichenschauhaus auftauchte ..."

„Machen Sie sich mal keine Sorgen. Das wird sich schon wieder geben."

„Ja, das glaube ich auch. Außerdem ist es eine große Truppe.

Da gibts bestimmt eine Menge Polizisten, die zusammenarbeiten müssen und sich nicht immer grün sind."

„Klar. Ich habe die Zeichnungen zwar noch nicht gesehen, aber sie sollen wirklich hervorragend sein. Ich werde ja gleich einen Blick darauf werfen können." Er schaute auf seine Uhr. „Jake dürfte in etwa fünf Minuten hier sein."

„Hoffentlich sind Sie mit den Porträts zufrieden. Entschuldigen Sie mich, aber ich wollte noch eben unter die Dusche springen, bevor ich ein paar Freundinnen abhole. Wir wollen nämlich einen Freund im Krankenhaus besuchen."

„Der Junge, der auf dem Highway überfahren wurde?"

„Ja. Sie haben davon gehört?"

„Ich habe Jake neulich abends zum Krankenhaus gefahren. Sie glauben, dass es bei dem Unfall nicht mit rechten Dingen zugegangen ist?"

„Und ob."

„Dann sollten Sie vorsichtig sein."

Sie lächelte. Marty gefiel ihr. Wenigstens schlug er nicht in die gleiche Kerbe wie all die anderen, für die Stuart ein Junkie war.

„Bis bald mal. Und vielen Dank."

Sie winkte ihm kurz zu, eilte in ihr Zimmer, zog sich auf dem Weg zur Dusche aus und ließ die Kleidungsstücke liegen, wo sie gerade hinfielen. Sie genoss das heiße Wasser auf ihrer Haut. Es war ein anstrengender Tag gewesen. Unter anderen Umständen hätte sie ihn vielleicht als erfolgreich beschrieben. Wenn es ihr nur gelungen wäre, den Anblick der toten Frau auf dem Seziertisch zu vergessen. Dazu war sie einfach noch nicht professionell genug. Aber sie hatte sich nun mal für diesen Job entschieden, und sie musste darauf achten, dass er sie nicht bis in ihr Privatleben verfolgte.

Es war nur so, dass sie sich innerlich ... zerrissen fühlte. Sie empfand eine Leidenschaft und eine Begierde für einen Mann, wie sie es noch nie erlebt hatte. Fast wie eine heiße High-School-Affäre. Aber diese Zeit war längst Vergangenheit. Wie hatte sie nur glauben können, eine solche Nacht unbeschadet zu überstehen – ohne seelische Verletzungen? Sie musste verrückt gewesen sein. Ja, sie war verrückt – nach ihm. Und zwar seit dem Moment, als sie ihm den Kaffee übers Hemd gegossen hatte.

Schließlich drehte sie den Wasserhahn zu, trocknete sich hastig ab und zog sich an. Ehe sie fuhr, wollte sie Nick sagen, dass sie einige Neuigkeiten hatte, aber erst mit ihm darüber reden wollte, wenn sie zurückkam.

In der Bar lief sie Katie über den Weg. Die Kellnerin arbeitete schon so lange bei Nick, dass sie für ihn fast so etwas wie eine Stellvertreterin war. Sie winkte Ashley zu und schien erleichtert, sie zu sehen. „Kannst du beim Bedienen helfen?"

„Ach Katie", sagte sie bedauernd. „Es tut mir schrecklich Leid, aber ich kann nicht. Ich muss mit ein paar Leuten ins Krankenhaus fahren. Dort liegt ein Freund von mir ..."

„Ich weiß. Nick und Sharon sind auch gerade zu ihm gefahren", seufzte Katie. „Hier war nichts los, und deshalb habe ich ihnen gesagt, sie könnten ruhig die Eltern deines Freundes besuchen. Und dann wurde es auf einmal voll."

Sandy saß an der Bar. „Mach dich nicht verrückt, Katie. Ich kann dir doch helfen."

„Sandy, du bist ein Gast", protestierte Katie.

„Ach was. Ich bin fester Bestandteil des Hauses", grinste er. „Mach, dass du wegkommst, Ashley. Aber vergiss nicht: Ich erwarte was von dir."

„Selbstverständlich."

„Ich rede nicht von Geld. Ich möchte etwas über deine neue Karriere erfahren."

Verblüfft sah sie ihn an.

„Hier wimmelts doch von Polizisten", erklärte er mit einem verschmitzten Lächeln.

Sie gab ihm einen Kuss auf die Wange. „Du kriegst deinen Lohn, versprochen", versicherte sie ihm. Katie winkte ihr zum Abschied zu. Ashley zog es vor, die Bar durch den Hintereingang zu verlassen und von dort zum Parkplatz zu gehen, denn sie wollte auf keinen Fall Jake Dilessio über den Weg laufen, der mit seinem Kollegen auf der Terrasse saß.

Karen wartete schon vor ihrem Haus auf sie, als sie ankam.

„Entschuldige die Verspätung."

„Nicht der Rede wert", meinte Karen. „Ich habe mich nur ein bisschen gewundert, weil du doch sonst immer so pünktlich bist – geradezu unangenehm pünktlich."

„Ich glaube, das werde ich mir allmählich abgewöhnen", erwiderte Ashley.

„Keine schlechte Idee. Das war ja vielleicht eine Woche, nicht wahr? Ich habe eben im Krankenhaus angerufen. Am Telefon sagen sie einem nicht viel, aber es sieht so aus, als sei Stus Zustand stabil."

„Gott sei Dank."

„Hast du denn heute Nachmittag ein bisschen relaxen können?" fragte Karen.

„Nein. Ich hatte schon meinen ersten Auftrag zu erledigen."

„Sag bloß."

„Holen wir erst mal Jan ab. Dann erzähle ich euch alles."

Ashley musste ein paar Mal hupen, ehe Jan aus dem Haus stürzte. Sie war gerade noch am Telefon gewesen, um eine Werbekampagne für ein Konzert zu arrangieren. Um die Gage in die Höhe zu treiben, hatte sie sich als ihre eigene PR-Agentin ausgegeben. Ihre Freundinnen amüsierten sich königlich, als sie ihnen vormachte, wie sie die Verhandlungen geführt hatte. Dann erzählte Ashley, wie sie ihren Nachmittag verbracht hatte.

„Iiih!" machte Jan, die auf der Rückbank saß.

„Was heißt hier ‚Iiih'?" fragte Karen. „Gestern war sie ein Niemand. Heute arbeitet sie schon als Zeichnerin der Gerichtsmedizin."

„Gegen die Zeichnerin ist ja auch nichts zu sagen", meinte Jan. „Aber wirst du auch mal lebende Menschen zeichnen?"

„Klar. Wenn Augenzeugen einen Täter beschreiben, skizziere ich ihn nach ihren Angaben. Doch von dieser Frau konnten sie kein Bild in die Zeitung setzen – nicht so, wie sie aussah."

Nachdem Ashley ihnen noch eine Weile von ihrem neuen Job berichtet hatte, fragte Jan: „Sie werden uns vermutlich nicht zu Stu lassen, oder?"

„Ich bin gestern Abend bei ihm gewesen. Die Fresias haben mich als Verwandte ausgegeben."

„Er könnte ja noch ein paar Cousinen haben", schlug Karen vor.

„Sicher. Übrigens – Nick und Sharon sind auch ins Krankenhaus gefahren."

„Sharon bringt bestimmt eine Wagenladung voll Essen mit", sagte Karen.

„Gut möglich."

„Sie kennt die Fresias doch gar nicht. Im Gegensatz zu Nick. Erinnert ihr euch noch an die ganzen Schulfeste, die er zusammen mit Nathan Fresia organisiert hat? Sie waren die einzigen Väter, die sich dazu bereit erklärt haben. Na ja, Nick ist nicht dein Vater, aber du weißt schon, was ich meine", sagte Jan.

„Und Sharon bemüht sich auch sehr, wie eine ..." Karen unterbrach sich.

„Wie eine was?" Ashley warf ihr einen Blick zu.

„Wie eine Stiefmutter zu sein. Ich meine ... sie ist ja wirklich oft bei euch und kümmert sich um alle. Als ob sie zur Familie gehört."

Ashley zuckte mit den Schultern. „Um mich braucht sie sich nicht zu kümmern. Ich bin schließlich schon fünfundzwanzig. Ein richtig großes Mädchen."

„Aber du bedeutest Nick alles", wandte Jan ein.

„Und sie kandidiert für einen Sitz im Stadtrat", ergänzte Karen.

Ashley lachte. „Meinst du, sie ist auf Stimmenfang, wenn sie uns Kekse backt und Leute im Krankenhaus besucht?"

„Wer weiß?" meinte Karen.

„Und wenn schon", sagte Jan. „Ihre Kekse sind wirklich toll."

„Ihr zwei seid übrigens eingeladen. Ich feiere am Freitag mit ein paar Kollegen von der Akademie."

„Exkollegen", verbesserte Karen. „Und was ist der Grund?"

„Mein neuer Job."

„Super."

„Das ist wirklich ein Grund zum Feiern, wenn man Leichen zeichnen darf", meinte Jan trocken.

„Du bist ja bloß neidisch", sagte Karen.

„Vor allen Dingen."

Mit einem Seufzer bog Ashley in die Einfahrt zur Tiefgarage ein. „Wisst ihr, was mir neulich passiert ist?" wechselte sie das Thema und erzählte ihnen von ihrem Verfolger.

„Jemand im OP-Kittel? Da hatte es wahrscheinlich einer nur eilig, zu seinem Wagen zu kommen", meinte Jan.

„Das habe ich alles schon mit den Polizisten durchdiskutiert", sagte Ashley.

Jan zuckte mit den Schultern, und Ashley schüttelte den Kopf. Ihre Freundin dachte genauso wie die anderen. „Jan, ich merke doch, wenn jemand hinter mir her ist."

„Und jetzt parken wir wieder in dieser Garage?“ fragte Jan.

„Wenn hier tatsächlich jemand einem aufgelauert hat, wird er inzwischen bestimmt über alle Berge sein, vor allem, wenn er mitbekommen hat, dass Ashley die Polizei gerufen hat. Hast du denn schon was von ihnen gehört?“

„Nein. Ich habe allerdings auch nicht mehr nachgefragt.“

Sie stellte den Wagen ab. Als die drei ausstiegen, sahen sie sich besorgt um.

„Wir stehen ganz in der Nähe des Aufzugs“, beruhigte Ashley ihre Freundinnen. „Und außerdem sind wir zu dritt.“

„Und sie ist selbst bald Polizistin“, sagte Karen.

„Eben nicht“, entgegnete Jan. „Ashley, hast du deine Pistole bei dir?“

„Nein. Die muss ich sowieso wieder abgeben – genau wie mein Abzeichen. Schließlich bin ich jetzt nur noch im Zivildienst tätig.“

„Da sind ja noch andere Leute“, sagte Jan und deutete auf eine Gruppe von Besuchern, die zum Aufzug ging. Sie hatten Blumen, Pakete und einen Luftballon mit der Aufschrift „Hurra, ein Junge!“ mitgebracht.

Alle drängten sich in den Aufzug, und kurz darauf liefen sie über den Korridor, der zum Wartezimmer der Intensivstation führte. Dort saß Lucy mit Nick und Sharon. Sie erhoben sich, um die Neuankömmlinge zu begrüßen. Karen und Jan umarmten Lucy Fresia herzlich, und sie dankte ihnen überschwänglich für ihren Besuch.

„Es ist unglaublich, wie mitfühlend die Leute sind“, sagte Lucy. „Nick ist fantastisch. Sharon auch – dabei kennt sie uns gar nicht. Eine so liebe Person. Heute Abend gibt es Shrimps zum Dinner – und selbst gebackene Kekse.“

„Es sind die besten, die es gibt“, meinte Ashley lächelnd.

„Ich bezahle sie dafür, dass sie das sagt“, sagte Sharon.

„Ist das Ihr Abendessen?“ fragte Ashley und deutete auf eine Tüte. „Wo ist Nathan? Sie sollten es essen, solange es warm ist.“

„Er ist bei Stuart. Ich hole ihn. Ich habe das Gefühl, Stuart merkt, wenn seine Freunde bei ihm sind.“ Sie warf Karen und Jan einen Blick zu. „Sie wissen, dass ich lüge, aber wir sagen einfach, sie gehören zur Verwandtschaft. Ich rede gleich mit der Krankenschwester. Nick, Sharon – wollen Sie mit uns in die Cafeteria kommen?“

„Das würde ich gerne, aber ich muss zurück ins Restaurant“, sagte Nick.

„Ja, wirklich“, pflichtete Sharon ihm bei.

Nick küsste Ashley und die Mädchen auf die Wange. Jan versetzte Ashley einen Rippenstoß und flüsterte: „Eigentlich habe ich gehofft, dass er uns zum Auto begleitet.“

„Ist schon in Ordnung“, sagte Karen. „Wir brauchen Ashleys Pistole nicht. Ich habe Pfefferspray in der Handtasche.“

„Was gibts zu flüstern?“ wollte Sharon wissen. „Ist alles in Ordnung?“

„Ja“, log Ashley. Sie wollte ihnen nichts von dem Vorfall erzählen, um sie nicht zu beunruhigen. „Es ist wohl wirklich besser, wenn ihr zurückfahrt. Katie schien ein bisschen überfordert zu sein. Ich habe ein richtig schlechtes Gewissen, weil ich sie allein gelassen habe.“

„Ich brauche doch mehr Personal“, seufzte Nick.

„Im Moment hilft Sandy ihr.“

„Sandy?“

„Er weiß wahrscheinlich besser als wir, was die Leute trinken“, sagte Sharon. „Also dann, Mädels – fahrt vorsichtig, ja?“

Lucy kehrte mit Nathan zurück. Sichtlich erfreut über den Besuch, drängte er Nick und Sharon, noch ein paar Minuten mit ihnen in die Cafeteria zu kommen. Schließlich ließ Nick sich überreden, obwohl er etwas ungeduldig wirkte. Ashley wünschte, sie hätte den Mund gehalten.

„Sie haben mir die Verwandtschaft abgekauft", sagte Lucy. „Aber geht bitte nur zu zweit zu ihm. Wir bleiben auch nicht lange fort."

Nachdem sie gegangen waren, sagte Ashley: „Geht ihr zuerst. Ich war ja schon gestern bei ihm."

Karen und Jan ließen Ashley im Wartezimmer zurück. Sie nahm eine Zeitschrift vom Tisch und setzte sich hin.

Erst jetzt fiel ihr der Mann auf, der hinter einer Zeitung versteckt auf seinem Stuhl saß. Kaum hatte sie Platz genommen, kam er zu ihr und setzte sich neben sie.

Es war der hartnäckige Reporter, auf den Nathan sie bereits aufmerksam gemacht hatte.

„Was wollen Sie?" fragte sie scharf. Da sie allein im Wartezimmer waren, gab sie sich keine Mühe, leise zu sprechen.

„Kein Grund zu schreien", meinte er. „Alle denken, ich bin auf eine schmutzige Geschichte aus. Selbst die Fresias glauben mir nicht, dass ich ein Freund ihres Sohnes bin."

„Ich habe Sie noch nie gesehen", erwiderte sie kühl.

„Und wie oft haben Sie Stuart in den letzten Jahren gesehen?" fragte er.

Das saß.

„Warum glauben sie nicht, dass Sie sein Freund sind?"

Er seufzte. „Weil ich für ein Boulevardblatt schreibe. Dabei hat er für dieselbe Zeitung gearbeitet. Irgendwie fühle ich mich verantwortlich für das, was passiert ist. Ich glaube, sie wissen, dass ich Stuart mit dem Chefredakteur bekannt gemacht habe, und danach ist er praktisch aus ihrem Leben verschwunden. Sie haben der Polizei von mir erzählt, und die Cops haben mich vielleicht in die Zange genommen – meine Güte! Ich denke, die

Fresias mögen mich einfach nicht. Sie vertrauen mir nicht. Unglücklicherweise bin ich berühmt für Schlagzeilen wie ‚Außerirdische haben mich betäubt und mein zweiköpfiges Kind entführt.‘“

„Das nenne ich Journalismus.“

„Wenigstens wird man dafür bezahlt.“

„Wenn Sie Stuart kennen und wissen, womit er sich beschäftigt hat, warum erzählen Sie es dann nicht der Polizei?“

„Ich habe es ihnen erzählt. Ich habe ihnen gesagt, dass er sich für Ökonomie und Landwirtschaft interessiert hat und was gewisse Großunternehmen mit den Everglades vorhaben. Das war sein Thema. Er hat Recherchen angestellt über die Wasserwege, die Luftverschmutzung ... es sollte ein Artikel über die Umwelt werden, verstehen Sie? Er hat sich wirklich intensiv damit beschäftigt. Er glaubte, einer riesigen Sache auf der Spur zu sein. Das Dumme ist nur, ich habe keine Ahnung, was das gewesen sein mag. Und ich kann mir nicht vorstellen, wie jemand, der sich mit Umweltthemen beschäftigt, zum Drogenjunkie wird.“

Ashley musterte ihn scharf. Er war etwa so alt wie sie und hatte ziemlich langes braunes Haar. Der Blick seiner großen blauen Augen war aufrichtig. Sein Jackett und Hemd waren maßgeschneidert, und er schien eigentlich viel zu intelligent und verantwortungsbewusst zu sein, um über zweiköpfige Kinder und Außerirdische zu schreiben.

„Ich habe mit der Polizei gesprochen, und sie haben den Chefredakteur vernommen. Ich kenne die Namen von ein paar mächtigen Leuten aus der Gegend. Stu hat mit ihnen gesprochen, ehe er endgültig untergetaucht ist. Die Polizei hat sie auch vernommen, aber sie alle waren ahnungslos wie neugeborene Lämmer. Können Sie sich das vorstellen? Und dann haben sie mir noch gesagt, ich solle den Mund halten und die Finger von der Sache lassen. Den

Bullen werde ich bestimmt nichts mehr erzählen. Die glauben einem ja doch nichts."

„Und warum reden Sie dann mit mir? Warum sollte ich Ihnen glauben, wenn alles, was Sie sagen, zu nichts führt?"

Er zuckte mit den Schultern und grinste. Es wirkte sympathisch, fast schuldbewusst. „Ich habe mitgekriegt, dass Sie auf die Polizeiakademie gehen, und ich weiß, dass Sie Stu nicht für drogensüchtig halten. Da habe ich mir gedacht, wenn überhaupt jemand für ihn kämpft, dann sind Sie es."

Sie sah ihn nachdenklich an. Er schien es ehrlich zu meinen. Er hatte versucht zu helfen, und der Schuss war nach hinten losgegangen.

Er glaubte an Stuart. Das war das einzig Wichtige. Obwohl sie sich davor hütete, vorschnell zu urteilen, hatte sie das Gefühl, dass er anständiger war, als Nathan vermutete.

Schließlich lächelte sie. „Tut mir Leid. Aber ich gehe nicht mehr auf die Polizeiakademie."

Er runzelte die Stirn. „Sie haben die Ausbildung geschmissen? Das kann ich nicht glauben – nach allem, was Stu von Ihnen erzählt hat."

„Er hat mit Ihnen über mich gesprochen?"

„Na ja, eher nebenbei, wissen Sie. Vor etwa einem Jahr waren wir mal bei Ihrem Onkel. An dem Abend waren Sie nicht da. Aber Ihr Onkel hat sich mit uns unterhalten. Er hat davon gesprochen, dass Sie beide richtig gute Freunde waren." Wieder lächelte er. „Ich würde gerne helfen. Recherchieren kann ich nämlich sehr gut."

„Und Sie glauben, Sie könnten etwas herausfinden, was die Polizei übersehen hat?"

„Das habe ich bereits", antwortete er.

13. KAPITEL

Zwanzig Minuten, nachdem Marty gegangen war, saß Jake immer noch auf der Terrasse. Er hatte nicht lange gebraucht, um seinen Kollegen über die neuesten Entwicklungen zu informieren. Er hatte ihm erzählt, dass er noch einmal zu dem Haus gefahren war, das der Sekte als Hauptquartier gedient hatte. Der Farmer, dem es jetzt gehörte, hatte nichts dagegen gehabt, dass Jake sich umsah. Seine ordentlich bestellten Felder reichten bis zum Kanal. Jake hatte lange ins Wasser gestarrt und darüber nachgedacht, dass dieses Grundstück und der Fundort des jüngsten Opfers eigentlich sehr weit voneinander entfernt lagen.

Nancy war allerdings nur ein paar Meilen weiter westlich mit ihrem Wagen in den Kanal gestürzt.

Während er über das Gelände ging, hatte sich die Frau des Farmers zu ihm gesellt.

„Wir haben das Grundstück sehr günstig bekommen“, erzählte sie ihm. Dann fragte sie besorgt: „Meinen Sie, es war deshalb so billig, weil hier irgendwo vielleicht noch Leichen liegen?“

„Das will ich doch nicht hoffen“, erwiderte Jake.

Sogar Marty hatte ihn gefragt, was er jetzt noch zu finden glaubte, nachdem die People for Principle schon vor so langer Zeit verschwunden waren.

„Ich weiß es nicht“, hatte Jake ihm geantwortet. „Es gibt etwas, da bin ich mir ganz sicher, aber wir wissen nicht, was es ist.“ Er hatte Marty nicht überzeugen können. Allerdings war er auch bei Jakes Unterhaltung mit Bordon nicht dabei gewesen, als dieser immer wieder von Nebel und Spiegeln gesprochen hatte.

Danach war er zur Besprechung gegangen und anschließend ins Leichenschauhaus gefahren.

„Die Zeichnung ist morgen in der Zeitung“, hatte Jake ihm abschließend mitgeteilt. „Dann werden wir hoffentlich mehr wissen."

Marty hatte ihn mit einem merkwürdigen Blick angesehen. „Waren sie so gut?"

„Sie waren sogar hervorragend. Wenn die Ermordete hier aus der Gegend war, wird es bestimmt Rückmeldungen geben."

„Warum hast du Ashley Montague dann so mies behandelt?"

Jakes Haltung war abweisend geworden. „Hat sie dir das erzählt?"

„Nein. Aber ... meine Güte, Jake, ich bin selbst Detective. Ich kann zwischen den Zeilen lesen."

Kurz darauf war Marty gegangen. Jake war sitzen geblieben und hatte gedankenverloren in seine leere Kaffeetasse gestarrt.

„Hey, Jake. Kann ich Ihnen ein Bier ausgeben?" fragte Sandy.

Jake schreckte auf. Wo war denn der alte Knabe plötzlich hergekommen?

„Geht aufs Haus", fügte Sandy stolz hinzu. „Ich helfe heute Abend hier aus."

„Wie kommts?"

„Alle sind ins Krankenhaus gefahren, um den Jungen zu besuchen."

„Nick und Sharon auch?"

„Ja. Deshalb schmeißt Katie den Laden, und ich helfe ihr."

„Sind sie zusammen gefahren?" wollte Jake wissen und fragte sich, ob das eine Rolle spielte.

„Nein. Nick ist los, ehe Ashley zu Hause war. Ich glaube, das war Sharons Idee. Sie hatte wieder gebacken und sich gedacht, Stuarts Eltern könnten ein warmes Essen und selbst gebackene Kekse vertragen. Deshalb sind sie und Nick schon früh gefahren. Ich glaube, Ash wollte noch ein paar Freundinnen abholen. Was ist nun mit dem Bier?"

„Danke, Sandy, aber lieber nicht. Ich muss noch arbeiten. Eigentlich müsste ich schon längst unterwegs sein."

„Na ja, dein Kopf arbeitet ja bereits."

„Nicht intensiv genug, fürchte ich."

Sandy zögerte. Die weißen buschigen Augenbrauen hatte er nachdenklich hochgezogen. „Jake", begann er schließlich mit ruhiger Stimme, „es geht mich zwar nicht an, aber du solltest es dir nicht so zu Herzen nehmen. Alle wissen, dass du ... nun ja, dass du dich immer noch für deine ehemalige Kollegin verantwortlich fühlst, und dass dieser neuer Fall das alles wieder aufwühlt ..."

„Jake, du weißt zu viel."

„Nun, ich habe ja nicht mehr viel zu tun, als mich für das zu interessieren, was um mich herum vorgeht. Du bist ein guter Mann, wirklich gut, aber du solltest mal 'ne Pause einlegen. Jeder macht mal Fehler, und jeder rastet mal aus. Ich habe dich hier neulich nachts mit Brian Lassiter gesehen. Er ist der Mistkerl, der seine Frau betrogen hat, er ist schuld, dass sie sich mies gefühlt hat ... Also, selbst wenn du ..." Sandy unterbrach sich. „Du warst nicht verantwortlich, Jake. Irgendwann musst du mal loslassen."

„Danke für den Rat und die Unterstützung, Sandy." Er erhob sich. „Auf das Bier komme ich demnächst zurück."

Jake ging die Pier entlang bis zur *Gwendolyn*. Seit kurzem hatte er es sich angewöhnt, Tür und Schloss zu prüfen, ehe er den Schlüssel hineinsteckte, denn er hatte das Schloss immer noch nicht auswechseln lassen.

Er setzte sich an seinen Schreibtisch und schaltete den Computer ein, klickte eine Datei mit einer Namensliste an und ging die Einträge durch. John Mast. Bei diesem Namen stockte er.

Mast war tot.

Nebel und Spiegel.

Eine Viertelstunde später stellte er fest, dass er immer noch auf den Bildschirm starrte, ohne etwas wahrzunehmen.

Verdammt. Alle seine Freunde und Bekannten glaubten, dass er einem Hirngespinst nachjagte. Ein Unfall. Das war die einzige logische Erklärung für Nancys Tod. Aber er wusste einfach ...

Er wusste es. Er wusste es sogar genau.

„Ach Blödsinn, vergessen Sie's", sagte der Mann neben Ashley und stand unvermittelt auf. Auf dem Korridor näherten sich Schritte. „Ich muss gehen."

„Nein", widersprach Ashley. Er schrieb zwar nur für eine sensationslüsterne Boulevardzeitung, aber bei einigen seiner Bemerkungen hatten bei ihr die Alarmglocken geschrillt. „Gehen Sie noch nicht. Sie haben mir noch nicht gesagt ..."

„Ich muss hier verschwinden, bevor jemand auf die Idee kommt, ich könnte Sie belästigen."

„Das tun Sie doch gar nicht. Sie müssen mir alles erzählen, was Sie wissen."

„Ich weiß ja, wo ich Sie finden kann. Machen Sie sich keine Sorgen", sagte er und verschwand durch die Tür.

„Warten Sie, verdammt noch mal." Sie lief ihm hinterher, aber als sie den Korridor erreichte, musste sie frustriert feststellen, dass er bereits verschwunden war. Am Ende des Flurs tauchten die Fresias auf – ohne Nick und Sharon. Sie waren vermutlich ins Restaurant zurückgefahren.

„Das ging aber schnell", meinte sie.

„Wir sind nicht gerne lange fort", erklärte Lucy.

„Karen und Jan sind noch bei ihm", sagte Ashley. „Ich werde mal nach ihnen schauen."

„Lass dir Zeit, mein Liebes. Ich werde nachher ein wenig in dem Sessel schlafen, den sie für uns ins Zimmer gestellt haben. Nathan fährt nach Hause, um zu duschen und nach dem Rechten zu sehen. Morgen früh wird er mich wieder ablösen."

Ashley winkte Jan und Karen aus dem Zimmer und setzte sich an Stuarts Bett. Sein Zustand hatte sich nicht verändert. Erfreut bemerkte sie jedoch, dass er ein wenig Farbe im Gesicht zu haben schien. Sie nahm die Hand, in der keine Kanüle steckte, und erzählte ihm von ihrem Tag. Sie sprach von Dilessio und von dem Verlangen, das sie überkommen und dazu geführt hatte, dass sie mit ihm im Bett gelandet war, und dass sie sich jetzt ziemlich dumm vorkam. Bei ihrem geflüsterten Geständnis verschwieg sie auch nicht, dass sie fasziniert von ihm war, und dass diese Faszination sie blind gemacht hatte, ohne dass sie etwas dagegen hätte tun können. Manchmal lernte man eben jemanden kennen, der einem sympathisch war, den man sehr attraktiv fand ... und in den man sich im Handumdrehen verliebte, obwohl man es besser wissen sollte. Sie überlegte, was sie sonst berichten könnte.

„Ach ja, ein Freund von dir, der auch bei deiner Zeitung arbeitet – wenigstens behauptet er, dein Freund zu sein –, hat mir einiges erzählt. Ich weiß nicht einmal seinen Namen, aber das kann ich herausfinden. Deinen Vater frage ich lieber nicht, denn er mag ihn nicht besonders. Ich möchte mich nämlich noch mal mit ihm unterhalten."

Sie warf einen Blick auf ihre Uhr. Jetzt war sie schon länger bei Stuart, als sie vorgehabt hatte. Aber sie war erleichtert, dass sie einem Freund ihr Herz hatte ausschütten können, obwohl er bewusstlos war. Es war ihr nie leicht gefallen, über persönliche Dinge zu reden, nicht einmal mit Jan und Karen, die schnell mit einer vorgefertigten Meinung über das Liebesleben anderer Leute bei der Hand waren.

„Ich gehe jetzt, damit deine Mom sich in den Sessel setzen und ein bisschen schlafen kann." Sie küsste ihn auf die Stirn, drückte seine Hand und hielt sie einen Moment fest, ehe sie das Zimmer verließ.

Als sie das Wartezimmer betrat, saß zu ihrer Verblüffung Len Green bei den anderen.

„Hallo“, begrüßte sie ihn.

„Selber Hallo. Ich dachte, ich komme mal vorbei und zeige ein bisschen Solidarität. Ich habe den Fresias erzählt, dass ich zwar nur Streifenpolizist bin, aber wenn ich etwas für sie tun kann, sollen sie es mich sofort wissen lassen.“

„Das ist wirklich nett von dir.“

„Und wir müssen auch nicht allein durch die Tiefgarage gehen“, sagte Jan erleichtert.

„Ein großer, gut aussehender Bodyguard, der eine Pistole hat“, ergänzte Karen.

„Warum braucht ihr denn in der Tiefgarage eine Pistole?“ fragte Lucy besorgt.

„Ach, es ist da unten ein bisschen dunkel und unübersichtlich“, antwortete Ashley und warf Karen einen warnenden Blick zu. Sie wollte auf keinen Fall, dass die Fresias sich wegen ihrer abendlichen Besuche Sorgen um sie machten. „Wir werden jetzt gehen, damit Sie ein wenig Ruhe bekommen“, wandte sie sich an Stuarts Eltern. Umarmungen und Küsse wurden ausgetauscht, bevor die drei Freundinnen und Len gingen.

Als sie aus dem Aufzug in die Tiefgarage traten, fragte Karen: „Ashley, solltest du den Fresias nicht erzählen, dass du hier unten verfolgt worden bist?“

„Davon hast du mir ja gar nichts gesagt.“ Len klang vorwurfsvoll.

„Ich hatte noch keine Gelegenheit dazu“, verteidigte Ashley sich. „Und was soll ich ihnen schon erzählen? Alle glauben doch, dass ich spinne, wenn ich sage, dass ich in einem Krankenhaus von jemandem verfolgt wurde, der einen OP-Kittel trug.“

„Ich habe noch nie behauptet, dass du spinnst“, meinte Len.

„Ich möchte nicht, dass sie sich grundlos Sorgen machen. Sie haben schon genug am Hals“, sagte Ashley.

Auf dem Weg zum Wagen blieb Karen plötzlich stehen. „Psst!“ machte sie.

„Was ist denn?“ fragte Jan.

„Schritte. Sie kommen in unsere Richtung.“

„Ich bin bewaffnet“, flüsterte Len.

„Sie kommen vom Aufzug her“, wisperte Karen.

„Siehst du jemanden?“ fragte Jan.

„Die Pfeiler verdecken die Sicht“, murmelte Ashley.

„Bleibt stehen“, befahl Len und griff in seinen Anorak.

„Ich höre sie immer noch. Sie kommen von da drüben“, flüsterte Karen.

Die Schritte klangen laut und zielstrebig und nicht wie die einer Person, die jemanden verfolgte.

Jetzt kam eine Gestalt in ihr Blickfeld.

Groß, dunkel ... breitschultrig.

Dann trat die Person in einen Lichtkreis, und ihr Gesicht war deutlich zu erkennen.

„Jake Dilessio“, sagte Ashley. Unwillkürlich hatte sie den Atem angehalten.

Er sah sie im selben Moment wie sie ihn, und entschlossen ging er auf sie zu.

„Das ist doch der Typ, den du gezeichnet hast“, bemerkte Karen leise.

„Er ist Polizist“, sagte Len.

Ashley musterte ihn durchdringend. „Du kennst ihn? Warum hast du mir nicht gesagt, dass er Polizist ist, als wir in Orlando waren?“

Er runzelte die Stirn. „Ich weiß nicht, wovon du redest. War er denn auch in Orlando?“

„Nein, ich habe sein Bild gezeichnet – als wir abends im Club waren."

Len schaute sie immer noch total verwirrt an.

„Als ich die anderen Porträts gemacht habe", erklärte sie ungeduldig.

„Da hat er doch gerade die Rechnung bezahlt", erinnerte Karen sie.

Sie verstummten, als er vor ihnen stand.

„Detective Dilessio", sagte Len. „Was machen Sie denn hier?"

Fragend zog Dilessio die Augenbrauen hoch. „Ich wollte mich nach Stuart Fresia erkundigen. Und Sie?"

„Ich auch. Ich bin ein Freund von Ashley", erklärte Len.

„Ich verstehe."

„Und das sind zwei Freundinnen von mir, Karen und Jan", sagte Ashley rasch. „Ich ... ähm ... ich wusste nicht, dass Sie und Len sich kennen."

Alle starrten sie an.

„Sie sind beide bei der Polizei, Ashley", sagte Karen.

„Es gibt tausende von Polizisten in der Stadt. Die können sich doch nicht alle kennen", verteidigte Ashley sich.

„Aber Detective Dilessio kennt doch wohl jeder. Er hat einige Vorlesungen über Tatortbesichtigungen gehalten, als ich auf der Polizeiakademie war", sagte Len.

„Sie arbeiten jetzt im Süden der Stadt, oder?" erkundigte Jake sich.

Heute Abend ist er richtig freundlich, dachte Ashley. Ganz und gar nicht der Mistkerl, als der er sich im Leichenschauhaus gebärdet hatte.

„Ja, Sir, das stimmt."

„Gefällt Ihnen die Arbeit noch?"

„Sehr sogar."

„Können Sie den Fresias etwas Neues erzählen?" wollte Ashley wissen.

Dilessio sah sie mit seinen dunklen Augen an. „Nein, leider nicht. Ich wollte sie davon in Kenntnis setzen, dass ich mit Carnegie gesprochen habe und weiterhin am Ball bleibe. Sie haben mir gesagt, dass Sie gerade gegangen waren. Ich hatte gehofft, Sie hier noch zu erwischen."

„Oh."

„Aber Sie sind in Gesellschaft. Wir können uns später unterhalten."

„Ich bringe Karen und Jan nach Hause und fahre anschließend zu Nick", sagte sie.

„Gut. Ich komme dann später vorbei. Karen, Jan – es war nett, Sie kennen zu lernen. Schön, dass wir uns mal wieder gesehen haben, Len."

„Das finde ich auch, Detective", antwortete Len.

Dilessio ging weiter.

„Was will er denn von dir?"

„Ich habe heute für ihn eine Zeichnung gemacht. Vielleicht möchte er, dass ich noch etwas ändere, bevor er sie der Zeitung schickt."

„In deiner Freizeit kann er dich doch damit wohl in Ruhe lassen", meinte Len empört.

„Nein ... außerdem habe ich ihn darum gebeten, sich jederzeit mit mir in Verbindung zu setzen, wenn er etwas Neues über Stuart erfährt", erklärte Ashley hastig. „Wir werden uns später bei Nick unterhalten."

„He, wenn du's eilig hast, können wir auch ein Taxi nehmen", bot Karen ihr an.

Len ergriff die Gelegenheit beim Schopf. „Redet keinen Unsinn. Wir begleiten Ashley bis zu ihrem Wagen, und dann fahre ich euch beide nach Hause. Es wird mir ein Vergnügen sein."

„Das ist ganz lieb von dir, Len. Macht es dir auch wirklich nichts aus?“ fragte Ashley. „Ich brenne nämlich doch darauf zu wissen, was er von mir will.“

„Klar, kein Problem.“

Sie begleiteten Ashley bis zu ihrem Wagen, dann verabschiedete sie sich von ihnen und fuhr rasch los.

Es fiel ihr nicht leicht, sich an die Geschwindigkeitsbegrenzung zu halten, denn sie konnte nicht schnell genug nach Hause kommen.

Len Green setzte zuerst Jan ab. Als er mit Karen allein war, wurde die Unterhaltung vertraulicher.

„Ashley hat wirklich das Zeug zu einer guten Polizistin. Na ja, jetzt arbeitet sie ja erst einmal in einer anderen Abteilung. Und Dilessio ist einer der angesehensten Detectives.“

„Und ein verdammt attraktiver Typ“, meinte Karen. Dann warf sie ihm einen raschen Blick zu. „Versteh mich nicht falsch. Nicht jeder steht auf diese verschlossenen Typen. Ich kann mir nicht vorstellen, dass der jemals aus sich rausgeht und richtig auf die Pauke haut. Was rede ich – ich kenne ihn ja nicht mal. Auf jeden Fall scheint er sehr ernsthaft zu sein. Du dagegen ... du bist auch Polizist, und deine Arbeit gefällt dir. Trotzdem haben wir ’ne Menge Spaß gehabt neulich. Habe ich mich eigentlich schon für diesen tollen Abend bei dir bedankt?“

Len lächelte sie an. „Ja“, sagte er leise. Sie saß ganz dicht neben ihm. Freundlich, sympathisch ... begierig? Plötzlich hatte er das Gefühl, dass er mehr von ihr wissen wollte. Sehr viel mehr. „Kommst du auch zur Feier von Ashleys Beförderung?“

„Klar, sie hat uns eingeladen. Da wohne ich.“ Karen zeigte auf ihr Haus.

Er bog in die Einfahrt ein. „Sieht hübsch aus. Lebst du allein?“

„Ja. Klein, aber fein – und mein. Oder vielmehr meins und das der Bank.“

„Immerhin.“

„Möchtest du reinkommen und es dir ansehen?“

„Ist es nicht schon ein bisschen spät?“

„Überhaupt nicht. Ich gehe nie vor Mitternacht ins Bett, auch wenn ich jeden Morgen um halb sieben aufstehe. Du kannst also gerne mitkommen. Ich kann uns einen Kaffee oder Tee machen ... Ich habe auch Bier im Kühlschrank. Entschuldige, das habe ich ganz vergessen. Du musst ja noch fahren.“

„Wir könnten ein Bier trinken – und anschließend Kaffee“, meinte Len.

Ein Lächeln glitt über Karens Gesicht. „Klar.“

Sie gingen hinein, und stolz führte sie ihn durchs Haus. Es war klein, aber hübsch und recht alt im Vergleich zu den umliegenden anderen Häusern in der Gegend.

„Ein paar von ihnen stammen aus den späten zwanziger Jahren“, erklärte Karen. „Damals war das hier natürlich finsterste Provinz – mitten in den Sümpfen. Aber was rede ich da. Die Everglades sind ja gar kein Sumpf, denn das Wasser ist ja ständig in Bewegung.“

Er lachte. „Ich verstehe, was du meinst.“

„Ja, dann hole ich jetzt mal das Bier – und setze Kaffee auf für später“, sagte Karen.

Sie kam mit einer Flasche zurück, schaltete die Stereoanlage ein, und sie nahmen auf dem antiken Sofa Platz. Sie hatten eine Zeit lang über ihre Arbeit geredet, als sie bemerkte, dass er auf seine leere Flasche starrte. „Ich würde dir ja noch ein Bier anbieten ... aber Alkohol am Steuer ... du weißt ja ...“

„Na ja, noch ein Glas wäre nicht schlecht, aber ...“

„He, das hier kann man auch als Bett benutzen. Wenn du willst, kannst du gerne hier übernachten.“

Mit untergezogenen Beinen saß sie dicht neben ihm. Ihre Gesichter waren sich nahe. Er berührte ihr Kinn.

„Ich glaube nicht, dass ich auf dem Sofa gut schlafen kann", meinte er leise.

Er spürte ihren Atem. „Du musst ja nicht unbedingt auf dem Sofa schlafen", erwiderte sie.

Er beugte sich zu ihr und küsste sie sanft. Als sie sich wieder voneinander trennten, waren ihre Lippen feucht, und ihr Atem ging unregelmäßig.

„Ich hole dir dein Bier", flüsterte sie.

Sie verschwand und blieb ziemlich lange fort. Schließlich hörte er, wie sie seinen Namen rief, und drehte sich um. Sie stand in der Tür, die zum Schlafzimmer führte. Er traute seinen Augen nicht. Sie war nackt. Groß, schlank, wunderschön – und nackt.

Er fühlte sich ein wenig überrumpelt und ärgerte sich darüber.

Offenbar war es in letzter Zeit üblich, dass die Frauen den ersten Schritt taten.

Die Wut in ihm wurde größer – oder war es seine gekränkte männliche Eitelkeit?

Als er sich erhob, merkte er, dass er die Hände zu Fäusten geballt hatte.

„Dein Bier steht hier drinnen", sagte sie mit leiser, verführerischer Stimme. Sie klang sehr sexy und sinnlich.

Sie ging wirklich ganz schön ran.

„Wirklich?" fragte er genauso leise. Er folgte ihr ins Schlafzimmer, wo sie bereits auf dem Bett lag – eine Fleisch gewordene Einladung. Sekundenlang starrte er sie an. Alle Muskeln seines Körpers verspannten sich. Es war nicht Ashley. Sondern ihre Freundin. Ashley.

„Was ist denn los, Officer?" neckte sie ihn.

Er trat neben sie ans Bett. Der Schatten seines Körpers fiel über ihr Gesicht.

Langsam löste er den Gürtel von seiner Hose.

Ein paar Minuten später schrie sie laut auf.

Ashley stellte den Wagen auf ihrem Parkplatz ab und ging ums Haus herum. Auf der Terrasse saßen einige Gäste. Sie schienen ausnahmslos Paare zu sein, die einen romantischen Abend verbringen wollten. Doch statt ins Haus zu gehen, machte Ashley auf dem Absatz kehrt und schlenderte zur Pier.

Je näher sie Jakes Hausboot kam, umso langsamer wurde sie. Er hatte zwar gesagt, dass er mit ihr reden wollte, aber sie fühlte sich trotzdem unbehaglich.

Schließlich blieb sie unschlüssig stehen und betrachtete das Boot. Die Jalousien waren heruntergelassen, doch in der Kabine schien Licht zu brennen. Ein merkwürdiges Gefühl beschlich sie, als sie zögernd weiterging.

Mit klopfendem Herzen erreichte sie das Boot. Leise trat sie aufs Deck und wartete ein paar Sekunden, ehe sie zur Kajütentür ging. Nach ein paar Sekunden klopfte sie. Die Tür schwang nach innen auf.

Sie hatte sich geirrt. In der Kabine war es dunkel. Gerade als sie seinen Namen rufen wollte, hörte sie ein Geräusch. Zu spät. Gerade als sie sich umdrehen und laut losschreien wollte, wurde sie von hinten festgehalten, so dass sie ihrem Angreifer nicht ins Gesicht sehen konnte. Der Atem stockte ihr, und ihr Schrei erstickte in einem gurgelnden Keuchen.

Sie wurde durch die Luft geschleudert und kam hart auf dem Boden auf. Etwas Schweres landete auf ihr. Wieder öffnete sie den Mund, um zu schreien, um verzweifelt nach Luft zu schnappen und die Sterne zu vertreiben, die ihr vor den Augen tanzten.

Eine Hand legte sich über ihren Mund.

Der Schrei erstickte in ihrer Kehle.

Lucy Fresia schreckte aus dem Schlaf hoch. Sie wusste nicht, was sie aufgeweckt hatte. Sie blickte sich in dem dunklen Zimmer um, ohne etwas erkennen zu können.

Nachdem sie eine Weile gelauscht hatte, lächelte sie müde. Die ständigen Nachtwachen forderten allmählich ihren Tribut.

Sie lehnte sich in ihren Sessel zurück. Stuart lag auf dem Bett – immer noch in derselben Position wie am Tag seiner Einlieferung. Im Zimmer war es still, das Licht gedämpft, und auch von draußen drang kein Laut hinein.

Plötzlich fuhr sie auf.

Diese Stille ...

Etwas stimmte nicht damit. Das Geräusch des Beatmungsgerätes müsste zu hören sein, das langsame, gleichmäßige Zischen, das nun schon seit so langer Zeit ein fester Bestandteil ihres Alltags war.

Hastig trat sie ans Bett. Stuarts Gesicht war blau angelaufen.

Sie starrte auf die Monitore. Sie waren dunkel.

Stuart atmete nicht mehr. Sein Herz schlug nicht mehr.

Tot ...

Nein!

Sie eilte zur Tür, riss sie auf und schrie um Hilfe. Stuarts Krankenschwester stürzte über den Korridor. Sofort erkannte sie die Situation und rief jemandem im Schwesternzimmer zu, den Dienst habenden Arzt zu verständigen. Lucy wurde aus dem Zimmer geschoben, als der Doktor mit seinen Assistenten eintraf.

Lucy begann zu wimmern. Ihr wurde schwarz vor Augen. Schluchzend sank sie zu Boden, am ganzen Körper zitternd. Endlich kam jemand mit einer Spritze und stach ihr in den Arm.

„Ashley?“

Die Hand löste sich von ihrem Mund.

„Jake?“ fragte sie ungläubig.

Die schwere Last rollte von ihr. In der Dunkelheit tastete eine Hand nach der ihren und zog sie hoch. Ihr wurde schwindlig, als sie auf die Füße kam.

Plötzlich wurde es hell auf der *Gwendolyn*. Jake hatte den Lichtschalter betätigt und stand vor ihr, nur mit einer Badehose bekleidet. Die Hände hatte er in die Hüften gestützt, und seine Augen funkelten zornig. „Was zum Teufel fällt dir ein, hier herumzuschnüffeln?“ fragte er barsch.

„Ich habe nicht herumgeschnüffelt“, entgegnete sie empört. „Du hast gesagt, dass du mit mir reden wolltest. Was zum Teufel hast du denn getan? Schlägst du jeden zusammen, der dich besuchen will?“

„Du bist auf Zehenspitzen übers Deck geschlichen. Seitdem hier mal eingebrochen wurde ...“

„Es war stockdunkel. Ich war nicht sicher, ob du zu Hause warst, ob du schon geschlafen hast, oder ob ... Was soll das heißen – jemand ist hier eingebrochen?“

„Neulich ist hier jemand nachts eingebrochen. Und er oder sie sind noch mal gekommen. Das weiß ich ganz genau.“

„Bist du bestohlen worden?“

„Rede keinen Unsinn.“

„Sag du mir nicht, dass ich keinen Unsinn reden soll. Die Vermutung liegt doch nahe, oder? Warum sollte sonst jemand das geheiligte Anwesen des großen Detective Dilessio betreten? Nur damit er sagen kann, er sei mal auf deinem Hausboot gewesen?“

Er musterte sie mit einem wütenden Blick. Dann drehte er sich auf dem Absatz um und begann, auf dem schmalen Deck auf und ab zu laufen. Unvermittelt blieb er stehen und schaute über die Pier zu Nicks Bar hinüber. Ashley folgte seinem Blick.

Nichts war zu sehen.

Plötzlich wandte er sich zu ihr um. „Ist alles in Ordnung?"

„Klar. Ich mag es, wenn man mich zu Boden wirft. Und am tollsten ist es, wenn der Schmerz im Kopf nachlässt."

Erschrocken zuckte sie zurück, als er eine Hand ausstreckte, um sie zu berühren. Sie riss sich zusammen. Seine Finger massierten die schmerzhafte Stelle an ihrem Kopf.

„Im Ernst – gehts dir gut?"

„Noch ein bisschen zittrig, aber sonst okay", sagte sie. Erstaunlich, wie schnell sich der Tonfall seiner Stimme ändern konnte.

Er ließ die Hand sinken und schaute wieder in die Nacht hinaus.

„Jake, was zum Teufel geht hier eigentlich vor?"

„Ich weiß es nicht."

„Aber ..."

„Zweimal ist jemand auf dem Boot gewesen."

„Und es ist nichts verschwunden?"

„Nein. Jedenfalls vermisse ich nichts."

„Warum sollte dann jemand eingebrochen sein?"

„Keine Ahnung. Sie müssen nach etwas gesucht haben."

„Und was?"

Er schüttelte den Kopf. „Das weiß ich eben nicht."

„War die Tür abgeschlossen?"

„Ja."

„Ist das Schloss aufgebrochen worden?"

„Nein."

„Also dann ..."

„Dieses Mal ist es wirklich meine Schuld. Ich hätte die Schlösser auswechseln lassen müssen."

Sie zögerte. „Wer hat sonst noch einen Schlüssel?“

Es dauerte einen Moment, bis er achselzuckend antwortete: „Nick hat einen.“

„Nick würde niemals ohne deine Erlaubnis dein Boot betreten. Niemals. Wenn du glaubst, dass er nachlässig mit deinem Schlüssel ist, dann solltest du das verdammte Ding besser wieder an dich nehmen. Ich bin sicher, dass er nur helfen wollte – Handwerker hereinlassen, wenn nötig, oder ...“

„Ich habe absolutes Vertrauen in Nick“, versicherte Jake ihr.

Ein paar Sekunden lang schwieg sie. „Was dann?“

Er hob die Schultern. „Vor einigen Jahren ... gab es noch einen weiteren Schlüssel.“ Er schloss die Augen. „Meine Kollegin hatte einen. Das ist schon lange her.“

„Die Frau, die gestorben ist?“ fragte sie leise.

Er sah sie an. „Ja.“ Sein Blick fiel wieder auf die Laternen, die die Gegend rund um Nicks Bar in ein weiches Licht tauchten. Dann zuckte er erneut mit den Schultern. „Ich hatte es total vergessen, als es das erste Mal passiert ist. Erst kürzlich ist es mir wieder eingefallen. Ich dachte, dass ihr Mann möglicherweise den Schlüssel hat. Aber er bestreitet es.“

„Vielleicht sagt er nicht die Wahrheit.“

„Vielleicht.“

„Warum lässt du nicht die Spurensicherung kommen? Möglicherweise finden die etwas.“

Er nickte, schien aber nicht sonderlich überzeugt von dem Vorschlag.

Ihre Blicke trafen sich. „Ich bin sicher, dass wer auch immer auf der *Gwendolyn* war, keine Fingerabdrücke hinterlassen hat. Die Person hat bestimmt Handschuhe getragen.“

Eine Minute lang schwieg Ashley. „Es ist also nichts verschwunden, trotzdem bist du dir sicher, dass jemand an Bord war.

Jemand mit Handschuhen. Ich will nicht an deinen Worten zweifeln, aber könnte es vielleicht sein, dass du ein bisschen paranoid bist, weil ... nun ja, weil ein alter Fall, den die meisten für abgeschlossen halten, wieder akut geworden ist?"

Er lächelte ein wenig schuldbewusst und sagte: „Nein, ich bin nicht paranoid. Vielleicht ein bisschen besessen oder neurotisch. Ich lebe allein. Ich weiß, wo alle Dinge sind. Und ich weiß, wenn sie bewegt worden sind – wenn auch nur ein paar Zentimeter. Ein paar Sachen stehen nicht mehr an ihrem Platz. Die Papiere liegen nicht mehr ordentlich auf dem Schreibtisch. Der Läufer am Fuß der Treppe ist verschoben worden. Solche Sachen eben."

„Aber warum?"

„Das weiß ich nicht. Irgendjemand glaubt wohl, dass ich etwas Wichtiges habe. Nur weiß ich absolut nicht, was es sein könnte."

Er drehte sich um und schaute gedankenverloren in die Kabine hinein. Stirnrunzelnd betrachtete Ashley ihn. Er wandte sich zu ihr. „Kommst du mit?"

„Nun, ich bin gekommen, um ..."

Er war bereits hineingegangen, und sie folgte ihm zögernd.

„Bleibst du?" fragte er.

Sie war verblüfft über die Direktheit seiner Frage. Im ersten Moment wusste sie nicht, ob sie empört sein sollte, weil er ihr zugetraut hatte, sie würde ihm nachspionieren, oder weil er ihr mit solcher Selbstverständlichkeit eine so intime Frage stellte, als seien sie die besten Freunde. Außerdem ärgerte sie sich immer noch darüber, dass er sie im Leichenschauhaus kaum eines Blickes gewürdigt hatte.

„Warum wolltest du mit mir reden?" Sie bemühte sich, ihrer Stimme einen scharfen Tonfall zu verleihen.

Er zog die Augenbrauen hoch. „Um mich zu entschuldigen. Was sonst?"

Ihr Zorn schmolz wie Eis in der Sonne. Doch so leicht wollte es ihm nicht machen.

„Bleibst du?“ fragte er noch einmal.

Ohne dass sie sich dessen bewusst war, nickte sie.

14. KAPITEL

Jake trat einen Schritt auf sie zu, und plötzlich lag sie in seinen Armen. Seine Lippen waren heiß und fordernd, und seine Zunge erforschte die intimsten Winkel ihres Mundes. Sein Kuss entfachte ein Feuer in ihr, und sie hatte das Gefühl, überall von ihm berührt zu werden. Ihr Verlangen war so stark, dass es fast schmerzte. Sie konnte es kaum erwarten, ihn überall zu berühren, ihn in sich zu haben. Sie löste sich ein wenig von ihm und spürte die Härte seiner Erektion durch den dünnen Stoff seiner Badehose. Ihre Finger glitten in den Hosenbund und zogen den Stoff ein wenig tiefer, und ein lustvolles Stöhnen entrang sich seiner Kehle, während er mit seiner Zunge tiefer und tiefer in ihren Mund drängte. Ohne sich von ihren Lippen zu lösen, fuhr er mit den Händen unter ihre Bluse, schob seine Finger unter den seidigen Stoff ihres Büstenhalters, ertastete ihre Brustwarze, nahm sie zwischen Daumen und Zeigefinger und massierte sie sanft. Sofort richtete sie sich auf. Ashley wollte sich dem Gefühl nicht hingeben, noch nicht, denn erst wollte sie ihn erforschen, ihn umfassen, ihn streicheln.

Ihre Lippen lösten sich voneinander. Er streifte ihr die Bluse über den Kopf und warf sie achtlos hinter sich auf den Kabinenboden. Mit den Lippen zog er die geschwungene Linie ihres Nackens nach. Sie schlang die Arme um ihn. Plötzlich schwebte sie, und dann wurde sie auf die Küchentheke gesetzt. Mit einer raschen Bewegung öffnete er ihren Büstenhalter. Sie streifte ihre Schuhe ab, während er sich an den Knöpfen ihrer Jeans zu schaffen machte. Als er mit beiden Händen in ihre Hose fuhr, presste sie sich gegen ihn, während er den widerspenstigen Stoff über ihre Schenkel streifte. Die Jeans landeten auf dem Boden. Wieder wurde sie hochgehoben. Seine Arme hielten sie umklammert, während er sie langsam hinabgleiten ließ und sie ihn in sich aufnahm. Lange blieben sie so stehen, ohne sich zu bewegen. Dann setzte er sie erneut auf die Küchentheke, während sich alles um sie herum zu drehen begann und sie nur doch daran denken konnte, dass sie ihn haben wollte, hier und jetzt und sofort. Sie wurde fast wahnsinnig vor Lust, als sie ihn heiß und pulsierend in sich spürte. Tränen traten ihr in die Augen, und sie gab sich ihm hemmungslos hin. Seine Hände schienen überall zu sein, während er sie gierig küsste, und ihre Leidenschaft steigerte sich zu einem perfekten Rhythmus, der immer schneller wurde.

Wenn draußen jetzt eine Bombe explodiert wäre, hätten sie es nicht mitbekommen. Das Herz hämmerte in ihrer Brust, und Ashley vergaß alles um sich herum. Wie im Fieberwahn spürte sie die heiße feuchte Haut, die Bewegungen und das Zucken seiner Muskeln, die Härte der Küchenanrichte, auf die er sie gesetzt hatte. Fast verzweifelt klammerte sie sich an ihn, und aus ihrem Mund drangen nur noch Laute, keine Wörter. Sie bog sich ihm entgegen, presste ihren Unterleib an seinen Schoß, ritt wie wild dem köstlichen Höhepunkt entgegen, und während sie die letzten Sekunden bis zum Gipfel zurücklegte, bohrte sie ihm die Fingernägel ins Fleisch, umklammerte ihn mit ihren Schenkeln, und dann erlebte sie einen Orgasmus, der sie wie ein Wirbelsturm mit sich zu reißen schien. Als er sich kurz darauf zitternd in ihr verströmte, hielten sie sich so fest in den Armen, dass beide das Gefühl hatten, den Höhepunkt des anderen am eigenen Leib zu erleben.

Ihr Kopf sank auf seine Schultern. Jetzt tat es ihr nicht mehr Leid, dass sie ihm so schnell verziehen und nachgegeben hatte. So zärtlich und leidenschaftlich war sie noch nie geliebt worden. Kraftvoll hob er sie von der Küchentheke und trug sie in seine Schlafkajüte, wobei er sie so vorsichtig in den Armen hielt, als sei sie das Kostbarste, was er jemals getragen hatte. Er ließ sie auf das Bett gleiten, das noch von der vergangenen Nacht zerwühlt war, und eine Sekunde später lag er neben ihr. Seine Arme schlangen sich um sie, und ein Lächeln umspielte seine Lippen. Nach ein paar Sekunden drehte sie sich um und sah ihm ins Gesicht.

Seine Augen blickten ernst und streng, und sie kam sich wie eine Spionin vor, als sie überlegte, welche Gedanken seinen Blick so verdunkelt haben mochte. Um ihn abzulenken, fragte sie leise. „Ich habe vergessen zu fragen, ob du dich dafür entschuldigen wolltest, dass du mich eben niedergeschlagen hast oder weil du mich im Leichenschauhaus wie Luft behandelt hast."

Kaum hatte sie den Satz ausgesprochen, hielt sie vor Schreck über ihre Worte den Atem an. Plötzlich nahm sie ihre Umgebung in aller Deutlichkeit wahr – das Bett, die Laken, die Feuchtigkeit seiner Arme, die sie festhielten, seine angespannte Miene, seine zerzausten Haare, den dunklen Blick seiner Augen.

„Für beides", sagte er schließlich. Er beugte sich zu ihr und schob eine Locke zur Seite, die an ihrer schweißnassen Wange klebte. „Für beides. Heute Nachmittag hast du mich einfach total überrascht. Ich wusste ja nicht einmal, dass du einen Bleistift besitzt, ganz zu schweigen von deinem unglaublichen Talent. Ich war wütend, weil ich das Gefühl hatte, es eigentlich wissen zu müssen. Wenn ich so darüber nachdenke, müsstest im Grunde du dich bei mir entschuldigen."

„Ich müsste mich bei dir entschuldigen?"

„Du hättest mir sagen können, dass du vorhast, nicht zur Polizei zu gehen, sondern in den zivilen Dienst."

„Nun ..." Plötzlich klang sie verunsichert. „Es ist ja nicht so, dass wir seit Jahren die besten Freunde sind. Und dass ich dich wirklich kenne ... oder du mich kennst."

Überrascht nahm sie das schuldbewusste Lächeln auf seinen Lippen wahr.

„Vielleicht hatte ich das Gefühl, dich ein wenig zu kennen. Ich meine, überleg doch mal. Wie viele Kerle im Polizeirevier wissen, dass du ein kleines Blumen-Tattoo auf deiner Pobacke hast? Oder kennen die winzige Narbe auf der Innenseite deines Oberschenkels?"

Sie errötete und ärgerte sich über ihre Reaktion. Es machte sie noch verlegener.

„Ich wusste ja nicht einmal, ob du mich wirklich magst."

Er lachte und zog sie näher zu sich. „Sie sind verdammt temperamentvoll, Miss Montague, das muss ich schon sagen." Sein Lachen verschwand, und sein Blick wurde wieder ernst. „Außerdem haben Sie die Hartnäckigkeit eines Bullterriers."

„Und Sie halten sich für ein wandelndes Beispiel für Takt und Charme?"

Er zuckte mit den Schultern. „Du warst es, die mich verbrüht hat."

„Ich sehe keine Narben. Nichts von Dauer."

Lange blieb er stumm. Schließlich sagte er: „Dauerhafter, als du meinst." Seine schlichte Antwort machte sie seltsam euphorisch. Als sich ihre Lippen erneut trafen, erschien ihr diese Berührung intimer als alles, was sie zuvor erlebt hatten.

Ihr Kuss wurde leidenschaftlicher. Schließlich trennte Jake sich von ihr, stützte sich auf seinen Ellbogen und sah sie forschend an.

„Ich hatte doch keine Ahnung, was ich machen sollte", erklärte sie. „Ich hatte mich noch gar nicht dazu entschieden, den Job anzunehmen, als wir ... als ich dich gesehen habe. Erst heute Morgen hatte ich ein Gespräch, um mehr darüber zu erfahren. Ich hätte gar nichts sagen können, weil ich gar nichts gewusst habe." Er quittierte ihr Geständnis mit Schweigen. Sie redete zu viel, das war ihr klar. So als ob ihr Stille im Moment unerträglich wäre. „Ich kann mir vorstellen, dass du überrascht warst, mich dort zu sehen ... bei einer Arbeit, die so wichtig für deine Untersuchung ist. Ich habe es selber erst auf dem Weg zum Leichenschauhaus erfahren. Habe ich dir nicht gesagt, dass ich jahrelang Kunst studiert habe? Normalerweise ist es ja so, dass die Leute erst eine Beziehung anfangen und dann Sex haben und nicht erst Sex und dann eine ..."

Sie stockte. Hatten sie überhaupt eine Beziehung? Sie war sich nicht sicher.

„Miss Montague?"

„Ja?"

„Halten Sie den Mund", befahl er, ehe sie mehr sagen konnte. Ihre Lippen trafen sich erneut. Sein Kuss war immer noch sanft, aber sie spürte auch sein Verlangen. Dieses Gefühl elektrisierte sie. Sie schmiegte sich an ihn und presste ihren Mund auf seine Lippen. Seine Zunge war fordernd und ließ keinen Zweifel daran, dass er mehr wollte. Sie genoss die Wärme seines Körpers, seine erfahrenen Hände, und ihr Verlangen ließ sie erneut in einen Taumel der Lust stürzen, so dass die Welt und die Wirklichkeit um sie herum versanken. Später lag sie still neben ihm, döste weg, schreckte auf und spürte, dass er ebenfalls wach war.

„Jake?"

„Ja?"

„Warum bist du heute Abend ins Krankenhaus gekommen? Hast du irgendetwas Neues erfahren?"

„Leider nicht." Er drehte sich nicht zu ihr um.

„Aber du glaubst mir? Dass mehr hinter Stuarts Unfall steckt?"

Eine Weile sagte er nichts, dann sah er sie an. „Ashley ... ich weiß nicht mehr, was ich glauben soll. Ich weiß, dass Carnegie ein fähiger Polizist ist. Ich kann selber ein paar Nachforschungen anstellen, vor allem bei dieser Zeitung, für die Stuart freiberuflich gearbeitet hat. Aber du musst dir wirklich im Klaren darüber sein, ob deine Vermutung auf einer soliden Grundlage basiert oder ..."

„Oder was?“

Er stützte sich wieder auf seinen Ellbogen, während er ernst weitersprach. „Oder ob du nur Schuldgefühle hast, weil du mal mit ihm geschlafen und dann den Kontakt zu ihm abgebrochen hast.“

Es kam ihr vor, als habe ihr jemand einen Eimer eiskaltes Wasser über den Körper geschüttet. Ärgerlich stützte sie sich ebenfalls auf, so dass sie ihm in die Augen blicken konnte. Um ihn nicht in seinem Irrtum zu bestärken, würde sie keinesfalls auf seine Bemerkung eingehen. „Wirklich? Beruht dein Gefühl, dass jemand in dein Boot eingebrochen ist, etwa auch nur auf der Tatsache, dass du mit deiner Kollegin geschlafen hast?“

Die Heftigkeit seiner Reaktion erschreckte sie. Mit einem Satz sprang er aus dem Bett, als ob ein Wirbelsturm durch die Kabine gefahren wäre, und ging nackt hinaus – vermutlich auf der Suche nach seiner Badehose.

Ashley blieb noch einige Sekunden liegen. Plötzlich war es sehr kühl geworden. Sie biss sich auf die Lippe. Das wars dann wohl. Ihre verrückte, spontane Affäre war beendet. Wie ihr Herz darauf reagieren würde – nun, darüber wollte sie jetzt lieber nicht nachdenken. Im Moment wusste sie nur, dass sie hier nichts mehr verloren hatte.

Sie begann, ihre Sachen zusammenzusuchen, die in der ganzen Kabine verstreut waren. So würdevoll wie möglich verließ sie das Schlafzimmer und stieg die zwei Stufen in den Wohnbereich hinunter, um dort ihre restlichen Sachen zusammenzusuchen. Die Tür zum Deck stand offen. Eine warme Brise kam herein; sie roch nach Salz und Meer.

„Geh nicht.“

Gerade hatte sie ihren BH entdeckt. Sie drehte sich um und stieß mit dem Kopf an die Küchentheke. Er kam in die Kabine zurück, schloss die Tür und stellte sich vor sie, ohne auf das knappe Kleidungsstück zu achten, dass sie sich vor die Brust hielt. Sie rieb sich die schmerzende Stelle, und er schaute sie fest an. „Bitte geh nicht. Ich möchte dir etwas erzählen – wenn du willst." Sie nickte, ohne die Hand von der anschwellenden Beule zu nehmen. Es war eine merkwürdige Situation. Er hatte sie nicht verletzen wollen, und sie wollte den Eindruck vermeiden, dass er es getan hatte.

„Ich höre dir zu", sagte sie leise.

„Ich habe nie mit Nancy geschlafen. Niemals. Ich weiß nicht, wer dir das erzählt hat. Es spielt auch keine Rolle. Viele Leute haben uns für ein Paar gehalten. Aber da war nie etwas zwischen uns. Sie war verheiratet. Ich war in sie verliebt, das stimmt, doch geschlafen haben wir nicht miteinander. Ein paar Mal hätten wir die Gelegenheit dazu gehabt, doch einer von uns hat dann immer einen Rückzieher gemacht. Sie, weil sie immer noch an ihr Ehegelöbnis glaubte. Und ich, weil ich sie geliebt habe. Sie musste allein entscheiden, ob sie bei Brian bleiben oder sich von ihm trennen wollte – ohne Rücksicht auf mich. Sie war wirklich einer meiner besten Freunde. So gut wie sie habe ich bisher nur wenige Menschen gekannt. Deshalb werde ich mich auch niemals davon abbringen lassen, dass es bei ihrem Unfall nicht mit rechten Dingen zugegangen ist. Weil ich sie kannte und nicht, weil ich angeblich mit ihr geschlafen habe. Sie hat nicht Selbstmord begangen. Und sie hatte auch nicht vorgehabt, sich mit Alkohol und Drogen voll zu stopfen, weil sie deprimiert war. Ich pfeife auf das, was der Polizeipsychologe für ein ‚plausibles Szenario' hält. So ist es nämlich nicht gewesen."

Er hielt inne. Fasziniert betrachtete sie seine Augen. Manchmal verrieten sie überhaupt nichts von seinen Gefühlen. Im Moment wirkte er fest entschlossen und vollkommen überzeugt von dem, was er sagte.

„Soll ich dir etwas verraten?“

Er runzelte die Stirn, denn er hatte eine andere Reaktion erwartet.

„Ich habe auch nie mit Stuart geschlafen. Er war nur ein Freund. Mein bester Freund.“

Sie nahm die Hand von der schmerzenden Stelle. Er lächelte. „Hm. Das heißt wohl, dass ich mich noch mal entschuldigen muss.“

„Keine schlechte Idee.“

„Es tut mir Leid. Du hast ihn mit einer solchen Leidenschaft verteidigt, dass es mir von Anfang an hätte klar sein müssen, dass es wegen eurer Freundschaft war. Wir sind uns ähnlicher, als ich gedacht habe“, meinte er. Sie fühlte sich erleichtert. „Ich schließe jetzt ab und stelle den Timer der Kaffeemaschine für morgen früh ein.“

„Sehr gut.“

Sie ließ den Büstenhalter zu Boden fallen und blieb reglos stehen.

Kurz darauf war die Kajütentür verschlossen und die Kaffeemaschine programmiert. Im Schlafzimmer erzählte Ashley von ihrer Freundschaft mit Stuart und wie sehr sie seine Eltern mochte.

„Ihr wart also niemals High-School-Lovers – obwohl ihr so eng befreundet wart?“ erkundigte er sich.

Sie lachte. „Es war eine riesige High School“, erinnerte sie ihn. „Wir waren eine Clique. Wir waren nicht besonders wild, aber trotzdem ziemlich unternehmungslustig. Ich hatte mich in einen Footballspieler verknallt. Stu hat es über die Lautsprecheranlage der Schule verkündet. Es war so demütigend für mich, aber dem Typen hats gefallen, und wir waren ein paar Jahre zusammen. Das war meine High-School-Affäre.“

„Und nicht von Dauer?“

„Oh nein. Er stellte sich als der größte Idiot heraus, dem ich jemals begegnet bin."

„Inklusive meiner Wenigkeit?"

Sie lächelte reuevoll. „Na ja, du hast mich tatsächlich ein bisschen an ihn erinnert. Er wollte gleich nach der High School heiraten. Er stellte sich vor, dass wir bei Nick wohnen würden, und ich sollte arbeiten und ihm das College finanzieren. Er hatte ein Football-Stipendium, aber es deckte nicht alle Kosten ab. Für ihn war Kunst nur ein Hobby, kein Beruf. Und er hielt es auch für ganz selbstverständlich, weiterhin mit seinen Freunden in Bars rumzuhängen – natürlich auch mit den anderen Studentinnen. Schließlich war er ein Mann. Ich hätte dankbar dafür sein sollen, einen wie ihn zu haben, und deshalb sollte ich ihm alles durchgehen lassen. Ich kann von Glück sagen, dass ich damals mit Stuart befreundet war. Er hat mir oft geholfen, wenn ich mal wieder drauf und dran war, auf seine Masche reinzufallen. Stuart hat mir klar gemacht, dass ich verrückt sein müsse, wenn ich meine eigenen Pläne aufgäbe und nicht Kunst studierte. Das habe ich dann ja auch gemacht. Aber dann ... ich weiß nicht. Der Wunsch, zur Polizei zu gehen, wurde immer stärker. Vielleicht ist mein Dad dafür verantwortlich. Ich hatte geglaubt, ihm auf diese Weise irgendwie näher sein zu können. Die Polizeiakademie möchte ich nach wie vor beenden, allerdings weiß ich auch, dass ich in diesem Job eine Menge lernen kann, was mir später zugute kommen wird."

„Ganz bestimmt sogar", pflichtete er ihr bei. „Einem alten Knaben wie mir fällt es nun mal nicht leicht, das Talent eines absoluten Neulings anzuerkennen."

„Absoluter Neuling?"

„Das war die falsche Reaktion. Du hättest sagen müssen, dass ich nicht alt bin."

„Wie alt bist du denn eigentlich?"

„Fast sechsunddreißig. Und davon dreizehn Jahre bei der Truppe."

„Hast du schon immer gewusst, was du werden wolltest?"

„Nein. Eigentlich sollte ich Anwalt werden. Irgendwie war ich so ein bisschen wie der Football-Heini, mit dem du gegangen bist."

„Du bist immer noch ein Chauvinist."

„Ganz und gar nicht. Jedenfalls nicht mehr. Außer ..."

„Außer wenn es um mich geht?"

Er zögerte lange mit seiner Antwort. Schließlich zuckte er mit den Schultern. Er biss die Zähne zusammen, als er sagte: „Etwas an dir erinnert mich an Nancy."

„Sie war Polizistin. Im Morddezernat. Deine Kollegin. Und du warst in sie verliebt."

„Stimmt. Aber ich weiß – ich weiß es ganz genau –, dass sie auf eigene Faust losgezogen ist, und deshalb musste sie sterben. Sie hat einen Fehler gemacht."

„Auch ein Polizist kann Fehler machen. Du könntest einen Fehler machen", erinnerte sie ihn.

Er lächelte. „Schon möglich."

„Doch du passt auf."

„Darauf kannst du wetten."

„Also ...?"

„Soll ich dir mal was sagen?" Er wandte ihr das Gesicht zu. Auf dem weißen Kissen wirkte es noch gebräunter als sonst. „Polizisten können ziemliche Arschlöcher sein. Frauen, Männer, Schwule, Heteros, egal was. Macho-Typen mit großen Kanonen, Frauen, die sich ständig angegriffen fühlen ... Polizisten sind auch nur Menschen. Ein paar von den Kerlen sind echt üble Typen geworden. Aber die meisten sind in Ordnung. Ich habe einen kennen gelernt, als ich ein Kind war. Er hat sich wirklich anständig verhalten, als ich mal 'ne Dummheit gemacht habe. Da ist mir klar geworden, dass dieser Cop tatsächlich etwas bewirken konnte. So wie er verstehe auch ich meinen Job. Etwas bewirken können. Ich sehe das bei Kollegen immer wieder. Oft sind es nur Kleinigkeiten. Manchmal bemühen wir uns erfolglos. Ziemlich oft sogar. Das heißt nicht, dass wir es nicht immer wieder versuchen werden. Kannst du etwas für dich behalten? Ich gestehe, dass ich von dem Bordon-Fall besessen bin. Und ich weiß, dass es zwischen ihm und unserer Miss Unbekannt eine Verbindung gibt. Irgendwo ist das Puzzleteil versteckt, das dieses Bild vervollständigt. Ich weiß bloß noch nicht, wo ich suchen muss. Vielleicht verstehe ich deshalb deine Haltung zu der Sache mit Stuart. Deshalb stelle ich ja auch hier und da ein paar Fragen und recherchiere ein bisschen auf eigene Faust. Ich gehe jede Wette ein, dass wir die Identität unserer unbekannten Toten herausbekommen, wenn morgen deine Zeichnung in der Zeitung steht. Das bedeutet, dass ich eine Menge zu tun haben werde. Du musst also Verständnis dafür haben, wenn es mit der anderen Sache noch ein bisschen dauert."

Sie fuhr mit der Fingerspitze über seine Wange. „Ich bin dir schon für die kleinste Unterstützung dankbar."

Er umfasste ihren Finger und liebkoste ihn mit der Zungenspitze. „Hey, du bist doch nicht etwa nur deshalb hier, weil du mich für einen fähigen Ermittler hältst, der ein paar Antworten für dich herausfinden kann?"

Sie lächelte verschmitzt. „Ich bin hier, weil ich meine, dass du auf einem anderen Gebiet große Fähigkeiten hast."

„Ach so. Du willst also nur meinen Körper."

„Kopf oder Körper. Du kannst es dir aussuchen", sagte sie. „Jetzt sag du mir mal – bin ich etwa nur hier, weil ich zeichnen kann? Oder weil ich praktischerweise in der Nähe wohne und die für dich interessanten Körperteile habe?"

„Praktischerweise in der Nähe, die interessanten Körperteile ... und die Haarfarbe. Ich stehe auf Rothaarige.“

Sie lachte, und er zog sie näher zu sich. Seine Hände streichelten ihren Rücken, und seine Finger zwickten zärtlich ihre Hüften. Ein Gedanke schoss ihr durch den Kopf.

Oder bin ich hier, weil ich dich an Nancy erinnere?

Doch das fragte sie ihn lieber nicht.

Sie wollte auch gar nicht weiter darüber nachdenken, als er mit seinen Lippen ihre Haut zu erkunden begann.

Der Wecker hatte noch nicht geklingelt. Ashley war sicher, dass es noch mitten in der Nacht war, aber das Pochen an Jakes Kajütentür hätte Tote aufwecken können.

„Was zum Teufel soll das?“ murmelte er ärgerlich, während er aus dem Bett sprang und nach seiner Badehose griff.

„Jake!“

„Es ist Marty“, sagte er knapp, bevor er aus dem Schlafzimmer lief.

Immer noch schlaftrunken, setzte Ashley sich auf und blinzelte. Sie hörte, wie Jake aufschloss und Marty hineinstürmte.

„Wir haben sie“, sagte Marty.

„Was?“

„Kaum waren die ersten Zeitungen verkauft, war unser Aschenbrödel auch schon identifiziert.“

Nathan Fresia saß am Bett seines Sohnes. Verzweifelt hatte er das Gesicht in den Händen vergraben. Er wusste nicht mehr ein noch aus.

Jetzt wurde auch Lucy hier behandelt. Ihr Blutdruck war Besorgnis erregend hoch, und sie stand kurz vor einem Herzinfarkt. Man hatte ihr ein Beruhigungsmittel gegeben, und momentan schlief sie in einem anderen Flügel des Krankenhauses. Er fühlte sich innerlich zerrissen. Eigentlich hätte er bei ihr sein müssen, aber sie hatte darauf bestanden, dass er bei ihrem Sohn blieb.

„Mr. Fresia?"

Er schaute auf. Dr. Ontkean, der Neurologe, der sich um Stuart kümmerte, stand schweigend vor ihm.

Er musste ausgesprochen schlecht aussehen, denn der Arzt beugte sich besorgt über ihn. „Mr. Fresia, Ihr Sohn ist wirklich ein zäher Bursche. Sein Lebenswille ist ungeheuerlich. Er hat gute Chancen, durchzukommen."

Nathan nickte. Eigentlich hätte er dankbar sein müssen. Stuart war erfolgreich reanimiert worden. Er war zwar noch immer ohne Bewusstsein, aber sein Zustand war stabil.

„Und der Kardiologe hat mir gesagt, dass es Ihrer Frau auch wieder besser gehen wird, wenn sie erst einmal zur Ruhe gekommen ist."

„Vielen Dank." Er hörte die Worte, aber sie schienen nicht aus seinem Mund zu kommen.

Der Doktor räusperte sich. „Aber jetzt brauche ich Ihre Hilfe. Wir hätten Ihren Sohn vergangene Nacht fast verloren, weil ein Stecker aus der Wand gezogen wurde. Es sind einfach zu viele Leute bei ihm gewesen. Gott sei Dank ist er eine Kämpfernatur – er hat eine beachtliche Weile lang alleine geatmet. Wir wissen nicht einmal, wie lange, doch ... es ist ein gutes Zeichen. Allerdings auch eine Warnung. Das hier ist eine Intensivstation. Wir können nicht mehr so viele Besucher erlauben, verstehen Sie?"

Nathan nickte. „Ja, natürlich."

„Mr. Fresia? Sie müssen jetzt auch ein wenig schlafen."

„Ich kann meinen Jungen nicht alleine lassen. Ich werde bei ihm bleiben."

Ontkean wiegte bedächtig den Kopf hin und her. Vielleicht

hatte er selbst Kinder. „Dann schlafen Sie eben im Sessel. Ich werde später noch einmal nach Ihnen schauen", sagte er und verließ das Zimmer.

Nathan lauschte auf das gleichmäßige leise Zischen des Beatmungsgerätes und schloss die Augen. Während er sich auf weitere Stunden des Wachens einrichtete, schickte er ein Dankgebet zum Himmel.

„Jake, ich ...", Marty unterbrach sich. „Oh, Mist, du bist nicht allein. Tut mir furchtbar Leid, Mann."

„Was?" fragte Jake. Er folgte Martys Blick und bemerkte Ashleys Büstenhalter auf dem Boden. Er unterdrückte einen Fluch.

„Das hat nichts zu bedeuten. Wer ist denn nun unser Aschenbrödel?"

„Die Jungs von der Nachtschicht haben heute früh den Anruf erhalten, als die ersten Zeitungen verkauft waren", begann Marty. Doch bevor er weiterreden konnte, ertönte plötzlich ein lauter Schrei. Er kam aus der Richtung von Nicks Bar.

Wie auf Kommando schauten beide zur Tür.

Ihr Handy klingelte. Ashley konnte es hören, aber sie wusste nicht mehr, wo sie in der vergangenen Nacht ihre Handtasche abgestellt hatte. Sie erinnerte sich nur noch daran, dass ihre Kleider im ganzen Wohnzimmer verstreut waren. Marty und Jake waren hinausgestürzt, als sie den Schrei gehört hatten.

Rasch kroch sie aus dem Bett und schlüpfte in ihre Jeans, ohne lange nach ihrem Slip und ihren Schuhen zu suchen, streifte sich im Hinausgehen die Bluse über den Kopf und lief barfuß über das Deck. Sie sprang auf die Pier und sah, dass Jake, Marty, Nick und Sharon auf der Terrasse standen.

Als sie zu ihnen hinüberlief, gesellte sich auch Sandy zu ihnen. Ob er den Schrei auch gehört hatte? Sein Hausboot lag doch viel weiter unten, fast am Ende der Pier. Er kratzte sich am Kopf.

„Was ist denn passiert?“ rief Ashley, als sie näherkam. „Um Himmels willen, was ist los?“

Sie hatte das Gefühl, dass alle sie anstarrten. Bis auf Jake. Der hatte seinen Blick auf Sharon gerichtet.

„Ashley!“ sagte Sharon.

„Hast du geschrien? Warum?“ wollte Ashley wissen.

„Sie hat sich Sorgen gemacht“, antwortete Nick gelassen.

„Sorgen gemacht?“

„Ich habe deine Zeichnung in der Zeitung gesehen“, erklärte Sharon. „Ich habe die Frau sofort erkannt. Dann bin ich in dein Zimmer gegangen, aber du warst nicht da. Deshalb habe ich geschrien. Ich hatte solche Angst.“

„Warum hatten Sie solche Angst um Ashley?“ fragte Jake.

„Wir wussten ja noch nicht einmal, dass du die Stelle angenommen hast“, sagte Nick. Enttäuschung klang in seiner Stimme mit. Ashley sank das Herz. Nein, natürlich hatte er nichts davon gewusst. Er hatte sie großgezogen. Er war ihr immer ein guter Freund gewesen. Und sie hatte ihm nichts von einer der wichtigsten Entscheidungen in ihrem Leben erzählt.

„Es tut mir Leid.“

„Steht denn ihr Name unter der Zeichnung?“ fragte Marty verdutzt. Auch er sah Ashley an. Sie überlegte, dass sie sich ebenso gut ein Schild um den Hals hätte hängen können, auf dem stand ‚Ja, ich schlafe mit Jake Dilessio‘.

„Ich würde Ashleys Arbeiten immer erkennen“, erwiderte Nick würdevoll und mit einem leisen Vorwurf.

„Ich auch“, pflichtete Sharon ihm bei.

„Nick, es hat sich doch erst gestern entschieden", erklärte Ashley.

„Wer ist denn nun diese Frau?" schaltete Jake sich ungeduldig ein.

Sharons Blick heftete sich auf ihn. „Ihr Name ist ... war Cassie Sewell."

„Woher kennen Sie sie?"

„Sie hat hier in der Gegend eine Zeit lang als Maklerin gearbeitet. Sie wohnte irgendwo in der Mitte von Florida und kam vor einigen Monaten hierher. Wir haben uns kennen gelernt, als wir uns beide um den Verkauf eines Grundstücks draußen in Redlands gekümmert haben."

„Warum hat niemand sie als vermisst gemeldet?"

„Nun, nach allem, was ich gehört habe ..." Sie holte tief Luft und fuhr fort. „Ich hatte den Deal schon fast in der Tasche, doch dann ist der Verkauf geplatzt, weil die Anbieter ihre Interessen nicht angemessen vertreten glaubten. Als ich sie deswegen angerufen habe, hat mir ein Kollege von ihr gesagt, dass sie gerade gekündigt hätte. Sie hatte ihm gesagt, sie wollte ihr Leben ändern oder so etwas in der Art. Fred Hampton, ein Kollege von ihr, sagte, sie habe ausgesehen wie frisch verliebt. Das ist alles, was ich weiß. Sie können sich vorstellen, dass ich nicht gerade ein Fan von ihr war, nachdem sie mir mein Geschäft verpfuscht hatte ... Aber als ich jetzt ihr Gesicht auf Ashleys Zeichnung wieder erkannte ..."

„Für welches Maklerbüro hat sie gearbeitet?" fragte Jake.

„Algemon und Palacio", antwortete Sharon.

Jake wandte sich an Marty. „Ich fahre sofort hin. Du fährst zurück ins Revier und erkundigst dich, was die Nachtschicht sonst noch weiß."

„In Ordnung", sagte Marty.

Jake drehte sich auf dem Absatz um und ging zu seinem Boot

zurück. Nick und Sharon musterten Ashley, die sich innerlich gegen die Vorwürfe ihres Onkels wappnete.

Doch er sagte nichts. Wortlos drehte er sich um und ging in die Bar zurück.

„Es ... es ist alles in Ordnung, Liebes", versicherte Sharon ihr.

„Ganz sicher nicht", sagte Ashley und schüttelte bekümmert den Kopf.

Sie folgte Nick. Er stand hinter der Bar und goss sich einen Kaffee ein. Er hatte sie hereinkommen sehen, sagte jedoch immer noch nichts.

„Nick, es tut mir so Leid."

„Du bist fünfundzwanzig. Wenn du nicht über deinen Beruf – und deine Beziehungen – sprechen willst, dann ist das deine Angelegenheit."

„Nick, bitte!"

Sie ging hinter die Bar und legte ihm einen Arm um die Schulter. Dabei schmiegte sie den Kopf an seine Brust, wie sie es als Kind immer getan hatte. „Entschuldige bitte. Gestern Abend hatte ich keine Gelegenheit, es dir zu sagen, weil du schon zu Stuart ins Krankenhaus gefahren warst. Und als ich dann zurückkam ..."

„Richtig, du bist ja noch hier gewesen."

Er machte sich von ihr frei.

Eine Minute lang sagte sie nichts. „Ich dachte, du magst Jake Dilessio."

„Ich habe ihn gemocht. Bevor er mit meiner Nichte geschlafen hat."

Seine Antwort verschlug ihr die Sprache. „Nick, du hast doch eben selbst gesagt, dass ich fünfundzwanzig bin. Und du musst doch gewusst haben, dass ich ... dass ..."

„Du Sex hast?" sagte er barsch und musterte sie durchdringend. „Ja, ich habe mir schon so was gedacht. Da war doch dieser

Dummkopf in der High School. Ich bin schließlich nicht blind. Und du hast Recht, du bist fünfundzwanzig. Es ist nur so, dass ... ach, zum Teufel. Ich habe mir eingebildet, dass ich dir ein bisschen mehr bedeute als ein Cop, der erst vor ein paar Wochen hierhin gezogen ist."

„Nick, ich weiß, ich hätte mit dir reden müssen. Mir ist klar, dass du ziemlich überrascht gewesen sein musst, als du die Zeichnung gesehen hast. Aber es ist alles so schnell gegangen."

„Willst du jetzt darüber sprechen?"

Sie sah ihm in die Augen, nickte und setzte sich auf einen Barhocker. „Kriege ich einen Kaffee?"

„Klar." Er stellte eine Tasse vor sie hin.

„Nick, es war einfach fantastisch."

„Ich bin nicht an Einzelheiten über deine Nacht mit dem Bullen interessiert."

„Das meine ich doch gar nicht. Ich rede von dem Job. Ich habe ihn angenommen, wie du mir geraten hast. Ich hatte noch nicht einmal alle Papiere unterschrieben, da haben sie mich schon mit ins Leichenschauhaus genommen, um diese Zeichnung zu machen. Es ist wirklich alles wahnsinnig schnell gegangen."

„Genau wie die Sache mit Dilessio?" fragte Nick beiläufig.

Sie hielt die Luft an. „Ja."

„Du kennst ihn doch gar nicht."

„Ich dachte, er sei ein Freund von dir. Und dass du ihn magst."

„Ich mag ihn auch. Aber du kennst ihn nicht. Er ist ein Besessener. Knallhart. Ein Workaholic. Ich bewundere Männer wie ihn, doch ich bezweifle, dass er der Richtige für dich ist. Es hat eine Menge Gerüchte gegeben ..."

„Ich kenne die Gerüchte."

„Ashley ..."

Er unterbrach sich. Sharon war hereingekommen. Sie stand zögernd an der Tür. „Entschuldigt mich, ihr beiden. Ich weiß, dass ihr ein vertrauliches Gespräch habt, aber ... ich muss ins Schlafzimmer, um mich umzuziehen."

„Red keinen Unsinn, Sharon", sagte Ashley. „Geh ruhig."

Sharon sah Nick mitfühlend an und lächelte. „Ich mag euch beide", sagte sie im Vorbeigehen.

„Hör mal, Kleines", begann Nick, während er seine Tasse auf die Bar stellte und sich zu Ashley vorbeugte. „Ich möchte nicht, dass du verletzt wirst. Ich möchte nicht, dass du ein Verhältnis mit jemandem anfängst, der aus Sicht eines Mannes ein prima Kerl ist, der aber ein bisschen von der Rolle ist, wenn es um Frauen geht. Ich ..."

Wieder unterbrach er sich. Sie folgte seinem Blick zur Tür. Obwohl ihr nicht danach zumute war, begrüßte sie Sandy mit einem Lächeln. Er war barfuß und trug kurze Hosen. In der Hand hatte er ihre Handtasche.

„Entschuldigt, wenn ich störe. Dilessio hat mich gebeten, dir das zu bringen, Ash", erklärte er.

„Komm rein", meinte Nick seufzend.

Sandy trat näher. „Hast du einen Kaffee für mich, Nick?"

Nick und Ashley warfen sich einen Blick zu. „Meinst du, ich könnte irgendwann mal mit meiner Nichte essen gehen – irgendwo anders, wo wir ungestört reden können?" fragte er sie.

Sie lächelte, beugte sich über die Theke und küsste ihn auf die Wange.

„Das lässt sich sicher einrichten."

Ihr Handy klingelte. In der ganzen Aufregung hatte sie ganz vergessen, dass jemand versucht hatte, sie zu erreichen. Ob es derselbe Anrufer war? Sandy rutschte auf den Barhocker neben ihr, als sie das Handy hervorkramte.

„Ashley? Ashley Montague?"

„Ja."

„Ich bins, David Wharton. Wir haben uns im Krankenhaus kennen gelernt. Ich muss Sie unbedingt sehen. Jemand hat versucht, Stuart umzubringen."

15. KAPITEL

Ashley und David trafen sich im News Café in Coconut Grove. Es war sein Vorschlag gewesen. Sie konnten draußen auf dem Gehweg sitzen, wurden von allen gesehen und waren nicht allein.

Ehe sie unter die Dusche gegangen war, hatte sie zwanzig Minuten lang versucht, Mr. Fresia im Krankenhaus zu erreichen. Ein Krankenpfleger hatte ihr gesagt, dass sich an Stuarts Zustand nichts verändert habe. Die Stationsschwester hatte sich geweigert, ihren Anruf durchzustellen. Aber Ashley hatte Nathan Fresias Handynummer in einem ihrer alten Adressbücher gefunden; Gott sei Dank war es immer noch dieselbe.

Das Gespräch mit ihm hatte nicht viel gebracht. Er hatte erschöpft geklungen, und obwohl er freundlich wie immer war, wollte er nicht, dass sie ins Krankenhaus kam. Er schilderte ihr kurz, was geschehen war.

Ashley konnte kaum glauben, was sie da hörte. Sie war als Letzte bei Stuart gewesen, und als sie ihn verlassen hatte, liefen alle Geräte noch einwandfrei; auch die künstliche Beatmung hatte tadellos funktioniert. Als sie Nathan das erzählen wollte, reagierte er ziemlich unwirsch. Ob sie es glaubte oder nicht, es war geschehen, und der Schock war für seine Frau so groß gewesen, dass sie nun ebenfalls im Krankenhaus lag. Er entschuldigte sich zwar sofort für seinen barschen Ton, blieb aber hartnäckig. Nein, sie wollten niemanden sehen – jedenfalls nicht in den nächsten Tagen.

Nachdem sie das alles erfahren hatte, fuhr sie zum Coconut Grove, um David zu treffen. Sie war ziemlich besorgt.

Er begrüßte sie herzlich und setzte sich ihr gegenüber. Sobald die Kellnerin ihnen Kaffee gebracht hatte, begann er mit seinem Bericht. „Es heißt, dass eins von euch Mädchen den Stecker herausgezogen hat."

„Das ist doch Unsinn“, entgegnete sie empört. „Aber Sie wissen doch etwas, oder? Ich denke, es wäre besser, wenn Sie es mir auf der Stelle erzählten.“

„Moment mal. Schließlich habe ich Sie angerufen, um Ihnen etwas zu sagen. Wenn Sie nicht sofort mit diesem Polizistengetue aufhören, verschwinde ich.“

Ashley rutschte auf ihrem Stuhl zurück. „Wir haben keine Stecker herausgezogen. Was also ist passiert?“

„Woher soll ich das wissen, verdammt noch mal?“

„Sie waren doch da.“

„Ja, aber nicht in seinem Zimmer. Glauben Sie im Ernst, dass sie mich zu ihm lassen würden?“ fragte er kopfschüttelnd. „Eins jedoch kann ich Ihnen versichern: Lucy Fresia ist nicht verrückt. Sie gehört nicht zu den Müttern, die einen Blackout haben, nur weil sie ihren Sohn nicht länger leiden sehen können. Ich war zwar nicht im Zimmer, aber ich war die ganze Zeit in der Nähe und habe alles mitbekommen, was um mich herum passiert ist. Nur seine Eltern und das Krankenhauspersonal durften zu ihm.“

„Wie können Sie da so sicher sein? Vielleicht sind Sie gestern Abend doch mal für ein paar Minuten in die Cafeteria gegangen, um sich einen Kaffee zu holen?“

Er atmete tief durch und sah sie durchdringend an. Er wollte nicht zugeben, dass ihm etwas entgangen sein könnte. „Meinen Job mache ich ordentlich. Wenn ich mir etwas vorgenommen habe, dann halte ich es auch durch.“

„Also hat es einer vom Krankenhauspersonal auf ihn abgesehen?“

„Das bezweifle ich.“

„Das haben Sie doch gerade gesagt?“

„Ich hätte sagen sollen, dass nur Leute, die aussahen wie Krankenhauspersonal, in seinem Zimmer ein und aus gingen.“

Er schwieg, als die Kellnerin kam, um ihre Bestellung entgegenzunehmen. Ashley hatte eigentlich gar nichts essen wollen, aber plötzlich merkte sie, dass sie fast verhungerte. Sie bestellte ein großes Frühstück, während ihr Begleiter sich für Orangensaft und Toast entschied. Ihr Appetit schien ihn zu amüsieren.

„Essen Sie immer so viel?"

„Nur wenn ich hungrig bin." Die Kellnerin war verschwunden. Sie hätte sich also nicht vertraulich nach vorne beugen müssen, tat es aber trotzdem. „Mit anderen Worten, Sie glauben, dass jemand, der sich als Arzt oder Krankenschwester verkleidet hat, in sein Zimmer gegangen ist und den Stecker herausgezogen hat?"

„Genau das glaube ich. Jetzt erzählen Sie mir bloß nicht, ich hätte zu viele Filme gesehen."

„Das hatte ich gar nicht vor." Sie war von der Wahrheit seiner Worte überzeugt. Genauso wie sie davon überzeugt war, in der Tiefgarage von jemandem verfolgt worden zu sein, der wie ein Arzt aussah. „Ich glaube Ihnen, und das macht mir ziemlich Angst. Also ist jemand im Arztkittel ins Zimmer gegangen und hat den Stecker herausgezogen. Aber hätte Lucy das nicht bemerkt? Sie saß doch die ganze Zeit neben ihm."

„Nicht, wenn sie fest geschlafen hat."

„Sie wäre bestimmt wach geworden."

„Nicht unbedingt. Die arme Frau war doch total erschöpft. Und es wäre ihr bestimmt nicht aufgefallen, müde, wie sie war, oder sie hätte sich nichts dabei gedacht, wenn ein Arzt oder eine Krankenschwester ins Zimmer gekommen wäre und sich an den Geräten zu schaffen gemacht hätte."

Ein paar Sekunden lang schwieg Ashley. Es klang ziemlich weit hergeholt, aber schließlich hatte es auch abwegig geklungen, als sie die Polizisten davon überzeugen wollte, dass sie in der Tiefgarage verfolgt worden war. Wenn das eine stimmte, konnte das andere genauso wahr sein.

„Wenn es richtig ist, was Sie sagen, dann ist Stuart auch jetzt in Gefahr."

„Ich weiß. Aber es ist heller Tag – mehr Leute sind in der Nähe. Und sein Vater sitzt in diesem Moment neben seinem Bett. Außerdem dachte ich, dass Sie vielleicht noch mal ins Krankenhaus fahren."

Ashley schüttelte den Kopf. „Nathan Fresia glaubt, dass Karen, Jan oder ich den Stecker zufällig herausgezogen haben."

„Vielleicht sollten Sie noch mal mit ihm reden."

„Vielleicht sollten wir erst mal die Wahrheit herausfinden." Sie beugte sich wieder über den Tisch. „Neulich nachts haben Sie gesagt, dass Sie etwas wüssten. Was ist es?"

Er zögerte. „Wenn ich es Ihnen sage, müssen Sie mir versprechen, dass Sie Beweise dafür finden, damit die Polizei es glaubt, wenn ich es offiziell zu Protokoll gebe."

„Wenn Sie etwas hieb- und stichfestes entdeckt haben ..."

„Ich weiß nicht, was es ist. Alles, was ich über Stuarts Arbeit wusste, habe ich den Beamten erzählt. Er hat zum Beispiel eine Kongressabgeordnete kennen gelernt, von der er sicher war, dass sie mit gewissen Interessengruppen gemeinsame Sache macht. Ich habe der Polizei von ihr berichtet, und als sie sie befragt haben, ist sie förmlich ausgerastet und hat ihnen gesagt, dass jeder Bürger seine eigene Meinung haben dürfe, was die Gewichtung zwischen Geschäftsinteressen und Umwelt angeht. Bei dem Gespräch ist jedenfalls nichts herausgekommen." Ratlos hob er die Schultern. „Die Polizisten haben ihr keine unrechtmäßigen Aktivitäten nachweisen können." Er zögerte. „Übrigens ist eins ihrer Kinder vor einigen Jahren an einer Überdosis Rauschgift gestorben. Seitdem kämpft sie unermüdlich gegen Drogenmissbrauch im ganzen

Land. Man hat auch noch ein paar andere Hinweise in Stus Unterlagen entdeckt. Die Polizei hat ein hohes Tier bei einer der Zuckerraffinerien unter die Lupe genommen, aber auch bei dem haben sie nichts gefunden. Sie sehen – im Moment bin ich für die nichts anderes als ein Unruhestifter. Egal, was ich denen erzähle – die würden nicht mehr auf mich hören." Er sah sie nachdenklich an, während er mit den Fingern auf die Tischplatte trommelte. „Klar reizt es mich, eine Story daraus zu machen. Alles andere wäre gelogen. Aber ich sage Ihnen die Wahrheit. Stu ist ein echter Freund. Meine Güte, ich habe doch schließlich nichts weiter verbrochen, als die Bullen auf mich wütend zu machen und im Krankenhaus zu sitzen, seitdem er den Unfall hatte."

Während Ashley langsam ihren Kaffee trank, dachte sie über seine Worte nach. Dann sagte sie kopfschüttelnd: „Ich weiß auch nicht, was ich da tun kann."

„Ich habe eine Adresse. Sie können sie überprüfen. Ich meine, wir könnten sie überprüfen."

„Was für eine Adresse denn? Warum haben Sie sie nicht der Polizei gegeben?"

„Ich habe sie erst kürzlich gefunden, als ich noch mal Stus Notizen durchgelesen habe. Ich hatte noch keine Gelegenheit rauszufahren. Außerdem ... na ja, seit letzter Nacht weiß ich nicht mehr, was ich tun soll. Es bringt ja nicht allzu viel, wenn ich rund um die Uhr im Krankenhaus sitze; aber ich habe Angst, dass gerade dann, wenn ich nicht da bin, etwas passieren könnte."

„Was ist das für eine Adresse?"

„Sie liegt im äußersten Südwesten. Reines Farmland."

Ashley musterte ihn nachdenklich. Es konnte ja nichts schaden, einmal dort hinzufahren. Trotzdem hatte er Recht. Vielleicht schwebte Stuart tatsächlich in Gefahr. Diesen Gedanken wurde sie nicht mehr los.

„Tja, ich weiß auch nicht mehr, was ich noch tun könnte", murmelte er.

Sie erschrak, als er seinen Arm ausstreckte und ihre Hand berührte. „Okay, Sie sind zwar keine Polizistin mehr. Aber Sie können bestimmt noch etwas tun. Sie können dafür sorgen, dass man Ihnen zuhört."

Sie zögerte. Auf seine Weise hörte Jake ihr ja zu. Doch vielleicht fühlte er sich nur dazu verpflichtet, weil sie miteinander ins Bett gingen.

Dieser Gedanke war ihr unerträglich. Andererseits wollte sie Stuart nicht aus falsch verstandenem Stolz ihre Hilfe versagen. Vor allem nicht, wenn sein Leben tatsächlich bedroht war.

Dilessio würde heute nicht mit ihr reden können. Sein Opfer war identifiziert worden. Er hatte eine Menge zu tun, und er würde sich bestimmt nicht davon ablenken lassen.

Trotzdem brauchte sie seine Unterstützung.

Sie hatte keine Ahnung, wie sie Jake erreichen konnte, wenn er nicht an seinem Schreibtisch saß. Zumindest kannte sie einige Leute, die seine Handynummer hatten.

„Warten Sie hier", sagte sie zu David, während sie aufstand.

Verärgert stellte sie fest, dass sie allmählich paranoide Züge entwickelte. Plötzlich hatte sie Angst, dass jemand ihr Gespräch mit anhören konnte. Von einer ruhigen Ecke des Coffeeshops aus rief sie in der gerichtsmedizinischen Abteilung an und fragte nach Mandy Nightingale. Kurz darauf wurde sie verbunden, und ehe Ashley etwas sagen konnte, überschüttete Mandy sie mit Lob wegen des Erfolgs, den die Veröffentlichung ihrer Zeichnung hatte. Doch schließlich erfuhr sie Jakes Handynummer.

Es klingelte ein paar Mal, ehe Jake sich ungeduldig mit „Dilessio" meldete. Offenbar war er über die Störung ziemlich verärgert.

„Jake, ich bins, Ashley."

„Ashley." Einen Moment lang schien es, als könne er mit dem Namen nichts anfangen. Dann sagte er rasch: „Ja, was gibts denn? Ich habe nicht viel Zeit."

„Ich weiß. Ich fasse mich auch kurz. Es ist sicher viel verlangt, aber ... Stuart wäre letzte Nacht fast gestorben. Nicht wegen seiner Verletzungen", fügte sie schnell hinzu, „sondern weil sein Beatmungsgerät abgeschaltet wurde. Im Krankenhaus sagen sie, das müsse einer von den zahlreichen Besuchern gewesen sein, aber ich weiß mit Bestimmtheit, dass keiner von uns an die Geräte gekommen ist. Ich glaube, Stuart ist wirklich in Gefahr. Besteht die Möglichkeit, dass ... ich meine, was ist mit Polizisten, die nicht im Dienst sind? Könnten die nicht sein Zimmer bewachen? Damit sicher ist, dass auch wirklich nur Krankenschwestern und Ärzte in sein Zimmer kommen. Ich würde sie auch aus meiner Tasche bezahlen."

Eine Weile herrschte Schweigen in der Leitung. „Ashley, ich stecke bis über beide Ohren in einem Mordfall."

„Ich weiß, Jake. Aber das sind keine Hirngespinste. Wirklich nicht! Ich bin nicht verrückt. Ich versuche bloß, einen weiteren Mord zu verhindern. Bitte, Jake! Erinnerst du dich noch, wie wir uns darüber unterhalten haben, dass man Dinge über Leute wissen kann, nur weil man sie gut kennt? Bitte! Ich weiß nicht, an wen ich mich sonst wenden könnte. Ich weiß, wie viel du zu tun hast. Ich hätte dich auch nicht angerufen, wenn es nicht wirklich wichtig wäre."

„Ich werde sehen, was sich machen lässt."

Ehe sie noch etwas sagen konnte, unterbrach er die Verbindung. Sie starrte auf das Handy und biss sich auf die Lippe. Sie wusste immer noch nicht, was sie für Stuart tun konnte.

Noch auf dem Weg zurück zum Tisch, wo David auf sie wartete, klingelte ihr Handy.

Es war jedoch nicht Jake, sondern Marty. Sie musste ihm ihre Geschichte noch einmal erzählen, und er versprach ihr sofort, dass Stuart rund um die Uhr bewacht würde. Außerdem wollte er selbst mit Carnegie und Nathan Fresia reden.

„Ashley, die Polizisten sind bereit, in ihrer Freizeit Wache zu stehen. Sie tuns natürlich auch, weil sie hoffen, dass sich irgendwann mal die Kollegen vom Morddezernat für ihre Beförderung einsetzen. Trotzdem wird es etwas kosten."

„Ich weiß." Sie zögerte. „Machen Sie sich darüber keine Sorgen. Wir werden sie bezahlen." Als er nichts erwiderte, fuhr sie fort: „Marty, es tut mir Leid, dass ich Sie mit der Angelegenheit behellige."

„Darum geht es nicht, Ashley. Wir werden das schon hinkriegen. Ich wünschte, wir könnten es kostenlos machen. Es ist jedoch schwer, jemanden von der Notwendigkeit einer Wache zu überzeugen, wenn die Ärzte glauben, dass ein unvorsichtiger Besucher den Stecker herausgezogen hat. Also müssen wir die Angelegenheit inoffiziell regeln – wenn Sie sicher sind, dass er wirklich in Gefahr schwebt."

„Ich verstehe, Marty. Glauben Sie mir, ich habe wirklich ein ganz ungutes Gefühl."

Sie hörte, wie er verächtlich schnaufte. Er nahm wohl an, sie hätte das nicht mitbekommen. Sie bedankte sich noch einmal und unterbrach die Verbindung. Obwohl die Fresias keine Millionäre waren, ging es ihnen finanziell recht gut, und wenn sie ihnen erst einmal die Lage geschildert hätte, wären sie bestimmt einverstanden, für die Bewachung zu zahlen. Sie selbst hatte ein kleines Sparguthaben, und wenn ihre Papiere erst einmal im Personalbüro gelandet waren, bekam sie ein ordentliches Gehalt, so dass sie ebenfalls ihren Teil beisteuern konnte. Es würde schon funktionieren.

Sie ging zurück zum Tisch und ließ sich auf den Stuhl fallen. Irgendwie war sie schon jetzt ziemlich erschöpft.

„Ich habe dafür gesorgt, dass er von ein paar Polizisten bewacht wird, die das in ihrer Freizeit machen", erklärte sie.

David zog die Augenbrauen hoch, als habe sie gerade ein Wunder vollbracht. Dann runzelte er die Stirn. „Haben Sie ihnen von dem falschen Krankenhauspersonal erzählt?"

„Ja."

Lächelnd lehnte er sich zurück. „Ich denke, wir sollten zusammen in den Süden fahren. Wollen Sie fahren, oder soll ich? Mein Wagen steht gegenüber in der Tiefgarage des Einkaufscenters."

„Ich stehe an einer Parkuhr. Die Zeit dürfte abgelaufen sein. Nehmen wir also meinen."

Rona Palacio war eine der Personen, die sich sofort mit der Polizei in Verbindung setzte, nachdem sie die Zeichnung ihrer ehemaligen Angestellten in der Zeitung entdeckt hatte. Als Jake eintraf, erwies sie sich als sehr gesprächig und äußerte wortreich ihre Besorgnis darüber, dass einer ihrer Mitarbeiterinnen etwas so Entsetzliches zugestoßen war. Aber wirklich Hilfreiches konnte sie nicht zu Protokoll geben.

„Sie war nur selten hier", erklärte Rona, die hinter ihrem Schreitisch saß und nervös mit dem Radiergummiende eines Bleistifts auf die Tischplatte klopfte. „Als sie hier anfing, war sie ausgesprochen liebenswürdig, intelligent, lebhaft, sehr eifrig. Ja, sie schien perfekt in unser Team zu passen. Man muss nicht wirklich gut aussehen, um Immobilien zu verkaufen. Den Leuten ist es wichtiger, dass jemand ihre Fragen sachkundig beantworten kann, der sich in der Materie auskennt und so weiter. Aber ihr Aussehen und ihr Arbeitseifer ... nun, das waren alles zusätzliche Pluspunkte." Rona Palacio, selbst eine attraktive Frau mittleren Alters, mit perfekt frisiertem silberblonden Haar, war schlank und sah elegant aus in ihrer Designerkleidung.

„Offenbar hatte sie keine Familie“, fuhr Rona fort. „Jedenfalls keine enge Verwandtschaft. Das sei für sie ein Grund gewesen, in diese Gegend hier zu ziehen, teilte sie mir mit. Zuvor hatte sie irgendwo im Zentrum des Landes gearbeitet. Ihre Referenzen und Zeugnisse waren einwandfrei. Sie war nach Miami gekommen, weil sie hier Freunde hatte und weil die Stadt als so attraktiv gilt, dass sie unbedingt hierher ziehen wollten. Sie war etwa drei Wochen bei uns, und sie hatte gerade die ersten Geschäfte gemacht. Ja, und dann hat sie wie aus heiterem Himmel gekündigt. Ihr Leben habe sich verändert, sie wolle etwas ganz Neues machen. Natürlich habe ich versucht, mit ihr darüber zu reden, aber mehr wollte sie dazu nicht sagen. Ich habe nie einen ihrer Freunde kennen gelernt, und ich glaube, die anderen Kollegen auch nicht. In der Personalakte steht ihre letzte bekannte Adresse und eine Liste ihrer Klienten. Sie können gerne mit ihnen reden ... Mehr kann ich Ihnen leider nicht sagen. Ich würde Ihnen gerne helfen; es ist ja wirklich entsetzlich, was passiert ist. Wenn sie keine Familie hat, wird sich unser Büro um die Beerdigung kümmern. Sie war zwar nicht lange bei uns, aber ich denke, dazu sind wir irgendwie verpflichtet.“

„Das ist Ihre Entscheidung, Miss Palacio“, meinte Jake. „Könnte ich ihren Arbeitsplatz sehen?“

„Ich zeige Ihnen ihren Schreibtisch und den Computer. Natürlich haben da inzwischen schon andere Kollegen gearbeitet.“

„Natürlich. Aber jeder noch so kleine Hinweis könnte uns helfen.“

Kurz darauf hielt er eine Liste mit den Namen der Kollegen und der Klienten in der Hand und nahm Cassie Sewells ehemaligen Arbeitsplatz in Augenschein. Eine freundliche junge Assistentin mit großen Augen und sehr viel Mitgefühl für die tote Frau half ihm bei der Durchsicht der Computerdateien. Er bekam eine zweite Liste mit den Adressen der Immobilien, um deren Verkauf sie sich gekümmert hatte. Das bedeutete viel Lauferei und endlose Gespräche. Er seufzte.

Den größten Teil des Morgens verbrachte er damit, Cassie Sewells Kollegen zu befragen. Die Angestellten gaben bereitwillig Auskunft. Doch viel mehr als Rona Palacio konnten sie ihm auch nicht erzählen. Cassie war nett und freundlich, aber auch eine Einzelgängerin gewesen. Außer Rona hatte sie nur zwei anderen Mitarbeitern erzählt, dass sie vorhatte, ihrem Leben eine andere Richtung zu geben.

Niemand hatte sie jemals mit einem Freund oder einer Freundin gesehen. Sie hatte auch kaum über ihre Bekannten gesprochen – abgesehen von dem Hinweis, dass sie in der Gegend rund um Miami lebten.

Während Jake sich mit einer Maklerin unterhielt, erreichte ihn ein Anruf von Franklin vom FBI. Das musste er Franklin lassen: Der Mann hatte zahllose Akten durchgesehen, hatte Agenten mit Nachforschungen im ganzen Staat beauftragt und bereits eine Menge über das Opfer in Erfahrung gebracht. Sie hatten die Computerdateien sämtlicher Verbrechen in allen Bundesstaaten mit dem jüngsten Mord verglichen, aber keine Parallelen entdeckt – bis auf die Fälle, die vor fünf Jahren passiert waren. Er hatte herausgefunden, dass Cassie bereits in Orange County als Maklerin gearbeitet hatte und dass die dortigen Kollegen sie besser kannten als die in Miami. Sie war freundlich gewesen, eher ernsthaft und sehr religiös. Eine Zeit lang hatte sie überlegt, Nonne zu werden. Bei ihren Kollegen war sie sehr beliebt gewesen. Ihnen hatte sie erzählt, dass sie nach Miami ging, weil sie dort neue Freunde gefunden hatte und hoffte, in einer kirchlichen Gemeinde einen Partner zu finden. Aber die Durchsicht der Pfarrgemeindelisten verschiedener katholischer Kirchen hatte keine Hinweise erbracht. Am Nachmittag wollte Franklin einige Priester persönlich aufsuchen und ihnen das Porträt zeigen.

„Glauben Sie, dass sie in etwas hineingeraten ist, das ihr viel versprechender erschien als der Katholizismus?“ fragte Franklin. „Wenn man sich ihr Profil anschaut, liegt diese Vermutung nahe. Und da Sie glauben, dass es da unten im Staat so eine Art Wiedererweckungs-Bewegung gibt ...“

„Sie klingen nicht sehr überzeugt.“

„Jedenfalls haben wir jetzt, wo wir wissen, wer die Frau ist, auch ein paar Hinweise gefunden“, entgegnete Franklin.

„Ich muss Ihnen sagen, Franklin, dass ich wirklich beeindruckt davon bin, wie schnell Sie das alles herausgefunden haben.“

„Sie sind ein guter Polizist, Jake, und Sie halten mich für ein Arschloch. Ich komme nicht so an die Leute heran wie Sie, das ist wahr. Aber ich hatte schon einen Abschluss in Kriminologie, ehe ich nach Quantico gekommen bin. Und Sie können sich nicht vorstellen, was wir da alles gelernt haben. Wir haben Tage damit verbracht, Papierchen so zu falten, dass auch nicht eine einzige Mikrofaser bei der Beweisaufnahme verloren ging. Ich habe hart gearbeitet.“ Er schwieg eine Minute. Dann fügte er hinzu: „Ich möchte nicht, dass Sie mich für einen Idioten halten.“

„Sie sind kein Idiot“, beruhigte Jake ihn.

„Nun ja, wenn es um Kleinigkeiten geht, lasse ich nichts unbeachtet. Was den Instinkt angeht ... das ist Ihr Ding. Wenn Ihnen Ihr Instinkt also etwas sagt, lassen Sie es mich wissen. Ich werde es dann auf Fakten überprüfen.“

„Sicher. Im Moment habe ich allerdings überhaupt nichts in der Hand“, gestand Jake. Das war eine Lüge. Er wusste, dass etwas dicht vor seiner Nase lag. Er konnte es nur noch nicht erkennen.

Nebel und Spiegel. „Sonst noch was?“ riss Jake sich aus seinen eigenen Gedanken.

„Ja. Sie wissen doch, dass Peter Bordons Gefängnisstrafe ausgesetzt wird und dass er vermutlich Anfang nächster Woche freikommt.“

„Damit war zu rechnen.“

Das Gespräch war beendet, und Jake fuhr mit seiner Befragung fort. Während die junge Maklerin weitere Namens- und Grundstückslisten für ihn ausdruckte, rief Jake in der Gerichtsmedizin an und bat Skip Conrad, einen alten Freund, um einen Gefallen.

„Jake, ich komme erst heute Abend hier raus. Und dein Hausboot wird ein einziges Durcheinander sein, wenn ich fertig bin. Das weißt du doch. Bist du dir wirklich sicher, dass ich das machen soll?“

„Ja. Es ist mir egal, wie's hinterher aussieht. Danach hast du was gut bei mir. Und tu mir bitte noch einen anderen Gefallen: Sag niemandem etwas davon. Ach ja, und wenn ich nicht da bin, kannst du den Schlüssel bei Nick Montague holen. Das ist der Barbesitzer.“

Skip schwieg ein paar Sekunden. „Bist du sicher, dass dieser Nick nicht auf deinem Boot war?“

„Ich bin mir über gar nichts sicher.“

„Was ist mit Brian Lassiter?“

„Für den kann ich meine Hand auch nicht ins Feuer legen.“

Er bedankte sich bei Skip und schaltete das Handy aus. Skip würde bestimmt Brians Fingerabdrücke finden. Der Kerl war schließlich auf seinem Boot gewesen, voll wie tausend Russen, und er hatte überall hingefasst. Aber seine Abdrücke würden überhaupt nichts beweisen. Müde rieb er sich die Schläfen.

Wieder klingelte sein Handy. Diesmal war es Marty. „Ich bin gerade im Haus, in dem Cassie Sewell zuletzt gewohnt hat. Es ist jetzt an eine Familie vermietet, aber sie haben nichts dagegen, wenn wir uns ein wenig umschauen."

„Ich bin gleich bei dir."

Jake sammelte die Listen ein und verließ das Büro. Im Wagen warf er einen raschen Blick auf die Adressen.

Alle lagen in der Nähe der Everglades.

Und alle waren ziemlich nahe an der Stelle, wo vor fast fünf Jahren Nancy Lassiter in den Kanal gestürzt war und alle Entdeckungen, auf die sie gestoßen war, mit ins Grab genommen hatte.

Während der Autofahrt fragte Ashley sich des Öfteren, ob sie noch bei Verstand war. Sie kannte den Mann, der neben ihr saß, überhaupt nicht, und sie wusste auch nicht, wohin sie eigentlich fuhren – und warum. David sah aus wie viele junge Männer, ganz gut sogar. Er hatte kluge Augen und lächelte häufig. Heute trug er Jeans und ein Polohemd – auch nichts Außergewöhnliches. Seine Haare waren ein bisschen lang, aber heutzutage ließen sich die Leute die Haare wachsen, wie sie wollten. Für einen Reporter ist er recht gut in Form, stellte sie fest. Wahrscheinlich verbrachte er viel Zeit im Fitnessstudio, um seine breiten Schultern und seinen kräftigen Brustkorb, die schmalen Hüfte und die muskulösen Beine in Form zu halten.

„Wir nehmen am besten die Schnellstraße", schlug er vor, als sie losfuhren.

„Ich denke auch", stimmte sie ihm zu. „Wie sind Sie auf diese Adresse gestoßen? Und wieso haben Sie so lange dafür gebraucht?"

„Stu hat einige Zeitschriften bei mir zurückgelassen. In allen waren Artikel über die Everglades. Als ich sie durchblätterte, um herauszubekommen, was er suchte, habe ich ein Stück Papier gefunden. Er hatte ein paar Namen darauf notiert – Namen, die ich der Polizei schon gegeben hatte", erläuterte er. „Auf der Rückseite des Zettels stand eine Adresse. Zuerst habe ich sie gar nicht entziffern können. Er hatte sie mit Bleistift notiert, und sie war ziemlich verschmiert."

„Sind Sie denn überhaupt sicher, dass wir zu der richtigen Adresse fahren?"

„Selbstverständlich", antwortete er und fügte einschränkend hinzu: „Ich glaube schon." Er drehte den Kopf in ihre Richtung. „Wäre es nicht besser, wenn Sie noch mal mit Nathan Fresia reden? Er wird sich bestimmt wundern, wenn die Polizisten auftauchen und Leibwächter spielen."

„Sie haben Recht. Geben Sie mir mal mein Handy? Ich versuche, ihn zu erreichen."

Als Nathan sich meldete, klang seine Stimme etwas freundlicher, wenn auch nach wie vor misstrauisch. Sie erzählte ihm von den Polizisten, die Stuart bewachen würden. Nathan teilte ihr mit, dass der erste Polizist bereits eingetroffen sei und dass er, Nathan, angenommen hatte, das sei Carnegies Idee gewesen. Er bedankte sich bei Ashley und versicherte ihr, dass sie jederzeit im Krankenhaus willkommen sei, aber dass sie bitte allein kommen solle, da er nicht wisse, ob die Ärzte Stuart in den nächsten Tagen Besucher erlauben würden.

Sie legte das Handy zur Seite und schaute David an. „Der erste Polizist ist schon da."

„Sie kennen wirklich die richtigen Leute."

Sie beschloss, Jan und Karen anzurufen. Selbst wenn sie die beiden nicht erreichte, konnte sie ihnen doch zumindest eine Mitteilung über die jüngsten Entwicklungen zukommen lassen. Zunächst rief sie in Karens Schule an und erfuhr, dass Karen sich krank gemeldet hatte. Doch sie ging weder an ihr Telefon noch ans Handy, und Ashley erinnerte sich, dass Len Green sie vergangene

Nacht nach Hause gebracht hatte. Sie hinterließ eine Nachricht auf Karens Anrufbeantworter, ehe sie Len zu erreichen versuchte. Von seiner Dienststelle erfuhr sie, dass er sich ebenfalls krank gemeldet hatte.

„Was ist denn los?“ fragte David.

„Ich glaube, da bahnt sich etwas Romantisches an“, antwortete sie, während sie Jans Nummer wählte. Auch sie meldete sich nicht, und Ashley musste sich mit einer Nachricht auf Band begnügen.

„Wir sollten die nächste Ausfahrt nehmen“, meinte David, als sie an einem Hinweisschild vorbeifuhren.

„Waren Sie schon einmal hier draußen?“

„Nun ja, in der Gegend.“

„Also wissen Sie nicht genau, wo wir hinmüssen?“

„Nein.“

Er rutschte nach vorne und berührte mit den Knien das Handschuhfach. Die Klappe sprang auf, und er bemerkte Ashleys Pistole und ihre Polizeimarke. Sie hatte noch keine Zeit gehabt, sie ins Polizeirevier zurückzubringen, wie sie es eigentlich sofort hätte tun müssen.

„Das ist ja cool“, meinte er. „Wir sind bewaffnet und gefährlich.“

„Machen Sie die Klappe zu.“

„Sie können doch bestimmt mit der Waffe umgehen.“

„Ja.“

Lächelnd schloss er das Handschuhfach. Sein Gesichtsausdruck verursachte ihr ein unbehagliches Gefühl, und sie nahm sich vor, die Pistole ab sofort in ihrer Handtasche aufzubewahren, bis sie eine Gelegenheit fand, sie abzugeben.

„Kennen Sie sich mit Waffen aus?“ fragte sie betont gleichgültig.

„Bestens“, erwiderte er. Sie blickte ihn an, und er erklärte:

„Während des Studiums habe ich eine Ausbildung zum Reserveoffizier gemacht." Er zeigte nach rechts.

„Fahren wir hier nach Westen und irgendwann in südliche Richtung."

Sie folgte seinem Vorschlag. Kurz darauf kamen sie an einen Kanal und mussten umkehren.

„Tolle Wegbeschreibung", murrte sie.

„Was kann ich dafür, dass wir uns durch prähistorisches Sumpfgebiet bewegen müssen und überall Kanäle sind?" protestierte er.

Nachdem sie eine Weile umhergeirrt waren, fanden sie endlich eine durchgehende Straße und gelangten in eine Gegend, in der sie die angegebene Adresse vermuteten. Nach den Hausnummern zu urteilen, musste das Grundstück irgendwo zwischen den weitläufigen Feldern liegen, die sich vor ihnen erstreckten.

Ashley fuhr an den Rand der Straße, die eigentlich nur ein schlammiger Feldweg war. Vielleicht war sie vor langer Zeit einmal asphaltiert gewesen. Unter Geröll und Erdbrocken waren geteerte Stellen auszumachen.

Nachdem sie den Motor abgestellt hatte, schauten sie sich um. „Das ist ja eine riesige Farm", meinte Ashley.

„Ich sehe nirgendwo ein Haus", murmelte David.

„Doch ... ganz weit hinten. Und sehen Sie mal ... das scheint keine Scheune zu sein, sondern irgendetwas anderes. Ein Silo vielleicht."

„Ein Silo? Das ist kein Silo."

„Was ist es denn dann?"

„Auf keinen Fall ein Silo. Das hier ist eine Erdbeerfarm."

„Was kann es denn sein?"

Ratlos hob er die Schultern. Es sah aus wie ein runder Turm, der sich neben einer Art Scheune oder Lagerhalle erhob.

„Vielleicht ein großer Turm mit Fenstern, damit der Bauer seinen Erdbeeren beim Wachsen zusehen kann", witzelte David. „Ich habe keine Ahnung. Sollen wir's uns mal aus der Nähe ansehen?"

„Wir können doch nicht einfach über das Grundstück laufen, David. Das ist nicht erlaubt."

Er schaute sie an und grinste. „Ich bin Reporter. Von mir erwartet man, dass ich das Gesetz missachte. Und Sie sind eine Ex-Polizeischülerin oder so was in der Art."

„Wir haben trotzdem kein Recht ..."

Er beachtete sie nicht. „Da drüben beim Haus ... das sieht aus wie ein Gemüsegarten. Das Haus sieht auch ganz schön groß aus. Ich glaube, die bauen hier eine Menge Gemüse an."

„Das tun alle Farmer. Davon leben sie schließlich", erwiderte sie leicht gereizt.

„Die beackern eine ziemlich große Fläche von ihrem Grundstück. Schauen Sie mal bis zum Ende der Felder ... dahinten sind Bäume und dichtes Gebüsch."

„Erstaunlich", meinte Ashley ironisch. „Sie vernachlässigen das Gestrüpp, das nicht auf ihrem Grund und Boden wächst."

Er schaute sie durchdringend an. „Es sieht wirklich wie eine Farm aus."

„Es ist tatsächlich eine Farm. Wir haben den Fall gelöst und lassen die Besitzer festnehmen", murmelte sie sarkastisch. „David, überlegen Sie doch mal. Wir haben eine Farm gefunden, von der wir noch nicht einmal wissen, ob es die richtige Adresse ist. Was können wir als Nächstes tun? Ich meine etwas Sinnvolles", sagte sie mehr zu sich selbst als zu David.

„Wir steigen aus und schauen uns um."

„Wir können nicht einfach über ein fremdes Grundstück laufen."

„Ich schon."

„Wir brauchen mehr Informationen."

„Die will ich ja gerade besorgen."

Ashley sah verdutzt zu, als er ohne ein weiteres Wort ausstieg. Leise fluchend öffnete sie ihre Tür. Ehe sie ausstieg, schaute sie ins Handschuhfach. Sie hatte ein schlechtes Gewissen, als sie die Pistole in ihre Ledertasche steckte, die sie sich über die Schulter gehängt hatte. Sie hätte die Waffe längst zurückgeben müssen – genau wie ihre Polizeimarke. Im Moment war sie jedoch froh, dass sie es noch nicht getan hatte.

David lief bereits am Rand des Grundstücks entlang. Über das Feld, auf dem die Pflanzen noch niedrig standen, hätte man sie selbst über eine große Entfernung hinweg sofort bemerken können.

„Wo zum Teufel laufen Sie hin?" rief sie ihm nach.

„Zu der Baumreihe da drüben."

„Wir wollen doch nicht gesehen werden, oder? Ich finde, dass wir uns dafür ziemlich auffällig benehmen."

„Dann ducken Sie sich."

„Und was ist mit dem Wagen?"

Er blieb stehen. „Sie haben Recht. Stellen sie ihn hinter den Bäumen da vorne am Grundstück ab. Machen Sie schnell."

„Sie sind verrückt. Kein Wunder, dass die Polizei sauer auf Sie ist. Ich sollte besser zurückfahren."

Seine Schritte wurden ausholender, als er zu den Bäumen lief, die ihn vor unerwünschten Blicken schützen sollten. Ashley fluchte, während sie zum Wagen zurückeilte. Sollte sie tatsächlich jemand beobachten, mussten sie dem Betreffenden ziemlich verdächtig erscheinen.

Rasch fuhr sie den Wagen ein Stück die Straße hinunter und parkte hinter den Bäumen, wo er vor unerwünschten Blicken geschützt war. Nach Osten hin wurde das Grundstück von einem

Zaun begrenzt, auf dessen anderer Seite Bäume und Büsche wuchsen. Sie stieg aus und betrachtete die lange Baumreihe.

„David?“ Unwillkürlich flüsterte sie. Niemand war in ihrer Nähe. „David?“ wiederholte sie, diesmal lauter und fast ärgerlich.

Zähneknirschend lief sie an den Bäumen vorbei. Der Zaun bestand aus Stacheldraht und schien nicht unter Strom zu stehen. Offenbar stellte er nur eine Grenzmarkierung dar. Zu beiden Seiten wucherte dichtes Blätterwerk. Als sie weiter südwärts ging, machte der Zaun einen scharfen Knick nach rechts. Wenig später endete das säuberlich bestellte Feld, und sie hatte das Gefühl, in einen Dschungel zu geraten. Irritiert schlug sie nach einem Moskito, der ihr vor dem Gesicht herumschwirrte.

„Dieser verdammte Idiot“, schimpfte sie und machte kehrt. Sie würde David allein lassen. Für Verrückte, die sie in solche Situationen brachten und dann im Stich ließen, wollte sie keine Verantwortung übernehmen.

Sie glaubte, auf demselben Weg zurückzugehen. Doch plötzlich stand sie vor einem Tomatenfeld. Ein Mann in Jeans und kurzärmeligem Arbeitshemd war über die Pflanzen gebeugt. Er hatte ein Baumwolltuch um den Hals gebunden und eine Baseballkappe als Sonnenschutz auf dem Kopf. Ehe Ashley zwischen den Bäumen verschwinden konnte, richtete der Mann sich auf. Er war noch recht jung. Als er die Kappe abnahm, um sich den Schweiß von der Stirn zu wischen, stellte Ashley fest, dass sein sandfarbenes Haar auffällig geschnitten war. Er lächelte ihr zu. „Hallo! Wo kommen Sie denn her?“

„Ich ... ähm ... Entschuldigen Sie, aber ich glaube, ich habe mich verlaufen.“

Sein Lächeln wurde skeptisch. „Sie haben sich in einem Tomatenfeld verlaufen?“

Langsam kam er auf sie zu. Es war nichts Bedrohliches in seiner Art, denn das Lächeln verschwand nicht aus seinem Gesicht. Hinter ihm stand ein Korb mit rot glänzenden Tomaten. Vorn wirkte seine Hose ausgebeult. Obwohl sie sich bei dem Anblick ein wenig unbehaglich fühlte, fiel ihr unwillkürlich Mae Wests frivoler Satz aus einem ihrer Filme ein: Ist das eine Pistole in deiner Tasche, oder freust du dich nur, mich zu sehen?

Es war ein Messer. Als er näher kam, sah sie, dass er ein Lederetui an seinen Gürtel gebunden hatte, in das ein recht großes Messer hineinpasste.

Sie riss sich zusammen. Schließlich war es taghell, die Sonne strahlte vom Himmel, die Hitze machte träge. Der Mann war etwa so alt wie sie, lächelte freundlich und schien es der Fremden nicht übel zu nehmen, dass sie über sein Grundstück lief. Es amüsierte ihn eher. Trotzdem war sie froh über die .38er in ihrer Schultertasche.

„Sie haben sich also verlaufen. Macht nichts. Brauchen Sie ein Telefon? Möchten Sie mit mir ins Haus kommen, um etwas zu trinken – ein Glas Wasser?“

„Vielen Dank, ich habe ein Handy.“

Er nickte verständnisvoll. „Kann ich Ihnen ein Getränk anbieten? Hier in der Sonne kann es ganz schön heiß werden.“

Nein! Sie wollte nur so schnell wie möglich von hier verschwinden. Sie kam sich ziemlich dumm vor, und gleichzeitig fühlte sie sich sehr unwohl. Aber wenn hier tatsächlich schreckliche Dinge vor sich gingen, hätte der junge Mann sie wohl kaum zu einem Glas Wasser eingeladen.

Allerdings war es die Gelegenheit! Sie könnte sich mit dem Mann unterhalten und einen Blick ins Haus werfen.

„Es tut mir Leid, dass ich Sie belästigt habe“, sagte sie schnell. „Ich habe nach einem Haus gesucht, und hier draußen ist es wirklich nicht leicht, auf Anhieb eine Adresse zu finden. Deshalb bin ich einfach am Zaun entlanggelaufen, weil ich dachte, mein Ziel so am schnellsten zu erreichen.“

„Das bezweifle ich“, sagte der junge Mann. Er streckte seine Hand aus. „Ich bin Caleb. Caleb Harrison. Kommen Sie mit ins Haus. Es ist nicht so weit weg, wie es scheint.“

„Ich möchte Ihnen wirklich keine Umstände machen.“

„Das tun Sie doch gar nicht. Hier draußen treffe ich nicht oft Leute. Ich bin fast dankbar für diese Unterbrechung. Das Leben hier ist nicht besonders abwechslungsreich und ziemlich einfach – zurück zur Natur sozusagen. Es gibt zwar viel Arbeit, aber auch genügend Zeit, um den Duft der Rosen zu genießen, wenn Sie verstehen, was ich meine.“

„Ja.“ Sie rührte sich nicht vom Fleck. Die ganze Zeit dachte sie an ihre Pistole und dass sie mit ihr umzugehen verstand. Es wäre ausgesprochen dumm, sich die Chance entgehen zu lassen, einen Blick in das Haus zu werfen.

Sie ergriff seine Hand. „Ich bin Monica Shipping“, sagte sie. Der Name war ihr gerade eingefallen. „Und ich würde wirklich gerne ein Glas Wasser trinken.“

Auf dem Weg zum Haus deutete er auf die Tomaten und die Erdbeeren. „Wir bauen hier alle Arten von Obst und Gemüse an“, erklärte er. „Alles gedeiht prächtig.“ Als sie das Haus beinahe erreicht hatten, bemerkte Ashley mehrere Gebäude, die sich bis zum Ende des Grundstücks erstreckten.

„Schauen Sie“, sagte er, während er zwischen den Beeten stehen blieb. „Kohl, Mohrrüben ... alles da. Wir sind vollkommen unabhängig. Gott sei Dank sind wir alle Vegetarier; da haben wir keine Probleme mit unserer Ernährung.“

„Wir alle?“ hakte Ashley mit einem fragenden Lächeln nach. „Wie viele Leute leben denn hier?“

„Im Moment sind es acht.“

„Sind Sie verheiratet? Dann haben Sie aber eine große Familie."

„Es ist eher eine Gemeinschaft von Freunden."

„Eine ... religiöse Gemeinschaft?"

Er lachte. „Nein. Mehr eine Kommune. Wir sind Leute, die gerne auf einer Farm arbeiten und gerne zusammen sind. Und wir alle hassen den Stress und den Konkurrenzkampf, denen man sich da draußen jeden Tag stellen muss."

„Hört sich interessant an."

„Sind Sie wirklich interessiert?"

Sie lächelte zögernd. „Ich weiß nicht ... Ich habe, ehrlich gesagt, noch nie darüber nachgedacht."

„Na, dann kommen Sie herein. Schauen Sie sich mal um."

Über eine Stufe erreichten sie eine kleine Terrasse. Die Fliegengittertür war geschlossen, aber die hölzerne Tür dahinter stand weit offen. Es gab keine Klimaanlage, doch trotz der Mittagszeit war die Luft im Inneren des Hauses angenehm kühl.

Ashley hatte das Gefühl, in einem Farmhaus in Neuengland zu sein. Vor einem Ofen lag ein handgeknüpfter Teppich; bequeme Sofas mit durchgescheuertem Stoff und Schonbezügen luden zum Sitzen ein. Mitten im Zimmer standen zwei Schaukelstühle und ein Korb mit Strickzeug. Daneben lag ein Stapel Zeitschriften, die sich mit Gartenpflege und Selbstbaumöbeln beschäftigten.

„Kommen Sie in die Küche", forderte er sie auf, und sie folgte ihm.

Auf der Küchenarbeitsfläche lag Gemüse. Jemand bereitete ein großes Essen vor. Ein vegetarisches Mahl, wie sie mit einem Blick feststellte.

Es gab zwar keine Klimaanlage, aber wenigstens Strom. Er öffnete den Kühlschrank. „Hier ist Wasser und jede Menge Saft."

Am liebsten hätte sie einen doppelten Espresso gehabt, aber

den würde sie hier bestimmt nicht bekommen. „Ein Wasser wäre jetzt genau das Richtige, vielen Dank."

Er goss ihr ein Glas eiskaltes Wasser ein und deutete auf einen Stuhl am Küchentisch. Sie nahm Platz und sah sich um. Hier war es genauso anheimelnd wie im Wohnzimmer. Kupfertöpfe und Kochlöffel hingen von Haken an der Decke. Einweckgläser mit verschiedenen Früchten standen in Reih und Glied auf dem Fensterbrett. Auf den Stühlen lagen selbst genähte, leuchtend blaue Kissen.

„Danke."

„Gern geschehen." Er lächelte. „Tomaten sehe ich jeden Tag auf den Feldern. Aber Sie sind die erste schöne Frau, die mir hier jemals über den Weg gelaufen ist. Ich kann es kaum glauben."

Sie bedankte sich für das Kompliment.

„Was machen Sie denn so?"

„Ich bin Künstlerin. Ich zeichne Porträts."

„Für Touristen?"

Sie ließ ihn in seinem Glauben.

„Suchen Sie hier in der Gegend nach einem Grundstück?"

„Ja", erwiderte sie lachend. „Aber ich fürchte, ich bin nicht so idealistisch wie Sie. Ich möchte einfach nur ein großes Stück Land, ein bisschen Platz."

Er nickte verständnisvoll. „Diesen Wunsch haben viele Leute. Sie müssen echt gut sein, wenn Sie sich einen so weitläufigen Besitz leisten können."

„Nun ja ... Sie wissen doch, wie Touristen sind. Es ist alles eine Frage der Mundpropaganda. Einer erzählt den anderen, dass sie sich unbedingt von einem bestimmten Künstler zeichnen lassen müssen, und egal, ob Sie gut sind oder nicht – Ihre Arbeit gehört zu den Dingen, die sie auf jeden Fall mit nach Hause nehmen wollen."

„Sagen Sie mir Bescheid, wenn Sie mal ein paar Tomaten zeichnen wollen."

„Das mache ich." Sie stellte ihr Glas ab. „Ich muss jetzt wirklich wieder los."

„Ich begleite Sie zu Ihrem Wagen."

„Nein, nein. Ich habe schon genug von Ihrer Zeit in Anspruch genommen."

„Es war mir ein Vergnügen. Ich würde mich freuen, wenn wir uns einmal wiedersähen. Warten Sie mal – samstagabends spielt Maggie immer Gitarre. Das kann sie wirklich toll. Wenn Sie Zeit und Lust haben, kommen Sie doch vorbei."

„Danke. Vielleicht tue ich das."

Er begleitete sie vor die Tür. Dort versicherte sie ihm nochmals, dass sie ihren Wagen allein finden würde, und er ging zu seinen Tomatenfeldern zurück. Sie wusste, dass er ihr nachschaute, und widerstand der Versuchung, sich umzuschauen. Merkwürdig, dass hier acht Leute leben sollten. Außer ihm hatte sie keinen Menschen gesehen.

Sie lief über die Straße, bis sie die Bäume erreichte, hinter denen sie ihren Wagen abgestellt hatte. Von David sah sie keine Spur, und sie verfluchte ihn, als sie auf den Fahrersitz rutschte. Sie startete den Motor und fuhr langsam die Straße entlang.

„Wo zum Teufel ist dieser Idiot?" murmelte sie ärgerlich. In dem Moment tauchte er plötzlich hinter einer Gruppe von Bäumen auf, die knapp zwanzig Meter entfernt standen. Während er sich durch Gestrüpp und Unterholz einen Weg bahnte, fuhr sie ihm entgegen und schaltete den Motor aus. Als er den Wagen erreicht hatte, stieg er rasch ein.

Flüchtig berührte er ihr Gesicht und stieß einen Seufzer der Erleichterung aus. „Ich war drauf und dran, Verstärkung anzufordern."

„Verstärkung?“

„Na ja, vielleicht hätte ich besser ‚Polizei‘ gesagt, aber da Sie selber noch dazugehören, habe ich ‚Verstärkung‘ gesagt.“

„Ich hätte Sie besser hier stehen lassen, Sie Dummkopf. Ich bin erwischt worden, als ich über das Grundstück lief.“

„Ja, ich habe Sie mit einem Kerl reden sehen.“

„Ich bin ihm in einem Tomatenfeld begegnet. Obwohl ich da nichts zu suchen hatte, war er sehr freundlich.“

„Erzählen Sie mir alles.“

„Er wohnt in einem hübschen Haus mit sieben anderen – eine Art Kommune. Sie leben von der Landwirtschaft.“

„Was ist mit den anderen?“

„Ich habe sie nicht gesehen.“

„Wo waren sie denn?“

„Keine Ahnung. Vielleicht arbeiten sie tagsüber und werden nur abends zu Hippies. Jedenfalls hat er mich nicht bedroht, und zwischen seinen Tomaten wächst auch kein Marihuana. Die ganze Mühe war umsonst. Ich habe nichts herausbekommen.“

„Wir müssen feststellen, wem das alles hier gehört.“

„Der Mann heißt Caleb Harrison.“

„Klingt sehr biblisch.“

„Mit Religion haben sie aber nichts am Hut. Sagte er jedenfalls. Hier in der Gegend heißen viele Männer Jesus – es ist ein beliebter hispanischer Name –, und sie sind alles andere als religiöse Fanatiker.“

„Wir sollten uns noch ein wenig intensiver umsehen.“

„Wir sollten von der Straße hier verschwinden und uns überlegen, wo wir von hier aus hinfahren“, antwortete Ashley mit Bestimmtheit und ließ den Motor wieder an.

Ehe David etwas sagen konnte, hörten sie einen dumpfen Schlag gegen den Wagen. Ashley fuhr herum. Hinter ihnen stand ein Mann im Overall. Er trug einen Strohhut und musterte sie mit zusammengekniffenen Augen.

In der Hand hielt er ein Gewehr.

16. KAPITEL

Ein Besuch bei Cassie Sewells letzter bekannter Adresse brachte keine neuen Erkenntnisse. Eine Familie hatte das Apartment, das über drei Schlafzimmer verfügte, gemietet. Die Frau erzählte den Polizisten, dass sie ihre Vormieterin nie zu Gesicht bekommen hatte. Nach deren Auszug waren die Wände frisch gestrichen und ein neuer Teppichboden verlegt worden.

Trotzdem suchten die Spurenermittler in den Räumen nach Hinweisen, ob das Opfer möglicherweise in seiner Wohnung getötet worden war.

Jake bezweifelte das. Er war sicher, dass Cassie ihren Job gekündigt und die Wohnung leer geräumt hatte, um fortzugehen ... und ihrem Mörder begegnet war.

Als sie ihre Fragen gestellt und den Ermittlern das Feld überlassen hatten, blieben Jake und Marty eine Weile vor dem Haus stehen. Die Sonne brannte heiß vom Himmel.

„Soll ich zurück ins Revier fahren und noch ein paar Hinweisen nachgehen?“ fragte Marty.

„Ja. Finde heraus, an wen sie ihren letzten Scheck ausgestellt und bei welcher Gelegenheit sie zum letzten Mal mit ihrer Kreditkarte gezahlt hat. Sie hatte einen Wagen, einen BMW, und der scheint ebenfalls verschwunden zu sein. Kümmere dich auch darum.“

„Und was hast du vor?“ fragte Marty.

„Ich mache einen Ausflug.“

„Einen Ausflug?“

„Ich schau mir mal die Grundstücke an, die auf der Liste stehen“, erklärte Jake. Dann fügte er hinzu: „Ich habe mich noch gar nicht bei dir bedankt, dass du dich um die Wachleute fürs Krankenhaus gekümmert hast.“

„Ich persönlich glaube ja, dass es nicht nötig ist. Aber vielleicht ist tatsächlich jemand hinter dem Jungen her."

„Jedenfalls vielen Dank."

„Keine Ursache. Ich für meinen Teil werde mich jetzt wieder um einen richtigen Mordfall kümmern."

„Ruf mich an, wenn du etwas herausgefunden hast."

„Du auch", antwortete Marty.

Jake hatte wirklich die Grundstücke in Augenschein nehmen wollen, aber nachdem Marty weg war, entschloss er sich, vorher noch zur *Gwendolyn* zu fahren. Vor Nicks Bar waren mehrere Parkplätze besetzt, und auf der Terrasse saßen einige Gäste. Überhaupt standen heute sehr viele Wagen hier. Jake musste fast bis zum Ende des Hafens fahren, um sein Auto abstellen zu können. Hier hatte Sandy sein Boot liegen – fast das letzte in der Reihe. Als Jake aus seinem Wagen stieg, winkte er Sandy zu, der mit ausgestreckten Beine auf dem Deck seines Bootes ein Sonnenbad nahm.

Sandy erwiderte Jakes Gruß, schob sich den Hut in die Stirn und lehnte sich wieder zurück.

Unwillkürlich schaute Jake sich misstrauisch um, als er sein Boot betrat. In letzter Zeit hatte er es sich zur Gewohnheit gemacht, obwohl ihn sein Verhalten irritierte. In der Kajüte war jedoch alles so, wie er es zurückgelassen hatte – einschließlich der Unordnung. Kaffeetassen im Spülstein, das Bettlaken zerwühlt ... und ein rotes Stück Stoff, das unter dem Kissen hervorlugte. Er hatte dafür gesorgt, dass Ashley ihre Handtasche zurückbekam, aber Sandy ihren Slip in die Hand zu drücken, wäre ziemlich indiskret gewesen. Stattdessen hatte er das seidige Stoffdreieck unter sein Kissen gestopft.

Er ging zum Bett, schob das Kissen beiseite und ließ den weichen Stoff durch die Finger gleiten. Er glaubte, ihren Geruch in der Nase zu haben. Sein Pulsschlag ging schneller, und er spürte ein lustvolles Ziehen in den Lenden. Er stopfte das Seidenhöschen unter das Kissen zurück und fragte sich erneut, ob sie beide von allen guten Geistern verlassen waren. Doch obwohl es Ashley sichtlich unangenehm gewesen war, dass alle an jenem Morgen gemerkt hatten, was mit ihnen beiden los war, hatte sie nicht versucht, sich mit fadenscheinigen Ausreden aus der Affäre zu ziehen. Und wieder wunderte er sich, dass sie so bereitwillig bei ihm geblieben war.

Bei dem Gedanken daran wurde sein Verlangen noch stärker. Er erkannte sich selbst nicht wieder. Wie gern hätte er sie jetzt bei sich gehabt. Sie war zauberhaft. Es gab Momente zwischen ihnen, da hätte die Erde mit der Sonne zusammenstoßen können, und er hätte es nicht mitbekommen. Auf natürliche Weise sinnlich, verhielt sie sich instinktiv richtig – und war fantastisch im Bett. Aber das war nicht alles. Oder zumindest nicht das Einzige. Sie hatte ihn herausgefordert und sein Selbstvertrauen ins Wanken gebracht. Er wollte nicht einfach nur mit ihr schlafen – er wollte auch neben ihr aufwachen. Früher hatte er sich immer in die Enge getrieben gefühlt, wenn eine Frau zu lange bei ihm geblieben war. Doch jetzt empfand er eine Leere, wenn Ashley nicht in seiner Nähe war. Zugegeben: Sie hatte ein loses Mundwerk, war nicht auf den Kopf gefallen und ausgesprochen tüchtig, was ihre Arbeit anging. Manchmal verhielt sie sich sehr abweisend, und wenn sie wütend war, nahm sie kein Blatt vor den Mund. Aber dann gab es jene Augenblicke, in denen sie sehr sinnlich und unwiderstehlich war – ob mit Absicht oder unbewusst, hätte er nicht mit Bestimmtheit sagen können. Außerdem war sie auch noch ziemlich dickköpfig.

Er zögerte. War es etwa das immer stärker werdende Gefühl gewesen, jemanden zu ... brauchen, das ihn so schnell auf ihre Bitte um Hilfe hatte reagieren lassen? Natürlich, das war es, verdammt noch mal. Wie ein Wirbelsturm war sie in sein Leben eingebrochen. Und wie ein Wirbelsturm hatte sie alles verändert. Vor allem hatte sie ihn verändert.

Noch immer in Gedanken bei Ashley, rief er Carnegie an, der ihm versicherte, dass nichts dagegen einzuwenden sei, wenn die Fresias ihren Sohn bewachen ließen.

„Gibt es sonst etwas Neues?“ erkundigte Jake sich.

„Nada. Die Einzigen, die davon überzeugt sind, dass hinter der Sache mehr steckt, sind nach wie vor seine Eltern und seine Freunde, die Sie um Unterstützung gebeten haben. Und dieser verrückte Typ, der für dieselbe Boulevardzeitung arbeitet und der Polizei jede Menge irreführende Informationen gegeben hat. Aber wir bleiben dran.“

„Danke. Hören Sie, ich habe heute eine Menge Arbeit um die Ohren. Trotzdem würde ich gerne selber mit den Reportern von diesem Blättchen sprechen, wenn Sie nichts dagegen haben.“

„Ganz und gar nicht. Ich bin schon zu viele Jahre in dem Job, als dass ich hier noch den Platzhirsch mache. Wenn Sie etwas herauskriegen, umso besser. Ich bin dankbar für alles, was mir weiterhilft.“

Als Jake den Hörer auflegte, ärgerte er sich über sich selbst. Die Zeit zerrann ihm zwischen den Fingern. Er sollte längst unterwegs sein, um sich die Grundstücke genauer anzusehen. Warum kümmerte er sich überhaupt um einen Fall, mit dem er eigentlich gar nichts zu tun hatte?

Er massierte seine schmerzenden Schläfen. Ehe er den Computer einschaltete, um seinen Bericht noch einmal durchzugehen, suchte er leise fluchend in seinem Medizinschrank nach einer Kopfschmerztablette.

Wer auch immer in sein Boot eingebrochen war, hatte nicht vorgehabt, ihn zu berauben. Er war auf der Suche nach Informationen gewesen. Davon war Jake inzwischen überzeugt.

Also musste irgendetwas in seinen Unterlagen einen Einbruch wert sein.

Was zum Teufel war es?

Sätze, Zahlen und Namen verschwammen ihm vor den Augen. Nebel und Spiegel. Informationen über Leichenfunde. Beschreibungen der Verletzungen, die den Ermordeten zugefügt worden waren. Das auffälligste Merkmal, das alle toten Frauen gemeinsam hatten, waren die abgeschnittenen Ohren.

Eine religiöse Sekte.

Abgeschnittene Ohren – genau wie es General Custer bei Little Big Horn ergangen war, weil er nicht auf die Worte der Sioux gehört hatte. Weil er nicht zugehört hatte. Das war ganz offensichtlich.

Oder war es doch nicht so offensichtlich?

Waren den Opfern die Ohren vielleicht abgetrennt worden, weil sie etwas gehört hatten, und nicht, weil sie nicht gehorcht hatten? Er dachte an die Liste mit den Immobilien, die Cassie Sewell ihren Klienten gezeigt hatte. Er wählte eine Nummer, und während das Freizeichen ertönte, überschlugen sich die Gedanken in seinem Kopf.

Nebel und Spiegel.

Zurück zum Offensichtlichen. Die toten Frauen standen mit der Sekte in Verbindung. Hatten sie sterben müssen, weil sie ihren Anführer verärgert hatten? Hatten sie sich gegen ihn aufgelehnt, seinen Anweisungen nicht Folge geleistet?

Und was, wenn es diesen Kult überhaupt nicht gegeben hatte? Oder wenn er sich längst aufgelöst hatte – wie Nebel?

„Sharon, bist du hier?“ rief Nick Montague. In der Bar war nicht viel los; um die wenigen Gäste kümmerte Katie sich allein. Noch immer war er darüber verstimmt, dass er von Ashleys neuem Job erst erfahren hatte, nachdem er ihre Zeichnung in der Zeitung entdeckt hatte. Er hatte das Gefühl, dass sie ihm allmählich entglitt.

Sharons Wagen stand auf dem Parkplatz. Da sie nicht in der Bar war, musste sie im Haus sein. Wenn er es sich recht überlegte, hatte sie sich in letzter Zeit ein wenig seltsam verhalten. Wegen ihrer Arbeit war sie viel unterwegs, aber früher hatte er immer gewusst, wo sie sich gerade aufhielt. Sie hatte ihm stets gesagt, welches Haus sie wem zeigte, mit wem sie zum Mittagessen ging oder ob sie ein Geschäft zum Abschluss gebracht hatte. In letzter Zeit dagegen war sie ein wenig launenhaft geworden – manchmal sehr liebevoll, kurz darauf still und bedrückt.

Vielleicht sollte er nicht mehr so viel arbeiten. In den vergangenen Monaten war das Geschäft ausgezeichnet gelaufen. Er sollte sich weniger um die Bar kümmern und stattdessen mehr um die Menschen, die ihm sehr viel bedeuteten.

Er müsste mehr Zeit mit seiner Nichte verbringen. Vor allem brauchte er mehr gemeinsame Zeit mit Sharon.

Seine Handflächen wurden ein wenig feucht, als er daran dachte, wie leichtsinnig es war, diese Beziehung für selbstverständlich zu nehmen. Sharon war eine wundervolle Frau. Intelligent. Humorvoll. Und er nahm das alles hin, als sei es die natürlichste Sache von der Welt. Doch er hatte sich nie viele Gedanken über sein Leben gemacht – bis sein Bruder gestorben war und er begonnen hatte, sich um Ashley zu kümmern. An einer echten Beziehung war er nie interessiert gewesen. Die Welt war viel zu groß und bevölkert von vielen Frauen in Bikinis – zu vielen, um sich mit einer einzigen zu begnügen. Dann war das Unvorstellbare eingetreten: Er hatte Ashley von den Nachbarn abholen und ihr erklären müssen, dass ihre Eltern nicht mehr wiederkommen würden. Ihre grünen Augen hatten sich mit Tränen gefüllt. Sie hatte die Arme um ihn geschlungen, und er hatte sie fest an sich gedrückt, um sie und auch sich selbst über den schrecklichen Verlust hinwegzutrösten, und von einer Sekunde zur nächsten war seine Welt eine andere geworden. Jahrelang war es sein einziges Ziel gewesen, ein erfolgreicher Barbesitzer zu werden. Plötzlich musste er sich in die Vaterrolle hineinfinden. Er sah es gleichermaßen als Herausforderung wie als Verpflichtung an.

Seine Liebe zu ihr hatte reiche Früchte getragen. Er war davon überzeugt, sie zu einer intelligenten jungen Frau erzogen zu haben, die in der Lage war, ihr Leben zu meistern. Sie hatte einen Teil des Hauses für sich, was ihr nun ein gewisses Maß an Unabhängigkeit verschaffte und ihm gleichzeitig die Möglichkeit gab, weiterhin ein Auge auf sie zu haben. Wobei er natürlich die Tatsache respektierte, dass sie ein erwachsener Mensch war.

Nun ja ...

Ihre Affäre mit Jake Dilessio bereitete ihm schon ziemliche Sorgen. Keine Frage, er mochte Jake – solange er die Finger von seiner Nichte ließ. Ashley hatte doch keine Ahnung von solchen Männern, die ihren Job ausgezeichnet machten, weil sie mit ihm so gut wie verheiratet waren. Männer, die keine Verpflichtungen einzugehen bereit waren, weil ihnen die Welt zu Füßen lag. Er, Nick, dagegen konnte ihn sehr gut verstehen. Schließlich war er selbst so ein Mann gewesen.

In Gedanken versunken ging Nick in die Küche. Er nahm eine Flasche Wasser aus dem Kühlschrank, schaute im Schlafzimmer und im Wohnzimmer nach. „Sharon?"

Endlich erhielt er eine Antwort. „Hier bin ich!" Sie war in Ashleys Zimmer.

Überrascht runzelte Nick die Stirn. Was hatte sie dort zu suchen? Nicht, dass seine Nichte Geheimnisse vor ihnen hatte; sie verschloss nie ihre Tür. Dennoch hätte er niemals ohne triftigen Grund ihr Zimmer betreten, wenn sie nicht da war, oder wäre hineingegangen, ohne anzuklopfen, wenn sie zu Hause war. Merkwürdig. Sharon hatte das auch noch nie zuvor getan.

Sie musste seinen fragenden Gesichtsausdruck bemerkt haben. Deshalb erklärte sie schnell: „Ein paar von Ashleys Sachen waren in unserer Wäsche. Ich habe sie ihr ins Zimmer gelegt."

„Aha."

„Tut mir Leid, wenn du schon länger nach mir gerufen hast. Ich habe dich nicht gehört."

„Ist schon in Ordnung."

„Was ist denn los?"

„Was soll los sein?" Erschrocken stellte Nick fest, dass er einen Moment lang überlegen musste, was er von ihr wollte. „Nun, ich habe mir überlegt ... Katie ist in der Bar, und heute Nachmittag scheint nicht viel los zu sein. Wie wärs, wenn wir einen kleinen Segeltörn machen? Nur du und ich. Und bei der Gelegenheit – damit du nicht die ganze Zeit nur Wasser siehst – könnten wir bei den Keys anlegen oder in Fort Lauderdale. Wie gehen schick essen – in ein Restaurant mit weißen Tischdecken und einem richtigen Weinkeller ..."

„In Nicks Bar gibt es doch ausgezeichnete Weine."

Er lachte. „Na ja, wohl eher bodenständiges Bier, und davon jede Menge. Ich dachte an etwas Eleganteres."

„Das wäre sehr schön", meinte sie. „Es gibt nur ein Problem", setzte sie entschuldigend hinzu. „Möglicherweise muss ich heute Abend einem Kunden ein Haus zeigen – so gegen acht. Ich konnte ja nicht wissen, dass du mich mit so etwas überraschst. Außerdem hast du deine Bar abends noch nie allein gelassen. Ich fürchte, ich habe schon fest zugesagt. Wenn der Interessent nur heute kann, muss ich mich leider nach ihm richten."

„Nun, dann nutzen wir eben die Zeit, die uns bleibt", meinte er mit einem schelmischem Grinsen.

„Das ist eine ausgezeichnete Idee", antwortete sie und legte ihm die Arme um den Nacken.

Der Mann mit dem Gewehr ging um den Wagen herum und blieb neben der Fahrertür stehen. Ashley hatte ihn zunächst für älter gehalten – vielleicht lag es an seiner drohenden Haltung. Er wirkte wie ein Farmer aus dem Mittleren Westen, der überhaupt nicht in diese fast subtropische Umgebung passte. Als er sich zum Fenster hinunterbeugte, sah sie, dass er vielleicht dreißig, höchstens vierzig war. Er wirkte drahtig, war braun gebrannt, und unter seinem Strohhut lugten blonde Haarsträhnen hervor.

„Kann ich Ihnen helfen?" Die Frage klang überraschend freundlich. Ehe Ashley etwas sagen konnte, beugte David sich zu ihm hinüber. „Ich glaube, wir haben uns verfahren." Sie erschrak, als er seinen Arm um ihre Schultern legte. „Meine Frau und ich sind auf der Suche nach einem Haus. Man hat uns diese Adresse gegeben." Er zog seinen Notizzettel hervor und las eine Anschrift vor, die nicht auf dem Papier stand.

Was zum Teufel hatte David vor? Sie hielt den Mund. Vielleicht war es besser, wenn er dem Mann eine Geschichte auftischte. Immerhin trug er ein Gewehr bei sich.

„Dann sind Sie hier falsch", erwiderte der Mann. Er klopfte auf sein Gewehr. „Entschuldigen Sie, aber ich wollte Sie nicht erschrecken. Manchmal treiben sich merkwürdige Typen hier in der Gegend herum. Ich habe einen Schein ... einen Waffenschein meine ich. Hier in der Nähe gibt es ein Staatsgefängnis, verstehen Sie. Ansonsten ist die Nachbarschaft in Ordnung. Jedenfalls müssen Sie ganz woanders hin. Zuerst mal zurück auf die Hauptstraße, und dann mehrere Meilen in östliche Richtung fahren."

„Ich wusste, dass es der falsche Weg war", meinte David. Dann setzte er mit einem Augenzwinkern hinzu: „Frauen. Sie hat gerade ihren Führerschein gemacht. Kaum zu glauben, nicht wahr?“

„Kein Problem“, entgegnete der Mann. „Da drüben können Sie wenden.“

„Vielen Dank“, sagte Ashley.

Als sie zurückfuhren, bemerkte Ashley im Rückspiegel, dass der Mann ihnen hinterhersah.

„Blödmann“, sagte Ashley, an David gewandt.

„Aber Liebling, jeder Mann weiß doch, dass Frauen nicht Auto fahren können.“

Sie warf ihm einen vernichtenden Blick zu. „Ach ja, das habe ich vergessen.“ Sie wurde ärgerlich. „Meine Güte, was für eine Zeitverschwendung. Ich irre durch ein Feld, treffe einen Hippie und dann einen Farmer mit einer Flinte. Wahrscheinlich läuft hier irgendwo auch noch ein Pitbull herum. Der Mann muss uns ja für komplette Idioten halten. Und was hat das alles gebracht? Nur die Erkenntnis, dass Stuart hinter Erdbeerfarmern her war.“

„Sie irren sich. Hier geht irgendetwas vor, und das wissen Sie genauso gut wie ich.“

„Das weiß ich eben nicht.“

„Wir müssen noch mal auf das Grundstück. Und vielleicht auch mal einen Blick auf die benachbarten Felder werfen.“

„Na schön, Sie Meisterreporter. Dann laufen Sie eben über das Grundstück und lassen sich eine Ladung Schrot in den Hintern schießen. Und ich werde mich in der Zeit nach dem Besitzer erkundigen. Einverstanden?“

David schwieg.

„Na?“ fragte sie herausfordernd.

„Eine gute Idee“, meinte er schließlich mit einem betretenen Lächeln. Dann zuckte er mit den Schultern. Er sah ziemlich frustriert aus.

Jesse Crane hatte einmal bei der Polizei von Miami-Dade gearbeitet. Doch das war schon lange her. Offiziell gehörte er zwar noch zur Truppe, aber nach dem Tod seiner Frau war er zu seinen Wurzeln zurückgekehrt.

Die Mikasuki-Indianer besaßen viel Land zu beiden Seiten des Tamiami Trails, und sie hatten auch weite Gebiete in Beschlag genommen, auf die niemand Anspruch erhob. Die Mikasuki hatten ihre eigene Polizei. Manchmal gab es Konflikte zwischen den angestammten Rechten der Indianer und den Gesetzen des Bezirks, des Bundesstaats oder des Landes. Jesse hatte das Talent, jeden Streit so zu schlichten, dass die betroffenen Parteien stets zufrieden waren. Zudem wusste er genau, wann eine Auseinandersetzung seine Möglichkeiten überstieg und er seine Kollegen aus der Stadt um Unterstützung bitten musste, die mit größeren Machtbefugnissen ausgestattet waren.

Der riesige Propeller, der das flache Boot vorantrieb, dröhnte zu laut, als dass sie sich hätten unterhalten können. Schließlich stellte Jesse den Motor aus, und in der plötzlichen Stille war nur noch das Plätschern des Wassers zu hören. Während sie fast geräuschlos durch die Sümpfe glitten, konnte man den Eindruck gewinnen, über festes Land zu fahren. Das Sumpfgras wuchs so hoch, dass sie nicht weit sehen konnten.

Jesse deutete mit dem Finger auf ein Stück Land. „Das ist das Wohngebiet, nach dem Sie suchen", erklärte er.

„Man könnte sich mit dem Boot von hinten bis auf etwa vierzig Meter nähern, nicht wahr?"

Jesse zuckte mit den Schultern. „Na ja, so ein Boot wie dieses hier schon. Oder ein Kanu. Aber nichts Größeres." Er sah Jake an. „Hier wird eine Menge illegales Zeug mit kleinen Motor- oder Propellerbooten transportiert. Wenn Sie sich hier auskennen, können Sie meilenweit fahren, ohne einer Menschenseele zu begegnen.

Was suchen Sie eigentlich genau?“ fragte er. „Ich habe von der Toten gelesen, die gefunden wurde. Ich dachte, Sie wären hinter irgendeinem religiösen Kult her, so wie beim letzten Mal.“

„Das bin ich auch.“

Jesse schwieg. Das Boot bewegte sich leise vorwärts.

„Was fängt man mit Land in dieser Gegend an?“ überlegte Jake laut.

Ratlos hob Jesse die Schultern. „Nun ja, für Viehzucht ist es kaum geeignet. Zu schlammig. Und wenn dann noch ein Hurrikan wie Andrew übers Land tobt oder auch nur ein heftiger Regen, waten Sie wochenlang im Matsch – vielleicht sogar monatelang. Das hält die Leute trotzdem nicht davon ab, Land zu erwerben für Pferde, Kühe, Hühner – sogar Schweine. Es wird auch viel angepflanzt. An einigen Stellen ist der Boden ausgesprochen fruchtbar. Meine Vorfahren haben Kürbisse angebaut. Heute gibt es nicht mehr viele Kürbisfelder, dafür eine Menge Erdbeerfarmen. Man kann hier sogar Zitrusfrüchte anpflanzen. Viele Leute wollen einfach nur ein großes Grundstück haben. Ein riesiges Grundstück. Das ist hier draußen natürlich sehr viel billiger als in Stadtnähe. Man kann sich ein großes Haus draufsetzen, Tennisplätze, Swimmingpool, Sportanlagen. Einige haben sich hier wahre Paläste gebaut. Die leben eben gern dort, wo sich Fuchs und Hase gute Nacht sagen.“

Schweigend betrachtete Jake die Umgebung. Von seinem Standpunkt aus konnte er sich einen guten Überblick verschaffen. Die Häuser waren in großer Entfernung zum Wasser gebaut. Über kilometerlange Kanäle konnte man auf direktem Weg aus den Sümpfen mitten hinein in die Zivilisation gelangen.

„Hier gibts vor allem zwei Arten von Verbrechen“, fuhr Jesse fort, ohne den Blick von ihm zu wenden. „Drogenhandel und Mord. Manchmal gehen sie Hand in Hand.“

Jake nickte, ohne etwas zu sagen.

„Die Frauen, die in der Gegend getötet wurden ... denen hat man auch die Ohren abgeschnitten, nicht wahr?“ fragte Jesse. „Und sie waren Mitglieder einer Sekte?“

„Mhhm.“

„Die abgeschnittenen Ohren könnten bedeuten, dass die Mädchen nicht auf ihren Führer gehört haben – oder dass sie zu viel gehört haben. Ihre Ohren hatten sie verraten. Vermutlich so eine Art ‚Auge um Auge‘-Abmachung. Vielleicht sollte die Polizei auch nur in die Irre geführt werden.“

Verblüfft sah Jake ihn an. „Genau das Gleiche habe ich auch gedacht.“

„Wie sind Sie darauf gekommen?“

„Ich habe Peter Bordon besucht.“

„Oh? Hat er Ihnen etwas erzählt?“

„‚Nebel und Spiegel‘“ zitierte Jake. „Irgendwas ist zum Greifen nahe, aber ich weiß nicht, was. Vermutlich sehe ich den Wald vor lauter Bäumen nicht.“

„Na ja“, meinte Jesse achselzuckend, „hier werden Sie jedenfalls eine Menge Bäume sehen. Hoffentlich finden Sie bald den Wald. Ich habe nämlich gehört, dass Peter Bordon demnächst entlassen werden soll.“

Ashley brachte David Wharton zu der Garage zurück, in der er seinen Wagen geparkt hatte. Er wollte sofort ins Rathaus fahren und sich Einblick in die Grundbücher verschaffen.

„Mein Gott“, murmelte sie, als sie daran dachte, dass Jakes unbekannte Tote erst vor wenigen Stunden identifiziert worden war und sie selbst sich jetzt ebenfalls mit Grundstücken beschäftigte.

„Was ist los?“ fragte David.

Sie machte eine abwehrende Geste. „Nichts Besonderes.“ Sie

wollte nicht über Jakes Ermittlungen reden – vor allem nicht mit einem Reporter.

„Rufen Sie mich auf dem Handy an", sagte sie. „Ich fahre jetzt ins Krankenhaus."

„Ich dachte, Nathan Fresia will nicht, dass Sie kommen?"

„Nun ja, eigentlich nicht ... aber jetzt ist ja die Polizei da. Ich muss auch nicht in Stuarts Zimmer, um zu erfahren, wie's ihm geht. Außerdem wollte ich Lucy ein paar Blumen bringen."

„Na gut. Ich muss mich beeilen. Wer weiß, wie lange die heute geöffnet haben."

Nachdem er ausgestiegen war, fuhr sie sofort ins Krankenhaus. Erneut beschlich sie das unangenehme Gefühl, als sie in der Tiefgarage parkte. Aber es war mitten am Tag, und es herrschte viel Betrieb. Sie beschloss, Nick kurz anzurufen – soweit sie sich erinnerte, hatte er etwas von einem Abendessen gesagt. Katie nahm das Gespräch entgegen und teilte ihr mit, dass Nick mit Sharon ausgegangen sei.

„Hat mich wegen einer anderen sitzen lassen", scherzte Ashley.

„Das würde er niemals tun – nicht bei dir. Bist du denn mit deinem Onkel verabredet?"

„Nein, wir hatten das nur locker ins Auge gefasst. Vielen Dank, Katie. Hoffentlich machst du einen guten Umsatz. Wenn's eng wird, ruf mich an. Ich bin gerade im Krankenhaus."

An der Rezeption fragte sie nach der Zimmernummer von Lucy Fresia. Zum Glück war der Geschenkeladen noch geöffnet, und sie kaufte einen Strauß Blumen.

Im Gegensatz zu Nathan, der sich so distanziert verhielt, freute Lucy sich über ihren Besuch. Sie war gereizt und ungeduldig, wäre am liebsten sofort wieder aufgestanden und zu ihrem Sohn gegangen. Aber Nathan bestand darauf, dass sie im Bett blieb und sich ausruhte. Wenn sie wieder auf den Beinen war, würde er schon Gelegenheit haben, sich auszuruhen.

„Lucy, weder die Mädchen noch ich sind über ein Kabel gestolpert und haben den Stecker herausgezogen", sagte Ashley ernst.

Lucy lächelte grimmig. „Nathan glaubt immer noch an Zufälle, meine Liebe. Im Gegensatz zu mir. Es war weder ein Unfall, der Stuart hierher gebracht hat – und es ist mir egal, was die Polizisten von mir halten, weil ich nicht müde werde, es zu sagen –, noch ist der Stecker zufällig herausgezogen worden. Ich bin dir dankbar, dass du die Männer engagiert hast. Ich denke, wenn die Polizei wirklich glaubte, dass jemand versucht hat, Stuart zu töten, hätten sie schon längst eine Wache vor sein Zimmer gestellt. Aber es kommt gar nicht in Frage, dass du dafür zahlst. Nathan und ich können uns das schon leisten."

„Lucy, darüber können wir später sprechen." Sie drückte ihr die Hand. „Wir wollen lieber beten, dass Stuart bald wieder zu sich kommt. Dann wären wir der Lösung des Rätsels ein ganzes Stück näher."

„Ganz sicher." Lucy strich über das Bettlaken. „Sie wollen mich erst morgen entlassen. Das Gute daran ist, dass ich nicht weit zu gehen habe, um Stuart zu sehen."

„Das ist wohl wahr."

„Wenn du Zeit hast, besuche ihn ruhig – obwohl Nathan es wahrscheinlich nicht gern sieht. Sag ihm, dass er zu mir kommen soll, um mir einen Kuss zu geben und mich davon zu überzeugen, dass es Stuart gut geht."

„Das mache ich."

Herzlich verabschiedete Ashley sich von Lucy und ging dann eine Etage tiefer in einen anderen Flügel. Unterwegs überlegte sie, dass sie das Krankenhaus besser kennen lernte, als ihr lieb war.

Der Warteraum auf Stuarts Station war leer. Sie ging über den Korridor zu seinem Zimmer und hoffte, dass Nathan sie bemerken und zu ihr hinauskommen würde.

Plötzlich blieb sie wie angewurzelt stehen. Vor der Tür saß ein Polizist, ganz so, wie es sein sollte.

Aber der Mann war Len Green.

„Len!"

„Hallo, meine Liebe." Lächelnd erhob er sich und gab ihr einen Kuss auf die Wange.

Sie trat einen Schritt zurück und sah ihn an. „Musst du nicht im Dienst sein?"

Er schüttelte den Kopf. „Ich bin erst seit ein paar Minuten hier."

„Aber ... wieso?"

„Ich habe Martys Telefonanruf mitbekommen, und als ich hörte, worum es ging, habe ich mich sofort freiwillig gemeldet." Er senkte seine Stimme. „Ich wusste nicht, wie es um die Eltern ... finanziell bestellt ist, aber da ich annahm, dass du das alles in die Wege geleitet hast, habe ich mir gedacht, dass ich ein paar Stunden umsonst machen kann."

„Das finde ich wirklich toll."

„Tu ich doch gerne."

„Die Fresias können es sich leisten zu zahlen. Und du kannst das Geld doch sicher gebrauchen. Oder hast du kürzlich den Jackpot geknackt?"

Ehe er antworten konnte, ging die Tür auf. Nathan hatte offenbar mitbekommen, dass sie da war. Seine Haare standen zu Berge, und seine Kleidung war zerknautscht. Da sie seine Reaktion nicht abschätzen konnte, machte sie sich auf das Schlimmste gefasst.

„Wie geht es ihm denn?" fragte sie leise.

„Nicht besser, aber auch nicht schlechter", antwortete er, offensichtlich erleichtert über das kleine Wunder. „Ashley, ich wollte nicht unhöflich sein, aber die Ärzte ... nun, sie waren der Ansicht, Stuart hätte zu viele Besucher und dass einer von ihnen über das Kabel gestolpert sein muss, ohne es zu merken. Das Gute daran ist, dass er auch ohne Maschine weitergeatmet hat. Es ist ein ermutigendes Zeichen."

„Das finde ich auch, Nathan", pflichtete Ashley ihm bei. „Ach, ehe ich's vergesse: Ihre Frau hat mir aufgetragen, Ihnen zu sagen, dass sie Sie sehen möchte. Ich bleibe gern bei Stuart, wenn Sie mir vertrauen."

Er legte ihr die Hände auf die Schultern und küsste sie wortlos auf die Stirn.

„Dann werde ich mal gehen", sagte er mit einem schuldbewussten Lächeln, und um ihr zu beweisen, dass er seinen Humor noch nicht verloren hatte, fügte er hinzu: „Vielleicht lerne ich unterwegs ein paar nette Leute kennen. Allmählich habe ich nämlich das Gefühl, ich bin hier zu Hause."

Sie und Len sahen ihm nach. „Len, ich bin dir ja so dankbar, dass du gekommen bist. Ich werde mal nach Stuart sehen."

„Ich warte hier."

Als Ashley ins Zimmer ging, warf sie rasch einen Blick auf ihr Handy, um sicher zu gehen, dass sie keinen Anruf verpasst hatte. Dann stellte sie das Signal auf „Vibrieren" um, damit die Stille im Krankenzimmer nicht gestört wurde.

Sie setzte sich an Stuarts Bett und lauschte den Geräuschen der Maschinen. Wie es ihr schon zur Gewohnheit geworden war, erzählte sie ihm, was sie an diesem Tag erlebt hatte, während sie seine Hand festhielt. Sie berichtete ihm von der Spur, die sie und David verfolgten, ohne so recht zu wissen, worum es sich dabei eigentlich handelte.

Als sie aufschaute, stand Len mit verschränkten Armen an der Tür. Er sah sie an und ließ seinen Blick durchs Zimmer schweifen.

Ihr war ein wenig unbehaglich zumute. Hatte Len etwas von ihren Worten mitbekommen? Sie hatte nicht laut gesprochen, aber auch nicht geflüstert.

Len wirkte ärgerlich, doch als sich ihre Blicke trafen, lächelte er und winkte ihr zu. Sie bedeutete ihm mit nach oben gestrecktem Daumen, dass alles in bester Ordnung sei.

Ashley saß gerne an Stuarts Bett. Deshalb machte sie sich auch keine Gedanken darüber, warum Nathan so lange fortblieb.

Als er endlich zurückkam, sah sie sofort den Grund dafür: Er war nach Hause gefahren, um zu duschen. Sein Haar war ordentlich gekämmt, und seine Kleidung makellos. Er winkte sie zu sich hinaus und entschuldigte sich bei ihr.

„Ich hätte es dir sagen sollen, aber Lucy meinte, es würde dir nichts ausmachen."

„Wenn nötig, wäre ich auch die ganze Nacht hier geblieben", beruhigte sie ihn.

„Nun, jetzt bin ich jedenfalls wieder hier, um dich abzulösen." Er küsste sie auf die Stirn. „Vielen Dank, Ashley. Und Ihnen auch herzlichen Dank, junger Mann", wandte er sich an Len.

„Es ist mir ein Vergnügen, Sir", versicherte Len ihm.

Nathan ging in Stuarts Zimmer und schloss die Tür hinter sich.

„Glaubst du wirklich, dass er durchkommt?" fragte Len mit leiser Stimme.

„Ich weiß, dass er durchkommt", erwiderte sie eine Spur zu heftig.

„Ja, ist ja schon gut."

„Entschuldige, es war nicht so gemeint."

„Schon vergessen. Übrigens herzlichen Glückwunsch. Ich habe gehört, dass deine Zeichnung erfolgreich war. Da haben wir ja morgen Abend eine Menge zu feiern."

„Morgen Abend?"

„Die Party wegen deiner Beförderung. Hast du das vergessen?"

„Daran habe ich tatsächlich nicht mehr gedacht. War eigentlich alles in Ordnung mit Karen, als du sie gestern nach Hause gebracht hast?"

Für den Bruchteil einer Sekunde hatte sie den Eindruck, dass sein Blick wachsam wurde. „Was meinst du?" fragte er, und diesmal klang seine Stimme etwas schärfer.

„Karen hat sich heute krank gemeldet. Ich habe versucht, sie in der Schule anzurufen."

Er schüttelte den Kopf. „Vielleicht wollte sie nur einen freien Tag haben. Gestern war sie jedenfalls nicht krank." Sein Lächeln erschien ihr ein wenig aufgesetzt.

„Na, vielleicht hast du Recht. Jetzt muss ich mich aber beeilen", setzte sie hinzu. „Wie lange bleibst du hier, Len? Hast du morgen Frühschicht?"

„Ich bleibe nicht zu lange. Eine Kollegin löst mich ab, wenn ihr Mann zur Arbeit gegangen ist. Sie hat donnerstags frei; deshalb kann sie bis morgen früh bleiben."

„Nochmals vielen Dank, Len." Sie stellte sich auf die Zehenspitzen, um ihn auf die Wange zu küssen. Dabei drehte er den Kopf, so dass sich ihre Lippen flüchtig berührten.

Rasch fuhr sie zurück. Jetzt wirkte ihr Lächeln aufgesetzt. „Bis morgen Abend dann."

Auf halbem Weg drehte sie sich noch einmal um und sah, dass er ihr nachschaute. Sie winkte ihm zu und verschwand.

Als sie vor dem Aufzug stand, fiel ihr siedend heiß ein, dass sie den Klingelton ihres Handys ausgeschaltet und es ohne darüber nachzudenken in ihre Handtasche gesteckt hatte. Kein Wunder, dass sie das Vibrieren nicht gemerkt hatte. Wer weiß, wie viele Anrufe sie verpasst hatte. Es war schon lange nach fünf. David Wharton musste längst aus dem Rathaus zurück sein.

Ihre Befürchtung traf zu. Seinen Anruf hatte sie verpasst.

Sie fluchte leise, während sie den Aufzugknopf drückte. Als sie in die leere Kabine stieg, folgte sie den Instruktionen auf dem Display, um ihre Nachrichten abzurufen.

Die Aufzugtüren öffneten sich, und sie ging zu ihrem Wagen. Auf halbem Weg dorthin war sie bei David Whartons Nachricht angelangt. Er klang ziemlich aufgeregt.

„Verdammt, Ashley, warum gehen Sie nicht ans Telefon? Das Grundstück gehört wirklich Caleb Harrison. Doch Sie werden mir nicht glauben, wenn ich Ihnen sage, wer es ihm verkauft hat.“

17. KAPITEL

Als er Ashley den Namen nannte, blieb sie wie vom Donner gerührt stehen.

Im selben Moment hörte sie die Schritte hinter sich.

Eine Gänsehaut lief ihr über den Rücken. Ihr Instinkt sagte ihr, dass es nicht bloß ein Geräusch war, sondern eine Bedrohung. Langsam drehte sie sich um. In der Garage parkten viele Wagen, und sie warfen lange Schatten. Sie konnte nichts erkennen. Niemand bewegte sich. Keiner kam in ihre Richtung.

Weiter vorne wurde eine Autotür zugeschlagen, und sie sah eine junge Frau in Schwesterntracht neben ihrem Wagen stehen. Ashley bewegte sich nicht. Die Frau lächelte ihr zu, als sie an ihr vorbeiging.

Ashley schüttelte das Gefühl von Angst ab und ging weiter. Schritte hallten ihr von den Wänden entgegen. War es nur ein Echo, oder bewegte sich jemand so leise wie möglich? Wieder blieb sie stehen, drehte sich um und ließ ihren Blick durch die dunkle Halle wandern. Sie packte den Lederriemen ihrer Tasche, in der noch immer ihre Pistole lag. „Ist da jemand?" rief sie und drehte sich um die eigene Achse.

Wieder nichts. Sie setzte sich in Bewegung ... und hörte die Schritte erneut.

Sie hatte ihren Wagen fast erreicht. Das Geräusch kam näher und näher ...

Sie zog die Pistole aus der Tasche und hielt sie mit beiden Händen fest, während sie sich umdrehte. In dem Moment bog ein Wagen um die Ecke. Die Augen der Frau am Steuer wurden groß, und sie schrie laut auf. Schnell ließ Ashley die Waffe sinken und verfluchte sich selbst.

„Keine Sorge, das ist ein Polizeieinsatz", rief sie der Fahrerin zu. Innerlich zuckte sie zusammen. Polizeieinsatz? Sie hatte überhaupt kein Recht, eine Pistole zu benutzen. Höchste Zeit, dass sie sich endlich über ihre Situation im Klaren wurde.

Kaum war die Frau weitergefahren, hörte Ashley erneut Schritte in der Stille. Sie kamen von hinten. Sie drehte sich um. Noch immer hielt sie die Pistole in der Hand, hielt die Mündung aber nach unten.

Gott sei Dank!

Sie stieß einen erleichterten Seufzer aus. „Len! Was zum Teufel machst du denn hier? Du müsstest doch auf deinem Posten sein. Du hast mir vielleicht Angst eingejagt."

„Ich habe dir Angst eingejagt? Wer von uns beiden hat denn die Pistole? Darfst du sie überhaupt noch mit dir führen, Ashley? Hättest du sie nicht zurückgeben müssen, als du mit deinem Job in der Gerichtsmedizin angefangen hast?"

„Ich weiß. Ich bin noch nicht dazu gekommen."

„Was ist denn passiert? Hat es einen neuen Überfall gegeben? Du siehst aus, als sei dir ein Geist begegnet."

„Warum bist du nicht auf deinem Posten?"

„Meine Ablösung ist früher gekommen. Da bin ich dir schnell hinterhergelaufen, um dich zu bitten, mich mitzunehmen. Heute Nachmittag hat mich nämlich ein Kollege im Streifenwagen mitgenommen. Jetzt bist du dran. Was wolltest du eigentlich mit der Waffe?"

„Ich dachte, ich hörte ..."

„Ashley, selbst wenn dich neulich nachts tatsächlich jemand verfolgt hat, dann ist er jetzt ganz bestimmt nicht mehr hier. Warum hast du immer noch solche Angst?"

„Weil wir immer noch nicht wissen, was mit Stuart passiert ist. Das ist der Grund. Und ich habe das Gefühl, jemand möchte verhindern, dass ich der Sache nachgehe."

„Wow", sagte er und sah ihr in die Augen. „Man muss sich ja tatsächlich Sorgen um dich machen."

„Du brauchst dir um mich keine Sorgen zu machen. Ich komme schon klar. Ich versuche nur herauszufinden, was geschehen ist."

Len ließ seinen Blick durch die Garage schweifen. „Ashley, sei vorsichtig mit der Pistole. Hier laufen viele Leute herum."

„Nicht um diese Zeit. Am Abend ist das hier ein ziemlich ungemütlicher Ort, dunkel und unübersichtlich. Du weißt nie, ob dir nicht jemand hinter dem nächsten Auto auflauert."

Er seufzte. „Arbeitest du morgen?"

„Ja."

„Sie werden darauf bestehen, dass du die Pistole zurückgibst."

„Vermutlich. Also wenn ich dich mitnehmen soll, dann komm jetzt."

„Zu Befehl!"

Auf den letzten Metern zu ihrem Wagen betätigte sie die Fernbedienung.

Len setzte sich neben sie. „Du bist mir ein Rätsel."

„Ich bin nur müde."

„Angespannt. Wollen wir irgendwo noch was trinken?"

„Ich trinke nie, wenn ich fahre."

„Du kannst trinken, und ich fahre."

Sie musste lächeln, als sie ihm einen Blick zuwarf. „Das würde mir nicht viel nützen. Es ist doch mein Wagen. Und du müsstest bei Nick übernachten."

Er schaute nach vorn auf die Straße. „Es würde mir nichts ausmachen, bei Nick zu übernachten."

Ashley hielt den Atem an und konzentrierte sich aufs Fahren. „Len ..."

„Ja, ich weiß. Du hattest zu viel mit der Akademie zu tun, um an einer Beziehung interessiert zu sein. Nun, jetzt bist du ja nicht mehr auf Akademie."

„Aber ich habe einen neuen Job. Und ich muss höllisch viel dafür lernen."

„Höllisch ist das richtige Wort. Weißt du, wie vielen Leuten eine solche Chance aus heiterem Himmel geboten wird? Dutzende von Kollegen würden sich die Finger danach lecken. Wundere dich nicht, wenn du dir ein paar Feinde gemacht hast, Ashley."

Stirnrunzelnd nahm sie die Bitterkeit in seiner Stimme wahr. „Mein erster Tag im Leichenschauhaus war kein Zuckerschlecken. Es war ein schrecklicher Anblick; vielleicht einer der schlimmsten, die mir jemals untergekommen sind. Ich bezweifle, dass sich jeder die Finger danach lecken würde. Und was die Akademie angeht – dort habe ich gearbeitet wie ein Tier. Genau das, was ich auch im Moment tue."

„Klar. Und kannst dich dabei mit allen wichtigen Detectives anfreunden."

Sie atmete hörbar ein. Irgendwie benahm er sich seltsam – so, als sei er zutiefst enttäuscht von ihr. „In der Gerichtsmedizin hat man nun mal oft mit Detectives zu tun. Das liegt in der Natur der Sache."

„Du weißt genau, was ich meine."

„Was erwartest du von mir, Len? Ich wollte dir niemals wehtun, habe dich jedoch auch nie ermutigt. Und abgesehen davon habe ich eine wunderbare Freundin, die dich sehr mag, aber das scheint dir vollkommen gleichgültig zu sein."

„Karen", murmelte er.

„Jawohl, Karen." Sie holte tief Luft. „Sieh mal, Len. Ich glaube, es ist gut, dass wir darüber reden. Ich mag dich. Du bist ein prima Kerl, und ich möchte, dass wir Freunde sind. Aber ..."

„Als Mann genüge ich dir nicht, stimmts?"

„Len, was ist los mit dir?"

„Entschuldige." Er sah nach vorne. „Ich benehme mich wie ein Vollidiot."

„Karen ist ganz verrückt nach dir."

„Ach ja, Karen."

Sie schüttelte den Kopf. „Wo soll ich dich absetzen?"

„Fahr zu Nick. Ich habe frei. Ich werde mir einen Drink genehmigen."

„Und wie kommst du nach Hause?"

„Da gibt es solche Autos, die heißen Taxi. Wenn alle Stricke reißen, werde ich eins bestellen. Sei unbesorgt. Ich werde dir bestimmt nicht auf den Wecker fallen und dich mitten in der Nacht bitten, mich nach Hause zu bringen."

„Es macht mir nichts aus, dich nach Hause zu bringen, aber heute ..."

Sie unterbrach sich. Heute Abend hatte sie noch etwas zu erledigen.

„Heute bin ich ziemlich müde", beendete sie ihren Satz.

„Das macht doch nichts, Ashley. Ich habe dir ja gesagt, dass ich mir notfalls ein Taxi nehmen kann."

„Gut."

Sie hielt vor Nicks Bar. Len war immer noch distanziert, als er aus dem Wagen stieg. Er folgte ihr über die Terrasse ins Restaurant. Katie stand hinter der Bar.

„Sind Nick und Sharon schon zurück?" fragte Ashley.

„Nein, bis jetzt noch nicht."

Ashley verbarg ihre Enttäuschung. Sie trat hinter die Theke, um Len ein Bier einzuschenken. Sie hoffte, dass es seine schlechte Laune vertreiben und dass er anschließend nach Hause fahren würde. Er hatte sich zwischen Sandy und Curtis gesetzt, und die drei unterhielten sich über einen Unfall, der sich an diesem Tag auf dem Palmetto Expressway ereignet hatte.

Er dankte ihr für das Bier. Sie begrüßte die anderen und fragte Katie, ob sie allein zurechtkäme. Als sie bejahte, ging sie ins Haus.

Lange blieb sie im Wohnzimmer stehen, ohne sich zu rühren.

Sharon.

Sharon Dupre hatte das Grundstück an den jetzigen Besitzer verkauft. Ashley hatte das Gefühl gehabt, dass der Boden unter ihr zu schwanken begann. Und jetzt, wo sie unbedingt mit ihr reden musste, war sie mit Nick unterwegs, um einen romantischen Abend zu genießen.

Unentschlossen stand sie vor der Tür, die ins Schlafzimmer ihres Onkels führte. Ob Sharon Unterlagen im Haus aufbewahrte? Schließlich verbrachte sie mittlerweile die meiste Zeit hier. Aber sie wollte nicht im Zimmer ihres Onkels herumschnüffeln. Das gehörte sich nicht.

Stattdessen ging sie in ihr Zimmer. Kaum war sie eingetreten, beschlich sie ein seltsames Gefühl. Ihr Kopfkissen lag nicht an seinem Platz. Eine Schublade der antiken Kommode war nicht ganz geschlossen.

Stirnrunzelnd lehnte sie sich gegen den Türrahmen.

Vielleicht sah sie nur Gespenster. Sie setzte sich hin und wählte David Whartons Nummer. Es meldete sich nur der Anrufbeantworter. Frustriert legte sie den Hörer auf, ohne eine Nachricht zu hinterlassen. Dann rief sie Karen an, aber auch hier schaltete sich nur das Tonband ein. Kaum hatte sie aufgelegt, klingelte das Telefon. Es war Jan.

„Gut, dass du anrufst. Ich muss unbedingt mit dir reden." Ashley erzählte ihr von den jüngsten Vorfällen im Krankenhaus.

„Nun, ich bin jedenfalls nicht über ein Kabel gestolpert", meinte Jan empört. „Außerdem hätte er von Anfang an bewacht werden müssen."

„Ich glaube nicht, dass verantwortungslos gehandelt wurde."

Ashley war selbst über sich erstaunt, weil sie auf einmal die Polizisten in Schutz nahm, die den Fall untersuchten. „Die ganze Sache ist nun mal ziemlich kompliziert. Niemand hat etwas gesehen außer einem Mann, der über den Highway gelaufen ist und nur eine Unterhose trug. Und du hast ja keine Ahnung, wie viele Unfälle täglich passieren."

„Bestimmt nicht viele, in der ein Kerl das Opfer ist, der nur einen Slip trägt", erwiderte Jan. „Inzwischen müssen sie doch gemerkt haben, dass es im Krankenhaus einer auf Stuart abgesehen hat. Und dass er etwas weiß, das irgendjemanden ins Gefängnis bringen kann."

„Leider ist Stuarts Arzt der Meinung, dass wir tatsächlich unvorsichtig waren. Keiner außer uns glaubt, dass jemand den Stecker absichtlich herausgezogen hat. Auf jeden Fall wird Stu ab sofort rund um die Uhr bewacht."

„Karen wird außer sich sein, wenn sie hört, dass sie verdächtigt wird ... deswegen habe ich dich eigentlich auch angerufen. Ich kann sie nicht erreichen. Sie hat sich krank gemeldet, aber zu Hause ist sie auch nicht."

„Ich weiß. Komisch, nicht wahr?"

Jan kicherte. „Vielleicht hat sie sich ihren Bullen geangelt, und sie verbringen ein verlängertes romantisches Wochenende."

„Ich fürchte nein."

„Woher weißt du das?"

„Ich habe den Bullen gesehen. Len ist im Moment in der Bar. Nach dem Dienst hat er im Krankenhaus ein paar Stunden Wache geschoben."

„Oh", sagte Jan verblüfft.

„Vielleicht sollten wir mal zu ihr fahren."

„Nun ja, es ist ja nicht so, dass wir sie ewig nicht gesehen haben", gab Ashley zu bedenken.

„Also, für Karen ist es schon ungewöhnlich, wenn sie mich nicht sofort zurückruft."

„Ja, bei mir meldet sie sich auch immer umgehend", meinte Ashley. „Vielleicht sollten wir wirklich nach ihr sehen."

„Ich arbeite heute Abend. Ich habe nur gerade Pause, deshalb konnte ich dich anrufen. Glaubst du ... du glaubst doch nicht, dass etwas passiert ist, oder?"

„Natürlich nicht. Pass auf, ich fahr mal zu ihr hin und schau nach, ob sie wirklich krank ist und nicht ans Telefon gehen kann. Vielleicht sollten wir ihre Eltern verständigen. Möglicherweise ist sie ja bei ihnen."

„Das habe ich schon versucht. Ich habe mir allerdings nichts anmerken lassen. Schließlich will ich ihre Mutter nicht beunruhigen."

„Ich fahr mal zu ihr."

„Hast du einen Schlüssel für ihr Haus? Ich habe einen."

„Ich auch. Und ich kenne den Code für ihre Alarmanlage; es kann also nichts passieren."

„Ich wünschte, ich könnte mit dir fahren. Ich finds nicht gut, wenn du alleine bist."

„Hast du vergessen, dass ich eine Polizeiausbildung habe?"

„Nein. Ruf mich bitte sofort an, wenn du etwas weißt. Wenn ich nicht ans Telefon gehe, hinterlass mir eine Nachricht. Ich melde mich, sobald ich kann."

„Wahrscheinlich machen wir bloß viel Lärm um nichts."

Jan schwieg einen Moment. „Wenn der Polizist auch verschwunden wäre, würde ich noch an den romantischen Trip glauben. Aber so ..."

„Ich werde ihn fragen, ob Karen ihm etwas von einem Ausflug erzählt hat, und dann fahre ich zu ihr. Ich rufe dich an, sobald ich bei ihr war."

„Prima. Vielen Dank."

Sie beendeten das Gespräch. Als Ashley hinausgehen wollte, zögerte sie. Nichts fehlte. Nur ein paar Sachen waren nicht mehr an ihrem Platz.

Allmählich reagierte sie wirklich paranoid. Vielleicht war Nick aus irgendeinem Grund in ihrem Zimmer gewesen. Sie verschloss nie ihre Tür. Vielleicht war Sharon hier gewesen. Sharon, die das Grundstück verkauft hatte, dessen Adresse auf einen Zettel gekritzelt war, den man bei Stuart Fresia gefunden hatte, der im Krankenhaus lag und um sein Leben kämpfte.

Und jetzt ... Karen.

Reine Zeitverschwendung, sich über den Zustand des Zimmers Gedanken zu machen, schalt sie sich. Stattdessen vergewisserte sie sich, dass die Pistole in ihrer Handtasche war, und verließ das Haus.

Jesse schien es nichts auszumachen, die endlosen Wasserwege zu durchpflügen, ungeachtet der Tatsache, dass Jake selbst sich nicht sicher war, auf der richtigen Fährte zu sein. Sie verbrachten Stunden auf dem Propellerboot, ehe sie zu Jesses Haus zurückkehrten, das weitab vom Trail mitten im Wald lag. Eine private, nicht näher gekennzeichnete Straße führte dorthin. Abgesehen von den Leuten, die er einlud, wusste also kaum jemand, dass in dieser verlassenen Gegend ein Haus stand.

Jesse fragte ihn, ob er etwas essen und trinken wolle, nachdem sie so lange unterwegs gewesen waren.

„Was können Sie mir denn anbieten?" erkundigte Jake sich.

Jesse lachte. „Was erwarten Sie denn? Schlangenragout oder Mangrovenpudding? Keine Bange, ich kann Ihnen nur ganz gewöhnlichen Schinken, Käse und Salami anbieten. Oder Cornflakes. Ich glaube, ich habe auch noch etwas Obst."

Jake entschied sich für ein Sandwich, das er sich selbst zubereitete, während Jesse Landkarten vom südlichsten Zipfel des Bundesstaates hervorkramte.

Während er die Karten auf dem Tisch ausbreitete, fragte er: „Nach Ihrem Gespräch mit Peter Bordon sind Sie also zu der Auffassung gekommen, dass die Sache mit der Kultgemeinschaft nur ein Vorwand ist?"

„Ja. Überlegen Sie doch mal. Unsere Leute haben sämtliche Sekten überprüft – unter besonderer Berücksichtigung derjenigen, die sich erst kürzlich hier in der Gegend etabliert haben. Das Spektakulärste, das wir entdeckt haben, sind ein paar fragwürdige Ableger des Santeria-Kults. Aber deren Mitglieder opfern schlimmstenfalls ein paar Hühner. Wir dagegen suchen nach Leuten, die andere umbringen. Bis jetzt haben wir also noch nichts gefunden, was auch nur im Entferntesten an die Sekte erinnert, deren Anführer Bordon war. Wir können noch nicht einmal beweisen, dass diese Kultgemeinschaft etwas mit den Verbrechen zu tun hatte. Bordon ist ja nie wegen Mord angeklagt worden."

„Wohl wahr. Trotzdem glauben die meisten immer noch, dass er die Morde angeordnet hat."

„Das habe ich auch gedacht."

„Inzwischen nicht mehr?"

„Ich glaube, dass er damit zu tun hatte. Allmählich fange ich an zu bezweifeln, dass er der führende Kopf war. Das jüngste Opfer war eine Immobilienmaklerin. Die Objekte, um die sie sich kümmerte, lagen alle am Rand der Zivilisation. Bordon hatte seinen Besitz ebenfalls dort. Im Moment sehe ich nur eine einzige Gemeinsamkeit: Alle Grundstücke grenzen an Kanäle, die von den Everglades aus zu erreichen sind. Wir wissen, dass Schmuggler, Mörder, Diebe und schlimmeres Gesindel in den Glades Zuflucht suchen und gesucht haben. Wir reden über Gebiete, die bis heute nicht vollständig erkundet sind. Deshalb werde ich das Gefühl nicht los, dass das alles mit Dingen zu tun hat, die heimlich ins Land gebracht werden."

„Drogen? Das wäre das Naheliegendste. Oder Menschen, die von den Einwanderungsbehörden zurückgeschickt würden", meinte Jesse. „Gewehre vielleicht. Waffenhandel wird in großem Umfang betrieben."

Jake nickte. „Waffen können nur mit größeren Booten transportiert werden. Das Gleiche gilt für Menschen. Ich tippe auf Drogen."

„Ich werde meine Leute anweisen, die Augen offen zu halten."

„Meiner Meinung nach geht es um Heroin oder Kokain. Da kann man mit kleinen Paketen großes Geld machen."

„Wie gesagt, wir schauen uns um."

„Prima. Danke."

Nachdem Jake sich von Jesse verabschiedet hatte, warf er einen Blick auf sein Handy. Stirnrunzelnd stellte er fest, dass es seit Stunden nicht geläutet hatte. Hier draußen in den Sümpfen funktionierte das Gerät nicht. Erst nachdem er dreißig Meilen Richtung Osten gefahren war, konnte er seine Nachrichten abrufen.

Franklin und Marty hatten ihn zu erreichen versucht, obwohl keiner von beiden wichtige Neuigkeiten zu vermelden hatte. Uniformierte Beamte durchkämmten die Gegend nach einem genauen Plan auf der Suche nach Anwohnern, die etwas über die letzten Tage des Opfers hätten berichten können.

Die dritte Nachricht beunruhigte ihn. Die Stimme war ihm unbekannt, und er verstand den Namen nicht. Der Mann sprach leise und klang sehr nervös.

„Ich rufe im Auftrag von Peter Bordon an. Er möchte mit Ihnen reden. Ohne großes Aufsehen, wenn Sie verstehen, was ich meine. Wenn Sie jemanden mitbringen, können Sie's vergessen. Er will nur mit Ihnen allein sprechen."

Danach hatte der nervöse Unbekannte die Verbindung unterbrochen.

Len saß immer noch an der Bar zwischen Sandy und Curtis. Nachdem sie die anderen kurz begrüßt hatte, kam Ashley sofort zur Sache. „Len, hat sich Karen zufällig bei dir gemeldet?"

Er schüttelte den Kopf. „Hätte sie das tun sollen? Ich habe sie doch erst gestern Abend gesehen."

„Heute ist sie nicht zur Arbeit erschienen, und weder Jan noch ich haben sie telefonisch erreichen können."

„Tut mir Leid, aber ich habe nichts von ihr gehört."

„Hat sie gesagt, dass sie heute irgendetwas vorhatte? Dass sie sich krank melden würde?"

„Nein. So was hat sie ganz bestimmt nicht gesagt."

„Seltsam. Ich denke, ich fahre mal zu ihr hin."

Ashley ging zurück ins Büro und verließ das Haus durch die Küche. Im Wagen befestigte sie Karens Schlüssel an dem Ring mit ihren eigenen Schlüsseln, damit sie ihn nicht erst lange würde suchen müssen, wenn sie vor ihrer Tür stand. Dann startete sie den Motor.

Als die den Hafen hinter sich gelassen hatte, fragte sie sich, ob sie und Jan nicht überreagierten. Schließlich bestand kein Grund zur Sorge, nur weil jemand an einem Tag nicht zur Arbeit erschienen war und nicht zu Hause zu sein schien. Andererseits hatte Karen immer prompt auf ihre Anrufe reagiert.

Bei Nacht ist Miami wirklich eine wunderschöne Stadt, dachte Ashley nicht zum ersten Mal, während sie durch die hell erleuchteten Straßen fuhr. Die Kanäle und Wasserwege reflektierten das Mondlicht und schufen eine geheimnisvolle Atmosphäre. Und die nicht so schönen Gegenden wurden von der Dunkelheit verschluckt.

Im Schutz der Dunkelheit geschahen allerdings auch die meisten Verbrechen in der Stadt.

Erst Stuart. Und nun Karen.

Unsinn. Sie schob den Gedanken beiseite, dass ihrer Freundin etwas passiert sein könnte.

Als sie am Haus vorfuhr, stand Karens kleiner Toyota wie gewöhnlich in der Einfahrt. Zu beiden Seiten ihres Grundstücks wuchs Kirschlorbeer. Ein großer Flammenbaum beherrschte den Vorgarten. In den durch ein Geländer abgetrennten Eingangsbereich hatte Karen Bougainvilleen gepflanzt. Alles sah genauso aus wie immer. Warum ging sie dann nicht ans Telefon?

Gedankenverloren betrachtete Ashley ein paar Sekunden lang das Haus, ehe sie die Wagentür öffnete. Ein schwacher Lichtschein drang aus den Fenstern. Ashley stieg aus und ging zur Tür. Das Außenlicht brannte nicht. Mit einem unbehaglichen Gefühl betrachtete sie Schatten, die über die Tür fielen, und verfluchte Karen im Stillen, weil sie die Lampe nicht eingeschaltet hatte.

Sie war doch fast Polizistin, wie David Wharton gesagt hatte. Und sie hatte immer noch ihre Pistole in der Schultertasche.

Ehe sie aufschloss, drückte sie auf den Klingelknopf, betätigte den Klopfer an der Tür und rief Karens Namen. Es kam keine Antwort. Schließlich griff sie zum Schlüssel und steckte ihn ins Schloss. Als sie die Tür aufstieß, rief sie erneut Karens Namen. Noch immer keine Reaktion.

Sie trat ins Haus, schaltete die Alarmanlage aus und verschloss die Tür. Sogar diese Handlungen machten sie ein bisschen nervös. Wenn Karen nun überfallen worden war? Wenn ihr Angreifer noch im Haus war? Dann hatte sie sich jetzt möglicherweise selbst mit einem Einbrecher eingeschlossen.

Sie riss sich zusammen. Sie und Jan hatten sich da in etwas

hineingesteigert, was sicher bloß ihrer allzu lebhaften Fantasie entsprang.

„Karen!“ rief sie noch einmal.

Das Wohnzimmer wirkte gemütlich wie immer. Von dort, wo sie sich befand, konnte Ashley die Küche, das Esszimmer und den kleinen Raum dahinter sehen. Sie ging durchs Wohnzimmer, das wie gewöhnlich sauber und aufgeräumt war. Karen achtete sehr auf Ordnung. Alles hatte seinen festen Platz. Auf einem Bücherregal standen mehrere Bilderrahmen. Auf den Fotos waren Karen mit ihrer Mom und ihrem Dad, mit ihrer Schwester und ihrem Bruder zu sehen. Karen mit dem heiß geliebten Hund namens Otter, um den sich stets die ganze Familie gekümmert hatte. Sie selbst mit Karen und Jan vor einigen Jahren beim Bungee-Springen auf einem Jahrmarkt in Dade County.

„Karen!“ wiederholte sie laut, während sie die Küche betrat. Auch hier war alles sauber aufgeräumt. Kein schmutziges Geschirr in der Spüle. Alle Tassen und Teller in Reih und Glied im Schrank gestapelt. Von den drei Freundinnen war sie zweifellos die ordentlichste und die am besten organisierte.

Ashley steckte den Kopf in das kleine Badezimmer, das vom Korridor abging. Leer. Schließlich erreichte sie das Gästezimmer, das Karen als Arbeitszimmer benutzte und in dem ihr Computer stand. Sauber und ordentlich. Alle Papiere waren an ihrem Platz, Eingangs- und Ausgangskorb mit der entsprechenden Post gefüllt, und sogar die Briefumschläge lagen auf einem säuberlich ausgerichteten Stapel.

Zögernd ging Ashley zu Karens Schlafzimmer.

Die Tür war geschlossen.

„Karen?“ rief sie leise. Immer noch keine Antwort. Sie legte die Hand auf den Türknauf. Doch ehe sie ihn umdrehen konnte, wurde sie durch ein lautes und heftiges Klopfen an der Vordertür erschreckt. Sie fuhr zusammen. Der Knauf ließ sich mühelos drehen. Die Tür quietschte in den Angeln und öffnete sich ein paar Zentimeter.

Das Zimmer lag im Dunkeln.

Erneut ertönte das laute Pochen.

Ashley ignorierte den Lärm und knipste das Lichte an.

Die Sonnenuntergänge außerhalb der Stadt boten bisweilen ein prächtiges Naturschauspiel. Der Himmel leuchtete pastellfarben in allen Schattierungen des Regenbogens, durchsetzt mit goldenen Blitzen, kurz bevor die Sonne endgültig versank. Wenn die Dunkelheit kam, hatte man besonders in den Everglades das Gefühl von unendlicher Weite.

Schon lange war die Nacht hereingebrochen. Die Welt bestand nur noch aus den Scheinwerfern der entgegenkommenden Fahrzeuge und jener, die Jake folgten.

Plötzlich tauchten die Lichter der Stadt vor ihm auf. Er fuhr am Mikasuki-Casino vorbei durch eine Gegend, in die immer mehr Menschen zogen. Wenn er noch länger auf dieser Straße blieb, hätte er bald jenen Distrikt erreicht, wo einst zahlreiche Prostituierte ihrem Gewerbe nachgegangen waren. Eine ganze Reihe von ihnen war stranguliert worden. Normalerweise hatte man ihre misshandelten Leichen nach wenigen Tagen entdeckt. Ihr Mörder hatte Fehler gemacht; er war längst nicht so clever, wie er gedacht hatte, und die Polizei konnte ihn sehr schnell fassen. Näher am Stadtzentrum lag Calle Ocho. Verbrechen wurden hier mehr aus Leidenschaft begangen oder weil ein Deal daneben gegangen war. Oft gab es Augenzeugen der Gewalt auf den Straßen, und zahlreiche Hinweise führten zu den Tätern.

Es gab immer Hinweise. Das perfekte Verbrechen existierte nicht. Die Straftaten, die trotz intensivster Polizeiarbeit und modernster technischer Hilfsmittel ungeklärt blieben, waren Gott sei Dank die Ausnahme.

Sein Fall gehörte nicht dazu. Jake hatte das Gefühl, der Lösung ganz nahe zu sein. Alle Teile des Puzzles lagen vor ihm. Sie mussten nur noch zusammengefügt werden.

Morgen hatte er eine lange Fahrt vor sich. Vielleicht war der Anruf nur eine Finte. Er hatte ihn zurückverfolgt und zumindest feststellen können, dass er aus dem Gefängnis gekommen war.

Sein Instinkt sagte ihm, dass Bordon das Gespräch veranlasst hatte. Bordon hatte immer schon die Antworten gewusst. Bis jetzt hatte er sie nur noch nicht geben wollen. Und zu einem Geständnis war er erst recht nicht bereit gewesen.

Hatte er seine Meinung geändert? Wenn ja, warum?

War es Angst? Fürchtete er sich vor jemandem da draußen? Oder drinnen?

Andererseits war Bordon ein Meister im Manipulieren. Man konnte bei ihm niemals sicher sein. Vielleicht gefiel ihm einfach nur der Gedanke, dass er einflussreich genug war, Jake quer durchs Land zu locken, so oft er wollte.

Es brachte nichts, sich jetzt darüber den Kopf zu zerbrechen. Er würde später im Gefängnis anrufen und gleich morgen früh hinfahren. Allein das Warten war schon nervenzermürbend.

In der Stadt angekommen, fuhr Jake weder zum Polizeirevier noch zum Hafen. Trotz der späten Stunde und der Tatsache, dass er sich nicht angemeldet hatte, wollte er noch einmal Mary Simmons besuchen.

Das Hare-Krishna-Haus war ein ansehnliches Gebäude. Es lag in einer ruhigen Straße in der Nähe eines Hundeparks, dessen üppig wuchernden Büsche und Bäume von den Anwohnern sehr sorgfältig gepflegt wurden. Nur wenige Blocks weiter unten erwachte die Gegend mit ihren Läden, Restaurants und Clubs jede Nacht zum Leben. Oft liefen die Krishna-Jünger singend über die belebten Straßen und baten die Passanten um milde Gaben.

Als Jake vor dem Grundstück parkte, lag das Gebäude in tiefer Stille. Am Eingang wurde er von einem Mann begrüßt, dessen Kopf bis auf einen langen, dünnen Pferdeschwanz in seinem Nacken kahl rasiert war. Er war jung und zuvorkommend und vermittelte den Eindruck eines Menschen, der mit sich und der Welt in Frieden lebte. Er war sehr höflich und ausgesprochen hilfsbereit, noch ehe Jake ihm seine Polizeimarke gezeigt hatte.

Schnell verschwand er, um Mary zu holen.

Sie schien nicht überrascht zu sein, Jake zu sehen. Nachdem sie ihn begrüßt hatte, schlug sie ihm vor, nach draußen zu gehen, wo sie ungestört reden konnten. Im Garten kam er gleich zur Sache. „Soviel ich weiß, wählte Bordon sich jede Nacht eine andere Frau aus, ohne dass es zu Eifersüchteleien kam, und die Frauen konnten auch mit anderen schlafen, wann immer sie wollten."

Sie nickte, und ein trauriges Lächeln umspielte ihre Lippen. „Natürlich wollten wir alle Peter haben. Es ist schwer, einem Außenstehenden zu beschreiben, wie ein Mann ... die Frauen so faszinieren konnte, obwohl sie ihn teilen mussten. Es gab auch noch andere Männer. John Mast zum Beispiel." Seufzend spielte sie mit den Falten ihres langen orangefarbenen Umhangs. „Ich weiß natürlich, dass John tot ist." Sie sah Jake an. Unvermittelt lag Leidenschaft in ihrem Blick. „Aber glauben Sie bloß nicht, dass John Mast diese Frauen hat umbringen lassen, weil er auf Peter eifersüchtig war. John war ein Gläubiger. Er glaubte fest an unsere Grundsätze – die Güter von Gottes Erde mit anderen zu teilen, einander zu lieben ... Er war ein guter Mensch. Klug. Ich glaube, er wusste, dass es irgendwann Geldprobleme geben würde, denn ich habe ihn ein paar Mal mit Peter deswegen streiten hören. Er hat sich ständig Sorgen gemacht. Doch Peter hat nicht auf ihn gehört. Und John wurde nicht dazugebeten, wenn ... nun ja, wenn die Türen verschlossen wurden. Ich habe kein gutes Gefühl, wenn ich an John denke. Ohne ein Wort zu sagen, ist er ins Gefängnis gegangen – nur weil er das getan hat, was ihm aufgetragen wurde. Und dann ist er gestorben."

„Es tut mir ebenfalls Leid, Mary. Aber ich bin nicht hierher gekommen, weil ich glaube, dass einer Ihrer ... Ihrer Freunde ein schlechter Mensch war. Ich bin der Ansicht, dass es da noch etwas anderes gegeben hat. Etwas, von dem vielleicht keiner von Ihnen etwas gewusst hat."

Ratlos zuckte sie mit den Schultern. „Schon möglich. Aber wenn es etwas gegeben haben sollte, hätte Peter es gewusst."

„Sind jemals Boote durch die Kanäle gekommen?"

„Natürlich. Jeden Tag." Sie lächelte. „Ich glaube, es kommen immer noch viele Schiffe vorbei. Paddelboote, Kanus, Ruderboote, kleine Motorboote. Das ist doch der Grund, warum die Leute gern am Wasser wohnen, Detective Dilessio."

Er erwiderte ihr Lächeln. „Natürlich. Hat eines dieser Boote am Grundstück festgemacht? Hat Peter Bordon jemals Lieferungen auf diesem Weg erhalten?"

Sie hob die Schultern. „Kann schon sein. Ich habe keine Ahnung. Ich bin jedenfalls nie gebeten worden, beim Ausladen eines Bootes zu helfen. Was kann man schon in einem Boot transportieren? Es konnten ja nur kleinere Wasserfahrzeuge passieren. Und natürlich Propellerboote. Die sind sehr laut ... hin und wieder habe ich eines gehört. Aber sie haben nie angehalten. Jedenfalls nicht soweit ich weiß."

„Was ist mit Kanus?"

Sie zögerte. „Vielleicht. Manchmal ... spät in der Nacht, als ich im Gemeinschaftsraum war, hörte ich gelegentlich Geräusche.

Aber wir hüteten uns, hinauszugehen. Wir alle hatten unseren Platz, und den haben wir nie verlassen. So war das nun mal."

„Vielleicht sind doch nicht alle an ihrem Platz geblieben, Mary. Und vielleicht ist das der Grund, warum die Mädchen sterben mussten."

Wie von einem plötzlichen Schmerz getroffen, verzog sie das Gesicht. „Vielleicht", stimmte sie zu.

„Es gab auch Drogen, nicht wahr? Es gab sie reichlich, und sie waren leicht erhältlich?"

„Sehr viele Aphrodisiaka", murmelte sie. Dann sah sie ihm in die Augen. „Ja. Sehr viele Drogen. Wir haben nicht gefixt oder so. Jedenfalls ich nicht. Ich bin sauber, Jake. Wie alle hier."

„Die Krishna-Jünger interessieren mich nicht, Mary. Ich bin auf der Suche nach einem Mörder."

Sie nickte. „Drogen waren immer leicht zugänglich."

„Danke, Mary. Wenn Ihnen noch irgendetwas einfällt ..."

„Dann werde ich Sie anrufen, Detective. Ich würde Ihnen gerne helfen. Ehrlich."

„Ich glaube Ihnen."

Als er fortging, folgte sie ihm. „Detective?"

„Ja?"

Sie zögerte. „Ich weiß, dass Sie immer gedacht haben ... dass Sie immer davon überzeugt waren, Peter habe mit all dem zu tun. Aber ich glaube nicht, dass er jemals einer Frau die Kehle aufgeschlitzt hat."

„Vielen Dank, Mary. Ich glaube auch nicht, dass er die Morde eigenhändig begangen hat. Aber er weiß, wer es getan hat. Dessen bin ich mir sicher. Und irgendwie werde ich das auch herausfinden."

18. KAPITEL

Nichts.

Karens Schlafzimmer war perfekt aufgeräumt – wie das ganze Haus. Die Deckenlampe beleuchtete eine glatt gezogene Bettdecke, die Kissen lehnten am Kopfende. Alles schien an seinem Platz zu sein.

Das Hämmern an der Tür ging weiter. Unvermittelt wurde es still. Ashley verließ das Zimmer und ging zur Haustür. Sie blickte durch den Spion. Niemand war zu sehen. Sie biss sich auf die Lippe. Plötzlich hörte sie jemanden um das Haus herumgehen. Dann wieder Stille. Vom Wohnzimmerfenster her kam ein Geräusch. Sie holte die Pistole aus ihrer Tasche und öffnete die Haustür.

Als sie auf die Veranda trat, hörte sie Schritte. Jeden Augenblick musste die Person um die Hausecke biegen. „Stehen bleiben!“ befahl sie.

„Ashley?“

Sie stieß die Luft aus und ließ die Waffe sinken. „Len? Len, was zum Teufel machst du denn hier? Warum schleichst du im Garten herum?“

„Was zum Teufel machst du hier? Es sieht ja aus, als wolltest du heute Abend noch unbedingt einen Schuss auf mich abfeuern.“ Kopfschüttelnd kam er näher. „Ich habe an die Tür geklopft. Du hast nicht reagiert. Nachdem du weggefahren bist, habe ich auch angefangen, mir Sorgen um Karen zu machen. Warum hast du nicht auf mein Klopfen geantwortet? Es war doch wohl laut genug, oder?“

„Ich war in einem anderen Zimmer.“

„Ist irgendetwas nicht in Ordnung?“ fragte er.

„Nein“, sagte sie leise. „Ich glaube nicht. Ich schau mich noch einmal um." Sie runzelte die Stirn. „Wie bist du hierher gekommen?"

„Sieh mich doch nicht so an. Ich bin nicht betrunken gefahren. Ich habe Sandy gebeten, mich zu bringen."

„Na prima. Dann ist Sandy also betrunken gefahren."

„Er hat heute Abend alkoholfreies Bier getrunken. Ehrlich."

„Und warum sollte er dich hierher bringen?"

„Ich habe mir Sorgen gemacht, weil du alleine hergefahren bist."

„Jetzt fang du nicht auch noch an, Len. Willst du dir über jede Polizistin in der Truppe Sorgen machen?"

„Du bist nicht bei der Truppe. Du arbeitest woanders. Offenbar hast du vergessen, dass Polizisten Verstärkung anfordern können, wenn sie in eine gefährliche Situation geraten."

Wahrscheinlich versuchte er wirklich nur, ihr zu helfen. „Na gut, dann komm kurz rein. Ich will noch einmal durchs Haus gehen."

Len folgte ihr. Ashley warf noch einen prüfenden Blick ins Arbeits- und ins Schlafzimmer. Sie zögerte, als sie merkte, dass sie noch nicht im Bad neben dem Schlafzimmer gewesen war. Als sie es jetzt tat, war Len dicht hinter ihr.

Auf den ersten Blick schien auch im Badezimmer alles an seinem Platz zu stehen. Ehe sie ging, zog sie noch den Duschvorhang beiseite. Die Fliesen glänzten sauber.

Dann sah sie die winzigen Flecken auf dem Boden der Duschkabine. Sie kniete sich hin. Drei kleine Punkte. Sie sahen aus wie Rost ... oder Blut.

Rost ... oder Blut.

Ashley schlug das Herz bis zum Hals. Sie sagte sich, dass es alles Mögliche sein konnte. Die Flecken waren kaum zu sehen. Es war ja nicht so, als sei das Badezimmer blutbespritzt. Sie wusste ja nicht einmal, ob es überhaupt Blut war. Und wenn, war es nicht der Rede wert. Vielleicht hatte Karen sich verletzt, als sie sich die Beine rasierte.

Dennoch ...

Abrupt stand sie auf und ging in die Küche. Sie schaute in einen Schrank und fand eine Plastikdose für Butterbrote. Aus der Schublade, in der Karen ihre Picknickutensilien aufbewahrte, nahm sie ein Plastikmesser.

„Was ist denn?" wollte Len wissen.

„Vermutlich gar nichts", meinte sie, während sie sich an ihm vorbeidrängte und ins Bad zurückging. Sie kniete sich hin, schabte die Flecken vom Emaille und legte die winzigen Stückchen zusammen mit dem Messer in die Plastikdose. Die Dose steckte sie in ihre Handtasche und erhob sich. Len stand in der Tür und ließ sie nicht aus den Augen. „Was ist denn los?"

„Nichts. Vermutlich sehe ich nur Gespenster."

„Und was hast du da gemacht?"

„Nur einen Blick in die Duschkabine geworfen." Er ist riesig, dachte sie. Seine breiten Schultern füllten den Türrahmen aus. In ihrem Kopf überschlugen sich die Gedanken. Wenn Len nun ein Mörder war? Polizisten gerieten manchmal auf Abwege.

Sie hatte ihre .38er-Spezial in der Tasche, und sie wussten beide, dass sie damit umzugehen verstand. „Verschwinden wir von hier. Karen ist jedenfalls nicht zu Hause."

Einen Moment lang sah es so aus, als würde er stur stehen bleiben und sie am Fortgehen hindern. Dann schüttelte er den Kopf und trat zur Seite. „Du kennst deine Freundin besser als ich. Aber ich glaube auch, dass du überreagierst. Ich bin sicher, dass es ihr gut geht. Selbst deine beste Freundin kann ein Geheimnis haben."

„Das ist natürlich möglich."

„Ashley, sie hat sich bloß krank gemeldet und ist nicht ans Telefon gegangen."

„Du hast ja Recht. Vielleicht sollte man wirklich nicht gleich mit dem Schlimmsten rechnen. Ich muss unbedingt ins Bett", wechselte sie abrupt das Thema und bedeutete ihm, voranzugehen. Nach kurzem Zögern ging er hinaus.

„Ich fahre dich nach Hause", bot sie ihm an, als sie in ihrem Wagen saßen.

„Ist nicht nötig. Curtis wartet bei Nick auf mich. Er hat mir gesagt, dass er mich mitnehmen würde."

„Na gut."

Eine Weile fuhren sie schweigend. Dann sagte Len: „Hat sie außer dir und Jan noch andere Freunde?"

„Natürlich."

„Na also."

„Daran habe ich überhaupt nicht gedacht. Wahrscheinlich ist sie mit jemand anderem weggegangen."

Ashley fuhr zusammen, als ihr Handy klingelte. Rasch griff sie in ihre Tasche und nahm das Gespräch entgegen. Es war Jan.

„Nun?"

„Sie war nicht zu Hause. Ihr Auto steht in der Einfahrt, und sämtliche Zimmer sind superordentlich aufgeräumt." Und in der Dusche waren kleine Flecken, bei denen es sich möglicherweise um Blut handelt. Das sagte sie jedoch nicht. Es gab keinen Grund, Jan noch mehr zu beunruhigen. Jedenfalls nicht, ehe sie nicht wusste, was sie entdeckt hatte.

Bald würde sie es wissen. Morgen früh wollte sie sich Mandy Nightingale anvertrauen, und sie würde ihr bestimmt helfen. Sie kannte Mandy zwar noch nicht sehr lange, vertraute ihr aber vollkommen. Sie würde ihre Befürchtungen gewiss nicht als Hirngespinste abtun. Und im Notfall gab es immer noch Jake.

„Gehts dir gut?" fragte Jan besorgt. „Ich hätte dich nicht alleine fahren lassen sollen."

„Ich war nicht allein. Ich bin auch jetzt nicht allein."

„Oh?"

„Len Green ist bei mir."

„Sehr gut. Du hast einen Polizisten bei dir."

Ein Polizist, der möglicherweise auf Abwege geraten war. Was zum Teufel dachte sie da, und warum kam ihr dieser Gedanke überhaupt?

„Was wollen wir jetzt also tun?" fragte Jan.

„Abwarten, ob sie heute Abend nach Hause kommt. Wenn wir morgen immer noch nichts von ihr hören, geben wir eine Vermisstenanzeige auf. Und dann sollen sich die Leute darum kümmern, die mit so etwas Bescheid wissen."

„Sie ist noch nicht einmal vierundzwanzig Stunden verschwunden", schaltete Len sich in ihr Gespräch ein. Er klang freundlich.

Ashley achtete nicht auf ihn. „Wir versuchens beide weiter, sie heute Nacht zu erreichen", schlug sie vor. Jan stimmte zu, und damit war das Gespräch beendet.

Kurz darauf kamen sie bei Nick an. Ehe Ashley den Motor abstellte, fragte sie: „Bist du sicher, dass dich jemand nach Hause bringt?"

„Ja. Curtis und Sandy waren beide der Ansicht, dass es eine gute Idee sei, nach dir zu sehen. Und da Sandy sowieso ausgehen wollte, hat er mich eben vorbeigebracht, und Curtis hat mir versprochen, hier auf mich zu warten."

„Gut. Dann gehe ich jetzt ins Bett."

Beide stiegen aus, und Len sah sie über das Wagendach hinweg an. Er salutierte. „Also dann, gute Nacht. Ich mach mich auf die Suche nach Curtis."

Sie nickte. Auf einmal kam sie sich lächerlich vor. „Len?“ sagte sie schuldbewusst.

„Ja?“

„Danke, dass du hinter mir hergefahren bist.“

„Keine Ursache. Halt mich auf dem Laufenden. Ich ... ich mag sie auch, weißt du.“

Er ging in Richtung Terrasse. Ashley betrat das Haus durch den Seiteneingang. „Sharon?“ rief sie, als sie die Tür öffnete. „Nick?“

Sie erhielt keine Antwort, und sie wollte nicht noch einmal in die Bar, um zu sehen, ob sie dort waren. Stattdessen ging sie in ihr Zimmer. Diesmal hatte sich nichts verändert. Nachdenklich schüttelte sie den Kopf. Noch immer war sie davon überzeugt, dass jemand früher am Tag hier gewesen war. Erschöpft ließ sie sich aufs Bett fallen. Dabei war es noch gar nicht so spät. Vielleicht war es lächerlich von ihr und Jan, sich so große Sorgen um Karen zu machen. Dennoch ... die roten Flecken auf dem Boden der Duschkabine ließen sich nicht leugnen.

Auf dem Weg zum Wagen klingelte sein Handy. Jake war überrascht, Carnegie am anderen Ende der Leitung zu hören. „Ich wollte Ihnen nur sagen, dass ich wirklich froh bin über die Wachposten, die Sie ins Krankenhaus abgestellt haben.“

„Ist etwas passiert?“ erkundigte er sich schuldbewusst. Er hatte Ashley versprochen, sich um den Fall zu kümmern, aber er war mit seinen eigenen Angelegenheiten so sehr beschäftigt gewesen, dass er gar nicht mehr an Stuart Fresia gedacht hatte, seitdem er Marty mit der Sache betraut hatte.

„Nicht wirklich. Nur dass ich nochmal mit dem Typen reden wollte, der für dieselbe Zeitung wie Fresia arbeitet. Und soll ich Ihnen was erzählen? Den Kerl gibts gar nicht.“

„Was soll das heißen, es gibt ihn nicht? Hat er nicht alle möglichen Leute damit genervt, man müsse den Unfall näher untersuchen und dass Stuart Fresia hinter irgendeiner Sache her war?“

„Richtig. Aber als ich ihn heute unter der Nummer, die er mir gegeben hatte, erreichen wollte, hat sich eine Pizzeria gemeldet. Deshalb bin ich zur Redaktion gefahren, habe mit den Leuten gesprochen und seine Sozialversicherungsnummer bekommen. Es stellte sich heraus, dass sie einem Kerl gehörte, der im Zweiten Weltkrieg ums Leben gekommen ist. Also bin ich wieder ins Krankenhaus gefahren, wo er sich die ganze Zeit herumgetrieben hat. Aber jetzt war er auf einmal wie vom Erdboden verschluckt. Was das alles zu bedeuten hat, kann ich Ihnen nicht sagen. Deshalb habe ich jetzt dafür gesorgt, dass die Kosten für die Rund-um-die-Uhr-Bewachung zu Lasten der Polizei gehen. Das wollte ich Ihnen nur sagen.“

„Danke, Carnegie, vielen Dank. Morgen Vormittag bin ich nicht in der Stadt, aber ich habe mein Handy dabei. Wenn Sie etwas Neues erfahren, rufen Sie mich bitte sofort an. Und falls Sie nichts dagegen haben, werde ich auch ein paar Nachforschungen anstellen, wenn ich zurück bin. Sollte Ihnen etwas einfallen, das ich tun könnte, lassen Sie es mich bitte sofort wissen.“

„Einverstanden. Ich halte Sie auf dem Laufenden.“

„Sie arbeiten aber lange“, bemerkte Jake mit einem Blick auf seine Armbanduhr.

„So lange nun auch wieder nicht. Ich möchte wetten, dass Sie sich bestimmt auch nicht nach der Stechuhr richten.“

„Glauben Sie, dass wir jung sterben werden?“

Am anderen Ende der Leitung ertönte ein glucksendes Lachen. „Damit ist es für mich ohnehin zu spät“, meinte Carnegie trocken. „Aber Sie sollten auf sich aufpassen.“

„Mach ich."

Sie beendeten das Gespräch, und Jake überlegte, ob er Marty anrufen sollte, um ihm mitzuteilen, dass er am nächsten Vormittag nicht im Büro sein würde. Dann entschied er sich anders. Marty war vermutlich schon nach Hause gegangen. Er hatte ja schließlich ein Privatleben.

Ein Privatleben ...

Plötzlich wollte er so schnell wie möglich nach Hause. Er hatte allen Grund, mit Ashley zu reden.

Während der Fahrt rief er Blake an, um den Captain über seine Absichten zu unterrichten. Er half gerade seiner Tochter bei den Algebra-Aufgaben und erinnerte Jake noch einmal nachdrücklich daran, dass er den Fall nicht alleine bearbeitete und jeden Schritt in seinem Protokoll festhalten sollte. Jake räumte dem Captain gegenüber ein, dass der Anruf möglicherweise eine Finte war, aber wenn dem so wäre, dann sei dieser Plan im Gefängnis ausgeheckt worden. Falls er jedoch echt war, dann schien Bordon vor allen Angst zu haben – außer vor seinem Vertrauensmann. Wie dem auch sein mochte, Blake segnete die Fahrt ab.

Nach seiner Unterredung mit Blake rief er noch im Gefängnis an, um für den nächsten Morgen ein Treffen mit Bordon zu vereinbaren.

Bordon war der Schlüssel zu allem. Davon war er überzeugt.

Auch nach stundenlangen Verhören hatte der Mann sein Geheimnis nicht preisgegeben. Weder die drohende Todesstrafe noch die Aussicht auf eine jahrelange Gefängnishaft hatten sein Schweigen brechen können. Merkwürdig, dass er jetzt reden wollte, wo seine Freilassung zum Greifen nahe war.

Jakes Handflächen wurden feucht, während er das Steuer umklammerte. Würde er es fertig bringen, nicht handgreiflich zu werden, wenn Bordon gestehen sollte, dass er mit den Morden an den jungen Frauen zu tun hatte?

Und mit Nancys Tod?

Ashley hatte geglaubt, so müde zu sein, dass sie sofort einschlafen würde. Stattdessen überschlugen sich die Gedanken in ihrem Kopf. Unruhig stand sie wieder auf. Ausgerechnet heute, wo sie unbedingt mit Sharon sprechen musste, machte diese sich mit Nick einen schönen Abend in der Stadt. David Wharton konnte sie nicht erreichen, und Karen war immer noch nicht zu Hause oder antwortete nicht auf ihre Nachrichten.

Sie rief im Krankenhaus an und erkundigte sich nach Stuarts Befinden. Sein Zustand war unverändert. Noch einmal wählte sie David Whartons Nummer. Wieder erfolglos. Als sie den Hörer auflegte, kam ihr der Gedanke, dass Jake etwas erfahren haben könnte.

Und selbst wenn dem nicht so war, ließe sich die Nacht besser ertragen, wenn sie sich mit ihm treffen könnte.

Sie verließ das Haus durch die Tür, die zum Hafen führte, und schaute hinüber zur *Gwendolyn*. Nach kurzem Zögern überquerte sie den schmalen Streifen aus Sand und Gras bis zu den Anlegestellen, stieg über das Geländer und lief zur Pier. Als sie sah, dass die Tür zur Kabine nur angelehnt war, verlangsamte sie ihre Schritte.

„Jake?“

Die Tür wurde weit geöffnet. Sie erkannte den Mann, der herauskam. Sie hatte ihn kurz kennen gelernt, als sie am vergangenen Tag im Eiltempo durch die einzelnen Abteilungen der Gerichtsmedizin geführt worden war. Sein Name war Skip Conrad; er war Experte für Fingerabdrücke.

Er bemerkte sie, als sie am Boot stand. „Hallo, Ashley“, sagte er ein wenig verlegen. „Wohnen Sie auch hier?“

„Nick ist mein Onkel.“

„Ihr Onkel?“ Er war ein schlanker Mann mit Grübchen, die ihm trotz seines lichter werdenden braunen Haares ein jungenhaftes Aussehen verliehen. „Sieh mal an. Ich wusste gar nicht, dass Nicks Familienname Montague ist.“

„Na ja, auf dem Schild steht ja auch nur ‚Nicks Bar‘,“ antwortete sie lächelnd. „Sie sind aber lange im Dienst. Sehr lange sogar. Normalerweise arbeiten Sie doch nur tagsüber, oder? Haben Sie nach Fingerabdrücken auf Jakes Boot gesucht?“

„Nicht offiziell“, antwortete er.

Wieder lächelte sie. Vielleicht war sie ja tatsächlich paranoid – aber Jake Dilessio war es auch. Und er war immerhin ein alter Hase aus dem Morddezernat. „Er glaubt, dass jemand in sein Boot eingebrochen ist. Er ist ein Freund von mir.“

„Wir sind auch befreundet“, entgegnete Skip mit einem leichten Nicken. „Da er sich immer Zeit nimmt, anderen zu helfen, egal wie viel er zu tun hat, war diese kleine Gefälligkeit außerhalb der Dienststunden das Mindeste, was ich für ihn tun konnte.“ Er zuckte mit den Schultern. „Ich weiß allerdings nicht, ob ich ihm wirklich helfen kann. Viel habe ich nicht gefunden. Alles an Deck scheint sorgfältig abgewischt worden zu sein – und damit hat er wohl auch gerechnet. Ein paar Abdrücke habe ich entdeckt, aber ich wette, es sind seine eigenen.“

„Jedenfalls ist es nett von Ihnen, ihm zu helfen.“

„Meinen Sie?“ Er wirkte erleichtert, als er merkte, dass sie offenbar nicht beabsichtigte, jemandem im Revier von seiner Gefälligkeit zu erzählen. „Da Sie hier wohnen, können Sie Jake doch sicher seinen Schlüssel zurückgeben, oder?“

„Klar.“

„Würden Sie auch für mich abschließen?“

„Kein Problem.“

„Nun ... nett, Sie gesehen zu haben.“ Der Blick, mit dem er sie anschaute, als er ihr den Schlüssel reichte, ließ sie jedoch am Wahrheitsgehalt seiner Worte zweifeln.

„Ganz meinerseits, Mr. Conrad.“

Er grinste. „Wenn man's genau nimmt, bin ich ‚Officer‘ Conrad. Nennen Sie mich einfach Skip.“

„Sie haben die Akademie abgeschlossen, bevor Sie in die Gerichtsmedizin gegangen sind?“

Mit einem bedauernden Lächeln schüttelte er den Kopf. „Bei der ersten Gelegenheit, die sich mir bot, habe ich zugegriffen. Als ich dann der Experte war, den alle zu brauchen schienen, habe ich mein Studium zu Ende gebracht. Das werden Sie bestimmt auch tun. Ach ja, und herzlichen Glückwunsch. Ich habe gehört, dass wir Rembrandt persönlich engagiert haben.“

„So gut bin ich nun auch wieder nicht“, protestierte sie.

„Trotzdem sind wir froh, dass wir Sie haben. Das meine ich, wie ich es sage. Also, gute Nacht.“

Er winkte ihr zu, verließ das Boot und lief über die Pier. Ashley öffnete die Tür, blickte in die Kabine und unterdrückte einen Seufzer. Fingerabdrücke zu nehmen verursachte immer eine Menge Schmutz. Deshalb entschied sie sich nach kurzem Zögern zu einem Großreinemachen.

Sie fragte sich, ob Jake es ihr übel nähme, wenn sie in seine Privatsphäre eindrang.

Vielleicht war es besser, einfach abzuschließen und zu verschwinden.

Sie entschied sich fürs Gegenteil, ging hinein, machte die Tür hinter sich zu und suchte in der Küche nach Schwamm und Reinigungsmitteln. Nach der Küche nahm sie sich das Wohnzimmer vor, das große Schlafzimmer und das kleine. Zufrieden stellte sie fest, dass sie gute Arbeit geleistet hatte.

Eigentlich war es verrückt. Sie sollte sich besser wieder ins Bett legen und zu schlafen versuchen. Doch dafür war sie viel zu unruhig.

Sie ging noch einmal in die Küche, holte eine Flasche Saft aus dem Kühlschrank und goss sich ein Glas ein. Während sie trank, lehnte sie sich gegen die Küchentheke. Neben dem Telefontisch lagen ein Block und ein Bleistift. Sie nahm beides zur Hand und begann zu zeichnen.

Ein Porträt von Karen.

Sie drehte die Seite um. Und eines von Len.

Auf ein neues Blatt zeichnete sie die Unfallszene und ließ kein Detail aus, an das sie sich erinnern konnte. Diese Skizze hielt sie für die beste. Mit der Zeit waren ihr verschiedene Dinge wieder eingefallen. Auf die Einzelheiten war es ihr angekommen – und die hatte sie nun. Nur schienen sie ihr nicht weiterzuhelfen.

Wieder blätterte sie um und zeichnete ein Porträt von David Wharton.

Schließlich wurde sie ungeduldig. Wann kam Jake endlich zurück? Sie legte den Bleistift beiseite und sah sich in der Kabine um.

Zu dumm. Bei ihrer Reinigungsaktion hatte sie den Teppich vergessen.

Sie zögerte einige Sekunden. Dann zuckte sie mit den Schultern. Nachdem sie schon so weit gegangen war, konnte sie genauso gut noch die restliche Arbeit erledigen. Sicherlich besaß er auch einen Staubsauger.

Sie fand ihn in der Abstellkammer.

Als sie fertig war, schaltete sie den Motor aus. Genau in diesem Moment hörte sie Schritte auf dem Deck.

„Jake?“

Keine Antwort. Stirnrunzelnd fragte sie sich, ob sie sich das Geräusch nur eingebildet hatte. Ein paar Sekunden lang blieb sie reglos stehen, ohne etwas zu hören.

Kopfschüttelnd stellte sie den Staubsauger an seinen Platz zurück. Auf einmal fühlte sie sich unbehaglich auf dem Boot. Deshalb lief sie an Deck, verschloss die Tür, steckte den Schlüssel in die Tasche und blieb zögernd stehen.

Aus der hell erleuchteten Bar drangen Stimmen und Musik. Jemand hatte einen Country & Western-Schlager in der Jukebox gedrückt.

Ashley lief über das schmale Deck und umrundete einmal die Kabine. Wieder schaute sie hinüber zur Bar. Die Terrasse war immer noch erleuchtet, aber jetzt saßen keine Gäste mehr unter den Lampen und im Mondlicht.

Sie hörte ein platschendes Geräusch und fuhr herum.

In diesem Moment spürte sie einen Luftzug und dann einen heftigen Schlag im Rücken. Sie verlor den Boden unter den Füßen.

Sie war vollkommen überrumpelt worden. Ohne einen Gedanken an Gegenwehr flog sie in das unheilvoll schwarze Wasser, dessen gekräuselte Oberfläche das Mondlicht brach und reflektierte.

Als sie in die Dunkelheit eintauchte, spürte sie, wie etwas an ihr vorbeizischte und hinter ihr ins Wasser klatschte.

19. KAPITEL

Das Abendessen war fast zu Ende. Gleich würde die allabendliche Routine beginnen. Die Häftlinge würden für die Nacht eingeschlossen werden, und Peter Bordon fühlte eine Welle von Panik über sich zusammenschlagen. Die Gabel war auf halbem Weg zu seinem Mund, das Stimmengewirr und Klappern des Essgeschirrs laut wie immer. Männer liefen zwischen den Tischreihen hindurch und bereiteten sich auf die Rückkehr in ihre Zellen vor. Plötzlich änderte sich etwas in der hektischen Atmosphäre. Er schien der Einzige zu sein, dem es auffiel. Zu seiner Linken stritten sich Carson und Byers über Zigaretten. Rechts von ihm rühmte sich Sanders, der früher amtlich zugelassener Wirtschaftsprüfer war, eines Korblegers, der ihm während der Basketball-Trainingsstunde gelungen war. Eigentlich war das alles nichts, was diese entsetzliche Angst in seinem Inneren gerechtfertigt hätte.

Er befürchtete, dass das undefinierbare Fleisch, das ihnen als Vorspeise serviert wurde, von der Gabel fallen könnte. Deshalb legte er sie auf den Teller zurück. Seine Muskeln waren angespannt, Finger und Zehen verkrampften sich. Eisenringe legten sich um seine Brust, und ein stechender Schmerz in seinem Herzen trieb ihm kalten Schweiß auf die Stirn. Noch nie in seinem Leben hatte er eine so tiefe, ganz und gar irrationale Angst empfunden.

Er war nie ein zaghafter Mann gewesen. Jahrelang hatte er an seine Unbesiegbarkeit geglaubt, an sein Charisma, sein Talent, andere Menschen zu manipulieren. Er empfand keine Angst. Er verursachte sie.

Aber wie alles andere war auch dies nur eine Illusion gewesen.

Und nun, nur wenige Tage vor seiner Haftentlassung, verspürte er nicht nur Furcht, sondern abgrundtiefes Entsetzen. Plötzlich war die Freiheit, nach der er sich so sehr gesehnt, auf die er die ganze Zeit hingearbeitet und für die er Pläne geschmiedet hatte, eine Schrecken erregende Aussicht.

Schweißbäche liefen ihm den Rücken hinunter.

Sanders hörte auf, über Basketball und seinen Bierbauch zu reden, den er seit seinen Zwanzigern mit sich herumschleppte und den er erst im Gefängnis losgeworden war. Er starrte Peter an.

„Hey, Mr. Bordon, gehts Ihnen nicht gut?"

„Doch, doch. Es ist dieser Fraß. Ich habe auf ein Stück Knorpel gebissen", brachte er hervor. Wieder schaute er sich um. Jeder seiner Mitgefangenen sah aus wie ein Mörder. Sanders' Lächeln verlieh ihm das Aussehen eines Geisteskranken. Wenn Carson grinste, kam er einem vor wie ein Wolf, der im nächsten Moment seine Fänge in das Bein seines Nebenmanns schlagen würde.

Peter zwang sich, die Ruhe zu bewahren. Die Polizei wusste überhaupt nichts. Es gab keine Beweise. Nichts war zurückgelassen worden. Er war immer sehr vorsichtig gewesen.

Doch es war nicht die Aussicht, dass die Polizei möglicherweise die Wahrheit herausfand, die ihn vor Angst hatte erstarren lassen.

Nach all dieser Zeit.

Nach all den Jahren.

Ashley trat wie wild um sich und versuchte, Raum zwischen sich und der unbekannten Bedrohung zu schaffen. Ihre Lungen brannten wie Feuer. Sie wusste immer noch nicht, wie ihr geschehen war. Sie wusste nur, dass sie unbedingt Sauerstoff brauchte.

Sie schwamm unter dem Boot hindurch, um an der Steuerbordseite aufzutauchen. Eine Sekunde später sog sie keuchend Luft in ihre Lungen. Sie schrie auf, als sich Arme wie ein Schraubstock um ihre Beine klammerten und sie wieder unter Wasser zogen. Obwohl sie strampelte und sich wand, gelang es ihr nicht, sich aus dem Griff zu befreien. Dass sie im Wasser nichts erkennen konnte, machte ihre Panik nur noch größer.

Plötzlich wurde sie losgelassen. Pfeilschnell schoss sie nach oben, und als sie auftauchte, sah sie vor sich einen Kopf auf der Wasseroberfläche.

„Ashley?“

„Jake?“

„Verdammt noch mal, Ashley, was hast du dir dabei gedacht?“

„Warum schreist du mich an? Schließlich hast du mich angegriffen.“

„Warum schleichst du im Dunkeln auf meinem Boot herum?“

„Hab ich gar nicht.“

„Sah mir aber ganz danach aus.“

Sie hätte ihn gegen die Schienbeine getreten, doch dafür war er zu weit entfernt. Außerdem hinderte sie das Wasser daran, weit genug auszuholen und genügend Schwung zu bekommen. Mit kräftigen Stößen schwamm er zur Leiter am Heck des Bootes und stieg aus dem Wasser. Sie folgte ihm. Er reichte ihr eine Hand, doch sie war viel zu aufgebracht, um sich von ihm helfen zu lassen. Sie beachtete ihn gar nicht, sondern kletterte aus eigener Kraft an Bord. Als sie ihm gegenüberstand, straffte sie die Schultern, um sich für die Auseinandersetzung zu wappnen. Aus ihren Kleidern troff das Wasser auf die Planken.

„Jemand hat mich vom Boot gestoßen“, erklärte sie ihm.

Er schüttelte den Kopf. „Es ist niemand hier außer dir. Und als ich an Bord kam, warst du bereits im Wasser. Ich habe dich für den Einbrecher gehalten, der schon einmal auf der *Gwendolyn* war.“

Zu ihren Füßen hatte sich eine Pfütze gebildet.

„Ich bin hergekommen, um dich zu fragen, ob du irgendetwas herausgefunden hast. Dein Freund, der Experte für Fingerabdrücke, war hier.“

„Skip."

„Ja, Officer Conrad. Und dann war ich blöd genug, bei dir sauber zu machen. Als ich an Deck ging, habe ich ein Geräusch gehört. Ich bin hochgegangen und über Bord gestoßen worden."

„Ashley, schau dich doch um. Die Piers sind menschenleer. Nirgendwo ist jemand zu sehen."

Sie verschränkte die Arme vor der Brust. „Stimmt. Logischerweise und allem Anschein nach hast du mich also gestoßen."

„Du weißt, dass das nicht wahr ist."

„Richtig. Aber du glaubst, dass jemand auf deinem Boot war. Deshalb hast du doch den Fingerabdruck-Menschen kommen lassen. Warum findest du es daher so abwegig, dass jemand hier herumgeschlichen ist und mich über Bord geworfen hat? Und dann verschwunden ist. Irgendwohin."

Er drehte sich um und starrte auf das Wasser. „Scheiße", sagte er leise. Er ließ sie stehen und sprang mit einem eleganten Satz, der jedem Kung-Fu-Kämpfer zur Ehre gereicht hätte, auf die Pier. Er lief bis ans andere Ende, ohne den Blick vom Wasser zu wenden. Zitternd stand Ashley auf dem Boot. Sie fühlte sich unbehaglich – nicht nur wegen der Kälte.

An der Spitze der Pier sprang er ins Wasser und schwamn zum Boot zurück.

„Was tust du da?" wollte sie wissen, als er in Hörweite kam.

Er kletterte an Bord.

„Wenn jemand hier war und nicht über die Pier gegangen ist, dann muss er – oder sie – weggeschwommen sein."

„Dann glaubst du mir also, dass ich gestoßen worden bin."

„Na ja, zum Vergnügen springst du bestimmt nicht hinein. Ich gehe hier auch nur ins Wasser, um den Schiffsrumpf zu säubern."

„Wonach hat diese Person deiner Meinung nach gesucht?"

„Wenn ich das wüsste", antwortete er. „Er will etwas, von dem ich nicht weiß, dass ich es besitze. Oder sie glauben, dass ich es habe, und dabei habe ich es gar nicht.“

„Hast du denn etwas entdeckt?“

Er schüttelte den Kopf. „Nichts. Wenn sie hergeschwommen wären, hätte ich nasse Fußabdrücke auf der Pier finden müssen. Da war jedoch nichts. Das Problem ist, dass der Eindringling ziemlich lange im Wasser gewartet haben und praktisch aus jeder x-beliebigen Richtung gekommen sein kann. Abgesehen davon, dass hunderte von Booten in der Nachbarschaft liegen. Aber ich werde schon herausbekommen, was hier vor sich geht.“

„Bestimmt. Und es ist wirklich nett von dir, mir doch noch zu glauben.“

Er drehte sich um und ging zur Kabinentür. „Willst du die ganze Nacht in den nassen Klamotten bleiben?“

Ehe sie eine passende Antwort parat hatte, die mindestens ebenso provozierend klingen sollte, fügte er hinzu: „Du darfst gern als Erste unter die Dusche.“

Sie biss die Zähne zusammen und ging vor ihm her. Das Wasser tropfte aus seiner Tasche, als er den Schlüssel hervorkramte und die Tür aufschloss. Ihre Blicke trafen sich. „Tut mir Leid. Ich war fest davon überzeugt, einen Einbrecher erwischt zu haben. Stattdessen hatte ich es mit dir zu tun.“

„Ich wette, du hättest es lieber mit einem Einbrecher zu tun gehabt“, meinte sie.

„Dann wäre ich jetzt wahrscheinlich ein Stück weiter“, gab er zu.

Sie zog den Kopf ein, als sie die Kabine betrat. Er folgte ihr, ging in die Küche, schälte sich aus seiner durchnässten Jacke und streifte die ruinierten Schuhe von den Füßen. „Die Dusche neben meinem Schlafzimmer ist geräumiger.“

„Ich glaube, es ist besser, wenn ich nach Hause laufe. Ich habe keine trockenen Sachen bei mir“, entgegnete sie.

„Ich habe einen Wäschetrockner", erinnerte er sie.

„Das klingt verführerisch."

Er knöpfte sein Hemd auf und ließ es zu Boden fallen. „Ich kenne etwas, das noch viel verführerischer ist."

„Hast du nicht auch manchmal den Eindruck, dass du ziemlich eingenommen von dir bist?"

„Ich rede überhaupt nicht von mir."

Er griff nach ihr und zog sie an sich, wobei er ihr das nasse T-Shirt über den Kopf zog. „Mein nasses T-Shirt findest du verführerisch?" spottete sie.

„Und wie." Eine heiße Woge durchflutete sie, als seine Lippen über ihren Hals streiften.

„Was nicht heißen soll, dass nasse Hosen nicht auch verführerisch sind. Und", fügte sie nach kurzem Zögern hinzu, „der Seetang an deinen Socken, die nach Motoröl riechen. Ich bin vor Erwartung schon ganz zittrig."

„Das merke ich."

Sie ignorierte seine Bemerkung. Er fingerte an ihren nassen Jeans, und weil er Probleme mit dem Knopf hatte, sagte er nichts mehr. Ashley schlang die Arme um ihn. Ihr Atem ging ein wenig zu schnell. „Detective, Sie verheimlichen mir etwas."

„Nicht mit Absicht."

„Jake."

Er nahm sie in die Arme, streichelte mit den Fingerspitzen über ihre Wirbelsäule und verharrte am Verschluss ihres Büstenhalters. „Was du da trägst ..." Seine Stimme klang heiser und ein wenig nervös, während er den Kopf senkte und die zarte Rundung ihrer Brust oberhalb des seidigen Körbchens küsste. „Tolle Unterwäsche", meinte er und schob die Träger über ihre Schultern. Das Kleidungsstück landete vor ihren Füßen.

„Jake."

Er nahm den Kopf ein wenig zurück. „Nun gut. Wie wäre es, wenn ich dich mit meiner Beredsamkeit verführe? Carnegie hat dafür gesorgt, dass dein Freund rund um die Uhr bewacht wird – und zwar ab sofort offiziell."

Ihr Herz setzte einen Schlag lang aus. „Wirklich?"

„Wirklich."

„Tut er das für dich?"

„Wenn ich Ja sage, würdest du dann lieber bei mir bleiben?"

„Ich bleibe, egal was du sagst", antwortete sie. Ihre Stimme klang belegt.

Jake rührte sich nicht von der Stelle, während er sie ein paar Sekunden lang schweigend ansah. Dann sagte er: „Ich muss morgen sehr früh wegfahren. Gegen vier will ich los. Einer von Bordons Mitgefangenen hat mich angerufen. Der Anruf kam tatsächlich aus dem Gefängnis; ich habe es kontrolliert. Der Mann hat mir gesagt, dass Bordon mich sprechen will. Ich glaube, er hat vor jemandem Angst. Wenn er sich nicht irgendeinen Trick für mich ausgedacht hat. Wie dem auch sei, ich muss zu ihm. Morgen Abend bin ich wieder zurück. Es kann spät werden, aber ich komme auf jeden Fall. Und dann kümmere ich mich um deinen Freund Stuart Fresia. Carnegie hat ein paar Informationen erhalten, bei denen ich ein wenig nachhaken will. Ich verspreche dir, nein, ich schwöre dir, dass wir die Angelegenheit aufklären werden."

Plötzlich fröstelte sie. Sie sollte jede Hilfe in Anspruch nehmen, die ihr angeboten wurde. Sie benötigte die Unterstützung, und es gab keinen Grund, sie abzulehnen. Abgesehen von ... nun, abgesehen von ihren Gefühlen ihm gegenüber.

„Du brauchst das nicht zu tun", hörte sie sich selbst sagen. Es klang ziemlich steif. „Du brauchst dir wegen mir keinen Fall aufzuhalsen, mit dem du überhaupt nichts zu tun hast. Nur weil Stuart mein Freund ist", setzte sie hinzu. Sie hätte sich ohrfeigen können. Sie brauchte und wollte doch jegliche Unterstützung. „Ich werde jedenfalls nicht lockerlassen“, versicherte sie ihm. „Und zwar deshalb nicht, weil ich Stuart kenne. Aber du musst dich nicht dazu verpflichtet fühlen.“

„Tu nichts Unüberlegtes“, riet er ihr mit ausdrucksloser Stimme.

Sie reagierte gereizt. „Ich bin kein Vollidiot. Ich war eine der besten Schülerinnen an der Akademie.“

„Ashley, kein Mensch zweifelt an deiner Intelligenz. Aber sich in Dinge einzumischen, ohne zu wissen, worauf man sich einlässt, ist verdammt gefährlich.“

„Für eine Frau.“

„Für jeden. Für jeden, der nicht die Erfahrung und nicht die Ausbildung hat.“

„Abgesehen von dir. Du hattest natürlich schon jede Menge Erfahrung, als du angefangen hast.“

„Ashley, tu mir einen Gefallen. Lass mir noch ein paar Tage Zeit. Nur ein paar Tage. Ich möchte nicht, dass du dich da in etwas hineinstürzt, ohne zu wissen, auf was du gefasst sein musst. Ich bin auf alles gefasst. Und was Stuarts Fall angeht – ich tu es nicht nur dir zuliebe. Ich kümmere mich darum, weil es versuchter Mord sein könnte. Ich hoffe, dass ich morgen einige Antworten zu den Morden bekomme, in die Bordon verwickelt ist. Und zu Cassie Sewell.“

„Und deine Kollegin?“ fragte sie ruhig.

Er nickte. „Und Nancy.“

Sie standen einander so nahe gegenüber, dass sie sich fast berührten. Die Sekunden verstrichen, und sie schauten sich schweigend in die Augen.

„Dir liegt sehr viel an diesen Antworten, stimmts?“

„Ich will sie unbedingt haben“, antwortete er.

Sie musterte ihn stumm.

Er berührte sie immer noch nicht, aber er war so nahe, dass sie seine Körperwärme spüren konnte. Die Feuchtigkeit seiner Haut schien sie zu liebkosen. Er beugte sich nach vorne und drückte sie gegen die Wand, wobei er sich mit den Armen abstützte und sie gleichzeitig gefangen hielt. Als er sprach, klang er sehr ernst. Nichts mehr in seiner Stimme erinnerte an die Neckereien, die sie vor wenigen Minuten noch ausgetauscht hatten. „Ja, mir liegt sehr viel an den Antworten, denn wenn es jemals einer verdient hat, dass die Wahrheit ans Tageslicht kommt, dann ist es Nancy."

Ashley senkte den Kopf. Plötzlich hatte sie Angst. Sie hatte sich Hals über Kopf in eine Affäre gestürzt und geglaubt, hemmungslose Lust genießen und anschließend unbeschadet herauskommen zu können. So fasziniert, geradezu hypnotisiert war sie von dem Mann, den sie erst vor so kurzer Zeit kennen gelernt hatte, dass sie gar nicht auf seine Worte achtete. Doch welche Gefühle hatte sie in dieser kurzen Zeit erlebt. Sie fühlte sich nicht nur körperlich zu ihm hingezogen, obwohl dieser Aspekt im Moment nur eine untergeordnete Rolle spielte. Sie bewunderte noch viele andere Dinge an ihm. Sie wusste, dass er seine Arbeit ernst nahm und ihre spontanen Einfälle auf keinen Fall gutheißen oder gar unterstützen würde, gleichgültig, was er in sexueller Hinsicht für sie empfand.

Außerdem wusste sie, dass ihm etwas gefehlt hatte, und zwar die Fähigkeit, sich bedingungslos hinzugeben, weil die Schatten der Vergangenheit trotz seiner Versuche, sie abzuschütteln, immer noch übermächtig waren. Sie fragte sich, ob er seine Worte möglicherweise als eine Art Verpflichtung ihr gegenüber auffasste, aber sie zog es vor, nicht nachzuhaken. Der Grad ihrer Leidenschaft, der unbezähmbare Wunsch, mit ihm zusammen zu sein, erschütterte und erschreckte sie gleichermaßen. Sie wollte nicht nur mit ihm schlafen. Sie wollte mit ihm leben.

„Ashley?"

Er hob ihr Kinn, legte die Hand um ihren Nacken, beugte sich zu ihr hinab und küsste ihre Lippen. In der klimatisierten Kühle der Kabine war die Wärme seiner Lippen geradezu elektrisierend. All ihre Sorgen und Kümmernisse schienen von ihr abzufallen. Die Haare auf seiner Brust kitzelten ihre Brustwarzen, und diese flüchtige Berührung verursachte ein Gefühl in ihrem Bauch, als stünde ein Vulkan kurz vor dem Ausbruch.

Er löste sich kurz von ihr und flüsterte: „Du hast wirklich gut ausgesehen in deiner Uniform, und Jeans stehen dir auch verdammt gut. Sogar mit Seetang im Haar siehst du immer noch klasse aus. Aber ich möchte wetten, dass du noch besser aussiehst, wenn dein ganzer Körper voller Seifenschaum ist."

Sie lächelte. „Ich nehme an, dass dieses Boot nur über sehr enge Duschkabinen verfügt."

„Enge hat auch ihre Vorteile."

„Und viel zu schmal, um sich zu bewegen."

„Auch schmal kann gut sein."

„Und bestimmt unbequem."

„Probieren geht über studieren."

„Stimmt. Du wärst bestimmt kein so guter Detective, wenn du nicht so viel ausprobiert hättest."

„Vielen Dank für die Blumen, Miss."

„Gern geschehen." Sie schlüpfte unter seinen Armen hindurch, streifte die Jeans ab, mit denen er seine Schwierigkeiten gehabt hatte, und zog das Tangahöschen aus. Dann warf sie ihm einen Blick über die Schulter zu. „Die Dusche neben deinem Schlafzimmer? Na, dann wollen wir mal."

So eng war die Duschkabine nun auch wieder nicht. Die

Gwendolyn war schließlich ein Hausboot. Klein war die Dusche zwar, aber sie bot genug Platz für zwei. Zwei, die sehr eng beieinander standen und sich fast berührten. Haut an Haut. Doch als sie die Seife zur Hand nahm, stellte Ashley fest, dass sie keinen Platz hatte, um sich von oben bis unten einzuseifen. Offenbar hatte Jake dieses Problem vorhergesehen. Er nahm ihr die Seife aus der Hand und begann ihr den Hals zu waschen. „Wir Ermittler hassen es, wenn nicht alle Einzelheiten berücksichtigt werden."

„Es könnte deine ganze Untersuchung zu Fall bringen."

„Ich bin nun mal gerne gründlich."

Er wusste geschickt mit dem Stück Seife in seinen sonnengebräunten Fingern umzugehen. Als er ihre Brüste einseifte, spürte sie bereits das lustvolle Zucken in ihrem Unterleib. Unaufhörlich spülte das Wasser den Schaum von ihrer Haut, und der Dampf legte sich auf das Glas der Duschkabine. Zielstrebig wanderten seine Hände tiefer, seiften die schmalen Hüften ein, den Venushügel, und dann verschwanden seine Finger zwischen ihren Beinen. Sie hielt den Atem an. Sie spürte ihre Knie weich werden, aber Hinfallen war in der engen Kabine unmöglich. Geschickt und schnell massierte er sie, und dann glitt ihm die Seife aus der Hand. Sie wollten sie gleichzeitig aufheben, stießen gegeneinander und mussten lachen. Statt sich weiter um die Seife zu kümmern, umarmten sie sich, ihre Lippen pressten sich hungrig aufeinander, ihre Zungen liebkosten einander, das heiße Wasser rieselte über ihre Haut, spülte den Schaum ab, und der Dampf hüllte sie ein wie ein warmes, feuchtes Tuch.

Ashley klammerte sich an ihn, ließ ihre Händen an seinem Rücken hinabwandern, umfasste seine muskulösen Pobacken, glitt mit einer Hand nach vorn und schloss ihre Finger um seine Erektion. Ein tiefes Stöhnen entrang sich seiner Kehle, und er stieß die Tür der Kabine auf. Nass und glitschig schmiegte sie sich in seine

Arme, und beide mussten lachen. Wenige Sekunden später fielen sie auf das breite Bett. Als er sich über sie beugte, verstummte das Lachen. Er schaute ihr in die Augen und presste seinen Körper gegen ihren, streichelte sie von oben bis unten, und dann nahm er sie so kraftvoll, dass sie fürchtete, den Verstand zu verlieren. Sie klammerte sich an ihm fest, spürte die Feuchtigkeit ihrer eigenen Haut, die Kühle der Bettlaken, das sanfte Schaukeln des Bootes auf dem Wasser. Sie schloss die Augen und genoss seine männliche Kraft, den festen Griff seiner Arme, den harten Druck seiner Hüften, seine Schenkel, die sich wie ein Schraubstock um sie legten, und dann spürte sie nur noch das Fieber tief in ihrem Innern, die Lust, das Begehren, das immer größer wurde und sie immer höhere Gipfel erstürmen ließ ...

Ihr Höhepunkt glich einer Explosion, gefolgt von köstlichen Zuckungen, die unaufhörlich durch ihren Körper brandeten. Sie spürte auch sein Verlangen, und jede seiner Bewegungen verursachte ihr neue Lust, ließ die Lava in ihr noch heißer kochen, und die Erfüllung, die sie schließlich spürte, war weit mehr als bloßer sexueller Genuss. Er hielt sie fest umschlungen, und ihre Schenkel umklammerten ihn, als wolle sie ihn nie wieder loslassen. Das Bewusstsein, bei ihm zu sein, war so intensiv, dass es ihr fast schon Angst einjagte. Es war ein Empfinden, das jenseits aller Gedanken, jeder Logik und Wirklichkeit lag. Fast erschrocken stellte sie fest, wie sehr sie sich zu ihm hingezogen fühlte. In diesem Moment glaubte sie, ihn schon immer gekannt zu haben und nie mehr woanders sein zu wollen außer in seiner Nähe, in seiner Gegenwart.

Sie zuckte zusammen, als er mit ihr sprach, ohne sich aus ihr zurückzuziehen. „Ashley, unternimm nichts, bis ich zurückkomme. Ich meine es ernst."

Sie wollte etwas sagen, holte aber nur tief Luft. Nach einigen Sekunden rollte er zur Seite und stützte sich auf einen Ellbogen.

„Es ist mir egal, was du sagst“, meinte sie, während sie seine Wange streichelte. „Du hast doch nur Angst um mich, weil Nancy tot ist.“

„Das hat nichts mit Nancy zu tun“, entgegnete er ungeduldig.

„Jake, ich bin nicht auf die Polizeiakademie gegangen, weil mir das Geld für eine elitäre Kunsthochschule fehlte, sondern weil ich wirklich Polizistin werden wollte.“

„Wie dein Vater.“

„Nicht nur wegen meines Vaters. Ich glaube an Recht und Gesetz, und diese Sache mit ‚dein Freund und Helfer‘ sind nicht nur leere Worte für mich. Jetzt ist eben so gekommen, dass ich nicht bei der Polizei bin. Trotzdem arbeite ich für sie. Dabei werde ich auch mit ein paar sehr unangenehmen Dingen konfrontiert werden, darüber sind wir uns beide klar. Aber ich habe einen robusten Magen und starke Nerven.“

„Auch den nötigen gesunden Menschenverstand?“ fragte er gereizt.

„Das ist gemein“, antwortete sie.

„Gemein oder nicht – es ist wichtig. Du stürzt dich auf einen Fall wie ein Hund auf den Knochen, doch über die Konsequenzen machst du dir überhaupt keine Gedanken.“

„Wie kannst du so etwas behaupten? Ich mache mir sehr wohl Gedanken.“

„Du urteilst nach deinen Gefühlen und nicht nach dem, was du sehen, hören und anfassen kannst. Harte Fakten eben.“

„Das tust du doch auch andauernd. Sind das nicht genau die Eigenschaften, die dich zu einem guten Detective machen?“

„Das ist etwas anderes.“

„Warum?“

„Warum?“ Er fuhr sich mit den Fingern durchs Haar. „Weil ich bei einem der besten Streifenpolizisten aller Zeiten in die Schule gegangen bin. Weil ich mich von der Pike auf hochgearbeitet habe. Du machst Zeichnungen, Ashley. Du hast wirklich Talent dazu, also bleibe dabei. Wenn du auf eigene Faust Ermittlungen anstellst, kommst du in Teufels Küche. Es ist lebensgefährlich für dich."

„Ach, hör auf, Jake. Was hast du für ein Problem mit mir?"

„Du bist noch fast ein Kind, das ziemlich feucht hinter den Ohren ist. Zugegeben, ein Kind mit einer unglaublichen Begabung. Und mein Problem ist ..." Unvermittelt schwieg er und schüttelte wütend den Kopf. „Du bist viel zu naiv, um auch nur halbwegs zu verstehen, was ich dir sagen will."

Sie drehte sich auf die andere Seite und wollte aufstehen. Mit einem Mal wurde ihr schmerzlich klar, wie sehr sie hin und her gerissen war zwischen dem Wunsch, sich ganz ihren Gefühlen hinzugeben, und dem Bedürfnis, ihr eigener Herr zu sein.

Er ergriff ihre Hand.

„Siehst du, du gehst ja schon wieder an die Decke."

„Schrei mich nicht an."

Seine Augen glitzerten. „Ich schreie dich nicht an. Ich möchte nur mit dir reden. Und ich lasse dich erst gehen, wenn du mir zugehört hast."

Vor lauter Zorn war sie total verspannt. „Ich würde dir am liebsten einen Tritt verpassen. Und zwar so heftig, dass du nie mehr aufrecht gehen kannst."

Die Drohung fruchtete nichts. In Sekundenschnelle lag er auf ihr und drückte sie so fest, dass sie keinen Finger hätte rühren können, selbst wenn ihr Leben davon abgehangen hätte. Ein Punkt für ihn, musste sie zugeben.

„Also?" fragte er leise.

„Lass mich sofort los, Dilessio, verdammt noch mal. Ich gehe jetzt. Ich habe auch einiges zu erledigen."

„Du wolltest doch gar nicht gehen."

„Vorhin vielleicht nicht; jetzt schon. Ich kann nicht bei dir bleiben, Jake, wenn du glaubst, dass du mir deinen Willen aufzwingen kannst, wenn du über mein Leben bestimmen willst. Wenn es dir am liebsten wäre, dass ich meinen Glaskäfig nie verlasse, nur weil du mal in eine Polizistin verliebt warst." Als er etwas entgegnen wollte, hob sie abwehrend die Hand. „Ob du nun mit ihr geschlafen hast oder nicht, auf jeden Fall hast du sie geliebt. Vielleicht hast du die Angelegenheit ja in den letzten fünf Jahren verdrängt, während du dich um andere Dinge gekümmert hast, aber abgeschlossen hast du mit der Sache nie. Das ist verständlich. Aber du kannst deine Zukunft nicht für alle Zeiten nach dem ausrichten, was in der Vergangenheit passiert ist."

Er erhob sich und ließ sie auf dem Bett zurück. „Ich stecke deine Sachen in den Trockner. Du kannst bleiben, duschen und gehen, wann du willst – und tun, was immer du mitten in der Nacht zu tun hast. Ich muss jetzt los."

Sie wusste, dass er nicht so überhastet hätte aufbrechen müssen. Hatte er ihr nicht gesagt, dass er erst um vier Uhr fahren wollte? Sie saß wie auf heißen Kohlen und war wütend, wollte sich mit ihm streiten und ihn darauf aufmerksam machen, dass sie im Handumdrehen aus seinem Leben verschwinden konnte. Doch er stand bereits wieder in der engen Dusche – allein. Und er hatte ihre Sachen nicht in den Trockner geworfen.

Die Tür hatte er geschlossen. Sie dachte nicht im Traum daran, vor der Dusche stehen zu bleiben, um mit ihm zu diskutieren und dabei gegen das Rauschen des Wassers anzuschreien.

Das war natürlich auch gar nicht die Versuchung, der sie widerstehen musste. Am liebsten wäre sie zu ihm in die Dusche geschlüpft und hätte wieder mit ihm gelacht, während er mit der Seife über ihre Haut glitt und ...

Ihr wurde beklommen ums Herz. Das alles war falsch, ganz

falsch. Sie konnte seine Erwartungen und Bedürfnisse nicht erfüllen, sie konnte ihm heute nichts versprechen, was sie in Zukunft nicht würde halten können oder wollen.

Ashley zog sich ihre nassen Sachen an, dann zögerte sie. Noch immer rauschte das Wasser in der Kabine. Wenn sie ihm jetzt eine Nachricht hinterließ und verschwand, hätte sie das Gefühl, klein beigegeben zu haben. Wenn sie wartete, um mit ihm zu reden ...

Sie eilte zu dem Notizblock, der neben dem Telefon lag, und schlug die Seiten mit ihren Zeichnungen um, bis sie zu einem leeren Blatt kam. Dann griff sie zum Bleistift.

Lieber Jake ...

Ihr fiel nichts ein. Das Wasser würde nicht ewig rauschen.

So funktionierte es nicht.

Erneut suchte sie vergeblich nach Worten. Sie hätte ihm so viel sagen können. Ich kann meine Nase nicht aus Dingen heraushalten, die mich persönlich angehen? Nein, so nicht.

Ich verstehe deine Gefühle. Vielleicht nicht in jeder Beziehung, aber ich weiß genug von der Vergangenheit. Es tut mir so Leid, was Nancy zugestoßen ist, doch ich bin sicher, dass sie davon überzeugt war, etwas Wichtiges zu tun und tun zu müssen, was immer es gewesen sein mag. Ich bin auch nicht der Typ, der sich einsperren lässt. Du kannst mich nicht dein ganzes Leben lang beschützen, nur weil du dir Sorgen um mich machst.

Oder klang das zu überheblich?

Vielleicht maß sie einer Beziehung, die für ihn nicht mehr als eine heiße und heftige Sex-Affäre war, zu viel Bedeutung bei. Nein. Er mochte sie. Das wusste sie. Und ihr bedeutete es ebenfalls sehr viel. Traute sie sich, die Wahrheit zu schreiben? Ich bin dabei, mich in dich zu verlieben, und für diese Liebe würde ich meine Seele, meine Zukunft und meinen Glauben an mich selbst verpfänden ...

Nein. Das würde sie ganz bestimmt nicht schreiben. Sie entschied sich für: Ich kann dich nicht mehr treffen.

Da war noch mehr, so viel mehr, was sie hätte schreiben können. Viel zu viel. Aber im Moment hatte sie andere Sorgen. Karen. Sie musste herausfinden, was mit ihrer Freundin geschehen war. Zwar hatte sie ein ungutes Gefühl dabei, aber sie musste selbst etwas unternehmen. Vor allem musste sie das Richtige tun.

Sie hatte Jake mitgeteilt, was sie zu sagen hatte.

Das Wasser wurde abgedreht. Ashley unterschrieb ihren Brief nicht. Sie ließ ihn einfach fallen und lief hinaus. Sie floh vom Hausboot, ehe er sie zurückhalten konnte.

20. KAPITEL

Es begann mit einem Streit ums Essen. Zunächst bemerkte Peter Bordon den Vorfall überhaupt nicht, denn er ereignete sich am anderen Ende des Frühstückstisches.

In dem Teil des Gefängnisses, in dem er untergebracht war, kamen Gewaltausbrüche nur selten vor. Die meisten Männer saßen wegen Wirtschaftsvergehen, und sie wollten schnell wieder in die Freiheit. Sie hatten Familien, und einige träumten von einem rechtschaffenen Leben.

Sie revoltierten nicht und waren alles andere als gewalttätig.

Am Anfang flogen nur gekochte Eier durch die Luft, doch innerhalb von Sekunden entstand ein Handgemenge. Er hatte nicht vor, sich einzumischen. Es war ihm egal, ob er Eigelb auf dem Hemd hatte.

Doch plötzlich packte ihn jemand am Kragen und riss ihn über den Tisch. Kurz danach lag er auf dem Boden, und ein Dutzend Männer fielen über ihn her. Er hörte die Trillerpfeifen und Rufe der Wärter, die herbeigelaufen kamen, um die Schlägerei zu beenden, aber er war zu sehr damit beschäftigt, den Ellbogen abzuwehren, der in sein Gesicht stieß und seinen Kopf auf den Fußboden schmetterte. Er bekam keine Luft mehr. Wütend schrie er auf und versuchte, die Männer wegzuschieben. Doch mit dem ganzen Gewicht der Körper über sich fiel es ihm schwer, sich zur Wehr zu setzen.

Zuerst spürte er das Messer gar nicht, dass ihm in den Leib gerammt wurde ...

Doch plötzlich, in dem ganzen Durcheinander, durchfuhr ihn die Erkenntnis wie ein Blitz.

Der Streit ums Essen war nur ein Ablenkungsmanöver, das seinetwegen angezettelt worden war. Jemand hatte von dem Anruf erfahren. Jeder von ihnen konnte der Verräter sein. Es ging schließlich um viel Geld. Eigentlich spielte es überhaupt keine Rolle, wer der Denunziant war. Irgendeiner war immer käuflich, ohne lange Fragen zu stellen.

Die Klinge in seinem Körper wurde umgedreht. Vor Schmerz wollte er aufschreien, aber die Stimme versagte ihm ihren Dienst – ebenso wie die Lungen. Als die Wärter die anderen Gefangenen weggerissen hatten, war er bereits ohnmächtig geworden.

Der Zwischenfall hatte nur ein paar Sekunden gedauert.

„Kaffee ist fertig. Bist du nicht schon ziemlich spät dran?" fragte Nick, als er Ashley im Flur begegnete.

„Ich brauche doch jetzt erst um acht Uhr zum Dienst zu erscheinen", erinnerte sie ihn.

„Das ist ja gut. Du siehst ziemlich schlecht aus ... jedenfalls für dein Alter und deine Schönheit."

„Vielen Dank."

„Hör mal, Ashley, ich kann dir nicht vorschreiben, was du zu tun hast, aber vielleicht solltest du die ... ähm ... Freundschaft mit Dilessio ein bisschen langsamer angehen lassen."

„Das sollte ich vielleicht wirklich." War ein sofortiger Abbruch der Beziehung langsam genug? Ihren Brief bedauerte sie bereits. Aus irgendeinem Grund hatte sie geglaubt, er würde an ihre Tür klopfen und etwas dazu sagen. Es war zwar nicht sehr wahrscheinlich, und es war dann ja auch nicht geschehen. Er war auf dem Weg ins Landesinnere, wo er möglicherweise den Schlüssel zu dem Rätsel fand, das ihn schon so lange beschäftigte. Um seinetwillen hoffte sie, dass er die gewünschten Antworten erhielt. Sie glaubte jedoch nicht, dass ihn das verändern würde.

Sein Interesse an der Frau, die er vor Jahren geliebt hatte, war größer als alle Gefühle, die er ihr gegenüber empfand.

„Wie war denn euer Abend?“ erkundigte sie sich bei ihrem Onkel.

„Fantastisch. Sharons Klient hat den Termin abgesagt. Wir waren in einem Krabbenrestaurant in South Beach, hinterher in einem Kino in der Lincoln Road, und anschließend haben wir einen Strandspaziergang gemacht.“

„Wie romantisch.“

„Das war es in der Tat“, sagte Nick. Plötzlich wirkte er verlegen wie ein Junge, der bei einem Streich ertappt worden war. „Sharon ist wirklich ... großartig. Ach übrigens, hast du deine Wäsche gefunden?“

„Meine Wäsche?“

„Sharon hat gesagt, dass sie ein paar Sachen von dir in dein Zimmer gelegt hat.“

„Wirklich?“ murmelte Ashley. „Ist sie schon wach?“

„Sie hat erst heute Mittag einen Termin für einen Vertragsabschluss. Deshalb wollte sie noch ein wenig schlafen, nachdem ich aufgestanden bin.“

Ashley lächelte ihren Onkel an. „Ich werde mal an ihre Tür klopfen und nachsehen, ob sie wach ist.“

Ehe er sie aufhalten konnte, war sie bereits verschwunden. Er hatte die Tür zu seinem Zimmer nur angelehnt, und Sharon hatte sich nicht die Mühe gemacht aufzustehen, um sie zu schließen. Ashley klopfte leise.

„Nick?“ Sharons schläfrige Stimme klang ein wenig verwundert. Nick würde doch nicht an seine eigene Tür klopfen.

„Sharon, ich bins, Ashley. Kann ich mit dir reden?“

„Eine Sekunde.“

Kurz darauf machte Sharon die Tür weit auf, während sie ihren Morgenmantel mit einem Gürtel zuband. Auch am frühen Morgen – mit zerzauster Frisur und ohne Make-up – sah sie umwerfend aus. Kein Wunder, dass Nick davon überzeugt war, das große Los gezogen zu haben.

„Ashley?“ fragte sie überrascht.

Ashley redete nicht lange um den heißen Brei herum. „Zwei Sachen. Erstens, was hast du wirklich in meinem Zimmer gemacht? Ich wusste, dass jemand drin war. Nick hat mir gesagt, du hättest meine Wäsche gebracht. Ich habe aber keine gefunden.“

Sharons Wangen wurden dunkelrot. „Ich habe ihn angelogen. Entschuldige bitte.“

„Also ...?“

„Ich wollte dich ein bisschen besser kennen lernen.“

„Dann wäre ein Einkaufsbummel oder ein gemeinsames Abendessen sicher geeigneter gewesen“, erwiderte Ashley.

Sharon schüttelte den Kopf. „Ashley ... Samstagmorgen habe ich einen Termin. Wenn du dich bis dahin geduldest, kann ich dir alles erklären, und ich hoffe, du wirst mich verstehen.“

„Das klingt aber sehr geheimnisvoll.“

„Nicht geheimnisvoll. Nur ein bisschen ... nun ja, du wirst es verstehen, wenn ich es dir sage. Und was war das zweite?“

„Ich brauche ein paar Informationen über eine Immobilie, die du verkauft hast.“

Sharon runzelte die Stirn. „Eine Immobilie?“

„Richtung Südwesten. Fast schon in den Everglades.“

„Da habe ich eine Menge Grundstücke verkauft. Welches meinst du denn?“

Ashley nannte die Adresse. Sharon starrte sie verständnislos an.

„Ein großes Haus, ein weitläufiges Grundstück, eine Reihe zusätzlicher Gebäude“, erklärte Ashley.

„Das trifft auf viele Objekte zu. Von meinem Computer hier

habe ich keinen Zugriff auf die alten Akten, aber wenn ich ins Büro fahre, schaue ich gerne für dich nach."

„Kommst du denn heute ins Büro? Nick sagt, du hast erst um zwölf einen Termin für einen Vertragsabschluss."

„Wenn es dir so wichtig ist, fahre ich vorher hin und kläre es."

„Danke."

„Was brauchst du denn?"

„Alle möglichen Informationen, möglichst jedes Detail."

Sharon nickte. „Heute Abend hast du sie."

„Wahrscheinlich komme ich erst spät zurück. Ich mache mit ein paar Freunden eine kleine Feier." Vorausgesetzt, eine bestimmte Freundin war bis dahin wieder aufgetaucht. „Leg die Unterlagen doch einfach auf mein Bett."

„Gern."

Einen Moment lang sahen sie einander an. „Ashley, ich weiß, ich hätte nicht in dein Zimmer gehen dürfen. Es ist nicht mein Haus, und es tut mir wirklich Leid, aber ich hoffe, du wirst mich verstehen, wenn ich dir erklären kann, worum es geht."

„Das hoffe ich auch", sagte Ashley kurz und ließ sie stehen.

„Ashley", rief Sharon ihr nach. Sie drehte sich um. „Du weißt, dass Nick dich vergöttert. Er könnte dich nicht mehr lieben oder stolzer auf dich sein, wenn du seine eigene Tochter wärst."

„Er bedeutet mir auch alles", sagte Ashley. Sie wunderte sich, dass Sharon sie deswegen zurückgerufen hatte. „Wenn du diese Informationen bekommen könntest, wäre ich dir wirklich sehr dankbar."

„Heute Abend hast du sie."

Ashley ging in die Küche zurück. Nick warf ihr einen neugierigen Blick zu, als sie zur Kaffeekanne griff. „Alles in Ordnung?"

„Vollkommen", erwiderte sie. Sie stellte ihren Becher auf die

Anrichte und entschloss sich zu einer Notlüge. „Ich wollte ihr nur für die Wäsche danken."

„Schön", sagte Nick. „Übrigens, dein Handy klingelt."

„Was?"

„Ich höre es bis hierhin. Es liegt in deinem Schlafzimmer."

Jetzt, wo Nick es gesagt hatte, konnte sie das ferne Summen ebenfalls hören. Sie lief in ihr Zimmer und kramte hektisch in ihrer Handtasche. Jans Nummer stand auf dem Display. Schnell drückte sie auf die Taste.

„Jan!" sagte sie atemlos.

„Hallo. Ich glaube, wir haben uns wirklich dumm verhalten, was Karen angeht. Obwohl ich mir immer noch nicht vorstellen kann, warum sie uns nicht zurückgerufen hat."

„Wovon redest du?"

„Sie hat sich in der Schule gemeldet – sie ist immer noch krank."

„Warum war sie dann nicht zu Hause? Und warum steht ihr Wagen in der Einfahrt?"

„Ich weiß es nicht. Wir fragen sie einfach, wenn wir sie sehen."

„Ich werde nach der Arbeit noch einmal bei ihr vorbeifahren."

„Das ist nicht nötig. Sie kommt doch heute Abend zu deiner Party. Sollte sie nicht auftauchen, können wir immer noch die Polizei verständigen."

„Na ja, da hast du Recht. In Ordnung." Ashley erzählte ihr nichts von den Flecken, die sie in Karens Dusche gefunden und abgekratzt hatte. Warum sollte sie sie grundlos beunruhigen? Und da Karen sich bei ihrem Arbeitgeber gemeldet hatte, war ja alles in Ordnung.

Oder jemand anders hatte für sie in der Schule angerufen.

„Also dann bis heute Abend", verabschiedete Ashley sich.

Sie duschte und zog sich an. Es kam ihr seltsam vor, dass sie zur Arbeit keine Uniform mehr tragen musste. Als sie in die Küche ging, stand Sharon neben dem Stuhl, auf dem Nick saß. Offenbar wollte sie doch nicht länger im Bett bleiben. Beide schauten in die Zeitung.

„Schönen Tag, Liebes", sagte Nick.

„Danke, dir auch."

Jake hatte den Weg zum Gefängnis in Rekordzeit hinter sich gebracht, und trotzdem erschien es ihm wie die längste Fahrt seines Lebens.

Auf den ersten Meilen war er nur wütend gewesen. Am liebsten hätte er Ashley so lange geschüttelt, bis sie seinen Standpunkt akzeptierte.

Danach hatte er begonnen, sich Fragen zu stellen. War er fanatisch? Oder hatte er das Recht, sich Sorgen zu machen? Wie kann man gleichgültig bleiben, wenn man erkennt, dass nur die Momente von Bedeutung sind, die man mit einem Menschen verbringt, der fest entschlossen ist, sein Leben aufs Spiel zu setzen?

Er erreichte sein Ziel viel zu früh. Deshalb saß er noch eine Stunde lang bei Kaffee und Rührei in einem 24-Stunden-Restaurant in der Nähe des Gefängnisses. Während er aß, machte er sich einige Notizen von den Dingen, die ihm durch den Kopf gingen. Er zeichnete eine Skizze von der Gegend, in der die Leichen gefunden worden waren. Den Schlüssel zu all den Toten hatte Peter Bordon. Das hatte er immer schon gewusst. Dennoch schrieb er vorsichtshalber noch einmal alles auf. Tatsache: Die Sekte hatte existiert. Drei Frauen, die ihr angehörten, waren gestorben. Tatsache: Sie hatten keine andere Kultgemeinschaft ausfindig machen können, die den People for Principle nur im Entferntesten ähnelte. Tatsache: Die meisten Mitglieder der Sekte schienen über Verbrechen und Morde wirklich nicht Bescheid zu wissen. Sie waren gedemütigt worden und wütend, als sie entdeckten, dass man sie betrogen hatte. Deshalb wollten sie die Vergangenheit so schnell wie möglich vergessen.

Tatsache: Eine weitere Frau war tot.

Tatsache: Seine Kollegin Nancy Lassiter war auf den Fall angesetzt worden. War während der Ermittlungen ums Leben gekommen, obwohl sie niemals einen Fuß auf das Grundstück der Sekte gesetzt hatte. Jedenfalls nicht, soweit er informiert war.

Tatsache: Sie hatte sein Boot lebend verlassen. Und dann war sie erst wieder gesehen worden, als man ihren Wagen Wochen später in einem Kanal gefunden hatte.

In einem Kanal in der Nähe des Grundstücks.

Tatsache ...

Wenn überhaupt ein Sektenmitglied etwas hätte erzählen können, wäre es John Mast gewesen, der immer vehement bestritten hatte, etwas von den Todesfällen zu wissen, dafür aber zugegeben hatte, dass er nicht viel von der Buchhaltung verstand, um die er sich kümmern sollte. Mast hatte etwas gewusst. Von Anfang an hatte Jake dieses Gefühl gehabt.

Tatsache: Mast war tot. Er war bei einem Flugzeugabsturz umgekommen. Oder?

Nachdenklich trommelte er mit den Fingern auf die Tischplatte. Dann zog er sein Handy heraus und rief im Hauptquartier an. Marty war bestimmt noch nicht im Büro. Aber einen der Beamten von der Sonderkommission würde er bestimmt erreichen.

Er wurde mit Belk verbunden. Er versprach Jake, sich sofort um die Einzelheiten des Flugzeugunglücks zu kümmern und nachzuforschen, ob alle Toten eindeutig identifiziert worden waren.

Jake blätterte auf dem Notizblock bis zu der Seite, auf die Ashley den Brief an ihn geschrieben hatte. Noch einmal las er ihn. Sie hatte Recht. Sie mussten Kompromisse machen. Er wollte nicht, dass sie Polizistin wurde, aber er wusste, dass sie fest entschlossen war, irgendwann auf die Akademie zurückzugehen und ihren Abschluss zu machen. Ungefähr alle achtundfünfzig Stunden wurde in den Vereinigten Staaten ein Polizist getötet. Er wollte nicht, dass sie diesen Job ausübte. Auch wenn – oder gerade weil – er es selbst tat.

Nachdenklich blätterte er zur ersten Seite zurück. Sie zeigte eine flüchtig hingeworfene, dennoch ausgezeichnete Skizze eines Unfalls.

Es war der Unfall auf dem Highway, an dem sie vorbeigekommen und dessen Opfer Stuart Fresia gewesen war, der seitdem im Koma lag. Stirnrunzelnd betrachtete er die Zeichnung. Eine schwarz gekleidete Figur starrte auf die Autobahn. In die Richtung des Unfalls. Eine Figur in Schwarz ...

Schwarz war die Farbe der Kleidung, die die People for Principle getragen hatten.

Während er noch die Zeichnung betrachtete, klingelte sein Handy. Zu seiner Verblüffung war es der Gefängnisdirektor. Jakes Miene wurde ernst, während er lauschte.

„Ist er tot?“ fragte er mit belegter Stimme.

„Er lebt, aber es sieht nicht gut aus“, antwortete der Direktor. „Er wird gerade in den Operationssaal gebracht. Ich weiß, wie wichtig dieses Treffen für Sie war. Kommen Sie direkt ins Krankenhaus. Die Ärzte geben ihm keine große Chance. Er ist nicht mehr zu Bewusstsein gekommen, und vielleicht wacht er ja gar nicht mehr auf. Aber Sie sollten bei ihm sein, wenn er den OP verlässt. Nur für den Fall.“

„Danke.“

Jake beendete das Gespräch und zahlte seine Rechnung. Auf dem Weg zu seinem Wagen musste er gegen eine Welle von Zorn, Enttäuschung und Bitterkeit ankämpfen.

Ashley verbrachte den Vormittag wie in einer Nebelwand. Zunächst hatte sie ihre Polizeimarke und ihre Pistole abgegeben. Sie tat es nicht gern, aber es blieb ihr nichts anderes übrig. Nun gehörte sie nicht mehr der Akademie an.

Danach musste sie einige Papiere unterzeichnen und erhielt den Auftrag, sich anhand von Computervergleichen mit der Riefung von Pistolenkugeln zu beschäftigen. Vorher hatte sie allerdings noch mit Mandy Nightingale sprechen können. Nachdenklich hatte sie ihrer Schilderung zugehört und ihr zunächst geraten, nicht in Panik zu verfallen, vor allem, da Karen sich an diesem Morgen erneut krank gemeldet hatte. Vielleicht gäbe es für ihr Verschwinden eine einfache Erklärung. Trotzdem hatte sie sich zu einem inoffiziellen Test bereit erklärt und Ashley versprochen, ihr sofort mitzuteilen, ob es sich bei der Substanz aus der Dusche um Blut oder etwas anderes handelte.

„Wenn Karen heute Abend allerdings immer noch nicht auftaucht ..."

„Dann werde ich zugeben müssen, dass ich Ihre Funde untersucht habe", vollendete Mandy den Satz.

Ashley bedankte sich lächelnd.

Gegen Mittag erklärte Mandy ihr, dass es sich tatsächlich um Blut handelte, dies aber noch immer kein Grund zur Panik sei. Vermutlich hatte Karen sich tatsächlich beim Rasieren der Beine geschnitten. Natürlich konnte man anhand der winzigen Spuren nichts Konkretes sagen. „Manchmal säubert ein Mörder den Tatort so gründlich, dass wir selbst mit chemischen Substanzen und Spezialleuchten Schwierigkeiten haben, etwas zu finden. Kein Grund, blass um die Nase zu werden. Noch wollen wir uns keine Sorgen machen, klar?"

„Wir wollen uns keine Sorgen machen", wiederholte Ashley. Aber das Herz klopfte ihr bis zum Hals, und sie zitterte vor Angst.

„Sie machen sich doch Sorgen", stellte Mandy mitfühlend fest. „Wenn Sie wollen, können Sie sofort eine Vermisstenanzeige aufgeben. Die Abteilung wird auf die vorgeschriebene Wartezeit verzichten. Nur bedenken Sie: Wenn Sie das tun, werden ihre Eltern verständigt werden, und man wird Nachforschungen an ihrem Arbeitsplatz anstellen. Außerdem werden alle befragt werden, die sie kürzlich gesehen haben."

„Dann warten wir lieber bis heute Abend."

Kurz darauf rief Jan an. „Hast du schon etwas von Karen gehört?"

„Nein."

„Ich auch nicht. Ich werde sie umbringen, wenn ich sie sehe."

Ashley sagte ihr nicht, dass ihrer Freundin möglicherweise genau das schon zugestoßen war.

„Hör zu", fuhr Jan fort. „Ich weiß, dass ich dir davon abgeraten habe, aber bevor ich heute Abend ins Restaurant komme, fahre ich bei ihr vorbei. Und wenn ich sie antreffe, werde ich ihr ordentlich die Leviten lesen und sie in mein Auto schleifen."

„Hört sich gut an. Wenn sie nämlich nicht auftaucht ..."

„Wenn sie nicht auftaucht, blasen wir die Party ab."

Ein anderer Anrufer klopfte an. Sie verabschiedete sich von Jan und nahm das neue Gespräch entgegen.

„Ashley?"

Es war David Wharton.

„David? Warum um Himmels willen rufen Sie mich erst jetzt wieder an?"

„Ich hatte viel zu tun. Haben Sie Sharon Dupre nach dem Grundstück gefragt?"

„Ja, und sie hat mir versprochen, sich heute darum zu kümmern."

„Gut. Dann sehen wir uns also heute Abend."

„Nein, heute Abend geht nicht. Ich treffe mich mit Freunden zum Abendessen. Wir feiern meinen neuen Job."

„Aber ich muss unbedingt mit Ihnen sprechen."

„Es wird spät werden."

„Dann laden Sie mich doch zum Essen ein. Ich würde gerne mit Ihnen feiern und zur neuen Stelle gratulieren."

„Vielleicht feiern wir auch gar nicht. Eine Freundin von mir ist nämlich spurlos verschwunden."

„Eines der Mädchen aus dem Krankenhaus? Karen oder Jan?"

Sie war überrascht, dass er ihre Namen kannte. Aber schließlich hatte er auch stundenlang im Wartezimmer gesessen und alles mitbekommen. Abgesehen davon war er ein Reporter und achtete deshalb schon von Berufs wegen auf solche Einzelheiten.

„Ich möchte im Moment nicht darüber sprechen."

„Na gut. Aber ich habe Ihnen eine Menge zu erzählen. Bitte geben Sie mir eine Chance. Lassen Sie mich heute Abend kommen, damit ich mit Ihnen sprechen kann."

Seufzend nannte sie ihm den Namen des Lokals. Sie würde sich eine Minute Zeit für ihn nehmen. Wenn sie keine Lust mehr hatte, ihm zuzuhören, waren immer noch Arne, Gwyn und die anderen bei ihr. Ein Tisch voller „Beinahe-Polizisten". Und Len könnte ihn sogar verhaften, wenn er gefährlich werden sollte.

Als sie das Gespräch beendete, war ihre Mittagspause bereits vorbei. Am Nachmittag zeigte Mandy ihr, wie man eine Leiche aus verschiedenen Perspektiven fotografierte und ließ sie dann an einer verstümmelten Puppe üben. Eine Stunde lang war sie damit beschäftigt. Sie hoffte, ein paar gute Bilder gemacht zu haben. Dann steckte Mandy den Kopf zur Tür herein und verkündete lächelnd: „Telefon für Sie. Ich denke, Sie sollten das Gespräch annehmen."

Ashley eilte zum Apparat und hoffte gegen alle Vernunft,

dass es Karen sein möge. Doch es war Nathan Fresia, und er hatte gute Neuigkeiten. Stuart war zwar noch nicht wieder bei Bewusstsein, aber der Monitor zeichnete eine verstärkte Tätigkeit von Hirnströmungen an. Nach Meinung der Ärzte könnte er in den nächsten Tagen aufwachen, verkündete Nathan begeistert. Kaum hatte sie ihm versichert, wie sehr sie sich über die Nachricht freute, wurde sie ernst. „Nathan ... ist diese Neuigkeit schon an die Öffentlichkeit gedrungen?“ fragte sie besorgt.

„Ich glaube nicht. Natürlich weiß es das Krankenhauspersonal, und die Polizisten, die ihn bewachen, haben es auch mitbekommen.“

„Da inzwischen sogar die Polizei glaubt, dass jemand hinter ihm her ist, wäre es am besten, Stillschweigen darüber zu bewahren. Die Leute sollen denken, dass es keine Chance auf eine schnelle Heilung gibt.“

„Sie haben Recht. Ich sorge dafür, dass nichts nach außen dringt. Auf jeden Fall weiche ich nicht mehr von seiner Seite.“

„Morgen komme ich vorbei“, versprach Ashley, ehe sie das Gespräch beendete.

Es wurde fünf Uhr. Von Karen gab es noch immer kein Lebenszeichen, und als Ashley versuchte, Jan zu erreichen, meldete die sich ebenfalls nicht.

Len Green, ausnahmsweise nicht in Uniform, sondern in khakifarbenen Hosen und einem braunen Hemd, was ihn wirklich sehr gut kleidete, betrat den kleinen Raum, der ihr als Büro zugeteilt worden war. „Bereit?“

„Ich habe meinen Wagen dabei, Len.“

„Ich weiß. Ich folge dir bis nach Hause, dann fahren wir mit meinem Wagen zum Restaurant.“

„Ich kann selbst fahren.“

„Alle wissen, dass du keinen Alkohol anrührst, wenn du fährst. Heute Abend wollen wir dich betrunken machen."

„Ich will mich nicht betrinken. Und wenn Karen nicht auftaucht, gibt es überhaupt keine Party."

„Hast du immer noch nichts von ihr gehört? Es hat bestimmt nichts zu bedeuten. Sie hat sich so auf heute Abend gefreut. Ich bin sicher, dass sie kommen wird."

„Schön, dass du so zuversichtlich bist."

Er zuckte mit den Schultern. „Also – wollen wir? Ich fahre hinter dir her."

„Einverstanden. Du wirst allerdings noch einen Kaffee an der Bar trinken müssen, um auf mich zu warten. Ich will nämlich noch duschen und mich umziehen."

„Auf dich würde ich mein ganzes Leben lang warten", entgegnete er.

Am Freitagabend hatte Peter Bordon noch immer nicht das Bewusstsein wiedererlangt.

Dennoch wollte Jake nicht von der Seite des Mannes weichen. Er hatte ein paar Gespräche mit dem Arzt geführt, der ihm Bordons Verletzungen detailliert beschrieben hatte. Leber, Bauchspeicheldrüse, Magen und Dünndarm waren in Mitleidenschaft gezogen. Bordon hatte sehr viel Blut verloren, und dazu war es zu schweren inneren Blutungen gekommen. Obwohl die Ärzte alles Menschenmögliche unternommen hatten, blieb ihm bestenfalls eine Chance von zehn Prozent, die nächsten achtundvierzig Stunden zu überleben. Wann er aufwachte – oder ob überhaupt –, konnten die Mediziner ebenfalls nicht mit Sicherheit sagen.

Jake blieb also nur eine vage Hoffnung.

Die anderen Gefangenen waren während des Tages intensiv verhört worden. Natürlich stritten alle die Tat ab. Keiner hatte

Bordon etwas antun wollen. Obwohl sie sich alle einer Leibesvisitation unterziehen mussten und die Cafeteria gründlich durchsucht worden war, konnte die Tatwaffe nicht gefunden werden.

Jake hatte die Wartezeit dazu genutzt, sich im Gefängnis umzusehen und mit den Kollegen von Miami-Dade in Verbindung zu setzen. Die Nachtschicht war vorbei, und Marty hatte seinen Dienst angetreten.

„Sie haben Bordon also praktisch abgestochen wie ein Schwein, und jetzt ist er auf der Kippe?“ hatte Marty nachgehakt.

„Es steht in der Tat nicht gut um ihn.“

„Ich habe übrigens einiges herausbekommen“, erzählte Marty. Skip Conrad hatte Fingerabdrücke von Jake, Marty, Nick, Ashley und einigen anderen gefunden, die aus unterschiedlichen Gründen auf dem Boot gewesen waren. Skip hatte auch darauf hingewiesen, dass an einigen Stellen überhaupt keine Abdrücke gewesen waren, was den Schluss zuließ, dass jemand alle verräterischen Spuren sorgfältig beseitigt hatte.

Obwohl Marty sich über Jakes Anfrage nach dem Flugzeugunglück, bei dem John Mast ums Leben gekommen war, wunderte, hatte er die entsprechenden Informationen innerhalb einer Stunde eingeholt und ihn umgehend angerufen. Die Protokolle kamen aus Haiti, wo die Maschine abgestürzt war, und sie besagten, dass es keine Überlebenden gegeben hatte. Was allerdings nur eine Vermutung war. Denn lediglich achtzig der insgesamt achtundachtzig Passagiere und Besatzungsmitglieder waren aus dem Meer geborgen worden. John Masts Leichnam hatte nicht zu denen gehört, die eindeutig identifiziert worden waren.

„Er hat überlebt und befindet sich irgendwo da draußen, Marty“, meinte Jake. „Ich weiß es.“

„Vielleicht, Jake, vielleicht. Willst du im Gefängnis bleiben, bis Bordon stirbt?“

„Ich warte auf jeden Fall, bis etwas geschieht – so oder so."

„Ich verstehe. Inzwischen werde ich mich um die Immobilien kümmern. Falls du mich brauchst, ruf mich an."

„Mach ich."

Erst nachdem das Gespräch beendet war, fiel Jake ein, dass er vergessen hatte, Marty daran zu erinnern, Franklin und die anderen auf dem Laufenden zu halten. Deshalb rief er selbst bei dem FBI-Agenten an, der sich sofort um John Mast kümmern wollte. Anschließend sprach er mit Blake, der einen Bericht schreiben und an alle, die es anging, verteilen wollte. Ehe Jake in Bordons Zimmer zurückging, rief er noch Ashley auf ihrem Handy an. Sie nahm nicht ab. Dann wählte er die Nummer der Bar, und Katie meldete sich. Sie teilte ihm mit, dass Nick, Sharon und Ashley nicht zu Hause waren. „Sie feiert heute Abend ihr Beförderung", erklärte sie.

„Ach ja, richtig."

„Ich sage ihr, dass Sie angerufen haben."

„Bemühen Sie sich nicht. Ich versuche es später nochmal."

Als er Bordons Zimmer betrat, stand ein Priester neben dem Bett und betete. Von dem Geistlichen hatte Jake erfahren, dass Bordon tatsächlich regelmäßig in die Kirche gegangen war.

„Pater, hat er Ihnen erzählt ..."

„Nein. Er hat nicht viel vom Beichten gehalten. Ich meine, ich könnte nicht behaupten, dass er überhaupt etwas gesagt hat. Aber von irgendwelchen Verbrechen hat er mir bestimmt nichts erzählt."

„Danke."

„Beten Sie für ihn, Detective. Das tue ich auch gerade. In den letzten Monaten hat er nämlich wirklich seinen Weg zu Gott gefunden."

Jake nickte und begann zu beten. Seine Gebete unterschieden

sich allerdings erheblich von denen des Priesters. Er betete nämlich darum, dass Peter Bordon lange genug leben möge, um ihm ein paar Antworten zu geben und der Gerechtigkeit Genüge zu tun.

Um sieben hielt Ashley es nicht länger aus. Sie ließ Arne, Gwyn und die anderen am Tisch sitzen und ging hinaus. Jan und Karen waren immer noch nicht da.

Sie merkte, dass jemand hinter ihr stand. Len. Erneut hatte sie dieses unbehagliche Gefühl, während ein Verdacht in ihr keimte.

„Du weißt, wo sie ist, Len. Du hast Karen vom Krankenhaus nach Hause gebracht. Du warst in ihrem Haus, und du bist mir gefolgt, als ich zu ihr gefahren bin. Weil du Angst hattest, dass ich etwas finden könnte." Nahe daran, die Beherrschung zu verlieren, musste sie sich zusammennehmen, ehe sie fortfuhr: „Du hast alles Mögliche im Haus berührt, als du mit mir dort warst. Es gibt also eine logische Erklärung für deine Fingerabdrücke, wenn sie anfangen sollten, ihr Verschwinden aufzuklären. Also wo zum Teufel ist sie, Len? Was hast du mit meiner Freundin gemacht?!"

„Wie bitte?" fragte Len steif.

Die Besucher, die ins Restaurant wollten, blieben verblüfft stehen und starrten sie und Len an. Er war vor Verlegenheit ganz rot im Gesicht.

„Len, sag die Wahrheit. Du siehst aus, als hättest du etwas zu verbergen. Wo ist Karen? Was hast du mit ihr gemacht? Wo ist ihre Lei... wo ist sie?"

Plötzlich veränderte sich sein Blick. Mit einem seltsamen Ausdruck sah er sie an.

Sie glaubte Schuld in seinen Augen zu erkennen. Zorn und Schuld. Nur gut, dass sie hier in aller Öffentlichkeit sicher vor ihm war.

„Wenn du ihr etwas angetan hast, dann ..."

Sie konnte den Satz nicht zu Ende bringen. Jemand klopfte ihr von hinten auf die Schulter. Sie fuhr herum, und zu ihrem großen Erstaunen stand Karen vor ihr. Sie war genauso rot im Gesicht wie Len.

„Hallo, Ashley! Hier bin ich."

Fast neun Uhr. Bordon war noch immer bewusstlos. Jake rieb sich den Nacken. Ein anderer Wärter betrat das Zimmer. Dr. Matthews hatte gerade die Krankenakte studiert und die Infusion kontrolliert. Bordon atmete noch, und sein Herz schlug nach wie vor.

Thompson, der Wärter, sprach ihn an. „Detective, vielleicht sollten Sie sich ein Hotelzimmer nehmen. Schlafen Sie ein paar Stunden. Wenn sich sein Zustand ändert, werden wir Sie umgehend benachrichtigen."

„Bis ich hier bin, ist es vielleicht schon zu spät."

Thompson nickte. „Ich verstehe." Er zögerte. „Ein Wärter wird die ganze Nacht hier sein. Falls Sie etwas brauchen ..."

„Vielen Dank."

Jake versuchte, es sich in dem Krankenhaussessel bequem zu machen, aber es gelang ihm nicht. So viele Nächte hatte er schon durchwacht. Diese hier schien ihm bei weitem die längste von allen zu sein. Und sehr viel anstrengender. Vergangene Nacht ...

Da war er auf dem Weg hierher gewesen. Und die Nacht davor hatte er in seinem Bett geschlafen. Mit Ashley an seiner Seite. Ihr rotes Haar hatte ihn in der Nase und an der Brust gekitzelt. Es war sehr angenehm gewesen.

Sie war für ihn wie ein Feuer, das sein Leben erwärmte. Sie bedeutete ihm viel zu viel, und er machte sich viel zu viele Sorgen um sie. Was inzwischen keine Rolle mehr spielte. Denn sie wollte ihn ja nicht mehr sehen.

Noch einmal zog er ihre Zeichnung hervor. Der Unfall auf dem Highway. Der reglose Körper.

Die schwarz gekleidete Figur.

Es ist doch nur eine Zeichnung, sagte er sich. Und dazu noch eine rasch skizzierte. Doch genau darin lag Ashleys Begabung. Ein paar Striche auf weißem Papier, und alles wurde klar ersichtlich. Die Position der Fahrzeuge, die Lage des Körpers. Diese bemitleidenswerte, zusammengekrümmte Figur auf dem Asphalt.

Und die Gestalt in Schwarz. Nur ein paar hastige Bleistiftstriche. Was er sah, erinnerte ihn auf unheimliche Weise an die Dinge, die er vor einigen Jahren auf dem Grundstück der People for Principle bemerkt hatte.

Er stand auf, nickte dem Wärter kurz zu und ging hinaus auf den Korridor. Es war schon wieder ziemlich spät, aber Carnegie würde es nichts ausmachen. Er wählte die Nummer des altgedienten Polizisten.

Als Carnegie sich meldete, fragte Jake: „Immer noch bei der Arbeit?“

„Das müssen Sie gerade fragen! Man hat mir gesagt, dass Sie den ganzen Tag im Krankenhaus sitzen. Es ist in allen Nachrichtensendungen gekommen. Papa Pierre, der ehemalige Führer der People for Principle, der Veruntreuer von Geldern und Steuerhinterzieher ... der Mann, der möglicherweise mit den Morden an drei Frauen zu tun hat und vielleicht die treibende Kraft hinter dem gewaltsamen Tod einer vierten war. Lebt Bordon noch?“

„Halbwegs.“

„Sie verschwenden doch nur Ihre Zeit.“

„Schon möglich.“

„Ich habe ein paar gute Neuigkeiten für Sie.“

„Wirklich?“

„Die Ärzte sagen, es sieht so aus, als käme der junge Fresia durch.“

„Das ist ja prima. Weiß Ashley Montague es schon?“

„Nathan Fresia hat es ihr bereits gesagt. Ein paar andere wissen es dummerweise auch schon. Wir haben beschlossen, es nicht an die große Glocke zu hängen. Wenn allerdings eine bestimmte Person weiß, dass sich sein Zustand gebessert hat ... Na ja, unsere Posten passen auf, und zwar rund um die Uhr. Ich habe übrigens einen Fahndungsbefehl nach diesem so genannten David Wharton an alle Polizeistationen ausgegeben."

„Ich habe auch etwas für Sie, Carnegie. Es ergibt noch nicht viel Sinn, aber ... Ich habe eine Skizze von dem Unfall. Und auf dieser Zeichnung steht eine schwarz gekleidete Figur mit einer Kapuze auf dem Kopf neben dem Highway."

„Jake", sagte Carnegie langsam, „so haben sich doch diese verrückten People for Principle verkleidet."

„Genau. Und ich glaube, dass eines ihrer Mitglieder, das angeblich tot ist, quicklebendig durch Miami läuft. Ein Mann namens John Mast. Angeblich ist er bei einem Flugzeugabsturz ums Leben gekommen, aber seine Leiche wurde nie gefunden. Vielleicht ist er Ihr David Wharton."

„Aber wie passt das alles zusammen? Die Opfer, die mit dieser Sekte in Verbindung standen, waren Frauen, und man hat ihnen die Kehle aufgeschlitzt. Mein Mann ist jedoch von einem Auto über den Haufen gefahren worden."

„Ich weiß, dass es nicht zusammenpasst. Langsam komme ich allerdings zu der Überzeugung, dass da doch ein Zusammenhang sein könnte. Vielleicht ist Bordon ja noch fähig, mir etwas zu erzählen. Ich warte einfach mal ab. Wenn ich zurückkomme, werde ich Himmel und Hölle in Bewegung setzen, um Mast zu finden, falls er noch lebt und frei herumläuft. Ich weiß nicht, aber ... ich werde das Gefühl nicht los, dass Wharton und er ein und dieselbe Person sind."

„Das sagt Ihnen Ihr Bauch?" fragte Carnegie.

„Ja. Das sagt mir mein Bauch“, bestätigte Jake.

Damit beendeten sie ihr Gespräch. Jake ging ins Krankenzimmer zurück und setzte sich neben Bordon, der reglos vor sich hindämmerte. Vor noch nicht allzu langer Zeit hatte er geglaubt, dass es ihm ein Gefühl von Gerechtigkeit vermitteln würde, dem Mann beim langsamen Sterben zuzusehen. Damals hätte er es sich nicht träumen lassen, dass er eines Tages um sein Leben beten würde.

Abgesehen von der Tatsache, dass Ashley sich wie eine Närrin vorkam, war ihre Party ein voller Erfolg. Alle Schüler aus ihrer Klasse waren gekommen.

Eigentlich hatte sie weit weg von Len auf der anderen Seite des Tisches sitzen wollen, aber der wich Karen nicht von der Seite, die direkt neben ihr saß. Jan, die die Auseinandersetzung mitbekommen hatte, entschuldigte sich tausend Mal bei Ashley, weil sie nicht sofort bei ihr angerufen hatte, um ihr mitzuteilen, dass mit Karen alles in Ordnung war. Da sie keine Zeit verlieren wollte, nachdem sie ihre Freundin abgeholt hatte, war sie wegen der Rushhour sofort losgefahren.

„Du hast doch gewusst, dass ich heute Abend kommen würde“, meinte Karen und warf Len einen viel sagenden Blick zu, der Ashley schuldbewusst ansah.

„Ja, ich wusste, wo sie war“, gab er zu. „Aber ich hatte versprochen, nichts zu verraten.“

„Wo warst du denn nun?“ wollte Ashley wissen.

„Vor euch kann man aber auch nichts geheim halten“, murrte Karen. „Vielleicht sollte ich es gleich allen hier im Restaurant verkünden.“

„Karen, weißt du, dass ich kleine Flecken aus deiner Dusche gekratzt habe und sie analysieren ließ – es war Blut!“

„Um Himmels willen“, meinte Len. „Jetzt erst wird mir klar,

wie knapp ich an einer Nacht im Gefängnis vorbeigeschrammt bin."

„Nun übertreibe mal nicht", wehrte Karen ab. „Du hättest einfach nur die Wahrheit sagen müssen."

„Und was ist die Wahrheit?" wollte Ashley wissen.

„Eine Fettabsaugung."

„Was?" fragte Ashley ungläubig.

„Du weißt doch, dass ich meinen Hintern immer für zu dick gehalten habe. Wenn ich es dir und Jan gesagt hätte, hättet ihr mir einen Vortrag darüber gehalten, wie albern und gefährlich plastische Chirurgie ist und dass meine Schenkel überhaupt nicht zu fett seien."

„Aber das wird doch ambulant gemacht", wandte Ashley ein. „Warum bist du gestern Abend nicht nach Hause gekommen?"

„Bin ich doch. Aber erst sehr spät. Ans Telefon bin ich nicht gegangen, weil ich Schmerztabletten genommen habe. Ich bin nun mal keine Märtyrerin. Und sehen lassen können hätte ich mich erst recht nicht – ich muss doch diese lächerlichen Stützdinger tragen. Gott sei Dank sieht man die unter dem Rock nicht."

Ashley starrte sie noch immer ungläubig an. „Du hast Len erzählt, dass du dir Fett absaugen lässt – und Jan und mir nicht?"

„Ich wollte es ihm gar nicht sagen." Karen lächelte ihm zu. „Nur irgendwie sind wir bei unserer Unterhaltung darauf gekommen."

„Das ist ja wirklich eine tolle Sache!" rief ihr Gwyn anerkennend von der anderen Seite des Tisches zu.

„Na ja, jetzt wisst ihr's wenigstens alle", meinte Karen sarkastisch. „Ich hätte besser eine Anzeige in die Zeitung gesetzt. Aber ehrlich, Leute – es ist ein schönes Gefühl, dass ihr euch alle solche Sorgen um mich macht."

„Das wird nie wieder vorkommen, nicht wahr, Ashley?" meinte Jan. Alle am Tisch lachten, und die Unterhaltung wandte sich anderen Themen zu.

Da Ashley nicht fahren musste, genehmigte sie sich drei Margaritas hintereinander. Es war wirklich ein toller Abend. Stuart befand sich auf dem Weg der Besserung, Karen ging es gut. Alles war in Ordnung, bis auf ...

Sie hatte sich nie einsamer gefühlt. Denn sie vermisste Jake so sehr, wie sie es niemals für möglich gehalten hätte.

Er wollte heute Abend zurück sein, hatte jedoch seine Pläne ändern müssen. Ihre Mitschüler hatten es ihr erzählt. Peter Bordon war bei einem Streit im Gefängnis mit einem Messer schwer verletzt worden. Er lag im Sterben, und Jake wich nicht von seiner Seite.

Während sie ihre Margarita trank, beobachtete sie Karen und Len. Sie lachten viel, und ihre Augen glänzten, wenn sich ihre Blicke trafen. Karens Eingriff würde ihr Sexleben wahrscheinlich für einige Zeit beeinträchtigen, aber Ashley zweifelte nicht daran, dass sie keine Zeit verschwendet hatte in jener Nacht, als Len sie nach Hause gebracht hatte. Kein Wunder, dass er sich in ihrem Haus so gut auskannte.

Vielleicht war Len wirklich eine Weile hinter ihr her gewesen, aber jetzt lag sein Arm auf Karens Stuhllehne. Sein Lächeln war warmherzig und aufrichtig. Sie freute sich für die beiden. Sie tat sich nur selber Leid.

Schließlich ging die Party dem Ende entgegen. Ashley war so erleichtert gewesen, Karen wohlbehalten wiederzusehen, dass sie David Wharton ganz vergessen hatte. Jetzt erst merkte sie, dass er überhaupt nicht gekommen war. Schade. Nun war die Feier vorbei, und Jan bot sich an, sie nach Hause zu bringen.

Karen fuhr mit Len. Ehe sie ging, steckte sie ein paar Minuten lang den Kopf mit ihren besten Freundinnen zusammen und flüsterte ihnen verschwörerisch zu: „Könnt ihr euch vorstellen, warum ich die Operation gerade jetzt habe machen lassen? Er war fantastisch im Bett. Ich muss zugeben, dass ich noch nie so laut gewesen bin, aber er hat einen wahnsinnig tollen Körper. Von dem Moment an, wo ich ihn nackt gesehen habe, musste ich ..."

„Erspar uns die Einzelheiten", unterbrach Jan sie.

„Na gut. Wir gehen ja sowieso. Len?"

„Gute Nacht zusammen." Len winkte in die Runde. Hand in Hand ging er mit Karen zur Tür.

„Ist das nicht eine tolle Geschichte?" meinte Jan gähnend. „Wir müssen auch los."

„Vielen Dank euch allen", sagte Ashley, bevor Jan sie zur Tür zog.

Draußen vor dem Restaurant stand David Wharton. Ashley hätte ihn beinahe umgerannt.

„Ich bin wohl ziemlich spät dran, was? Die Party ist schon vorbei, wie ich sehe."

Ashley machte ihn mit dem Rest ihrer Freunde bekannt und natürlich auch mit Jan, die ihn sehr wohlwollend zu betrachten schien.

„Ist Ihre andere Freundin wieder aufgetaucht?" fragte er Ashley.

„Ja, und es geht ihr sehr gut."

„Dann sind Sie ja bestimmt erleichtert. Was ist denn mit ihr geschehen?"

„Das ist eine lange Geschichte", meinte Ashley.

„Sie hat sich Fett absaugen lassen", warf Jan ein und wandte sich zu Gwyn, die sie etwas gefragt hatte.

David grinste. „Soll ich Sie nach Hause fahren, Ashley? Wir können uns unterwegs unterhalten."

Als sie zögerte, beugte er sich zu ihr und sprach mit leiser

Stimme: „Kommen Sie. Ich werde Ihnen wohl kaum etwas antun können, wenn mindestens ein halbes Dutzend zukünftiger Polizisten bezeugen werden, dass Sie mit mir gefahren sind."

„Na gut. Jan, du brauchst dich nicht zu bemühen", rief sie. „David bringt mich nach Hause."

„Okay. Dann gute Nacht." Als Jan sie umarmte, meinte sie: „Ash, wie machst du das nur? Erst Len und jetzt er?"

„Es ist nicht so, wie du denkst."

„Moment mal, ich bin nicht Karen. Woher willst du wissen, was ich denke?" Jan zwinkerte ihr zu, verabschiedete sich von David und winkte den anderen zu.

Ashley ging zusammen mit David Wharton über den Parkplatz zu seinem Wagen. Sie setzte sich neben ihn, und nachdem er sich in den Verkehr eingefädelt hatte, sah sie ihn stirnrunzelnd an.

„Was ist denn passiert?" erkundigte sie sich.

„Eine Menge. Wissen Sie schon, dass Stuart auf dem Wege der Besserung ist?"

„Ja. Und woher wissen Sie es?"

„Ich habe meine Quellen", antwortete er. „Und Peter Bordon ist bei einem Kampf im Gefängnis schwer verletzt worden."

„Das habe ich auch gehört. Was hat er denn mit Stuart zu tun?"

Er sah auf die Straße und fluchte leise über einen Autofahrer, der ihn mit seinem Wagen geschnitten hatte. „Warten wir, bis wir bei Ihnen sind. Haben Sie schon etwas über das Grundstück in Erfahrung gebracht?"

„Noch nicht. Sharon war noch nicht zurück, als ich nach Hause gekommen bin, um zu duschen, aber die Unterlagen müssten inzwischen da sein. Sie wollte sie in mein Zimmer legen."

„Wir werden sie uns ansehen, und dann erzähle ich Ihnen, was los ist."

„David, diese Geheimniskrämerei geht mir allmählich auf die Nerven."

„Wir sind fast da."

Er stellte den Wagen ab. Es war Freitagabend, und in Nicks Bar herrschte Hochbetrieb. Ehe er ausstieg, zögerte er ein paar Sekunden.

„Was ist los?" wollte sie wissen.

„Ich möchte nicht gesehen werden."

Sie seufzte. „Wir können durch den Hintereingang ins Haus gehen. Dort könnten Sie jedoch Sharon und Nick über den Weg laufen."

„Riskieren wir's."

„Warum wollen Sie denn nicht gesehen werden?" erkundigte sie sich mit einem misstrauischen Blick.

„Weil immer eine Menge Polizisten bei Nick sitzen, und wie Sie wissen, bin ich bei denen in Ungnade gefallen."

Sie gingen durchs Haus. Sharon hatte die Unterlagen wie versprochen auf Ashleys Bett gelegt. David nahm sie zu Hand, wobei er einen zweiten Ordner, der darunter lag, übersah. Er setzte sich aufs Bett und studierte die Dokumente sorgfältig. „Der Käufer war Caleb Harrison", sagte er verblüfft.

Ashley blätterte durch die anderen Unterlagen. Plötzlich lief es ihr kalt über den Rücken, und gleichzeitig wurde sie wütend. Sie starrte David an, und er musste ihren Zorn gespürt haben, denn er hob den Kopf. Als ihre Blicke sich trafen, verhärtete sich seine Miene.

„Ashley ..."

„Sie Mistkerl. Ihnen gehört das Nachbargrundstück."

Sie war außer sich vor Wut, aber etwas in der Art, wie er sie anstarrte, machte ihr Angst. Sie drehte sich um und wollte aus dem Zimmer laufen.

Sie kam nicht einmal bis zur Tür. Sofort war er hinter ihr her. Mit einem Arm packte er sie um die Hüfte. Die andere Hand legte er auf ihren Mund. Ihr Schrei endete als ersticktes Röcheln auf ihren Lippen.

Mitternacht. Jake döste vor sich hin. Manchmal schreckte er auf, um kurz darauf wieder einzuschlummern. Seine Muskeln schmerzten, wenn er zu lange in einer Position verharrte.

Bordon klammerte sich noch immer an sein Leben.

Jake starrte eine Weile auf die Wanduhr, dann betrachtete er Bordons Gesicht. In seiner Nase steckten Plastikschläuche, durch die seine Lungen mit Sauerstoff versorgt wurden. Aus einer Flasche über seinem Bett tropfte eine lebenswichtige Flüssigkeit in seine Blutbahn. Weder das eine noch das andere würde ihn retten können. Seine graue Gesichtsfarbe war ein unmissverständlicher Hinweis auf das nahe Ende.

Null Uhr dreißig. Im Korridor vertrat Jake sich ein wenig die Beine. Natürlich hatte er keine Ruhe dabei, denn es konnte ja sein, dass Bordon ausgerechnet in diesem Moment für ein paar Sekunden aufwachte. Aber nachdem er endlose Stunden am Bett verbracht hatte – Zeit genug also, um sich Fragen zu stellen, Gedanken zu ordnen, Puzzlesteine zusammenzufügen –, war er immer mehr davon überzeugt, dass Ereignisse, die auf den ersten Blick nichts miteinander zu tun hatten, der gemeinsame Schlüssel zur Lösung beider Rätsel sein mussten.

Trotz der späten Stunde rief er Skip an. Er hatte natürlich schon geschlafen, und Jake musste seine Frage ein paar Mal wiederholen, bis Skip begriff, was sein Kollege von ihm wollte. „Ja ... rund um den Computer scheinen alle Fingerabdrücke entfernt worden zu sein. Ebenso vom Telefon und vom Anrufbeantworter.“

Jake bedankte sich und entschuldigte sich noch einmal wegen der späten Stunde. Skips Bemerkung, es sei halb so wild, vermochte ihn nicht so recht zu überzeugen.

Ehe er sich wieder ans Bett setzte, rief er bei Nick an.

Er war erleichtert, als Nick selbst am Telefon war.

„Nick, hier spricht Jake Dilessio."

„Ja?" fragte Nick zurückhaltend. Auch wenn seine Nichte schon fünfundzwanzig war, sah er sich immer noch als Vater, der sie beschützen musste. „Sie wollen mit Ashley sprechen? Sie können sie auf ihrem Handy erreichen. Aber das brauche ich Ihnen wohl nicht zu sagen."

Jake zögerte. Er glaubte nicht, dass Ashley den Anruf entgegennehmen würde, wenn sie seine Nummer auf dem Display erkannte. Außerdem war er sich auch gar nicht sicher, ob er in diesem Moment überhaupt mit ihr reden wollte. Einerseits war er noch immer ziemlich frustriert und ärgerlich. Andererseits fragte er sich, ob es normal war, sich so sehr als ihr Beschützer zu fühlen, als gehörte sie zu ihm und wäre ihm anvertraut. Als ob er das Recht hätte, über jeden ihrer Schritte informiert zu sein.

„Ich muss nicht unbedingt mit ihr reden, Nick. Ich wollte mich nur erkundigen ... ob sie zu Hause ist. Und ob es ihr gut geht."

„Sie ist schon erwachsen, Jake. Sie bleibt so lange aus, wie es ihr passt. Aber ich denke, dass wissen Sie ebenfalls."

„Nick ..."

„Sie ist zu Hause, Jake. Vor etwa zwanzig Minuten habe ich sie durchs Haus laufen gehört."

Nach kurzem Zögern und weil er nicht so recht wusste, was er Nick erzählen sollte, sagte Jake nur: „Danke." Schließlich wollte er einen alten Freund nicht grundlos beunruhigen. „Hören Sie, Nick, ich bin hier oben im Norden."

„Ich habs mitbekommen. Die Sache mit Bordon ist den ganzen Tag über in den Nachrichten gelaufen. Sein Zustand soll kritisch sein."

„Er liegt im Sterben", sagte Jake ausdruckslos. „Ich sitze an seinem Bett und hoffe, dass er noch einmal die Augen aufmacht, um mir etwas zu sagen."

„Ich verstehe. Was ist mit dem Mordfall, um den Sie sich kümmern? Glauben Sie, dass er die Exekution der Frau vom Gefängnis aus angeordnet hat?"

„Zuerst schon. Inzwischen bin ich mir nicht mehr sicher. Ich bin mir allerdings ganz sicher, dass die Schlägerei beim Frühstück angezettelt wurde, um von dem Anschlag auf Bordon abzulenken. Außerdem habe ich eine Zeichnung von Ashley gefunden, die sie von dem Unfall angefertigt hat, dem Stuart Fresia zum Opfer gefallen ist. Auf dem Bild steht eine Gestalt neben dem Highway. Sie trägt einen schwarzen Umhang und sieht auch sonst ziemlich finster aus. Genau so sind die Mitglieder von Bordons Sekte herumgelaufen. Ich habe auch herausbekommen, dass ein ehemaliger Angehöriger der Gemeinschaft, der bei einem Flugzeugabsturz ums Leben gekommen sein soll, das Unglück möglicherweise überlebt hat. Vielleicht deute ich ja zu viel in die Angelegenheit hinein, aber da gibt es einen Reporter, der im Krankenhaus herumhing, seitdem Stuart eingeliefert worden war. Nach Auskunft von Carnegie – das ist mein Kollege, der in diesem Fall ermittelt – ist er nicht der, als der er sich ausgibt. Seitdem frage ich mich, ob er vielleicht dieses Sektenmitglied ist. Jedenfalls mache ich mir ein wenig Sorgen um Ashley."

„Ich glaube, sie schläft schon. Morgen früh werde ich mit ihr darüber reden. Haben Sie etwas dagegen, wenn ich ihr erzähle, was Sie mir gesagt haben?"

„Überhaupt nicht."

„Ich passe schon auf sie auf."

Jake wartete einen Moment, weil er glaubte, dass Nick noch mehr sagen wollte. Als er jedoch schwieg, ergriff er schließlich selbst das Wort.

„Ich komme so bald wie möglich nach Miami zurück. Ich gebe Ihnen Carnegies Durchwahl für den Fall, dass etwas passiert. Wie Sie Marty erreichen können, wissen Sie ja, und falls er nicht da ist ... nenne ich Ihnen noch ein paar andere Namen."

„Warten Sie, ich brauche einen Bleistift."

Nick schrieb die Namen und Telefonnummern auf, die Jake ihm diktierte, und dann verabschiedeten sie sich.

Jake hastete zurück ins Krankenzimmer. Der Wachmann hatte sich nicht vom Fußende des Bettes fortbewegt. Jake nickte ihm kurz zu und ließ sich erschöpft in den Sessel sinken. Einen Moment später kam der Arzt herein. Prüfend betrachtete er seinen Patienten, zog ein Augenlid hoch, fühlte seinen Puls.

„Wie gehts ihm?"

„Das sehen Sie doch", meinte der Doktor achselzuckend. „Ich glaube nicht, dass er die nächsten zehn Stunden überleben wird."

Ashley reagierte instinktiv. Mit aller Kraft trat sie nach ihm und traf genau ins Ziel: mitten zwischen seine Beine.

Sofort ließ er sie los. Laut jammernd sank er zu Boden und blieb zusammengekrümmt liegen.

„Verdammt, warum haben Sie das getan?"

Ashley sah auf ihn hinab. Seine Reaktion verblüffte sie. „Sie haben mich angegriffen."

„Das stimmt gar nicht. Ich wollte Sie nur daran hindern wegzugehen. Sie müssen mir nämlich zuhören."

„Dann reden Sie."

„Ich kann nicht. Ich komme um vor Schmerzen."

„Übertreiben Sie nicht. So schlimm wird es schon nicht sein."

„Woher wollen Sie das wissen?"

„Okay, Sie sterben also. Aber Sie werdens überleben."

„Nur wie? Ich werde niemals Kinder haben können."

„Ich bin sicher, dass Sie Kinder haben werden – wenn Sie lange genug leben. Wenn Sie mir etwas zu sagen haben, dann raus damit. Sonst rufe ich nämlich die Polizei."

„Sie sind doch bei der Polizei."

„Ich kann Sie nicht festnehmen. Dafür muss ich jemanden kommen lassen."

„Ashley, bitte!"

„Reden Sie endlich!"

„Ich versuche es ja. Haben Sie eine Ahnung, wie sich das anfühlt? Ihnen hat man schließlich noch nie in die Eier getreten." Er sah sie vorwurfsvoll an. „Allmählich glaube ich nämlich, dass Sie auch welche haben."

„Reden Sie."

„Ja. Mir gehört das Grundstück neben der Kommune. Ich habe es zusammen mit Stuart gekauft."

„Was?"

„Er war einer Sache auf der Spur. Er wollte seinen Namen nicht ins Spiel bringen. Es gab Gründe, warum es besser war, meinen zu benutzen. Aber ich hatte leider nicht das Geld. Das hatte Stuart."

„Warum wollte er das Grundstück haben?"

„Weil er etwas über die Kommune herausfinden wollte."

„Das haben Sie bisher verschwiegen."

„Nun ja ..."

„Wieso haben Sie es nicht der Polizei gesagt, wenn Sie etwas über diese Leute herausgefunden haben?"

Mühsam richtete er sich auf und lehnte sich stöhnend gegen das Fußende des Bettes. Mit zusammengebissenen Zähnen fuhr er fort: „Weil die Polizei nichts finden wird, wenn sie das Grundstück durchsucht."

„Vielleicht, weil es nichts zu finden gibt."

David Wharton schloss die Augen und schüttelte den Kopf. „Es passiert nur in manchen Nächten."

„Was passiert?"

„Ich weiß es eben nicht. Aber ich glaube, Stuart weiß es, und deshalb ist er vermutlich mit Drogen voll gepumpt und auf dem Highway aus dem Auto geworfen worden."

Mit verschränkten Armen lehnte Ashley an der Tür. Sie fand, dass er ehrlich klang, und sie beschloss, ihm zu glauben.

„David", meinte sie kopfschüttelnd. „Sie müssen zur Polizei gehen. Wenn Sie sicher sind, dass rund um das Grundstück merkwürdige Dinge geschehen, dann wird man es beobachten – und zwar so diskret, dass keiner etwas merkt ..."

„Ich kann nicht zur Polizei gehen, Ashley."

„Warum nicht?"

Er sah sie eine Weile schweigend an. Dann seufzte er.

„Weil mindestens einer von den Detectives ein doppeltes Spiel spielt."

Es ging auf halb zwei zu. Freitags nahm Nick die letzten Bestellungen gegen zwei entgegen, und gegen halb drei, spätestens drei, verabschiedeten sich die letzten Gäste.

Heute Nacht war um halb zwei allerdings noch Hochbetrieb.

Er wusste, dass Ashley nach Hause gekommen war; er hatte sie durchs Haus laufen gehört. Kurz nachdem er mit Jake telefoniert hatte, war Sharon zu Bett gegangen, weil sie völlig erschöpft sei, wie sie sagte. In letzter Zeit war sie oft sehr erschöpft.

Eigentlich hätte er sich sicher fühlen müssen. Es gab zwar eine Menge Verbrechen in der Gegend, aber der Hafen selbst war normalerweise eine sichere Gegend. Die Besitzer der Boote passten gegenseitig auf. Die meisten seiner Besucher waren Stammgäste, die schon seit Jahren kamen. Für sie war die Bar praktisch eine Art historisches Monument.

Das Gespräch mit Jake hatte ihn allerdings beunruhigt. Er zog die Schlüssel aus der Tasche und öffnete den Safe. Die .45er lag noch da, wo er sie immer aufbewahrte. Er hielt sie lieber unter Verschluss, als das Risiko einzugehen, dass einer seiner Angestellten bei einem Raubüberfall erschossen wurde, nur weil er tollkühn genug war, die Kasse mit der Waffe zu verteidigen.

Curtis saß mit Sandy an der Bar. Nick hatte Katie vor Stunden nach Hause geschickt; sie war schon so oft bis spät in die Nacht geblieben, dass sie einen frühen Feierabend verdient hatte.

„He, Jungs, könnt ihr mal einen Moment aufpassen?“ Nick war sich zwar ziemlich sicher, dass die beiden schon erheblich über den Durst getrunken hatten, aber ein paar Minuten würden sie die Bar im Auge behalten können.

Im Haus warf er zuerst einen Blick in sein Zimmer. Sharon schien bereits eingeschlafen zu sein. Dann ging er zu Ashley und klopfte leise an ihre Tür.

„Ashley?“

Die Tür ging auf, und Ashley stand lächelnd vor ihm. „Hallo Nick, was gibts denn?“

Er kam sich ein bisschen albern vor. „Ich wollte nur nachsehen, ob alles in Ordnung ist.“

„Mir gehts gut. Ich bin nur etwas müde.“ Sie gähnte, und ihm fiel auf, dass sie seinem Blick auswich.

„Du hast wohl etwas zu viel getrunken, was?“

„Nur drei Margaritas.“ Sie unterstrich ihre Antwort, indem sie drei Finger hochhielt. Dann lächelte sie. „Ich werde mich jetzt aufs Ohr hauen.“

„Wir unterhalten uns morgen früh, einverstanden?“

„Aber sicher.“

Er drückte ihr einen Kuss auf die Stirn. Als er sich abwenden wollte, packte sie ihn bei den Schultern und küsste ihn auf die Wange. „Gute Nacht, Onkel Nick“, sagte sie zärtlich.

„Gute Nacht. Schlaf gut. Und dass dich nicht das Mäuschen beißt.“

Sie lächelte. Das hatte er schon seit Jahren nicht mehr zu ihr gesagt. „Ich passe auf.“

Die Tür fiel ins Schloss, und er hörte, wie sie den Schlüssel umdrehte.

Merkwürdig ... Sie hatte sich doch noch nie nachts eingeschlossen.

Ashley blieb lauschend an der Tür stehen, bis sie sicher sein konnte, dass Nick gegangen war. Dann wandte sie sich wieder an David Wharton. Er saß noch immer auf dem Fußboden, aber allmählich kehrte die Farbe in sein Gesicht zurück.

„Spielen Sie etwa kein doppeltes Spiel?“ fragte sie eisig. „Ich sollte Sie verhaften lassen.“

„Ashley, denken Sie an Stuart.“

„Das tue ich die ganze Zeit.“

„Jemand hat versucht, ihn zu töten. Er ist in Gefahr. In Lebensgefahr.“

„Wie kommen Sie darauf, dass einer der Polizisten ein doppeltes Spiel spielt?“

Er zögerte. „Ich habe gehört, wie darüber gesprochen wurde. Natürlich wollte mir keiner glauben.“

„Ich glaube Ihnen auch nicht.“

„Warum? Hören Sie, Ashley, ich weiß, dass Sie Ihren Job sehr ernst nehmen. Ich weiß, dass Ihr Vater ein ausgezeichneter Polizist war. Und ich weiß auch, dass neunundneunzig Prozent der Jungs bei der Truppe sauber sind. Aber sie sind auch nur Menschen. Es gibt jede Menge Versuchungen. Einige können ihnen nicht widerstehen. Und die Uniform ist die beste Tarnung für diese cleveren Ganoven."

„Sie haben mir noch keinen einzigen handfesten Beweis geliefert."

Er überlegte ein paar Sekunden, ehe er weitersprach. „Lassen Sie es mich Ihnen erklären. Stuart hat nicht nur bei großen Wirtschaftsunternehmen recherchiert, sondern auch angefangen, sich mit merkwürdigen religiösen Sekten zu beschäftigen. Er wollte herausfinden, wie viele Leute Hühner opfern und warum es so viele pseudo-religiöse Riten gibt."

„Caleb Harrison hat bestritten, dass ihre Kommune eine religiöse Sekte ist."

„Glauben Sie mir, sie betreiben eine Art von Kult. Es gibt noch ein paar andere Männer, die dort arbeiten, aber die meisten Mitglieder sind Frauen."

„David, wenn ihm das Grundstück gehört, dann kann er da leben und arbeiten, ohne dass das Gesetz ihm etwas anhaben kann."

„Da bin ich mir nicht so sicher. Bei all den Merkwürdigkeiten, die da abgehen ..."

„Ich weiß immer noch nicht, worauf Sie hinauswollen."

„Stuart ist in diese Kommune gekommen. Jemand hatte sie ihm empfohlen als eine neuzeitliche Form des Lebens wie in alten Zeiten. Er gelangte zu der Überzeugung, dass Caleb Harrison das Anwesen nicht mit seinem eigenen Geld erworben hat und selber keine Ahnung hatte, was da eigentlich vor sich ging. Deshalb haben wir das Nachbargrundstück gekauft, um die Kommune zu beobachten und herauszufinden, was dort eigentlich passiert."

„Und was ist passiert?"

„Nachts kamen Boote. Aber man wusste nie, in welchen Nächten. Sie kamen sehr unregelmäßig."

„Es ist nicht illegal, mit dem Boot den Kanal zu befahren“, sagte sie barsch.

„Es sei denn, die Boote werden für illegale Geschäfte benutzt.“

„Und was waren das für illegale Geschäfte?“

Er schüttelte den Kopf. „Marihuana kann es nicht gewesen sein – der Gewinn ist zu gering. Vielleicht Heroin. Ich bin mir jedoch sicher, dass es sich um Geschäfte in großem Rahmen handelt, die sehr gut organisiert sind. Die Dealer kommen nachts mit kleinen Maschinen, fliegen so niedrig, dass sie auf keinem Radarschirm zu sehen sind und werfen ihre Fracht über den Everglades ab. Dort sammelt jemand die Ware ein und verkauft sie weiter.“

„Das müssen Sie der Polizei erzählen.“

„Die hört mir ja gar nicht zu! Wenn die Polizei mit einem Durchsuchungsbefehl vor der Tür steht, wird Caleb Harrison seine preisgekrönten Tomaten vorführen. Die Cops lernen ein paar Leute kennen, die auf dem Anwesen wohnen und arbeiten. Aber finden werden sie nichts, weil Harrison selber im Dunkeln tappt. Er kann da draußen doch genau das Leben führen, von dem er immer geträumt hat. Warum sollte er seinem Wohltäter Fragen stellen, wenn der nichts anderes von ihm verlangt, als dass er dort wohnt und Gemüse anbaut?“

„Die Polizei ...“

„Sie können die Polizei nicht um Hilfe bitten, das habe ich Ihnen doch gerade gesagt. Denn einer von ihnen ist nicht sauber.“

„Wie können Sie sich da so sicher sein?“

„Auch das habe ich Ihnen schon gesagt – ich habe es gehört.“

„Gerüchte.“

„Kein Rauch ohne Feuer.“

Sie überlegte ein paar Sekunden. „Na gut. Was schlagen Sie also vor?“

„Ich möchte sie auf frischer Tat erwischen.“

„Wie soll das funktionieren? Sie wissen doch gar nicht, wann das nächste Mal etwas passieren wird – vorausgesetzt, Sie haben Recht und es geht tatsächlich um Drogenschmuggel. Die Polizei könnte die Dealer doch festnehmen, noch bevor sie das Grundstück erreichen."

„Das bringt überhaupt nichts. Nicht einmal, wenn Sie an einen ehrlichen Cop geraten. Wenn Sie den Transport irgendwo in den Everglades stoppen, haben Sie nur ein paar kleine Gauner erwischt, die überhaupt nicht wissen, was abgeht. Den Kopf, der dahinter steckt, kriegen Sie auf diese Weise nicht – den Mann, der genug Macht und Einfluss hat, um Stuart mit Drogen voll zu pumpen und ihn auf dem Highway aus dem Auto zu werfen."

„David, wir müssen das melden. Darüber sind Sie sich doch wohl im Klaren. Warum wären Sie sonst zu mir gekommen?"

„Ich bin zu Ihnen gekommen, damit wir uns überlegen, wie wir Stuart aus dem Krankenhaus herausbringen können, ehe er umgebracht wird."

„Er wird doch bewacht. Und seine Eltern sind auch Tag und Nacht bei ihm."

„Er wird von Polizisten bewacht."

„Es muss doch irgendjemanden geben, dem wir vertrauen können!"

„Ashley, selbst wenn Sie sich an ein hohes Tier wenden, kann die Nachricht nach unten durchsickern. Verstehen Sie das denn nicht? Wir müssen herausfinden, was vor sich geht, ehe Stuart noch mehr passiert." Unvermittelt verstummte er. Leise erhob er sich und schlich zur Tür, die nach draußen führte.

„Da ist jemand", sagte er leise.

„David, nebenan ist eine Bar, und wir haben Freitagabend. Um diese Zeit ist immer viel los. Da draußen sind jede Menge Leute."

Er schüttelte den Kopf. „Nein." Er bewegte nur die Lippen. „Jemand hat vor der Tür gestanden und uns belauscht."

„Na gut, dann lassen Sie uns mal nachsehen. Oder sollen wir die Polizei rufen? In der Bar sitzen immer ein paar Cops."

„Keine Polizisten", beschwor er sie.

„Dann hole ich eben meinen Onkel."

Als sie hinausgehen wollte, legte er die Hand auf ihre Schulter. „Warten Sie, Ashley. Ich muss von hier verschwinden. Holen Sie Ihren Onkel, schauen Sie sich überall um, und vergessen Sie nicht, sämtliche Türen abzuschließen, ehe Sie schlafen gehen."

„Moment noch, David. Ich werde mich vergewissern, dass sich hier niemand herumtreibt. Ich werde Nick bitten, mit mir zu kommen. Er war bei der Army, er hat eine Pistole, und er kann damit umgehen. Ist das okay?"

„Ashley, bitte glauben Sie mir. Wenn wir nichts unternehmen, werden sie Stuart töten. Und denken Sie daran, was ich Ihnen gesagt habe: Vertrauen Sie niemandem. Bitte!"

„Ach, der Polizei soll ich also nicht vertrauen, aber Ihnen?"

„Ich versuche nur, Stuart zu retten. Hören Sie, ich verspreche Ihnen, weitere Informationen zu besorgen. Irgendwie schaffe ich das schon. Geben Sie mir noch einen Tag. Wenn ich bis dahin nichts Nennenswertes herausgefunden haben, wenden Sie sich meinetwegen an jemanden, dem Sie wirklich vertrauen. Und dann können wir nur noch hoffen."

„Okay, warten Sie hier auf mich. Ich hole Nick, dann sehen wir zusammen nach."

Sie ließ David Wharton allein zurück und fragte sich, ob sie einen Fehler machte, wenn sie ihm vertraute. Irgendwie wurde sie das Gefühl nicht los, dass er ihr die Wahrheit erzählt hatte – oder zumindest das, was er für die Wahrheit hielt.

Aber ein Polizist, der ein doppeltes Spiel spielte ...?

Nun ja, das war durchaus möglich. Polizisten waren schließlich auch nur Menschen.

Sie lief in die Bar, wo die letzten Gäste ihre Gläser leerten.

„Nick?“

„Ashley. Du bist ja immer noch auf.“

„Nicht mehr lange. Können wir mal ums Hause gehen?“

„Warum?“

„Ich glaube, ich ... habe Geräusche gehört. Sie kamen von draußen.“

„Es ist Freitagabend.“

„Bitte, ja?“

„Meinetwegen.“

Nick öffnete den Safe und nahm die Pistole heraus. Er hielt sie dicht an den Körper gepresst, um kein Aufsehen zu erregen, während er Ashley auf die Terrasse begleitete und mit ihr das Grundstück absuchte.

„Was genau hast du denn gehört?“ erkundigte er sich, nachdem ihre Suche ergebnislos geblieben war.

Sie zuckte mit den Schultern. „Irgendwas hat geraschelt, glaube ich. Eigentlich nichts Genaues. Tut mir Leid, dass ich dich damit belästigt habe.“

„Du hast mich nicht belästigt. Du belästigst mich doch nie, das weißt du. Aber ich glaube, wir müssen uns mal unterhalten. Ernsthaft unterhalten.“

Sie nickte, während ihr das Herz bis zum Hals schlug. Mittlerweile wusste sie selbst nicht mehr, was sie glauben und was sie tun sollte. Eigentlich hätte sie sofort die Polizei verständigen müssen. Aber wenn David Wharton nun die Wahrheit sagte? Dann würde sie möglicherweise Stuarts Leben gefährden.

Sie waren an der Außentür angelangt. Nick drehte den Knauf. Zu Ashleys Überraschung sprang die Tür sofort auf. David war also getürmt. Offenbar vertraute er ihr ebenso wenig wie sie ihm.

„Ash, du lässt deine Tür auf, wenn du Angst hast, dass jemand draußen sein könnte?"

„Das muss ein Versehen sein", antwortete sie verlegen.

Mit gezückter Pistole betrat er das Zimmer und bedeutete ihr, draußen zu bleiben. Er überzeugte sich davon, dass niemand in ihrem Schlafzimmer oder Bad war. Sogar unter dem Bett schaute er nach.

„Hast du etwas entdeckt?"

„Nur ein paar Staubmäuse", antwortete er.

Sie verzog das Gesicht. „Ich muss mal wieder saugen."

„Ich schau mich noch in den anderen Räumen um."

„Ich komme mit dir."

„Nicht nötig. Ich habe meine Pistole, und außerdem sitzen noch drei oder vier Polizisten in der Bar. Bleib lieber in deinem Zimmer. Und schließ beide Türen ab."

„Ich werde erst beruhigt sein, wenn ich mit dir durchs Haus gegangen bin."

Seufzend zuckte er mit den Schultern. „Na gut."

Langsam gingen sie durchs Haus. Sie kontrollierten jeden Schrank und durchsuchten alle Ecken und Winkel. Nick schaute sogar unter seinem eigenen Bett nach. Dabei weckte er Sharon auf.

„Was ist los?" fragte sie schläfrig.

„Alles in Ordnung, Liebes. Schlaf weiter", erwiderte er.

Sie lächelte müde und schloss die Augen.

„Da ist niemand", sagte Nick. „Ashley ..."

„Danke", meinte sie leise, umarmte ihn und ging in ihr Zimmer zurück. Sie musste unbedingt schlafen. Heute Nacht würde sie keinen vernünftigen Gedanken mehr fassen können. Doch obwohl sie vor Müdigkeit kaum noch aus den Augen schauen konnte, war ihr klar, dass sie sich jemandem anvertrauen musste. Das war auch eine der Grundregeln, die man ihnen auf der Akademie eingeschärft hatte.

Und wenn sie an den Falschen geriet? Nicht auszudenken ...

Sie schloss sich in ihr Zimmer ein. Ehe sie sich ins Bett legte, fiel ihr Blick aufs Telefon. Einen Anruf musste sie noch tätigen. Seufzend wählte sie die Nummer.

Nathan Fresia klang erschöpft.

„Hallo, Nathan. Hier spricht Ashley."

„Ashley ... weißt du, wie spät es ist?"

„Ja. Entschuldigen Sie bitte. Sind Sie bei Stuart?"

„Natürlich. Aber in ein paar Stunden löst Lucy mich ab. Es geht ihr wieder gut."

„Nathan, ich weiß, dass Ihnen meine Bitte merkwürdig vorkommen muss, aber tun Sie mir den Gefallen. Sorgen Sie dafür, dass immer einer von Ihnen beiden bei Stuart ist. Wenn nicht gerade ein Arzt in seinem Zimmer ist oder eine Schwester ... Lassen Sie ihn keine Sekunde aus den Augen, ja? Auch nicht, wenn die Polizisten da sind."

„Was ist denn los, Ashley?"

„Keiner liebt Stuart so sehr wie Sie beide. Also ..."

„Wir lassen ihn nicht allein, Ashley."

„Nicht eine Minute, versprochen? Ich komme morgen vorbei. Ist Ihnen das Recht?"

„Natürlich. Vielleicht wacht er morgen auf, wenn Sie hier sind. Wäre das nicht fantastisch?"

„Ja." Sie zögerte. „Und Sie sind sicher, dass es Stuart gut geht?"

„Ich stehe gerade neben ihm. Er hat sogar wieder etwas Farbe bekommen." Trotz seiner Erschöpfung klang Nathan optimistisch. „Ashley, ich bete für ihn ..."

„Ich auch“, sagte sie mit belegter Stimme. „Gute Nacht. Wir sehen uns morgen.“

Stuart ging es gut, und seine Eltern würden ihn nicht allein lassen. Nicht einmal ein Polizist würde unbemerkt ins Zimmer schlüpfen und ihm etwas antun können. Und schließlich gab es ja noch das Krankenhauspersonal. Trotzdem konnte sie es immer noch nicht glauben, dass ein Cop in die Angelegenheit verwickelt sein sollte.

Wieso eigentlich nicht? Polizisten sind auch nur Menschen.

Am nächsten Morgen wollte sie zuallererst ins Krankenhaus fahren. Dann konnte sie immer noch entscheiden, was sie mit den Informationen machen würde, die sie von David Wharton bekommen hatte.

Ihr Herz schlug schneller. Bis dahin wäre auch Jake zurück.

Vielleicht aber auch nicht. Möglicherweise dämmerte Peter Bordon noch tagelang vor sich hin.

Vielleicht sollte sie besser sofort ins Krankenhaus fahren. Sie würde sich ein paar Minuten ausruhen und sich dann auf den Weg machen.

Mary Simmons hatte Frühstücksdienst. Das Brotbacken bereitete ihr Freude. Während sie den Teig knetete, dachte sie über Gott und die Welt nach und den Seelenfrieden, nach dem sie sich so sehr sehnte.

Sie hatte ein gutes Leben hier. Voller Ruhe. Und während der Arbeit konnte sie ihren Gedanken nachhängen

Als Ross, der noch nicht lange bei den Krishnas war, in die Küche kam, schreckte sie aus ihren Träumereien auf. „Da ist ein Besucher für dich, Mary. Er sagt, es sei dringend.“

„Der Polizist?“ fragte sie.

Ross schüttelte den Kopf. „Nein. Er ...“

Er unterbrach sich. Der Besucher war ihm gefolgt. Als Mary ihn sah, stockte ihr der Atem.

„Alles in Ordnung, Mary?“ erkundigte Ross sich unsicher.

„Ja ... ja, es ist alles in Ordnung.“

„Können wir unter vier Augen reden?“ fragte der Mann.

„Natürlich. Ross ...?“

Ross nickte zögernd. Schließlich ging er hinaus.

„John!“ sagte Mary ungläubig.

Er ging zu ihr hinüber, kniete vor ihr nieder und ergriff ihre Hände. „Mary, meine liebe Mary, entschuldige bitte, dass ich hierher gekommen bin ... und dich behellige. Du hast endlich gefunden, wonach du so lange gesucht hast, nicht wahr?“

„Ich glaube schon“, sagte sie zärtlich und strich ihm durchs Haar. „Ich dachte, du wärest tot.“

„Ich war nahe dran“, gestand er. „Und ich hielt es für eine gute Idee, die Welt im Glauben zu lassen, dass ich nicht mehr lebe.“

„Aber John ...“

„Mary, ich brauche deine Hilfe.“

„Ich kann dir nicht helfen. Ich kann niemandem helfen.“

„Doch, du kannst mir helfen. Du bist die Einzige, die es kann.“

„John, mein Leben ist jetzt hier.“

„Mary, du bist auf der Suche nach Frieden, aber du wirst ihn niemals finden, wenn du mir jetzt nicht hilfst. Diese ... diese Verbrecher, die mich fast zerstört hätten, sind mir dicht auf den Fersen. Du musst mir helfen!“

„John ... ich kann nicht.“

„Mary, tus unserem Herrgott zuliebe. Willst du denn keine ... Vergeltung? Verspürst du nicht den Wunsch, dass diejenigen, die uns ausgenutzt haben, ihrer gerechten Strafe zugeführt werden?“

„John ... ich möchte nicht ins Gefängnis kommen. Willst du, dass ich etwas Illegales tue?“

Er sah sie eindringlich an. „Ja. Es ist illegal, aber es ist notwendig."

Sie seufzte und schloss die Augen.

Dann band sie sich die Schürze ab.

„Ich nehme an, du hast einen Wagen?"

„Etwas Besseres als einen Wagen", sagte er, und ein verführerisches Lächeln breitete sich auf seinem Gesicht aus.

„Ich habe Gott gefunden."

Jake schreckte aus dem Halbschlaf auf. Hatte er diese Worte nur geträumt? Peter Bordon hatte sich nicht bewegt. Seine Augen waren noch immer geschlossen.

Dann bemerkte er, dass sich die Lippen des Mannes bewegten.

„Ich habe Gott gefunden. Ich habe Gott gefunden."

Jake beugte sich näher. Jetzt öffneten sich seine Augen, aber er blickte starr geradeaus, als ob er nichts erkennen könnte. „Ich habe Gott gefunden!" schrie er plötzlich. „Lieber Gott, hast du mich auch gefunden? Vergib mir!"

Jake sah zu Dr. Matthews hinüber, der bloß mit den Schultern zuckte. „Er stirbt", formte er die Worte mit den Lippen. Dann setzte er flüsternd hinzu: „Er ist im Delirium. Es wird vermutlich nichts nützen, aber stellen Sie ihm trotzdem Ihre Fragen."

„Peter, ich bins, Jake Dilessio. Sie wollten mich sprechen."

Bordons Lippen zuckten. „Jake." Er wollte den Kopf drehen, um Jake anzusehen, doch er war zu schwach dazu. „Schmerztabletten ... kann nicht denken. Gott ... sie sagen, dass Gott einem vergibt."

„Peter, Sie müssen mir helfen."

„Habe nicht getötet ... ich habe nicht getötet ... Aber ich wusste Bescheid."

„Peter, wer hat die Morde begangen? Helfen Sie mir, ihm das

Handwerk zu legen. Ja, Gott vergibt wirklich, Peter. Helfen Sie uns. In Gottes Namen."

„Etwas ist in mir ... Tabletten, keine Tabletten. Ich konnte keine Tabletten schlucken ... Die Schmerzen ... Oh Gott, es wird gut sein, diese Schmerzen nicht mehr zu spüren. Gott ... ich habe Gott gefunden. Hat Gott auch mich gefunden?"

„Peter, helfen Sie mir", drängte Jake.

Der Mann schluckte schwer. Dann schaffte er es beinahe, den Kopf in Jakes Richtung zu drehen. Überrascht stellte er fest, dass der Mann Tränen in den Augen hatte. „Ihr Partner ... Jake ... wusste nicht ... Nancy ... sie ist gekommen ... sie war bei mir ... nein, nein, nicht getötet, nicht getötet ... aber ich wusste ..."

„Peter, ich sehe, dass Sie sich Sorgen machen, und ich spüre Ihre Gewissensbisse. Helfen Sie mir. Ich brauche Namen. Nancy ist also zu Ihnen gekommen. Sie kannten sie nicht, weil sie vorher noch nicht in dem Haus gewesen war. Aber einer, der dort lebte, wusste, wer sie war und was sie tat. Wer war das, Peter? Bitte!"

Tonlos bewegte Peter die Lippen.

„Was? Bitte, Peter, sagen Sie's, um Gottes willen."

Die Augen des Sterbenden fielen wieder zu. Jake hätte ihn am liebsten bei den Schultern gepackt und die Namen aus ihm herausgeschüttelt, aber er fürchtete, dass jede Bewegung ihn umbringen könnte, bevor er noch etwas sagen würde.

„Peter, helfen Sie uns", wiederholte er mit Nachdruck. „Einen Namen. Ich brauche einen Namen."

Erneut bewegte er die Lippen. „So wunderschön."

„Was war wunderschön? Wer war wunderschön, Peter?"

„Kollegin ... Sie war wunderschön. Ich habe ihr gesagt, dass es mir Leid getan hat."

„Ich weiß, dass es Ihnen Leid tut, Peter. Helfen Sie mir, Nancys Mörder zu fangen ... und Ihren."

„Polizisten!“ rief der Todgeweihte plötzlich laut.

„Peter, nennen Sie mir einen Namen. Sonst sterben womöglich noch andere Menschen“, sagte Jake. Vor lauter Verzweiflung war seine Stimme ganz heiser.

„Jake ... Ihr Partner ... es tut mir Leid ... ich wollte nicht ... Gott, vergib mir ...“

„Er fantasiert nur“, meinte Dr. Matthews gleichmütig.

„Er hat gesagt, dass er mich umbringen lassen würde ... Beweise ... toter Mann ... toter Mann ...“

Bordons Lippen bewegten sich hektisch. Aber kein Laut kam aus seinem Mund. Dann, mit ersterbendem Atem: „Jake ...“

Jake hatte sein Ohr ganz nahe an Bordons zitternde Lippen gelegt. Sekunden später bewegte er sich nicht mehr.

Kurz darauf trat Dr. Matthews ans Bett und untersuchte den Mann. Dann schloss er ihm die Augen.

„Er ist ...“

„Zu spät“, sagte Matthews. „Es tut mir Leid, Detective Dilessio. Sie werden nichts mehr aus ihm herausbekommen. Er hat sich der irdischen Gerichtsbarkeit entzogen. Er ist tot.“

22. KAPITEL

Kurz nachdem die Bar geöffnet worden war, rief Katie Nick ans Telefon. Sharon wollte ihn sprechen.

Er entschuldigte sich bei den Gästen, die er gerade bediente, und nahm den Hörer entgegen.

„Nick“, sagte Sharon mit gepresster Stimme.

„Hallo, Liebes, was gibts?“

„Ich muss dich sofort sehen. Bitte komm.“

„Sharon, wir haben gerade geöffnet. Es ist Samstagmittag. Ich kann jetzt hier nicht weg.“

„Bitte.“

„Was ist denn los? Ist etwas passiert? Kannst du es mir nicht sagen?“

„Nicht am Telefon.“

Nick wusste nicht, was er davon halten sollte. Sie hatte sich in den vergangenen Tagen ausgesprochen merkwürdig benommen. So merkwürdig wie noch nie zuvor. Er ließ seinen Blick durch die Bar wandern. Es herrschte schon Hochbetrieb, obwohl sie gerade erst geöffnet hatten. Aber Katie und die anderen waren bereits da, und wenn es ihnen zu viel würde, könnten sie Ashley wecken, die noch im Bett lag.

„Nick, ich ... ich brauche dich wirklich. Ich habe Angst. Ich habe sogar Angst davor, dich zu sehen und mit dir zu reden. Aber ich muss es tun. Ich muss es hinter mich bringen ... heute noch. Sofort. Egal, was danach passiert.“

„Schon gut. Wenn du mich brauchst, komme ich natürlich. Ich bin gleich bei dir. Wo bist du denn?“

Sie nannte ihm die Adresse.

„Wonach soll ich Ausschau halten?“

„Du wirst es sehen, wenn du dort bist“, sagte sie.

„Du bist verrückt. Vollkommen verrückt", sagte Mary zu John Mast. „Im Krankenhaus ist viel zu viel Betrieb. Da sind doch hunderte von Besuchern."

„Die brauchen wir auch."

Er band sich den Mundschutz um, den er aus dem Lagerraum gestohlen hatte, und betrachtete Mary dabei, wie sie eine Strähne ihres Haares unter die Haube steckte. Jetzt konnte man nur noch ihre Augen sehen. Hübsche blassblaue Augen. Der Operationskittel verdeckte ihre Kleidung.

Auch er war mit seinen Kontaktlinsen und den buschigen weißen Augenbrauen, die er angeklebt hatte, nicht wieder zu erkennen. In solchen Dingen war er sehr geschickt. Prüfend betrachtete er sich im Spiegel und nickte zufrieden. Wer ihn sah, würde ihn für mindestens fünfzig halten.

„Du bist verrückt", wiederholte sie.

„Nicht verrückt. Nur zum Äußersten entschlossen", antwortete er. „Jetzt komm. Gleich beginnt die Show."

Gegen zwei war Jake auf dem Heimweg.

Erschöpft machte er auf einem Rastplatz Halt, um einen Kaffee zu trinken. Die wenigen Hinweise, die er Bordon hatte entlocken können, wirbelten ihm unaufhörlich im Kopf herum.

Später aß er in einer anderen Raststätte ein Sandwich und trank noch einen Kaffee, bevor er seine Fahrt fortsetzte. Eine innere Stimme sagte ihm, dass er so schnell wie möglich nach Hause fahren sollte.

Als er über den Parkplatz zu seinem Wagen lief, spürte er einen dumpfen Schmerz im Herzen. Bordon hatte keine Namen genannt, aber er hatte zugegeben, an den Morden beteiligt gewesen zu sein, wenn er auch nicht selbst Hand angelegt hatte. Das hatte ihn nicht überrascht. Doch es war nicht Bordon gewesen, der die Anweisungen gab, wie er bisher geglaubt hatte. Das beunruhigte ihn zutiefst.

Und jetzt war Bordon tot. Ermordet. Es würde wohl eine Weile dauern, aber letztlich würden sie herausfinden, wer der Täter war.

Tatsache war: Peter Bordon war mit Nancy Lassiter zusammen gewesen. Er musste der Mann gewesen sein, mit dem sie in der Nacht ihres Todes Sex gehabt hatte. Sie war einer Sache auf die Spur gekommen und bereit, ein paar Regeln zu missachten, um die Wahrheit zu erfahren. Sie war eine gute Polizistin gewesen. Es versetzte ihm einen Stich ins Herz, als er sich vorstellte, in welchem moralischen Dilemma sie in jener Nacht gesteckt haben musste.

Als er sich hinters Steuer setzte, bemerkte er den Notizblock auf dem Beifahrersitz. Er stellte den Kaffeebecher in die Haltevorrichtung, nahm den Block zur Hand und blätterte die Seiten um. Seine eigenen Bemerkungen. Die Unfallskizze, die ihn davon überzeugt hatte, dass es zwischen den beiden Fällen einen Zusammenhang gab. Stirnrunzelnd stellte er fest, dass zwei Blätter zusammenklebten.

Er trennte sie, und sein Herz begann schneller zu schlagen.

Ashley hatte noch eine Skizze angefertigt. Sie zeigte John Mast alias David Wharton. Der Mann, der sich im Krankenhaus herumgedrückt und die Polizei mit seinen Aussagen in die Irre geführt hatte.

Schweißperlen traten ihm auf die Stirn, als er nach seinem Handy suchte. Zuerst versuchte er, Ashley zu erreichen. Ihre Mailbox schaltete sich ein. „Was immer du auch tust, Ashley, halte dich von David Wharton fern. Hast du mich verstanden? Geh ihm aus dem Weg. Ich bin auf dem Weg nach Hause.“ Er zögerte. „Es ist egal, wie du im Moment über mich denkst, Ashley. Ich bin davon überzeugt, dass der Mann mit den Morden an den vier Frauen zu tun hat und möglicherweise auch mit dem Anschlag auf deinen Freund." Er beendete das Gespräch und versuchte es in der Bar. Hoffentlich nahm Nick den Hörer ab.

Stattdessen hatte er Katie am Apparat. Nick sei weggegangen, und sie wisse nicht, wohin.

„Was ist mit Ashley?"

„Sie hat bis zum Mittag geschlafen. Nicht zu fassen, was? Hier war die Hölle los, und ..."

„Ist sie noch da? Ich muss unbedingt mit ihr sprechen."

„Nein, das wollte ich Ihnen gerade sagen. Vor etwa einer Stunde ist sie ins Krankenhaus gefahren."

„Vielen Dank."

Er rief im Krankenhaus an und wurde über die automatische Telefonanlage weitergeleitet, indem er verschiedene Nummern auf seinem Handy drücken musste. Doch letztlich erreichte er niemanden. Fluchend beendete er die Verbindung und steuerte den Wagen auf den Highway.

Als Nächstes wählte er Carnegies Nummer und erzählte ihm von seiner Vermutung, dass David Wharton und John Mast, ein ehemaliges Sektenmitglied und angeblich tot, ein und dieselbe Person seien. „Ashley hat vor kurzem mit ihm gesprochen. Bitte fahren Sie ins Krankenhaus und sagen Sie ihr, dass sie auf sich Acht geben soll. Wir müssen ihn so schnell wie möglich finden."

Dreißig Meilen später rief Carnegie ihn zurück. „Jake, ich bin im Krankenhaus. Hier tut sich einiges. Die Ärzte sind davon überzeugt, dass Stuart Fresia demnächst aus dem Koma erwachen wird. Sie reden von verstärkten Hirnaktivitäten und Dingen, die ich nicht verstehe. Jedenfalls machen sie gerade eine Kernspintomographie – oder wie das heißt – von seinem Kopf. Sie glauben, dass er heute Abend wieder reden kann."

„Was ist mit Ashley Montague?"

„Sie war vor ein paar Minuten hier. Während der Untersuchung wollte sie bei seinen Eltern bleiben."

„Haben Sie ihr gesagt, was ich Ihnen erzählt habe?"

„Ja. Sie hat mir versprochen, so lange hier zu warten, bis Sie kommen."

Jake seufzte erleichtert auf. „Lassen Sie sie nicht aus den Augen. Bleiben Sie unbedingt in ihrer Nähe."

Auf der Fahrt dachte er unentwegt über Bordons Worte nach. Er rief sich jeden Satz ins Gedächtnis, wog Fakten und Vermutungen gegeneinander ab. Plötzlich bemerkte er das Blinken auf dem Display seines Handys. Jemand musste versucht haben, ihn zu erreichen, während er mit Carnegie gesprochen hatte. Weil er die Nummer nicht kannte, rief er schnell seine Mailbox ab. „Jake." Sie klang sehr distanziert. Nun ja, sie hatten sich ja auch nicht gerade in bestem Einvernehmen getrennt. „Ich habe deine Nachricht von Carnegie erhalten. Dummerweise habe ich mein Handy verloren. Ich hatte eine merkwürdige Unterhaltung mit David Wharton. Ich weiß, dass du ihn für John Mast hältst, und ich weiß auch, dass er mir ziemlich viel Unsinn erzählt haben könnte, aber irgendwie klang er sehr aufrichtig. Sag mir ruhig, dass ich unerfahren und dumm bin, doch er ist davon überzeugt, dass ein Polizist in die Angelegenheit verwickelt ist. Oder sogar mehrere Polizisten. Ich bin momentan im Krankenhaus. Ich ... ich muss zugeben, dass ich nicht mehr weiß, wem ich noch vertrauen kann. Wenn du ... wenn wir uns aus irgendeinem Grund verpassen, habe ich dir vorsorglich etwas hinterlassen. An einem Ort, der dir sehr vertraut ist. Ansonsten sehen wir uns gleich hier."

Fast hätte er die Kontrolle über das Steuer verloren.

Er hörte Bordons Ausruf „Polizisten!"

Nein. Das war unmöglich.

Sein Magen krampfte sich zusammen. Es war Mast, der hinter allem steckte. Und dennoch ...

Er warf einen Blick auf den Tachometer. Bordon war mit Nancy zusammengewesen. Er wusste über den Mord an ihr Bescheid; vielleicht war er sogar Augenzeuge gewesen. Aber er hatte ihn nicht ausgeführt. So wunderschön ... Ihre Kollegin ...

Jake achtete nicht auf das Tempolimit. Die Polizisten von Broward freuten sich immer diebisch, wenn sie den Kollegen von Dade einen Strafzettel anhängen konnten. Heute würde er ihnen ein Schnippchen schlagen. Er schaltete die Sirene ein und trat das Gaspedal durch.

John Mast kannte die Räumlichkeiten des Krankenhauses wie seine eigene Westentasche. Er hatte mit dem Polizisten, der vor der Tür stand, gesprochen, mit den Fresias und sogar mit Ashley Montague, die mit ihnen bangend an Stuarts Bett saß. Er hatte seine Krankenakte, und er hatte den Stationsschwestern die korrekten Unterlagen ausgehändigt. Dr. Ontkeans Unterschrift hatte er täuschend ähnlich nachgeahmt, und er verhielt sich so gelassen und zuvorkommend, dass niemand Verdacht schöpfte, während er seinen Auftrag ausführte. Er war nicht nervös geworden, als ihn der wachhabende Polizist zur Rede stellte, und hatte ihm sogar angeboten, während der Computertomographie dabei zu sein. Die Fresias dagegen hatte er zu einem Besuch in der Cafeteria überreden können.

Erst als sie neben Stuarts Bett über den Korridor ging, wurde Ashley plötzlich misstrauisch. „Das ist die falsche Richtung. Die Computertomographie befindet sich doch neben der Notaufnahme."

„Stimmt das?" fragte der Polizist, der ihnen folgte.

John warf Mary einen Blick zu. Das war schließlich „ihre"

Abteilung. Er hoffte, dass sie keinen Fehler beging. Doch jetzt, da sie in die Sache hineingezogen worden war, blieb Mary ganz gelassen. „Bei diesem Patienten haben wir besondere Vorsichtsmaßnahmen getroffen", erklärte sie mit selbstbewusster Stimme.

„Hier hinein", befahl John, ohne den Polizisten aus den Augen zu lassen, als er Ashley in den Raum winkte. „Wenn Sie mir kurz helfen könnten und das Bett dort um die Ecke schieben ..."

Er nickte Mary zu. Sie zog eine Spritze aus der Tasche ihres Kittels und stieß sie dem Polizisten mit einer raschen Bewegung in den Arm.

Noch ehe Ashley etwas gemerkt hatte, war er bereits zusammengebrochen. „Ich bin zwar keine Ärztin, aber das ist doch gar nicht ..."

Sie drehte sich um und erstarrte, als sie den Polizisten zu ihren Füßen liegen sah. Ehe sie etwas sagen konnte, hatte Mary eine zweite Spritze in der Hand, und einen Moment später lag Ashley neben dem Polizisten auf dem Boden.

„Gute Arbeit, Mary. Wir habens fast geschafft. Wir müssen die beiden auf eine Bahre legen und ein Laken über ihre Gesichter ziehen."

„Warum denn das?" wollte Mary wissen.

„Der beste Weg nach draußen ist durch die Leichenhalle", erklärte er ihr.

Mary senkte den Kopf. „Dann wollen wir mal."

Zuerst war da nur dichter Nebel. Sie erinnerte sich an Dinge, die passiert waren, ehe die Welt in vollkommene Dunkelheit versunken war. Heute war sie erst so spät wach geworden. Viel zu spät. Sie konnte es gar nicht glauben, denn so lange schlief sie doch sonst nie. Nick war auch weggegangen, und Katie hatte alle Hände voll zu tun gehabt. Sie hatte ihr geholfen, bis das Mittagsgeschäft ruhiger geworden war.

Nick war immer noch nicht zurück. Sie war verstimmt, weil sie ihn nicht anrufen konnte, denn er hasste Handys und weigerte sich standhaft, eines bei sich zu tragen. Sie hatte versucht, Sharon zu erreichen. Vergeblich.

Dann war sie ins Krankenhaus gefahren und hatte mit Stuarts Eltern gesprochen. Carnegie war gekommen und hatte sie vor David Wharton gewarnt. Auch Jake war unerreichbar, also konnte sie ihm nur eine Nachricht hinterlassen. Ein Polizist hatte Wache gestanden – sie hatte ihn sehr misstrauisch gemustert. Und Stuarts Eltern waren fröhlich und hoffnungsvoll gewesen. Sie hatten alle ins Krankenzimmer gedurft und leise miteinander gesprochen.

Und dann ...

... waren die medizinisch-technischen Assistenten gekommen, die die Computeruntersuchung machten. Sie waren sehr freundlich gewesen und hatten alle ihre Fragen beantwortet. Ihre Stimmen hatten hinter den Masken undeutlich geklungen. Sie hatten einen Blick in die Krankenakte geworfen und nichts dagegen gehabt, dass der Polizist sie ins Untersuchungszimmer begleitete.

Davon hatte sie sich einlullen lassen. Sie hätte David Wharton erkennen müssen – vor allem nach Carnegies Warnung. Sie hatte ihn auch erkannt – aber da war es bereits zu spät gewesen. Sie war so dumm gewesen.

Plötzlich merkte sie, dass sie wach war. Bei Bewusstsein. Zuerst traute sie sich nicht, die Augen zu öffnen. Ganz langsam gingen ihre Lider nach oben.

„Ashley?"

Wie aus weiter Ferne hörte sie ihren Namen. Und diese Stimme ...

Jetzt öffnete sie die Augen ganz und drehte sich zur Seite. Zuerst glaubte sie, noch immer zu träumen. Sie öffnete den Mund.

„Stuart?" fragte sie ungläubig.

„Ja. Ich bins."

Er war noch etwa fünf Meilen vom Krankenhaus entfernt, als ihn Carnegies Anruf erreichte. Verblüfft hörte er, dass Stuart Fresia entführt worden war. Ungeduldig bellte er seine Fragen ins Handy, als sei Carnegie sein Untergebener. Dafür würde er sich entschuldigen müssen. Später. Jetzt wollte er nur wissen, was sein Kollege zu berichten hatte.

Der wachhabende Polizist war in einem ehemaligen Behandlungszimmer entdeckt worden. Das Betäubungsmittel wirkte immer noch. Von Ashley oder Stuart hatten sie noch keine Spur entdeckt. Natürlich wimmelte es im Krankenhaus von Polizisten, die das Gebäude auf den Kopf stellten, aber bislang war ihre Suche ergebnislos verlaufen.

„Wenn sie hier ist ... wenn die beiden noch hier sind, werden wir sie finden", versicherte Carnegie ihm.

„Sie sind nicht dort", erwiderte Jake tonlos. „Suchen Sie trotzdem weiter. Halten Sie mich auf dem Laufenden."

„Jake, nach Mr. Fresias Beschreibung zu urteilen, handelt es sich bei den Entführern um einen älteren Mann und eine Frau zwischen fünfunddreißig und vierzig. Die Krankenschwestern konnten das bestätigen. Also war es nicht John Mast."

Jake bezweifelte das, aber er widersprach ihm nicht. In seinem Kopf wirbelten zu viele Gedanken durcheinander, die er erst sortieren musste.

„Sind Sie immer noch auf dem Weg hierher?" wollte Carnegie wissen.

„Nein."

„Sondern?“

„Ich werde sie suchen.“

„Jake, Sie halten mich aber auch auf dem Laufenden, hören Sie?“

Misstrauisch fuhr Ashley zurück und stieß sich den Kopf. Sie lag neben Stuart. Er war kreideweiß und völlig entkräftet. Trotzdem lächelte er sie mühsam an und fragte: „Gehts dir gut?“

Ungläubig schüttelte sie den Kopf, ohne den Blick von ihm zu wenden. Sie wollte aufstehen, doch bei dem Versuch wurde ihr schwindlig. David Wharton – oder John Mast – stand am Fuß der Trage, zusammen mit einer Frau, die sie noch nie gesehen hatte. Sie hatte sich ebenfalls als medizinisch-technische Assistentin ausgegeben. Sie war schlank und brünett und hatte große, ausdrucksvolle Augen.

„Was geht hier vor?“ fragte sie scharf.

„Sie ist wirklich eine gute Polizistin, nicht wahr?“ fragte Stuart mit schwacher Stimme. „Wir könnten eiskalte Verbrecher sein, und trotzdem lässt sie sich nicht einschüchtern.“

„Ashley, Sie müssen entschuldigen“, sagte John Mast. Die weißen Augenbrauen und Kontaktlinsen waren verschwunden.

„Ich bin Mary“, sagte die junge Frau.

„Sind Sie sich darüber im Klaren, dass Sie sich einer Entführung schuldig gemacht haben – und Gott weiß was noch für anderer Verbrechen?“ fragte sie. Dann sah sie den Mann an. „Und Sie ... Sie Mistkerl sind John Mast. Ich bezweifle, dass es überhaupt einen David Wharton gibt.“

„Ashley, ich will versuchen, es dir zu erklären“, sagte Stuart. Jedes Wort strengte ihn sichtlich an.

„Schon dich lieber“, sagte John schnell. „Sie ist noch zu erschöpft, um mich zusammenzuschlagen. Ich werde es ihr erklären.“

„Sie haben mich belogen“, entgegnete sie.

„Ja, aber aus gutem Grund“, verteidigte er sich. „Ich musste es. Weil ich Sie kennen lernen musste. Ich bin mit Peter Bordon ins Gefängnis gekommen – wegen betrügerischer Buchhaltung. Mit den wirklich gravierenden Sachen hatte ich nichts zu tun. Peter Bordon hat mir damals eingeschärft, den Mund zu halten. Wenn wir nicht ins Gefängnis gehen, unsere Zeit absitzen und Stillschweigen bis ins Grab bewahren würden, hätten sie uns umgebracht. Sie werden es vielleicht nicht glauben, aber ich habe wirklich keine Ahnung, wer diese Frauen getötet hat. Ich weiß nur, dass eine von ihnen Polizistin war. In jener Nacht, als Nancy Lassiter im Haus war, habe ich sie kurz zusammen mit Peter gesehen. Peter ... mochte Frauen. Ich hielt sie für eine seiner zahlreichen Zufallsbekanntschaften. So genau wollte ich gar nicht wissen, was vor sich ging; deshalb bin ich in meinem Zimmer geblieben. Spät in der Nacht hörte ich dann, wie die Haustür aufging ... jemand kam herein und stritt sich mit Peter. Er sei ein Idiot. Er habe eine Polizistin aufgegabelt. Und er solle dafür sorgen, dass sie das Haus nicht mehr verließ. Sie hätte nämlich den Kerl, der Peter anschrie, identifizieren können – es war ein Kollege von ihr. Daher weiß ich, dass mindestens ein Cop in die Angelegenheit verwickelt ist.“

Ashley schüttelte den Kopf. „Sie wollen mir erzählen, dass ein Polizist der Mörder von Nancy Lassiter ist?“

„Ich fürchte ja“, erwiderte John. „Aber in jener Nacht war noch ein anderer Mann dabei. Ich habe jedoch weder ihn noch den Polizisten zu Gesicht bekommen. Ich ... ich habe meine Zimmertür nicht aufgemacht. Ich muss gestehen, dass ich Angst hatte. Doch ich habe eine dritte Stimme gehört. Ich vermute, dass es der Mann war, den Peter immer den ‚Paten‘ der Gemeinschaft genannt hatte. Mir war klar, dass da irgendwelche Dinge vor sich gingen, aber ich wusste nie im Voraus, wann etwas passieren würde. In diesen Nächten wurde ich immer eingeschlossen. Ebenso wie die Mädchen und die anderen ... die wurden auch in ihre Zimmer eingesperrt. Worum es auch ging, der Pate hatte etwas damit zu tun. Jedenfalls war die Polizei schon wegen der ermordeten Frauen hinter uns her. Doch Peter und ich haben die Mädchen nicht getötet." Er unterbrach sich und holte tief Luft.

„Peter wusste allerdings, dass sie getötet worden waren. Er kannte auch den Grund. Aber er hielt den Mund. Er wusste, dass die Morde so arrangiert waren, als seien sie Teil eines religiösen Kults mit perversen Ritualen. Das war jedoch nur eine Tarnung. Sie müssen etwas mitbekommen haben, das sie nichts anging, und deshalb mussten sie sterben." Er schwieg ein paar Sekunden. „Alle dachten, ich sei bei einem Flugzeugabsturz ums Leben gekommen, nachdem ich aus dem Gefängnis entlassen worden war. Ich hielt es für sicherer, sie in dem Glauben zu lassen. Ich konnte mich ans Ufer retten und nahm die Identität eines anderen Mannes an."

Allmählich ließ die Betäubung nach. Ashley richtete sich ein wenig auf und rieb sich den Hinterkopf. „Sie müssen entschuldigen – wir haben Sie leider fallen gelassen, als wir Sie in die Ambulanz gebracht haben", erklärte Mary.

„Na prima", murmelte sie und warf einen prüfenden Blick auf Stuart. Was um alles in der Welt hatte er mit der Sache zu tun? Er hatte die Augen geschlossen und sah aus, als sei er wieder bewusstlos. „Stuart?" fragte sie besorgt.

Er öffnete die Augen. „Tut mir Leid, ich versuche nur, mich ein wenig auszuruhen. Ich bin nämlich schon seit ... seit fast vierundzwanzig Stunden bei Bewusstsein. Ich hatte nur Angst, dass jemand es merkt. Sogar meine Eltern sollten nichts davon mitbekommen", sagte er deprimiert.

„Sie hätten ihn verraten können", erklärte John.

„Wussten Sie das?" fragte sie scharf.

„Ich wusste nur, dass ich ihn aus dem Krankenhaus schaffen musste, bevor ihn jemand töten konnte."

„Okay. Und wer sind Sie, Mary?"

„Ich war ein Mitglied der Sekte", antwortete sie. „Die getöteten Frauen waren meine Freundinnen", fügte sie hinzu.

Diese Neuigkeit musste Ashley erst einmal verdauen. „Das tut mir Leid", sagte sie nach einer Weile. Dann schaute sie sich um. „Wo sind wir eigentlich? Und warum haben Sie mich betäubt und entführt?"

„Wir brauchen dich", antwortete Stuart. „Also mussten wir etwas mit dir machen. Außerdem bist du Polizistin."

„Ich bin keine Polizistin", sagte sie müde. „Ich arbeite nur für die Polizei."

„Egal. Du hast auf jeden Fall Beziehungen."

„Na gut. Also – wo sind wir?"

„Im Haus natürlich", sagte John.

„In welchem Haus?"

„In dem, das neben der Kommune steht."

„Sind Sie sich im Klaren darüber, dass man Sie hier finden wird?"

„Letztlich schon", stimmte John ihr zu. „Aber hoffentlich erst, wenn wir die Beweise haben."

„Beweise wofür? Und wie wollen Sie daran kommen?"

„Für heute Nacht ist wieder etwas geplant."

„Woher wissen Sie das?"

„Unsere Nachbarn veranstalten einen Gesangsabend. Der findet immer vor dem Haus statt, während auf dem hinteren Teil des Grundstücks die Transaktionen vor sich gehen. Ashley, merkst du das denn nicht? Diese Menschen werden auf die gleiche Weise ausgenutzt. Derselbe ‚Pate' finanziert Caleb, und alles, was er tun muss, ist, den Dingen, die hin und wieder auf dem Besitz vor sich gehen, keine Beachtung zu schenken. Wenn wir beweisen können, was das genau ist, dann können wir die Spur zu den Mördern zurückverfolgen."

„In Ordnung. Aber lass uns einen Schritt zurückgehen. Dav... John, wie haben Sie Stuart kennen gelernt?"

Er zuckte verlegen mit den Schultern. „Ich habe tatsächlich einen Artikel über Aliens mit zwei Köpfen geschrieben."

„Wir haben uns vor einiger Zeit in der Redaktion getroffen", erklärte Stuart.

Ashley rieb sich wieder den Nacken und setzte sich auf. „Hören Sie, ich glaube Ihnen. Aber wir brauchen wirklich Hilfe. Wir wissen, dass da draußen zwei rücksichtslose Männer herumlaufen, die töten, ohne mit der Wimper zu zucken. Wir müssen die Polizei verständigen."

„Ashley, wie oft muss ich es Ihnen denn noch sagen?" fragte John ungeduldig. „Mindestens ein Beamter steckt selbst in der Sache mit drin. Und wir wissen nicht, wer es ist."

„Ein schmutziger Cop bedeutet nicht, dass die ganze Truppe verseucht ist. Es muss doch jemanden geben, dem wir vertrauen können."

„Wer?"

„Dilessio", entgegnete sie ruhig. „Jake Dilessio. Sie wissen, dass er in Ordnung ist."

„Oh ja, er ist in Ordnung. Er hat mir die Hölle heiß gemacht – besonders nach dem Tod seiner Kollegin. Seinetwegen bin ich im Gefängnis gelandet."

„Warum haben Sie ihm nicht gesagt, dass seine Partnerin zusammen mit Bordon im Haus war?"

„Ich hatte Angst", erwiderte John Mast schlicht. „Ich war erst einundzwanzig. Und Bordon hat mir gedroht, dass man mich umbringen würde."

„Warum wollen Sie dann die Sache jetzt aufklären?" fragte Ashley.

„Ich bin schon einmal gestorben – bei dem Flugzeugabsturz", sagte er. „Als ich ans Ufer gespült wurde, war mir klar, dass ich überlebt habe, um herauszufinden, wer so viele Leben zerstört hat."

„Dann lassen Sie uns Dilessio verständigen."

„Es hat keinen Zweck. Das habe ich bereits versucht. Ich habe ihm eine anonyme Nachricht mit zahlreichen Hinweisen hinterlassen, die ihn auf die richtige Spur hätten führen können. Aber nichts ist passiert."

„Der Anrufbeantworter", murmelte Ashley. Blitzartig fiel ihr ein, dass Jakes geheimnisvoller Eindringling vermutlich die Mitteilung gehört und gelöscht hatte.

„Wie bitte?"

„Er hat Ihre Nachricht nie bekommen. Hören Sie, ich weiß, dass Jake kein falsches Spiel spielt. Und irgendjemand muss uns helfen."

„Toll. Wenn wir ihn anrufen, verständigt er das Hauptquartier, und der Mörder weiß genau, wo wir sind. Er wird sofort auftauchen, Verstärkung mitbringen, und wir werden alle sterben", sagte John bitter. „Außerdem wohnt er am Hafen."

„Da wohne ich auch", erinnerte Ashley ihn verdutzt.

John schüttelte den Kopf. „Verstehen Sie es denn immer noch nicht? Es ist doch offensichtlich. Irgendetwas geht rund um Nicks Haus vor, Ashley. Ich habe letzte Nacht nicht gelogen. Jemand ist auf dem Grundstück herumgeschlichen."

Sie zögerte. Jake war davon überzeugt, dass jemand auf seinem Boot gewesen war. Es war zwar nichts verschwunden, aber der Eindringling hatte sich Zugang zu seinem Computer verschafft, seinen Anrufbeantworter abgehört und die Nachrichten gelöscht.

Sie selbst war über Bord geworfen worden. Und jemand war auch in ihrem Zimmer gewesen ...

Sharon.

Sharon, die ihr versprochen hatte, an diesem Nachmittag mit ihr zu reden. Aber sie war noch nicht zurück, als Ashley zum Krankenhaus gefahren war, und dann ... dann war alles aus dem Ruder gelaufen.

„Wir müssen Jake verständigen", wiederholte sie. „Ich bin sicher, dass wir ihm die Situation erklären können."

„Ehe er die halbe Stadt informiert."

Sie hatte keine Gelegenheit, ihm zu antworten. John erstarrte plötzlich. „Pst", warnte er sie.

Jetzt konnten sie es alle hören. Von draußen drang ein raschelndes Geräusch ins Zimmer.

„Vielleicht ist das schon die Polizei", wisperte sie ihm zu.

„Wir müssen Stuart schützen", flüsterte er zurück. „Mary, du bleibst bei ihm. Ashley ... ich gehe dort hinaus. Ich bin bewaffnet. Zugegeben, die Pistole ist gestohlen. Aber das ist mir jetzt egal."

Ashley wollte ihm aus dem Zimmer folgen. Dann zögerte sie. „Mary, schieben Sie die Kommode vor die Tür, wenn ich draußen bin. Blockieren Sie die Tür mit allem, was Sie finden. Und stellen Sie die Vitrine vor das Fenster, damit auch da niemand hineinkommen kann. Haben Sie verstanden?"

„Natürlich", sagte Mary. Ihre Augen wurden weit, als ihr klar wurde, in welcher Gefahr sie schwebte, und dass sie sich dazu noch um einen Mann kümmern musste, der am Ende seiner Kräfte war.

Ashley nickte ihr aufmunternd zu. Sie hoffte, dass Mary stärker war, als sie aussah. Kaum hatte sie die Tür hinter sich geschlossen, hörte sie das scharrende Geräusch von Möbeln, die über den Boden geschoben wurden.

Schnell lief sie hinter John Mast her, denn sie kannte sich in dem Haus überhaupt nicht aus. Es war klein, vermutlich ziemlich alt und erinnerte mehr an eine einstöckige Jagdhütte als an ein ständig bewohntes Heim. Sie waren im Schlafzimmer gewesen, daran schloss sich ein weiterer Raum an – eine Kombination aus Wohn- und Esszimmer. Eine Tür führte nach draußen, und auch von der Küche aus konnte man ins Freie gelangen.

Beklommen stellte sie fest, dass es dunkel geworden war. Falls jemand ums Haus herumstrich, waren sie im Nachteil. „Das Licht", murmelte sie. „Wir müssen das Licht ausschalten."

John ging zurück und betätigte einen Schalter. Die Lampen verloschen.

Es kam ihr vor, als würden sie eine Ewigkeit lauschend in der Dunkelheit stehen. Zunächst war alles um sie herum pechschwarz. Dann konnte sie John Masts Silhouette erkennen. Er hielt eine Pistole in der Hand, die wie eine .45er aussah. Sie hielt die Luft an, bevor sie durch das Esszimmer in die Küche lief, wobei sie sich dicht an die Wand presste.

Erneut horchte sie angestrengt in die Dunkelheit hinein.

Plötzlich flog die Tür mit einem lauten Krachen auf. John eröffnete das Feuer.

Von der Tür her wurde es sofort erwidert.

Jake parkte so nahe wie möglich an seinem Boot, sprang aus dem Wagen und rannte über die Pier zur *Gwendolyn*. In seinem Briefkasten fand er zwei Schnellhefter mit Unterlagen über die Immobilien, notierte sich die Adresse und wollte schon wieder losfahren. Dann besann er sich eines Besseren. Er schaltete den Computer ein, klickte ein paar alte Dateien an und überflog die Berichte und Zeitungsartikel.

Er drückte die Wiedergabetaste seines Anrufbeantworters, um

sämtliche Telefongespräche der vergangenen Woche abzuhören. Inzwischen war ihm auch klar geworden, dass sein ungebetener Besucher Nachrichten gelöscht hatte.

Na wenn schon – er hatte die Antwort, die er brauchte. Doch vorläufig wollte er es nicht an die große Glocke hängen. Man konnte ja nie wissen.

Ehe er das Hausboot verließ, rief er die Person an, der er als Einziger bedingungslos vertrauen konnte. Von ihr würde er das bekommen, was er jetzt am dringendsten benötigte.

Auf dem Weg zu seinem Wagen sah er, wie Nick die Bar verließ. Er kam ihm entgegen, und Jake befürchtete schon, dass er ihn aufhalten würde. Zu seiner Erleichterung tat er das nicht.

Stattdessen erklärte er, dass er mit ihm kommen würde, und öffnete die Beifahrertür.

„Nick, das ist kein ...“, begann Jake.

„Ich habe Vietnam überlebt. Ich habe eine Pistole, und ich kann damit umgehen“, unterbrach Nick ihn. „Ich weiß nicht genau, was eigentlich los ist, aber ich weiß, dass sie meine Nichte haben. Und ich weiß, wo sie sind.“

„Ich auch“, sagte Jake.

Nick sah ihn durchdringend an. „Sharon hat mir die Adressen gegeben, um die Ashley sie gebeten hat. Woher haben Sie sie?“

Jake wich seinem Blick nicht aus. „Ashley hat sie mir in den Briefkasten geworfen“, sagte er. „Wir fahren aber nicht sofort zu ihr.“

„Sie ist in Gefahr.“

„Sie wäre in noch größerer Gefahr, wenn wir jetzt unüberlegt handeln“, erklärte Jake. Nick schaute ihn finster an. Dann nickte er.

„Sie haben die Ergebnisse Ihrer Nachforschungen noch nicht weitergemeldet, oder?“ erkundigte er sich.

„Nicht an die Polizei von Miami-Dade."

„Wer spielt denn nun ein doppeltes Spiel?" fragte Nick nach einer Weile.

„Ich habe eine Vermutung, aber ich bin mir nicht sicher. Und ich glaube, wir haben es mit mehr als nur einem schmutzigen Cop zu tun. Jemand aus der Nachbarschaft, den wir tagtäglich sehen, steckt auch mit drin."

Nick dachte eine Weile über diese Auskunft nach.

„Möchten Sie wissen, was ich jetzt vorhabe?"

Ein Schrei ertönte. Ashley hörte einen dumpfen Aufprall, als jemand stürzte. John machte einen Satz vorwärts. „Bleiben Sie hier", befahl er ihr.

Zu spät. Sie hörte die Schüsse, und Mast stöhnte auf. Er fiel zu Boden wie eine Marionette, der man die Fäden durchgeschnitten hatte. Ashley fluchte leise. Sie war es nämlich, die geschrien und damit ihren Standort verraten hatte. Ihr blieb nur ein Fluchtweg – durch die Küchentür.

Sie stürzte aus dem Haus und versuchte verzweifelt, sich in der Dunkelheit zurechtzufinden. Die dicht an dicht stehenden Bäume ließen nur schmale Pfade als Fluchtwege offen. Rechts von ihr war der Zaun, hinter ihr die Sümpfe und Wasser.

Nach vorne konnte sie auch nicht fliehen, denn dann würde sie bestimmt dem Täter in die Arme laufen. Vorsichtig tastete sie sich an der Baumreihe entlang. Sie hatte das Gefühl, dass der Schütze, der auf John Mast gezielt hatte, alleine war. Es war allerdings bloß eine Vermutung. Sicher war nur, dass er auch hinter ihr her war. Wenigstens Mary und Stuart wären dann in Sicherheit. Jedenfalls solange sie den Mörder ablenken konnte. Vielleicht schaffte sie es ja auch, ihn durch den Wald bis zu den Everglades zu locken und ihn dort irgendwie abzuschütteln.

Hinter sich hörte sie die Schritte ihres Verfolgers. Sie wurde erst langsamer, als sie den Waldrand erreichte.

Vorläufig befand sie sich noch auf festem Boden. Ein paar Meter vor ihr ragte eine Baumgruppe in den Nachthimmel. Atemlos lief sie weiter. Plötzlich spürte sie Spinnweben im Gesicht und auf der Haut. Fast hätte sie laut aufgeschrien. Im letzten Moment riss sie sich zusammen. Eine Beinahe-Polizistin lässt sich von einem Spinnennetz aus der Fassung bringen. Lächerlich! Während sie weiterrannte, schüttelte sie die klebrigen Fäden ab.

Auf einmal hörte sie Stimmen. Sie kamen von weiter vorne. Hinter dem kleinen Wald fiel das Gelände zu einem Kanal hin ab, und die Landschaft sah auf einmal ganz anders aus.

Am Ufer standen einige Männer. Sie unterhielten sich leise, während sie Plastikschachteln aus zwei kleinen Kanus luden, die auf dem schlammigen Ufer lagen.

Die Gestalten trugen Schwarz, so dass sie in der Dunkelheit kaum zu erkennen waren.

Sie verlangsamte ihre Schritte. Vor ihr standen die dunklen Figuren, hinter ihr war ein Mann mit einer Schusswaffe.

Plötzlich stieß einer der Männer, die mit dem Ausladen beschäftigt waren, einen unterdrückten Schrei aus. Angestrengt spähte sie in die Dunkelheit, um erkennen zu können, was geschehen war.

In dem Moment stolperte sie über den Draht.

Er war knöchelhoch zwischen den Bäumen gespannt und bildete die Grenze zwischen den Grundstücken. Sie verlor das Gleichgewicht und landete im Matsch.

Sie biss sich auf die Lippen, um nicht laut aufzuschreien. Mit zusammengebissenen Zähnen rappelte sie sich auf und versuchte, sich aus ihrer Falle zu befreien.

Ein Schatten fiel über sie. Der Mann, der sie verfolgte, war ebenfalls in Schwarz gekleidet. Langsam schaute sie hoch. In diesem Moment kam sie sich unendlich verletzlich vor.

„Guten Abend, Ashley“, sagte der Mann leise.

23. KAPITEL

John spürte, wie das Leben allmählich aus seinem Körper wich. Er war noch nicht tot. Aber das war nur noch eine Frage von Minuten. Er brauchte unbedingt Hilfe.

Verzweifelt tastete er auf dem Boden nach der Pistole, die ihm aus der Hand gefallen war.

Zentimeter für Zentimeter robbte er vorwärts. Sein Blut hinterließ eine glitschige Spur auf dem Boden. Er musste seine Pistole wiederhaben. Der Mann würde zurückkommen, wenn er Ashley gefunden hatte.

Er hielt inne und stöhnte auf. Es waren nicht nur die körperlichen Schmerzen, die ihn fast wahnsinnig machten. Das Bewusstsein, sie in diese Sache hineingezogen zu haben, verursachte ihm noch größere Pein. Es war seine Schuld, wenn sie starb. Wo lag bloß diese verdammte Pistole ...?

Stuart und Mary kamen womöglich auch ums Leben, und dann wären alle ihre Mühen umsonst gewesen. Ihr Mörder wusste, wie man den Schauplatz eines Verbrechens zurücklassen musste. Es würde aussehen, als habe Ashley sich gegen ihn und Mary zur Wehr gesetzt und sie mit letzter Kraft umgebracht – doch erst, nachdem beide auf sie geschossen hätten. Außerdem würden sie ihm den Mord an Cassie Sewell anhängen.

Jetzt trennten ihn nur noch wenige Zentimeter von der Pistole.

„Hallo, Marty“, erwiderte Ashley. Vielleicht sollte sie so tun, als wäre sie vollkommen ahnungslos. Vielleicht klappte es ja. „Gott sei Dank, dass Sie hier sind. Ist Jake mit Ihnen gekommen?“

„Ausgezeichnet, Miss Montague. Wenn Sie nicht unbedingt Polizistin hätten werden wollen, hätten Sie auch in Hollywood durchaus Chancen gehabt.“

Sie nickte resigniert. Nun ja, es war einen Versuch wert gewesen. „Wenn Sie mich erschießen wollen, sollten Sie es sofort tun."

„Vielen Dank für das Angebot. Doch zunächst begleiten Sie mich zu Stuart Fresia und überzeugen ihn davon, dass es besser ist, die Tür zu öffnen. Ich könnte natürlich versuchen, auf das Schloss zu schießen. Aber ich nehme an, sie haben alle Zugänge zu dem Raum verbarrikadiert."

„So ist es." Erstaunlicherweise klang sie ganz gelassen. Dabei klopfte ihr das Herz bis zum Hals. Sie hatte entsetzliche Angst – und schreckliche Gewissensbisse. Das wärs dann also gewesen.

„Kommen Sie, Ashley. Stehen Sie auf!"

Er packte sie am Arm. Sie biss die Zähne zusammen. Sein Griff war ausgesprochen schmerzhaft. Dabei sah er gar nicht so brutal aus. Seine Finger bohrten sich in ihr Fleisch. Da ihr Fuß noch im Draht steckte, hatte sie das Gefühl, auseinander gerissen zu werden.

„Der Draht, Marty", sagte sie. „Solange ich festhänge, kann ich nirgendwo mit Ihnen hingehen."

Er kniete sich nieder, um sie zu befreien. Das war ihre einzige Chance.

Sie dachte nicht an die Pistole, die er immer noch in der Hand hielt. Sie dachte nur daran, dass sie leben wollte.

Mit aller Kraft stieß sie ihm das Knie in die Weichteile und erzielte den gewünschten Effekt. Mit einem Schmerzensschrei fiel er nach vorn.

Sie riss sich die Haut auf, als sie ihren Fuß mit einem Ruck aus der Schlinge zog. Und dann begann sie zu laufen, rannte um ihr Leben.

Die erste Kugel verpasste ihren Kopf nur um wenige Zentimeter. Sie hörte das Zischen, als sie an ihrem Ohr vorbeisauste und mit einem dumpfen Plopp in einem Baum stecken blieb. Trotz der teuflischen Schmerzen, die ihr Tritt ihm verursacht haben musste, war er wieder auf die Füße gekommen. Er schoss erneut, und wieder traf er nur einen Baum. Blindlings lief sie weiter. Rings um sie herum herrschte tiefe Finsternis.

Sie gelangte in eine Gegend, wo die Bäume nicht so dicht standen. Der Boden unter ihren Füßen wurde weich und morastig. Mit jedem Schritt trat sie tiefer in schlammige Erde. Gut, dass sie sich für Turnschuhe und Jeans entschieden hatte, als sie ins Krankenhaus gefahren war. Hier im knöcheltiefen Wasser konnte sie auf alle möglichen Tiere treten, denen man in der Stadt niemals begegnete.

Es war das Revier von giftigen Mokassinschlangen. Alligatoren ...

Sie stolperte. Das Gelände stieg wieder an, und der Boden wurde fester.

Wieder flog eine Kugel an ihr vorbei, und das nahe Zischen sagte ihr, dass er ihr dicht auf den Fersen war. Vermutlich trennten sie nur wenige Meter von ihrem Verfolger.

Aus der Dunkelheit griff jemand nach ihr. Entsetzt öffnete sie den Mund, um zu schreien.

„Pst." Eine Hand legte sich über ihren Mund, und starke Arme umklammerten sie. Ungläubig starrte sie den Mann an, der genauso schmutzig, durchnässt und schlammbedeckt war wie sie selbst.

„Jake?" Ihre Lippen bewegten sich lautlos.

„Bleib dicht hinter mir."

Sie löste sich aus seiner Umklammerung. „Jake ... es ist Marty", wisperte sie.

„Ich weiß."

Verblüfft sah sie, dass er einen Schritt vortrat. „Marty!"

Einen Moment lang herrschte absolute Stille. Ashley musste schlucken. Jake hatte seinen Standort verraten. Jetzt könnte Marty ihn mühelos erschießen.

„Jake?"

In der nachtschwarzen Dunkelheit konnte sie Martys Silhouette kaum erkennen. Er bewegte sich in ihre Richtung. Den schwarzen Umhang hatte er abgelegt. Jetzt trug er seine Uniform. Seltsamerweise war sie makellos sauber – keine Spur von Schlamm oder Erde.

„Jake, es tut mir Leid. Es ist Nicks Nichte. Irgendwie ist sie in den Drogenhandel hineingeraten. An der Entführung im Krankenhaus war sie auch beteiligt. Sie steckt bis über beide Ohren in der Sache mit drin."

„Ich warne dich, Marty", sagte Jake leise. „Eigentlich wollte ich dich sofort erschießen, aber ... nun ja, um ehrlich zu sein, ich weiß noch nicht, wer dein Partner ist. Du bist jedenfalls nicht derjenige, der auf der *Gwendolyn* war. Ich will wissen, wer da eingebrochen ist. Nachdem mir klar geworden war, dass du Nancy umgebracht hast, war ich fest entschlossen, dir in beide Knie zu schießen und anschließend dein Herz herauszureißen. Aber ..."

„... im Moment hast du verdammt schlechte Karten, nicht wahr?" höhnte Marty. „Du bist vielleicht der große Detective, aber ich bin der Beste auf dem Schießstand, und momentan habe ich den Finger am Abzug. Alle bewundern Jake und respektieren ihn. Er ist der Kerl mit dem richtigen Riecher, der Typ, der immer die Nadel im Heuhafen findet. Weißt du, was das für ein Gefühl ist, Tag für Tag mit dir zusammenzusein, mit dir zu arbeiten, dir dabei zuzusehen, wie du Nancy Lassiter nachtrauerst? Und du hast die ganze Zeit nichts gewusst."

„Doch, Marty, das habe ich. Zugegeben, ich bin zwar erst spät darauf gekommen – aber jetzt ist mir alles klar. Ich komme mir wie ein Idiot vor. Fühlst du dich besser, wenn ich es dir sage? Bordon hat mir schon beim ersten Treffen einige Hinweise gegeben, ohne wirklich etwas zu sagen. Nebel und Spiegel. Die Sekte spielte bei der ganzen Angelegenheit überhaupt keine Rolle. Als er dann starb, sprach er andauernd von meinem Partner. Natürlich glaubte ich zuerst, er redet von Nancy. Doch dann ging mir auf, dass er jemand anders gemeint haben könnte. Zu Hause habe ich dann in meinen Unterlagen nachgeschaut. Den entscheidenden Hinweis fand ich in dem Zeitungsartikel, der an dem Tag erschienen ist, nachdem Nancy gefunden und ihr Wagen aus dem Kanal gezogen worden war. Du warst der erste Polizist am Tatort. Merkwürdig, nicht wahr? Merkwürdig deshalb, weil du damals beim Sittendezernat warst, und so habe ich mich gefragt, was du eigentlich am Kanal zu suchen hattest. Hast du die Frauen getötet, Marty, oder war es dein Partner?"

Marty grinste und zuckte mit den Schultern. „Du hast immer noch keinen Schimmer, wer dahinter steckt, hab ich Recht?"

„Ich habe eine Ahnung."

„Aber du bist dir nicht sicher."

„Hast du die Frauen getötet, Marty?"

„Ja, Jake, ich habe sie getötet. Neugierige Weiber. Waren selber schuld. Sie hätten eben nicht herumschnüffeln sollen."

„Das letzte Opfer ... sie wohnte in der Kommune nebenan und hat etwas gesehen, das sie nicht hätte sehen sollen, stimmts?"

„Jake, du bist wirklich brillant", höhnte Marty.

„Und Nancy? Sie hast du auch getötet, nicht wahr?"

„Du hättest ihr Gesicht sehen sollen, als sie mich in dem Haus getroffen hat, Jake. Sie war wie vom Donner gerührt. Kluges Mädchen. Sie hat schnell begriffen. Zu schade um sie. Ich habe sie getötet. Und wenn ich erst mal mit dir fertig bin, werde ich mich um deinen kleinen Rotschopf kümmern. Sie ist allerdings ein Problem. Ihre Zeichnungen ... ich hätte sie auf jeden Fall aus dem Weg geräumt, auch wenn du dich nicht in den Fall eingemischt hättest. Das Porträt von Cassie Sewell ... nun ja, ich war ziemlich schockiert, als ich es gesehen habe, das muss ich zugeben. Es war so verdammt ähnlich. Geradezu erschreckend ähnlich. Wie hätte ich auch ahnen sollen, dass sie eine Freundin von diesem bescheuerten Reporter war, der über den Highway gelaufen ist, voll gepumpt mit Drogen bis unter die Haarspitzen, und diesen verdammten Unfall verursacht hat, der alles erst ins Rollen gebracht hat. Die Welt ist verdammt klein", seufzte er. Dann fügte er grinsend hinzu: „Ihr habt euch doch bestimmt gewundert, warum er nur einen Slip trug, oder?"

„Erklären Sie es uns, Marty", sagte Ashley.

„Ich sollte ihn irgendwo in den Everglades aussetzen. So high wie er war, hätte er gar nicht gemerkt, wenn er das Abendessen eines Alligators geworden wäre. Aber der arme Kerl scheint einen schwachen Magen zu haben. Jedenfalls hat er sich während der Fahrt aufs Hemd und die Hose gekotzt. Und obwohl er total voll gedröhnt war, hat er sich die Klamotten ausgezogen. Es hat nämlich fürchterlich gestunken. Irgendwann habe ich's nicht mehr ausgehalten, bin auf den Seitenstreifen gefahren und habe die Sachen ins Gebüsch geschmissen. Als ich zurückkam, war er weggelaufen. Na ja, und den Rest kennt ihr ja."

„Ich sage es nur ungern, Marty", entgegnete Jake ganz ruhig. „Aber ich hoffe, du kriegst die Todesstrafe."

„Vergiss nicht, du einsamer Jäger – sie haben mich noch nicht erwischt."

„Du bist verhaftet, Marty. Und du wirst vor Gericht gestellt."

„Du hast eine Pistole, Jake. Ich habe eine Pistole. Zählen wir bis drei. Doch was ist, wenn du mich erschießt? Was passiert, wenn ich tot bin? Du wirst weitersuchen müssen, Jake. Denn da draußen ist noch einer."

„Ich werde dich nicht töten, Marty."

„Da hast du allerdings Recht. Denn ich werde dich töten." Er lachte bitter. „Sieh dich doch nur an, Jake. Schon wieder alleine hier draußen. Blake wird ganz schön sauer auf dich sein. Ich könnte mir denken, dass ich ihm sogar Leid tue, weil ich dein Partner war. ‚Dieser Jake war ein verdammter Einzelgänger', wird er sagen. ‚Er gehörte zur Truppe, aber er hat immer geglaubt, alles allein machen zu können.' Soll ich dir mal was sagen, Jake? Dumm gelaufen!"

„Marty, nimm die Pistole weg."

„Jake, das ist dein Ende. Ich denke, ich werde mit dir schon fertig, und wenn nicht, dann sehen wir uns später in der Hölle."

„Lass die Pistole fallen!"

„Was, kein Warnschuss?"

Marty hob seine .38er, aber Jake war schneller. Die Schüsse waren ohrenbetäubend.

Ashley klammerte sich verzweifelt an einem Baum fest. Sie wusste nicht, wie lange sie so gestanden hatte. Die Sekunden dehnten sich zur Ewigkeit, und sie hatte das Gefühl, in einer Nebelwand zu sein. Als sie wieder klar sehen konnte, standen beide Männer noch aufrecht.

Doch dann fiel Marty nach vorne mit dem Gesicht in den Matsch.

Die Welt schien stillzustehen. Gerade wollte Ashley zu Jake hinüberlaufen, als sie Geräusche im Unterholz hörte. Sie drehte sich um und stand einem Mann mit langem schwarzen Haar gegenüber, dessen Gesicht ebenso schmutzverkrustet war wie das von Jake – und vermutlich auch ihr eigenes. Hell leuchtete das Weiß seiner Augen in der Dunkelheit. Er musterte sie durchdringend. Panik stieg in ihr auf. Sollte sie warten oder besser sofort zuschlagen?

„Ist schon in Ordnung, Miss Montague", beruhigte er sie. Seine Stimme war kaum mehr als ein Flüstern. „Jemand möchte Sie sprechen. Kommen Sie bitte mit. Es dauert nur eine Minute."

Sie schaute an ihm vorbei in die Dunkelheit und hatte das Gefühl, in einem Horrorfilm zu sein. Das Ungeheuer aus den Sümpfen. Andere Gestalten bewegten sich auf sie zu. Sie schienen in dieser Umgebung zu Hause zu sein. Jedenfalls bewegten sie sich sehr sicher und zielstrebig am Ufer entlang. Zu ihrer Verblüffung kannte sie einen von ihnen.

„Onkel Nick?“

„Ja, ich bins, Ashley.“

Sie lief – oder besser: stolperte zu ihm hinüber und fiel in seine Arme. Er hielt sie ganz fest. Keiner von ihnen sagte etwas. Die anderen – sie zählte fünf weitere Männer – blieben stumm im Hintergrund. Dann hörte sie ein Geräusch und drehte sich um.

Jake ging zu dem leblosen Körper seines Partners. Er kniete sich hin und drückte ihm den Finger auf die Halsschlagader. Ein paar Sekunden verharrte er in dieser Stellung. Dann stand er wieder auf. „Er ist tot“, sagte er müde und kam zu ihnen zurück.

Besser Marty als du, hätte Ashley ihm am liebsten ins Gesicht geschrien. Kapierte er das denn nicht?

Stattdessen fragte sie ruhig: „Und was ist mit den Drogenschmugglern da draußen? Ich habe sie mit eigenen Augen gesehen. Ich ...“

„Schon gut, Ashley“, unterbrach Jake sie mit tonloser Stimme. „In einem Punkt hat Marty sich geirrt. Ich bin nicht der Einzelgänger, für den er mich gehalten hat. Das hätte ich mir gar nicht leisten können. Hinter dir steht Jesse Crane mit einigen seiner Männer von der Mikasuki-Polizei.“

Der Mann mit den langen schwarzen Haaren nickte bestätigend. Auf einmal fand Ashley, dass er etwas sehr Beruhigendes hatte. Nun konnte sie auch wieder klar denken.

„Wir brauchen einen Krankenwagen. David – John Mast ist angeschossen worden. Vielleicht ist er schon tot. Außerdem ist

Stuart Fresia mit einer Frau namens Mary im Haus. Sie haben sich verbarrikadiert."

„Ich lasse sofort einen Krankenwagen kommen", sagte Jesse Crane.

Jake hatte sich bereits in Bewegung gesetzt. Trotz des dichten Unterholzes bewegte er sich sehr schnell. Ashley lief hinter ihm her. Nick und einige der Männer folgten ihnen.

Als sie die Rückfront des Hauses erreichten, stand die Küchentür offen. Ashley hatte Jake fast eingeholt und stürmte hinter ihm her ins Haus.

„Ich bins, John!" schrie Ashley. „Und Jake Dilessio. Die Polizei ist auch da. Sie haben nichts mehr zu befürchten."

Die Pistole glitt John Mast aus der blutverschmierten Hand, während er sich mühevoll aufrichtete. Jake kauerte neben ihm, und John sah ihn stöhnend an.

„Dilessio, Sie sind es. Jesus. Ashley wird Ihnen alles erzählen. Ich habe sie und Stuart entführt, aber ich habe es nur getan, um sie zu schützen. Das schwöre ich Ihnen."

„Sprechen Sie jetzt nicht", sagte Jake. „Schonen Sie Ihre Kräfte." John zuckte zusammen, als Jake sein Hemd öffnete, um nach der Wunde zu sehen. Er versuchte, den Blutfluss zum Stillstand zu bringen.

„Was werden Sie diesmal mit mir machen?" fragte John stöhnend.

„Nichts. Außer mich um einen Krankenwagen für Sie zu kümmern. Und irgendwann mal mit Ihnen ein Bier trinken gehen. Vorausgesetzt, Sie überleben."

John starrte Jake an. Dann lächelte er. „Ich werde überleben, Detective, das können Sie mir glauben. Und sei es auch nur, um Sie wegen dieser Einladung beim Wort zu nehmen."

„Ich habe geahnt, dass Sie das sagen würden."

John runzelte die Stirn. „Sind Sie sicher, dass ich nicht schon tot bin? Ich höre nämlich Musik. Es hört sich wie eine Hymne an."

Ashley lauschte. Dann lächelte sie.

„Das kommt vom Nachbargrundstück. Die Hausbewohner veranstalten ihren Liederabend", erklärte sie.

Offenbar hatten sie gar nicht mitbekommen, was um sie herum vorging. Oder wollten es nicht mitbekommen. Sie sahen nichts Böses, hörten nichts Böses und sagten nichts Böses. Vielleicht war das ihre einzige Möglichkeit zu überleben: zu tun, was sie sich vorgenommen hatten, egal was geschah.

Doch bald würde das Konzert ein abruptes Ende finden – wenn die Polizisten eintrafen und die ganze Gegend auf den Kopf stellten.

4 Uhr morgens

Seit Stunden durchsuchten die Polizisten das Haus und das Grundstück. Martinshörner hatten die Ruhe unterbrochen, Blinklichter die Dunkelheit durchschnitten, Rettungswagen waren eingetroffen und hatten John und Stuart ins Krankenhaus gebracht. Obwohl Mary Simmons sehr mitgenommen wirkte, hatte sie all ihre Fragen geduldig und ehrlich beantwortet. Sie gab zu, an der Entführung beteiligt gewesen zu sein, wofür sie sich wortreich entschuldigte. Es sei ihr egal, ob sie ins Gefängnis käme oder nicht, behauptete sie. Sie hatte nur getan, was sie tun musste. Ihr Glaube hatte sie zum Handeln gezwungen, um Stuarts Leben zu retten, denn sie wusste, dass die Mörder nicht eher ruhen würden, bis sie ihn erwischt hatten. Möglicherweise musste sie doch noch mit einer Anklage rechnen. Vorläufig durfte sie jedoch nach Hause gehen.

Jake hatte offensichtlich mehr Erklärungen abzugeben als

Mary. Ashley bekam nur wenig davon mit. Ihm wurde vorgeworfen, dass er seinen Captain nicht über seine Absichten informiert hatte. Wiederholt beteuerte er, dass Stillschweigen die einzige Möglichkeit gewesen sei, den Mord an Stuart Fresia zu verhindern. Nur auf diese Weise konnte der Verräter nicht gewarnt werden. Für ihn sprach, dass er einen brutalen Mörder mitten in den Sümpfen in einer spektakulären Aktion zur Strecke gebracht hatte und dass ein weit verzweigter Rauschgiftring endlich gesprengt worden war. Deshalb kam er noch einmal mit einem blauen Auge davon.

Als er schließlich neben Ashley auf der Rückbank eines Mannschaftswagens der Polizei saß, gestand er ihr: „Wovor ich wirklich Bammel habe, ist der ganze Papierkram, den ich jetzt erledigen muss."

Sie legte ihm die Hand aufs Knie. „Das schaffst du auch noch."

Nach kurzem Schweigen sagte er: „Ich wollte ihn wirklich nicht töten. Nicht nur, weil wir immer noch nicht wissen, wer sein Partner ist, sondern auch, weil ... Ich habe immer geglaubt, dass ich Nancys Mörder die Kehle aufschlitzen würde, wenn ich ihn erst einmal gefasst hätte. Aber Nancy hat sich stets an die Vorschriften gehalten; sie konnte gar nicht anders. Heute Nacht habe ich gemerkt, dass es mir im Grunde genauso geht. Ich wollte ihn nicht umbringen. Ich hätte es lieber gesehen, wenn er sich vor Gericht für seine Taten hätte verantworten müssen. Mir wird ganz schlecht bei dem Gedanken, dass ein Mann, dem alle vertraut haben, ein Mann, mit dem ich tagein tagaus zusammengearbeitet habe, so brutal und hinterhältig sein kann. Jetzt wird es eine Untersuchung geben, alle Zeitungen werden sich darauf stürzen, und die ehrlichen Polizisten werden wieder mal um ihren Ruf kämpfen müssen, nur weil einer von ihnen ein Verbrecher war." Er sah sie mit einem gequälten Blick an.

„Klar, es hat auch schon früher Polizisten gegeben, die auf Abwege geraten sind, und es wird auch wieder passieren. Aber das ist nicht die Regel. Allein der Gedanke, dass die Leute es glauben, ist mir unerträglich. Wenn ich so darüber nachdenke, könnte ich kotzen. Wenn wirklich einer hätte erkennen können, was mit Marty los war, dass er ein doppeltes Spiel spielte ... dann war ich das."

Sie wusste nicht, was sie darauf entgegnen sollte. Wie hätte sie ihn auch trösten können angesichts der Tatsache, dass Marty, sein Partner, der Mörder seiner Partnerin war? Sie ergriff seine Hand. „Du hast mein Leben gerettet. Ich kann es noch immer nicht fassen, dass du genau rechtzeitig zur Stelle warst."

Seine Finger schlossen sich um ihre. Er lächelte schwach. „Ich gebe es nicht gerne zu – aber du hast dich auch großartig alleine geschlagen."

„Lange hätte ich aber nicht mehr durchgehalten. Er hatte schließlich eine Pistole, ich nicht."

Einige Minuten lang schwieg er. „Ich denke, du solltest die Polizeiakademie beenden."

Sie lächelte, doch ehe sie etwas sagen konnte, klopfte Captain Blake an die Scheibe des Wagens und winkte Jake heraus, weil er noch etwas mit ihm zu besprechen hatte.

Es dauerte noch eine ganze Stunde, ehe sie fahren konnten. Martys Leiche wurde in die Gerichtsmedizin transportiert, und die Drogenschmuggler waren ins Polizeirevier gebracht worden, wo sie ziemlich lange vernommen wurden.

Obwohl immer noch ein Puzzlestein im Bild fehlte, war Jake zu Ashleys Erleichterung entschlossen, den Fall bis zur endgültigen Aufklärung seinen Kollegen aus der Abteilung und vor allem dem Sonderkommando zu überlassen.

Er fuhr in seinem eigenen Wagen zurück. Ashley saß neben ihm, Nick auf der Rückbank. Zu Hause angekommen, meinte

Nick beim Aussteigen, ohne einen von ihnen direkt anzusprechen: „Ich weiß, dass es ein etwas seltsames Angebot ist." Dann sah er Jake an. „Schlafen Sie heute Nacht in meinem Haus, ja? Ich hätte euch beide gern in meiner Nähe." Er ging voraus, schloss die Tür auf und trat ein.

Ashley fröstelte in der kühlen Nachtluft. Bis zum Sonnenaufgang würde es noch eine Weile dauern. Wenn sie nicht so erschöpft gewesen wäre, hätte sie gerne die Morgendämmerung gesehen.

„Was meinst du dazu? Macht es dir etwas aus, bei uns zu übernachten?" fragte sie. „Nicht, dass ich besonders ängstlich bin. Aber es geht schließlich nichts über eine verlässliche Verstärkung."

„Die braucht jeder hin und wieder", sagte er leise. „Außerdem kann ich der Versuchung, dein Zimmer kennen zu lernen, nicht widerstehen. Darf ich zuerst unter die Dusche?"

„So großzügig bin ich nun auch wieder nicht. Wie wäre es, wenn wir beide zuerst unter die Dusche gehen?" fragte sie erwartungsvoll.

„Auch nicht schlecht."

Bei beiden hatte der nächtliche Kampf zahlreiche Schrammen und blaue Flecken hinterlassen. Das heiße Wasser und der Seifenschaum brannten in den Wunden. Ein anderes Feuer lenkte sie von den Schmerzen ab. Nach den Aufregungen der Nacht hatten sie eine Entspannung verdient. Ausdauernd sorgten sie dafür, dass jeder von ihnen zu seinem Recht kam. Anschließend fühlten sie sich schon viel besser. Als sie aus der Duschkabine stiegen, sah Jake sich in Ashleys Zimmer um.

„Das ist also dein Bett."

„Ja."

„Ashley?"

„Hm?"

Er schlang die Arme um sie und presste sie fest an sich. Eine

Weile standen sie reglos, eng aneinander geschmiegt, da. Schließlich begann er, sich sanft an ihrem Schoß auf und ab zu bewegen.

Sie hatte geglaubt, zu erschöpft zu sein, doch es war erstaunlich, wie wach, wie bereitwillig und energiegeladen sie sich plötzlich wieder fühlte.

Danach blieben sie ganz nah nebeneinander liegen. Zärtlich strich er ihr das Haar aus dem Gesicht.

„Ich muss gestehen, dass ich wahrscheinlich immer ein ziemlicher Macho bleiben werde, wenn es um dich geht", gestand er.

„Kein Problem. Ich werde dich eben immer wieder in die Schranken weisen."

Unvermittelt setzte sie sich auf und schaute aus dem Fenster.

„Die Sonne geht auf."

„Das tut sie jeden Tag."

„Heute Morgen möchte ich es sehen."

Da Jakes Kleidung schlammverkrustet war, lieh sie ihm einen Morgenmantel. Er zog eine Grimasse, als er hineinschlüpfte.

Nebeneinander saßen sie auf der Pier. Ashley lehnte an seiner Schulter. „Ist das nicht fantastisch? Dieses Rotgold habe ich noch nie gesehen."

„Ich schon."

„Wirklich?"

„Ja. Es ist die Farbe deines Haares."

Sie sah ihm in die Augen und lächelte.

„Weißt du, es macht mir verdammt Angst, aber ..."

„Spucken Sie's aus, Detective."

„Ich bin dabei, mich in dich zu verlieben, Ashley."

Wieder lehnte sie den Kopf an seine Schulter. „Tja, Detective, das hätten Sie sich vorher überlegen müssen. Ich habe mich bereits in Sie verliebt. Es begann in dem Moment, als ich den Kaffee über Ihr Hemd gegossen habe."

„Haben wir jetzt genug vom Sonnenaufgang gesehen?"

Sie lächelte. „Na klar. Also weißt du ... in Uniform sieht du ja schon toll aus, und auch in deiner kurzen Hose. Aber in meinem rosa Morgenmantel bist du geradezu unwiderstehlich ..."

Er lachte, stand auf und zog sie an sich.

Als sie am späten Sonntagnachmittag aufwachte, sah Ashley, dass er mit weit geöffneten Augen zur Decke starrte.

„Was ist los?" murmelte sie schlaftrunken.

Er verschränkte die Hände hinter dem Kopf. „Die ganze Zeit überlege ich, wer wohl Martys Partner ist. Ich versuche es nach der Sherlock-Holmes-Methode. Du weißt schon – das Unmögliche ausschließen, und das, was übrig bleibt, muss die Antwort sein, egal wie unwahrscheinlich es ist. Aber es sieht so aus, als könnte ich niemanden aus dem Kreis ausschließen."

„Aus welchem Kreis?"

„Aus dem Kreis derer, die auf der *Gwendolyn* gewesen sein könnten. Und die reich und mächtig genug sind, um die Morde zu veranlassen und die Drogengeschäfte zu kontrollieren."

Ashley zögerte. „Sharon hat sich in letzter Zeit sehr merkwürdig verhalten."

„Sharon?" fragte er skeptisch.

„Du glaubst nicht, dass sie dahinter stecken könnte? Sie hat Geld – ich weiß nicht, wie viel, aber allein ihre Kleidung kostet vermutlich mehr, als ein Polizist im ganzen Jahr verdient. Sie war diejenige, die die Grundstücke verkauft hat, und sie war die Erste, die Cassie Sewell nach meiner Zeichnung erkannt hat. Bezweifelst du, dass sie schuldig sein könnte, nur weil sie eine Frau ist?"

„Nein. Dafür habe ich zu viele Grausamkeiten und hinterhältige Verbrechen mitbekommen, die von Frauen veranlasst wurden. Du könntest tatsächlich Recht haben", meinte er. Unvermittelt stand er auf und lief in die Dusche. An der Badezimmertür drehte er sich zu ihr um. „Komm lieber nicht mit. Wir müssen uns nämlich beeilen.“

„Womit?“

„Das Unmögliche auszuschließen.“

Katie kümmerte sich um die Bar, und deshalb nutzte Ashley die Gelegenheit, sich ausführlich mit Nick und Sharon im Wohnzimmer zu unterhalten. Jake saß neben ihr. Sharon gab sich sehr fürsorglich. Sie erkundigte sich nach Ashleys Wohlbefinden und erzählte, dass sie kaum hatte schlafen können, nachdem sie erfahren hatte, was passiert war.

Ashley redete nicht lange um den heißen Brei herum. „Und was ist mit dir los?“

Sharon starrte sie an und wurde rot. Dann wanderte ihr Blick Hilfe suchend zu Nick.

„Sharon, aus welchem Grund bist du wirklich in meinem Zimmer gewesen?“ fragte Ashley. „Worüber wolltest du mit mir reden? Und was war das für eine Verabredung gestern Morgen?“

„Ach Ashley, ich ... gestern Morgen war ich beim Arzt. Ich konnte es erst selbst nicht glauben und habe mir Sorgen gemacht, wie Nick und du es aufnehmen würdet, aber ... ich bin schwanger.“

Vor Verblüffung blieb Ashley der Mund offen stehen. „Schwanger?“

„Nick und ich bekommen ein Baby.“ Sie sah zu Nick hinüber, der glücklich lächelte. „Ich weiß, dass ich nicht in dein Zimmer hätte gehen sollen, aber mir war auf einmal sehr viel daran gelegen zu sehen, wie du so lebst und wie du dich eingerichtet hast. Natürlich wusste ich das schon vorher, aber ich wollte die Atmosphäre deines Zimmers einmal ganz ungestört auf mich einwirken lassen. Kannst du das verstehen? Ashley, ich weiß, dass Nick für dich wie ein Vater gewesen ist, seitdem du ein kleines Mädchen warst, und du warst sein eigenes, sein einziges Kind, und wenn dann auf einmal ein Baby ..."

Ashley merkte plötzlich, dass sie vollkommen übermüdet war. Aber auch sehr erleichtert. Sie brach in schallendes Gelächter aus. Sie lachte so sehr, dass ihr Tränen in die Augen traten.

„Bitte lach mich nicht aus", bat Sharon.

„Ich lache dich überhaupt nicht aus", sagte Ashley schließlich. „Ich bin nur erleich..." Jake warf ihr einen warnenden Blick zu. Sie unterbrach sich und begann noch einmal von vorn. Sharon musste nicht unbedingt erfahren, dass sie, wenn auch nur für kurze Zeit, zum Kreis der Verdächtigen gehört hatte. „Ich bin begeistert. Ich freue mich so für euch beide. Ich kann es kaum erwarten, eine kleine Cousine zu bekommen. Oder einen Cousin." Sie lief zu Sharon und umarmte sie stürmisch. „Es macht mich überglücklich."

Nick stand auf und nahm Ashleys Glückwünsche ein wenig verlegen entgegen. „Ich habe schon ein paar Bedenken", sagte er mit belegter Stimme. „Wenn das Kind aus der High School kommt, habe ich keine Haare mehr auf dem Kopf und muss Tabletten gegen Arthritis nehmen. Aber aufgeregt bin ich trotzdem. Und ich freue mich, dass du genauso aufgeregt bist."

„Wir sind alle aufgeregt", stimmte Jake ihm zu und erhob sich ebenfalls. „Herzlichen Glückwunsch, Sharon und Nick. Haben Sie einen ordentlichen Champagner in Ihrer Bar? Ich gebe einen aus." Er legte einen Arm um Ashley, die noch immer erleichtert lächelte.

Sharon bat sie, das Ereignis noch nicht an die große Glocke zu hängen. Sie machte sich Sorgen wegen ihrer Schwangerschaft und wollte erst darüber sprechen, wenn sie die ersten drei Monate überstanden hatte. Auf jeden Fall hatten Nick und sie vor zu heiraten. In drei Wochen sollte die Hochzeit sein – hier am Hafen und in ganz kleinem Kreis.

Jake und Ashley versprachen, Stillschweigen zu bewahren, und boten sich ihnen als Trauzeugen an, was die beiden freudig akzeptierten.

„Was nun?" flüsterte Ashley Jake zu.

„Gehen wir fischen."

„Hat das auch etwas mit Sherlock Holmes zu tun?"

„Nein, eher mit Angelruten und Ködern." Er grinste. „Ich brauche einen klaren Kopf. Den kriege ich immer beim Angeln."

Am Abend kehrten sie mit einem beachtlichen Fang – Rotbarsch und ein paar Königsdorsche – zurück. Jake ging auf sein Boot, duschte und telefonierte anschließend mit Ethan Franklin.

„Ich brauche Ihre Hilfe. Sie sind doch ein Computerfreak. Ich brauche Informationen über ein paar Leute. Ich muss alles über sie wissen – und so schnell wie möglich."

„Kein Problem. Ich arbeite schließlich auch nachts und sonntags."

„Danke, Franklin", sagte Jake und nannte ihm vier Namen.

Ashley konnte sich vor Glückwünschen nicht retten, als sie am Montagmorgen zum Dienst erschien. Alle bewunderten ihren Mut und ihren kühlen Kopf, mit dem sie die gefährliche Situation gemeistert hatte. Bescheiden wies sie darauf hin, dass der Fall ja eigentlich noch gar nicht gelöst sei. In diesem Moment tauchte Captain Murray auf und schickte alle mit barschen Worten zurück an die Arbeit, schließlich gebe es genug zu tun. Als sich die Gruppe um Ashley zerstreut hatte, legte er den Arm um ihre Schulter und sagte nur drei Worte: „Gute Arbeit, Montague." Für Ashley waren sie die wichtigsten, die sie an diesem Morgen hörte.

Am Nachmittag arbeitete sie in der Dunkelkammer, als an die Tür geklopft wurde. Sämtliche Kollegen aus der gerichtsmedizinischen Abteilung und einige Mitschüler ihrer ehemaligen Klasse hatten sich versammelt und überreichten ihr einen Kuchen. Gwyn hatte mit Hilfe des Computers eine Urkunde entworfen, die Ashley zum Ehrenmitglied ihrer Abschlussklasse ernannte.

Der Montag hielt noch mehr angenehme Überraschungen bereit. Stuart war wieder soweit hergestellt, dass er umherlaufen konnte. Er und Ashley, Jake, Karen, Jan, Len und sogar Mary, die für diese Gelegenheit ihr Hare-Krishna-Gewand gegen normale Kleidung getauscht hatte, statteten John einen Besuch ab. Sie durften jedoch nur ein paar Minuten bleiben; die Krankenschwestern waren unerbittlich. „Überlasst mir den Streit mit ihnen", stöhnte John. „Wenn ich erst mal hier rauskomme, bin ich ein freier Mann. So frei, wie ich seit Jahren nicht gewesen bin – vorausgesetzt, ich werde nicht verhaftet."

„Und was haben Sie dann vor?" wollte Jake wissen.

„Dann schreibe ich eine sensationelle Story", antwortete er.

Stuart räusperte sich vernehmlich.

„Na gut, dein Name steht auch darunter", sagte John, und alle lachten.

Sie verabschiedeten sich von ihm und gingen gemeinsam essen. Für Ashley war es eine neue und wunderbare Erfahrung, hinterher zu zweit zurückzufahren. Jake nahm sie mit auf die *Gwendolyn*.

Am nächsten Abend standen sie in der kleinen Küche und diskutierten darüber, welches das beste Rezept für einen Rotbarsch sei, als Jake sich plötzlich mitten im Satz unterbrach.

Ashley sah ihn besorgt an.

Er bewegte nur die Lippen. „Draußen ist jemand."

Leise ging er zur Tür und riss sie auf.

Draußen stand Brian Lassiter. Er hatte die Hand erhoben, als ob er gerade anklopfen wollte.

„Hallo, Jake. Hast du einen sechsten Sinn?"

Jake schüttelte den Kopf. „Ich habe dich kommen gehört."

„Oh." Er schaute in die Kabine und erblickte Ashley. Sie hatte ihn ein paar Mal bei Nick gesehen und wusste nicht viel mehr über ihn, als dass er Nancys Ehemann war.

„Guten Tag, Brian. Ich bin Ashley, Nicks Nichte."

„Deshalb kommen Sie mir so bekannt vor. Wie geht es Ihnen?" Er schaute wieder zu Jake. „Kann ich reinkommen?"

Jake öffnete die Tür weit.

„Möchtest du ein Bier?" fragte Jake.

„Nichts Alkoholisches – ich fahre."

Ashley holte eine Cola für ihn aus dem Kühlschrank. Brian lächelte ihr zu und wandte sich wieder an Jake. „Ich bin gekommen, um mich bei dir zu bedanken."

Jake machte eine abwehrende Geste. „Du brauchst dich nicht dafür zu bedanken, dass ich meinen Job mache, Brian."

„Ich finde schon", meinte Brian. „Ich habe sie geliebt. Und ich bin froh, dass es den Typen erwischt hat. Irgendwie tut es jetzt nicht mehr so weh. Außerdem muss ich mich bei dir entschuldigen." Er zögerte kurz. „Ob du's glaubst oder nicht", fuhr er entschlossen fort, „ich höre auf mit dem Trinken. Und ich werde wieder heiraten. Ich hoffe, du kommst zu unserer Hochzeit."

„Herzlichen Glückwunsch, Brian", sagte Jake.

„Auch von mir alles Gute", schloss Ashley sich ihm an. „Möchten Sie mit uns essen? Es gibt Rotbarsch."

Brian warf Jake einen unsicheren Blick zu. „Ich ... äh ... ja, warum eigentlich nicht?"

Während der Mahlzeit war Jake zwar höflich, aber ungewöhnlich einsilbig.

Kaum war Brian gegangen, fragte Ashley, was mit ihm los sei.

„Er ist stinkreich", sagte er nur.

Die Antwort verblüffte sie. „Na ja, er ist Anwalt."

„Ja ja."

„Hasst du ihn immer noch, weil er Nancy wehgetan hat?" erkundigte sie sich.

„Nein", erwiderte er knapp. Nach einer Weile fügte er hinzu: „Wir alle haben ihr wehgetan." Er wandte sich ab und trat an seinen Schreibtisch. Einen Moment blieb er unschlüssig stehen. Dann ging er ins Schlafzimmer. Ashley folgte ihm nicht, sondern beschloss, die Küche aufzuräumen. Anschließend schaute sie nach ihm. Er sprach immer noch nicht viel. Stattdessen nahm er sie so ungestüm in die Arme, wie sie es bei ihm noch nie erlebt hatte.

Mitten in der Nacht läutete sein Telefon. Im Halbschlaf torkelte er ins Wohnzimmer, und sie hörte ihn ein paar Minuten lang reden. Als er zurückkam, fragte sie ihn, was los sei.

„Das war Franklin, mein Kollege vom FBI. Er hat ein paar Auskünfte für mich eingeholt."

„Und?"

Er legte sich wieder neben sie und zog sie an sich. „Es wird dich freuen zu hören, dass Brian Lassiters finanzielle Verhältnisse lupenrein sind. Er ist zwar ein Haifisch, der alles frisst, was ihm vors Maul kommt, aber bei seinen Mahlzeiten bewegt er sich stets im Rahmen des Gesetzes."

Im Dunkeln konnte Jake ihr Lächeln nicht sehen. Sie freute sich über diese Neuigkeit, denn sie wusste, dass Jake auch froh darüber war.

Sie spürte allerdings, dass er noch immer besorgt war. Die Vernehmung der Männer, die bei dem Drogengeschäft festgenommen worden waren, hatte nicht viel gebracht. Wie das Rauschgift stammten auch sie aus Südamerika. Sie behaupteten, nicht zu wissen, wer für ihre Einreise in die Vereinigten Staaten bezahlt hatte, und natürlich kannten sie auch die amerikanischen Zwischenhändler nicht.

Jake wusste also immer noch nicht, mit wem Marty zusammengearbeitet hatte.

„Die Antwort liegt hier, genau vor mir. Warum kann ich sie bloß nicht erkennen?“ fragte er frustriert.

„Du darfst dich deswegen nicht verrückt machen.“

„Ich kann nicht dagegen an“, gestand er.

Sie ließ ihn in Ruhe.

Am nächsten Morgen erwachte sie früh, küsste Jake zum Abschied, der schläfrig vor sich hin murmelte, und ging nach Hause, um sich für die Arbeit zurechtzumachen. Ehe sie das Boot verließ, schaltete sie noch schnell die Kaffeemaschine für ihn ein. Sie war schon an der Tür, da läutete sein Telefon. Zu gerne hätte sie gewusst, wer ihn zu dieser frühen Stunde anrief, aber sie hatte keine Zeit mehr.

Sie überquerte die Wiese, schlüpfte ins Haus, duschte schnell und zog die braune Uniform an, die sie in ihrem neuen Job tragen musste.

Jetzt fing sie schon eine Stunde später mit der Arbeit an und hatte immer noch ein Problem damit, pünktlich zu sein.

Vielleicht sollten wir den Wecker früher stellen.

Wir ...

Wir gefiel ihr besser als ich.

Nick und Sharon schliefen noch. Sie nahm sich vor, Sharon damit aufziehen, dass Spätgebärende sehr viel Schlaf brauchten. Bei dem Gedanken musste sie lächeln.

Sie schaltete die Kaffeemaschine ein und trommelte ungeduldig mit den Fingern auf die Küchentheke, bis der Kaffee durch den Filter zu tröpfeln begann. Noch ehe das Wasser durchgelaufen war, zog sie die Kanne fort. Eine braune Pfütze sammelte sich auf der Küchentheke. Na wenn schon. Sie brauchte einen Kaffee. Und zwar sofort.

Inzwischen war es hell geworden. Plötzlich bemerkte sie eine Gestalt an der Küchentür, die sie auf unheimliche Weise an die schwarz gekleidete Figur am Rand des Highways erinnerte. Jetzt bewegte sich die Person, und Ashley schüttelte den Kopf, als ob sie damit das Bild loswerden konnte. Dann erkannte sie ihn: Es war Sandy, und er trug Hose, Polohemd und Jacke.

„Hallo, Sandy", begrüßte sie ihn. „Ich bin ein bisschen in Eile. Nick und Sharon schlafen noch. Nimm dir einen Kaffee und schließ die Tür, wenn du gehst. Ich bin spät dran – wie immer."

„Das ist die Liebe", meinte er.

Sie wollte etwas entgegnen, ließ es aber bleiben. Es nutzte nichts, sich darüber aufzuregen, dass hier jeder über jeden Bescheid wusste.

„Hat dieser Fingerabdruck-Experte, der vor ein paar Tagen bei Jake war, eigentlich etwas herausgefunden?" fragte Sandy.

„Nur Spuren von Leuten, von denen er wusste, dass sie dort waren. Du bist ja wirklich über alles informiert, was hier passiert. Warst du unten auf der Pier, als Skip auf dem Boot war?"

„Nein. Ich habe den Kerl von meinem Boot aus gesehen. Tja, zu dumm für Jake. Es lässt ihm bestimmt keine Ruhe, dass er das letzte Puzzlesteinchen noch nicht gefunden hat."

Er hat das letzte Puzzlesteinchen noch nicht gefunden.

Woher wusste er das bloß? Jake hatte doch mit niemandem darüber gesprochen. Natürlich redeten die Leute hier sehr viel. Manchmal eben zu viel.

„Das stimmt. Bis später, Sandy", sagte sie und ging hinaus. Als sie die Tür hinter sich schloss, fiel ihr Blick aufs Wasser. Von hier aus konnte sie Jakes Boot sehen. Sandys Hausboot dagegen lag viel weiter unten an der Pier und war von ihrem Standpunkt fast nicht auszumachen.

Von seinem Boot aus konnte Sandy unmöglich die Tür von Jakes Kabine sehen. Natürlich konnte er mitbekommen haben, wie Skip mit seiner auffallend großen Aktentasche über die Pier gelaufen war. Vielleicht war Sandy auch gerade in der Nähe der *Gwendolyn* gewesen, als Skip eintraf. Dass Sandy neugierig war, wusste schließlich jeder.

Plötzlich erinnerte sie sich an ein Gespräch, das sie kürzlich mit Sandy geführt hatte. Es war um die Polizisten gegangen, die zu Nick kamen.

Ich höre den Cops in Nicks Bar zu, hatte er gesagt. Er kannte sie alle. Auch über Jake Dilessio wusste er bestens Bescheid, obwohl er gar nicht so oft bei ihnen gewesen war, als er sein Boot noch nicht hier liegen hatte.

Auf einmal ging ihr Atem schneller. Sandy? Unmöglich. Er gehörte doch zum lebenden Inventar. Seit Jahrzehnten.

Ich höre den Cops in Nicks Bar zu.

Das stimmte. Er redete die ganze Zeit mit ihnen. Irgendeiner saß immer bei ihm. Deshalb hätte sich auch niemand etwas dabei gedacht, wenn er sich längere Zeit mit Marty Moore unterhalten hatte. Keinem wäre es aufgefallen, dass er zuhörte, um zu erfahren, was bei der Polizei von Miami-Dade vor sich ging.

Noch während ihr diese Gedanken durch den Kopf schossen, spürte sie, dass er hinter ihr stand. Eine Gänsehaut lief ihr über den Rücken. Sie straffte die Schultern und wollte sich umdrehen. Doch sie blieb wie erstarrt stehen, als sie die Pistole spürte, die sich in ihre Rippen bohrte.

„Ist das nicht verrückt?“ meinte er ruhig. „Die ganze Zeit gehts gut, und dann stolpere ich über so etwas Lächerliches. Aber das spielt jetzt auch keine Rolle mehr. Ich bin heute Morgen nicht wegen dem Kaffee hier. Sondern wegen dir. Du hast dir kaum etwas anmerken lassen, Ashley. Ich habe beinahe schon wieder daran gezweifelt, ob du tatsächlich alles weißt. Aber jetzt bin ich im Bilde.

Wir beide werden jetzt einen schönen Ausflug machen. Ich bin nämlich auf dem Sprung, Ashley. Ich werde weit fortgehen. Sehr weit fort. Alle Vorkehrungen sind getroffen. Alles ist bestens vorbereitet. Du kannst mir glauben, dass ich ein hübsches Sümmchen verdient habe. Leider ist die Sache zu heiß geworden. Es fing an schief zu laufen, als dein Freund auf dem Highway ausgerissen ist, statt sich wie geplant von Marty zu den Alligatoren fahren zu lassen. Und dann war da noch Bordon. Ich hätte ihn schon vor Jahren umbringen lassen sollen. Tja, ich habe mich eben auf Marty verlassen." Er lachte. „Er war ein verdammt guter Partner. Wurde angeschossen und ist gestorben, ohne mich zu verraten. Aber jemand anders wird es irgendwann herausbekommen – vielleicht sogar schon bald. Wahrscheinlich Dilessio. Zu dumm, dass ich ihn nicht umbringen konnte. Heute Morgen brauchst du nicht zur Arbeit, Ashley. Du kommst mit mir. Wenn du nicht nervös wirst und keinen Ärger machst, lasse ich dich vielleicht am Leben."

„Wenn ich nicht zum Dienst erscheine, werden sie sich nach mir erkundigen. Und wenn sie sehen, dass mein Wagen noch hier steht ..."

„Er wird nicht hier stehen. Wir fahren mit deinem Wagen. Du fährst. Und zwar sofort. Kommen Sie, Miss Montague."

Sie leistete keinen Widerstand. Mehr überrascht als ängstlich stellte sie fest, dass sie soeben eine neue Seite des Mannes kennen gelernt hatte, den sie seit Jahren gut zu kennen glaubte. Seine Stimme war anders geworden, seine Art zu reden hatte sich verändert, sogar seine Haltung war nicht mehr die alte. Sie hatte es mit einem vollkommen anderen Menschen zu tun.

„Wo soll ich dich hinfahren?"

„Zu einem Flugplatz."

Sie holte tief Luft und drehte den Kopf ein wenig zur Seite, um einen Blick auf die Pistole zu werfen.

„Eine Glock", sagte er. „Miami hat seine Polizisten damit versorgt, aber du hast wahrscheinlich nie eine in der Hand gehabt. Die Jungs von Miami-Dade mögen sie nämlich nicht. Nicht eine der sichersten Waffen. Aber eine sehr wirksame. Sie sorgt für einen sauberen Tod."

„Soll ich Bescheid sagen, dass ich später zur Arbeit komme?" fragte sie. Auf einmal merkte sie doch, dass die Panik sie zu überschwemmen drohte. Fieberhaft überlegte sie nach einem Ausweg. Am liebsten hätte sie laut geschrien. Nick und Sharon waren doch ganz in ihrer Nähe. Und Jake hätte sie auch gehört. Sie hatte Marty für kaltblütig gehalten; doch die Veränderung in Sandy war mehr als Furcht einflößend. Marty war fürs Töten zuständig gewesen. Peter Bordon hatte mit ihm konspiriert. Aber das hier war der Mann, der die Befehle erteilt hatte.

„Du hast ja ein Handy. Wir können von unterwegs anrufen. Wir sollten jetzt wirklich los, ehe dein Onkel oder Jake auftauchen. Ich brauche nur eine Geisel, nicht zwei. Ich würde keine Sekunde zögern, sie umzubringen, und ich glaube, du weißt das."

Sie wusste auch, dass sie keine Überlebenschance hatte, wenn sie mit ihm fuhr. Aber der Gedanke, dass er Jake oder Nick – oder sogar Sharon – erschießen könnte, war ihr unerträglich.

„Hey!" rief plötzlich jemand. Sie erschrak, als sie Jake sah. Er kam vom anderen Ende der Terrasse zu ihnen hinüber und trug nur eine Badehose.

Die Pistole bohrte sich tiefer zwischen ihre Rippen. „Du hast zwei Sekunden Zeit, um ihn loszuwerden", zischte Sandy ihr zu. „Ein falsches Wort, und ihr seid beide tot. Glaub mir, die Glock ist eine verdammt gute Pistole. Zwei Menschen umzubringen ist eine Frage von Sekunden."

„Hallo, Sandy", sagte Jake lächelnd. „Meine Kaffeekanne ist kaputt. Was zum Teufel hast du damit angestellt, Ashley?"

„Was hast du damit angestellt?“ fragte sie zurück.

„Hast du schon Kaffee gemacht?“ fragte er. „Hey, Sandy, du siehst ja richtig schnieke aus. Wolltest du auch einen Kaffee trinken?“

„Er ist schon fertig“, sagte Ashley schnell.

„Prima. Dann werde ich mir mal eine Tasse holen. Ich wünsche dir einen schönen Arbeitstag, Ashley.“

Sandy hatte sie zur Tür hinausgeschoben und die Pistole so gehalten, dass er sie mit seinem Körper verdeckte. Jake lächelte, als er an ihnen vorbeiging. „Sandy, warum trinkst du nicht eine Tasse mit mir?“ fragte er.

„Tut mir Leid, ich habs eilig.“

„Wirklich?“

„Ashley wollte mich auf dem Weg zur Arbeit bei der Bank absetzen.“

„Ach ja?“ Jake betrat das Haus. Ashley spürte, wie der Druck zwischen ihren Rippen nachließ, als Sandy seine Haltung veränderte, damit die Pistole unsichtbar blieb.

An der Tür blieb Jake stehen. Ashley biss die Zähne zusammen, um sich nichts anmerken zu lassen.

„Ich muss dich etwas fragen, Ashley“, sagte er unvermittelt. „Ich habe mit John Mast gesprochen, und er hat mir von einem anderen deiner Talente erzählt. Du hast mir übrigens auch schon versprochen, es mir irgendwann mal zu demonstrieren.“

Verwirrt runzelte sie die Stirn. Dann merkte sie, worauf er hinauswollte.

Sie lächelte. „Ja, ich habe John eine Kostprobe davon gegeben.“

„Sandy würde es bestimmt auch gerne sehen.“

„Jake, ich habe keine Zeit“, sagte er ungeduldig.

„Am besten jetzt!“ befahl Jake.

Mit aller Kraft trat Ashley nach hinten aus. Ihr Absatz landete genau zwischen Sandys Beinen. Als er nach Luft schnappte, schlug Jake zu. So schnell, dass sie vor Überraschung laut aufschrie. Gerade hatte Sandy noch neben ihr gestanden, und nun lag er schon auf dem Boden. Jake hatte sich mit seinem ganzen Körpergewicht auf ihn gestürzt.

Sandy hatte die Pistole nicht losgelassen. Er versuchte, auf Jake zu zielen. Ein Schuss löste sich und ging ins Leere. Jake drückte Sandys Handgelenk mit aller Kraft zu Boden. Ein zweiter Schuss traf ins Nichts.

„Lass die Pistole los", sagte Jake warnend.

„Scheißkerl", giftete Sandy und versuchte, sich aus Jakes Klammergriff zu befreien. Er war entschlossen, bis zum letzten Atemzug zu kämpfen und nicht klein beizugeben.

„Lass sie los. Ashley, geh rein, bevor ..."

Eine Kugel traf den Türrahmen nur wenige Zentimeter neben Ashleys Kopf. Statt ins Haus zu gehen, stellte sie sich neben Sandy und trat ihm Sand und Steine ins Gesicht.

„Lass die Waffe los", sagte Jake noch einmal. Erneut schlug er kräftig gegen Sandys Handgelenk. Jetzt endlich ließ er die Pistole los. Sie schlitterte über die Kieselsteine.

„Steh auf", befahl Jake barsch. Er rappelte sich auf, packte Sandy am Revers und riss ihn hoch.

„Ich ... komm ... ja schon." Er war auf den Knien und streckte abwehrend eine Hand aus. Sein Gesicht war dunkelrot geworden, und er begann, heftig zu husten. Krampfhaft schnappte er nach Luft, ehe er von einem neuen Hustenanfall geschüttelt wurde. Sein ganzer Körper zitterte.

„Scheiße", fluchte Jake. „Ashley, ruf sofort die Polizei und die Ambulanz an. Wäre ja noch schöner, wenn der Bastard unter meinen Händen krepiert."

Ashley suchte in ihrer Tasche nach dem Handy.

Kaum hatte sie es gefunden, hörte Sandy auf zu husten. Gleichzeitig löste er sich aus Jakes Griff und machte einen Satz nach vorn – dorthin, wo die Waffe lag.

Jake stieß einen Fluch aus. Sandy griff nach der Waffe und hielt sie fest in der Hand. Er drehte sich um und starrte in die Mündung der kurzen .38er, die Jake aus dem Bund seiner Badehose gerissen hatte.

„Lass es bleiben, Sandy", sagte Jake wütend, den Finger am Abzug.

Ein Schuss explodierte.

Sandy fiel rücklings auf die Erde.

Jake hatte nicht abgedrückt.

Ashley und Jake fuhren herum. Nick stand in der Tür. Rauch kräuselte sich aus der Mündung der Armeepistole in seiner Hand.

„Tut mir Leid, Jake. Ich musste es tun. Sonst hätte er womöglich zuerst geschossen. Er kennt Sie doch. Er weiß, dass Sie es sich dreimal überlegen, ehe Sie schießen. Manchmal ist Berufsethos lebensgefährlich. Ich bin kein Cop. Dieses Schwein hätte meine Nichte umgebracht. Er hat meine Bar für seine schmutzigen Geschäfte benutzt und mich hinters Licht geführt. Jahrelang. Ich glaube, er lebt noch. Sharon hat gerade die Polizei verständigt. Ach, und noch was: Der Kaffee ist fertig."

Nick nahm Sandy die Glock aus den leblosen Fingern und ging ins Haus. Ashley starrte Jake ungläubig an. „Woher wusstest du es? Wie bist du darauf gekommen – genau im richtigen Moment?"

„Der Anruf eben kam von Franklin. Ich hatte ihn gebeten, Sandy zu überprüfen, und er hat die Beweise gefunden, die ich brauchte. Übrigens, er mag Malt Whiskey. Erinnere mich bitte daran, dass ich ihm eine Flasche vom besten schicke."

Er hockte sich neben Sandy und legte einen Finger an seine Halsschlagader. „Er atmet noch."

In der Ferne ertönten die Sirenen der Einsatzwagen. Sie kamen rasch näher.

„Vielleicht solltest du noch schnell einen Kaffee mit Nick trinken. Gleich hast du keine Gelegenheit mehr dazu. Sie werden uns stundenlang mit Fragen löchern. Und dann der Papierkram ... Mir grauts jetzt schon, wenn ich daran denke. Ich werde für nichts anderes mehr Zeit haben."

Sie schüttelte den Kopf und lächelte. „Ich warte auf dich, Jake. Bist du dir eigentlich im Klaren darüber, was das bedeutet? Das war das letzte Puzzlesteinchen. Es ist vorbei – es ist endlich vorbei!"

EPILOG

Die Feierlichkeiten waren noch eindrucksvoller, als Ashley sie sich vorgestellt hatte.

Ihr eigener Name hatte nie schöner in ihren Ohren geklungen.

Und als sie zwischen den Sitzreihen hindurch nach vorne schritt, hatte sie das Gefühl, auf Wolken zu schweben.

Alle Menschen, die ihr etwas bedeuteten, waren anwesend, um Zeuge ihres Glücks zu werden. Nick, Sharon und Justin Montague, ihr niedlicher neuer Cousin. Karen war mit Len gekommen und Jan mit John Mast. Kaum hatten die beiden sich kennen gelernt, lagen sie sich auch schon in den Haaren. Der Streit war so ausdauernd gewesen, dass sie sich ein zweites Mal hatten treffen müssen, um ihn zu Ende zu bringen. Bei diesem Date hatte es dann zwischen ihnen gefunkt, und seitdem waren sie zusammen. Stuart war mit seinen Eltern da, ebenso Jakes Vater, den Ashley auf Anhieb ins Herz geschlossen hatte. Natürlich waren auch eine Menge Polizeianwärter gekommen – Gwyn, Arne und die anderen aus ihrer ehemaligen Klasse.

Selbstverständlich war auch Jake mit von der Partie.

Er hatte ihr als Erster dazu gratuliert, dass sie nach einem Jahr im gerichtsmedizinischen Institut den Entschluss gefasst hatte, zur Polizeiakademie zurückzugehen und ihren Abschluss zu machen. Ihren Arbeitsplatz würde sie allerdings nicht aufgeben müssen; in der Gerichtsmedizin arbeiteten neben Zivilangestellten auch Polizisten.

Das Fotografieren danach schien ewig zu dauern. Sie wurde mit ihren Freunden, ihrer Familie und Jake geknipst. Einmal auch allein. Dieses Bild wollte Nick unbedingt haben; er wollte es neben die Fotografie ihres Vaters stellen.

Anschließend stieg bei Nick die große Party. Er hatte darauf bestanden, alle achtundzwanzig frisch gebackenen Officers mit ihren Familien einzuladen.

Und dann kam der Moment, als sie und Jake zu seinem Boot zurückgingen. Zu ihrer Verblüffung hatte er es richtig herausgeputzt und mit Luftballons und Blumen geschmückt. Eine Magnumflasche Champagner wartete im Eiskühler auf sie.

„Jake, das ist ja fantastisch", sagte sie und sank in seine Arme.

„Du hast das Kästchen neben dem Champagner übersehen", meinte er.

Stimmt. Erst jetzt bemerkte sie die kleine Schachtel. Neugierig griff sie danach. Er nahm sie ihr aus der Hand, öffnete sie und holte einen Ring heraus. „Nicht ganz so aufregend wie ein Polizeiabzeichen", meinte er. „Aber ich hoffe, du akzeptierst es trotzdem. Nick meinte, ich sollte Platin statt Gold nehmen, weil es besser zum Abzeichen passt. Das heißt natürlich, wenn du ihn behalten willst."

Lange starrte sie auf den Diamanten; dann sah sie Jake in die Augen.

„Er passt wunderbar zum Abzeichen", versicherte sie ihm und schlang die Arme um seinen Nacken. Nach einer Weile löste sie sich von ihm. „Ehrlich gesagt, ich hatte Angst davor, dass ich dich fragen müsste."

„Wieso? Du wolltest doch erst die Akademie zu Ende bringen."

„Nun ja ... du kennst doch meinen neuen Cousin Justin?"

„Ja."

Ein paar Sekunden lang schaute er sie verständnislos an. Dann überzog ein Lächeln sein Gesicht.

„Wow!" Mehr sagte er nicht. Stattdessen zog er sie an sich.

„Das nenne ich redegewandt", murmelte sie.

„Wow? Das reicht dir nicht?"

„Ein paar Worte mehr wären schon nicht schlecht."

„Wie wäre es mit – ich liebe dich? Und dass ich dir dankbar für deine Entscheidung bin, dein Leben mit mir zu verbringen. Ich bin schrecklich stolz auf dich. Und der Gedanke, dass wir bald Eltern sein werden, macht mich glücklich. Möchten Sie dem noch etwas hinzufügen, Officer Montague?"

Sie schmiegte sich an ihn.

„Wow."

– ENDE –